MANFRED BOMM

Traufgänger

MANFRED BOMM

Traufgänger

DER SIEBZEHNTE FALL FÜR AUGUST HÄBERLE

Personen und Handlung sind frei erfunden.
Ähnlichkeiten mit lebenden oder toten Personen
sind rein zufällig und nicht beabsichtigt.

Die automatisierte Analyse des Werkes, um daraus Informationen
insbesondere über Muster, Trends und Korrelationen gemäß § 44b UrhG
(»Text und Data Mining«) zu gewinnen, ist untersagt.

Bei Fragen zur Produktsicherheit gemäß der Verordnung über die allgemeine
Produktsicherheit (GPSR) wenden Sie sich bitte an den Verlag.

Immer informiert

Spannung pur – mit unserem Newsletter informieren wir Sie
regelmäßig über Wissenswertes aus unserer Bücherwelt.

Gefällt mir!

Facebook: @Gmeiner.Verlag
Instagram: @gmeinerverlag

Besuchen Sie uns im Internet:
www.gmeiner-verlag.de

© 2017 – Gmeiner-Verlag GmbH
Im Ehnried 5, 88605 Meßkirch
Telefon 0 75 75 / 20 95 - 0
info@gmeiner-verlag.de
Alle Rechte vorbehalten
3. Auflage 2025

Lektorat: Claudia Senghaas, Kirchardt
Satz: Mirjam Hecht
Umschlaggestaltung: U.O.R.G. Lutz Eberle, Stuttgart
unter Verwendung eines Fotos von: © Manfred Bomm
und © thomas_pics / Fotolia.com
Druck: Custom Printing Warschau
Printed in Poland
ISBN 978-3-8392-2020-7

VORWORT

Gewidmet all jenen, die erkennen, dass unsere Welt aus mehr besteht, als nur dem unablässigen Streben nach Macht und Gewinn. Wer getrieben ist von Stress und Hektik – stets in der Angst, etwas zu verpassen –, der verliert den Blick für das Wesentliche: den Blick nämlich auf die Wunder, die uns die Natur am Wegesrand bereithält.

Lassen wir uns deshalb nicht blenden von all den Rücksichtslosen, die auf Kosten ihrer Mitmenschen nach immer Höherem streben, sondern haben wir Respekt vor denen, die sich für das Allgemeinwohl einsetzen und mit gegenseitiger Toleranz dazu beitragen, dass wir in Frieden leben und unsere gesellschaftlichen Werte bewahren können.

Mögen wir uns darauf besinnen, dass wir alle auf einem einzigartigen, aber sehr kleinen Planeten leben, auf dem das Universum etwas Wunderbares hervorgebracht hat, das es zu schützen gilt.

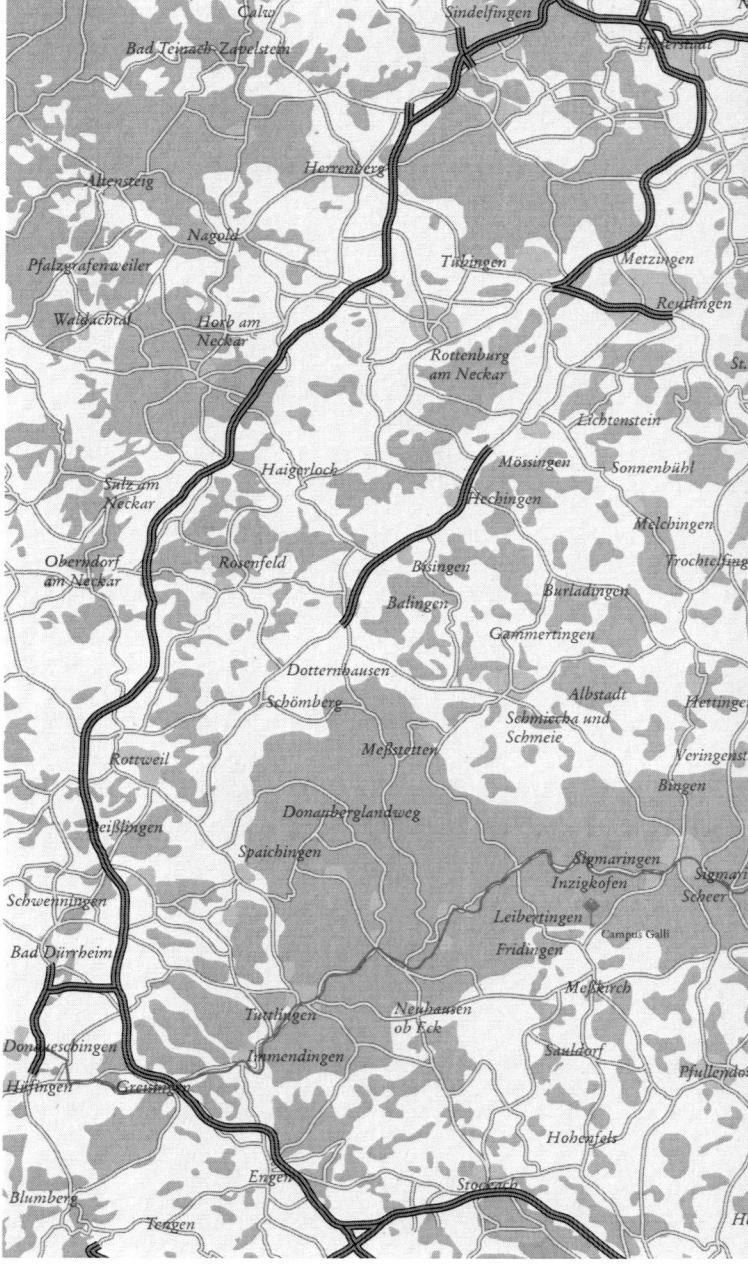

Für alle Leser, die den Spuren von Kommissar August Häberle folgen wollen: Die Schauplätze im Südwesten.
Nördlich des Bodensees (ein Zipfel davon ist bei Stockach zu sehen) finden sich Meßkirch und der »Campus Galli«, noch weiter im Norden die Städte Tübingen, Reutlingen und Bad Urach. Das Gebiet des »Schwäbische Alb-Traufgängers« erstreckt sich östlich davon – etwa zwischen der charakteristischen Teilung der Autobahn A 8 in Albauf- und -abstieg sowie der Stadt Geislingen an der Steige.

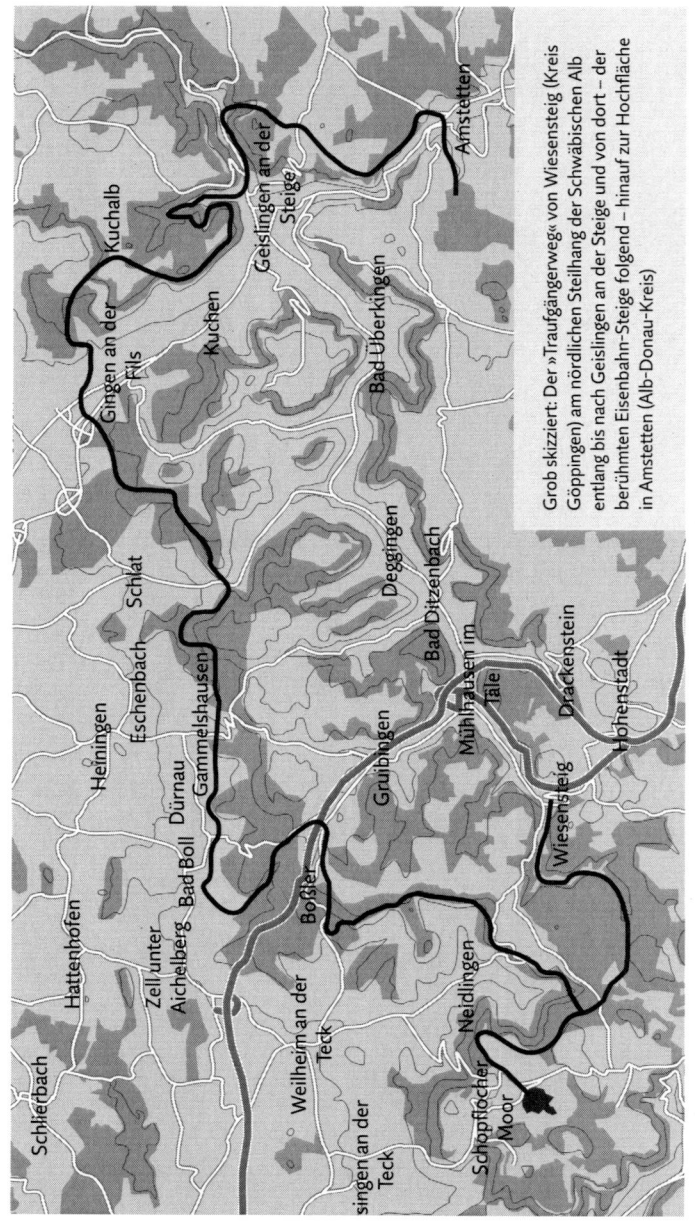

[PROLOG]

Es war eine friedliche Stille. Das Laub der Buchen, die hoch und schwarz in den sternenklaren Nachthimmel ragten, verbreitete im sanften Sommerwind ein leises Rauschen. In dem großen Waldgebiet südlich der Donau schien sich die Natur von der Lebendigkeit des Tages zu erholen. Die Sonne war schon vor einer Stunde untergegangen, das vielstimmige Zwitschern der Vögel verstummt. Nur der schaurige Schrei eines Nachtvogels hallte bisweilen von den Stämmen der Bäume wider und ließ erahnen, dass sich in dieser undurchdringlichen Schwärze auch jetzt noch vielfältiges Leben regte. Die Stunden der nächtlichen Jäger waren angebrochen.
   Tagsüber herrschte hier auf dem »Campus Galli« unweit von Meßkirch an diesen Sommertagen rege Betriebsamkeit. Verborgen in dem riesigen Waldgebiet, hatte man 2013 damit begonnen, einen Plan zu realisieren, der aufs 9. Jahrhundert zurückging: Im Rahmen eines ehrgeizigen Projekts sollte eine Klosterstadt entstehen – und zwar weitgehend nur mit den Mitteln und Möglichkeiten, die den Menschen der damaligen Zeit zur Verfügung gestanden hatten. Es war ein Vorhaben, das erst in ferner Zukunft realisiert sein würde. Manche, die jetzt Hand anlegten, dürften die Vollendung vermutlich gar nicht mehr erleben. Insofern würde es ihnen nicht anders ergehen als vielen mittelalterlichen Bauherren, deren großen Werke erst nach ihrem Tode fertiggestellt wurden. Beim

Ulmer Münster waren zwischen Grundsteinlegung und dem Errichten der Turmspitze sogar 400 Jahre vergangen. »Campus Galli« auf der Gemarkung Meßkirch, zwischen Donau und Bodensee gelegen, steckte jetzt, drei Jahre nach dem ersten Spatenstich, praktisch noch in den Kinderschuhen. Gerade dies dürfte aber der Grund dafür sein, dass es für viele engagierte Menschen eine Herausforderung war, an diesem Jahrhundertprojekt mitzuarbeiten: Unzählige Ehrenamtliche und Langzeitarbeitslose, die für einige Wochen oder Monate das beschauliche und technikferne Leben im Walde erleben wollten, packten ebenso mit an wie gelernte Handwerker, die ganz ohne die Segnungen der Zivilisation ihr Wissen einbrachten.

Lorenz Moll zählte zu jenen, die ein paar Tage die Hektik und den Stress des Alltags hinter sich lassen wollten. Seine Fachkenntnis als Elektromeister war zwar für den Bau einer früh-mittelalterlichen Klosteranlage nicht gefragt, dafür aber hatte er gelernt, als Handwerker in allen Bereichen auch mal kräftig zuzupacken. Außerdem interessierte ihn die Holzverarbeitung, die hier in großem Stil vonnöten war. Deshalb hatte er sich für das mühevolle Herausspalten von Schindeln entschieden, die fürs künftige Kirchendach gebraucht wurden. Dazu war ihm ein Fachmann im Rentenalter zur Seite gestellt worden, sodass er, der 46-Jährige mit leichtem Bauchansatz, bereits nach einem halben Tag diese Arbeit mit Holzhammer und dem eisernen Abspaltwerkzeug beherrschte. Natürlich stellten die ungewohnten Handgriffe und kräftigen Bewegungen eine körperliche Anstrengung dar, aber die vielen Besucher, die ihm tagsüber bei der Arbeit zusahen, entschädigten ihn für diese Mühe und sorgten überdies für Abwechslung und willkommene Pausen.

Moll, der wie alle im Campus kuttenartige mittelalterliche Kleidung trug, schilderte bereitwillig das mühevolle Heraushacken der Schindeln aus den Baumstämmen, berichtete, dass für ein dichtes Dach eine dreilagige Abdeckung notwendig sei und man für die Kirche immerhin 15.000 solcher Teile benötige.

Jetzt, in der Nacht, wenn der Campus für Besucher geschlossen war, hatten auch die Mitarbeiter das zwölf Hektar große Waldgebiet verlassen, um entweder daheim oder in Hotels und Pensionen zu schlafen oder – wie Moll es organisiert hatte – auf einem nahen Campingplatz. Doch bereits nachdem er am Montag angereist war, also vor genau vier Tagen, hatte er beschlossen, diese lauen Nächte umgeben von den Düften des frisch geschlagenen Holzes unter dem Schindeldach seiner Werkstatt zu verbringen, die nur nach hinten zum Hochwald hin mit einem Geflecht aus dünnen Stämmen begrenzt war.

Er genoss es, nach Einbruch der Dunkelheit noch ein oder zwei Gläschen Wein zu trinken, dann inmitten dieser Einsamkeit zu schlafen und von dem Krähen der Hähne geweckt zu werden, die nicht weit von ihm entfernt in einem offenen Gehege gehalten wurden. Alles war schließlich so angelegt worden, als befände man sich im 9. Jahrhundert: Ziegen freuten sich über ihre absolut artgerechte Haltung ebenso wie einige sich im Schlamm suhlende Schweine. Auf einer Weide grasten Kühe und Ochsen.

Noch vor Sonnenaufgang, im ersten Morgengrauen, verließ er die Anlage, um zum Campingplatz zu fahren, wo er sich in seinem Wohnwagen frisch machen und frühstücken konnte.

Inzwischen hatte er bereits drei Nächte hier draußen verbracht, jedes Mal eine halbe Flasche Rotwein getrunken und einmal sogar einen Fuchs vorbeischleichen sehen. Die Stille und Einsamkeit waren tatsächlich dazu angetan, die wilden Gedanken der vergangenen Monate zu besänftigen – auch wenn ihm dies schwerfiel. Der Versuch, die Probleme mit Alkohol zu dämpfen, war natürlich Schwachsinn, das wusste er. Aber er brauchte den Wein, bisweilen sogar ein Gläschen Cognac, um überhaupt einschlafen zu können. Viel zu viel hatte sich ereignet. Und viel zu weit hatte er sich in den Strudel all dessen hineinziehen lassen, wohin ihm andere den Weg geebnet hatten.

Inzwischen hatte er Dinge erfahren, von denen er nie geglaubt hatte, dass es sie auch weit ab der großen Metropolen geben würde. Und genau dieses Wissen konnte ihm gefährlich werden. Einige Vorsichtsmaßnahmen hatte er deshalb getroffen – auch hier.

Aber vielleicht spielten nur seine Nerven verrückt. Womöglich bildete er sich etwas ein, das gar nicht so war. Doch der Versuch, sich auf diese Weise zu beruhigen, endete jedes Mal mit der mahnenden inneren Stimme, die ihm sagte, dass er doch Fakten und Daten vorliegen habe, die seine Ängste begründeten.

Deshalb war er vorige Nacht, kurz vor dem Morgengrauen, auch aus seinem alkoholgeschwängerten Schlaf mit schwerem Kopf aufgeschreckt, als sich das Geräusch menschlicher Schritte in sein Unterbewusstsein geschlichen hatte. Er war regungslos liegen geblieben, hatte zwischen den dünnen Decken seiner harten Liegestatt in die Dunkelheit geblinzelt und neben einem Stapel fertiger Schindeln die Silhouette einer Person wahrgenommen.

Noch im Halbschlaf fingerte er mit der rechten Hand nach einem bereitliegenden Holzstecken, den er fest umklammerte. Mit zaghafter Stimme rief er in die Nacht: »Hallo – ist da jemand?« Der Schatten, der sich nur wenige Meter von ihm entfernt bewegt hatte, blieb abrupt stehen. Moll hob seinen Oberkörper vorsichtig und wiederholte etwas lauter: »Hallo, ist da jemand?« Er verspürte innere Unruhe. Angst. Panik.

Dann aber vernahm er eine erlösende Stimme, deren Klang und badische Einfärbung ihm vertraut waren: »Keine Angst, ich bin's, der Peter. Der von der Schmiede.«

Erleichtert stand Moll vollends auf, zog seine Boxershorts über den Bauchansatz und warf den Holzstecken weg. Es war tatsächlich »der Peter aus Mannheim«, der da durch die Nacht geisterte – auch ein urlaubender Freiwilliger, gelernter Betriebswirtschaftler, der hier sein hektisches Leben entschleunigen wollte. Sie hatten sich gleich am ersten Tag beim Essen an der Verpflegungsstation getroffen und gegenseitige Sympathie empfunden. Auch Peter war in den Nächten meist in seiner Werkstatthütte geblieben. Beide verband das Bedürfnis, komplett abschalten zu wollen, beide hatten ihren Familien angekündigt, eine Woche völlig der Zivilisation zu entsagen und nicht einmal ein Handy zu benutzen.

Inzwischen hatten sie schon viele Stunden damit verbracht, über Gott und die Welt, vor allem aber auch über ihre persönlichen Probleme zu reden und dabei Wein zu trinken.

Lorenz Moll hatte Peter erzählt, dass sein ursprünglicher Plan, die Woche im Campus mit einem einst guten Freund zu verbringen, wegen einer heftigen Auseinandersetzung geplatzt sei.

Gerade wegen dieses Streits plagten ihn noch immer erhebliche Selbstzweifel und Vorwürfe. Vor dem Einschlafen und nachts, wenn er erwachte, ließ ihn der Gedanke an diesen Krach nicht los. Er war deshalb dankbar, mit Peter einen vertrauenswürdigen Menschen gefunden zu haben, mit dem er über alles offen und ehrlich reden konnte – zumindest über fast alles. Ein paar kleinere Details über die Hintergründe des Streits ließ er unausgesprochen. Nur einmal hatte er, eher versehentlich, zwei Namen erwähnt. Dass Peter im Laufe der weiteren Gespräche nie nachgehakt hatte, was aus diesen beiden geworden war, empfand Moll nicht als Desinteresse an seinen Erzählungen, sondern als Respekt gegenüber seinem Bemühen, niemanden direkt anschwärzen zu wollen. Peter war ein aufmerksamer Zuhörer – einer, der Ratschläge geben konnte und sich einfühlsam zeigte. Mit jedem Gespräch war das Vertrauen größer geworden, und jetzt, in diesen einsamen Nachtstunden, hätte er ihm gerne sogar seine innersten Geheimnisse anvertraut.

Aber vielleicht war alles viel zu gefährlich, um überhaupt mit jemandem darüber zu reden. Seine aufgewühlte Gedankenwelt wurde immer wieder von einer übermächtigen Angst ergriffen, gegen die er seit Monaten schon ankämpfte. Er hatte gehofft, ihr in der Beschaulichkeit dieser mittelalterlichen Atmosphäre zu entkommen. Doch es war wohl ein Irrtum gewesen. Denn die Vergangenheit holte ihn auch hier gnadenlos ein – gestern Nachmittag war dies sogar in Gestalt seines einstigen Freundes geschehen. Plötzlich war er aufgetaucht, augerechnet hier inmitten einer Besuchergruppe. Beinahe hätte es Lorenz Moll die Sprache verschlagen. »Du hier?«, war alles, was ihm vor all den anderen Leuten über die Lippen gegangen war.

»Ja, da staunst du, was?«, hatte er zur Antwort bekommen, dazu wider Erwarten ein freundliches Lächeln, vermutlich ein gezwungenes: »Wir sollten mal reden, dringend.« Moll war in eine Art Schockstarre verfallen. Er fühlte sich für einen Moment wie betäubt, hatte sich aber schnell wieder gefangen, denn er musste unter allen Umständen Aufsehen vermeiden. Er entschuldigte sich bei den Besuchern, die ihm bei der Arbeit zugesehen hatten, um zögernd auf die Bitte seines ehemaligen Freundes eingehen zu können und mit ihm hinter der Holzbegrenzung der Werkstatt zu verschwinden. Noch ehe Moll ihm Vorwürfe über sein unerwartetes Erscheinen machen konnte, versuchte ihn der Mann zu besänftigen und begann, mit gedämpfter Stimme auf ihn einzureden. Wieder einmal. Doch ihre Standpunkte waren so gegensätzlich, dass es keinerlei Kompromisse gab. Es war also sinnlos, darüber noch einmal zu reden, wie Moll es empfand. Sein etwa gleichaltriger Kontrahent, dessen gepflegtes Äußeres auf einen leitenden Angestellten hätte schließen lassen können, war trotz allem überaus freundlich aufgetreten und zeigte sich nach dem kurzen Wortwechsel sogar an der Arbeit und dem Tagesablauf im Campus interessiert. Moll ließ sich deshalb zu einer versöhnlich anmutenden Bemerkung hinreißen und schwärmte von den einsamen Nächten und den Düften des Waldes: »Hätte dir sicher auch gefallen und gutgetan.«

Jetzt, im Nachhinein, ärgerte es ihn, dass er sich überhaupt auf ein solches Gespräch eingelassen hatte. Oder hatte das Zusammentreffen nur dazu gedient, etwas auszuspähen?

Was war der Grund für die Andeutung seines ehemaligen Freundes gewesen, sich nun »für etwas anderes entschieden« zu haben? Angeblich für eine zehntägige Auszeit als Wanderer. Molls Zweifel nagten immer heftiger an seinem Innersten. Was, verdammt noch mal, musste ihn denn dies alles interessieren, jetzt, wo sie doch allen Grund hatten, ihre Gemeinsamkeiten zu vergessen, solange die vielen strittigen Punkte nicht geklärt waren?

Immer wieder liefen vor Molls geistigem Auge die Szenen des seltsamen Zusammentreffens von gestern Nachmittag ab. Als seien die Worte gerade erst gesprochen worden, hallten sie noch immer durch seinen Kopf. Es war deshalb auch in dieser Nacht unmöglich, in einen tiefen, erholsamen Schlaf zu versinken. Der Rotwein taugte nur mäßig als Schlafmittel und Problemlöser.

Obwohl er nun schon vier Tage im Wald arbeitete und viele neue Freunde gewonnen hatte, ließen ihn all die Ereignisse der jüngsten Vergangenheit nicht los. Sie hatten ihn im Klammergriff, beherrschten seine Gedanken und lähmten sie. Es war ein wildes Karussell, das sich immer schneller zu drehen begann.

Besser wäre es gewesen, seinen ehemaligen Freund zum Teufel zu jagen, anstatt sich mit ihm auf ein Gespräch einzulassen. Ja, er fühlte sich im Nachhinein geradezu übertölpelt. Aber er hatte schließlich auch keinen lautstarken Streit riskieren können inmitten des »Campus Galli«.

Eigentlich hatte er sich gewünscht, in dieser herrlichen Atmosphäre dieses Camps mit sich und der Welt ins Reine zu kommen – im Einklang mit der Natur. Irgendwie schienen für alle hier die Uhren langsamer zu gehen – nur nicht für ihn.

Er wälzte sich auf der harten Unterlage, die er selbst aus Haselnussruten und dünnen Stämmen gezimmert hatte, hin und her. Wieder war der entfernte Schrei eines Nachtvogels zu vernehmen, der offenbar zu verstehen geben wollte, wer Herr des Waldes war.

Wie spät es inzwischen war, konnte Moll nur ahnen. Vermutlich Mitternacht oder noch später. Er wünschte sich, dass Peter noch auftauchen würde. Oder sollte er einfach zu ihm rübergehen? Ganz sicher hatte auch Peter das Gelände am Abend nicht verlassen. Und er war Luftlinie maximal 300 Meter entfernt; über den Rundweg vielleicht 500.

Nein, so spät in der Nacht wollte er ihn nicht stören. Außerdem war es ohnehin sinnlos, ihn mit Problemen zu belästigen, deren tiefere Ursachen er ihm verschweigen musste.

Während sich seine Gedanken im Kreise drehten, vermischten sich Realität, Ängste und Wünsche mit albtraumartigen Sequenzen – wie lange, hätte er nicht sagen können. Vermutlich aber nur für kurze Zeit. Denn da war ein Geräusch, das nicht zu diesen Nächten passte. Schritte auf gekiestem Untergrund? Knackende Äste? Der Peter? Kam Peter doch noch? Oder jemand anderes aus dem vielköpfigen Campus-Team? Nein, das hier hörte sich anders an, irgendwie bedrohlich. Oder doch nur eine aufgeschreckte Maus? Wieder ein Fuchs? Moll war mit einem Schlag hellwach. Sein Puls raste, im Kopf dröhnte ein pulsierender Schmerz.

Wie letzte Nacht, als Peter gekommen war, sah er aus seiner liegenden Perspektive heraus auf die finstere Fläche vor seiner Werkstatt. In der undurchdringlichen Schwärze der Nacht zeichneten sich nur schemenhafte Schattenrisse ab. Er konnte Bäume und Sträucher zuordnen, doch eine Bewegung gab es da nicht.

Für einen kurzen Moment hielt er den Atem an. Dann vernahm er es ganz deutlich: Da waren Schritte im trockenen Laub. Nicht vorne, wohin er blicken konnte, sondern hinter ihm, dort, wo seine primitive Unterkunft an das Unterholz des Hochwaldes grenzte.

Ein größeres Tier? Ein Reh vielleicht, durchzuckte es ihn. Nein, das waren vorsichtige Tritte im Waldboden. Und die kamen näher. Er atmete flach, um keine verräterischen Geräusche zu verursachen. Augenblicke später kroch ihm Gänsehaut über den Rücken, denn das unbestimmte Gefühl, dass sich irgendjemand anschlich, stieg ins Unermessliche. Ein Adrenalinstoß jagte ihm den Puls noch weiter in die Höhe, was gleichzeitig eine Mischung aus Angst und Panik verursachte.

Der Stock von letzter Nacht, wo hatte er ihn hingelegt? Wo waren der schwere Hammer und wo das metallische Spaltwerkzeug?

Er brauchte dringend eine Waffe, falls er sich verteidigen musste, falls er angegriffen wurde, genauso, wie er es befürchtet hatte. Oder war das jetzt nur ein böser Traum? Nein, nein, er war doch hellwach.

Tagsüber hatte er hier alles im Griff, kannte inzwischen die Stellen, an denen Werkzeuge und die dünnen Stämme lagerten. Aber jetzt? Er spannte alle Muskeln an, sprang auf, griff links neben sich, wo er seine Hölzer vermutete, warf etwas davon um, bekam dann aber ein unbearbeitetes Stück Stamm zu fassen und hielt es fest umklammert, wild entschlossen, sich mit aller Kraft zur Wehr zu setzen. Doch im Bruchteil einer einzigen Sekunde preschte aus der finsteren Ecke zwischen den gestapelten Schindeln eine große Gestalt hervor, die sich blitzartig wortlos auf ihn stürzte und ihm keine Chance ließ. Sein kurzer Aufschrei war schwach und röchelnd und verstummte so schnell, dass niemand in diesem Wald, sofern es um diese Zeit überhaupt jemanden hier gab, dahinter den Todeskampf eines Menschen vermutet hätte.

1

Nächster Morgen, Freitag, 29 Juli

Ulm Hauptbahnhof, 10.04 Uhr, Gleis 6 Süd.

Wie immer stand dort um diese Zeit der Interregio-Express IRE 3044 nach Basel abfahrtbereit. Völlig überfüllt, weil die Bahn sich offenbar hartnäckig weigerte, trotz des hohen Passagieraufkommens einen längeren Zug einzusetzen. Astrid Mastrow hatte aber längst aufgehört, sich darüber zu ärgern. Die junge Frau war schon zufrieden, wenn die gekoppelten Diesel-Triebwagen einigermaßen pünktlich über die mehr als drei Stunden lange Fahrt den Badischen Bahnhof von Basel erreichten. Dort nämlich gab's nur ein ganz enges Zeitfenster: Gerade mal 86 Minuten blieben ihr, um etwas zu erledigen, das sie seit Monaten unzählige Male gemacht hatte. Inzwischen war ihr der Weg, den sie vom Bahnhof aus zurücklegen musste, vertraut. Wenn alles gut lief, dann erreichte sie um 14.42 Uhr wieder ihre Verbindung zurück nach Ulm.

Ein einziges Mal erst hatte sie den Zug verpasst und sich dann zwei Stunden lang in einem Shoppingcenter die Zeit vertrieben. Ohne etwas zu kaufen. Und angesichts der horrenden Preise, die sich aus der Freigabe des Franken-Wechselkurses für Euro-Besitzer entwickelt hatten, mied sie jedes Gasthaus und jedes Café.

Jetzt ging es also wieder los. Astrid Mastrow, 22 Jahre alt und Sekretärin einer Versicherungs- und Finanzierungs-Agentur auf der Schwäbischen Alb, saß in dem stickigen Zug, der nun auf meist schlechtem Gleisunterbau südwestwärts rumpelte. Die Geräusche waren alles andere als typisch für eine Eisenbahn. Kein sanftes Rauschen, kein Dahingleiten wie in einem ICE. Immer, wenn die Dieselmotoren beschleunigten, hörte es sich an, als säße man in einem alten Lastwagen, dessen Getriebe bei jedem Schaltvorgang hakte. Eine schreckliche Zugfahrt, dachte die junge Frau und fragte sich, weshalb es bis heute nicht gelungen war, diese wichtige süddeutsche Verbindung zum Bodensee und damit Richtung Schweiz zu elektrifizieren.

Ihre Aufgabe empfand die Frau, die sich gerne als Studentin ausgab, als äußerst spannend. »In geheimer Mission«, so bezeichneten ihre beiden Chefs diese regelmäßigen Bahnfahrten. Es war eine willkommene Abwechslung, wenngleich sie inzwischen jede Haltestation und auch die jeweiligen Ankunftszeiten auswendig kannte: Eine Stunde war's bis Friedrichshafen, eine weitere bis Singen am Hohentwiel, und dann noch mal eine Stunde bis Rheinfelden, das zehn Minuten vor dem Ziel lag. Vorausgesetzt, es gab keine Verzögerungen. Außerdem war hier in diesem Sommer ohnehin mit ständigen Fahrplanwechseln zu rechnen, manchmal sogar alle paar Wochen.

Dass sie in den streckenweise meist proppevollen Zügen nur einen kleinen Rucksack als Gepäck mit sich führte, empfand sie als äußerst angenehm. Für ihn gab es meist noch ein kleines Plätzchen in der Gepäckablage über ihr. Zumindest bei der Rückfahrt durfte sie ihn aber nicht aus den Augen lassen. Wenn viel los war, behielt sie den Rucksack dann lieber auf dem Schoß.

Auch heute hatte sie sich wieder das Outfit einer reisenden Studentin verpasst: zerschlissene Jeans, eine nicht allzu modische Sommerjacke, die langen Haare zu einem Pferdeschwanz gebunden. Geschmeichelt nahm sie zur Kenntnis, wenn sich der Schaffner von ihrem Lächeln ablenken ließ und nur einen flüchtigen Blick auf ihr Baden-Württemberg-Ticket warf, das bis zur Endstation in der Schweiz galt.

Als der Zug in Ulm an der Donau entlang flussaufwärts fuhr, schien die Sonne bereits gnadenlos durch die Scheibe. Astrid beschlich die Befürchtung, die Klimaanlage könnte wieder einmal nicht funktionieren – den Hinweisschildern zum Trotz, denen zufolge die Fenster gerade wegen der Klimaanlage nicht geöffnet werden sollten.

Die Enge war wieder unerträglich, obwohl sie an einer der wenigen Viererguppen mit Tischchen saß und den Fensterplatz mit dem Rücken in Fahrtrichtung ergattert hatte. Ihr gegenüber schwieg ein älteres Ehepaar vor sich hin, neben ihr wischte ein pubertierender Junge unablässig übers Display seines Smartphones. Astrid hatte das Ihrige abgeschaltet im Rucksack. Es bei diesen Reisen nicht einzuloggen, war oberstes Gebot. Sie hatte das Gerät auch nur für den äußersten Notfall dabei.

Auffallend oft trafen sich ihre Blicke mit denen eines Mannes, der in der gegenüberliegenden Sitzreihe schräg vor ihr in Fahrtrichtung saß. Sie versuchte zwar, ihn auszublenden und zu ignorieren, doch sosehr sie sich auch bemühte, dies zu tun, desto häufiger ertappte sie sich dabei, wie ihre Augen wieder zu ihm hinwanderten. Bereits als der Zug mit Dieselmotorgetöse durch Erbach dröhnte, glaubte sie, im Gesicht dieses Mannes ein überhebliches Lächeln wahrgenommen zu haben. Sie schätzte ihn auf knapp Mitte 30, gut situiert, schwarze Stoppelhaare, gepflegt, Typ »junger Manager«, selbstständig, vielleicht Banker oder Anwalt. Auffällig unauffällig, durchzuckte es sie, während sie sich diese äußeren Merkmale einprägte und nun konzentriert durch die spiegelnde Scheibe in die Landschaft hinaussah.

Ihre beiden Chefs, Andreas Ruckgaber und Jonas Balluf, hatten ihr schon vor dem ersten Auftrag eingebläut, wie sie sich unterwegs verhalten musste: die Menschen in ihrer Umgebung diskret beobachten, sich Gesichter einprägen und im Laufe des Tages darauf achten, ob diese andernorts wieder auftauchten. Natürlich tat sie nichts, was explizit verboten gewesen wäre. Ganz im Gegenteil: Ihr Auftrag war gerade deshalb notwendig, weil gegen kein Gesetz verstoßen werden sollte. Dennoch bestand natürlich die Gefahr, dass sie allein schon der Häufigkeit ihrer Basel-Reisen wegen als auffällig galt. Schließlich gab es jede Menge Gesichtserkennungsprogramme, mit denen über öffentliche Videokameras zwar sinnvollerweise nach Terroristen gefahndet wurde – doch konnte diese Technologie auch dazu verwendet werden, häufige Grenzgänger herauszufiltern. Aber auch dies war nichts Verbotenes. »Allerdings«, so hatten Ruckgaber und Balluf mehrfach betont, »könnte es auch andere Kreise geben, die uns ausspähen wollen.« Wen sie damit meinten, der Beantwortung dieser Frage waren sie aber jedes Mal ausgewichen. Stattdessen hatte Ruckgaber, dem sie persönlich sehr nahestand, einen Satz gesagt, der noch immer in ihrem Kopf nachhallte: »Mädel, die werden dich schon nicht einsperren.«

Einsperren. Was als beruhigender Hinweis gedacht war, hatte bei ihr eher Ängste ausgelöst. Bestand tatsächlich die Gefahr, dass man sie einsperrte? In der Schweiz, die als höchst zivilisiertes Land galt? Nein, dort eher nicht. Wenn, dann konnte sie in die Fänge deutscher Behörden gelangen. Es waren solche Gedanken, die sich jetzt, da der Zug mit dröhnender Motorenbremse dem ersten Halt entgegenrollte, ihrer bemächtigten.

Während das Stationsschild Biberach vor ihrer Scheibe erschien, schloss sie die Augen, um diese Ängste zu vertreiben. Zumindest die Hinfahrt war noch völlig entspannt. Sie brauchte auf ihren Rucksack nicht aufzupassen und auch keine Sorge zu haben, überfallen zu werden. Aber beobachtet könntest du werden, mahnte sie sich selbst. Der Kerl schräg da vorne? Langsam fielen ihr die Augen zu, und als sie wieder erwachte und der Zug gerade vom nächsten Stopp in Ravensburg wieder losfuhr, war der Mann verschwunden. Auf seinem Platz saß jetzt ein junges Mädchen in knappen bunten Shorts. Auch der Jugendliche mit dem Smartphone hatte den Zug verlassen. Nur das Rentnerehepaar schwieg weiter vor sich hin. Als Kontrast dazu saß nun neben ihr eine gestylte Mittdreißigerin, deren aufdringliches Parfüm die stickige Luft noch unerträglicher machte. Die Frau warf ihrer Nachbarin einen abschätzigen Blick zu, besah sich dann selbstgefällig ihre eigenen, offenbar künstlich verlängerten Fingernägel und zupfte dann am Rocksaum, der um braun gebrannte Knie spielte. Auf dem Schoß lag eine kleine braune Handtasche. Noch während Astrid dies alles im Augenwinkel zur Kenntnis nahm, tauchte im Mittelgang ein junger Mann auf, der langsam von Sitzreihe zu Sitzreihe ging, jeden Passagier zu mustern schien und seinen Blick für einen Moment zu lange bei ihr verweilen ließ. War es reine Sympathie, oder hatte er gefunden, was er suchte? Astrid hielt seinem Blick stand, ohne das Gesicht zu verziehen. Er war um die 30, schätzte sie, sportlich, groß, blonde kurze Haare. Wie einer von diesen Spezialeinheiten der Polizei, durchzuckte es sie.

Quatsch, beruhigte sie ihre Gedanken. So ein Unsinn. Du siehst wie jedes Mal überall Spione, Feinde, Verfolger. Absoluter Schwachsinn.

Schon war der Mann vorübergegangen und hinter den

Kopfstützen verschwunden. Diese zwei, drei Sekunden hatten aber gereicht, ihr den Schlaf zu vertreiben. Ihre Augen klebten wieder an der Landschaft. Soeben war Aulendorf vorbeigezogen und einige Minuten später der kleine Bahnhof von Durlesbach, an dem ihr wiederholt jene originellen Skulpturen aufgefallen waren, die wohl an das Lied der »Schwäb'schen Eisenbahn« erinnern sollten, in dem ein knitzer Bauer besungen wurde, der während der Fahrt seinen Geißbock an den letzten Wagen gebunden und anschließend nur noch »Kopf und Seil« vorgefunden hatte. Eine schaurige Szene aus den Anfangszeiten der Eisenbahn, die vor über 165 Jahren von Stuttgart bis Friedrichshafen in Betrieb genommen wurde und heute sachlich »Südbahn« genannt wurde. Schade eigentlich, dachte Astrid, vor sich hin dösend. Marketingmäßig wär's für den Tourismus förderlich, sie einfach »Schwäbische Eisenbahn« zu nennen. Denn besagtes Lied zählte ja einige Haltestationen auf – wenngleich des passenden Reims wegen nicht in der ganz korrekten Reihenfolge: Stuttgart, Ulm und Biberach, Meckenbeuren, Durlesbach.

Beim Stopp am Flughafen Friedrichshafen wurde sie wieder aus ihrem Dämmerschlaf gerissen. Durch die gegenüberliegenden Fenster konnte sie einige historische Flugzeuge sehen, die vor dem futuristisch anmutenden Dornier-Museum standen. Ein paar Reisende mit schweren Koffern stiegen ein und quälten sich durch den schmalen Gang. Nichts Besonderes.

Die Motorbremse des Triebwagens, den die Anwohner vielerorts als »Heulboje« bezeichneten, begann wieder zu dröhnen, und schon tauchten die markanten Firmengebäude mit dem Schriftzug »Maggi« auf. Wenige Minuten später hielt der Zug erneut. Friedrichshafen Stadtbahnhof. Astrid schielte auf die Bahnhofsuhr und stellte zufrieden fest, dass sie pünktlich waren. Noch ziemlich genau zwei Stunden bis Basel.

Wenigstens verschwand die hochnäsige und reichlich parfümierte Frau neben ihr. Astrid nahm die Gelegenheit wahr, zur Toilette zu gehen. Sie bat das Rentnerpaar, ihren Fensterplatz reserviert zu halten, falls hier in Friedrichshafen neue Passagiere kamen. Dann stieg sie auf dem Weg zur Toilette über einige Gepäckstücke, die den Gang blockierten, und musste aussteigewillige Personen bitten, sie durchzulassen. Als sie wieder zurückkehrte und der Zug längst wieder Fahrt aufgenommen hatte, elektrisierte sie ein bereits bekanntes Gesicht: Nur vier Sitze vor ihrem saß – in Fahrtrichtung – der junge Typ mit dem aufdringlichen Blick und dem Aussehen eines Managers. Er war also gar nicht, wie sie vermutet hatte, in Ravensburg ausgestiegen, sondern hatte nur den Platz gewechselt. Wieder trafen sich ihre Blicke für den Bruchteil einer Sekunde. Astrid tat so, als habe sie ihn nicht bemerkt, und widmete sich einem schlaksigen Jugendlichen, der mittlerweile, am Handy spielend, den Platz neben ihr eingenommen hatte. Er stand höflich auf, war ihr sogar behilflich, als sie aus dem Rucksack in der Ablage einen Apfel herausholte, und ließ sie an ihren angestammten Platz am Fenster rücken.

Der Junge machte sich sofort wieder über sein Smartphone her, mit dem er wie wild Nachrichten über WhatsApp versandte. Astrid biss in ihren säuerlichen Apfel und erfreute sich am Anblick der glitzernden Wasserfläche des Bodensees, die zwischen den vorbeiziehenden Häusern zu sehen war. Dort tummelten sich Enten und Schwäne, mehrere Segelboote tauchten auf.

Verstopfte Straßen und sehr viele Menschen ließen erahnen, wie dicht bevölkert jetzt, zu Beginn der baden-württembergischen Sommerferien, dieser Landstrich war.

Astrid wunderte sich jedes Mal über den weiten Bogen, mit dem die Bahn gleich hinter Friedrichshafen vom Bodensee wegschwenkte, um wieder nordwärts zu drehen und umständlich über Markdorf, Salem und Uhldingen nach einer halben Stunde erneut das Seeufer von Überlingen zu erreichen. Gleich nach der ersten Fahrt hatte sie diese irritierende Streckenführung bei Google Earth nachvollzogen. Mittlerweile aber war ihr alles vertraut. So oft war sie schon hier gewesen, dass sie die Anzahl ihrer Fahrten nicht auf Anhieb hätte nennen können.

Die Sommersonne und der strahlend blaue Himmel, davor der traumhaft blau schimmernde Bodensee, ließen sie zwischen Überlingen und Radolfzell für ein paar Minuten ihren Auftrag vergessen. Es war Urlaubsstimmung pur, die sie zu spüren glaubte. Und als in Radolfzell der Junge mit dem Smartphone ausstieg und sich neben ihr nun ein mürrisch dreinblickender Endvierziger wortlos breitmachte, einen Aktenkoffer auf den Knien, Dreitagebart im Gesicht, da rückte sie instinktiv näher ans Fenster, um sich in die Schönheiten der Landschaft zu vertiefen. Hier gibt es gewiss herrliche Radwege, dachte sie. Aber etwas in ihr ermahnte sie, jetzt keine falschen Zukunftspläne zu schmieden. Außerdem gab es ganz sicher weitaus schönere Flecken auf der Welt als den Bodensee. Die Karibik, den Pazifik, das Mittelmeer zum Beispiel. Mochte der Bodensee vor der Kulisse der Alpenkette noch so herrlich funkeln, das Klima hier war eben nicht mediterran, sondern konnte in den Wintermonaten auch ziemlich unfreundlich sein. Ihre Traumwelt war deshalb dort, wo das ganze Jahr über die Sonne schien.

»Jetzt ein Segeltörn, das wär was«, hörte sie plötzlich eine Männerstimme neben sich. Astrid war aus ihren Tagträumen gerissen worden und drehte sich um. Der Mann neben ihr hatte sich an sie gewandt. Vermutlich war er krampfhaft bemüht, eine Konversation zu beginnen. Sein mürrisches Gesicht hatte sich zu einem Lächeln verzogen. »Super Wetter heute«, meinte er.

»So kann man das wohl sagen«, erwiderte Astrid betont kühl. »Schön für alle, die jetzt Ferien haben.«

»Sie nicht?«, knüpfte der Fremde an ihre Bemerkung an. »Sie fahren nicht in den Urlaub?«

Astrid überlegte, was mit dieser Frage bezweckt werden sollte. War's nur der übliche Small Talk oder wollte er sie aushorchen?

»Leider nicht in den Urlaub«, rang sie sich zu einer Antwort durch, während er sie durchdringend ansah und verständnisvoll nickte. »Schade«, meinte er, »einen Tag wie diesen sollte man nicht in der Eisenbahn verbringen.«

Vermutlich folgt jetzt die Einladung zu einem Segeltörn, dachte Astrid und überlegte, wie sie etwaige Annäherungsversuche höflich abweisen konnte. Der Mann war ihr unsympathisch, mochte er noch so charmant daherreden.

»Eisenbahn ist wenigstens bequemer, als mit dem Auto heute um den Bodensee rumzustauen«, war alles, was ihr einfiel.

»Haben Sie's noch weit?«

Aha. Astrids Sensoren schugen Alarm. Was tat ihr Ziel zur Sache? War es der geschickte Versuch, den Zweck ihrer Fahrt zu erkunden? Sie musste jetzt äußerst vorsichtig sein.

»Noch 'n Stück«, gab sie schmallippig zu verstehen.

»Ich benutze die Bahn nur auf diesem kurzen Stück bis Singen«, sagte er. »Sind normalerweise neun Minuten Fahrzeit. Ich wohne hier.«

Astrid zeigte kein Interesse am Hinweis auf seinen Wohnort. Die Motorbremse der Diesellok begann wieder zu dröhnen, und schon tauchten die markanten Firmengebäude mit dem Schriftzug »Maggi« auf.

»Waren Sie schon mal in Singen? Droben auf dem Hohentwiel? Toller Ausblick«, schwärmte der Mann, während er aufstand und seinen Aktenkoffer umklammerte.

»Nein, war ich noch nicht«, antwortete Astrid wahrheitsgemäß.

»Dann wünsch ich Ihnen noch viel Spaß – und falls Sie bis zur Endstation fahren, dann vergessen Sie nicht: Die Schweiz ist verdammt teuer geworden.«

Er grinste und eilte zum Ausgang.

Astrid reckte kurz den Hals, um ihm nachzusehen. Die Rentnerin von gegenüber nahm dies zum Anlass, erstmals seit Beginn der Reise etwas anzumerken: »Angeber«, lächelte sie. Ihr Mann nickte.

Astrid stimmte ihr zu: »Bin froh, dass der schon ausgestiegen ist.«

»Alleinfahrende junge Frauen müssen gut auf sich aufpassen«, meinte die Rentnerin, als fühle sie sich für Astrid verantwortlich. »Heutzutage ist viel Lumpenpack unterwegs.« Es schien so, als habe sie endlich, nach zweistündiger gemeinsamer Fahrt, einen Anknüpfungspunkt für ein Gespräch gefunden. »Haben Sie denn keine Angst?«

»Angst?«, entfuhr es Astrid. Wie kam die Frau eigentlich dazu, so etwas zu fragen? »Nein«, gab sie sich selbstbewusst. »Wieso sollte ich Angst haben? Am helllichten Tag doch nicht. Nur nachts, wenn die Bahn nicht mal in der Lage ist, einen Schaffner einzusetzen, dann kann man sich schon mal unsicher fühlen.«

»Deshalb fahren wir nie mit den Spätzügen – mein Mann und ich.« Sie sah zu ihm hin, doch der zeigte sich nicht sonderlich an einer Konversation interessiert, sondern blickte auf die Armbanduhr und schien sich zum Aussteigen vorbereiten zu wollen. In etwa zehn Minuten würden sie Schaffhausen erreichen.

»Fahren Sie denn heute noch zurück?«, erkundigte sich die Frau, was Astrid erneut misstrauisch machte. »Ich?«, zeigte sie sich verunsichert. »Ja, aber nicht erst, wenn's dunkel ist.« »Dann haben Sie nur kurz etwas in Basel zu erledigen?« Astrid wurde hellhörig. Mit keinem Wort hatte sie erwähnt, dass sie nach Basel fahren würde. Das hatte der Fremde vorhin doch nur vermutet. Sie wollte deshalb nicht direkt auf diese Frage eingehen. »Ich mache nur einen kurzen Besuch«, gab sie sich diplomatisch. Der Zug hatte mit dem üblichen Bremsgetöse angehalten, das Rentnerpaar stieg aus.

Zum ersten Mal war Astrid jetzt in der Vierersitzgruppe allein und atmete tief durch. Sie konnte ihre Beine ausstrecken und sich in die Ecke lümmeln. Allerdings war die Freude darüber nur von kurzer Dauer. In Schaffhausen stürmten mehrere Dutzend junger Leute das Abteil und ließen sich grußlos auf jeden freien Sitz plumpsen. Astrid sah sich von 15- bis 17-Jährigen umzingelt, Jungen und Mädchen, die bereits beim Einsteigen mit ihren elektronischen Geräten beschäftigt waren, Kopfhörer trugen und auf den Displays von Smartphones herumtippten.

Sie selbst, dachte Astrid, war diesem Alter zwar noch nicht allzu weit entronnen, aber mittlerweile empfand sie dieses allgegenwärtige Herumspielen an derlei Apparaturen als ziemlich albern.

Andererseits ging von diesen Jugendlichen ganz bestimmt keine Gefahr für sie aus. Sie konnte sich also wieder in Ruhe der Betrachtung der vorbeiziehenden Landschaft hingeben. Erst als sie ihren Blick prüfend nach oben in die Gepäckablage schweifen ließ, pulste das Blut in ihren Adern wieder kräftiger. Der Rucksack. Wo war der Rucksack, dessen Riemen sie über den Rand der Ablage hatte hängen lassen, um ihn auf diese Weise im Auge behalten zu können? Jetzt war der Riemen weg. Sie spürte den Schreck im ganzen Körper und sprang auf. Der Rucksack enthielt zwar nichts Wertvolles, aber einige Papiere, die unter keinen Umständen in die falschen Hände geraten durften.

Der Junge neben ihr fühlte sich von ihrem ruckartigen Aufstehen sichtlich genervt, rutschte unwillig etwas zur Seite, sodass sie mit den ausgestreckten Armen das Ablagefach abtasten konnte. Hektisch fingerte sie nach etwas, das sich hoffentlich schnell greifen ließ.

»Suchen Sie was?«, fragte ein Mädchen, das ihr gegenübersaß und vom Smartphone hochsah.

»Meinen Rucksack!«, stieß Astrid aufgeregt hervor, worauf sich das Mädchen erhob, mit den Straßenschuhen auf das blaue Sitzpolster stieg und auf diese Weise nun das Ablageregal überblicken konnte. »Ist's denn ein olivgrüner?«

Astrid nickte eifrig. »Ja, olivgrün.«

»Der ist nur ein Stück weit nach hinten gerutscht«, beruhigte das Mädchen. »Soll ich ihn runterholen?«

»Ja, bitte«, sagte Astrid und nahm ihn erleichtert in Empfang. Bis Basel war es nur noch knapp eine Dreiviertelstunde. So lange wollte sie ihn sicherheitshalber auf dem Schoß liegen lassen. »Danke, vielen Dank. Das war sehr nett.«

Wie konnte sie nur so leichtsinnig sein und nicht regelmäßig nach dem herunterbaumelnden Trageriemen schauen?, warf sich Astrid selbst vor. Sie war einfach viel zu abgelenkt gewesen. Sie wäre damit dem Trick aller Diebe und Betrüger aufgesessen – nämlich durch ein geschicktes Ablenkungsmanöver etwas zu stehlen.

Als der Zug endlich in Basel eintraf – mit einer Minute Verspätung –, drängelte sich Astrid an allen anderen Passagieren vorbei, schnallte den Rucksack um und eilte durch die dunkle Unterführung, die direkt auf die hüttenartige Behausung der Zollabfertigung zuführte, hinter der sich erst die große Halle des Bahnhofsgebäudes auftat. Bei ihren bisherigen Fahrten war an diesen Räumlichkeiten des Zolls weder eines der verspiegelten Fenster noch eine Tür offen gewesen. Nur ein einziges Mal hatten sich zwei Uniformierte gezeigt, ohne jedoch den nahezu ständigen Personenstrom aufzuhalten, der auf beiden Seiten dieser eher provisorisch anmutenden Zollstation vorbeiströmte. Niemanden schien zu stören, dass sich viele Passanten nicht an die vorgegebene Ordnung hielten, die besagte, dass ankommende und abreisende Passagiere jeweils in ihrer Gehrichtung rechts um das in der Mitte stehende Zollamt herumgehen mussten. Auch heute, so stellte Astrid bereits aus 20 Metern Entfernung zufrieden fest, war nichts anders als sonst. Trotz der Flüchtlingsströme, die seit Monaten überall in Europa unterwegs waren.

Sie sah zu den Videokameras hoch, die an den Außenwänden dieser Amtsräume montiert waren, und überflog wieder die groß angebrachten Warnschilder, wonach zollpflichtige Waren anzumelden seien. Offenbar waren es die deutschen Behörden, die besonders darauf hinwiesen, dass Geldbeträge ab 10.000 Euro bei der Ein- und Ausfuhr zu deklarieren seien.

Astrid kannte dies alles schon, bog um die Ecke nach links in die Bahnhofshalle, wo die Zeiger einer großen Uhr auf 13.19 Uhr standen. Beim Verlassen des Gebäudes schlug ihr die gnadenlose Hitze eines Sommertages entgegen, sie überquerte den belebten Vorplatz nach links und steuerte auf die große Tramhaltestelle zu, an der ganze Menschentrauben warteten. Eine elektronische Anzeige gab die Wartezeit bis zum Eintreffen der Linie 6 nach Riehen-Grenze mit vier Minuten an. Lange genug, um am Automaten ein Ticket zu kaufen, wofür sie das passende Kleingeld in Schweizer Franken griffbereit hatte – für sie inzwischen ein routinemäßiger Vorgang. Sie wusste auch, dass die achte Haltestelle ihr Ziel war –

nämlich Riehen-Dorf, ein beschaulicher Vorort. Die Tram, wie hier die modernen Straßenbahnzüge genannt wurden, traf auf die Minute pünktlich ein. Sie war nur dünn besetzt, und Astrid wählte einen Platz, von dem aus sie den Monitor mit dem dargestellten Streckenverlauf überblicken konnte. Zehn Minuten würde es dauern, vorbei an sieben Haltepunkten, bis sie bei der Kirche von Riehen-Dorf aussteigen konnte. Von dort aus waren es nur noch wenige Hundert Meter bis zu dem eher unscheinbaren Gebäude zwei Querstraßen weiter an der Ecke zu einem größeren Platz, wo meist ein kleiner Gemüsestand Kundschaft anlockte. Der Eingang in das Haus, an dessen Erdgeschossfenster helle Lamellen neugierige Blicke abhielten, befand sich an der Stirnseite. Ohne sich umzusehen, verschwand Astrid durch die schwere Glastür, stellte zufrieden fest, dass außer den beiden ihr längst bekannten weiblichen Angestellten niemand im Raum war. Sie grüßte freundlich, schnallte den Rucksack ab und entnahm ihm einige beglaubigte Vollmachten. Die Formalitäten waren schnell und ohne viele Worte abgewickelt, sie unterschrieb und wurde seitlich zum Tresen gebeten, wo eine Zählmaschine die Scheine auseinanderfächerte und stapelte. Die freundiche Angestellte steckte das dicke Bündel in ein neutrales Kuvert. Astrid verstaute es ganz unten im Rucksack unter dem silbernen Thermositzkissen, verschloss die Riemen und Gurte sorgfältig und schnallte ihn sich wieder um. Sie verabschiedete sich und stellte beim Verlassen der Geschäftsräume fest, dass sie nur 14 Minuten gebraucht hatte. So schnell war es bisher noch nie gegangen. Draußen schlug ihr wieder die Hitze des Sommertages entgegen. Jetzt aber durfte sie sich nicht mehr ablenken lassen. Zielstrebig bog sie um die Ecke beim Gemüseverkaufswagen, um einem Ticket-Automaten zuzustreben, an dem sie bisher immer den Rückfahrschein für die Tramfahrt zum Bahnhof gelöst hatte – doch augenblicklich schlug ihr Unterbewusstsein Alarm. Es war zwar nur ein flüchtiger Moment, aber dieser hatte genügt, um im Augenwinkel neben dem Gemüsestand ein Gesicht zu entdecken, das genauso aussah wie jenes, das sie erst vor Kurzem gesehen hatte. Ein Mann, dunkle Stoppelhaare, jung, irgendwie sympathisch. Wie beiläufig hatte er sich schnell weggedreht, sodass sie ihn nur einen winzigen Augenblick lang sehen konnte. Ihr Pulsschlag beschleunigte sich, sie eilte weiter, holte aus der Jackentasche die vorbereiteten Münzen und hatte Mühe, sich auf die richtigen Tasten des Automaten zu konzentrieren. Als sie den Fahrschein aus dem Fach zog, risikierte sie noch einmal einen Blick zurück, doch der Mann war verschwunden. Vermutlich hatte er sich hinter den Verkaufswagen zurückgezogen.

Hatte er sie verfolgt? Oder täuschte sie sich? Spielte ihr Gehirn mittlerweile verrückt? Es gab sicher Tausende Männer, die so aussahen wie dieser. Aber der im Zug, der ihr eine Zeit lang schräg gegenübergesessen war, hatte unglaubliche Ähnlichkeit mit dem hier gehabt.

Warum, zum Teufel, fühlte sie sich heute verfolgt? Wie hätte der Mann auch so schnell hier sein können? Wie hätte er wissen können, was sie in Basel vorhatte?

Hatte er sie sogar in der Tram verfolgt? Und sich jetzt bewusst gezeigt? Quatsch, Quatsch, Quatsch, rumorte es in ihrem Kopf. Du bist verrückt geworden. Viele Male bist du hier gewesen – und nichts ist passiert. Nicht einmal die Zollbeamten haben sich für dich interessiert. Und jetzt drehst du durch, nur weil Andreas vor einigen Tagen Andeutungen gemacht hatte, es könnte »irgendwann Ärger« geben. Natürlich drängte die Zeit – und natürlich musste noch einiges »glattgebügelt« werden, wie er sich ausgedrückt hatte. Aber das war doch kein Grund zur Panik – bloß, weil da ein Mann an der Ecke gestanden war, der irgendeinem anderen aus dem Zug ähnlich gesehen hatte. Völlig in Gedanken versunken, überquerte sie die Durchgangsstraße, in deren Mitte die Tramschienen verliefen. An der Haltestelle hier vor der Kirche wartete bereits ein halbes Dutzend Fahrgäste auf die nächste Tram zurück zum Badischen Bahnhof. Astrid zog die Haltegurte ihres Rucksacks strammer und sah sich prüfend um. Kein Gesicht, das ihr bekannt vorkam. Und so, wie sie die Lage einschätzte, war ihr auf den zurückliegenden 300 Metern auch niemand gefolgt.

Aber warum sollte ihr auch jemand hinterherspionieren? Sie tat nicht wirklich etwas Verbotenes. Und ein Überfall auf sie würde sich wohl kaum lohnen. Die Chance für einen Täter, unerkannt davonzukommen, war am helllichten Tag und in dieser doch eher vornehmen Gegend des Großraums Basel ziemlich gering.

Astrid war erleichtert, dass die Tram nur zu einem Viertel besetzt war. Sie hockte sich auf einen Sitz gegenüber dem Ausstieg, ohne den Rucksack abzunehmen. Das war zwar ziemlich ungemütlich, weil sie sich nicht anlehnen konnte, aber dafür trug sie immer bei sich, was sie unter keinen Umständen verlieren durfte. Sie sah sich vorsichtig um, doch unter den wenigen Passagieren gab es keinen, der ihr bekannt vorkam.

Die Tram glitt relativ sanft über die Schienen, legte die üblichen Stopps ein und erreichte ohne Verzögerung wieder die zentrale Haltestelle. Astrid stieg ohne Eile aus und mimte, wie schon so oft an diesem Platz, die reisende Studentin, die per Rucksack dem Bahnhof entgegenstrebte. Heute allerdings drehte sie sich immer wieder um, doch der Platz war viel zu belebt, als dass ihr einzelne Personen hätten auffallen können, die ihr folgten.

Oftmals hatte sie überlegt, was die vielen Menschen, die hier tagaus, tagein mit der Bahn ankamen oder wegfuhren, wohl in ihren Koffern und Rucksäcken bei sich trugen. Den

Schweizer Behörden konnte dies natürlich egal sein, sofern es sich nicht um Drogen oder Waffen handelte.

Aber die deutschen, so sinnierte Astrid, als sie die paar Stufen zum Eingangsbereich des Bahnhofs nahm, die hätten doch allen Grund, einmal genauer nachzuschauen. Zumal es doch angeblich so viele CDs mit geklauten Kontodaten gab, die gewiss nur die Spitze des Eisberg waren – sofern sie überhaupt existierten und nicht alles nur eine List der Finanzminister war, um die »Steuerflüchtlinge« zu verunsichern. Jetzt aber, nachdem die Schweiz bald die Namen der Kontobesitzer herausrücken musste, schien die große Panik ausgebrochen zu sein. »Unsere Chance«, hatte Andreas mehrfach gesagt, als alles noch nach seinen Plänen gelaufen war. Aber auch dies hatte sich in den vergangenen Monaten dramatisch geändert. Kein Wunder, dass mein Nervenkostüm heute verrücktspielt, dachte sie. Es wurde Zeit, dass diese regelmäßigen Basel-Fahrten nun bald zu Ende gingen.

Sie näherte sich dem Zollhäuschen, das die Bahnhofshalle vom Zugang zu den Gleisen trennte. In einem Shop rechts von ihr herrschte neuerdings kein großer Andrang mehr. Die Preise waren für Reisende aus dem Euroland geradezu schwindelerregend hoch.

Beim Annähern an die Zollstation rätselte Astrid wieder einmal, was diese Ablagefläche sollte, auf die sie direkt zugehen musste. Bisher hatte sie noch niemanden gesehen, der dort ein Gepäckstück abstellen musste, um es durchsuchen zu lassen. Aber vermutlich gehörte es zur Schweizer Seite. Denn logischerweise saßen die deutschen Zollbeamten auf der anderen Seite dieser barackenartigen Unterkunft, die exakt dort den Weg verengte, wo die Bahnhofshalle in den nach rechts führenden Bahnsteigbereich mündete. Auch hier war kein Uniformierter zu sehen. Astrid verkniff sich das dringende Bedürfnis, nach dem Zoll die Toilette aufzusuchen. Wenn jetzt gerade die Luft »rein« war, erschien es ihr sinnvoller, gleich zum Abfahrtsgleis zu gehen. Natürlich bestand die theoretische Möglichkeit, dass der deutsche Zoll auch auf dem Bahnsteig oder sogar noch im Zug Stichproben machte. Aber davon hatte sie bisher nichts mitbekommen. Und spätestens nach dem ersten Halt in Rheinfelden, der breits neun Minuten nach Abfahrt erfolgte, wäre es nicht mehr nachvollziehbar, woher sie mit ihrem Rucksack kam. Ihr Baden-Württemberg-Ticket wies weder den Abfahrts- noch den Zielbahnhof aus.

Der Interregio-Express 3049, wie der Triebwagenzug genannt wurde, stand schon bereit. Astrid drückte den grünen Knopf des nächsten Waggons, ließ die automatische Tür aufschwenken und stieg ein. Ein flüchtiger Blick sagte ihr, dass der Zug schon jetzt, mehr als zehn Minuten vor der Abfahrt, gut besetzt war. Trotzdem suchte sie noch die Toilette auf, zumal es unterwegs merkwürdig wäre, würde sie plötzlich den Rucksack umschnallen und zum WC gehen. Sie konnte das Gepäckstück ja unter keinen Umständen unbeaufsichtigt zurücklassen.

Wenig später hatte sie in einer Zweier-Sitzgruppe in Fahrtrichtung links noch den Platz am Gang einnehmen können neben einer jungen Frau, die in ein Buch vertieft war. Endlich jemand, der nicht auf ein Display starrt, dachte Astrid, behielt den Rucksack auf dem Schoß und wickelte sich einen der Trageriemen um den rechten Arm, rein vorsorglich, falls sie einschlief und jemand versuchen sollte, ihr das Gepäckstück zu entreißen. Sie wollte in den nächsten drei Stunden wieder Ordnung in ihre Gedanken bringen, während ihre Augen nach vorne zu der roten Anzeige wanderten, die über dem Durchgang ins nächste Abteil im monotonen Wechsel Uhrzeit und Datum sowie den Namen des Zielbahnhofs aufleuchten ließ.

Unablässig gingen neue Fahrgäste durch das Abteil. Astrid musterte sie und fühlte sich jedes Mal aufgewühlt, wenn ein Mann mittleren Alters mit dunklen Haaren auftauchte – wie jetzt jener, der eine große dunkle Sonnenbrille trug und von hinten an ihr vorbeigegangen war, weshalb sie sein Gesicht so gut wie gar nicht hatte sehen können. Sie blickte ihm entgeistert nach, rief sich aber innerlich gleich selbst zur Ordnung: Hör endlich auf, dich verrückt zu machen.

Der Zug setzte sich mit zweiminütiger Verspätung in Bewegung und ruckelte mit seinen Dieseltriebwagen aus dem Bahnhofsbereich hinaus. Astrid warf aus dem Augenwinkel ihrer Nachbarin einige neugierige Blicke zu. Die Frau war ein paar Jahre älter als sie, schien aber an keinerlei Konversation interessiert zu sein, sondern blickte in ihr Taschenbuch. Nur wenn sie blätterte, riskierte sie einen Blick aus dem Fenster. Aus den wenigen Worten, die Astrid aus ihrer Perspektive in dem Buch entziffern konnte, ließ sich nicht auf die Art des Inhalts schließen. Vermutlich aber war es ein Roman.

Während der nächsten Haltestationen gab es im Abteil keinen Wechsel. Offensichtlich waren die meisten Passagiere auf eine längere Fahrt eingestellt. Astrid löste den Trageriemen vom rechten Arm und wickelte ihn um den linken. Sie kannte dieses unangenehme Gefühl, drei Stunden lang einen Rucksack auf dem Schoß zu haben, auch wenn es sich dabei um kein schweres Gewicht handelte.

Als in Singen die junge Frau ausstieg, musste Astrid wieder an den Arrogantling denken, der sie hier heute Mittag zum Segeltörn hatte einladen wollen.

Diesmal blieb der Platz neben ihr leer. Sie genoss es, ihre Beine seitlich ausstrecken zu können, ohne jemanden zu belästigen.

Allerdings war es mit der Ruhe bald vorbei. Abgesehen davon, dass der röhrende Dieselmotor den ganzen Zug beschallte – woran sie sich notgedrungen gewöhnt hatte –, begann jetzt jenseits des schmalen Ganges eine Frau mittleren Alters ein Handygespräch.

Astrid ließ all die Typen und Charaktere Revue passieren, die sie während ihrer unzähligen Zugfahrten hatte erdulden müssen. War dies wirklich der Bevölkerungsquerschnitt, der sich in solchen Zügen traf? Fuhr die Elite in den teuren Intercity-Angeboten – und der Rest der Bevölkerung in den Billigzügen, in denen gegenseitige Rücksicht ein Fremdwort war? In denen gegrölt und gepöbelt wurde, in denen man mit Straßenschuhen auf die Sitze stieg, sogar den Hund darauf Platz nehmen ließ? In denen aus Bierdosen gesoffen und oft ganze Bierkisten hereingeschleppt wurden, wenn's am Wochenende zum Auswärtsspiel der verehrten Fußballmannschaft ging? In denen man sich bei Dunkelheit des Lebens nicht mehr sicher war, weil sich die Zugbegleiter, sofern überhaupt an Bord, aus Angst um Leib und Leben irgendwo versteckten? In denen sich Schweißgeruch mit Alkoholfahnen vermengte und sich Jugendliche nicht zu benehmen wussten?

Astrid versuchte, derlei Vorurteile zu verdrängen. Auch in ICE-Zügen hatte sie schließlich schon Ähnliches erlebt. Manchmal fragte sie sich, wie verrückt und verquer die Welt inzwischen geworden war. Sie musste an einige ihrer Altersgenossinnen denken, die sich von all dem Wahnsinn, wie er alltäglich in irgendwelchen verblödenden Fernsehserien als Realität dargestellt wurde, hatten anstecken lassen. Ein Glück, dass sie sich weder während ihrer Schulzeit noch in der Zeit nach dem Abi oder während ihres kurzen, weil abgebrochenen Betriebswirtschaftsstudiums nicht davon hatte beeindrucken und verbiegen lassen. Längst war ihr aber klar geworden, dass es guter Beziehungen bedurfte, um möglichst schnell vorwärtszukommen. Dafür hatte das kleine Albdorf, aus dem sie stammte, nicht die besten Voraussetzungen geboten. Dass sie im nahen Geislingen an der »Hochschule für Wirtschaft und Umwelt Nürtingen-Geislingen« hatte studieren können, empfand sie noch immer als Glücksfall, war ihr damit doch in der unmittelbaren Nachbarschaft ein Sprungbrett geboten worden, dank dessen sie sich dem provinziellen Denken entziehen konnte. In dieser Kleinstadt war sie von den Verrücktheiten der modernen Zeit weitgehend verschont geblieben. Eigentlich musste man dieser Hektik und den allgegenwärtigen Besserwissern, wie es sie heutzutage überall gab, so schnell wie möglich entkommen, solange es nicht zu spät war. In ihrem Alter standen ihr immerhin noch viele Wege offen. Und derzeit waren die Voraussetzungen sogar bestens. Sie würde ganz sicher die große weite Welt kennenlernen und irgendwann in Luxus leben können.

Der Zug rollte längst auf Ravensburg zu, als endlich wieder Ruhe einkehrte. Beim dortigen Halt setzte sich ein älterer Herr, der nach Rauch und Alkohol roch, unrasiert war, zerschlissene Kleider trug und eine zerknitterte Plastiktüte zwischen die Beine nahm, neben Astrid.

»Wollat Se den Rucksack net nach oba tun?«, fragte der schwäbelnde Mann sie unversehens.

»Den Rucksack?«, wieder fühlte sich Astrid unsicher, wie immer, wenn sie jemand auf den Rucksack ansprach. »Nein, danke.«

»Ich könnt' ihn da rauftun, komm, gebat Sie'n her.« Schon wollte er danach greifen.

Astrid umklammerte ihn fest, als beinhalte er einen Schatz, was freilich gar nicht so abwegig war. »Nein, nein, wir sind eh bald in Ulm.«

»Bald isch gut. Noch a Dreiviertelstund.«

Astrid sah auf ihre Uhr, obwohl sie natürlich die Fahrzeit nach Ulm auswendig kannte. Sie verspürte Hunger und Durst. Wie immer hatte sie auch diesmal während dieser »Aktion«, wie sie ihre Bahnfahrten zu nennen pflegte, nichts gegessen – abgesehen von dem Apfel.

»Haben Se da Geld drin?«, grinste der Alte und musterte sie von oben bis unten. Ein Glück, dachte sie, dass er nicht merkte, wie sehr er sie mit dieser Bemerkung erschreckt hatte.

»Geld?« Sie lächelte verlegen. »Oh nein, wie kommen Sie denn da drauf?«

»Das isch doch die Strecke von Basel, oder? Der Bimbes-Express.« Er lachte schallend. So laut, dass die Dame von gegenüber auf sie aufmerksam wurde. »Jaja«, fuhr er fort, »i weiß schon, 's isch ja kein Direktzug hier.«

»Was versteht man denn unter ›Bimbes-Express‹?«, zeigte sich Astrid nun doch neugierig. Sie konnte mit diesem Begriff nichts anfangen.

»Ja, Bimbes. Nie g'hört? Vielleicht sind Sie noch z'jung dafür? Bimbes, so hat der frühere Bundeskanzler Kohl mal des Schwarzgeld g'nannt, des er als Parteispende kriegt hat ond nie saga wollt', von wem.«

Astrid nickte erleichtert. Sie konnte sich dunkel an so etwas entsinnen. Außerdem kam ihr der Begriff »Peanuts« in den Sinn, den einst ein Boss der Deutschen Bank im Zusammenhang mit ein paar Millionen Euro geprägt hatte.

»Kein Bimbes also?«, grinste der Mann weiter. »Hätte wetten könne, dass Sie Kurier sind.«

Astrid überkam ein Schauer. War das wirklich eine Zufallsbegegnung? Laberte der Alte nur rein zufällig etwas daher?

Jetzt bloß keine Regung zeigen, mahnte sie sich selbst. Pass auf, was du sagst.

»*Kurier?*«, griff sie leise dieses Wort auf, das sie wie ein Donnerschlag getroffen hatte. »Sie meinen ... Geldkurier?«

»Ja, des mein i«, erwiderte er mit seinem oberschwäbischen Dialekt. »Was glaubet Sie, was auf diesen Schienen scho alles transportiert wurde? Und je öfters man umsteige muss, desto unauffälliger isch es.«

»Sie meinen ... Geld?«

»Schwarzgeld«, antwortete er. »Von dene, die andre ausbeutet. I weiß, von was i schwätz. Hab jahrelang g'schuftet und hab den Job verlore, nachdem d'r Chef pleite g'macht hat. Geld angeblich weg. Aber in Wirklichkeit hat er's in d' Schweiz verschobe.«

»Das wissen Sie?«

»War ein offenes Geheimnis. Sozialversicherungsbetrug, Dumpinglöhne und Steuerhinterziehung.«

»Ist er wenigstens eingesperrt worden?«

»Mädel«, lachte der Mann abfällig, »glaub'sch noch an Gerechtigkeit? Ans Gute em Mensche? Vergiss es. Mein Chef isch ab über alle Berge, mitsamt d'r Knete. Auf d' Bermudas oder Bahamas, was weiß i. Wahrscheinlich auch nach Panama. Ond jetzt kriegat se doch alle Schiss, seit des mit d'r Schweiz nicht mehr so klappt.«

»Und wegen dem Hoeneß-Prozess«, ergänzte Astrid wissend. Seit der Ex-FC-Bayern-Präsident zu einer Freiheitsstrafe verurteilt worden war, hatte es in den Kreisen der Steuerhinterzieher mächtig Unruhe gegeben. Andreas hatte ihr das ausführlich berichtet.

»Jetzt isch es schwierig, Geld aus d'r Schweiz raus- oder reinzukriega«, berichtete der Alte weiter. »Auf d'r Autobahn kontrollierat se – ond a paarmal soll d'r deutsche Zoll scho Millionenbeträge sicherg'stellt han. Da isch a Fährtle mit dr Schwäbischa Eisebah' scho unverdächtiger, gell.«

Astrid schluckte und sah aus dem Fenster, als interessiere

sie das Geschwätz überhaupt nicht. In Wirklichkeit raste ihr Puls.

»Sie reisat aber nur zum Spaß?«, schloss der Mann versöhnlich.

»Ja«, nickte Astrid heftig, sodass ihr Pferdeschwanz aufgeregt wippte. »Hab eine Freundin besucht, in Singen«, log sie.

»In Singen«, echote ihr Nebensitzer. »Waren Sie auf der Burg oben?«

Zufall?, durchzuckte es sie. Zum zweiten Mal wurde sie dies heute gefragt. »Nein, nur in einem Eiscafé in der Stadt.« Diese Antwort war unverfänglich. Eiscafés gab es überall, ganz gewiss auch in Singen, wo sie noch nie gewesen war.

»Kommen Sie aus Ulm?«

Sie schüttelte den Kopf und wurde einsilbig. »Aus Blaubeuren«, log sie weiter.

»Blautopf«, gab sich der Mann selbst ein Stichwort. »Kennt jeder. Seit Hasenmayer.«

Astrid nickte. Hasenmayer, der Höhlenforscher, war ihr natürlich ein Begriff. Sie merkte, dass sie sich mit ihren Lügen bereits auf dünnes Eis wagte. Der Kerl war bei Weitem nicht so einfältig, wie er aussah.

Sie wollte nicht darauf antworten, sondern wandte sich von ihm ab und sah wieder gelangweilt aus dem Fenster.

Nach ein paar Minuten des Schweigens unternahm der Mann einen neuerlichen Vorstoß: »Sind Sie Studentin?«

»Ja«, erklärte sie schnell, ohne ihn anzuschauen.

»Sicher Betriebswirtschaft«, meinte er.

Was hatte er gesagt? Astrid erschrak schon wieder, durfte sich dies aber auf gar keinen Fall anmerken lassen. »Wie kommen Sie denn ausgerechnet darauf?«, fragte sie eher beiläufig.

»Alle studieret Betriebswirtschaft. Alle wollat bloß noch sesselfurza, wenn ich es mal so saga darf. Am Computer klicke ond andere sage, wie se schaffa müssat.« Es klang verbittert.

Astrid kochte innerlich – wegen dem, was er sagte, und dem, was er von ihr zu wissen glaubte.

Er schien sie provozieren zu wollen: »Lauter Betriebswirtschaftler. Wo führt des hin? Kein Mensch will noch was produziera? Alle wollat im Büro hocka – und der, der in d'r Werkstatt, in d'r Fabrikhalle steht, isch d'r Depp, der immer mehr schaffe muss und immer weniger Geld kriegt. Leut!«, wurde er jetzt lauter. »So kann's net weitergeha. Irgendwann hat des Abzocka ein Ende.«

Astrid sah angestrengt aus dem Fenster. Wann kam endlich Biberach?

»Höret Sie mir überhaupt noch zu?«, meckerte der Mann. Seine Alkoholfahne wehte zu ihr herüber.

»Entschuldigen Sie«, wollte sie das lästige Gespräch zu einem Ende bringen, »mir wäre es recht, wenn wir das Thema abschließen könnten.«

»So?« Er schien verwundert zu sein. »Hab i Sie jetzt schockiert?«

Astrid schwieg. Schockiert hatte er sie allemal – aber vermutlich ahnte er gar nicht, mit welchen seiner Äußerungen. Oder hatte er es ganz gezielt darauf abgesehen, sie zu attackieren? Wo war er überhaupt eingestiegen? Und wieso hatte er sich ausgerechnet neben sie gesetzt?

»Also doch Betriebswirtschaft?«, blieb er hartnäckig, doch sie starrte jetzt nur noch aus dem Fenster. Endlich Biberach. Aber der Typ blieb sitzen. Er fuhr also auch bis Ulm.

»Mir hent beide dasselbe Ziel«, stellte er ebenfalls fest. »Ja, klar, Blaubeure«, entsann er sich wieder ihres Hinweises. »I wohn in Granheim. Werdet Se net kenna.«

Gehört hatte sie es schon einmal. Münsinger Alb, soweit sie sich entsinnen konnte. Kleines Nest. Ein weitläufiger Verwandter von ihr war dort in der Nachkriegszeit mal Lehrer gewesen, hatte man ihr erzählt. Sie hatte ihn allerdings nicht mehr kennenlernen können. Er war schwer angeschlagen aus dem Kessel von Stalingrad zurückgekehrt und schon lange vor ihrer Geburt verstorben. Doch sein Schicksal, von dem man in Verwandtschaftskreisen noch während ihrer Kindheit gesprochen hatte, kam ihr immer wieder in den Sinn. Und jetzt bedurfte es nur dieses einen Ortsnamens, um wieder daran erinnert zu werden.

So sehr war sie in Gedanken versunken, dass sie nicht wahrnahm, was der Fremde neben ihr sagte. Es war besser, sich auf den Rucksack zu konzentrieren und ihn fest zu umklammern. Ihr Magen rebellierte, sie hatte Durst. Trotzdem würde sie in Ulm gleich ins Parkhaus gehen und heimfahren. Der heutige Tag hatte sie nervlich stark belastet. Außerdem mussten am bevorstehenden Wochenende einige wichtige Dinge erledigt werden.

Endlich tauchte das Gewerbegebiet Donautal auf, der Vorbote auf die Endstation.

»Haben Sie jetzt gleich Anschluss nach Blaubeuren?«, verlangte der Mann neben ihr ihre Aufmerksamkeit zurück.

»Mal sehen«, murmelte sie abweisend, ohne ihn anzuschauen.

»Bei mir wird's etwas komplizierter – nach Granheim.«

Das konnte sie sich durchaus vorstellen, war ihr aber egal.

Als die dröhnende Motorenbremse der Dieseltriebwagen das Ende der dreistündigen Fahrt ankündigte, täuschte Astrid Eile vor. Sie stand auf, umklammerte den Rucksack noch fester und bat ihren Nachbarn, sie durchzulassen.

»Pressiert's so?«, fragte er gereizt, während er sich erhob und sie vorbeiließ. Astrid sagte »Tschüss«, verschwand Richtung Tür und schnallte ihren Rucksack um. Sie wollte noch vor den vielen anderen Passagieren aussteigen, um es einem etwaigen Verfolger schwerer zu machen.

Ihr Vorhaben scheiterte jedoch an der viel zu engen Treppe zur Bahnsteigunterführung, die bei der Ankunft von Zügen meist verstopft war, weil umherirrende Reisende ihre Gleisnummern suchten.

Dein Rucksack, durchzuckte es Astrid im dichten Menschengewühl. Sie hatte ihn zwar fest verzurrt, aber geschickte Diebe verstanden es in dieser dunklen Enge, unbemerkt Rucksäcke aufzuschlitzen und mit einem blitzschnellen Griff den Inhalt zu stehlen.

Es dauerte einige quälend lange Sekunden, bis sich das Menschengewirr in der Unterführung in die eine oder andere Richtung verteilte und Astrid mit der Woge, die zum Aufgang in die Bahnhofshalle schwappte, mitgezogen wurde. Natürlich, es war später Freitagnachmittag: Feierabend und der große Aufbruch ins Wochenende. Wer nicht gerade in einer öffentlichen Verwaltung arbeitete, wo das Weekend schon zu Mittag begann, der hastete jetzt zu den Zügen.

Endlich hatte sie es geschafft, und die milde Luft des Spätnachmittags schlug ihr auf dem hektischen Bahnhofsvorplatz entgegen. Sie überquerte an der Ampel die stark frequentierte Straße hinüber in Richtung »C&A« und steuerte das dahinterliegende Parkhaus »Deutschhaus« an, in dem ihr silbernes BMW 3er-Cabrio stand, das Andreas ihr überlassen hatte. Am Ticketautomaten hatte sich eine Schlange gebildet, sodass sie einige Minuten warten musste, um die Tagesgebühr bezahlen zu können. Das gab ihr Gelegenheit, die Menschen in ihrer Umgebung zu beobachten. Vor den drei Aufzügen warteten mehrere Personen, auch die Toiletten schienen stark frequentiert zu sein. Hinter einer dicken Glasscheibe behielt ein Parkhausangestellter eine ganze Reihe von Monitoren im Auge. Als Astrids Zehn-Euro-Schein vom Schlund des Gebührenautomaten aufgesogen worden war, entschied sie sich, ins vierte Obergeschoss die Treppe zu nehmen. Ein bisschen Bewegung tat nach dem langen Sitzen in der Bahn gut.

Ihr flottes Cabrio hatte sie auf einem Eckplatz abgestellt, unweit des Treppenhauses. Sie entriegelte den Wagen mit der Fernsteuerung, worauf er sich mit einem kurzen Blinken bemerkbar machte.

Dann ließ sie den Kofferraumdeckel aufschwenken und verstaute sorgfältig ihren Rucksack. Die Klappe senkte sich, und die junge Frau wollte sich gerade der Fahrertür zuwenden, als sie von einer Männerstimme aufgeschreckt wurde, die von hinten, aus Richtung des Treppenhauses, zu ihr herhallte: »Gute Reise gehabt, Frau Mastrow?«

Sie erschrak bis in die Tiefe ihres Herzens. Beinahe wäre es stillgestanden. Ihre Knie wurden weich, der Puls raste. Sie stand wie angewurzelt, regungslos, in höchster Alarmbereitschaft.

»Keine Sorge«, hörte sie die Stimme näher kommen. »Ich wollte Ihnen nur noch eine gute Weiterreise wünschen.« Es folgte höhnisches Gelächter. »Und passen Sie gut auf das Geld auf.«

Sie drehte sich zögernd in die Richtung, aus der die Stimme an ihr Ohr gedrungen war – auf einen Angriff gefasst.

Was sie in einigen Metern Entfernung erspähte, war beinahe so schlimm wie ein Faustschlag in die Magengegend. Es traf sie zwar kein körperlicher Hieb, aber ein psychischer Schock wie ein Stromschlag: das Gesicht. Schwarze Stoppelhaare. Jung, dynamisch. Typ Banker oder Anwalt. Er war zwei Autos weiter stehen geblieben und schaute sie über die Fahrzeugdächer hinweg triumphierend an. »Sagen Sie Ihrem Herrn Ruckgaber einen schönen Gruß von mir. Er weiß dann schon Bescheid, von wem. Und was er zu erwarten hat.« Die Stimme klang zischend und gefährlich.

Astrid zitterte. Kein Zweifel. Es war der gleiche Mann, der ihr heute Vormittag im Zug und mittags in Basel schon Angst eingeflößt hatte.

»Ich …«, stammelte sie, doch er unterbrach sie schnell. »Sie brauchen mir nichts zu sagen. Guten Tag.«

Er drehte sich um und verschwand mit wenigen Schritten im Treppenhaus, wo ihm eine Familie mit Kindern entgegenkam.

Astrid blieb ein paar Sekunden neben ihrem Cabrio stehen. Es schien ihr, als drehe sich das ganze Parkhaus um sie. Was war das soeben gewesen? Hatte sie es geträumt? Eine Halluzination? Hatte sie sich den Mann nur eingebildet?

Nein, er war real gewesen. So real wie heute früh im Zug und heute Mittag in Basel.

Sie öffnete die Fahrertür und ließ sich hinters Steuer fallen. Ihr war schlecht. Sollte sie nicht sofort Andreas verständigen?

Sie drückte den Knopf für die Zentralverriegelung, lehnte sich zurück und schloss die Augen. Sie brauchte Zeit. Sie musste zuerst verdauen, was in den vergangenen Stunden über sie hereingebrochen war.

Das Firmenschild im Erdgeschoss eines zweistöckigen Gebäudes, das am Rand eines dörflich gestalteten Platzes aufragte, unweit der Gemeindebibliothek, war eher unscheinbar und ließ genügend Spielraum für Spekulationen: »RUBAFI Services GmbH«. Es klang harmlos, und kaum jemand in der kleinen Gemeinde Heroldstatt machte sich Gedanken darüber, um welche Art von Service es sich handelte. Zwar hatte der Bürgermeister einmal nachgefragt, doch auch nur die vieldeutige Antwort erhalten, man befasse

47

sich mit »Rundumservice um Geld, Finanzen und Immobilien«. Nur wenige in dem Örtchen wussten, dass sich hinter dem Kunstwort die Namen Ruckgaber und Balluf sowie das Wort »Finanzen« verbargen. Die meisten kannten deshalb auch nicht die Innenräume, die eine gediegene Seriosität ausstrahlten: modernes Mobiliar, zwei großzügige Büros mit Flachbildschirmen, gepflegte Grünpflanzen, abstrakte Gemälde an weiß getünchten Wänden, eine Kaffeeküche und ein separates Besprechungszimmer mit schalldichter Tür. Dafür, dass das Unternehmen nur zwei Beschäftigte hatte und diese gleichzeitig die Inhaber waren, erschien alles ziemlich üppig und luxuriös. Doch sie waren sich vor neun Jahren, als sie sich selbstständig gemacht hatten, darin einig gewesen, gleich von vorneherein selbstbewusst aufzutreten und keinerlei Zweifel an ihrer Kompetenz und Seriosität aufkommen zu lassen. Dazu gehörten eben adäquate Geschäftsräume, auch wenn nur selten ein Kunde persönlich hier auftauchte. Ballufs Schäferhund lag gutmütig in einer Ecke der Kaffeeküche.

Den Standort abseits der Ballungsgebiete hatten sie bewusst gewählt. Statt in der Anonymität einer Großstadt abzutauchen, waren sie »aufs Land« gegangen, womit sie eine gewisse Bodenständigkeit zur Schau stellten, was gegenüber der Kundschaft zusätzliches Vertrauen schaffte.

Ruckgaber, der in Augsburg aufgewachsen und gelernter Bankkaufmann war, hatte seinen jüngeren Kollegen bei einem Seminar in München kennengelernt. Ihre deckungsgleichen Interessen, die vorwiegend darin bestanden, mit möglichst geringem Aufwand höchstmögliche Gewinne zu erzielen, boten die Chance, diese Kräfte zu bündeln. Nach den ersten gemeinsamen Geschäften, die überaus erfolgreich verliefen, hatte Ruckgaber seinen Job bei der Bank aufgegeben, um sich fortan der Zusammenarbeit mit Balluf zu widmen, der bis dahin bei einer bundesweit agierenden Steuerberatungsgesellschaft tätig gewesen war. Von ihm, der im nahen Laichingen allein in einer feudalen Vierzimmerwohnung lebte, kam die Idee, als Firmensitz Heroldstatt zu wählen. Praktischerweise war nur zwei Straßen von den angemieteten Geschäftsräumen entfernt gerade ein Haus angeboten worden, das Ruckgaber für sich und seine Frau erwarb.

Ihr Geschäftsmodell hatte einen ungewöhnlich guten Start hingelegt – trotz der wenig erfreulichen Wirtschaftslage gegen Ende des vorigen Jahrzehnts. Aber seit die Sparzinsen dramatisch gesunken waren und in gewissen Kreisen die Neigung stieg, manchen schwarz eingenommenen Euro am Finanzamt vorbeijonglieren zu wollen, schienen ihre Angebote maßgeschneidert zu sein. Natürlich war manches nicht ganz legal, aber dank ihrer guten Zusammenarbeit mit potenten Steuerberatern, die für ihre gut betuchte Klientel sichere und gewinnbringende Anlagemöglichkeiten brauchten, gab es ein weites und äußerst lukratives Betätigungsfeld. Dies vor allem auch deshalb, weil die Schweiz ihren guten Ruf als seriös-diskreter Bankenplatz verloren hatte. Das lag nicht nur an den berühmt-berüchtigten Steuer-CDs, mit denen geklaute Daten an die deutschen Steuerbehörden verkauft worden waren, sondern auch daran, dass die Schweiz angekündigt hatte, ab 2017 die Namen ausländischer Kontoinhaber den Finanzämtern der jeweiligen Heimatländer preiszugeben.

Spätestens seit der Ex-Bayern-München-Präsident Uli Hoeneß wegen Steuerhinterziehung zu einer Freiheitsstrafe verurteilt worden war, hatte hinter den Kulissen ein hektisches Treiben begonnen, um das bei den Eidgenossen gebunkerte und sicher geglaubte Vermögen zeitgerecht abzuziehen. Dazu bedurfte es innovativer Ideen, zumal natürlich mit simplen Überweisungen verräterische Spuren gelegt würden und nach dem Geldwäschegesetz bei hohen Summen unangenehme Fragen nach der Herkunft der vielen Euros beantwortet werden müssten. Die Scheine einfach im berühmten schwarzen Aktenkoffer heimzuholen, kam auch nicht infrage, zumal pro Person und Tag nur 9.999 Euro aus der Schweiz eingeführt werden durften – und die Banken üblicherweise pro Monat dort nicht mehr als 50.000 Euro cash herausrückten. Ob im Auto oder in Bahn und Flugzeug – nirgendwo war man inzwischen mehr davor gefeit, von den deutschen Behörden bei der Einreise kontrolliert zu werden. Außerdem war vielen seit der Griechenlandkrise von vor einem Jahr die Anlage in Form von Euros ohnehin nicht mehr geheuer.

Nun konnten zwar Kleinanleger, die vor Einführung des Euros und aus Sorge um den dauerhaften Bestand dieser Währung einst einige »Peanuts« in der Schweiz zwischengelagert hatten, ihre läppischen paar Tausender stückchenweise wieder nach Deutschland importieren. Doch für die wahren Steuerhinterzieher und Geldwäscher, bei denen es um viele Millionen ging, kam natürlich diese legale, aber zeitaufwendige Methode nicht infrage. Ruckgaber hatte sich in einschlägigen Kreisen längst einen sagenhaften Ruf erworben. Insbesondere dort, wo es um Transaktionen ging, die allerhöchster Geheimhaltung bedurften. Gerade im nahen Ulm und Neu-Ulm gab es nicht erst seit dem 11. September 2001 eine rege Nachfrage nach derlei Diensten.

Also waren kreative Lösungen gefragt, wie Balluf und Ruckgaber es gegenüber betroffener Kundschaft immer auszudrücken pflegten: geschickt umgebaute Transportfahrzeuge, Privatflugzeuge oder unauffällige mehrtägige Gruppenreisen mit einem gecharterten Omnibus.

Doch vielen ging es nicht nur um das Beseitigen von Spuren, die ihr »verschobenes« Geld hinterließ. Sie wollten weiterhin möglichst hohe Erträge – und zwar ohne sie versteuern zu müssen. Längst hatten die Experten der global agierenden Banken natürlich neue Betätigungsfelder entdeckt, die ihnen – dank der unermüdlichen Arbeit der Lobbyisten – die Politiker aller Länder bereitwillig offen hielten. Zwei der beliebten Ziele waren nach wie vor die Karibik und Mittelamerika. Allerdings gab es unkalkulierbare Risiken, wie sie in diesen »Bananenrepubliken« nie auszuschließen waren: Bei einer Änderung des politischen Systems und einer damit eventuell einhergehenden Enteignung drohten ausländische Anleger ihr Vermögen oder ihre Immobilie zu verlieren. Und seit vor vier Monaten von den Medien diese »Panama Papers« veröffentlicht worden waren, machte sich zunehmend Hektik, ja, sogar Panik breit. Über eine undichte Stelle war das System der Briefkastenfirmen aufgedeckt worden, mithilfe derer einige bekannte Persönlichkeiten offenbar dubiose Beteiligungsgesellschaften zur Verschleierung ihres wahren Vermögens gebastelt hatten. Allerdings, so bewertete es Ruckgaber, war der Aufschrei der Politiker nichts weiter als scheinheiliges Getue. Wer sich auch nur ein bisschen in der Finanzwelt auskannte, dem waren die Enthüllungen nicht neu. Hätte die Politik ernsthaft gewollt, dass sich niemand hinter anonymen Briefkastenfirmen verstecken konnte, wäre dies mit einer gesetzlichen Regelung ziemlich schnell abzustellen gewesen.

Ohnehin war für das Geld die Transaktion in solche Länder meist eine Reise ohne Wiederkehr. Denn ein »Re-Import« nach Deutschland wäre mit viel zu hohen Risiken verbunden. Die angelegten und vermehrten Beträge mussten deshalb sinnvollerweise auch im jeweiligen Steuerparadies aufgebraucht werden: mit dem Erwerb von Immobilien beispielsweise, oder als Investition in eine Jacht oder einen bescheidenen Düsenjet.

Ein privater Jet jedenfalls war – wenn hin und wieder Millionen transferiert werden mussten – natürlich sinnvoll: In der Schweiz gestartet, wo das Risiko, beim Abflug mit einer hohen Bargeldsumme in Schwierigkeiten zu geraten, eher kalkulierbar war, konnte jedes Steuerparadies angeflogen werden. »RUBAFI Services GmbH« hatte bereits vor zwei Jahren diese Marktlücke entdeckt und gemeinsam mit Schweizer Kollegen eine kleine private Airline gegründet, die mit gecharterten Jets für angebliche private Geschäftsreisende solche Aufträge diskret erledigte.

Alles ist bestens gelaufen, dachte Jonas Balluf an diesem Freitagmittag, als er von seinem Schreibtisch aus auf den Dorfplatz hinaussah und die vergangenen Monate Revue passieren ließ, während er heute schon die neunte Zigarette rauchte – ein Zeichen dafür, dass er sein aufgewühltes Nervenkostüm auf diese Weise beruhigen wollte. Der Aschenbecher quoll beinahe über.

Die Euphorie über den guten Geschäftsverlauf war erheblich gedämpft worden. Es hatte nämlich »Zwischenfälle« gegeben. Sowohl zwischen den Geschäftspartnern als auch durch Einflüsse von außen. Nicht nur der »Panama-Papers« wegen.

»Und du musst ausgerechnet jetzt abhauen?«, rief er seinem Geschäftspartner zu, der ihm soeben eröffnet hatte, sich ab kommenden Dienstag eine Auszeit nehmen zu wollen, ärztlich verordnet. Balluf lehnte sich in seinem Bürostuhl zurück und drückte die flexible Lehne nach unten. »Hast du dir das gut überlegt? Ausgerechnet jetzt?«

»Beruhige dich, Jonas«, lächelte Andreas Ruckgaber und setzte sich lässig auf den großen weißen Besuchertisch in Jonas' verqualmtem Büro. »Ich war gestern Abend noch beim Doc, und der hat mir dringend geraten, für ein paar Tage alles zu vergessen. Sonst drohen ernste Herzrhythmusstörungen.«

»Du hattest doch in diesem Camp da bei Sigmaringen abgesagt«, staunte Balluf und sog den Zigarettenrauch in sich hinein. »Und jetzt gehst du trotzdem?«
»Nicht in den ›Campus Galli‹, nein, das hat sich zerschlagen.« Er tat so, als interessiere ihn dieses einst von ihm gepriesene Vorhaben überhaupt nicht mehr. »Ich bleib auf der Alb. Mein Doc hat mir jedenfalls einige stressfreie Tage dringend angeraten. Wie gesagt, Herzrhythmusstörungen.« Er tippte auf die linke Brustseite wie zum Beweis dafür, dass er einer dringenden Behandlung bedürfe.
»Und der gestörte Rhythmus hier in der Bude, der stört dich nicht, oder was?« Balluf warf den Kugelschreiber, mit dem er gespielt hatte, verärgert auf den Schreibtisch. »Hast du etwa Schiss vor etwas? Ich sag dir ...« – es klang drohend – »wenn wir gemeinsam Scheiße gebaut haben, denn baden wir sie auch gemeinsam aus. Ist das klar?«

»Jonas, bitte ...« Ruckgaber war nicht aus der Ruhe zu bringen. »Wenn da ein Idiot glaubt, er müsse durchdrehen, dann darf uns das nicht gleich in Panik versetzen.«

»Panik«, ätzte Balluf, »was heißt da Panik! Du weißt genauso gut wie ich, wie das System funktioniert. Und wie schnell da was aus den Fugen geraten kann.« Er musste seine Wut unterdrücken – vor allem aber sich zurückhalten, um nicht mehr hinauszuschreien, als es die Situation erforderte. Er wollte die Spannungen, die ohnehin vorhanden waren, nicht eskalieren lassen. Noch nicht.

»Jetzt pass mal auf, Jonas. Wir haben alles im Griff, und falls etwas Unvorhergesehenes passieren sollte, ist ja auch noch Astrid da.«

»Astrid«, wurde Balluf bissig, »natürlich Astrid.« Er holte tief Luft. »Deine Astrid. Sie wird schon wissen, was richtig ist, natürlich«, bläffte er weiter. »Ein abgebrochenes BWL-Studium befähigt natürlich dazu, den Laden hier zu führen.

Gestattest du, dass ich kurz lache?« Er drückte die Zigarettenkippe zornig in den vollen Aschenbecher. »Außerdem weiß sie sowieso viel zu viel.«

»Du solltest nicht immer eifersüchtig sein.«

»Eifersüchtig?« Er lächelte verächtlich. »Mein Gott, Andreas, was ihr beide macht, ist mir so was von scheißegal. Und wenn was schiefläuft, mein Lieber, dann wandert sie eben mit in den Knast. Ist dir das klar?«

Ruckgaber blieb weiterhin ruhig. »Es geht doch nur darum, dass sie mich notfalls erreichen kann.«

»Notfalls«, griff Balluf diese Bemerkung auf, »notfalls wirst du nämlich abhauen – und mich hier hocken lassen.«

»Das ist ja absurd, Jonas. Ich glaube, du spinnst. Wie könnte ich denn das hier alles aufgeben und abhauen? Das stellst du dir aber ziemlich einfach vor. Bist du so naiv zu glauben, man könnte heutzutage einfach mal schnell verschwinden?«

»Dir traue ich das zu.« Mehr wollte Balluf dazu nicht sagen. Er spürte unbändigen Zorn in sich aufsteigen, wollte es aber keinesfalls zeigen.

»Ich glaube, es wäre sinnvoll, wir würden wieder zum Tagesgeschäft übergehen.«

Ballufs begonnener Einwand ging im Rufton von Ruckgabers Smartphone unter, das in seinem Büro nebenan lag. Er sagte: »Wart mal!«, und ging durch die offene Tür zu seinem Schreibtisch hinüber. Die Nummer auf dem Display war ihm vertraut. Instinktiv schaute er auf die Uhr. Astrid war sicher schon in Ulm.

»Ja, Mäuschen?«

Astrids Stimme klang nicht gut. Er vermisste die herzliche Begrüßung und lauschte auf das, was sie atemlos zu berichten hatte.

»Ganz ruhig, Mäuschen«, sagte er schließlich leise, damit

Balluf es nicht hören konnte. »Komm erst mal heim, dann reden wir in Ruhe drüber. Okay?« Er wollte das Gespräch so schnell wie möglich beenden und legte das Gerät auf den Schreibtisch zurück.

Er durfte sich jetzt nicht anmerken lassen, dass er beunruhigt war.

»Was verschafft uns denn diese Ehre?« Josef Wagenblast, Besitzer eines ländlichen Hotels in einem kleinen Weiler, weitab der industriellen Zentren entlang der Hauptverkehrswege, ging gerade mit seinen Mitarbeiterinnen die Termine für die nächsten Tage durch. Draußen in der sonnigen Gartenwirtschaft hatte sich's an diesem letzten Freitag im Juli eine ganze Wandergruppe gemütlich gemacht, drinnen in den klimatisierten Räumen feierten Senioren einen Geburtstag.

Wagenblast, ein gemütlich dreinschauender Mann mittleren Alters mit schütterem, grau meliertem Haar, deutete auf einen handschriftlich hingekritzelten Namen im Terminbuch. »Andreas Ruckgaber«, las er laut vor, doch keine seiner vier Mitarbeiterinnen, die mit ihm an einem Tisch saßen, teilte seine Verwunderung, weshalb er auch noch den angefügten Wohnort dieses Mannes erwähnte: »Heroldstatt.« Zur Verdeutlichung ergänzte er: »Liegt bei Laichingen.«

»Ein Promi?«, fragte die Jüngste aus der Gruppe nach und blinzelte ihren Chef an.

»Wie man's nimmt«, erwiderte er kühl. »Prominent insofern, als dass ich erst kürzlich einen Artikel über ihn gelesen habe. Im Master-Magazin.«

»Ach, so ein hohes Tier«, kommentierte eine andere Frau.

»Nicht jeder, der im Master-Magazin zu Ehren kommt, ist ein hohes Tier, liebe Gertrud. Dieser Ruckgaber hat sich mit dubiosen Immobilien- und Finanzgeschäften einen

Namen gemacht. Aber das ist ja heutzutage nichts Besonderes mehr.«

»Ein Betrüger?«, wollte Gertrud, eine in Ehren ergraute Bedienung, wissen.

»Darf man sicher so nicht sagen«, meinte Wagenblast und konnte seinen Blick nicht von dem Eintrag im Terminbuch losreißen. »Einer, der mit irgendeinem Kompagnon zusammen Gesetzeslücken nützt, Leuten angeblich lukrative Versicherungsverträge verkauft und sensationelle Geldanlageformen anbietet. Acht, neun Prozent. Aber wer da drauf reinfällt, ist ja selbst schuld. Alles, was über 0,5 Prozent Zinsen bringt, ist heutzutage schon ziemlich verdächtig.« Der Hotelier wischte sich mit einem Papiertaschentuch den Schweiß von der Stirn.

»Aber irgendwie muss er den Leuten das Geld doch auch wieder auszahlen«, zeigte sich nun die Dritte in der Runde interessiert.

»Tut er, natürlich. Alter Trick: Schneeballsystem. Beim einen ergaunern – und wenn's notwendig ist, einem anderen sensationelle Zinsen auszahlen, damit dieser gleich gar keine Zweifel kriegt, sogar noch weitere Summen anlegt und das Angebot weiterempfiehlt.«

»Damit das klappt, braucht er aber ständig neue zahlungskräftige Kundschaft«, meinte Gertrud.

»Alles Geldsäcke mit Schwarzgeld«, erklärte der Hotelier, der die Bodenständigkeit in Person war und mit der sprichwörtlichen Sparsamkeit und dem Fleiß eines Schwaben den Betrieb selbst aufgebaut hatte. Aus einer Vesperstube war der »Kuchalber Hof« geworden. Verbittert stellte er im Hinblick auf die Superreichen fest: »Alles Leute, die nicht jeden Cent versteuern müssen – oder besser gesagt: die das Finanzamt bescheißen, meist sogar legal und mithilfe findiger Rechtsverdreher.«

»Und wann kommt dieser Mensch nun zu uns?«

»Drei Nächte will er hierbleiben«, las Wagenblast aus seinem Buch. »Freitag nächster Woche, am 5. August. Also heute in einer Woche. Von Freitag bis Montag.«

»Einzelzimmer?«

»Ja, Einzelzimmer.«

»Der wohnt in Heroldstatt«, überlegte nun die vierte Mitarbeiterin, »das liegt nicht weit von hier, doch nur 30 Kilometer, oder? Dann verbringt er sein Wochenende allein hier bei uns?«

»Hat der keine Frau?«, wollte Gertrud wissen.

»Keine Ahnung«, gab der Chef zurück. »Aber vielleicht will er hier bei uns ja jemanden treffen. Wir sind an diesem Wochenende ziemlich ausgebucht.«

»Auch alleinreisende Frauen?«, interessierte sich die Jüngste.

»Sieht nicht so aus«, konstatierte Wagenblast beim Überfliegen der anderen Namen. Er blickte auf und sah seine Mitarbeiterinnen nacheinander an: »Ich möchte aber nicht, dass er sich beobachtet fühlt.«

»Beobachtet?«, wiederholte Gertrud. »Meinen Sie denn, wir spionieren ihm nach?«

»Nein, es ist nur so ein Hinweis. Er soll sich doch schließlich bei uns wohlfühlen.«

»Und wenn es zu einem dubiosen Treffen mit jemandem kommt?«, blieb die Jüngste hartnäckig.

»Es wird schon keine Schießerei geben«, grinste der Hotelier, spürte jedoch ein innerliches Unbehagen. Er würde auf jeden Fall verhindern, dass in seinen Räumlichkeiten für zweifelhafte Finanzanlagen geworben wurde.

Balluf war froh gewesen, dass Ruckgaber nach dem kurzen Telefonat die Geschäftsräume schnell verlassen hatte mit dem Hinweis, »etwas Privates« erledigen zu müssen. Die Spannungen freilich waren dadurch nicht ausgeräumt, sondern nur aufgeschoben.

Dabei war alles bestens gelaufen – bis zu dem Tag im vergangenen Jahr, als sich Ruckgaber in den Kopf gesetzt hatte, die Geschäfte noch weiter auszudehnen und dafür eine Hilfskraft einzustellen, die ihm offenbar von »einem Bekannten« als »höchst intelligent« empfohlen worden war.

Für Jonas war dies ein unkluger Schachzug gewesen. Denn sie hatten sich in gewisser Weise eine Mitwisserin an Bord geholt. Es war schließlich nahezu unmöglich, einen Großteil der Geschäfte, vor allem aber deren Systematik, vor ihr geheim zu halten. Jonas hatte sich vehement gewehrt. Es war das erste Mal gewesen, dass sie heftig aneinandergerieten. Andreas hatte sich aber nicht kompromissbereit gezeigt.

Jonas musste sich rückblickend eingestehen, seinen Widerstand aufgegeben zu haben, als Astrid Mastrow zum Vorstellungsgespräch erschienen war. Auf Anhieb hatte er sich in ihr Lächeln und ihr charmant-selbstbewusstes Auftreten verliebt, wozu natürlich auch ihr Äußeres nicht unwesentlich beitrug. Vermutlich war sich die junge Frau ziemlich schnell ihrer Wirkung auf die beiden Männer bewusst geworden.

Jonas hatte sich große Hoffnungen gemacht, doch bereits nach wenigen Tagen bekam er zu spüren, dass Astrid wohl eher dem »älteren Herrn« zugetan war. Und Jonas fühlte sich zunehmend als der große Verlierer. Von Monat zu Monat verstärkte sich der Eindruck, sie avanciere zur Chefin.

Vollends frostig wurde das Klima, als Andreas Anfang des Jahres wegen ihr seine Frau verlassen hatte. Jonas hätte am liebsten alles hingeworfen und wäre aus der Firma ausgestiegen. Doch die traumhaften Gewinne waren allzu verlockend, und außerdem bestand zwischen ihm und Andreas eine gegenseitige Abhängigkeit. Oder war es eher ein Gleichgewicht des Schreckens?, hämmerte es in seinem Kopf. Jeder war in irgendeiner Weise vom anderen abhängig.

Daran änderte auch eine Merkwürdigkeit nichts, die ihm vor drei Wochen aufgefallen war: Auf seltsame Weise hatten sich einige fürstliche Honorarzahlungen, die in bar hätten fließen müssen, in ein angebliches Verlustgeschäft mit gecharterten Flugzeugen »verflüchtigt«. Andreas war den Fragen dazu ausgewichen und hatte damit argumentiert, er sei der offizielle geschäftsführende Gesellschafter der Zwei-Personen-GmbH und müsse zwangsläufig hin und wieder »unpopuläre Entscheidungen« treffen. Nach einer massiven Auseinandersetzung hatte Jonas die Finanzlage selbst durchleuchten wollen, dabei aber festgestellt, dass wichtige Daten mit ihm unbekannten Passwörtern gesichert waren.

Mit einem Schlag war das Vertrauen gesunken, und er stellte sich die Frage, wohin der Löwenanteil des bisherigen Gewinns geflossen war. Zwar hatte ihm Andreas regelmäßig über ziemlich verschlungene digitale Wege hohe Summen auf ein Konto in George Town auf den Caymans überweisen lassen. Aber das war nur ein Bruchteil dessen, was sie gemeinsam in den vergangenen Jahren erwirtschaftet hatten. Als er jüngst Andreas zur Rede stellte, war die Antwort ziemlich knapp ausgefallen: »Das Geld liegt sicher auf einem Konto der GmbH in George Town.« Dieses britische Überseegebiet des Vereinigten Königreiches, das wusste Jonas natürlich, galt als fünftgrößter Finanzplatz der Welt, auf dem rund 200.000 Firmen registriert waren. Laut Wikipedia hatten dort die meisten international tätigen Banken eine Zweigstelle, natürlich auch die größten deutschen.

Nach diesem Krach war es Andreas angeblich körperlich so schlecht gegangen, dass er sich krankgemeldet und anschließend von einer Auszeit gefaselt hatte. Zunächst war er wild entschlossen gewesen, als Ehrenamtlicher in dieses Camp bei Meßkirch zu gehen und beim Aufbau dieser vormittelalterlichen Klosterstadt mitzuarbeiten. Doch jetzt ging's offenbar um eine Wanderung. Zehn Tage lang abschalten. Jonas jedoch hegte inzwischen erhebliche Zweifel an dieser Version. Wahrscheinlich suchte Andreas einen eleganten Ausweg, die GmbH ganz an sich zu reißen – und damit auch das viele Geld in George Town oder den anderen Steueroasen, mit denen sie es zu tun hatten, wie die Cookinseln, Dubai, Mauritius oder Panama. Insgesamt gab es mehr als 40 Staaten, in denen man Geld vor dem deutschen Fiskus in Sicherheit bringen konnte, wenn man es nur raffiniert genug anstellte.

Immer war natürlich höchste Vorsicht geboten. Jonas öffnete an seinem Hemd den Kragenknopf und zündete sich eine weitere Zigarette an. Cerberus, sein Schäferhund, schlummerte abseits des Schreibtisches und schien an den Rauch gewöhnt zu sein. Der Ventilator schaffte in der sommerlichen Hitze eines Julitages weder frische Luft noch die nötige Abkühlung herbei. Balluf fingerte aus den Ablagekörbchen ein Blatt Papier, das den fotokopierten Ausschnitt einer Landkarte zeigte, der im Original auf einer Broschüre abgebildet gewesen war. Diese hatte Andreas vor einigen Tagen beim Kaffeetrinken in der Küche studiert und dann offenbar versehentlich beim Kopierer liegen gelassen. Weil darauf eine mehrtägige Wandertour beschrieben wurde, die »Albtraufgänger« hieß, und nachdem einige Tagesetappen mit Kugelschreiber umkreist waren, ging Jonas davon aus, dass es sich dabei um jene Route handelte, von der Andreas zu schwärmen begonnen hatte. Aus diesem Grund hatte Jonas heimlich eine Kopie davon gemacht und die Broschüre wieder zurückgelegt.

Jetzt begann er, die Landkarte genauer zu studieren. Sie umfasste einen Bereich der nördlichen Schwäbischen Alb.

Vertraute Ortsnamen wie Wiesensteig, Aichelberg, Bad Boll oder Geislingen stachen ihm ins Auge. Dazwischen – oder seitlich davon – einige Symbole, die auf Gaststätten und Hütten hinwiesen. Handschriftlich hatte Andreas zusätzlich das Otto-Hoffmeister-Haus, das Boßlerhaus und das Wasserberghaus eingefügt, drei beliebte Wanderziele, die offenbar nicht direkt an der Route lagen. Wenn er diesen Plan richtig deutete, dann wollte Andreas rund 100 Kilometer bewältigen und in fünf unterschiedlichen Beherbergungsbetrieben nächtigen, dabei sogar dreimal am gleichen Ort – einem Hotel auf der sogenannten Kuchalb – und einmal auf einem Campingplatz.

Jonas ging in Gedanken die einzelnen Stationen durch, die er alle kannte. Offenbar hatte sich Andreas bei seiner Planung auch an den Öffnungszeiten der verschiedenen Einrichtungen und Lokale orientieren müssen. Natürlich war sein Kompagnon ein Naturfreund, keine Frage, das hatte er in vielen Gesprächen zum Ausdruck gebracht. Andreas wanderte gerne im Gebirge, scheute auch keine Klettersteige und radelte sogar mit dem Mountainbike die steilsten Pfade hinauf. Aber weshalb er sich für seine Auszeit dann eine eher harmlose Route ausgesucht hatte, die zwar reizvoll war, aber seinen alpinen Ansprüchen in keiner Weise gerecht wurde, mutete ziemlich seltsam an. Jonas zählte die Tage und Nächte ab, die unter Berücksichtigung des dreitägigen Aufenthalts auf der Kuchalb zusammenkamen. Wenn Andreas, wie vorgesehen, am kommenden Dienstag startete, dann war er demnach zehn Tage unterwegs und am Donnerstag übernächster Woche zurück.

Während er dabei war, die Kopie in eine Schublade seines Schreibtisches einzuschließen, überkam ihn ein seltsamer Gedanke: Hatte Andreas die Broschüre mit der genauen Routenplanung und den auffälligen Notizen womöglich gar nicht zufällig in der Kaffeeküche beim Kopierer liegen lassen? Hatte er damit ein Ziel verfolgt?

Jonas spürte, wie sich sein Pulsschlag beschleunigte. Auch Cerberus schien dies zu bemerken. Er hob den Kopf und stellte die Ohren auf.

2

Das Wochenende nahte mit Riesenschritten, und auch der Erste Kriminalhauptkommissar August Häberle sehnte es herbei. Die heißen Sommerwochen strengten ihn an, obwohl es in jüngster Vergangenheit keinen großen Fall mehr gegeben hatte. Mit zunehmendem Alter, so musste er sich eingestehen, brauchte er nach einer Arbeitswoche eine immer längere Regenerationszeit. Wenn er dies spürte, kamen in ihm Zweifel auf, ob es sinnvoll gewesen war, die Pensionierung aufzuschieben und seine Dienstzeit freiwillig zu verlängern. Eigentlich hatte er den Ruhestand jahrelang herbeigesehnt, doch dann, als es so weit gewesen war, hatte er sogar Angst davor gehabt. Angst, vor einer großen Leere zu stehen. Angst, mit sich und der Welt nichts anfangen zu können. Zwar war er als Judoka-Trainer bei der Göppinger Turnerschaft stark engagiert und außerdem voller Pläne für Urlaube mit dem Wohnmobil oder auf einem Hausboot. Aber letztlich hatte nicht nur ihn, sondern auch seine Frau Susanne die zunehmende Sorge umgetrieben, ob er sich sorgfältig genug auf die Zeit nach der Polizei vorbereitet hatte. Die ganz großen Fälle, für die er einst in Stuttgart, später in Göppingen und nun, seit der Polizeireform, beim Präsidium Ulm zuständig war, hatten oftmals über Monate hinweg seinen Lebensrhythmus bestimmt. Da war kaum Zeit geblieben, sich auf die neue Lebensphase einzustellen.

Seine langjährige Berufserfahrung, seine Kenntnis von Land und Leuten, dies alles brachte er in seine Ermittlungstätigkeit ein und scheute auch nicht davor zurück, selbst die unliebsamsten Zeitgenossen zu vernehmen. Die Polizei war für ihn weit mehr als ein Beruf. Sie war Berufung, der er sich nicht dem Chef zuliebe verschrieben hatte, sondern der Menschen wegen, denen er Sicherheit und Gerechtigkeit zuteil werden lassen wollte. Und das sollte er einfach so aufgeben? Das war die Frage gewesen, die ihn voriges Jahr in schlaflosen Nächten geplagt hatte.

Sollte er sich noch weitere zwei, drei Jahre lang dies alles antun? Den Ärger mit den Besserwissern, die ihn in zunehmender Zahl umgaben?

Er konnte mit diesen jungen Schnöseln, die allenfalls mal im Rahmen eines »Umlaufs« in die praktische Arbeit hineingeschnuppert hatten, sich ansonsten aber in trockene Gesetzestexte und Computer vertieften, nichts anfangen. Dass aber ausgerechnet der Ulmer Polizeipräsident, mit dem er einige Zeit auf Kriegsfuß gestanden war, die Bedeutung der praxisnahen Ermittlungen doch noch lobend hervorgehoben hatte, empfand er als Genugtuung und Anerkennung. Und schließlich war es dies gewesen, was ihn im letzten Augenblick dazu bewogen hatte, den Dienst zu verlängern.

Dass jetzt, kurz vor 16 Uhr, der schrille Rufton des Telefons die Stille in seinem Büro zerriss, ließ allerdings erneut die Zweifel an seiner Entscheidung aufkommen. Würde wieder einmal ein Wochenende ganz anders ablaufen als geplant? Doch kein Ausflug an den Bodensee?

Häberle atmete tief durch, nahm den Hörer und meldete sich.

»Chef«, es war die Stimme seines langjährigen engsten Mitarbeiters Mike Linkohr. »Ich befürchte, es gibt noch Arbeit.«

»Das befürchte ich auch, wenn Sie um diese Zeit anrufen«, brummte Häberle, dessen Jeanshemd ob seiner Körperfülle bedrohlich spannte. »Was ist passiert?«
»Die Kollegen vom Präsidium Konstanz haben eine Leiche. In Sigmaringen, ihrem Zuständigkeitsbereich. Und die stammt aus unserer Gegend, genauer, aus Salach.«
»Ich geh mal davon aus, dass es kein natürlicher Tod war«, seufzte Häberle. Und wieder überkam ihn das schale Gefühl, an einem Freitagabend nicht mehr die nötige Energie zu haben, um ein Kapitalverbrechen bearbeiten zu können. Das war vor zehn Jahren noch ganz anders, hämmerte es in seinem Kopf. Da warst du voller Eifer dabei. Und jetzt, nachdem du verlängert hast, bist du unter Zugzwang, weil alle auf dich und deine Erfahrung bauen. Bist du einem solchen Druck überhaupt noch gewachsen?
Linkohr hatte offenbar Häberles Gemütslage bemerkt. »Verbrechen«, sagte er deshalb knapp. »Erschlagen, vermutlich mit einer Axt oder was Ähnlichem.«
»Und wo?«
»Im ›Campus Galli‹«, erklärte Linkohr, ersparte seinem Chef aber eine Nachfrage und erklärte deshalb: »Ist ein riesiges Waldgebiet, in dem sie ein frühmittelalterliches Kloster rekonstruieren wollen.«
Häberle entsann sich einer Filmdokumentation, die er darüber vor einigen Wochen im Südwestfernsehen gesehen hatte. »Und wer ist das Opfer?«
»Einer, der dort ehrenamtlich mitgearbeitet hat. Moll heißt er. Lorenz Moll, 46 Jahre alt, Elektromeister und Familienvater aus Salach.«
»Und was erwarten die Kollegen von uns?«
»Hilfe«, erwiderte Linkohr knapp. »Sie haben zwar die Ehefrau bereits informiert, aber wir sollen uns das Umfeld anschauen. Eine Mail aus Sigmaringen liegt bereits hier.«

»Okay«, versuchte Häberle, seine Kräfte wieder zu mobilisieren. »Dann gehen wir's an. Wird sich nicht vermeiden lassen.« Er hatte das Gespräch beenden wollen, doch dann hakte er noch nach: »Liegt gegen den Mann etwas vor?«
»Nein, soweit sich das momentan überblicken lässt. Ein ehrbarer Bürger.«
»Hat seine Frau irgendeinen Verdacht?«
»Genau das ist es, was wir herausfinden sollen.«
Häberle knurrte etwas, das Linkohr nicht verstand.

Das Wochenende hatte für Ruckgaber und Balluf alles andere als erholsam begonnen. Balluf inhalierte den Rauch einer Zigarette. Ihn plagten finstere Gedanken und er spielte tausend Möglichkeiten durch, wie die nächsten Wochen und Monate aussehen konnten. Trennen von Ruckgaber? Unmöglich, sagte ihm die Vernunft, die sich stark am Materiellen orientierte. Aber was, wenn Andreas tatsächlich die Fliege machte und verschwand?
Nein, das ist völlig unmöglich, mahnte ihn dieselbe Vernunft, die ihn davon abhielt, alles hinzuschmeißen. Sie waren doch viel zu sehr miteinander verwoben – geschäftlich und in allem, was sie inzwischen angezettelt hatten.
Dennoch erschien es Balluf für geboten, eine gewisse Vorsorge zu treffen. Roland Blank, sein Freund aus Jugendtagen, war in solchen Fällen der richtige Ansprechpartner. Als Rechtsanwalt wusste dieser immer einen Rat und bemühte dazu auch nicht gleich den üppigen Honorarsatz. Balluf war erleichtert, ihn auf dem Handy zu erreichen. »Tut mir leid, alter Freund«, sagte er, ohne sich lange mit Höflichkeitsfloskeln aufzuhalten, »aber ich brauch mal wieder deinen juristischen Rat.«
»Auch mal wieder«, kam es seufzend zurück. »Wieder was angebrannt? Stets zu deinen Diensten, das weißt du.«

»Danke. Könnten wir uns möglichst bald treffen?«
»Bald?«, hakte der Anwalt nach, wohl wissend, welcher Art die Geschäfte waren, denen sein Freund nachging. Schließlich hatte er für ihn schon einige Schriftsätze formulieren müssen.
»Ja, möglichst schnell. Noch ist zwar nichts angebrannt, aber es könnte passieren.«
»Morgen Vormittag? Um zehn hätte ich für eine Stunde Zeit. Dann muss ich zum Tennis.«
»Okay, ich bin pünktlich. Danke dir, Roland.«
Balluf legte auf und fühlte sich sofort erleichtert. Er würde Roland alles anvertrauen. Fast alles jedenfalls.

Unruhig, wenngleich auf ganz andere Weise, erlebte auch Ruckgaber diesen Freitagabend. Nach dem kurzen Streit mit Balluf am Nachmittag hatte er blitzartig das Büro verlassen und sich anschließend auch nicht mehr bei ihm gemeldet. Denn was ihm Astrid nach ihrer Rückkehr aus Basel berichtet hatte, ließ es angeraten scheinen, die Planung für die nächsten Tage noch zu verfeinern.

»Du, der Typ kommt mir sehr gefährlich vor«, sagte Astrid, die sich wieder besser fühlte, nachdem sie geduscht hatte und sie beide eine Tiefkühl-Pizza verspeist und ein Gläschen Wein getrunken hatten.

Andreas Ruckgaber war ein geduldiger Zuhörer gewesen. Er überlegte insgeheim, auf wen die Beschreibung zutreffen könnte. Anmerken ließ er sich dies aber nicht. »Unzufriedene Kunden gibt's in jedem Geschäft«, murmelte er stattdessen, als ginge ihn dies alles nichts an. »Und Verrückte auch.«

»Aber er hat gesagt, du wüsstest Bescheid und würdest wissen, worum es geht.«

»Seinen Namen hat er aber nicht gesagt?«

»Nein, er hat sofort kehrtgemacht und ist weg.«

»Wer seinen Namen nicht nennt, kann auch nicht erwarten, dass ihm geholfen wird«, meinte Ruckgaber mit gespielter Gelassenheit und trank sein Glas leer.

»Und du hast wirklich keine Ahnung, wer das sein könnte? Der muss doch gewusst haben, dass ich nach Basel fahre und wohin dort. Er hat sich im Zug vor mir versteckt, bei der Hin- und vermutlich auch bei der Rückfahrt. Ich hab natürlich im Gedränge nicht darauf geachtet, wer da alles unterwegs war.« Sie hatte das alles schon mehrere Male geschildert, musste es sich aber nun erneut von der Seele reden.

»Es scheint so gewesen zu sein, wie du es sagst«, kam ihr Ruckgaber betont sachlich entgegen. »Ist aber nicht unbedingt ein Grund zu großer Beunruhigung. Stalker gibt's heutzutage viele.«

»*Stalker*,« empörte sich Astrid, »du willst mir doch nicht einreden, dass der mir auf diese Weise nachstellt. Um mich zu verunsichern?«

»Vielleicht, um *mich* zu verunsichern. Er hat doch zu verstehen gegeben, dass du sozusagen zu mir gehörst.« Wieder diese Gelassenheit, dachte Astrid. Eigentlich hatte sie diese Eigenschaft bisher an ihm geschätzt, doch im konkreten Fall hasste sie seine zurückhaltende, selbstgefällige Art.

»Andy«, wurde sie deutlicher, »wenn da irgendetwas ist, was ich wissen müsste, dann sag es mir hier und jetzt. Ich will mich während deiner Abwesenheit nicht mit irgendwelchen dubiosen Typen herumschlagen.«

»Du hast doch Jonas«, beruhigte Andreas erneut. »Jonas wird sie dir alle vom Leibe halten.«

»Was heißt da *alle*?«, hielt sie ihm entgegen. »Wie soll ich das verstehen? Ist da noch jemand, mit dem ich rechnen muss?«

»Bitte, Mäuschen. Dreh mir nicht jedes Wort im Mund

herum. Unser Geschäft ist voller Kanten und Ecken, das weißt du. Da wird es immer ein paar Problemchen geben.«
»Problemchen«, wieder griff sie eines seiner verniedlichenden Lieblingswörter verärgert auf. »Du sprichst von einem Problemchen, während ich mich den ganzen Tag von dubiosen Typen umzingelt fühle.«
»Wie du richtig erkennst, Mäuschen: Du fühlst dich umzingelt. In Wirklichkeit hast du derzeit nur ein dünnes Nervenkostüm.« Er lächelte charmant und besah ihr luftiges Sommerkleidchen, dessen tiefer Ausschnitt einen atemberaubenden Blick auf ihre weiblichen Formen zuließ. »Ein dünnes Sommerkleidchen schätze ich an dir viel mehr«, fügte er an.
»Lustmolch«, gab sie bissig zurück. »Davon wirst du nichts mehr haben, wenn du in Stammheim hockst.«
Ruckgaber stutzte. Wie kam sie denn darauf, ihn schon in diesem Stuttgarter Gefängnis sitzen zu sehen? Hatte nicht Jonas vorhin etwas Ähnliches durchklingen lassen?
Waren denn alle um ihn herum verrückt geworden?
»Also, lass uns einen schönen Abend verbringen«, lenkte Ruckgaber ab. »Ich schlage vor, wir fahren mit dem Cabrio über die Alb bei diesem herrlichen Wetter. Und dann gehen wir irgendwo schick essen.«
Sie sah ihn sorgenvoll an. »Um ehrlich zu sein, Andy, mir ist der Appetit gründlich vergangen.«

Häberle hatte schweren Herzens seine Frau angerufen und sie enttäuschen müssen: Aus dem gemütlichen Freitagabend würde ebenso wenig etwas werden wie aus dem geplanten Wochenendausflug an den Bodensee. Susanne zeigte, wie in all den Ehejahren, Verständnis für seine Arbeit, die schon manche Freizeitaktivität beeinträchtigt hatte. Doch weil sie wusste, dass ihr August, bisher jedenfalls, mit Freude an sei-

nem Job hing und sich ein Leben ohne die Polizei kaum vorstellen konnte, nahm sie diese Einschränkungen hin. »Übernimm dich bitte nicht«, war dann alles, was sie sagte.
»Richtung Bodensee fahr ich trotzdem«, meinte er leise.
»Nur halt ohne dich.«
»Bodensee? Was machst du denn heute noch am Bodensee?«
»Nicht ganz bis zum Bodensee. Nur bis Meßkirch.«
Ob Susanne wusste, wo genau dieser Ort lag, war fraglich, doch er wollte das Thema nicht vertiefen.
»Aber du kommst doch heute Nacht heim?«, fragte sie besorgt nach.
»Irgendwann, ja, aber ich befürchte, es kann sich hinziehen.« Er flüsterte ihr noch ein paar liebe Worte zu und wünschte ihr einen schönen Abend. Dann legte er auf. Er hatte mit Linkohr abgesprochen, dass er sich selbst ein Bild von dem Tatort verschaffen wolle, und bat den wesentlich jüngeren Kollegen, sich weiteres Material über das Opfer zu besorgen. »Rufen Sie auch mal den örtlichen Polizeiposten an«, gab er ihm mit auf den Weg. Meist wussten die Polizisten vor Ort, sofern sie nicht jüngst beliebig ausgetauscht worden waren, über die Menschen in ihrem Zuständigkeitsbereich Bescheid. Dazu bedurfte es keiner elektronischen Dateien, die angesichts des Datenschutzes ohnehin ziemlich löchrig waren.

Häberle brauchte mehr als zwei Stunden, bis er über Ulm das zwar idyllisch, aber verkehrsmäßig nicht sehr gut erschlossene Donautal erreicht hatte, wo er noch vor Sigmaringen nach Meßkirch abzweigen musste.

Die Sonne näherte sich bereits deutlich dem westlichen Horizont, während er unterwegs noch einmal die spärliche Information auf sich wirken ließ, die er von den Sigmaringer Kollegen erhalten hatte. Ein Mann hatte demnach ehrenamtlich an einem archäologischen Projekt mitgearbeitet und war erschlagen worden. Vermutlich vergangene Nacht. Häberle war gespannt auf diesen »Campus Galli«, über den er sich noch kurz vor der Abfahrt im Internet schlaugemacht hatte. Es schien eine ziemlich einmalige Angelegenheit zu sein. Nur in Frankreich gab es ein ähnliches Projekt, bei dem eine mittelalterliche Burg aufgebaut worden war. Hier aber, einige Kilometer von Meßkirch entfernt, ging es um eine komplette Klosteranlage, deren nie realisierter Plan vor einigen Jahren im Nachlass des Klosters Sankt Gallen aufgetaucht war.

Hoffentlich war es kein schlechtes Omen, wenn gleich zu Beginn dieses Mammutunternehmens ein Mord verübt wurde.

Häberles nachmittägliche Müdigkeit war mit einem Schlag verflogen. Er spürte die alte Begeisterung wieder in sich aufsteigen. Immerhin schien es keines der üblichen Verbrechen zu sein, die sich im Alkohol- oder Drogensumpf abspielten. Wenn hier ein gut situierter Handwerksmeister erschlagen worden war, dazuhin noch ein ehrenamtlich engagierter, dann deutete dies auf einen komplexen Fall hin.

Das Navi wies ihm den Weg bis zu der Abzweigung, an der inmitten freier und idyllischer Landschaft ein Hinweisschild auftauchte, das ihn vollends an sein Ziel führte. Auf einem großen gekiesten Parkplatz standen verloren einige wenige Pkws. Nichts schien auf einen Polizeieinsatz hinzudeuten.

Häberle ließ den weißen Dienst-Mercedes ein Stück weiter an hohen Fichten entlangrollen und folgte dem geschotterten Fußweg zu einigen Holzbauten, die sich hinter einem Erdwall erhoben, der in einer Entfernung von hundert Metern offenbar den Eingang markierte. Dort erkannte er von Weitem eine große Hinweistafel mit den Eintrittspreisen, rechts davon das Kassenbüro, wo hinter dem offenen Tor zwei Uniformierte vor einem Streifenwagen standen.

Häberle ließ beim Näherkommen die Seitenscheibe hinabgleiten und stellte sich als Kriminalist des Polizeipräsidiums Ulm vor. Bei der Nennung seines Namens hob der ältere der beiden Streifenbeamten erstaunt eine Augenbraue. »Sie sind der bekannte Kollege aus Göppingen?«, stellte er ungläubig fest.

»Na ja, bekannt ist übertrieben«, wehrte Häberle bescheiden ab. »Wenn man lange genug im Job ist, wird vieles über einen geredet.« Er grinste und ließ sich den Weg zu der Anlage schildern, von der weit und breit nichts zu sehen war.

Während langsam die Dämmerung hereinbrach, steuerte er den Wagen durch eine breite Wiesensenke mit bunten Blumen. Dieser Zugangsweg führte zum rechten Waldrand und wurde dort von dem dichten Grün stattlicher Bäume und undurchdringlicher Hecken verschlungen. Für einen Moment hegte er Zweifel, ob es sich tatsächlich um diesen »Campus Galli« handeln würde, aber er war exakt den Schilderungen der Kollegen gefolgt. Außerdem hätte er bis hierher auch nirgendwo abbiegen können.

Er reduzierte das Tempo auf Schrittgeschwindigkeit, weil der Heckenbewuchs beidseits des Wegs am Lack des Autos entlangstreifte. Wenig später tauchte rechts ein erster Handwerker-Unterstand auf. Werkzeuge und Hölzer ließen auf eine mittelalterliche Schreinerei schließen. Ein paar Meter weiter entdeckte Häberle einen Steinhaufen, an dem er den Beschreibungen seiner Kollegen zufolge scharf nach links abbiegen musste.

Entlang des Waldwegs, der nun vor ihm lag, tauchten weitere Handwerker-Unterstände auf. Ihre Rückwände waren mit dünnen Hölzern geflochten, die Abdeckungen bestanden aus Holzschindeln oder Planen und wurden von grob behauenen dünnen Stämmen getragen. Im Vorbeifahren an weiteren Werkstätten, an denen offenbar tagsüber Wolle gefärbt und gewoben wurde, fielen dem Kriminalisten ziemlich primitiv anmutende Werkzeuge auf.

Tatsächlich war es so, als sei die Zeit hier irgendwann im Mittelalter stehen geblieben – wenn nicht ein kurzes Stück weiter Polizeifahrzeuge und zwei Dutzend Personen im Grün des Waldes aufgetaucht wären.

Häberle stoppte seinen Wagen, stieg aus und legte die restlichen 50 Meter entlang der abgestellten Einsatzfahrzeuge zu Fuß zurück.

Dort, wo inmitten des Hochwaldes ein Schild mit der Aufschrift »Felder/Weiden« nach links zeigte, hatten sich mehrere Personen um einen Werkstatt-Unterstand versammelt. Häberle kannte niemanden davon. Als er sich näherte, nahm sich ein Unformierter seiner an und brachte ihn zu einem jungen Kriminalrat namens Dennis Blocher, der vom Aussehen her dem Klischee des jungen dynamischen Karrieristen der Polizei entsprach: groß, schlank, sportlich, korrekter Haarschnitt, braun gebrannt. Kantige Gesichtszüge, kräftiger Händedruck, scharfer Blick. Leiter des Kriminalkommissariats Sigmaringen. »Bekommen wir Verstärkung aus Göppingen?«, stellte er mit süffisantem Unterton fragend fest.

Häberle musterte sein Gegenüber und schob ihn gedanklich in die Schublade »Emporkömmling«. Blocher war sicher nur wenig mehr als halb so alt wie er, kannte gewiss jeden Paragrafen des Strafgesetzbuches und des Polizeigesetzes auswendig, einschließlich sämtlicher Kommentare dazu, aber ob er mit Land und Leuten zurechtkam, stand natürlich auf einem anderen Blatt. Häberle beschloss, derlei Vorurteile zu unterdrücken und ihm eine Chance zu geben.

»Sie haben uns darüber informiert, dass der Getötete aus unserer Gegend stammt«, wurde Häberle sogleich sachlich und sah zu dem mittelalterlich anmutenden Unterstand hinüber, in dem vier oder fünf Männer der Spurensicherung in ihren weißen Schutzkleidungen noch immer jeden Quadratzentimeter untersuchten. Sie schienen es besonders gründlich zu machen, denn schließlich war der Tote bereits in den frühen Vormittagsstunden entdeckt worden.

»Die Leiche ist bei der Obduktion«, erklärte Blocher und führte Häberle, vorbei an weiteren Kollegen, näher an den provisorisch erscheinenden Unterstand heran. Dort waren einige Beamte damit beschäftigt, vor der einbrechenden Dunkelheit Scheinwerfer aufzustellen und ein Stromaggregat in Betrieb zu nehmen.

»Wir haben das Tatwerkzeug«, fuhr Blocher fort. »Es wird bereits kriminaltechnisch untersucht.«

»Was war's denn?«, erkundigte sich Häberle, während ihm der dunkelrote Fleck ins Auge stach, der sich auf dem mit Holzresten und -spänen übersäten Boden abzeichnete.

»Eine Schindelspalthacke«, erklärte der Kriminalrat. »Ich weiß nicht, ob Sie sich so ein Ding vorstellen können ...«

Häberle überlegte einen Moment zu lange, sodass Blocher sein Wissen anbringen konnte: »Sieht aus wie eine große Hacke. Die Klinge ist etwa 30 Zentimeter lang und an einem Stiel befestigt, mit dem Sie das Ding auf einem Holzscheit fixieren können, während Sie mit der anderen Hand kräftig mit einem Holzhammer draufschlagen.«

Häberle nickte, worauf Blocher ergänzte: »Wir haben ein Vergleichsobjekt im Wagen, falls Sie es sehen wollen ...«

Der Kriminalist aus Göppingen winkte ab. »Nein danke, ich weiß, was Sie meinen. Und wie wurde das Opfer damit umgebracht?«

»Momentan wissen wir nichts Genaues, weil die Obduktion noch andauert. Aber die Auffindesituation war so, dass wir davon ausgehen müssen, dass der Täter ihm die Klinge mit einer weit ausholenden Bewegung in den Bauch gerammt hat.«

»Durch die Kleidung?« Häberle wusste aus Erfahrung, dass es zumindest mit Messern nicht so einfach war, robuste Kleidung zu durchdringen.

»Laue Nacht«, schob Blocher auskunftsbereit nach, »das Opfer hat hier vermutlich geschlafen, war nur mit Bermuda-Shorts und einem leichten T-Shirt bekleidet.«

»Hier schläft man?« Häberle sah verwundert auf die ziemlich spartanisch wirkende Liegestatt.

»Eigentlich nicht. Nachts ist das Gelände offiziell geschlossen. Aber in diesen lauen Sommernächten scheinen manche, die hier arbeiten, lieber in ihren Unterständen zu schlafen.«

»Wie war das vergangene Nacht?«

»Zumindest einer hat sich schon dazu bekannt, dass er auch hier war«, antwortete Blocher und trat einen Schritt zurück, um einem Kollegen der Spurensicherung nicht im Wege zu stehen. »Der Mann von der Schmiede, die sich auf der gegenüberliegenden Seite des Areals befindet, hinter diesem zentralen Platz bei der Holzkirche, die schon aufgerichtet ist.«

»Wie weit ist das weg?«

»Geschätzte 300 Meter Luftlinie von hier, durchs Dickicht. Aber über den Rundweg sind's wohl knapp 500 Meter. Der Mann dort hat aber nichts gehört oder gesehen.«

»Und woher weiß er, dass unser Opfer vergangene Nacht auch hier war?«

»Er nimmt es an«, dozierte Blocher mit ernstem Gesicht, »denn er hat ihn in der Nacht zuvor, also vorgestern, bei einem nächtlichen Spaziergang hier aufgeschreckt.«

»Wie? Der Schmied war vorletzte Nacht auch hier?«

»Ja, so sagt er. Sie haben ein paar Worte gewechselt, und dann ist dieser Schmied – er ist übrigens auch ein Ehrenamtlicher und wohnt in Mannheim – weitergegangen.«

»Und Spuren? Sind die Kollegen fündig geworden?«

»Sie sehen ja, die nehmen's genau. Es gibt jede Menge Fingerabdrücke an Werkzeugen und glatten Oberflächen. Aber wenn hier tagsüber die Besucher in Scharen rumstehen, fassen die das eine oder andere natürlich mal an. Ganz sicher werden wir auch massenweise DNA vorfinden – ein Tatort also, der uns vermutlich tausend Spuren beschert.«

»Nichts Konkretes bisher?« Häberle prägte sich jedes Detail in seiner Umgebung ein.

»Na ja, man darf das nicht überbewerten«, wurde Blocher noch eine Spur sachlicher. »Wir haben eine halb abgebrannte Zigarettenkippe sichergestellt. Lag neben der Leiche.«

»Ach«, zeigte sich Häberle überrascht. »Darf man hier denn überhaupt rauchen?«

»Nein, natürlich nicht. Was auffällt, es ist auch nur diese eine Kippe zu finden. Marke ›Camel‹.«

»War das Opfer denn Raucher?«

Blocher zuckte mit den breiten Schultern. »Soweit wir bisher wissen, nein. Der Schmied, der einige Male Kontakt mit ihm hatte, glaubt dies jedenfalls. Deshalb unsere Bitte an Sie, dies bei seiner Ehefrau abzuklären.«

Häberle überlegte. »Was hat dieser Schmied sonst noch gewusst?«

»Nicht sehr viel. Moll, also unser Opfer, war erst seit Montag hier. Der Schmied will aber gesprächsweise herausgehört haben, dass Moll seinen Aufenthalt schon ziemlich lange geplant hatte.«

»Was hat ihn dazu bewogen?«

»Weiß der Schmied auch nicht. Nur, dass Moll ursprünglich mit einem Freund kommen wollte, der wohl kurzfristig abgesagt hat. Wer das ist, weiß der Schmied aber nicht.«

»Hm«, machte Häberle und wich zwei Männern aus, die einen Lichtmast aufrichteten. »Vergangene Nacht war der Schmied aber nicht hier bei ihm?«

»Er sagt nein. Er hat zwar wieder auf dem Gelände übernachtet, aber bei sich drüben in der Werkstatt.«

»Gab es sonst gestern irgendwelche Merkwürdigkeiten?«

»Es war gestern kein allzu großer Besucherandrang. Mag an der Hitze gelegen sein. Der Schmied – er heißt übrigens Peter Breitinger – hat sich nur über eine kleine Besuchergruppe gewundert, die noch bis nach Betriebsschluss um 18 Uhr hier unterwegs war.«

»So?« Häberle runzelte die Stirn. »Das ist außergewöhnlich?«

»Wenn kein Besucherandrang ist, schon, ja. Es waren vier Leute. Zwei Männer, zwei Frauen, die sich intensiv auch hier am Unterstand des Schindelmachers unterhalten hätten.«

»Das hat der Schmied von da drüben aus sehen können?«, zweifelte Häberle.

»Hat er nicht, aber der Schmied, also Peter Breitinger, hat früher Feierabend gemacht und ist beim Gang durch das Gelände hier gegen 18 Uhr vorbeigekommen.«

»Wer waren diese vier Personen?«

Blocher verzog zum ersten Mal während des Gesprächs sein kantiges Gesicht zu einem Lächeln. »Breitinger hat nur einen der Männer erkannt, weil es sich um einen Unterstützer des Projekts handelt. Ob Sie's glauben oder nicht, es handelt sich ausgerechnet um einen Buchverleger.«

»Einen *was*?«

»Harry-Fleiner-Verlag, hat in Meßkirch seinen Sitz«, erwiderte Blocher. »Nie was davon gehört? Macht unter anderem Krimis.«

»Krimis«, wiederholte Häberle. »Ach Gott, womöglich mit so verrückten Kommissaren, oder was. Ein Krimi-Verleger, der in den Verdacht gerät, in einen Mordfall verwickelt zu sein. Das hätte uns gerade noch gefehlt.«

»Es kommt noch dicker«, grinste Blocher, »dieser Breitinger hat im Vorbeigehen ein paar Sätze aufgeschnappt. Daraus ist zu schließen, dass Fleiner einen seiner Autoren im Schlepptau hatte, denn er soll diesem anderen Mann sinngemäß gesagt haben: ›Wie wär's mal mit einem Mord im »Campus Galli«‹?«

Häberle wusste nicht so recht, ob er darüber lachen oder empört sein sollte. Jedenfalls hätte er sich allzu gerne einmal einen dieser Krimi-Autoren vorgeknöpft, die von der echten Arbeit der Polizei keine Ahnung hatten. Vielleicht ergab sich ja jetzt eine Gelegenheit dazu.

3

Samstag, 30. Juli

Rechtsanwalt Roland Blank hatte seinen Freund aus Jugendtagen an diesem sonnigen Samstagvormittag auf die Terrasse seiner Landhausvilla geführt. »Kaffee?«, fragte er, als sie sich auf gepolsterten Gartenstühlen unter einer reichlich mit Kletterpflanzen umrankten Pergola niederließen.
»Danke, nein, Roland«, sagte Balluf. »Mach dir keine Umstände. Ich bin dir ja so dankbar, dass du dir kurz Zeit nimmst.« Er fingerte nervös nach einer Zigarette und zündete sie an.
»Kein Problem, Jonas, habt ihr euch mal wieder zu weit rausgelehnt?« Blank, ein untersetzter, aber sportlicher Typ, der bereits die Trainingskleidung fürs angekündigte Tennisspiel trug, war offenbar darauf gefasst, wieder mit Betrugsdelikten konfrontiert zu werden. Bisher war es stets gelungen, die Vorwürfe zu entkräften, wenngleich es durchaus juristischer Winkelzüge bedurfte und Jonas sich in einem Fall sogar auf einen Vergleich eingelassen hatte.
»Diesmal liegt die Sache anders«, begann sein Jugendfreund, als habe er seine Gedanken erraten. »Ich hab den Verdacht, mein Kumpel Andreas zieht mich übern Tisch«, sagte er frei heraus mit gedämpfter Stimme, als habe er Angst,

sie könnten belauscht werden. Dies jedoch war gänzlich unmöglich, zumal Blanks Grundstück weit von Nachbargebäuden entfernt stand und auch seine Frau nicht daheim war.

»Ruckgaber?«, vergewisserte sich der Anwalt.

»Ja, Ruckgaber. Er hat Geld beiseitegeschafft und verschweigt mir Einnahmen oder, besser gesagt, er verschleiert sie.«

»Aber ihr betreibt euern Betrieb doch gemeinsam ...«, wandte Blank ein.

»Mit dem kleinen Schönheitsfehler, dass er der geschäftsführende Gesellschafter ist.«

»Hm«, machte der Jurist. »Hat nur er Prokura?«

»Ja«, seufzte Balluf und inhalierte den Zigarettenrauch. »Mir ist dieses ganze administrative Zeug ein Gräuel. Außerdem hab ich mir gesagt, er ist der Ältere von uns und hat damit mehr Erfahrung.«

Blank nickte. »Und was kann ich nun für dich tun?«

»Ich will aus der Nummer raus.«

»Wie?« Blank fuhr erstaunt hoch. »Ich denk, euer Konstrukt spielt ordentlich Knete ein.«

»Tut es auch. Oder besser gesagt: noch. Ich weiß nicht, wie genau du unser ...«

»Schneeballsystem, willst du doch sagen«, unterbrach ihn der Anwalt. »Du hast es mir zwar nie erklärt, aber ich bin auch nicht von gestern, mein lieber Jonas. Bisher habt ihr euren Kopf nur aus der Schlinge ziehen können, weil ihr immer mal wieder auf wundersame Weise die nervös gewordenen Kapitalanleger habt beruhigen können.« Er grinste überlegen. »Und weil ich sie juristisch davon überzeugen konnte, dass alles irgendwie seine Ordnung hat.«

Balluf stimmte nickend zu. »Aber jetzt, Roland, jetzt wird's mir zu heiß.«

»Dir brennt der Kittel, wie man hier auf der Alb sagt«,

brachte Blank es auf den Punkt. »Und wie stellst du dir das Ganze vor? Du wirst deinen Anteil vom erschwindelten Geld nicht einklagen können. Zivilrechtlich macht das keinen Sinn.«

»Du könntest ihm ja in meinem Auftrag schreiben, dass ich mich zur Verschwiegenheit verpflichte, wenn er mir meine Anteile auszahlt.«

»Erpressung?«, gab sich der Anwalt entrüstet. »Du willst ihn erpressen, versteh ich das richtig? Entweder Knete oder Staatsanwalt?«

»Nein, nein«, wiegelte Balluf ab. »So darf das nicht rüberkommen. Sonst kommt der Kerl auf die Idee und lässt mich auch auffliegen.«

»Um es klar zu sagen«, kombinierte der Jurist, »ihr könnt euch gegenseitig gar nicht erpressen, weil dann jeder von euch ziemlich schnell im Knast landet, stimmt's?«

»So könnte man das ausdrücken, Roland. Und von dir erwarte ich, dass du deinen alten Jugendfreund aus der Sache raushaust, ohne dass ihm etwas passiert.«

Blank runzelte die Stirn und strich sich nachdenklich über die kurz geschorenen Haare. »Du weißt, dass ich dir gern helfe, aber es gibt Dinge, da sind auch mir Grenzen gesetzt.«

»Sag jetzt nicht, dass du keine Lösung siehst.«

»Nein, das sage ich nicht. Ich werde drüber nachdenken, Jonas. Eilt es denn sehr?«

»Ich befürchte, ja. Andreas will am Dienstag eine zehntägige Auszeit nehmen. Angeblich wegen Herzrhythmusstörungen. Er will wandern und die ganze Zeit über nicht erreichbar sein.«

»Hab ich mir auch schon mal überlegt«, murmelte Blank verständnisvoll.

»Im Normalfall sicher keine schlechte Idee. Aber ich befürchte, er kommt nicht mehr zurück. Er will abhauen.«

»Gibt es dafür einen konkreten Verdacht? Oder Anlass?«
Blanks Interesse stieg.
Balluf zögerte mit einer Antwort. »Wir haben ein paar Problemfälle.«
»Ach!«, entfuhr es dem Juristen. »Diesmal ernstere?«
»Es scheint so.«
»Du meinst, Andreas haut ab und lässt dich in der Kacke sitzen?«
»So meine ich das, ja. Der macht sich mit seiner neuen Freundin ein schönes Leben, irgendwo weit weg in einer dieser Steueroasen. Und ich sitze dann ein paar Jahre im Knast.«
Blank überlegte. »Er ist geschäftsführender Gesellschafter«, murmelte er laut überlegend vor sich hin. »Wenn er spurlos verschwände, wie du vermutest, muss dies für dich nicht unbedingt ungünstig sein. Er würde dich nicht anschwärzen können, und wir hätten sozusagen einen geflohenen Sündenbock, der für die Justiz nicht fassbar ist.«
»Oh«, zeigte sich Balluf hoffnungsfroh. »Meinst du, du kriegst das hin?«
»Wenn er verschwindet, stehen die Chancen gut«, blieb Blank gelassen und stellte klar: »Aber als reinen Freundschaftsdienst kann ich das diesmal nicht machen. Du weißt, wir Anwälte sind auch nicht mehr so auf Rosen gebettet, wie weite Kreise der Bevölkerung meinen.«

Häberle war in der Nacht noch heimgekommen. Während des kräftigen Frühstücks mit Susanne auf der sonnigen Terrasse ihres Eigenheims berichtete er, was er in Meßkirch vorgefunden hatte. »Erschlagen oder eigentlich erstochen mit einer Schindelspalthacke. Kein schöner Tod, denk ich mal.« Weil Susanne sich unter diesem Werkzeug nichts vorstellen konnte, versuchte er, es ihr anhand einer Skizze zu erklären. »Hab ich während meiner langen Laufbahn noch nie gehabt«, stellte er abschließend fest.

»Und die bauen diese Klosterstadt tatsächlich allein mit Ehrenamtlichen auf?«, fragte Susanne interessiert.

»Nicht nur. Da sind auch richtige Handwerker angestellt. Ohne Know-how geht das nicht. Aber sie verzichten, so gut es geht, auf modernes Werkzeug. Sogar ihre Kleidung sieht mittelalterlich aus.«

»Und diese Spalthacke, oder wie das heißt, ist historisch?«

»Hat's wohl auch im 9. Jahrhundert schon gegeben«, vermutete Häberle und köpfte das Frühstücksei mit einem Messer.

»Aber sag mal, das dauert doch ewig, bis die das Ding fertig haben.«

»Von 40 Jahren sind sie anfangs ausgegangen«, erklärte Häberle. »Jetzt könnten's aber 60 werden. Aber zum Glück nehmen die Besucherzahlen zu – denn irgendwie müssen die das Ding auch finanzieren.«

»Ein Projekt, das auf so lange Zeit angelegt ist«, staunte Susanne. »Da brauchen aber alle einen ziemlich langen Atem.«

»Und Geld«, brummte Häberle. »Das Ganze soll sich mit den Eintrittsgeldern finanzieren, aber ob das hinhaut und ob die Kommunalpolitiker künftiger Generationen bei der Stange bleiben, vemag heute natürlich niemand abzuschätzen.«

»Ein wagemutiges Abenteuer«, meinte Susanne. »Wessen Idee war das denn?«

Häberle hatte sich dies alles gestern Abend noch von Kollegen des Kriminalkommissariats aus Sigmaringen und der zuständigen Kriminalpolizeidirektion Friedrichshafen erläutern lassen, konnte es nun aber nur fragmentarisch wiedergeben. »Ein Mann aus Aachen war von dem Kloster-

plan fasziniert, hat ein Modell davon vor 50 Jahren bei einer Ausstellung gesehen und sich dann, vor zehn Jahren ungefähr, durch einen Dokumentarfilm über ein ähnliches, aber wesentlich kleineres Projekt in Frankreich inspirieren lassen.«
»Und warum gerade in Meßkirch?« Susannes Interesse stieg.
»Er hat wohl lang rumgesucht – und letztlich hat er die Kommunalpolitiker in Meßkirch für das Projekt gewinnen können. Die mussten dann tief ins Stadtsäckel greifen, aber mit Unterstützung der EU und des Landkreises Sigmaringen war das möglich, zumal sie sich langfristig mehr Touristen davon versprechen.«
»Klingt total spannend. Das will ich auch mal sehen.«
Häberle lächelte. »Werden wir machen, ganz sicher. Bis der Fall abgeschlossen ist, bin ich bestimmt ein Experte in Sachen ›Campus Galli‹.«

Er wollte noch mehr erzählen, doch dann überkam ihn der wenig erfreuliche Gedanke, um 10 Uhr bei Frau Moll angekündigt zu sein. Ein unangenehmer Besuch. Mit Hinterbliebenen eines Mordopfers zu sprechen, erforderte sehr viel Sensibilität und Einfühlungsvermögen. Er war dankbar dafür gewesen, dass die Todesnachricht im Lauf des gestrigen Tages bereits uniformierte Kollegen gemeinsam mit einem Notfallseelsorger überbracht hatten.

Eine halbe Stunde später stand Häberle vor der Tür eines schmucken Einfamilienhauses in Südhanglage der Gemeinde Salach. Sommerblumen blühten prächtig, schräg oben am bewaldeten Berg ragte die Burganlage Staufeneck über die Baumwipfel hinweg.

Auf sein Klingeln hin öffnete eine zierliche Frau und sah ihn aus leeren, geröteten Augen an. »Guten Morgen«, war alles, was sie aus heiserer Kehle hervorbrachte.

Häberle stellte sich vor und bat, hereinkommen zu dürfen. Frau Moll führte ihn wortlos in ein helles Esszimmer, wo eine dicke rote Kerze auf dem Tisch brannte. Daneben lagen beschriebene Zettel, ein Notizblock und ein Gebetsbuch. Eine unberührte Tasse Kaffee war allem Anschein nach kalt geworden.

»Ich weiß, wie Ihnen zumute ist«, begann Häberle mit mitfühlender Stimme und nahm ihr gegenüber Platz. Sie schloss kurz die Augen und faltete die Hände, als wolle sie beten. Häberle ließ ihr Zeit. Er sah in das blasse Gesicht, in dem die Todesnachricht tiefe Spuren hinterlassen hatte. Die Frau, die er auf Mitte 40 schätzte, stand noch sichtlich unter Schock.

»Nur ein paar Fragen«, versuchte der Ermittler das Gespräch zu beginnen.

»Machen Sie nur«, entgegnete sie. »Darf ich Ihnen was anbieten?«

»Danke, nein. Ich will Sie auch gar nicht lange belästigen.«

»Das tun Sie nicht. Ich bin allein. Die Söhne sind während der Semesterferien in Neuseeland. Ich hab sie inzwischen erreicht. Sie wollen so schnell wie möglich kommen, aber so einfach ist das nicht – von Neuseeland hierher.«

Häberle nickte verständnisvoll. »Ich wollte von Ihnen nur ein paar Dinge wissen, die uns bei den Ermittlungen weiterhelfen könnten.«

»Machen Sie nur«, ermunterte ihn Frau Moll erneut.

»Ihr Mann war seit Montag in diesem Campus, wenn ich richtig informiert bin ...«

»Ja, das hatte er schon lange geplant. Vor einem Jahr schon. Er ist zwar Elektromeister, aber – oder vielleicht gerade deshalb – hat ihn das Arbeiten wie im Mittelalter gereizt. Außerdem mag er die Natur.«

»Wer hat denn von seinem Aufenthalt in diesem Campus gewusst?«

»Das kann ich Ihnen nicht sagen. Beim besten Willen nicht. Ob und wem er davon erzählt hat, davon hab ich keine Ahnung.« Sie atmete mühsam.

»Wie ist er überhaupt an dieses Projekt gekommen?«

»Angeblich durch einen Freund, soweit ich weiß. Der wollte ursprünglich auch mitmachen, doch dann hat sich das zerschlagen.«

Häberle wurde hellhörig. »Ein Freund?«

»Ja, irgendein alter Bekannter – aber auch da kann ich Ihnen nicht weiterhelfen ...«

»Sie kennen diesen Bekannten nicht?«, hakte Häberle vorsichtig nach.

»Nein. Lorenz hatte viele alte Bekannte. Aus Zeiten, in denen er Fußball gespielt hat. Außerdem hat er in der Handwerker-Innung viele Kollegen, mit denen er sich trifft.«

»Wissen Sie, weshalb sich der gemeinsame Aufenthalt im Campus zerschlagen hat?«

Sie zuckte mit den schmalen Schultern. »Ich kann es Ihnen nicht sagen. Mein Mann ist ein vielbeschäftigter Mensch. Er arbeitet Tag und Nacht, wenn es sein muss. Da bleibt das Familienleben auf der Strecke.«

Häberle nahm zur Kenntnis, dass sie noch immer in der Gegenwartsform von ihrem Mann sprach. Sie hatte seinen Tod bislang nicht verinnerlicht.

»Sie wollen damit sagen, dass Sie sich auseinandergelebt haben?«, fuhr er zurückhaltend fort.

Sie schnäuzte in ein Papiertaschentuch. »Er hat gearbeitet und sich um das Geschäftliche gekümmert ...«

Häberle verstand: Es gab offenbar wenig Gemeinsamkeiten zwischen den beiden. »Ich nehme an, dass Sie keinerlei Verdacht haben, wer Ihrem Mann nach dem Leben getrachtet hat.«

»Niemals hätte ich mit so etwas gerechnet. Niemals.«

»Hatte er denn zuvor schon irgendwelche Kontakte nach Meßkirch?«

»Weiß ich nicht. Ich kann Ihnen auch nicht sagen, wie das alles organisiert war – diese Mitarbeit dort. Er hat das aber sicher schon vor einem Jahr ausgehandelt.« Häberle wechselte das Thema. »Ihr Mann hat seine geschäftlichen Angelegenheiten vermutlich an einem Computer erledigt.«

»Ja, natürlich. Drüben in seinem Büro. Aber ich weiß nicht mal, wie man den Apparat einschaltet.«

Der Kriminalist nickte verständnisvoll. Auch er war im Umgang mit elektronischen Geräten wenig bewandert. »Es wird sich nicht vermeiden lassen, dass meine Kollegen einen Blick auf die Daten werfen.«

Sie zögerte. »Ist das wirklich notwendig? Wenn's sein muss, bitte ...«, stimmte Frau Moll dann zu.

»Hatte Ihr Mann auch ein Handy?« Es waren die routinemäßigen Fragen, die immer gestellt werden mussten, weil mithilfe der Elektronik personenbezogene Bewegungsprofile ermittelt werden konnten.

»Ja, hatte er. Aber mit in den Campus hat er's nicht genommen.« Ein gezwungenes Lächeln huschte über ihr Gesicht, als sie ihren Mann zitierte: »›Ich will leben wie im Mittelalter, da hat's kein Handy gegeben‹, hat er gesagt.«

»Noch eine abschließende Frage, Frau Moll.« Häberle lehnte sich mit verschränkten Armen zurück. »War Ihr Mann Raucher?«

»Raucher? Nein. Soweit ich weiß, hat er nie geraucht, auch nicht als Jugendlicher. Da war ihm der Fußball wichtiger. Nein, geraucht hat er nie.«

Schlechte Nachricht für den »Campus Galli«: Die zuständige Staatsanwaltschaft Hechingen hatte entschieden, dass die Anlage während des Wochenendes geschlossen bleiben musste. Noch immer war die Spurensicherung dabei, den Unterstand des Schindelmachers bis ins kleinste Detail unter die Lupe zu nehmen. Mehrmals war inzwischen auch der hauptberufliche Handwerker vernommen worden, der den ermordeten Moll in die Arbeit eingewiesen hatte. »Er hat das alles sehr schnell kapiert«, sagte Josef Mosbrugger, ein bärtiger Mann von 60 Jahren, der in seiner oberbayerischen Heimat gewiss als »g'standenes Mannsbild« galt. Er war arbeitslos geworden und hatte im Campus eine Anstellung gefunden, die ihm neue Lebensfreude bescherte. Mit Begeisterung wies er die freiwilligen Helfer ein, die meist nur für wenige Wochen die Holzblöcke spalteten und davon dann die dünnen Schindeln herausbrachen. Keine einfache Arbeit. Sie erforderte Kraft und Geschick, um die Holzteile entsprechend der Maserung zu schlitzen.

Mosbrugger hatte den ersten Schock über den Tod seines Mitarbeiters inzwischen überwunden. Aber die blutgetränkte Stelle unter den Werkzeugen wollte er noch immer nicht anschauen. Schließlich war er es gewesen, der den Toten am Freitagmorgen entdeckt hatte. Ein scheußlicher Anblick war dies gewesen, wie Lorenz Moll, auf dem Rücken liegend, ihn angestarrt hatte, mit dem vielen Blut am durchstochenen T-Shirt und an den Boxershorts.

Kriminalrat Dennis Blocher hatte sich an diesem heißen Samstagmittag im Auftrag der in Friedrichshafen zusammengerufenen Sonderkommission mit Mosbrugger am Tatort verabredet, um »noch einige Einzelheiten abzuklären«, wie er ihm am Telefon erklärt hatte.

»Sie haben, wie Sie zu Protokoll gegeben haben, Herrn Moll nie zuvor gesehen«, stellte Blocher fest, nachdem sie sich abseits der Werkstatt auf einen dicken Baumstamm gesetzt hatten.

»Das erste Mal am Montagfrüh, als er hier aufgetaucht ist«, bestätigte Mosbrugger mit deutlich bayerischem Akzent zum wiederholten Mal.

»Weil wir an seinem persönlichen Umfeld naturgemäß sehr interessiert sind, sollten wir wissen, was er Ihnen von seinem Privatleben erzählt hat.«

»Wie ich doch schon gesagt habe«, zeigte sich Mosbrugger leicht verschnupft, »ich hab ihn halt eingewiesen, und er hat das schnell kapiert.«

»Ja, aber man arbeitet doch nicht nur so vor sich hin«, beharrte Blocher auf seiner Frage, »da wird doch auch das eine oder andere geredet.«

»Lorenz war eher ein stiller Schaffer«, erklärte Mosbrugger und kratzte sich in seinem üppigen grauen Bart, der erst einige Zentimeter unterm Kinn endete. »Außerdem stehen hier oft viele Besucher herum, schauen uns zu und stellen Fragen. Es wird erwartet, dass wir diese auch beantworten.«

»Aber es gab doch sicher Momente, in denen Sie allein mit ihm waren. Ich kann mir nicht vorstellen, dass hier ununterbrochen Besucher vorbeikommen. Und am Montag war außerdem Ruhetag.«

»Lorenz hat wie besessen an seinen Schindeln gearbeitet. Er war total begeistert. Und es schien ihm eine Ehre zu sein, sie für unsere Kirche machen zu dürfen.«

»Hat er Sie denn gefragt, ob er hier übernachten könne?«

»Na ja«, wurde Mosbrugger einsilbig, »gern gesehen wird das nicht.«

»Hat er Sie gefragt?«

»Ja, natürlich hat er das. Ich hab ihm gesagt, das bleibe ihm überlassen. Um 18 Uhr, wenn drüben die Tabula – das ist ein Klangholz – geschlagen wird, sei halt Schluss.«

Blocher kannte inzwischen die Gepflogenheiten. Der Feierabend wurde mit dumpfen Schlägen gegen ein Stück Holz angekündigt.

»Herr Moll, so wissen wir inzwischen von unseren Kollegen, hatte ursprünglich einen Freund mit hierherbringen wollen«, kam Blocher zu einem wichtigen Thema.

»Ja, das hat er mir auch mal beiläufig erzählt. Irgendwie haben die beiden sich dann wohl zerstritten.«

»Dann haben Sie also doch über Privates gesprochen«, stellte Blocher vorwurfsvoll fest.

»Privates ja – aber doch nichts, was mit dieser Sache hier zu tun hat.«

»Entschuldigen Sie, Herr Mosbrugger, aber die Entscheidung darüber, was mit dieser Sache zu tun hat, müssen Sie uns überlassen. Sie sind verpflichtet, als Zeuge die Wahrheit zu sagen.«

Mosbrugger sah ihn irritiert an und musste sich innerlich zurückhalten, mit deutlichen Worten zu kontern. Typen wie dieser Jungspund von Kommissar würden in bayerischen Gefilden mal kräftig zurechtgestutzt werden. Er entschied sich jedoch für die sanftere Variante: »Jetzt lassen S' mal die Kirch' im Dorf, Herr Kommissar ...«

»Wenn schon, dann Kriminalrat, bitte«, unterbrach ihn Blocher.

»Kriminalrat«, äffte Mosbrugger mit einer gekünstelten Verneigung nach, »okay, aber Sie können's drehen und wenden, wie Sie woll'n, der Lorenz hat mir nicht erzählt, dass er vor wem Angst hat oder wer ihn umbringen könnte.«

»Wollen Sie mich jetzt auf den Arm nehmen?«, fauchte Blocher. »Wir sind hier nicht beim ›Bullen von Tölz‹ oder in einem Tatort-Krimi. Hier gelten andere Regeln und ich möchte Sie bitten, meine Fragen zu beantworten.«

»Tu ich doch die ganze Zeit.« Mosbrugger sprang gereizt auf, als wolle er diesen Ort so schnell wie möglich verlassen.

»Hatte Herr Moll hier auf dem Gelände anderweitige Kontakte? Hat er Freundschaften geknüpft?«, bohrte Blocher unbeirrt weiter.

»Glaub ich nicht. Wenn er hier genächtigt hat, ist er frühmorgens raus und mit dem Auto zum Campingplatz gefahren, wo sein Wohnwagen steht, in dem er sich frischmachen konnte.«

Blocher nickte. Das hatten sie alles schon erfahren und den Wohnwagen auf dem Campingplatz in Leibertingen mittlerweile mit den bei Moll vorgefundenen Fahrzeugschlüsseln geöffnet. Auch dort gab es keinerlei Hinweise auf weitere Personen.

»Und sonst?«, drängte Blocher zur Eile und stand ebenfalls auf. »Ist Ihnen unter den Zuschauern jemand aufgefallen?«

Mosbrugger verzog das Gesicht, als denke er scharf nach.

»Na ja, am Mittwochnachmittag ist ein Mann gekommen, den er wohl gekannt hat.«

»So? Und das fällt Ihnen erst jetzt ein?«

»Hat mich schon jemand danach gefragt?« Mosbrugger machte deutlich, dass er diesen Umgangston nicht mochte.

»Wie war das? Wer ist da gekommen?«, bellte Blocher und war drauf und dran, die Sympathie des Mannes gänzlich zu verspielen.

»Da kam halt einer und wollte mit Lorenz sprechen«, antwortete Mosbrugger kühl und steckte die Hände in die Taschen seiner Jeans. »Lorenz hat sich bei den Besuchern, die gerade was von ihm wissen wollten, höflich entschuldigt und ist mit dem Mann hinter die Hütte gegangen.«

»Hinter die Hütte«, stellte Blocher fest, als sei dies allein schon äußerst verdächtig. »Haben Sie einen Namen mitgekriegt?«

»Nein.«

»Haben Sie gehört, worüber die beiden gesprochen haben?«

»Nein.«

»Könnten Sie den Mann beschreiben?«

»Schwer zu sagen. Mittleres Alter, schwarzes fülliges Haar.«

»Wie lange hat das Gespräch gedauert?«

»Hab ich nicht drauf geachtet. Ich hab inzwischen die Fragen der Besucher beantwortet.«

»Und als Herr Moll zurückkam, wie war da seine Gemütsverfassung? War er aufgeregt, verängstigt?«

»Wie soll *ich* das wissen?«, wurde Mosbrugger erneut ärgerlich. »Es ist mir jedenfalls nichts aufgefallen. Hat mich auch nicht interessiert.«

Blochers Smartphone summte. Er holte es aus der Innentasche seiner leichten Freizeitjacke, meldete sich und lauschte, um dann ein empörtes »Wer, bitte?« auszustoßen. »Ein Schriftsteller, ein Krimi-Autor?« Nach einigen Sekunden fügte er an: »Unter keinen Umständen. Soll sich an die Pressestelle in Konstanz wenden. Nicht durchlassen, nein.«

Er beendete das Gespräch. »Ein Krimi-Autor. Hat mir gerade noch gefehlt!«, bläffte er. »Bloß weil hier in Meßkirch ein Krimi-Verlag sitzt, braucht der nicht zu glauben, er könne über diesen Fall einen Krimi schreiben. Die wittern doch nichts weiter als einen guten PR-Gag.«

Mosbrugger zog es vor, nichts dazu zu sagen. Er hatte den Eindruck, es war besser, vornehme Zurückhaltung zu üben. Mit diesem Blocher war nicht gut Kirschen essen, wie man in solchen Situationen zu sagen pflegte. Nein, da wollte er in nichts hineingezogen werden.

Astrid hatte die Begegnung mit dem unbekannten Mann in dem Ulmer Parkhaus noch immer nicht verdaut. Und Andreas war weiterhin ziemlich wortkarg, obwohl sie den Vorfall jetzt mehrfach angesprochen hatte. »Vergiss es«, war alles, was er darauf antwortete. Sie allerdings wurde das Gefühl nicht los, dass etwas im Gange war, das außer Kontrolle geraten konnte. »Er hat genau gewusst, dass ich Geld dabeihatte«, versuchte sie jetzt zum wiederholten Male, Andreas mit ihren Ängsten zu konfrontieren.

»Mensch, Mäuschen«, er nahm sie in den Arm, während sie nun beide in der Küche standen, »mach dir keine Sorgen. Ich hab alles im Griff. Da geht nichts mehr schief, glaube mir.«

»Bist du dir da ganz sicher?«, hauchte sie und sah ihm tief in die Augen.

In dem kleinen Küchenradio hatte die Musik aufgehört und ein Sprecher verlas die Regionalnachrichten vom SWR 4 »Schwabenradio Ulm«.

»Wir haben den richtigen Zeitpunkt gewählt, Mäuschen, glaub mir«, sagte Ruckgaber, wurde jedoch abrupt von Astrid mit einem hastigen »Sei mal still!« unterbrochen. Sie befreite sich aus seiner Umarmung und stellte das Radio lauter. »… im ›Campus Galli‹ tot aufgefunden«, erfüllte jetzt die Stimme des Nachrichtensprechers den Raum. Astrid starrte auf das Gerät, als ob sie auf diese Weise das Gesagte besser verstehen könnte. »Die Tat hat sich nach Angaben des zuständigen Polizeipräsidiums Konstanz bereits in der Nacht zum Freitag ereignet. Bei dem Opfer handelt es sich um einen 46-jährigen Mann aus dem Landkreis Göppingen. Er war erst am vergangenen Montag als ehrenamtlicher Helfer auf das Baugelände gekommen. Die Staatsanwaltschaft Hechingen bittet jetzt die Bevölkerung um Hinweise auf den oder die Täter, die in der Nacht zum Freitag in das Areal des ›Campus Galli‹ eingedrungen sind. Insbesondere sollten sich Zeugen melden, die auf dem Parkplatz zwischen Inzigkofen und Rohrdorf verdächtige Fahrzeuge oder Personen beobachtet haben.«

»Weißt du, was das bedeuten kann?« Astrids Stimme zitterte, während sie das Radio wieder leiser drehte.

Andreas war wie gelähmt stehen geblieben und hatte aus dem Fenster gestarrt.

»Sag doch was!«, reagierte Astrid aufgeregt. »Da hättest du dabei sein können.«

»Kreis Göppingen, hat er gesagt«, griff Andreas das Gehörte emotionslos auf. »Ein 46-Jähriger. Du meinst, das könnte auf Lorenz zutreffen?«

»Auf wen denn sonst?« Astrid packte ihn am Arm, als wolle sie ihm die Dramatik dieses Augenblicks deutlich machen. Er schien überhaupt nicht begriffen zu haben, was da soeben im Radio verbreitet worden war.

»Jetzt krieg nicht gleich die große Panik«, wehrte er unfreundlich ab. »Und wenn schon. Was geht mich das an? Ich hab mit der Sache nichts zu tun.«

»Wer sagt denn, dass du etwas damit zu tun haben sollst?«, fragte Astrid erstaunt und lehnte sich mit ihren engen Shorts an den Fenstersims.

»Mach jetzt bloß keinen Stress. Lorenz geht mich nichts mehr an.«

»Aber vielleicht wird die Polizei ...«

»Die Polizei!«, unterbrach er wütend. »Was sollte die Polizei das alles interessieren?«

»Mensch, Andreas, begreif doch: Die werden rauskriegen, dass du dich mit ihm gestritten hast. Die werden ...«

»Gar nichts werden die«, zischte Andreas. »Gar nichts. Das alles liegt Monate zurück.«

»Aber du wärst ganz dicht dran gewesen, wenn du mit ihm ...«

»Astrid, bitte!« Er fasste sie fest an den Schultern und

sah sie an. »Eine rein private Sache zwischen ihm und mir.« Er quälte sich ein Lächeln ab. »Seien wir doch froh, dass es so gelaufen ist, sonst wär ich voll in die Sache reingeraten.«

»Voll in die Sache reingeraten«, fauchte sie bissig und befreite sich von seinem Griff. »Wie sich das anhört. Andreas, was geht hier eigentlich vor?«

Ruckgaber hatte Mühe, sich zu beherrschen. Denn eigentlich lagen seine Nerven auch blank. Davon durfte er sich jetzt aber nichts anmerken lassen.

»Sei nur froh, dass du für die Donnerstagnacht ein Alibi hast«, betonte Astrid plötzlich. Alibi. Was für ein Wort!

»Sag mal, bist du wahnsinnig? Weißt du eigentlich, was du da sagst?« Ruckgaber packte sie jetzt fester an den Schultern, doch sie wehrte sich.

»Ja, das weiß ich sehr wohl, mein lieber Andreas. Die werden doch irgendwann kommen und wissen wollen, wie die Beziehung von dir zu ihm war.«

So aufgebracht hatte Ruckgaber die Frau noch nie erlebt. Er musste vorsichtig sein.

Elvira Moll war den ganzen Samstag über nicht aus dem Haus gegangen. Sie hatte an Lorenz' Schreibtisch nach Unterlagen gesucht, die auf seine persönlichen Kontakte hätten schließen lassen. Was sie genau zu finden hoffte, wusste sie allerdings nicht. Die wenigen Aktenordner, die er in einem Schrank aufbewahrte, enthielten meist nur Lieferscheine von Firmen, bei denen er Elektroartikel bestellt hatte. Es gab keine private Korrespondenz, keine Rechnungen und auch keine Bankauszüge. Dies alles, das wusste sie, hatte er online gemacht, also am Computer. Doch der ließ sich nicht starten. Sosehr sie sich auch abmühte, sie konnte das Gerät nicht in Gang setzen. Lorenz hatte ihn offenbar nicht nur in die »Ruhephase« geschickt, sondern komplett abgeschaltet. Um ihn wieder in Betrieb zu nehmen, wäre ein Passwort notwendig gewesen, das sie aber nicht kannte. Ein Wechselbad der Gefühle stürzte über sie herein: zum einen tiefe Trauer über seinen Tod, zum anderen aber auch eine Mischung aus Zorn und Enttäuschung. In den vergangenen Jahren, seit die Jungs beim Studieren waren, hatte sich Lorenz immer heftiger in die Arbeit gestürzt. Als selbstständiger Elektromeister konnte er sich vor Aufträgen kaum retten. Allerdings hatte er ihren Vorschlag, dass sie sich doch um die Buchhaltung kümmern könnte, strikt abgelehnt. Dies besorge eine Steuerberaterin, »die all diesen Schwachsinn mit dem Finanzamt versteht«, war seine ständige Reaktion auf ihre mehrmaligen Vorstöße gewesen. Elvira wusste zwar, wie es um die Finanzlage auf dem privaten Konto stand, aber wie viel Gewinn der Ein-Mann-Betrieb abwarf, der bisweilen von Hilfskräften unterstützt wurde, blieb ihr verschlossen. »Das meiste frisst sowieso der Staat«, hatte Lorenz erst kürzlich wieder geklagt und ihr keine Antwort darauf gegeben, weshalb er sich dann so sehr in die Arbeit stürze. Sie hatten schließlich keinerlei Schulden und lebten keinesfalls in überzogenem Luxus. Elvira wollte auch nicht klagen, zumal sie mit dem Haushaltsgeld bestens zurechtkam. Und wenn eine Anschaffung notwendig war, hatte Lorenz nie gezögert, sie zu tätigen. Ähnlich großzügig zeigte er sich gegenüber seinen beiden Söhnen, denen er, ohne mit der Wimper zu zucken, den Neuseeland-Aufenthalt finanziert hatte.

Woher das Geld kam, blieb Elvira verborgen. »Man muss sich gelegentlich auch was gönnen«, hatte Lorenz vor seiner Abreise am vergangenen Montagvormittag gesagt. Er war mit großer Begeisterung und Freude an das Mittelalter-Projekt herangegangen. Es hatte ihn aus handwerklicher Sicht interessiert, und außerdem war es ihm wichtig gewesen, einmal richtig abschalten zu können. Am morgigen Sonntag wäre er wieder zurückgekommen, und dann hatten sie für eine Woche im Tannheimer Tal Wanderurlaub machen wollen.

Ihre Gedanken drehten sich im Kreis und wurden erst gestoppt, als draußen in der Diele das Telefon den schrillen elektronischen Ton von sich gab.

Es war einer der Söhne, der mitteilen wollte, dass sie erst am Donnerstag in einer Woche einen Rückflug nach Frankfurt bekämen. Seine neuerlichen Fragen, wie alles geschehen war, konnte sie mit tränenerstickter Stimme wieder nicht beantworten. Dass »ein Kommissar aus Göppingen« da gewesen sei, hatte sie ihm bereits gestern berichtet.

»Aber es muss doch irgendeinen Grund geben ...« Auch die Stimme des jungen Mannes versagte.

»Passt auf euch auf«, flehte Elvira. »Kommt gut heim.«

»Ich melde mich morgen wieder.«

Sie schickte noch einen geflüsterten Gruß durch die Leitung und steckte das Gerät in die Ladeschale zurück.

Drüben im Wohnzimmer zündete sie wieder die rote Kerze an und schaltete den Fernseher ein, ohne jedoch zu realisieren, was da gezeigt wurde. Sie nippte an ihrem Glas Wasser und verspürte Magenschmerzen. Den ganzen Tag über hatte sie so gut wie nichts gegessen. Einfach so tatenlos herumzusitzen, war Gift für ihre Psyche. Aber was sollte sie tun? Sich den Nachbarn anvertrauen, die ohnehin nicht gesprächig waren? Lorenz hatte keine Geschwister und keine Eltern mehr, die jetzt hätten verständigt werden müssen oder mit denen sie hätte reden können. Und ihre eigene Verwandtschaft wollte sie noch nicht mit Lorenz' pötzlichem Tod konfrontieren. Nicht heute, nicht jetzt. Schließlich konnte sie nicht einmal die Beerdigung vorbereiten. Der Kommissar hatte erklärt, der Staatsanwalt habe den Leichnam beschlagnahmt und werde eine Obduktion anordnen. Deshalb sei unklar, wann die Beerdigung stattfinden könne.

Ohne ihre Söhne wollte sie dies sowieso nicht abwickeln. Pfarrer, Trauerkarten, Todesanzeige. Alles würde auf sie hereinstürzen. Vor allem aber die mehr oder weniger neugierigen Fragen von Verwandten und Bekannten. Dann der Gedanke an die Zeitung. Wenn die örtliche Presse von dem Fall erfuhr, würde auch im Kreis Göppingen über den Mord bei Meßkirch berichtet werden. Mit Namen? Sie konnte sich nicht erinnern, wie dies üblicherweise im Lokalteil der Zeitung gehandhabt wurde. Aber Lorenz war immerhin ein angesehener Kleinunternehmer und in der Elektriker-Innung engagiert. Vermutlich würden sie seinen Namen nennen, vielleicht ihm sogar einen kleinen Nachruf widmen. Außerdem war der Tatort nicht irgendein Tatort, sondern einer, der im Blickpunkt der Öffentlichkeit stand.

Inzwischen war die Nacht hereingebrochen, auf dem Tisch flackerte die Kerze, im Fernsehen lief eine Nachrichtensendung, der Ton kaum hörbar. Elvira war einfach dagesessen, hatte ihren tristen Gedanken freien Lauf gelassen – hin- und hergerissen zwischen der Realität und dem Wunsch, alles möge nur ein böser Albtraum gewesen sein, da katapultierte sie ein dumpfer Schlag in die Wirklichkeit zurück. Nur ganz kurz, als habe der Wind eine Tür zugeschlagen … Doch in dieser Nacht gab es keinen Wind.

Eine Schrecksekunde lang starrte sie auf den Bildschirm, aber der Fernseher war viel zu leise gestellt, als dass von ihm dieses Geräusch hätte kommen können. Außerdem waren auf dem Bildschirm Personen zu sehen, die miteinander diskutierten. Elvira hielt den Atem an und lauschte angestrengt und erschrocken. Doch außer den Stimmen aus dem Lautsprecher war nichts zu hören. Es dauerte noch ein paar Augenblicke, bis ihr rasender Puls nach Luft verlangte und sie sich auch wieder zu bewegen wagte. Die Haustür? Es hatte sich angehört, als sei sie zugefallen. Doch dazu hätte sie zuerst geöffnet werden müssen. Geöffnet. Von außen? Die Haustür?, jagte ein panischer Angstschock durch ihren Körper. Sie hatte die Haustür nur ins Schloss gezogen und noch nicht mit dem Schlüssel verriegelt, wie sie es meist erst vor dem Schlafengehen tat. Wie ein Blitz durchzuckten sie Lorenz' mahnende Worte, die Haustür stets richtig zu verschließen, weil sie sonst »jeder kleine Ganove mit einem Ruck« öffnen konnte.

Mit einem Ruck, so hallte in ihr das Gesagte in Gedanken nach. Ihre Knie zitterten, als sie sich erhob und dabei mit der Fernsteuerung den Fernsehton ausblendete.

Rausgehen? Sollte sie das Wohnzimmer verlassen, raus in die Diele, um nach dem Rechten zu sehen? Dort draußen würde sie noch eine weitere Tür von dem kleinen Vorplatz trennen, wo Treppen zum Dachboden und in den Keller führten.

Und wenn da jemand war? Wenn jemand ins Haus eingedrungen war? Das Adrenalin, das durch all ihre Glieder gerast war, hatte auch ihren Kopf erfasst und die Gedanken gelähmt. Sie hielt noch immer die Fernsteuerung des Fernsehgeräts umklammert und stand wie erstarrt vor der Holztür, die in die Diele hinausführte. Der goldfarbene Schlüssel, der seit Jahr und Tag ungenutzt im Schloss steckte, rein zufällig auf der Seite zum Wohnzimmer hin, stach ihr plötzlich ins Auge. Rettung? Schutz? Zwei Armlängen trennten sie nur von ihm. Aber wie lange würde die geschlossene Tür einen Eindringling abhalten, der nicht einmal davor zurückschreckte, eine Haustür aufzubrechen?

Das Telefon? Wo war eigentlich das drahtlose Gerät? Wohin hatte sie es nach dem Gespräch mit den Söhnen gelegt? In die Ladeschale draußen in der Diele, hämmerte es in ihrem Kopf. Und das Handy steckte ebenfalls in ihrer

Handtasche, die an der Garderobe hing. Keine Chance, schnelle Hilfe zu rufen.

Stille. Ihr Blut pulste in den Ohren, ihr ganzer Körper schien zu beben. Hatte sie sich alles nur eingebildet? War der dumpfe Schlag nichts weiter als eine Autotür gewesen, die jemand vor dem Haus kräftig zugeschlagen hatte? Spielten ihre Nerven verrückt? Sie wusste nicht, wie lange sie bereits dastand und lauschte, regungslos, frierend, zitternd, von Schwindelgefühlen erfasst. Gerade als sie die Fernsteuerung aus ihrer eiskalten und schweißnassen Hand auf den Couchtisch gleiten ließ, störte ein weiteres Geräusch die Stille. Ein vertrautes. Sie hatte es viele Hundert Male schon gehört. Es war dieses typische sanfte Knarzen, das die Tür zu Lorenz' Arbeitszimmer von sich gab, sobald man sie öffnete.

Jetzt reagierte Elviras Unterbewusstsein blitzschnell und ließ ihr keine Zeit mehr zum rationalen Nachdenken. Ihr Arm zuckte nach vorne, griff den goldfarbenen Schlüssel und drehte ihn nach rechts. Ein sanftes Klicken, mehr nicht. Für einen kurzen Moment machte sich Erleichterung breit. Doch in Sicherheit war sie trotzdem nicht. Sie hatte sich eingeschlossen, aber der Schutz war trügerisch. Sie musste weg. Falls da tatsächlich jemand war – und daran bestand jetzt wirklich kein Zweifel mehr –, dann ging diese Person mit Sicherheit skrupellos vor. Zwar waren vor den Fenstern die Rollläden fest verschlossen, sodass kein Licht nach draußen drang, aber wie konnte sich der Unbekannte denn sicher sein, dass niemand im Haus sein würde? War er davon ausgegangen, dass sie nach dem Tode ihres Mannes vorübergehend ausgezogen war? Aber ein fehlendes Auto vor dem Haus war dafür noch lange kein sicheres Zeichen, zumal es zwei Garagen gab.

Du hast nur *eine* Gelegenheit, dich in Sicherheit zu bringen, überkam es sie. Über die Terrassentür. Aber auch da war der durch eine Zeituhr gesteuerte Rollladen längst nach unten gefahren. Ihn per Knopfdruck manuell wieder zu öffnen, würde ein brummendes Motorengeräusch verursachen, und außerdem dauerte es gewiss vier, fünf Sekunden, bis er weit genug nach oben geglitten war und sie unten hindurch in den Garten flüchten konnte – rüber zu den Nachbarn, auch wenn das Grundstück groß und mit dichten Sträuchern begrenzt war. Aber sie musste es riskieren, wollte sie eine direkte Konfrontation mit dem Einbrecher vermeiden.

Wieder drang ein Geräusch an ihr Ohr. Kurz und metallisch, wie sie glaubte. Sie gab sich jetzt auch gar keine Mühe mehr, es zu identifizieren.

Ihr Entschluss stand fest. Der Druckknopf für den Rollladen befand sich links hinter dem Vorhang. Mit wenigen Schritten war sie dort, schob den feinen Stoff beiseite und konzentrierte sich auf das, was sie sich vorgenommen hatte: Mit der linken Hand den Motor für den Rollladen einschalten, mit der rechten gleichzeitig die Terrassentür öffnen. Sie durfte dann keine Sekunde Zeit verlieren. Denn das Brummen des Elektromotors war in der Stille der Nacht im ganzen Haus zu vernehmen – und dann konnte zweierlei passieren: Entweder flüchtete der Unbekannte Hals über Kopf, oder er versuchte, die Tür zum Wohnzimmer aufzubrechen. Genauso schlimm wäre es jedoch, er würde ihre Absicht erkennen und ihr im stockfinsteren Garten auflauern.

Sie schickte ein Stoßgebet zum Himmel, der Unbekannte solle flüchten. Aber falls nicht, so dröhnte es durch ihren Kopf, dann musste er doch zwangsläufig dafür sorgen, dass niemand die Polizei verständigte. Und wer außer ihr konnte ihm nun gefährlich werden? Oder hatte er die Konfrontation sogar in Kauf genommen? Quatsch, jagte ein Gedanke den anderen, konzentrier dich. Jetzt. Der Rollladenmotor brummte, die Terrassentür ließ sich nahezu geräuschlos öffnen. Langsam, viel zu langsam, hoben sich die Lamellen, und es schien eine halbe Ewigkeit zu dauern, bis sich die grauschwarze Wand nach oben in Bewegung setzte und zentimeterweise am Boden den Weg in die Freiheit freigab.

Freiheit? War es das wirklich?

Elvira Moll war in die Knie gegangen, um sich so schnell wie möglich ins Freie zu zwängen. Die laue Luft des Sommerabends schlug ihr entgegen. Doch kaum hatte sie den ersten Atemzug genommen, krachte und splitterte hinter ihr Holz.

Die Tür zum Wohnzimmer war gewaltsam aus dem Schloss getreten worden.

4

Sonntag, 31. Juli

Die Wiese war noch taunass, in den winzigen Wassertropfen reflektierte millionenfach das Licht der aufsteigenden Sommersonne. Georg Sander, der noch bis vor einem Jahr Polizeireporter gewesen war, genoss das Rentnerdasein in vollen Zügen. Obwohl er mit Leib und Seele seinen Beruf ausgeübt hatte, fehlte ihm die tägliche Redaktionshektik in keiner Weise. Ganz im Gegenteil: Er hatte am letzten Tag seines Berufslebens innerlich einen Schalter umgelegt und sich fortan neuen Zielen gewidmet. Nein, er war nicht im Unfrieden ausgeschieden, aber die neue »Verrücktheit nach Online«, wie er sich auszudrücken pflegte, wäre nicht mehr seine Welt gewesen.

Sander war angesichts der vielfältigen Probleme, die in den vergangenen Monaten aufgetaucht waren, zutiefst dankbar, dass er sich damit nicht mehr beruflich auseinandersetzen musste: Flüchtlingsströme, Terroranschläge, Skandale in Sport und Wirtschaft. Nein, das konnte er nun aus der Distanz eines Normalbürgers lesen – oder auch nicht. Längst hatte er sich abgewöhnt, sich über oberflächliche Berichterstattung, inkompetente Kommentatoren und einseitige Darstellungen zu ärgern. Das prallte an ihm inzwischen genauso ab wie das Heulen von Einsatzsirenen, die ihn während seines Berufslebens stets sofort veranlasst hatten, bei der Polizei nachzufragen, was denn geschehen sei. Das war vorbei. Jetzt fühlte er sich frei wie noch nie. Kein Zeitdruck, kein Chaos in der Redaktion mehr – einfach herrlich, Herr über den eigenen Terminkalender zu sein. Und der war noch immer gefüllt genug.

Für ihn hatte mit dem Eintritt in den Ruhestand eine neue Ära begonnen. Endlich war sein Traum in Erfüllung gegangen, einen Kriminalroman zu schreiben. Was die Geschichten anbelangte, konnte er gewissermaßen aus dem Vollen schöpfen. Bei Gericht und bei der Bearbeitung des täglichen Polizeiberichts hatte er so viel Schreckliches, Kurioses und Abartiges, aber auch Gemeines, Hinterhältiges und Bestialisches erfahren, dass sich daraus locker Stoff für mindestens 15 Romane ziehen ließ. Als Glücksfall hatte sich die Begegnung mit dem Verleger Harry Fleiner erwiesen. Vergangenen Donnerstag waren sie bereits zum dritten Mal zusammengekommen, um über die Modalitäten für ein Buchprojekt zu sprechen. Gemeinsam mit ihren Partnerinnen hatten sie anschließend sogar noch den »Campus Galli« besucht. Offenbar hatte Fleiner in dieses Vorhaben sein ganzes Herzblut gesteckt.

Der Parkplatz des »Campus Galli« war an diesem sonnigen Sonntagvormittag menschenleer. Sanders Befürchtung, das Gelände könne heute gesperrt sein, bewahrheitete sich, als er den breiten Fußweg zum Eingang nahm. »Heute geschlossen«, stand in großen Lettern zu lesen, doch im Kassenhäuschen saß eine freundliche junge Dame, mittelalterlich gewandet und das Haar zu einem Zopf gebunden. Sie erhob sich, als sie Sander kommen sah. Beinahe hätte er routinemäßig gesagt, er sei Journalist einer Heimatzeitung, doch diese Zeiten waren ja längst vorbei. Er lächelte und erklärte wahrheitsgemäß, er sei freier Journalist und außerdem Autor jenes Krimi-Verlages, dessen Chef den »Campus Galli« unterstütze.

»Die Polizei hat aber gesagt, heute darf niemand rein«, wehrte die Kassiererin zweifelnd ab, um dann einzulenken: »Aber bei Ihnen kann man wohl eine Ausnahme machen.« Sander bedankte sich und hörte die Frau im Weitergehen noch sagen: »Aber machen Sie bitte keinen Ärger.«

Während er dem geschwungenen Weg zum Waldrand folgte, musste er an die flapsigen Worte Fleiners denken, die eine geradezu makabre Aktualität erlangt hatten: »Wie wär's mal mit einem Mord im ›Campus Galli‹?« Als Sander gestern von dem tatsächlichen Verbrechen im Radio gehört hatte, war er für einen Moment wie elektrisiert gewesen. »Das gibt's doch nicht«, hatte er fassungslos geflüstert, worauf seine Lebensgefährtin Doris das Radio lauter gedreht hatte.

»Weißt du, was das bedeutet?«, hatte sie ebenso geschockt gefragt, als die Nachricht beendet war, um sich gleich selbst die Antwort zu geben: »Das muss gleich, nachdem wir weg waren, passiert sein.«

»Gleich vielleicht nicht«, war alles, was Sander hatte sagen können. »Im Lauf der Nacht«, zitierte er den Nachrichtensprecher und meinte: »Wir sind ja bereits kurz nach 18 Uhr raus.«

Schon gestern hatte ihn das Recherchefieber gepackt, doch weiter als bis zum Eingang in den »Campus Galli« war er bei seinem ersten Versuch nicht gekommen. Auch der Hinweis, er sei Autor des örtlichen Krimi-Verlages, hatte nicht geholfen.

Doch jetzt, am Sonntag, wollte er einen neuerlichen Anlauf unternehmen. Denn was sich dort ereignet hatte, konnte durchaus Stoff für einen Kriminalroman hergeben. Doris hegte ihre Zweifel daran und befürchtete, dass er sich wieder einmal in etwas verrannte, was nur Zeit kostete.

Sander ließ sich nicht von seinem Vorhaben abbringen. Obwohl er keinerlei redaktionellen Auftrag hatte, obwohl es eigentlich keinen Grund gab, an den Tatort zu eilen, hatte ihn eine innere Unruhe getrieben, sich diesen »Campus Galli« noch einmal anzuschauen.

Hatte Verleger Harry Fleiner eine Vorahnung gehabt? Oder steckte gar mehr dahinter als ein flapsig dahergeredeter Satz?

In Gedanken versunken erreichte Sander das große Waldgebiet, wo er sich kurz orientierte, um dann denselben Weg zu nehmen, den er am Donnerstagnachmittag mit Fleiner gegangen war. Die Fröhlichkeit und die Unbeschwertheit, die er da gespürt hatte, waren verflogen. Kein Mensch zu sehen, die Werkstatt-Unterstände verwaist, keinerlei Geräusche – nur das Zwitschern der Vögel in der lauen Luft. Er glaubte, die triste Stimmung förmlich zu spüren, die bleiern über dem Gelände lag. Die wärmende Sonne sog die nächtliche Feuchte des Waldes auf.

Sander knüpfte seine helle Freizeitjacke auf und entschied, sich an einer Weggabelung links zu halten. Dort kam er an der Lichtung für die Scheune vorbei, erkannte die Unterstände für Färberei und Weberei und sah bereits von Weitem, dass an der nächsten Biegung Einsatzfahrzeuge parkten. Er ging langsam weiter und hoffte, jemanden zu treffen, der Verständnis für sein Auftauchen hatte – möglichst also keinen mürrischen Kriminalbeamten.

Ein paar Schritte weiter stach ihm ein rot-weißes Absperrband ins Auge. War es hier passiert? Sander hätte nicht auf Anhieb sagen können, welches Handwerk an dieser Stelle gezeigt wurde. Möglich, dass es der Schindelmacher war, bei dem sie am Donnerstagabend für ein paar Minuten verweilt hatten. Er versuchte, sich das Gesicht der beiden Männer in Erinnerung zu rufen, die dort tätig gewesen waren. Einer hatte das Abspalten vorgeführt, während der andere, ein älterer bärtiger Bursche aus dem tiefsten Bayern, seine Kommentare dazu gegeben hatte. Verleger Harry Fleiner hatte allerdings auf Eile gedrängt, weil es bereits 18 Uhr gewesen war. Dennoch waren sie kurz stehen geblieben, um sich zeigen zu lassen, wie aus einem Stück Holz eine Schindel mit einem speziellen Werkzeug abgespalten wurde.

Ob einer dieser beiden Männer nun tot war? Dann, so überlegte Sander, hätte er den Ermordeten noch kurz zuvor gesehen! Nie war er während seiner Arbeit als Polizeireporter näher an einem Verbrechen dran gewesen.

Obwohl er viel Schreckliches gesehen und darüber geschrieben hatte, schauderte es ihn bei diesem Gedanken.

Sander entschied, sich jetzt nicht zu verstecken, sondern in die Offensive zu gehen. Schließlich hatte er nichts zu verbergen. Kaum war er aus der Deckung eines weißen Kastenwagens hervorgetreten, geriet er ins Blickfeld eines der Männer, die in Schutzanzügen in dem historischen Handwerker-Unterstand hantierten.

»Halt. Stehen bleiben!«, herrschte ihn eine scharfe Stimme an, die einem hochgewachsenen Mann gehörte, der mit energischen Schritten über das Absperrband stieg und auf ihn zukam.

Sander blieb stehen und sagte freundlich: »Grüß Gott.«

Ohne diesen Gruß zu erwidern, wurde der Kriminalist amtlich: »Wer hat Ihnen den Zutritt erlaubt? Das Gelände ist heute gesperrt. Verlassen Sie es bitte wieder.«

»Entschuldigen Sie«, sagte Sander zurückhaltend. Beinahe wäre ihm wieder der Hinweis, er käme von der »Heimatzeitung«, über die Lippen gekommen. Doch egal, was er jetzt sagte, es war sinnlos. Dieser schlecht gelaunte Spurensicherer, der in seinem Schutzanzug wie ein Raumfahrer vor ihm stand, würde keinerlei Verständnis aufbringen.

Es war zwecklos, ihn etwas zu fragen, allein schon, weil er ohnehin für Auskünfte nicht kompetent war und sofort an die Pressestelle des Präsidiums verweisen würde.

Sander blieb für ein paar Sekunden schweigend stehen, um sich das Umfeld einzuprägen. Immerhin hatte er auf diese Weise den Tatort sehen können. Jetzt das Smartphone herauszuholen und ein Foto zu knipsen, empfände der Unfreundliche gewiss als Provokation und würde ihm womöglich das Gerät abnehmen.

»Wer sind Sie?«, schnarrte die Stimme neben ihm.

Sander stellte Gelassenheit zur Schau. »Freier Journalist, Schriftsteller. Georg Sander.« Er präsentierte seinen Presseausweis.

»Sie sind der ...?«, staunte der Kriminalist. Sander konnte diese Bemerkung nicht deuten. »Hat man Sie denn nicht bereits gestern abgewiesen?« Sein Gegenüber runzelte die Stirn. Der Kriminalist hatte offenbar Sanders gestrigen Versuch mitbekommen.

»Ich wollte ja nur mal sehen ...«, begann er irritiert und wurde brüsk unterbrochen.

»Hier gibt es nichts zu sehen. Gar nichts. Oder haben Sie uns etwas zu sagen, was mit dem Fall zusammenhängt?«

Sander ergriff die Chance: »Ich war am Donnerstagabend hier ...«

»Der Name Sander steht in den Akten«, fuhr der vermeintliche Spurensicherer dazwischen und fügte an: »Damit Sie wissen, mit wem Sie's zu tun haben: Blocher, Kriminalrat. Kriminalkommissariat Sigmaringen. Ich vertrete hier die SOKO von Friedrichshafen.«

Sander sah ihn ob dessen ungewohnten Outfits erstaunt hat. »Entschuldigen Sie, das habe ich jetzt nicht vermutet.«

»Na, da seh'n Sie mal!«, fuhr ihn Blocher hochnäsig an. »Am Wochenende muss bei uns jeder alles tun können.«

Noch ehe Sander etwas erwidern konnte, fuhr er fort: »Sie interessieren sich also für den Schindelmacher?«
»Ich habe mich für seine Arbeit interessiert – am Donnerstagabend. Dass er jetzt tot sein soll, macht mich betroffen.«
»Woher wissen Sie, dass er tot ist?«, kam es scharf zurück.
»Das …«, Sander spürte, dass er vorsichtig sein musste, »… na ja, wenn's hier passiert ist«, er deutete zu der Werkstatt hinüber, »dann kann es doch nur einer der beiden sein, die ich dort am Donnerstag gesehen habe.«
Blocher sah ihn misstrauisch an. »Dass es auch ein ganz anderer sein könnte, halten Sie nicht für möglich?«
»Im Radio hat's geheißen, es sei ein 46-jähriger freiwiliger Helfer aus unserer Gegend. Kreis Göppingen.«
Blocher ging nicht darauf ein. »Und was haben Sie am Donnerstagabend sonst noch gesehen?«
Sander zuckte mit den Schultern. »Nichts Verdächtiges, falls Sie das meinen.«
»Dann möchte ich Sie jetzt bitten, das Gelände zu verlassen«, befahl Blocher. »Und zwar auf dem schnellsten Weg. Wegen Ihrer Aussage werden meine Kollegen noch mit Ihnen Kontakt aufnehmen.«
»Aussage? Welche Aussage denn?«
»Sie und diese Besuchergruppe, mit der Sie ja wohl unterwegs waren, dürften so ziemlich die Letzten gewesen sein, die den Mann lebend gesehen haben. Also Abflug. Das war's jetzt endgültig.«
Er drehte sich weg und stieg wieder über das Absperrband, hinter dem er wartete, bis Sander, leicht verstimmt, den Rückweg antrat. Das Gespräch hatte zwar nichts gebracht, dafür aber war ihm ein Blick auf den Tatort möglich gewesen: Hochwald, Nadel- und Laubbäume, lockeres Unterholz.

Er verwarf den Gedanken, bei Verleger Fleiner vorbeizuschauen, und entschied, die Angelegenheit zu vergessen. Wozu rieb er sich denn nervlich auf? Dies alles ging ihn nichts mehr an. Er würde sich von Fleiner berichten lassen, wie es weiterging, und irgendwann, wenn der Täter gefasst war, bei der Gerichtsverhandlung die Hintergründe erfahren. Stoff für einen Krimi würde das auf jeden Fall hergeben. Und Eile war ohnehin keine geboten, wenn man überlegte, dass sich das Projekt »Campus Galli« noch über Generationen hinweg erstrecken würde. Da las man auch in 20 Jahren noch gern einen Krimi über die Entstehungsgeschichte. 20 Jahre?, durchzuckte es ihn. Da würde er vermutlich keine Krimis mehr schreiben. Aber Bücher waren schließlich keine Zeitungen, die zwei Tage später bereits zu Altpapier geworden waren. Bücher waren weitaus langlebiger.

Von derlei Gedanken aufgewühlt, erreichte er wieder den Eingangsbereich, wo die freundliche Dame vor ihr hölzernes Kassenbüro trat. »Und? Hat sich's gelohnt?«

Sander schüttelte ernüchtert den Kopf. »Nicht wirklich«, sagte er. »Aber trotzdem: Vielen Dank für Ihr Verständnis.«

»Na ja«, erwiderte die junge Frau ernst, »da haben Sie mir schwer was eingebrockt. Der Einsatzleiter hat bereits angerufen und mich zur Schnecke gemacht.«

Sander, der weitergehen wollte, blieb stehen. »Ach? Das tut mir leid.«

»Jedenfalls mach ich jetzt die Bude dicht.« Sie deutete auf das noch offene Tor. »Gerade eben hat nämlich wieder einer reingewollt. Den hab ich jetzt aber abblitzen lassen.«

Sander wurde hellhörig. »Noch jemand? Ein Journalist?«

»Keine Ahnung. Ich hab ihm gesagt, ich hätt schon genug Ärger am Hals und er solle verschwinden.«

»Haben Sie ihm gesagt, dass ich …?«

»Nein, natürlich nicht. Nur dass ich dummerweise einen Schriftsteller durchgelassen und mir damit Ärger eingeheimst habe«, grinste sie charmant.

Sander verabschiedete sich und verließ das Areal in Richtung Parkplatz.

Er musste sich endlich damit abfinden, dass ihn all dies, was ihn einst beruflich herausgefordert hatte, nichts mehr anging. Und wäre er am Donnerstag nicht zufällig hier gewesen – noch dazu mit dem Krimi-Verleger –, hätte ihn dieses Verbrechen auch in keiner Weise interessiert, beruhigte er sich. Nun aber war es höchste Zeit, loszulassen. Seine Doris hatte recht: Es war vertane Zeit. Er beschloss, sich künftig verstärkt um »Haus und Hof« zu kümmern, wie er es neuerdings zu sagen pflegte, und nur in Mußestunden ein Kapitel des Krimis zu schreiben.

Ohne die Umgebung zu registrieren, war er wieder auf der großen Freifläche angelangt, wo rechts neben seinem VW Golf jetzt ein ziemlich großer dunkelblauer BMW parkte. Sander erkannte zu seiner Verärgerung, dass er sich auf diese Weise in den ziemlich schmalen Zwischenraum der beiden Autos würde zwängen müssen, um überhaupt seine Fahrertür öffnen zu können. Dabei waren weit und breit keine anderen Autos zu sehen.

Welcher Schwachsinn, so dicht daneben zu parken, dachte er. Doch dann sah er, dass sich hinter der spiegelnden Windschutzscheibe die Umrisse einer Person abzeichneten. Jemand saß also am Steuer. War es dieser Kerl, von dem die Kassiererin soeben gesprochen hatte? Sander sah sich prüfend um und verlangsamte seine Schritte. Was hatte dies zu bedeuten?

Beim Näherkommen wurde ihm deutlich, dass es sich tatsächlich um einen Mann handelte. Bewegungen zeichneten sich ab, die Fahrertür wurde ruckartig aufgerissen.

Sander blieb knapp zehn Meter davor stehen. Zweifellos war er erwartet worden. In diesem Moment hätte er sich gewünscht, dass von der nahen Straße ein Fahrzeug einbiegen würde. Doch obwohl es Sonntagvormittag war, interessierten sich heute offenbar noch keine Ausflügler für den »Campus Galli«. Oder es hatte sich herumgesprochen, dass das Gelände heute geschlossen war.

Sander versuchte sich zu beruhigen. Es war schließlich helllichter Tag, die Sonne knallte vom Himmel. Keine Szenerie, wie er sie sich in einem Kriminalroman für eine unheimliche Begegnung ausdenken würde. Außerdem befand er sich in einer Gegend, in der normalerweise die Welt noch in Ordnung war. Oder doch nicht? Das Verbrechen vor drei Tagen schien das Gegenteil zu beweisen.

Es war eine kurze Schockstarre, die sich seines ganzen Körpers bemächtigt hatte. Erst das freundliche »Guten Morgen«, das ihm entgegenschallte, löste seine innere Verkrampfung. Der Mann, groß, mittleres Alter, machte beim Aussteigen auf den ersten Blick einen seriösen Eindruck. Bürstenhaarschnitt, dunkelblond, olivgrüne Freizeitjacke. Sander prägte sich möglichst viele Details ein – genauso, wie er es während seiner aktiven Journalistenzeit getan hatte.

»Sind Sie der Schriftsteller?«, fragte der Unbekannte und kam, ohne zu zögern, auf Sander zu. Der jedoch war keinen Schritt weitergegangen. Die Bemerkung des Fremden ließ darauf schließen, dass er es tatsächlich gewesen war, den die Kassiererin abgewiesen hatte.

»Und Sie?«, fragte er vorsichtig zurück.

»Entschuldigen Sie, wenn ich Sie so überfalle. Aber man hat mich da vorne nicht reingelassen«, erklärte der Mann, der unangenehm nach Zigarettenrauch roch und kräftiger und größer war als Sander. »Mich hätte nämlich der Tatort auch interessiert.«

»Sind Sie Reporter?«

Sander sah in ein gebräuntes Gesicht, das auf der Stirn einige tiefe Falten aufwies. »Nein, bin ich nicht. Aber vielleicht haben wir gemeinsame Interessen.« Er ließ ein paar Sekunden verstreichen. »Ich geh mal davon aus, dass Sie als Schriftsteller auch ein gewisses berufliches Interesse an der Sache hier haben.«

Sander überlegte, ob er den Mann schon einmal irgendwo gesehen hatte. Doch sosehr er sich auch anstrengte, er konnte sich nicht daran erinnern. »Darf ich fragen, wer Sie sind?«

»Oh«, lächelte der Mann charmant, »das hatte ich ganz vergessen: Sebastian Schulte. Unternehmer aus Ulm. Wir sind uns noch nie begegnet. Betrachten Sie es als eine Fügung des Schicksals, dass wir heute schon dieselbe Idee hatten.«

»Dieselbe Idee?« Sander brauchte Zeit, diese angebliche Zufallsbegegnung zu bewerten.

»Na ja, ich sagte doch schon«, formulierte Schulte, als ob er vor einem Aufsichtsratsgremium referierte, »die Interessenlage könnte möglicherweise zu gewissen Synergieeffekten führen. So sagt man doch heutzutage, wenn sich zwei zusammentun, um das gleiche Ziel zu verfolgen. Darf ich fragen, wie Sie heißen?«

Sander, der die Hände tief in den Taschen seiner hellen Jacke vergraben hatte, sah keinen Grund, seine Identität zu verbergen. »Sander, Georg Sander.«

»Sander?«, wiederholte Schulte langsam. »Schriftsteller? Kann mich aber nicht entsinnen, jemals etwas von Ihnen gehört oder gelesen zu haben.«

»Das wird sich hoffentlich bald ändern. Ich schreibe gerade an meinem ersten Krimi.«

»Ach, Kriminalautor? Das trifft sich ja bestens. Was haben Sie denn vorher gemacht, beruflich, meine ich?« Schulte schien positiv überrascht zu sein.

»Journalist. Ich war Journalist und bin jetzt im Ruhestand.«

»Ach«, staunte Schulte ein zweites Mal. »Noch besser.« Er lächelte zufrieden. »Ich glaube, da könnten wir ein gutes Team werden.«

Sander mahnte sich zur Vorsicht. Er kannte solche Situationen zur Genüge: Nicht selten war er Menschen begegnet, die Euphorie und Begeisterung vorgetäuscht hatten, um ihn dann für ihre Zwecke vereinnahmen zu wollen. Nein, blieb er skeptisch, er brauchte so etwas nicht mehr. Keine große Story, keine aufwendige Recherche mehr. Er hatte sich vorgenommen, keinerlei Stress und Hektik mehr aufkommen zu lassen.

Schulte hatte bemerkt, dass er Sanders Interesse nicht wecken konnte. Er sah an ihm vorbei und wurde nachdenklich. »Sagt Ihnen der Name Ruckgaber etwas?« Für einen Augenblick war nur das Zwitschern einiger Vögel zu vernehmen.

Ruckgaber? In Sanders Kopf hatte der Klang dieses Namens eine Erinnerung ausgelöst. Aber sosehr er sich jetzt bemühte, es fand sich dazu kein Gesicht und kein Ereignis. Aber irgendwie kam ihm der Name bekannt vor. War es bei einer Gerichtsverhandlung gewesen? Oder hatte er in der Kommunalpolitik eine Rolle gespielt?

»Ruckgaber«, griff Sander den Namen auf. »Woher sollte ich den kennen?«

Schulte blieb ruhig. »Aus welcher Gegend kommen Sie? Kreis Göppingen doch, wie ich Ihrem Autokennzeichen entnehme.«

»Geislingen. Geislingen an der Steige«, antwortete Sander.

»Mhm«, brummte Schulte. »Kennen Sie den kleinen Ort Heroldstatt, droben auf der Schwäbischen Alb bei Laichingen?«

»Natürlich, ja.« Sander hatte begriffen. Ruckgaber und Heroldstatt. Voriges Jahr, als er noch hauptberuflich Journalist gewesen war, hatte die Redaktion einmal einen Hinweis erhalten. Die Rede war von angeblicher Geldwäsche, die dort ein Finanzdienstleister namens Ruckgaber in großem Stil betreiben würde. Doch weder der Staatsanwaltschaft noch dem örtlichen Bürgermeister waren Erkenntnisse dazu vorgelegen. Auch Sander hatte trotz tagelanger Recherche nichts Konkretes zutage fördern können. Denn selbst der namentlich bekannte Hinweisgeber – ein älterer Mann, der die Redaktion nahezu täglich mit Gerüchten und bisweilen auch handfesten Tipps versorgte – sah sich außerstande, Fakten zu liefern, obwohl er ansonsten fest davon überzeugt war, das Gras wachsen zu hören.

Sander hatte die Notizen zu diesem Fall in einer Computerdatei abgelegt, die er nun daheim auf einem Speicherstick aufbewahrte. Er konnte also alles noch einmal nachlesen. »Sie entsinnen sich?«, bohrte Schulte nach und holte ihn aus seinen Gedanken zurück.

»Geldwäsche?«, fragte Sander vorsichtig zurück.

»Nicht nur«, murmelte Schulte nun zufrieden. »Ich glaube, das ist ein ganz heißes Ding.«

Häberle hatte nach den Ereignissen der beiden vergangenen Tage schlecht geschlafen und sich beim sonntäglichen Frühstück mit Susanne erneut über das Verbrechen im »Campus Galli« unterhalten. Er schätzte es sehr, dass sie in Zeiten, wenn ihn ein komplizierter Fall beschäftigte, ein guter Zuhörer sein konnte. Seit seinem gestrigen Gespräch mit Elvira Moll war ihm deren Schicksal nicht mehr aus dem Kopf gegangen. Und dies, obwohl ihn das Verbrechen in Meßkirch eigentlich nur am Rande berührte. Federführend waren die Kollegen des Kriminalkommissariats Sigmaringen. Bisher jedenfalls gab es keine einzige Spur, die in sein Zuständigkeitsgebiet führte.

Aber irgendetwas schien ihm nicht stimmig zu sein. Die Molls jedenfalls, so sein Eindruck, waren nicht gerade das Ideal eines glücklichen Ehepaars. Außerdem musste unbedingt herausgefunden werden, mit wem ihr Mann ursprünglich eine Woche ehrenamtlich an dem historischen Projekt mitarbeiten wollte. »Mehr, als dass es angeblich ein alter Kumpel von ihm aus gemeinsamen Fußballzeiten war, konnte sie nicht sagen«, erklärte Häberle seiner Ehefrau, als diese danach gefragt hatte.

Susanne hatte längst analytisch zu denken gelernt und meinte: »Wenn er aber vor ihr etwas verheimlichen wollte, kann das auch nur eine falsche Spur sein. Hat er denn wirklich jemals Fußball gespielt?«

Häberle ärgerte sich, dies bisher nicht überprüft zu haben. Er musste unbedingt Linkohr darüber informieren, der sich bereit erklärt hatte, den Sigmaringer Kollegen an diesem Wochenende zur Verfügung zu stehen. Sobald die richterliche Entscheidung vorlag, würde er ohnehin bei Frau Moll aufkreuzen und den Computer ihres Mannes sicherstellen müssen.

»Du hast heute aber frei?«, hörte Häberle seine Susanne sagen, während er über den weiteren Verlauf nachdachte.

»So wie es aussieht, ja«, brummte er und trank seine Kaffeetasse leer. »Es sei denn, es bahnt sich auch bei uns etwas an, was mit dem Fall zusammenhängt.«

Dass sich ein paar Kilometer weiter tatsächlich etwas zusammenbraute, konnte er zu diesem Zeitpunkt nicht ahnen. Linkohr war mit dem Kollegen Philip Mende vom Ulmer Kriminaldauerdienst inzwischen vor Molls schmuckem Einfamilienhaus vorgefahren. Die beiden Kriminalisten hatten ihr Kommen zwar telefonisch ankündigen wollen, aber die Frau war nicht an den Apparat gegangen. »Wahrscheinlich will sie mit niemandem reden«, meinte Mende, der den Auftrag in der kleinen Gemeinde Salach mit wenig Enthusiasmus entgegengenommen hatte. Ohnehin hätte es an so einem herrlichen Sommersonntag weitaus Besseres gegeben, als Dienst zu schieben. Hinzu kam, dass es für den auswärtigen Kollegen ein eher langweiliger Auftrag war. Linkohr hingegen, der am Steuer des weißen Dienst-Audis saß, hätte nichts mit dem freien Sonntag anzufangen gewusst. Seit einigen Wochen war er wieder solo. Wieder einmal. Es schien ihm, als habe sich die gesamte Damenwelt gegen ihn verschworen. Und je älter er wurde, desto komplizierter empfand er die Partnerschaften. Er wurde zunehmend wählerischer, bisweilen zeigte er sogar Symptome eines Einzelgängers und musste sich dagegen wehren, den Beruf zu seinem einzigen Lebensinhalt werden zu lassen. Irgendwie schien er seit Kurzem in den Job flüchten zu wollen – eine Eigenschaft, die er bislang nicht gekannt hatte. Aber irgendwann, davon war er überzeugt, würde sich alles wieder ändern. Sobald er »die Richtige« fände, würde seine ganze Konzentration gewiss wie einstens auf private Dinge ausgerichtet sein.

»Da ist es«, sagte Mende plötzlich, der ein »Junggeselle in festen Händen« war und schon deshalb die Wochenenddienste hasste. Er deutete auf ein Einfamilienhaus, das sich an einen Hang schmiegte und von hochgewachsenen Sommerstauden umgeben war.

Linkohr stoppte und sie gingen durch den blühenden Vorgarten zur Haustür. »Moment mal«, hielt Mende seinen jüngeren Kollegen zurück. »Siehst du das?«

Linkohr erkannte sofort: »Die Rollläden sind zu, aber die Haustür steht offen.« Zwar nur einen Spaltbreit, aber sie war nicht ins Schloss gezogen.

Mende näherte sich vorsichtig dem überdachten Eingangsbereich, während Linkohr die Gebäudefassade prüfte, die der Straße zugewandt war. Auch er wunderte sich über die geschlossenen Rollläden. Sehr ungewöhnlich an einem sommerlichen Mittag wie heute. Inzwischen hatte Mende den rechten Zeigefinger in ein Papiertaschentuch gehüllt, um beim Drücken des Klingelknopfs keine Fingerspuren zu verwischen.

»Da tut sich nichts!«, rief er Linkohr nach dem vierten Klingeln zu und stieß die Haustür nach innen auf.

Der Vorplatz war nur durch hereinfallendes Tageslicht spärlich beleuchtet, links führte eine Holztreppe ins Obergeschoss. Vor ihnen stand die Wohnungstür einen Spalt weit offen. Der Raum dahinter war finster. »Das sieht nicht gut aus«, flüsterte er Linkohr zu. »Ich schlage vor, wir holen noch ein paar Kollegen.«

Linkohr nickte zustimmend und griff zum Funkgerät.

Andreas Ruckgaber hatte nur ein paar Stunden geschlafen. »Ich hab mir schon Sorgen um dich gemacht«, sagte Astrid, als sie an diesem Sonntagmorgen auf der sonnigen Terrasse der Villa wieder einmal auf seine geschäftlichen Verpflichtungen zu sprechen kamen. »So spät bist du selten gekommen«, bemerkte sie vorwurfsvoll, während sie es sich im knappen Bikini auf der Liege bequem machte und mit der Sonnenbrille in den blauen Himmel sah.

»Ich kann's mir halt nicht immer aussuchen«, brummte er auf der Liege neben ihr. »Die Zeiten sind nicht gerade einfach.« Er massierte seinen sportlich durchtrainierten Körper mit wohlriechendem Sonnenöl ein.

»Du nimmst das alles so gelassen hin«, wunderte sich Astrid, ohne sich die Unruhe anmerken zu lassen, die seit ihrer Fahrt nach Basel nicht mehr hatte weichen wollen.

»Mäuschen«, drehte er sich lächelnd zu ihr, »wie oft soll ich dir noch sagen, dass wir das alles hinkriegen werden. Du brauchst dir keine Sorgen zu machen.«
Sie setzte sich mit einem Ruck auf. »Und was war dann das vergangene Nacht für ein langes Gespräch? Und am vergangenen Donnerstag?«
Er glaubte, eine gewisse Eifersucht herauszuhören. Misstraute sie ihm? Hegte sie Zweifel an seinen abendlichen Kundenbesuchen? Vermutete sie gar, es seien meist weibliche Kunden, die er betreute?
»Mäuschen«, begann er wieder, »der Knabe in Tübingen ist ein knallharter Geschäftsmann, der erstens nur am Wochenende für so etwas Zeit hat und zum anderen diese Angelegenheiten auf diskrete Weise beprochen haben möchte.« Er legte das Fläschchen Sonnenöl beiseite. »Und am Donnerstag, das weißt du, da war's dieser verquere Geschäftsmann in Sindelfingen, der sich nicht entscheiden konnte, wohin er seine Kohle transferiert haben will. Seit dieser Scheiße mit den Panama-Papieren macht der sich fast in die Hose.«
Sie blinzelte ihm neckisch zu. »Ich weiß, Andy, die lukrativsten Geschäfte werden in der Nacht gemacht – allerdings nicht als Schichtarbeiter am Fließband –, das willst du mir doch jetzt sagen, oder?« Sie kannte seine flotten Sprüche längst zur Genüge. Natürlich gefiel ihr seine lockere Art, Dinge anzugehen, die zunächst schwierig und aussichtslos erschienen. Andy war einfach ein toller Typ. Positiv gestimmt und erfolgreich. Auch wenn er mit dem Feuer spielte – und gerade dies schien er über alles zu mögen. Sie genoss es, an der Seite eines Mannes zu stehen, der kein Risiko scheute. Zwar war sie innerlich immer mehr von Zweifeln geplagt, ja, manchmal sogar zerrissen, aber der Glaube an ihn und seine unverwüstliche Gradlinigkeit war dazu angetan, derlei Sorgen wieder zu zerstreuen.

»Und? Hat er sich überzeugen lassen?«, hakte sie nach und ließ sich wieder zurück auf die Liege sinken. Sie kannte den Tübinger Geschäftsmann zwar nicht, von dem Ruckgaber berichtet hatte, aber vermutlich ging es, wie so oft in diesen Tagen, um die Rückzahlung irgendwelcher Gelder, die dank Andy in irgendeiner Steueroase gebunkert waren, wohin die gierigen Hände des deutschen Finanzministers nicht reichten.

»Es kriegt halt mancher kalte Füße«, meinte Ruckgaber. »Außerdem geht die Angst um, die Flüchtlingskrise koste den Staat mehr, als Mutti Merkel zugeben will. Panik und Hektik sind aber die falschen Ratgeber.« Er grinste überheblich. »Die internationalen Kapitalmärkte werden dafür sorgen, dass ihre Klientel auch weiterhin ihre Schätze in Sicherheit bringen kann. Außerdem werden die Lobbyisten in Berlin, Brüssel und Washington nicht müde, die verschlafenen Politiker auf ihre Seite zu ziehen.« Er nahm noch einen Schluck aus dem Cocktailglas. »Und nötigenfalls dürften auch ein paar Honorare nachhelfen. Du wirst doch nicht im Ernst glauben, Mäuschen, dass die Modalitäten, wie sie zur Fußballweltmeisterschaft 2006 in Deutschland geführt haben, nicht auch in anderen Bereichen erfolgreich sein können. Du musst heutzutage auch manchmal unkonventionelle Wege beschreiten, weil es andere tun, wenn du's nicht tust, verstehst du? Wenn du das große Monopoly-Spiel nicht mitmachst, kommst du nie über ›Los‹ hinaus, sondern wirst im Knast landen und verelenden. Also bleibt dir gar nichts anderes übrig, als mit am ›großen Rad‹ zu drehen.«

Astrid musste sich den Vergleich mit dem beliebten Monopoly-Spiel zunächst verinnerlichen. Aber Andy hatte natürlich recht. Die Welt war voller Lug und Trug – und wer ehrlich und korrekt blieb, wurde abgedrängt. Ihr kam der Abgas-Skandal von Volkswagen in den Sinn. Was war denn den Entwicklungsingenieuren anderes übrig geblieben, als mit einer Software zu tricksen, um die Vorgaben ihrer Oberchefs zu erfüllen, die wiederum im Konkurrenzkampf zu anderen Autoherstellern mithalten mussten?

»Du bist nachdenklich geworden?«, wurde Astrid von Andys Stimme aus den Gedanken gerissen.

»Nein, nein«, log sie schnell, »du hast bei allem, was du sagst, natürlich recht.«

»Siehst du«, meinte er, »und deshalb dürfen auch wir uns von nichts und niemandem vom eingeschlagenen Weg abbringen lassen.«

Er berührte zärtlich ihren linken Oberschenkel.

Sie lächelte zufrieden. Andy würde es schon richten.

Das Mobile Einsatzkommando war angerückt, um das Haus des Ehepaars Moll zu durchsuchen. Angesichts der geschlossenen Rollläden hatten es Linkohr und Mende für sinnvoll erachtet, das Gebäude zunächst von der Spezialeinheit aus Göppingen betreten zu lassen. Inzwischen hatten sich vor dem Haus zahlreiche Schaulustige eingefunden, die jedoch von Uniformierten auf Distanz gehalten wurden. Es dauerte nicht lange, bis der Chef des Einsatzkommandos den beiden Kriminalisten meldete, dass sich »keine Personen im Gebäude« aufhielten. Vorläufig blieben aber die Rollläden geschlossen, sodass die Räume nur vom Licht der Lampen erhellt wurden. »Was auffällt«, erklärte der Einsatzleiter, ein dynamisch wirkender Mittdreißiger, den offensichtlich nichts so schnell erschüttern konnte, »die Tür von der Diele ins Wohnzimmer ist aufgebrochen. Gewaltsam eingetreten. Sie war ursprünglich wohl verschlossen, aber nur mit den üblichen Schlössern innerhalb der Wohnungen. Buntbartschloss. Billiges Zeug, nichts Besonderes. War sicher kein Problem, es mit einem kräftigen Tritt rauszuschlagen.«

»Oh!«, entfuhr es Linkohr. Er ließ sich gemeinsam mit Mende die demolierte Tür zeigen. Der Einsatzleiter wollte sich nicht lange damit aufhalten, sondern deutete ins Wohnzimmer: »Dafür muss die Terrassentür ganz normal geöffnet worden sein. Der Rollladen war offen – der einzige übrigens im ganzen Haus.«

Die beiden Kriminalisten gingen über den weichen Teppich zur Fensterfront, die zur hinteren Seite des Gebäudes gehörte, die sie von außen bisher nicht hatten überblicken können.

»Da draußen sieht's aber nicht so aus, als sei jemand durch den Rasen weggelaufen«, berichtete der Einsatzleiter weiter. »Das Gras ist ziemlich hoch, da gibt's keine Trittspuren. Nur direkt vor der Tür ist es an einer Stelle niedergetreten.«

Linkohr ging vorsichtig bis zur Türschwelle, um sich diese Spur anzuschauen. »Das bedeutet, da hat nur jemand draußen vor der Tür gestanden«, resümierte er.

Mende kombinierte weiter: »Oder es ist jemand raus und gleich wieder rein.«

Die Männer blickten sich schweigend für einen Moment an, bis Linkohr nachhakte: »Und die Frau? Keine Spur von ihr?«

»Nein, nichts«, antwortete der angesprochene Kollege. »Vielleicht hat sie sich im Wohnzimmer eingeschlossen und versucht, vor dem Täter in den Garten zu flüchten.«

»Was dann schiefgegangen ist, weil es keine weiteren Spuren im Gras gibt«, ergänzte Mende diese Überlegungen.

»Und was schließen wir daraus?«, fragte Linkohr, obwohl er sich die Antwort darauf selbst hätte geben können.

»Er hat sie sich geschnappt«, sprach Mende aus, was kein anderer sagen wollte.

Der Einsatzleiter nickte und ging in den Flur zurück, wo

ihm drei Kollegen aus dem Mobilen Einsatzkommando Platz machten, um die Kriminalisten in das Büro zu lassen. »Hier hat einer ganze Arbeit geleistet«, stellte der Beamte fest. »Die Steckverbindungen, die hier überall rumliegen, lassen befürchten, dass vermutlich ein Laptop und möglicherweise eine oder zwei externe Speicherplatten verschwunden sind. Die Entkabelung scheint ziemlich schnell und unsachgemäß vonstatten gegangen zu sein.«
Linkohr durchzuckte ein Gedanke: Da war ihnen also jemand zuvorgekommen. Seinen Lieblingsspruch, der ihm immer im Zustand allergrößten Erstaunens über die Lippen kam, flüsterte er nur in sich hinein: »Da haut's dir 's Blech weg.«

Dennis Blocher war nach der neuerlichen Spurensuche verschwitzt und erschöpft nach Sigmaringen in sein Büro im Polizeigebäude zurückgekehrt. Nach einem kurzen Telefonat mit dem SOKO-Leiter in Friedrichshafen vertiefte er sich bei einem Glas Mineralwasser in die Protokolle seiner Kollegen. Auch jetzt, fast drei Tage nach dem Verbrechen im »Campus Galli«, gab es noch keine heiße Spur. Zwar hatte der Polizeipräsident im fernen Konstanz sofort die Bildung einer Sonderkommission angeordnet, aber während des Wochenendes waren nicht alle Kollegen erreichbar, die fachlich dafür infrage kamen. Blocher spürte, wie ihm die Zeit davonlief. Wenn nicht innerhalb weniger Stunden nach einer Tat konkrete Hinweise vorlagen, wurde es immer schwieriger. Er selbst betrachtete den Fall als eine persönliche Herausforderung. Es war das erste große Verbrechen, das er eigenverantwortlich bearbeiten musste. Ein schneller Erfolg wäre gewiss auch seiner persönlichen Karriere dienlich, um von Sigmaringen aus die nächste Stufe zu erklimmen. Vielleicht war es der fehlende Schlaf, der ihn keinen klaren Gedanken fassen ließ. Schon plagten ihn Zweifel, ob die Kollegen tatsächlich mit vollem Engagement die Ermittlungen betrieben, oder ob nicht einige von ihnen, die ihm diesen Job nicht gegönnt hatten, eher nur mit »gezogener Handbremse« ihre Arbeit versahen.

Die Zeit spielte dem Täter in die Hände: Er konnte etwaige Spuren beseitigen, sein mögliches Alibi festigen – und falls es Zeugen gab, fiel es denen mit jedem Tag schwerer, sich an Konkretes zu entsinnen. Blocher hatte nach den Medienberichten vom gestrigen Samstag auf weitere Hinweise gehofft. Aber nichts war bisher eingegangen. Somit hatte sich auch die Hoffnung zerschlagen, jemand könnte in der Nacht zum Freitag bei der Vorbeifahrt am Parkplatz zufällig ein verdächtiges Auto gesehen haben. Und in dem Waldgebiet, in dem das Campus-Baugelände lag, hatte sich offenbar außer Moll nur noch dieser Schmied aufgehalten, dessen Name in den Protokollen mit Peter Breitinger angegeben wurde. Der, so fiel es Blocher beim Lesen der Aufzeichnungen am Computermonitor ein, hatte bereits in der Nacht zuvor Moll getroffen und nun angegeben, die folgende Nacht ebenfalls im Campus verbracht zu haben – ohne allerdings erneut Moll aufgesucht zu haben.

Jemand anderen wollte Breitinger in keiner der beiden Nächte gesehen haben.

»Chef«, wurde Blocher von der Stimme eines Kollegen aus dem Aktenstudium aufgeschreckt, »es ist nirgendwo registriert, mit wem Moll ursprünglich geplant hatte, ins Camp zu gehen.«

Blocher drehte sich ruckartig um und sah in ein übernächtigtes Gesicht. »Das wird nirgendwo bei denen erfasst?«

Der ältere Kollege runzelte die Stirn. »Moll hat im November mal angefragt und nur angegeben, er werde vermutlich einen Freund mitbringen.«

»Und die haben nicht nach dessen Namen gefragt?«, hakte Blocher ungeduldig nach.

»Nein, haben sie nicht. Und das war wohl zu diesem Zeitpunkt auch noch gar nicht notwendig.«

»Hat er denn mal Bescheid gegeben, dass er nun doch allein kommt?«

»Irgendwann Mitte Februar, ja. Da hat er sich übers Internet für die Zeit vom 25. Juli bis 6. August offiziell angemeldet und hinzugefügt, dass er allein kommen werde.«

»Wann gibt's was zur Zigarettenkippe zu sagen?« Blocher spielte nervös mit einem Kugelschreiber.

»Morgen Abend vermutlich«, antwortete der Kollege knapp. »Aber es scheint verwertbare DNA zu geben.«

»Immerhin etwas«, seufzte Blocher, schließlich war die Zigarettenkippe das einzig Verwertbare, das sie am Tatort gefunden hatten. Ein Besucher hätte es sich ganz bestimmt nicht getraut, dort zu rauchen. Und weder dieser Josef Mosbrugger, der als Fachmann die Werkstatt betreute, war Raucher noch der Schmied Breitinger. Und das Opfer, über das ein Bericht vorlag, den Häberle gemailt hatte, schien ebenfalls nicht geraucht zu haben. Aber was nützte ein genetischer Fingerabdruck, wenn es keine Vergleichsspur gab? Das Einzige, was dann weiterhelfen konnte, war ein Abgleich mit den bundesweit in einer Datei gespeicherten DNA-Spuren. Dies versprach aber auch nur dann einen Erfolg, wenn der Täter schon einmal erkennungsdienstlich behandelt worden war.

Das kurze Nachdenken des forschen Kriminalrats wurde vom schrillen Ton des Telefons unterbrochen. »Ja«, meldete er sich militärisch knapp, wie er dies immer zu tun pflegte, um dem Anrufer gleich von vornherein Respekt einzuflößen. Blocher lauschte grußlos, während der Kollege den Raum verließ. »Wie? Was heißt *verschwunden*?«, bläffte er in den

Hörer, um nach einigen Sekunden des Zuhörens energisch nachzuhaken: »Entführt, oder was?«

Er sprang auf und riss die Computer-Maus mit, die scheppernd zu Boden fiel. »Was heißt, Sie wissen das nicht? Mensch, Kollege«, zischte er, »Sie tun so, als ob Sie das auf die leichte Schulter nähmen. Ist Ihnen überhaupt bewusst, was Sie da gerade eben gesagt haben? Ist dieser ...«, Blocher musste sich den Namen in Erinnerung rufen, »... dieser berühmte Häberle denn nicht vor Ort?«

Die nachmittägliche Sonntagsruhe war mit einem Schlag vorbei. Häberle hatte im Liegestuhl aber ohnehin nicht schlafen können. Viel zu sehr war er gedanklich mit dem Verbrechen in Meßkirch beschäftigt. Doch jetzt, nachdem er am Telefon von Linkohr über die neueste Entwicklung informiert worden war, drückte er seiner Frau Susanne einen Kuss auf die Wange, tauschte Shorts und T-Shirt gegen Jeans und Hemd und verließ Hals über Kopf die Wohnung.

Weil die Sommerhitze den Ausflugsverkehr beruhigt hatte, waren die Straßen frei, und Häberle brauchte sich nicht einmal mit den üblichen Sonntagsfahrern herumzuärgern. Innerhalb weniger Minuten hatte er das Haus des Ehepaars Moll erreicht, wo er gestern Vormittag schon einmal gewesen war. Ein Uniformierter, der die Wohnstraße absperrte und einige Schaulustige fernhielt, winkte ihn durch, sodass er hinter einem Streifenwagen parken konnte.

Linkohr kam ihm im Vorgarten entgegen. »Die in Sigmaringen sind ziemlich aufgebracht«, schilderte er genervt die innerdienstliche Lage.

»Sie glauben wohl, dass mich das interessiert?«, knurrte Häberle grinsend und ließ sich in das Haus führen, in dem mittlerweile weitere Kollegen tätig waren und Anhaltspunkte suchten, die Rückschlüsse auf die Geschehnisse und eine eventuelle Entführung von Frau Moll geben könnten.

»Keiner aus der Nachbarschaft hat etwas bemerkt«, erklärte Linkohr eifrig. »Niemand hat gesehen, ob sie weggefahren ist.«

»Ist ihr Auto denn auch weg?«

»Ja, die Nachbarn sagen, sie habe es üblicherweise in der Garage stehen. Aber dort ist es nicht. Ein silberfarbener Ford Mondeo. Wir haben das Kennzeichen bereits zur Fahndung rausgegeben.«

»Entführung mit dem eigenen Auto. Wie passt *das* denn zusammen?«, überlegte Häberle laut. »Vielleicht ist sie nur verreist, und es wurde in ihrer Abwesenheit eingebrochen.«

Linkohr ging voraus ins Wohnzimmer und deutete auf die aufgebrochene Tür. »Wieso war dann diese Tür hier von innen abgeschlossen? Außerdem verlässt man das Haus doch nicht durch die Terrassentür – vor der es im Übrigen auch keine weiterführenden Spuren im Gras gibt – und lässt vorne die Haustür offen.«

»Die war nicht abgeschlossen?«, vergewisserte sich Häberle, dem davon noch nichts berichtet worden war.

»Sie war nur angelehnt. Nicht aufgebrochen. Aber vielleicht der übliche Leichtsinn, wir kennen das ja: Schloss nicht verriegelt – und ein Profi macht's ruckzuck auf.«

»Keine Spuren?« Häberle war zu der Haustür zurückgegangen.

»Nein«, hörte er Linkohr hinter sich sagen. »Dafür versuchen die Kollegen gerade, Hinweise auf mögliche Angehörige von Frau Moll zu finden.«

»Es gibt Söhne«, zeigte sich Häberle informiert. »Zwei, die momentan in Neuseeland sind.«

»Ja, wir haben inzwischen im Telefonspeicher Handynummern gefunden, die in den vergangenen Tagen öfters angerufen wurden«, erklärte Linkohr und führte Häberle in das Büro, wo zwei Beamte die Daten notierten.

»Gibt's auch Festnetznummern?«, wollte Häberle wissen.

»Jede Menge«, antwortete einer der Beamten, ohne aufzuschauen. »Zuletzt hat sie eine Nummer in Bad Urach angerufen. Und zwar noch gestern Abend um 22.47 Uhr.«

»Ach«, staunte Häberle. »Das ist aber interessant. Dann rufen wir dort doch einmal an.«

Der Kollege, der am Schreibtisch saß, um den herum sich ein ungeordnetes Kabelwirrwarr schlängelte, drückte die entsprechende Taste zur Anwahl besagter Nummer und aktivierte den Lautsprecher des Geräts.

Der Rufton erfüllte die gespannte Stille. Vier-, fünf-, sechsmal. Die Kriminalisten starrten auf das kleine drahtlose Telefon, das der Beamte in der Hand hielt – so als würde es gleich ein großes Geheimnis preisgeben. Doch stattdessen meldete sich die hinlänglich bekannte Frauenstimme vom Computer: »Der Anruf kann nicht wie gewählt ausgeführt werden.«

»Falsche Nummer?«, knurrte Häberle.

»Nicht unbedingt«, wurde er aufgeklärt. »Bei manchen Telekommunikationsanbietern bedeutet dies auch, dass keiner rangeht.«

»Dann prüft bitte, wem der Anschluss gehört.«

»Machen wir«, bestätigte der Kollege und schaltete das Telefon aus. »Wir werden auch versuchen rauszukriegen, wann das hier ...«, er deutete auf den Kabelsalat, »alles entkabelt wurde. Falls ein Laptop auf ›Standby‹ stand, müsste sich über den Internet-Provider rauskriegen lassen, wann der Stecker gezogen wurde.«

Häberle nickte zufrieden. Erstaunlich, was die jungen Kollegen heutzutage alles wissen, dachte er. Früher, als er die Polizeilaufbahn eingeschlagen hatte, waren Fingerabdrücke, Blutspuren oder Stofffasern am wichtigsten. Heute musste man sich in der komplizierten Elektronik auskennen, um die vielfältigen Möglichkeiten ausschöpfen zu können, die sich boten, seit alles und jedes irgendwo und irgendwie gespeichert wurde. Die meisten Menschen hatten ja nicht die geringste Ahnung davon, was allein ihre privat genutzten Geräte an Daten sammelten. Längst hegte Häberle den Verdacht, dass vielleicht sogar ein simpler Staubsauger exakt speicherte, wann er eingeschaltet und wie lange gesaugt wurde. Möglicherweise konnte der Hersteller sogar diese Daten heimlich abrufen. Oder dafür sorgen, dass das Gerät nach einer bestimmten Zeit kaputtging. Dies wäre dann gewiss ohne Weiteres ebenfalls bei Waschmaschinen oder Fernsehern zu bewerkstelligen. Als dieser Verdacht vor einigen Jahren aufgekommen war, hatten die Hersteller zwar Stein und Bein geschworen, keinesfalls mit solchen Tricks den Verkauf neuer Geräte forcieren zu wollen. Aber spätestens seit der VW-Abgasaffäre war der verwendeten Software selbst renommierter Firmen nicht mehr zu trauen.

Mit diesen Gedanken war Häberle seinem jungen Kollegen Linkohr zur Terrassentür gefolgt, um sich die Trampelspuren im Gras zeigen zu lassen. »Nur hier ist der Rasen niedergetreten.«

»Und Rollladen und Tür waren offen?«, hakte Häberle nach.

»Ja«, bestätigte ein älterer Kollege, der zu ihnen herantrat. »Vielleicht wollte da jemand raus und ist im letzten Moment zurückgehalten worden.«

Häberle sah den Mann nachdenklich an. »Sie meinen, Frau Moll hat sich eingeschlossen, wollte flüchten, aber im letzten Moment tritt der Täter die Wohnzimmertür ein und hält sie zurück?«

»Zum Beispiel, ja.«

Linkohr schüttelte den Kopf: »Und danach fährt sie mit ihrem eigenen Auto weg und kümmert sich nicht mehr um ihre Wohnung? Das klingt ziemlich unwahrscheinlich.« Häberle zuckte mit den breiten Schultern. »Vielleicht findet sich eine Antwort, wenn wir wissen, wen sie kurz zuvor noch angerufen hat.«
Linkohr blieb hartnäckig: »Es könnte natürlich auch der Täter gewesen sein, der von hier aus telefoniert hat.«
»Dann wird's umso spannender, Herr Kollege«, meinte der Chefermittler. »Sonst keine Spuren?«
»Na ja«, gab Linkohr zu bedenken. »Vor der Eingangstür, auf den Fliesen, haben die Kollegen zwei zertretene Zigarettenkippen sichergestellt.«
»Muss nicht unbedingt was bedeuten«, meinte Häberle. »Wahrscheinlich darf man drinnen nicht rauchen. Der Moll hat ja selbst angeblich auch nicht geraucht.«

Krimi-Autor Georg Sander war nach dem Zusammentreffen mit Sebastian Schulte irritiert gewesen. Der Ulmer Unternehmer hatte ihm vorgeschlagen, am Abend in seine Wohnung zu kommen, um in aller Ruhe »und ohne fremde Ohren« über die Angelegenheit zu reden. »20 Uhr wäre mir sehr recht«, hatte Schulte gesagt, dem Autor eine Visitenkarte in die Hand gedrückt und war ohne weitere Worte in seinen BMW gestiegen und weggefahren.
Sander war in der glühend heißen Sonne zurückgeblieben und hatte die Angaben auf der Karte studiert: »Sebastian Schulte« stand da in verschnörkelter Schrift, darunter der Hinweis auf seine Tätigkeit: »Export-Import in und außerhalb der EU«.
Die aufgedruckte Anschrift bezog sich auf eine Straße im Ulmer Stadtteil Böfingen. Vermutlich ein vornehmes Wohngebiet, dachte Sander, der in brütender Hitze ins heimische

Geislingen zurückgefahren war, wo ihn Doris ungeduldig erwartet hatte. Als er ihr von der Begegnung mit Schulte und dem geplanten Treffen erzählte, wurde sie skeptisch: »Export-Import?«, fragte sie. »Bist du dir sicher, dass das eine seriöse Sache ist?«

»Bin ich mir nicht«, erwiderte er, während sie am Gartenteich, umgeben von schwirrendem Kleingetier, Kaffee tranken. »Aber ich werde mir anhören, was er zu sagen hat.«

»Hast du schon wieder vergessen, dass du im Ruhestand bist?« Es klang vorwurfsvoll. »Was versprichst du dir davon?«

Sander hatte gleich geahnt, dass sie nicht erfreut sein würde, wenn er sich an diesem herrlichen Sommerabend davonstahl.

»Vielleicht wird's ein Stoff für einen Krimi«, hatte er geantwortet. Daran musste er jetzt denken, als er an diesem lauen Abend in Richtung Ulm fuhr.

Schulte bewohnte eines jener modernen quadratisch-eckigen, weiß getünchten villenartigen Gebäude, die auf den ersten Blick an die moderne Architektur an den Hängen der oberitalienischen Seen erinnerten. Viel Glas, klare Linien. Er wurde nach dem Klingeln am schmiedeeisernen Eingangstor in den Garten eingelassen, in dem breite Natursteinstufen zu einem mächtigen Vordach führten, das von einer schlichten Stahlkonstruktion gehalten wurde.

Schulte stand bereits in der offenen, ganz in Weiß gehaltenen Eingangstür und hieß ihn per Handschlag willkommen.

»Ich wusste doch, dass Sie die Einladung nicht ausschlagen würden«, sagte er eine Spur zu überheblich, wie Sander es empfand, der in ein großes Foyer gebeten wurde, an dessen Wänden großformatige abstrakte Gemälde hingen, die von Halogenleuchten angestrahlt wurden. »Wir gehen runter in mein Arbeitszimmer«, sagte Schulte und deutete auf eine breite Wendeltreppe. Sander riskierte auf dem Weg dahin einige Blicke in den geräumigen Wohnbereich, der offenbar nur aus einem einzigen Raum bestand, und fragte sich, ob es zwischen all dem modernen Mobiliar noch jemanden gab, der sich hier aufhielt. Momentan deutete allerdings nichts auf die Anwesenheit weiterer Personen hin.

Er folgte dem Gastgeber hinunter in Räumlichkeiten, aus denen ihm kalter Zigarettenqualm entgegenschlug und die gewiss für eine Einliegerwohnung gedacht gewesen waren, jetzt aber offenbar für vertrauliche Besprechungen genutzt wurden. Die luxuriöse Einrichtung könnte auch zur Chefetage eines Großunternehmens gehören, dachte Sander.

Schulte bot ihm Platz in einem großen Ledersessel an, während er selbst auf einer voluminösen Couch saß. Auf dem Glastisch zwischen ihnen waren bereits verschiedene alkoholfreie Getränkeflaschen bereitgestellt. »Bitte bedienen Sie sich«, sagte Schulte und schob seinem Gast ein Glas hin. Sander entschied sich für Mineralwasser.

»Danke, dass Sie gekommen sind«, begann Schulte das Gespräch.

»Als Journalist hat man ein Gespür für interessante Themen«, entgegnete Sander und nahm einen Schluck Wasser. »Auch im Ruhestand.«

Schulte hatte sich Cola eingegossen. »Interessant ist die Geschichte schon. Die Frage wird aber sein, ob Sie den Mut haben, sie anzupacken. Ich muss allerdings vorausschicken, dass Sie vorläufig meinen Namen aus dem Spiel lassen müssen – aus Gründen, die ich Ihnen noch nennen werde.« Er trank das halbe Glas leer. Er schien stark zu schwitzen, denn unter seinen Stoppelhaaren glitzerten Schweißperlen. Auch die kräftigen Arme, die das sportliche Sweatshirt freigab, glänzten feucht.

»Sie kennen also Ruckgaber«, knüpfte er schließlich an das Gesprochene vom Vormittag an.

»Ich kenne ihn nicht«, korrigierte Sander, »aber vom Hörensagen ist der Name mir ein Begriff. ›Finanzdienstleister‹ nennt er sich. Was immer sich dahinter verbirgt. Und er hat noch einen Kompagnon namens Balluf.« Er überlegte, worum es nun gehen würde. Steuerhinterziehung, Geldwäsche, Waffengeschäfte, Menschenhandel, zuckte es ihm durch den Kopf. Während seiner langjährigen Tätigkeit als Gerichtsreporter kannte er die ganze Palette dessen, womit man schnell sehr viel Geld verdienen konnte. Vielleicht war es jetzt auch Fluchthilfe. Welche Rolle spielte da dieser Mann ihm gegenüber? Hatte dies in irgendeiner Weise mit dem Verbrechen im »Campus Galli« zu tun?

»Ich habe gewisse Ermittlungen anstellen lassen«, fuhr Schulte langsam und bedächtig fort. »Daran mögen Sie erkennen, dass es zum gegenwärtigen Zeitpunkt nicht in meinem Interesse ist, mich offizieller Ermittler zu bedienen.«

Sander nickte. Er hatte verstanden: keine Polizei, keine Justiz also.

Um dem Ganzen mehr Nachdruck zu verleihen, erklärte Schulte weiter: »Deshalb wäre es angebracht, dass sich vermehrt die Öffentlichkeit dafür interessiert.«

Weil Sander nicht reagierte, verdeutlichte Schulte, was er meinte: »Die Öffentlichkeit in Form der Medien.«

Sander lehnte sich zurück, verschränkte die Arme und hörte seine innere Stimme mahnen, sich künftig aus komplizierten Sachverhalten herauszuhalten. Doch bei den nächsten Worten seines Gegenübers wurde er hellhörig: »Alles hat natürlich seinen Preis, Herr Sander. Ich weiß sehr wohl, was ein Berater heutzutage an Honorar verlangt.«

Sander kniff die Augen zusammen, als ob er scharf nachdenke.

»Sie sind freischaffender Journalist, haben Sie gesagt«,

fuhr Schulte gelassen fort, »und Sie brauchen gegenüber niemandem Rechenschaft abzulegen, wenn Sie in die eine oder andere Richtung recherchieren. Und wenn's gut läuft, können Sie Ihre Reportage einer großen Zeitung oder sonst wem anbieten – und wenn's schlecht läuft, springt trotzdem ein kleines Honorar«, er lächelte, »für Sie heraus.«

Sander wollte nicht einwenden, dass es heutzutage äußerst schwierig war, für eine Reportage ein Traumhonorar herauszuschlagen. Es gab nur noch wenige Blätter, die auf Qualitätsjournalismus Wert legten und dafür bereit waren, entsprechend zu bezahlen. Die Zeit war so schnelllebig geworden, dass man gelegentlich schlechte Recherche und Falschmeldungen in Kauf nahm. Sander erinnerte sich noch an seine Volontariatszeiten. Da war es ein mittlerer Weltuntergang oder gar ein Grund für eine Kündigung gewesen, wenn in einer Meldung ein gravierender Sachverhalt nicht stimmte. Der damalige Chefredakteur hatte sein Handwerk beherrscht. Er konnte zwar ziemlich grantig werden, wenn anderntags etwas berichtigt werden musste, doch der Journalist der alten Schule hatte auch noch ein Gespür für die Themen, die die Menschen bewegten, und war sich seiner Verantwortung voll bewusst. Solche Männer oder Frauen waren heutzutage die Seltenheit.

»Sie sind misstrauisch?«, hörte Sander plötzlich sein Gegenüber sagen.

»Es ist – zugegeben – ein ziemlich ungewöhnliches Angebot, das Sie mir da machen.«

»So? Ist es das?« Schulte tat so, als sei er überrascht. »Ich kenne mich in Ihrer Branche zu wenig aus. Aber ich könnte mir vorstellen, dass es da nicht anders zugeht als in der freien Wirtschaft.«

Sander entschied, nicht darauf einzugehen.

»Ich muss Ihnen aber sagen«, fuhr Schulte unbeirrt fort,

»ganz so ungefährlich ist dieser Auftrag nicht. Wenn alles schiefgeht, dann können Sie sich nicht auf mich berufen.«

Es trat eine kurze Pause ein, bis Sander sich zu erkundigen wagte: »Was bedeutet ›wenn alles schiefgeht‹?«

Schulte runzelte die Stirn, nippte an seinem Cola-Glas, holte tief Luft und antwortete: »Wenn es so endet wie bei diesem armen Kerl in der Donnerstagnacht im ›Campus‹.«

Sander erbleichte und schluckte trocken, worauf Schulte nachlegte: »Bei ein paar Zehntausend Euro Honorar lohnt es sich aber doch, ernsthaft darüber nachzudenken, finden Sie nicht auch?« Er lächelte überlegen, und Sander erinnerte sich an ein altes Sprichwort: »No risk, no fun.« Kein Risiko, kein Spaß.

Sander war wie elektrisiert von der Höhe des angebotenen Honorars.

5

Montag, 1. August

Linkohr hatte bereits nervös auf Häberles Eintreffen gewartet. Es kam nicht oft vor, dass der Chefermittler bei der Bearbeitung eines größeren Falles erst nach 8 Uhr in der Dienststelle in Göppingen auftauchte. Es war ein eindeutiges Zeichen dafür, dass er es inzwischen langsamer angehen ließ und den Fall Moll als eine Angelegenheit der Sigmaringer Kollegen betrachtete. Dort war der Einsatzleiter nicht gerade freundlich. Am besten war es wohl, den jungen Kriminalrat sich die Hörner abstoßen zu lassen, dachte Häberle, als er im Flur die Kollegen grüßte, unter denen sich auch schon wieder Philip Mende vom Ulmer Kriminaldauerdienst befand. »Wir haben gestern noch herausgefunden, wem der Anschluss in Bad Urach gehört«, sagte der junge Oberkommissar stolz, musste dann aber einräumen: »Es hat sich dort allerdings bisher niemand gemeldet.« Er folgte mit Linkohr dem Chef in dessen Büro hinüber.

»Und wem gehört er?«, brummte Häberle müde. Er hatte beim Frühstück mit seiner Frau alle Varianten durchgespielt, die sich aus den Fakten in Molls Wohnung ergeben könnten.

»Es ist eine Familie Wilfried und Ilse Bosch«, erklärte Mende.

»Habt ihr auch mal versucht, die Handynummern anzurufen, die wir in der Wohnung Moll entdeckt haben?«, fragte Häberle schnell dazwischen.

»Meldet sich auch niemand«, berichtete Linkohr. »Aber die Nummern laufen tatsächlich auf die beiden Söhne.« Er sah auf die Armbanduhr. »Eigentlich müssten die sich bald melden. In Neuseeland ist's früher Abend. Wir versuchen's weiter.«

»Ist über die Boschs sonst noch etwas bekannt?«, wollte Häberle wissen.

»Den Kollegen in Bad Urach ist bisher nichts zu Ohren gekommen. Daraus kann man schließen, dass sie in der Vergangenheit dort noch nicht auffällig gewesen sind.«

»Dann schickt doch mal die Kollegen zu dieser Adresse.«

»Schon gemacht«, mischte sich Linkohr schnell ein.

»Es gibt da wohl auch noch eine Tochter, knapp 20 Jahre alt, heißt Ann-Marie, die bei ihren Eltern im Haus wohnt, haben die Kollegen gesagt«, berichtete Mende weiter und blinzelte Linkohr zu. Der tat jedoch, als ob er diese versteckte Neckerei nicht bemerkt hätte.

Dafür hakte Häberle schmunzelnd ein: »Vielleicht mal wieder eine Aufgabe für den Herrn Linkohr.« Der jedoch empfand diese neuerliche Anspielung auf seine Eskapaden in der Vergangenheit als völlig unpassend und schwieg.

Mende rettete die Situation und wurde wieder dienstlich: »Ich denke, dass die Kollegen aus Bad Urach uns bald Bescheid geben werden, wen oder was sie unter der Adresse angetroffen haben.«

Häberle nickte. »Dann können wir nur hoffen, dass sie dort keine Leichen finden.«

Ruckgaber war extrem schlecht gelaunt. Er hatte nur ein kurzes »Guten Morgen« geknurrt und war in seinem Büro verschwunden. Balluf verkroch sich nebenan hinterm Computer-Monitor und rätselte, was dem Kompagnon über die Leber gelaufen war. Hatte er bereits Lunte gerochen? Hatte er in irgendeiner Weise Wind davon bekommen, dass er, Balluf, bei einem Anwalt gewesen war? Jedenfalls wuchs sein Misstrauen immer mehr. Letztlich würde er Ruckgaber sogar zutrauen, ihn zu bespitzeln und vielleicht irgendwo ein Mikrofon oder eine Videokamera versteckt zu haben. Jedenfalls konnte es so nicht mehr weitergehen. Wenn Andreas Ruckgaber am morgigen Dienstag tatsächlich auf seine angebliche Wandertour ging, dann war es an der Zeit, die Weichen neu zu stellen. Balluf musste an das Gespräch mit seinem Jugendfreund, dem Anwalt, denken.

Andreas hinterließ womöglich Problemfälle, denn seit dem Bericht im Master-Magazin waren jede Menge schlafende Hunde geweckt worden. Vielleicht war ja Andreas' Entscheidung, sich eine Auszeit zu nehmen, nicht so zufällig gewählt – wegen angeblicher Herzrhythmusstörungen und auf Empfehlung seines Arztes, hämmerte es durch Ballufs Kopf, sodass er nicht einmal ein Auge für Astrid hatte, die wie üblich in engen Shorts und Highheels hereinschwebte, als verfolge sie nur das eine Ziel, nämlich ihn zu provozieren. Vielleicht verspürte sie sogar gewisse Lust, ihn auf diese Weise zu erniedrigen, indem sie ihm sozusagen zur Schau stellte, was sie ihm vorenthielt, jetzt, wo sie doch die Geliebte des Chefs war. »Schlecht aufgelegt heute?«, hörte er ihre Stimme von hinten.

»Hab nur viel zu tun«, brummte er und würdigte sie keines Blickes, womit er sich jedoch schwertat.

»Keinen Kaffee heute?«

»Nein.«

Astrid verließ den rauchgeschwängerten Raum und zog die Tür zu. Am liebsten wäre er aufgestanden und in Andreas' Büro gestürmt, um ihm die Meinung ins Gesicht zu schreien. Aber es war besser, viel besser, dem Rat von Roland Blank zu vertrauen und dann, wenn sich die Lage gefährlich zuspitzte, den Kompagnon ins offene Messer laufen zu lassen. Mehr blieb ihm auch gar nicht übrig, musste sich Balluf eingestehen. Egal wie er gegen ihn aktiv werden würde, es käme alles genauso knüppelhart auf ihn selbst zurück. Aber das Gefühl, nicht sofort reagieren zu können, sondern machtlos darauf zu warten, bis etwas geschah, machte ihn schier wahnsinnig. Es schien alles unkalkulierbar und unkontrollierbar zu sein. Es konnte noch jede Menge schieflaufen. Sogar gefährlich schieflaufen.

Bei diesem Gedanken fiel ihm wieder der Name ein, den er heute Morgen in der Tageszeitung gelesen hatte. Im Lokalteil war über ein Verbrechen berichtet worden, das sich irgendwo bei Meßkirch auf einer archäologischen Baustelle zugetragen hatte. Ein offenbar weithin bekannter Funktionär der Elektroinnung war das Opfer gewesen, dessen Name ihm irgendwie bekannt vorkam.

Balluf rief am Computer die Datei mit den Namen und Adressen der Kunden auf – zumindest jene, die ohne jenes Passwort zugänglich waren, das Andreas für sich beanspruchte. Es dauerte nur knapp fünf Sekunden. Balluf tippte »Moll« in das Suchfeld und drückte die Eingabetaste. Augenblicklich gab es einen Treffer.

Sander war vergangene Nacht erst spät heimgekommen, als Doris bereits im Bett lag. Er wusste nicht, ob sie sich nur schlafend gestellt hatte, um nicht mit ihm über sein dubioses Treffen reden zu müssen. Während des Frühstücks war sie an diesem Montagmorgen ziemlich einsilbig gewesen und hatte nur einmal kurz gefragt, wie es denn gewesen sei. Er hatte ebenso wortkarg erklärt, dass es sich wohl um »eine interessante Betrugsgeschichte« handle. Natürlich genoss er es, nicht mehr unter dem Druck der täglichen Redaktionsarbeit zu stehen – aber umso mehr reizte ihn die freie journalistische Arbeit, zumal er nicht unbedingt auf Honorareinnahmen angewiesen war, ja, wegen seines verfrühten Ruhestands nicht einmal viel dazuverdienen durfte. Die Regierenden hatten zwar in ihren absurden Anwandlungen immer wieder beteuert, die Menschen müssten fürs Alter selbstverantwortlich vorsorgen, dann aber im gleichen Atemzug dafür gesorgt, dass von der betrieblichen Lebensversicherung satte Beträge für Kranken- und Pflegeversicherung einbehalten wurden – und dass kein Vorruheständler, wie man es ohnehin nur nach 45-jährigem ehrlichen Beitragszahlen werden konnte, mehr als ein »Nasenwasser« zur geschmälerten Rente hinzuverdienen durfte. Nein, es lohnte sich nicht, in dieser Situation auf eine Honorartätigkeit zu schielen, dachte Sander verbittert, während gleichzeitig die Worte Schultes in ihm nachhallten und er sich vergegenwärtigte, dass die immense Summe, die der Geschäftsmann für eine angebliche Berater- oder Recherchetätigkeit genannt hatte, den Finanz- und Rentenbürokraten gewiss nicht bekannt werden würde.

Erst als Sander mit seinem Laptop in den Garten umgezogen war, um im Liegestuhl einige Notizen zum gestrigen Abend in die Tasten zu hämmern, brach Doris ihr Schweigen: »Und? Was machst du jetzt draus?« Sie schien interessiert zu sein.

Er hörte auf zu tippen und blinzelte sie im Gegenlicht der Sonne an. »Es ist eine Wahnsinnssache.« Er hatte jedoch beschlossen, ihr nur den harmloseren Teil davon zu erzählen. Dass es um Steuerhinterziehung gehe und um dubiose Geldanlagekonstrukte, und dass er schon einmal an dieser Sache dran gewesen, aber nicht weitergekommen sei. Nun aber habe ihm dieser Unternehmer aus Ulm konkrete Daten und

Fakten geliefert. »Damit du eine Reportage drüber schreiben kannst?« Doris hatte sich auf einen Gartenstuhl gesetzt und kämpfte gerade gegen eine angreifende Wespe.

»Nur mal recherchieren«, erklärte Sander zurückhaltend. »Mehr nicht. Dann wird man weitersehen, ob es eine richtig gute Geschichte wird.«

»Und wenn nicht? Dann hast du viel Zeit investiert für nichts.«

»Es wird sich schnell herausstellen, ob etwas dran ist«, sagte er deshalb ruhig. Von dem Honorar, das ihm Schulte in Aussicht gestellt hatte, wollte er lieber nichts erwähnen – und schon gar nicht die Gefahren, die laut Schulte damit verbunden sein konnten.

Doris jedoch ließ nicht locker: »Was hat das alles mit dem Moll zu tun, über den heute in der Zeitung berichtet wird?«

Er zuckte innerlich zusammen. Er hatte die Zeitung noch gar nicht gelesen. »Moll?«, fragte er zögernd.

»Ja, Moll. Ein ziemlich hohes Tier in der Elektroinnung, landesweit. Der ist der Tote in diesem Campus. Hast du das nicht mitgekriegt?«

Sander schüttelte den Kopf. »Nein«, log er, als ob ihn dies ärgere. Aber wieso sollte er ihr alles erzählen, nachdem sie heute so schlecht gelaunt war? Außerdem war es besser, das meiste, was er von Schulte erfahren hatte, vorläufig für sich zu behalten. Denn vielleicht war Schulte auch nur ein Wichtigtuer, oder, noch schlimmer, er verfolgte in Wirklichkeit ganz andere Ziele, als er vorgab.

»Wir haben einen der Moll-Söhne erreicht«, meldete Linkohr, als er ins Chefbüro kam, wo Häberle gerade an einem lecker riechenden Leberkäswecken kaute und Akten studierte und nun mit einem »Oh« aufsah.

Linkohr zog sich einen Stuhl an den Schreibtisch. »Ja, Konrad Moll, einer der Jungs in Neuseeland«, erklärte er. »Ich hab ihm schonend beigebracht, was passiert ist.«

»Dass seine Mutter verschwunden ist«, gab Häberle stirnrunzelnd zu bedenken. »Wie bringt man das jemandem schonend bei?«

Linkohr zuckte mit den Schultern. »Ich hab's jedenfalls versucht. Die beiden Jungs haben Probleme genug. Sie haben endlich einen Rückflug buchen können. Aber sie werden erst am Donnerstag hier sein.«

»Was sagt er zum Verschwinden ihrer Mutter?«

»Sie sei wohl noch am Samstagabend vorübergehend zu ihrer Schwester nach Bad Urach gezogen. Zu den Boschs. Ilse Bosch ist ihre Schwester, Wilfried somit ihr Schwager.«

Häberle rief sich die Namen vom Vormittag in Erinnerung. »Wie hat er sie denn erreicht, wenn keiner ans Telefon geht?«

»Er hat sie gar nicht erreicht, umgekehrt war's: Die Mutter hat ihn auf dem Handy angerufen.«

»Hm«, Häberle nahm einen Schluck Mineralwasser. »Weiß er denn, wo sie und die Boschs sich aufhalten?«

»Weiß er nicht. Er hat sich aber gewundert, dass ihn seine Mutter vom Handy aus angerufen hat und nicht, wie sonst üblich, vom Festnetz aus. Angeblich hat er aber nicht gefragt, weshalb.«

»Gab es einen speziellen Grund für den Anruf?« Häberle aß seinen Wecken vollends auf.

»Nicht unbedingt, sagt Konrad, aber seit Freitag sind sie in ständigem Kontakt. Ist ja auch verständlich nach allem, was passiert ist.«

»Haben Sie sich die Handynummer der Frau geben lassen?«

Linkohr grinste. »Ich bitte Sie, Chef, was für eine Frage!

Natürlich.« Er hob einen Notizzettel in die Höhe. »Aber da springt nur die Mailbox an.«

»Weiß der Sohn etwas über persönliche Kontakte seiner Eltern?«

»Hab ich auch gecheckt. Aber sowohl Konrad als auch sein ein Jahr jüngerer Bruder Johannes studieren in Tübingen und wohnen auch dort. Sie wissen angeblich nicht sehr viel über ihre Eltern. Oder ...«, Linkohr überlegte, »... vielleicht wollen sie auch am Telefon nicht darüber sprechen.«

»Hatten Sie einen solchen Eindruck?«

»Ja, eigentlich schon. Ich vermute mal, der Konrad trägt irgendeine Ahnung mit sich herum.«

»So? Woraus schließen Sie das?«

»Als ich ihn nach den Kontakten seiner Eltern gefragt habe, hat er eine Andeutung gemacht, wonach der Vater in letzter Zeit mit einem Unternehmer aus Ulm zu tun hatte. Es sei wohl um geschäftliche Dinge gegangen, die nicht so liefen, wie Moll es sich vorgestellt habe.«

»Kann vorkommen«, brummte Häberle. »Das hat er dem Sohn erzählt, obwohl der gar nicht daheim wohnt?« Wenn Kinder auswärts studieren und nur sporadisch heimkommen, wird erfahrungsgemäß nicht über Papas Geschäft gesprochen, dachte er.

»Es war wohl an Weihnachten, als sich die ganze Familie getroffen hat, da seien einige Bemerkungen in der Richtung gefallen. Aber den Konrad hat dies alles nicht sonderlich interessiert, weshalb er nun auch keine Einzelheiten mehr weiß.«

»Namen?«, hakte Häberle ungeduldig nach. »Sind da Namen gefallen?«

»Ja«, trumpfte Linkohr auf, »aber keiner aus der Elektrobranche, also keiner, mit dem der Vater über die Innung zu tun hatte.« Der Kriminalist schaute auf seinen Zettel. »Heißt Schulte oder so ähnlich. Ist aus Ulm. Mehr weiß Konrad Moll aber nicht.«

Häberle runzelte die Stirn. »Aus Ulm«, seufzte er. »Das sieht ganz danach aus, als ob uns der Fall nun doch etwas anginge.« Ein weiteres Zusammentreffen mit dem Kriminalrat aus Sigmaringen würde sich nicht vermeiden lassen.

Sebastian Schulte lächelte zufrieden, obwohl das, was er seinen beiden Besuchern geschildert hatte, alles andere als beruhigend war. Doch die Männer, die seiner Einladung gefolgt waren und ihm nun gegenübersaßen, hatten ihm in allen Punkten zugestimmt und seine Einschätzung geteilt. »Nun liegt es an uns, das weitere Prozedere abzuklären«, sagte er abschließend.

»Und du bist davon überzeugt, dass es richtig war, diesen Journalisten einzuweihen?«, ließ der ältere der beiden Besucher seine Zweifel durchblicken.

»Ja, das bin ich. Absolut. Dieser Sander macht einen seriösen Eindruck und steht auch nicht unter dem Druck, eine schnelle Skandalstory aufreißen zu müssen. Außerdem hab ich ihm natürlich nicht alle Details erzählt. Nur so viel wie nötig.«

Der Angesprochene fächelte mit einem Schnellhefter Schultes Zigarettenqualm von sich weg und rückte mit der anderen Hand die schwarz umrandete Brille zurecht. »Du meinst also, die ziehen den Schwanz ein, wenn sie merken, dass die Presse hinter der Sache her ist?«

»Ob sie den Schwanz einziehen, weiß ich nicht, mein lieber Helmut. Aber es könnte sie nervös machen und zum Einlenken bewegen.«

Der Mann, den er Helmut nannte, kratzte sich in den kurzen Haaren und richtete den Blick auf seinen erwachsenen

Sohn Kai, der ihm gegenüber auf einem Sessel Platz genommen hatte. »Und wie siehst du die Lage?«

»Genauso wie Sebastian, um ehrlich zu sein. Ich glaube, die sind alle ziemlich nervös – vor allem nach dem, was mit Moll passiert ist ...«

»Den lassen wir aber schön aus dem Spiel«, appellierte Sebastian Schulte und drückte seine Zigarettenkippe energisch in den bereits reichlich gefüllten Aschenbecher. »Wir müssen uns hüten, in diese Sache reingezogen zu werden.«

»Ja, das ist eine heikle Angelegenheit«, pflichtete ihm Kai bei. »Ich kenne das aus eigener Anschauung: Wenn sich die Ermittlungsbehörden mal auf einen eingeschossen haben, kann es richtig gefährlich werden.«

Helmut sah sich zu einer Erklärung veranlasst: »Kai war mal Polizist, musst du wissen. Dann hat man ihn wegen einer dummen Sache suspendiert, doch jetzt als Detektiv und Security-Manager verdient er viel mehr, als er jemals bei der Polizei bekommen hätte.«

Sebastian nickte, während der knapp 30-Jährige sein Gesicht zu einem überheblichen, aber strahlenden Lächeln verzog und sich über die schwarzen Stoppelhaare strich. »Manchmal«, sah er augenzwinkernd zu den anderen beiden, »macht der Job auch richtig Spaß. Vor allem, wenn man ein ›messerscharfes Objekt‹ observieren darf.«

Sein Vater und Sebastian Schulte gingen nicht darauf ein. Sie konnten sich aber durchaus denken, was der junge Mann meinte.

»Das wird dem Herrn Kriminalrat in Sigmaringen und seinen SOKO-Kollegen in Friedrichshafen aber nicht gefallen«, stellte Häberle ironisch und nicht ganz ohne Schadenfreude fest. Soeben hatte ihn Mende über den Inhalt eines Anrufs des Kriminalkommissariats Sigmaringen informiert, wonach zwar die DNA-Spur von der am Tatort im »Campus Galli« aufgefundenen Zigarette ausgewertet worden sei, es aber in den Dateien keine Vergleichsspuren gebe. Sicher sei aber, dass die Spur von einer männlichen Person stamme.

»Also entweder ein Killer von auswärts, den man angeheuert hat«, überlegte Mende, »oder ein Täter aus besten Kreisen, der sich bisher kein großes Ding hat zuschulden kommen lassen.«

Häberle ließ seinen fülligen Körper in die ächzende Lehne des Bürostuhls sinken. »Sagen Sie lieber: ein Täter, dem man bisher kein großes Ding hat nachweisen können.« Schließlich liefen in diesem Land genügend Ganoven in Anzug und Krawatte herum, auch wenn sich die meisten dieser Sorte natürlich nicht selbst die Hände schmutzig machten, sondern nur die Computermaus klicken ließen.

Inzwischen war auch Linkohr nachdenklich und von Müdigkeit gezeichnet ins Büro gekommen. »Jetzt bleibt uns nur zu hoffen, dass unsere Spurensicherung in Molls Wohnung irgendeine DNA des Täters entdeckt hat«, meinte er.

»Oder«, knüpfte Mende an diese Bemerkung an, »Frau Moll kann uns dazu etwas sagen.«

»Habt ihr sie denn erreicht?« Häberles Müdigkeit war mit einem Schlag verflogen.

»Gerade eben«, erklärte Mende. »Sie will morgen früh zu uns kommen. Sie scheint völlig von der Rolle zu sein.«

»Immerhin lebt sie«, gab der Chefermittler erleichtert von sich. »Hat sie denn schon gewusst, was in ihrer Wohnung passiert ist?«

»Hat sie. Ihr Sohn Konrad hat kurz vor meinem Anruf mit ihr telefoniert und sie über unsere Ermittlungen informiert.«

»Hm«, machte Häberle. »Dann war sie also vorgewarnt – sozusagen.«

»Vorgewarnt?«, griff Linkohr die Bemerkung auf. »Befürchten Sie, dass sie uns etwas verheimlichen will?«

Häberle verzog sein Gesicht zu einem breiten Lächeln: »Haben Sie denn noch immer nicht gelernt, dass wir grundsätzlich immer mit dem Schlimmsten rechnen müssen?«

Mende nickte und wurde endlich los, was er jetzt voller Stolz verkündete: »Wir haben diesen Schulte ausfindig gemacht – Sie entsinnen sich? Einer dieser Moll-Söhne hat den Namen gegenüber dem Kollegen Linkohr erwähnt. Schulte.«

Häberles Interesse stieg: »Ja, natürlich. Unternehmer in Ulm.«

Mende nickte. »Exakt. Wir haben seine Anschrift.«

6

Dienstag, 2. August

»Und du bist nach wie vor davon überzeugt, dass alles okay ist?«, fragte Astrid zweifelnd, während Andreas Ruckgaber am Dienstagvormittag den schweren Wanderrucksack schnürte.

»Natürlich, Mäuschen«, lächelte er gezwungen und überprüfte noch einmal gewissenhaft, ob er alles eingesteckt hatte. »Wenn du gefragt wirst, dann vergiss nicht, was mir der Onkel Doktor geraten hat: eine beschauliche Auszeit. Abschalten, weg.«

»Natürlich, weg«, sie schmiegte sich an ihn. »Ohne Handy und ohne Computer. Und ohne mich.«

Andreas Ruckgaber, 46 Jahre alt, musste an das vergangene halbe Jahr denken, das ihn durch die Trennung von seiner Frau ziemlich viel Nerven gekostet hatte. Aber dafür war mit Astrid alles besser und schöner geworden. Gemeinsam würden sie ein neues Leben beginnen. Natürlich hätte Astrid mit ihren 22 Jahren seine Tochter sein können, aber sie war ausgesprochen hübsch und nicht nur seine Geliebte, sondern auch eine sehr engagierte Mitarbeiterin. Als solche hatte er sie gegen Ballufs Widerstand eingestellt. Sehr schnell waren sie dann aber beide von dieser jungen Frau angetan gewesen – und zwar weit über deren berufliche Fähigkeiten hinaus. Astrid hatte natürlich allein schon durch ihr Äußeres und ihr ziemlich provokantes Auftreten alles dazu beigetragen, den beiden Männern den Kopf zu verdrehen. Sie fühlte sich umworben und war von den Komplimenten und charmanten Annäherungsversuchen durchaus angetan. Letztlich hatte Andreas Ruckgaber das Buhlen um ihre Gunst gewonnen. Davon geradezu berauscht, war er in einen Zustand blinden Vertrauens verfallen, hatte sich Hals über Kopf von seiner Frau getrennt und beschlossen, alles zu ändern.

Kein Wunder, dass die Spannungen zwischen ihm und Jonas von Woche zu Woche stiegen. Zwar hatten sie lange Zeit nicht offen darüber geredet, aber nun wurde es zunehmend deutlicher, wie sehr das kollegiale Verhältnis kontinuierlich stärker belastet wurde. Jonas Balluf war immerhin felsenfest davon überzeugt gewesen, dass er als Junggeselle mit seinen 30 Jahren bei Astrid die besseren Chancen haben würde. Ein schöner Traum. Leider auch nicht mehr als ein Traum.

Denn sie hatte sich für Andreas entschieden – mit der Folge, dass dieser offenbar nervöser und dünnhäutiger wurde und sich sogar eine Auszeit gönnen musste. Jonas Balluf war ziemlich überrascht gewesen, als ihm sein Kompagnon angekündigt hatte, für zwei Wochen komplett von der Bildfläche zu verschwinden.

Allerdings hatte sich Jonas gewundert, dass sein langjähriger Geschäftspartner nicht gemeinsam mit Astrid standesgemäß zur Erholung in ein fernes Südseeparadies flog oder sich zumindest ein Luxus-Wellness-Hotel im Tessin gönnte, sondern stattdessen allein eine simple und eher spartanische Hüttenwanderung auf der Schwäbischen Alb machen wollte, sozusagen direkt vor der Haustür.

Ruckgaber überspielte die finsteren Gedanken, die sich mit Balluf verbanden. »Du wirst den Laden schon schmeißen, solang ich weg bin«, lächelte er und gab Astrid einen Kuss auf die Wange. »Und Jonas hat sowieso alles im Griff.« »Jonas? Du willst mich wohl auf den Arm nehmen?« Die junge Frau wurde ernst, zumal ihr die Spannungen zwischen den beiden Männern nicht entgangen waren. »Hast du denn alles erledigt? Du weißt, ich kann dich nicht erreichen.«

»Ist so gewollt, Mäuschen. Und denk immer dran, falls dich jemand fragt: Mein Ziel ist Ruhe, Einsamkeit, Stressfreiheit. Nur wandern.« Er ging in die Diele, um sich im Spiegel zu besehen: Mit der olivgrünen Freizeithose und dem dunkelgrauen Outdoor-Hemd, das an der Brust vielfältige Taschen aufwies, hätte man ihn für einen Ranger halten können. Das schwarze Haar stoppelkurz, das Gesicht zwar noch glatt rasiert, doch bald würde ihm ein Dreitagebart sprießen und er mit Rucksack und Wanderschuhen das Bild eines Einzelgängers abgeben, der sich von Hütte zu Hütte durchschlug. Diese Einschätzung war zwar ein bisschen übertrieben, weil er auch in Dorfkneipen und sogar in einem Hotel nächtigen wollte, aber vom Prinzip her sah es natürlich nach einer Hüttentour aus. Auf die Idee hatte ihn ein Zeitungsartikel gebracht, in dem der »Alb-Traufgängerweg« vorgestellt worden war, eine mehrtägige Wanderroute, die an der steilen Nordkante der Schwäbischen Alb entlangführte – dort, wo das Mittelgebirge der Schwäbischen Alb wie an einem Trauf ins flache Vorland überging, das sich zum Neckar und damit nach Stuttgart hin erstreckte.

Die dortigen Gemeinden hatten in jüngster Vergangenheit große Anstrengungen unternommen, um tourismusmäßig deutlicher wahrgenommen zu werden. Aus den simplen Wegen des Albvereins waren »Trails« geworden, die sich sogar mit einem europäischen Zertifikat schmücken durften, dessen englischen Namen der Unternehmer längst wieder vergessen hatte. Die Pfade hatte es natürlich schon immer gegeben – neu waren nur die Bezeichnungen und jede Menge gelbe Schildchen.

»Wenn's mir irgendwo gefällt, bleib ich auch mal einen Tag länger, aber am Zeitplan ändert sich nichts«, sagte Andreas und stellte fest, dass sein Rucksack viel schwerer war, als er es gedacht hatte. Er war darauf bedacht gewesen, nur die allernötigste Kleidung mitzunehmen. Natürlich hätte er sich sein Gepäck auch an das jeweils nächste Ziel nachbringen lassen können, aber dies hatte er abgelehnt, weil er sich erstens beweisen wollte, all seine Habseligkeiten mitschleppen zu können, und er zweitens darauf bedacht war, nicht auf Hilfsmittel aus der Zivilisation angewiesen zu sein. Und außerdem enthielt der Rucksack Dinge, die niemanden etwas angingen.

Er wollte allein sein. Außerdem erschien es ihm sinnvoll, möglichst wenige Menschen in sein Vorhaben einzuweihen. Außer natürlich Astrid und notgedrungen auch Balluf.

»Du hast keine Angst, dass was schiefgehen könnte?«, holte ihn Astrids Stimme wieder aus seiner Gedankenwelt zurück.

»Angst?« Er zeigte ein gekünsteltes Lächeln. »Mäuschen, ich bitte dich. Was soll mir schon passieren? Ich geh ja schließlich nicht ins Dschungel-Camp.« Er kam zurück in die Wohnküche. »Du kennst meine Tagesetappen. Aber lass mich mit dem Geschäftlichen bitte in Ruhe. Ich muss jetzt ganz für mich allein sein. In der Ruhe liegt die Kraft, das weißt du. Außerdem sind Anrufe nicht so ideal ...«

»Und wenn Karin anruft?«

Karin. Warum erwähnte sie ausgerechnet jetzt seine Ex? Karin war in eine Einliegerwohnung in eine vornehme

Gegend am Stadtrand von Ulm gezogen. Er hatte sie ihr besorgt und auch gleich die Miete für ein halbes Jahr im Voraus bezahlt. Natürlich würde Karin noch weitere finanzielle Forderungen stellen. Beim Gedanken an diesen anwaltlichen Zoff überkam ihn unbändiger Zorn. Dabei ging es ihm nicht einmal ums Geld, das er wahrlich ausreichend besaß, sondern allein um die schmutzige Wäsche, die möglicherweise gewaschen wurde, und um das, was Karin über ihn und seine Geschäfte wusste. Daher hatte er ihr schon mal die Miete vorgestreckt, um zu signalisieren, dass er durchaus gewillt war, sie finanziell nicht im Regen stehen zu lassen. Und schon deshalb brauchte er neue Pläne.

»Wenn Karin anruft«, beantwortete er nach kurzem Zögern Astrids Frage, »dann sag ihr, wie's ist. Ich hätte mir eine Auszeit genommen, weil's mir nicht gut geht.«

»Und wenn dir unterwegs was zustößt? Denk an den Typen aus dem Zug.«

Andreas unterbrach die Prüfung seiner Rucksack-Außentaschen und starrte seine Freundin verständnislos an. »Vergiss bitte diesen Typen, Mäuschen. Wie kommst du denn jetzt wieder darauf, dass mir etwas zustoßen könnte?«

»Na ja«, zögerte Astrid, »hältst du das für völlig ausgeschlossen?«

»Jetzt mach mal wirklich keine Panik. Und wenn etwas ganz Außergewöhnliches passiert, gilt unser Code. Den kannst du überall hinterlassen. Aber nur im äußersten Notfall – und ganz diskret. Haben wir uns verstanden?«

Linkohr staunte über die luxuriöse Einrichtung von Schultes Heim. Sie stand im krassen Gegensatz zu seiner eigenen Junggesellenbude. Auch Mende war von dem modernen Flair überrascht, ohne es sich anmerken zu lassen. Nur der kalte Zigarettengeruch passte nicht dazu.

Sebastian Schulte hatte auf die telefonische Ankündigung des Kriminalistenbesuchs äußerst zurückhaltend reagiert und hartnäckig nachgefragt, worum es gehe. Doch Linkohr war nicht bereit gewesen, den Grund zu nennen. Entsprechend kühl fiel jetzt die Begrüßung in Schultes Villa aus, deren große Fensterfront einen traumhaften Ausblick über Ulm bot, in dessen Mitte sich das Münster majestätisch erhob.

»Ich empfinde es als einen ziemlich ungewöhnlichen Akt, mir den Grund Ihres Besuches vorzuenthalten«, echauffierte sich Schulte nach Art eines selbstherrlichen Managers, während sie sich auf die lederne Couchgarnitur setzten.

»Manchmal erscheint es uns angebracht, über ein Thema spontan zu reden«, entgegnete Linkohr und knöpfte sich seine Jacke auf. »Wir wollen Sie auch gar nicht lange behelligen. Mein Kollege und ich sind bei Ermittlungen auf Ihren Namen gestoßen.«

Schulte sah die beiden Kriminalisten verunsichert an. »Auf *meinen* Namen? Und darf ich fragen, in welchem Zusammenhang?«

Mende antwortete: »Sie haben vielleicht von der Sache bei Meßkirch gehört. Stichwort: ›Campus Galli‹.«

Schulte reagierte nicht, weshalb Linkohr bekräftigte: »Ein archäologisches Projekt. Aufbau einer Klosterstadt nach Plänen aus dem 9. Jahrhundert.«

»Ach so, ja, flüchtig«, rang sich Schulte zu einer Bemerkung durch. »Sie meinen diesen Mord, den es da gegeben haben soll?«

»Richtig«, bestätigte Linkohr. »Ein Mann aus dem Raum Göppingen wurde in der Nacht zum vergangenen Freitag getötet.«

Schulte blieb äußerlich gelassen. »Und deswegen sind Sie hier, hier bei mir?«

Mende versuchte, gleich gar keine Unruhe aufkommen zu lassen: »Ihr Name wurde nur am Rande erwähnt – und das muss auch gar keine Bedeutung haben.«

»In welchem Zusammenhang wurde ich denn erwähnt?« Schulte schien vorsichtig nachhaken zu wollen.

»Wir gehen davon aus, dass Sie als Zeuge infrage kommen«, erklärte Linkohr und wurde deutlicher: »Als ein Zeuge, der über den Getöteten etwas sagen kann. Falls es stimmt, dass Sie geschäftliche Beziehungen zu ihm gepflegt haben.«

»Ich?« Schultes Stimme klang, als sei Linkohrs Hinweis völlig abwegig. »Dazu müssten Sie mir schon sagen, wie der Getötete heißt.«

»Moll. Lorenz Moll. Unternehmer in der Elektrik- und Elektronik-Branche. Außerdem in verschiedenen Berufsverbänden aktiv tätig«, berichtete Linkohr schnell und beobachtete Schultes Reaktion. Doch der Mann lehnte sich zurück, legte die weit ausgestreckten Arme auf die Rückenlehne der Couch und vermittelte das Bild von jemandem, den dies alles nichts anging. »Moll ...«, wiederholte er den von Linkohr genannten Namen. »Moll, sagen Sie. Im Moment tue ich mich schwer damit.«

»Im Moment«, stellte Mende süffisant fest. »Und wie sieht's bei genauerem Nachdenken aus?«

»Irgendwie hab ich den Namen im Hinterkopf. Aber Moll ist ja kein so seltener Name ...«, gab sich Schulte vorsichtig.

»Aber vielleicht im Zusammenhang mit Elektrotechnik?«, forschte Mende weiter.

»Ich müsste in den Akten nachschauen. Aber das kann ich nicht sofort.«

»Sie wollen nicht ausschließen, dass es geschäftliche Beziehungen gegeben hat?«, stellte Linkohr fragend fest.

»Wie soll ich etwas ausschließen, wenn ich mich an den Namen nicht genau erinnern kann?«

»Dass es da irgendwelche Differenzen gegeben haben könnte«, warf Linkohr ein, »das halten Sie auch nicht für möglich?«
»Was soll jetzt das? Ich bitte Sie!«, zeigte Schulte plötzlich Emotionen. »Differenzen gibt es im Geschäftsleben immer mal wieder. Und im Übrigen, wie kommen Sie denn da drauf, dass ich mit diesem Moll Differenzen gehabt haben soll? Versuchen Sie jetzt bitte nicht, mich in etwas hineinzuziehen.«
Linkohr beruhigte: »Sie sollten unsere Fragen nicht überbewerten. Wie gesagt, Sie wären vielleicht ein Zeuge, der uns über das Verhalten dieses Moll etwas berichten könnte.«
Mende ergänzte: »Zum Beispiel, in welche Art von Geschäften er verwickelt war.«
Schulte wurde misstrauisch. »Was heißt verwickelt? Wenn Moll in etwas verwickelt war, dann klingt das so, als sei ich da mitverwickelt. Wissen Sie was?« Er nahm seine Arme von der Rückenlehne und spielte nervös mit einem rot-goldenen Kugelschreiber. »Ich möchte Sie bitten, wiederzukommen, wenn ich mir einen juristischen Berater hinzugezogen habe.«
Mende ließ sich davon nicht beeindrucken: »Das steht Ihnen natürlich frei. Wir melden uns dann wieder.«
Und Linkohr ergänzte: »Gegebenenfalls werden Sie eine Vorladung bekommen.«
Aus Schultes Gesicht war der überhebliche Ausdruck verschwunden.

Noch am Montagabend hatte sich Elvira Moll gemeldet und erklärt, sie wolle so schnell wie möglich von Bad Urach wieder nach Hause zurückkehren. Sie war inzwischen von ihrem Sohn Konrad telefonisch über den Einbruch informiert worden. Um ihr zu ersparen, ihre Wohnung allein zu betreten, hatte sich ein Kriminalist bereit erklärt, dort auf sie zu warten und gemeinsam mit ihr in das Haus zu gehen. Doch die psychische Anspannung, so hatte der Beamte gespürt, war bei ihr weitaus geringer, als sie üblicherweise die Opfer von Wohnungseinbrüchen durchlebten. Elvira Moll hatte sich den Schaden an der Zimmertür und die zurückgelassenen Kabel- und Steckverbindungen im Arbeitszimmer ihres Mannes zeigen lassen. Sachlich und emotionslos war sie auf die Fragen des Beamten eingegangen: Soweit sie es überblicke, seien ein Laptop und ein PC verschwunden – ob auch Speichermedien fehlten, könne sie aber auf die Schnelle nicht feststellen.

Der Kriminalist hatte sie gebeten, in Ruhe zu prüfen, ob weitere Gegenstände aus dem Büro gestohlen worden waren. Dann jedoch war er davon überzeugt gewesen, die Frau alleine lassen zu können.

Jetzt saß sie dem Chefermittler gegenüber. Rein äußerlich hatte sie sich der inneren Trauer angepasst: Sie trug schwarze Kleidung, sodass die blasse Gesichtsfarbe noch stärker betont wurde. Elvira Moll atmete schwer. Vermutlich war sie viel zu schnell die Treppe zum Obergeschoss in Häberles Büro hochgestiegen. Der Kriminalist hatte seine Besucherin mit beruhigenden Worten empfangen. Er ließ sich seine leichte Verstimmung über ihr plötzliches Verschwinden in der Nacht zum Sonntag nicht anmerken, goss ihr eine Tasse Kaffee ein und erklärte, dass die Spurensicherung in ihrem Haus abgeschlossen sei. »Es tut uns leid, dass wir uns dort so breitgemacht haben, aber wir mussten befürchten, dass Ihnen etwas zugestoßen sein könnte.«

»Ist schon gut«, sagte sie leise.

»Ich kann es Ihnen nicht ersparen, noch ein paar Fragen zu stellen – über das hinaus, worüber wir bereits am Samstag gesprochen haben. Denn es ist natürlich nicht auszuschließen, dass der Tod Ihres Mannes auch etwas mit dem Einbruch zu tun haben könnte.«

Sie nickte stumm.
»Wann haben Sie denn Ihre Wohnung verlassen?«, fragte Häberle.
»Es war schon spätabends, relativ spät. Vielleicht gegen elf. Ich hab's in der Leere allein nicht mehr ausgehalten.«
»Dann sind Sie zu Ihrer Schwester gefahren nach Bad Urach?«
»Ja.«
»Und als Sie Ihre Wohnung verlassen haben, haben Sie alle Rollläden geschlossen?«
Sie zögerte. »Ja, wie ich das immer tue, wenn ich weggehe.«
»Aber die Eingangstür nicht mit dem Schlüssel verriegelt, sondern nur ins Schloss gezogen«, stellte Häberle leicht vorwurfsvoll fest.
»Ja, ich weiß, das war ein Fehler. Und das hab ich ja Ihrem Kollegen bereits gesagt.«
»Können Sie sich denn erklären«, fuhr Häberle einfühlsam fort, »weshalb dann die Tür zum Wohnzimmer aufgebrochen wurde – eingeschlagen sozusagen?«
Frau Moll schloss für einen Moment die Augen, zuckte dann mit den schmalen Schultern und schüttelte den Kopf.
»Das ... das macht wirklich keinen Sinn, nein. Ich hatte sie nicht abgeschlossen – warum auch? Ich kann mir das nur so erklären, weil sie klemmt, wenn man sie zugemacht hat. Man muss dann kräftig dagegendrücken, um sie öffnen zu können. Wenn das jemand nicht weiß, könnte er denken, sie sei verriegelt.«
Häberle ließ ein paar Sekunden verstreichen. »Haben Sie sie denn zugemacht, als Sie gegangen sind?«
»Wahrscheinlich. Muss ja wohl so gewesen sein.«
»Muss man sie denn auch kräftig zudrücken, wenn man sie zumachen will?«

»Ja, das muss man.« Sie wich den Blicken des Kriminalisten aus.

»Und dass die Terrassentür offen stand, der Rollladen aber geschlossen war – haben Sie dafür auch eine Erklärung?«

Wieder blieben ihre Augenlider zwei Sekunden geschlossen. »Ich sagte ja bereits, dass ich die Rollläden alle heruntergelassen habe, im ganzen Haus. Und ich bin mir ziemlich sicher, dass ich die Terrassentür nicht habe offen stehen lassen.«

Häberle riskierte eine direkte Nachfrage: »Besuch hatten Sie aber am Samstagabend keinen mehr?«

Elvira Moll sah ihm jetzt fest in die Augen. »Besuch? Wie kommen Sie denn darauf? Wer soll denn noch gekommen sein? Ich hätte auch niemanden mehr sehen wollen – nach all dem, was geschehen ist.«

Häberle nickte verständnisvoll. »Gibt es denn jemanden, der nach dem Tod Ihres Mannes Interesse daran gehabt haben könnte, bei Ihnen einzubrechen?«

»Darüber zerbreche ich mir den Kopf, seit ich am Telefon von Konrad davon erfahren hab. Ich hab Ihnen ja bereits am Samstag gesagt, mein Mann hat sich mit Arbeit überhäuft – und er hatte auch nicht so etwas wie Feinde, falls Sie darauf anspielen.«

»Und dennoch muss es irgendjemanden geben, der einen Grund hatte, ihn umzubringen.«

Sie schloss wieder die Augen und schien mit den Tränen zu kämpfen.

»Es gibt da jemanden«, fuhr Häberle langsam fort, »mit dem Ihr Mann möglicherweise Probleme hatte.«

Frau Molls Gesichtsausdruck verriet Misstrauen. »Meinen Sie da jemanden Bestimmten?«

»Um ehrlich zu sein, ja. Sagt Ihnen der Name Schulte etwas?«

»Schulte?«, griff sie den Namen auf, um dann hinzuzufügen: »Hat Ihnen das der Konrad erzählt? Wir haben uns mal darüber unterhalten, an Weihnachten, glaub ich. Ja, das stimmt, aber das waren keine wirklichen Schwierigkeiten, nein, so kann man das wirklich nicht bezeichnen ...« Sie unterbrach ihren Redefluss.

»Sondern?«, blieb Häberle hartnäckig.

»Na ja, wie soll ich das sagen? Ich kenne diesen Mann gar nicht, nur aus Erzählungen, weil er einmal angerufen hat und Lorenz sprechen wollte, meinen Mann.«

»Sprechen – worüber?«

Frau Moll begann, nervös mit den Riemen ihrer Handtasche zu spielen, die sie vor sich auf die Tischplatte gestellt hatte. »Ich glaube, Sie sollten nicht versuchen, Lorenz mit irgendwelchen dubiosen Geschäften in Verbindung zu bringen.«

»Entschuldigen Sie, Frau Moll, aber von dubiosen Geschäften ist überhaupt nicht die Rede – aber wenn es um ein Tötungsdelikt geht, dann lässt es sich nicht vermeiden, auch persönliche Angelegenheiten zu durchleuchten.«

»Mein Mann hatte keine Kontakte in die – entschuldigen Sie den Ausdruck – Unterwelt, wenn Sie das meinen.«

Häberle wollte es dabei belassen und kam wieder zum eigentlichen Thema. »Trotzdem würde mich interessieren, was Sie über diesen Herrn Schulte beziehungsweise zu dem Kontakt zwischen ihm und Ihrem Mann wissen.«

»Es«, sie überlegte, »es ging wohl um einen Auftrag, dessen Angebotshöhe diesem Schulte zu hoch erschien. Mein Mann hat versucht, ihm zu erklären, dass er keine Abstriche machen könne.«

»Einen Handwerkerauftrag also?«, stellte Häberle klar.

»Ja, heutzutage versucht doch jeder, die Handwerker auszuquetschen. Was glauben Sie, was wir in die Handwerker-

Arbeitsstunde alles reinrechnen müssen. Das Minimalste davon bleibt uns selbst. Einen Großteil fressen die Steuern, aber auch andere Abgaben, Beiträge und Gebühren für noch so großen Unfug. Auch deshalb hat sich Lorenz in der Innung engagiert, um sich für seine Branche gegen immer mehr Abzocke zur Wehr zu setzen – gegen Finanzamt, Formulare und all diesen Papierkrieg.«

Häberle, der ein Berufsleben lang gegen den allgegenwärtigen Bürokratismus kämpfte, konnte nachvollziehen, was die Kleinunternehmer plagte, wie ein Großteil ihrer Freizeit von der Bürokratie aufgefressen wurde, deren Handlanger wie die Maden im Speck saßen und dafür sorgten, dass die fürstlich bezahlten und natürlich unkündbaren Herren und Damen Verwaltungsdirektoren ihr Auskommen hatten – und dies bei genau geregelten Arbeitszeiten mit einem regelmäßig langen Wochenende, das stets Freitagmittag schon begann. »Darf ich fragen, worum es sich bei dem Auftrag von Schulte gehandelt hat?«, konzentrierte er sich wieder auf seine Aufgabe.

»Genau kann ich Ihnen das nicht sagen. Etwas in Ulm soll's gewesen sein. Größere Sache, irgendein Firmengebäude. Dafür die Elektroinstallation und natürlich die Verkabelung für Computer und Überwachungsanlagen.«

»Aber mehr, als dass der Auftraggeber Schulte hieß, wissen Sie nicht?«

»Nein, ich weiß nicht einmal seinen Vornamen.«

Häberle entschied nach kurzem Überlegen, einige deutliche Worte ruhig auszusprechen: »Ich muss Sie – so besagt es das Gesetz – darüber aufklären, dass Sie natürlich auf Fragen, die Ihren Mann belasten könnten, keine Angaben machen müssen.«

»Wie bitte?« Sie schien dies als einen Affront gegen sich aufzufassen. »Belasten?«

»Ja, es könnte doch sein«, runzelte Häberle die Stirn, »dass die Ereignisse der vergangenen Tage Ihnen auch innerlich so sehr zugesetzt haben, dass Sie sich bei den Schilderungen dessen, was um Ihren Mann geschehen ist, nicht mehr an alles erinnern können. Da Sie aber nach dem Gesetz später vor Gericht verpflichtet sind, die Wahrheit zu sagen, steht Ihnen ein Aussageverweigerungsrecht zu.« Häberle musste sich insgeheim eingestehen, dass er sich möglicherweise missverständlich und bürokratisch ausgedrückt hatte.

»Sie meinen, ich erfinde irgendeine Geschichte, um Ihnen etwas zu verheimlichen?« Ihre Augen waren groß geworden.

»Nein«, beschwichtigte Häberle und hob dazu die Unterarme. »Um Gottes willen, nein. Ich wollte Ihnen nur sagen, dass Sie nichts zu berichten brauchen, was Ihren Mann, obwohl er tot ist – oder auch Sie selbst – belasten könnte.«

Sie wollte etwas sagen, verzichtete aber darauf und schwieg.

Andreas Ruckgaber hatte noch am Morgen den Inhalt seines schweren Rucksacks gecheckt. Sogar ein dünner Schlafsack befand sich unter seinen Utensilien. Einmal, so sah es seine Planung vor, würde er nämlich auf einem Campingplatz nächtigen. Zelt hatte er natürlich keines, aber notfalls gab's dort gewiss irgendeinen überdachten Platz, auf dem er wie in frühen Jugendzeiten in den Schlafsack kriechen konnte. Den Proviant hatte er auf ein Mindestmaß reduziert, schließlich fanden sich unterwegs genügend Möglichkeiten, sich mit Essen und Getränken zu versorgen, vor allem aber, in ein Gasthaus einzukehren.

»Und du willst mich tatsächlich kein einziges Mal anrufen?«, fragte sie nach, während sie jetzt den geräumigen BMW X3 über die sonnendurchflutete Albhochfläche steuerte, vorbei an Laichingen und hin zur A8 bei Merklingen.

»Wie besprochen – anfangs nicht«, sagte Andreas, der auf dem Beifahrersitz saß, und freute sich am Anblick ihres kurzen Sommerkleidchens. »Außerdem bist du ja beschäftigt – bei deiner Tagung in Frankfurt.« Er lächelte charmant. »Mhm«, machte sie. »Das wird ganz schön stressig, mein Lieber. Aber dafür wohne ich ja in einem tollen Hotel. Zwar ein bisschen teuer, aber du wirst es verkraften, Andy.«
»Ich hab's auf der Anmeldung gesehen«, gab er zurück, »ganz schön großes Ding. Vergiss bitte nicht, alles so zu erledigen wie besprochen.«
»Du kannst dich zu tausend Prozent auf mich verlassen.«
Astrid bog auf die Autobahn Richtung Stuttgart ein und beschleunigte den PS-starken Wagen mit Vollgas, sodass sie sich gleich von der Beschleunigungs- in Richtung Überholspur durchdrängeln konnte. »He, he«, meckerte Andreas, »ein bisschen mehr Rücksicht ist angebracht. Im Übrigen ist hier Baustelle.«
Sie wurde bereits durch die langsam vor ihnen fahrende Kolonne ausgebremst. »Pass gut auf den Wagen auf«, brummte er ihr zu, um schnell noch anzumerken: »Und natürlich auch auf dich, Mäuschen. Denk dran: Die Zukunft gehört uns.«
Sie drehte ihren Kopf kurz zu ihm und fuhr mit der Zunge über die Lippen. »An nichts anderes denke ich, Andy.« Er konnte ihr Grinsen nicht sehen, weil die schulterlangen Haare ihr Gesicht verdeckten.
Während der Verkehr nur mühsam vorankam, weil die viel befahrene Autobahn auf diesem Streckenabschnitt ausgebaut und parallel dazu die Schnellbahntrasse Stuttgart-Ulm in die Landschaft gegraben wurde, drehten sich ihre Gespräche um die gemeinsame Zukunft, aber auch darum, wie er die nächsten zehn Tage verbringen würde.
»Du willst tatsächlich auf diesen Campingplatz gehen?«,

vergewisserte sich Astrid, als zweifle sie an seinen Plänen für die einzelnen Tagesetappen.

»Ja, so richtig mit der Natur verbunden sein.« Er lehnte sich genüsslich zurück. »Als ich in deinem Alter war, haben wir auch mal das berühmte ›Bett im Kornfeld‹ ausprobiert.«

»Du und deine Ex?«

»Auch, ja.« Er setzte sein charmantes Lächeln auf. »Und ich möcht's wieder tun. Mit dir.«

Sie warf ihm einen provokanten Seitenblick zu.

Nachdem sie den engen Drackensteiner Hang mit weit überhöhter Geschwindigkeit hinter sich gelassen hatten, setzte sie den Blinker und reihte sich in die Kolonne der Lastwagen ein, um die Autobahn an der Anschlussstelle Mühlhausen im Täle verlassen zu können.

»Das Wetter ist ideal«, brummte er. »Da braucht man wirklich nicht meilenweit irgendwohin zu fahren oder gar zu fliegen.«

»Die Idee mit dem Traufgängerweg finde ich genial«, gab Astrid zu. »Auf diese Weise kannst du dir die Gegend auch mal in Ruhe anschauen. Schade, dass ich nicht mitkommen kann.« Ohne ihn anzusehen, meinte sie keck: »Wegen dem ›Bett im Kornfeld‹, meine ich. Kornfelder gibt's hier ringsrum sicher viele.«

»Mhm«, machte er und lächelte. »Da könnte man ganz schön den Draufgänger spielen – auf dem Traufgängerweg.«

Astrid grinste ironisch: »Du bist halt ein richtiger Draufgänger.«

Derweil steuerte sie jetzt das kleine, verträumte Städtchen Wiesensteig an, das von steilen Hängen umgeben war und sich in die schmale Talaue zwängte. Andreas hatte es als Ausgangspunkt gewählt, weil die Route auch in der Wanderbroschüre von hier aus beschrieben wurde.

»Also, dann viel Glück, Andy«, sagte die junge Frau und stoppte den Geländewagen-BMW auf einem kleinen Platz, der von Fachwerkhäusern umgeben war. Andreas drückte ihr einen Kuss auf die Wange, streichelte ihr mit einer Hand übers Haar und mit der anderen über ihren rechten Oberschenkel und lächelte zuversichtlich. »Es wird schon gut gehen, keine Sorge. Und vergiss den Code nicht, das ist ganz wichtig«, sagte er, stieg aus, nahm den großen Rucksack vom Rücksitz und fuhr mit den Armen durch die Trageriemen. Noch einmal winkte er seiner Geliebten zu, die den Wagen wendete und wieder zurückfuhr.

Jetzt war er ganz auf sich allein gestellt. Wie ein Abenteurer, der ein paar Tage lang nichts von der Welt wissen will, würde er nun durch die Landschaft ziehen. Zwar war ihm dies alles nicht fremd. Er kannte die Orte und die Landschaft. Aber die Einsamkeit und die Ruhe waren doch ein heftiges Kontrastprogramm zu seiner hektischen Arbeit, die ihn seit vielen Jahren in ein enges zeitliches Korsett gezwungen und auch nervlich sehr mitgenommen hatte.

Doch als Astrid in sein Leben getreten war, damals, im vergangenen Sommer, nicht ganz so zufällig, wie es nach außen hin den Anschein hatte, da hatte sich alles verändert. Das Zusammentreffen war in gewisser Weise arrangiert worden – bei einer kulturellen Veranstaltung, die er mit Karin und einigen Geschäftsfreunden besucht hatte. Das gebotene Programm in einem zur Kleinkunstbühne umgebauten landwirtschaftlichen Anwesen in dem kleinen Weiler Erpfenhausen, das als so etwas wie ein Geheimtipp für Kulturinteressierte galt, war sehr unterhaltsam gewesen. Im Nachhinein musste er sich aber eingestehen, dass die Begegnungen während der Pause und im Anschluss an das Programm äußerst seltsam verlaufen waren: Offenbar hatte Karin sein Interesse für Astrid wahrgenommen und ihrerseits alles darangesetzt, ihn eifersüchtig zu machen, indem sie sich jenem charmanten Mann zuwandte, mit dem die aufreizend gekleidete junge Frau gekommen war.

Eine verrückte Welt, dachte Ruckgaber. Die folgenden Monate waren turbulent gewesen, sowohl geschäftlich als auch privat. In gewisser Weise fühlte er sich nach der Trennung von Karin befreit. Sie hatten sich im vergangenen Jahr immer stärker auseinandergelebt, weil sie seine ausufernden Geschäfte, vor allem aber das Umfeld, in dem er sich bewegte, nicht mittragen wollte. Astrid war da als junges Mädel viel unbefangener und noch manipulierbarer – insbesondere, wenn ein Leben in Luxus winkte. Karin hatte sich an jenem Abend in Erpfenhausen tatsächlich vom Charme seines alten Geschäftsfreundes blenden lassen. Ein genial eingefädelter Schachzug.

Mit diesen unverarbeiteten Geschehnissen der jüngsten Vergangenheit kämpfte Ruckgaber bereits auf den ersten Hundert Metern seiner Wanderung. Nach allem, was derzeit auf der Welt geschah, war es an der Zeit, Änderungen in großem Stil herbeizuführen.

Denn ausgerechnet die vergleichsweise kleinen Gaunereien, mit denen er und Balluf einst begonnen hatten, schienen nun zum größten Risiko zu werden. Die Fäden, die er ohne Wissen seines Kompagnons in internationale Netzwerke eingeknotet hatte, drohten durch die Nervosität irgendwelcher läppischer Kleinanleger in Gefahr zu geraten.

Jetzt galt es, einen Schlusspunkt zu setzen – vor allem, solange es in seinem eigenen Ermessen lag, eine solche Entscheidung zu treffen. Schließlich gab es genügend Menschen, die nicht mehr gut auf ihn zu sprechen waren. Dazu zählte nicht nur Karin, die glücklicherweise sein angehäuftes Vermögen nicht abschätzen konnte. Sonst bestünde die Gefahr, dass der Scheidungsanwalt horrende Summen forderte.

Ruckgaber versuchte, diese Gedanken zu verdrängen, wohl wissend, dass er ihnen nicht entkommen konnte – und wenn er noch so weit lief.

Er versuchte sich abzulenken, während er an diesem schwülen Vormittag das besiedelte Gebiet verließ, an einem noch wenig bevölkerten Freibad vobeikam und in die idyllische, von bewaldeten Hängen umgebene, immer enger werdende Talaue hinausging.

Er orientierte sich jetzt an den Wanderschildern, die in Richtung des Filsursprungs wiesen. Ein paar Kilometer außerhalb, dort, wo es nur noch Forstwege und keine Straßen gab, trat in einem kleinen Quelltopf frisches Wasser zutage, das nach 63 Kilometern, verstärkt von zahlreichen Seitenbächen und Flüssen, bei Plochingen in den Neckar mündete. Der Weg dorthin wäre weitaus kürzer, stünde nicht ein Bergrücken dazwischen, an dem die Erosion noch einige Jahrtausende zu nagen hatte, ehe das Wasser den direkten Abfluss nehmen konnte. Bis dahin musste es weiterhin den Umweg durch ein Tal nehmen, das es sich selbst in die Voralb gegraben hatte und das in Geislingen wie ein Knie nach links abbog.

Seine erste Tagesetappe war nicht sonderlich weit. Er würde gleich hinter dem Quelltopf den Berghang erklimmen und dann auf die Burgruine Reußenstein zuhalten, kurz davor aber abbiegen, um zum Otto-Hoffmeister-Haus zu gehen, das etwas abseits seiner geplanten Route lag. Wenn er noch Lust verspürte, konnte er von dort aus mit einem Spaziergang um das dortige Schopflocher Moor sein Tagespensum ein bisschen ausdehnen.

Er hoffte jedoch, dass er überall, wo er hinkam, unerkannt blieb. Immerhin war er bisher nur selten öffentlich in Erscheinung getreten – wenn man von dem ärgerlichen Bericht im Master-Magazin absah, das allerdings in der Durchschnittsbevölkerung nicht allzu sehr wahrgenommen wurde. Um weiteren Veröffentlichungen vorzubeugen, hatte er ein Anwaltsbüro damit beauftragt, eine Gegendarstellung zu erwirken und auf Unterlassung zu klagen. Immerhin bestand die Gefahr, dass mit diesem Artikel eine Lawine ins Rollen kam, die durchaus verheerende Folgen haben konnte.

Aber auf seiner Wanderung, so beruhigte er sich, war die Wahrscheinlichkeit eher gering, dass er mit einem unzufriedenen Kunden zusammentraf oder ihn jemand mit diesem verleumderischen Bericht in Verbindung brachte.

Er ertappte sich dabei, viel zu hastig zu gehen – so als ob er seine erste Etappe möglichst schnell hinter sich bringen wollte. Doch Eile war nicht geboten. Nimm dir Zeit, mahnte ihn deshalb seine innere Stimme, und vermeide den Eindruck, hektisch unterwegs zu sein. Du hast Zeit, fast zehn Tage.

Zehn Tage nichts weiter als Ruhe und Gelassenheit. Er versuchte, gegen seine vielen Gedanken anzukämpfen, sich auf die Blumen am Wegesrand zu konzentrieren und alles Unberechenbare, das die Zukunft bringen würde, nicht an sich herankommen zu lassen.

Ohne es registriert zu haben, hatte er die Papiermühle und den dortigen Wanderparkplatz hinter sich gelassen und folgte nun instinktiv der Beschilderung zum Reußenstein. Der breite Weg führte links der Talmulde sanft aufwärts, rechts unten in der Senke schlängelte sich die junge Fils durch die Wiesenaue.

Zwei Mountainbikerinnen kamen ihm entgegen und lächelten ihm aufmunternd zu. Auf seiner Stirn hatten sich Schweißperlen gebildet, denn die Sonne stand inzwischen hoch am Horizont und schien sommerlich heiß in dieses abgelegene Tal, das in seiner natürlichen Unberührtheit wie ein Stück heile Welt wirkte. Hier war es offenbar gelungen, dem unablässigen Landschaftsfraß Einhalt zu gebieten, der sich entlang der großen Verkehrsachsen wie ein Krebsgeschwür ausbreitete. Andreas musste an die vielen Gewerbegebiete denken, die überall erschlossen wurden – selbst von Kommunen, die in ihren Hochglanzbroschüren für den Tourismus vollmundig mit landschaftlicher Schönheit warben. Das viel gepriesene Grün beschränkte sich vielerorts entweder auf die bewaldeten Hänge oder auf einen schmalen Hecken- und Wiesenstreifen zwischen den zubetonierten Gewerbegebieten.

Anstatt den Flächenbedarf ansiedlungswilliger Unternehmen auf einige wenige Bereiche zu beschränken, kochte jede Kommune ihr eigenes Süppchen und wies voller Stolz ein Gewerbegebiet nach dem anderen aus. Andreas wusste natürlich, dass es den Bürgermeistern vordergründig um Arbeitsplätze ging, auch wenn deren Anzahl heutzutage meist im umgekehrten Verhältnis zur Quadratmeterzahl der verbrauchten Landschaft stand. Hintergründig jedoch hatten die Verantwortlichen die Knete im Kopf: sprudelnde Einnahmen aus der Gewerbesteuer. Solange dieses System nicht geändert wurde, schoss es Andreas beim Anblick der traumhaften Hügellandschaft durch den Kopf, nahm der Landschaftsverbrauch kein Ende. In den vergangenen 20 Jahren jedenfalls hatte er als naturverbundener Mensch, der er trotz aller Jagd nach Wohlstand war, mit großer Sorge verfolgt, wie sich das Bild der Schwäbischen Alb dramatisch veränderte. Dabei empfand er die Windkrafträder keinesfalls als störend. Diese trugen immerhin dazu bei, Energie abgas- und strahlenfrei zu produzieren, und außerdem konnten diese Anlagen, falls man sie eines Tages nicht mehr brauchte, problemlos wieder aus der Landschaft entfernt werden.

Nein, ihn störten neben den Gewerbegebieten auch die überall aus dem Boden schießenden sonstigen Bauten in freier Landschaft. Waren dies vor geraumer Zeit noch Hühner- und Schweineställe, so erfreuten sich nun Biogasanlagen offenbar zunehmender Beliebtheit. Irgendwann gab es auf der Hochfläche der Schwäbischen Alb keine größeren zusammenhängenden Flächen mehr ohne Bebauung. Eine verheerende Entwicklung, dachte Andreas und versuchte erneut, all diese Gedanken zu verdrängen. Er wollte jetzt nicht mit solchen Problemen konfrontiert werden. Doch obwohl ihn nur die unberührte Natur umgab – mit Vogelgezwitscher und Grillengezirpe –, fuhren seine Gefühle Achterbahn.

Ruhe. Er brauchte wirklich Ruhe. Zumindest ein paar Tage lang.

Er erreichte den kleinen Quelltopf der Fils, der links des Weges lag und der an diesem späten Vormittag noch keine Wanderer angelockt zu haben schien. Neben einem Steinhäuschen, das als Unterstand gedacht war, kräuselte sich das Wasser und ließ erahnen, dass es sich um keinen Tümpel, sondern tatsächlich um die Geburt eines Flusses handelte, hier 625 Meter über dem Meer, wie ein Hinweisschild des Schwäbischen Albvereins informierte. Ein munteres Bächlein unterquerte den Weg und begann seine weite Reise in die Nordsee.

Andreas war stehen geblieben und sah dem Wasser nach, dessen Verlauf talabwärts von Stauden und hohem Gras markiert wurde. Ein friedliches Bild, überkam es Andreas wieder, und doch würde dieses Wasser noch viel erleiden müssen: eingezwängt in kanalartige betonierte Rinnen, in unterirdische finstere Rohre, vermischt mit den Einläufen von Kläranlagen, vorbei an den großen Städten des Ruhrgebiets und schließlich die gigantischen Containerschiffe im Rotterdamer Hafen tragend, ehe die Mündung ins erdumspannende Netz der Meere erfolgte. Dazwischen gab es wenige romantische Stellen, am Neckar und natürlich am Rhein.

Und dieser Bach, vor dem er jetzt stand, würde zu all dem Großen seinen Teil beitragen – auch, wenn vielleicht kein einziger Tropfen dessen, was hier aus dem Bauch der Schwäbischen Alb sprudelte, tatsächlich in der Nordsee ankam. Vieles würde unterwegs verdunsten oder versickern, dafür Neues aus Quellen und Seitenbächen wieder hinzukommen.

Doch dann war es eine harte Männerstimme, die ihn aus diesen Tagträumen riss. »Schöne Gegend hier, was?«

Ruckgaber war erschrocken und spürte, wie sein ganzer Körper davon ergriffen wurde. Die Frage war aus dem Nichts gekommen. Er hatte keine Schritte gehört und auch weit und breit in dieser Einsamkeit niemanden gesehen.

Er drehte sich vorsichtig um und blickte in das unrasierte, wettergegerbte Gesicht eines Mannes, der vermutlich um einiges älter war als er. Ein Landwirt, durchzuckte es ihn. Die Kleidung deutete zumindest darauf hin: blaue Arbeitshose und blaues Hemd, aus dessen aufgekrempelten Ärmeln kräftige Zupacker-Arme quollen.

»Hallo«, kam es Ruckgaber verlegen und erstaunt über die Lippen. Er hatte Mühe, seinen Schreck zu verbergen. »Ja, tolle Gegend, ruhig, idyllisch«, beeilte er sich, etwas Belangloses anzufügen.

»Auf Wanderschaft?«, wollte sein Gegenüber, dessen dünn gewordenes graues Haar schweißnass an der Kopfhaut klebte, schwäbisch-wortkarg wissen.

»So könnte man es nennen«, entgegnete Ruckgaber und überlegte, ob er das Gesicht schon einmal irgendwo gesehen hatte. Nein, mahnte er sich, sei nicht so misstrauisch. Das ist eine Zufallsbegegnung. Ganz gewiss ein alter Bauer aus der Umgebung. »Ich gönn mir ein paar Tage Ruhe«, erkärte Ruckgaber, als müsse er sich für sein Handeln rechtfertigen.

»Wo geht's denn hin?«

»Schopflocher Moor, Otto-Hoffmeister-Haus. Ist ja wohl nicht mehr so weit.«

»Immer der Nase nach«, grinste der Unbekannte und deutete hinter sich. »Da rauf. Am ›Bahnhöfle‹ vorbei. Aber lasset Se sich net täuschen«, schwäbelte er weiter. »Des ›Bahnhöfle‹ gibt's gar net. Heißt nur so.«

Ruckgaber erinnerte sich: »Bahnhöfle« wurde hier ein Geländepunkt genannt, an dem sich einige Wege kreuzten. »Ich weiß«, bestätigte er. Vermutlich erinnerte diese seltsame Bezeichnung an den nie realisierten Plan einer Eisenbahnlinie, die Wiesensteig über Schopfloch und Bad Urach mit Metzingen hätte verbinden sollen.

»Sind Se denn ganz allein unterwegs?«, fragte der Fremde interessiert. »Mit so schwerem Gepäck? Wohl mehrere Tage, oder?«

Ruckgabers Misstrauen stieg. Steckte hinter diesen Fragen nur die Neugier eines Albbauern, oder war der Mann gar nicht so zufällig aufgetaucht, wie es den Anschein hatte? Ruckgaber trat einen Schritt zurück. »Wanderung an der Alb entlang«, erwiderte er deshalb zurückhaltend.

»Isch des net langweilig, so ganz allein?«

»Die Natur erlebt man allein oftmals am besten«, hielt Ruckgaber seine Antwort allgemein.

»Dann solltet Se aber aufpassa«, sah ihn der Mann aus glasigen Augen an. »Die Alb isch manchmal sehr steil. Manche von auswärts unterschätzet des. Immer wieder stürzet welche ab.«

Aha, dachte Ruckgaber. Der Albbauer hatte ihn offenbar als einen abenteuerhungrigen Städter eingeschätzt, der die Gefahren eines Mittelgebirges unterschätzte. »Ist schon recht«, sagte er, ohne sein Misstrauen abzulegen.

»Wenn Ihne am Steilhang was passiert, findet man Sie net

so schnell«, blieb der Mann hartnäckig, als wolle er Ruckgaber davon abhalten, allein weiterzugehen.
»Ich pass schon auf mich auf.«
Der Fremde runzelte die Stirn. »Es hat hier auch schon Menschen gegeben, die sind in den Schluchten spurlos verschwunden«, mühte er sich, Hochdeutsch zu reden, um dem Gesagten mehr Nachdruck zu verleihen.
Ruckgaber konnte sich tatsächlich dunkel an einen Vermisstenfall in der hiesigen Gegend entsinnen, der nie geklärt wurde. Damals war ein paar Kilometer von hier entfernt ein Jugendlicher während einer Schulwanderung plötzlich wie vom Erdboden verschluckt gewesen und nie wieder aufgetaucht.
Er wollte nichts dazu sagen, sondern wünschte dem Mann einen »schönen Tag« und machte sich wieder auf den Weg.
»Ich wollte Sie ja nur warnen!«, rief ihm der Unbekannte nach, doch Ruckgaber drehte sich nicht mehr um.
Allerdings konnte er diese seltsame Begegnung nicht einfach abhaken. »Ich wollte Sie ja nur warnen«, hallte es in seinem Kopf nach. Warnen? Wovor? Vor den Steilhängen? Vor dem spurlosen Verschwinden?
Sicher ein alter Dickschädel und Querkopf, beruhigte er sich. Belangloses Geschwätz zwischen zwei Fremden, weiter nichts. Vielleicht sogar ein wirklich gut gemeinter Ratschlag.
Ruckgaber hatte sich zwei, drei Minuten lang gezwungen, sich auf den Weg zu konzentrieren und nicht nach hinten zu schauen. Jetzt aber, vor der nächsten Biegung, die in ein Waldstück führte, wollte er sich vergewissern, ob ihm der Fremde folgte. Er drehte sich langsam um, konnte den gesamten Weg überblicken, auch einige Hundert Meter weit ins das Wiesental zurück, durch das er gekommen war – aber da war niemand mehr. Allerdings hätte sich der Mann inzwi-

schen in den Schatten des Bewuchses am Quelltopf oder hinter das kleine Häuschen zurückziehen können. Dann wäre er von hier aus tatsächlich nicht mehr zu sehen.

Ruckgaber atmete tief durch und ging weiter.

Vielleicht musste er wirklich wachsamer sein.

7

Der Mann, Anfang 30, schwarze Stoppelhaare, hatte ordnungsgemäß Eintritt bezahlt und einen flüchtigen Blick auf den Lageplan des »Campus Galli« geworfen. Doch in Wirklichkeit interessierte er sich weniger für den mittelalterlichen Baustil und die Arbeit der Ehrenamtlichen als vielmehr für den verwaisten Unterstand des Schindelmachers. Die hohen Bäume warfen kühlenden Schatten und machten die Hitze des heißen Nachmittags erträglicher.

Irgendjemand hatte offenbar die Werkzeuge des Schindelmachers fein säuberlich auf den massiven Holztisch gelegt und den hellen, zerknitterten Arbeitsumhang über einen Holzklotz gestülpt. Nichts deutete mehr auf das schreckliche Verbrechen von Freitagnacht hin. Der Mann, der sich dies alles genau besah, rief sich die Zeitungs- und Radiomeldungen in Erinnerung und versuchte, vor seinem geistigen Auge das nächtliche Geschehen ablaufen zu lassen.

Soweit er es überblicken konnte, befanden sich momentan nur einige wenige Besucher auf dem Gelände.

»Da ist heute keiner da«, wurde er trotzdem von einer scharfen Männerstimme hinter ihm aus den Gedanken gerissen. Augenblicklich drehte er sich um und sah in ein braun gebranntes, von tiefen Falten durchzogenes Gesicht. »Suchen Sie was Bestimmtes?«, raunzte ihn dieser Mann an. Der Ton war harsch und unsympathisch.

»Nein«, entgegnete der Angesprochene, der für einen kurzen Moment verlegen dastand. »Es wird wohl hier passiert sein.«

»Wenn Sie mit ›es‹ das Verbrechen meinen, ja«, bekam er zur Antwort. »Wir mögen hier aber keinen Katastrophentourismus.«

»Oh, entschuldigen Sie bitte«, gab sich der Besucher zurückhaltend und nahm die Gelegenheit für eine Nachfrage wahr: »Und Sie? Sie sind hier beschäftigt?« Er musterte den Mann von oben bis unten und schloss aus der mittelalterlichen Arbeitskutte, die dieser unfreundliche Typ trug, dass es sich um einen der ehrenamtlichen Handwerker handeln musste.

»Bin ich«, bestätigte dieser. »Sie dürfen gerne mitkommen. Bei mir gibt's viel mehr zu sehen als hier.« Es klang versöhnlicher.

»Okay«, lenkte der Besucher ebenfalls freundlicher ein. »Darf ich fragen, welcher Fachrichtung, oder wie man dazu sagt, Sie angehören?«

»Schmied«, erklärte der Handwerker. »Schmied mit allem, was dazugehört, falls es Sie interessiert.«

Er ließ seinem Besucher gar keine Zeit, darauf zu antworten, sondern stapfte über den gekiesten Weg davon und erwartete wie selbstverständlich, dass ihm sein Gesprächspartner folgte. Wortlos kam dieser hinterher, vorbei an einigen weiteren Werkstätten, in denen mittelalterlich gekleidete Personen mit den primitiven Mitteln vergangener Jahrhunderte vor sich hin werkelten. Gleich darauf öffnete sich der Wald auf einer Lichtung zu einer Art Dorfplatz, auf dem roh belassene Hölzer lagerten, die mit Ochsenkarren hergeschafft wurden. Am Rande der Lichtung schmiegte sich ein großer rustikaler Verpflegungsstand an den Hochwald. Wie eine Kantine, dachte der Besucher – mit offenen Herdstellen, Kaminen und küchenartigen Vorrichtungen. Es wurde gegrillt. Annähernd 50 Personen ließen sich's an Biertisch-Garnituren munden.

»Da gibt's was zu essen, auch mittelalterlich«, erklärte der Schmied, nachdem er bemerkt hatte, dass sein Gast zurückgeblieben war. »Da können Sie sich nachher was holen.« Auf Holzscheiben, die über der Theke von einem Balken baumelten, stand zu lesen, was es gab: »Dennetle mit Speck«, »Eintopf mit Wurst« und »karolingische Wurst mit Brötchen.«

»Dennetle ist eine Schwabenpizza«, erklärte der Schmied im Vorbeigehen und ergänzte: »'s gibt natürlich auch Bier. Ausgeschenkt wird in Tongefäßen, in die der Name ›Campus Galli‹ eingebrannt ist. Können Sie als Souvenir mit heimnehmen, wenn Sie aufs Pfand verzichten.«

Der Besucher schien sich für diese Details aber keine Zeit nehmen zu wollen, weshalb nun der Schmied mit wehender Kutte vorauseilte, bis sie nach einer Minute seine Werkstatt erreicht hatten, wo in der Esse Holzkohle glühte und dicker Rauch aufstieg. »Hier schmieden wir Nägel«, erklärte der Handwerker und griff zu einem Blasebalg, mit dem er das Feuer wieder stärker aufflammen ließ.

»Wie lange machen Sie das schon?«, interessierte sich der Besucher und lehnte sich an einen dicken Holzpfosten, der das mit Gras bewachsene und seltsam verschobene Giebeldach des Unterstandes hielt.

»Drei Wochen inzwischen. Ich bin noch zwei weitere Wochen hier. Hab mir eine Auszeit genommen – wie viele hier.«

»Ist das nicht frustrierend, an etwas mitzuarbeiten, dessen Fertigstellung wir wahrscheinlich alle nicht mehr erleben werden?«

»Na ja«, erwiderte der Schmied, »das hat's in der Vergangenheit aber oft gegeben. Denken Sie an das Ulmer Münster. Grundsteinlegung war 1377, die Vollendung erst 1890. Oder die Kathedrale von Barcelona: 1298 Grundstein gelegt, der mittlere Turm erst 1913 errichtet.« Er hatte diese Daten schon oft heruntergeleiert – doch jetzt erschien es ihm, als habe sein Gegenüber kein gesteigertes Interesse daran. »Um ehrlich zu sein, Sie machen nicht gerade den Eindruck, wegen unseres Projekts hier zu sein.«

Der jugendlich wirkende Besucher hob seine Augenbrauen, vergrub die Hände in den tiefen Taschen seiner leichten Freizeitjacke und lächelte. »Aha, misstrauisch, oder was?«

»Ich finde das nicht komisch«, entgegnete der Schmied ernst und presste seinen Blasebalg wieder kräftig zusammen, sodass die Flammen auflodern und Asche in die Luft stob. »Wundert es Sie, dass man hier misstrauisch ist?«

»Nein, das wundert mich nicht. Aber ich kann Sie beruhigen, ich war hier nur gerade auf der Durchreise, habe draußen an der Straße das Hinweisschild gelesen und bin nun aus reiner Neugier hier.«

»Neugier, so. Deshalb sind Sie gezielt zum Schindelmacher gegangen?«

»Na ja«, räumte der Besucher etwas verlegen ein, »vielleicht haben Sie ja recht. Sie scheinen ein guter Beobachter zu sein.«

»Ja, das bin ich.« Der Schmied legte seinen Blasebalg zur Seite, kratzte sich sein spärliches Haar und überlegte. Plötzlich durchzuckte die Erinnerung an eines der langen Gespräche mit Lorenz Moll sein Gehirn. War dieser Fremde einer von jenen, deren Namen einmal gefallen waren, rein versehentlich? Der Schmied konnte sich schlagartig an sie entsinnen. Der eine war ein männlicher Vorname gewesen, den er sich nur deshalb hatte merken können, weil einer seiner Nachbarn genauso hieß. Und beim anderen handelte es sich um einen Nachnamen, der irgendwie osteuropäisch geklungen hatte.

»Und – überrascht?«, holte ihn der Mann aus seiner Nachdenklichkeit zurück. Der Schmied kam langsam auf ihn zu. »Hier überrascht mich so schnell nichts mehr«, sagte er ernst und war jetzt zu einem gewagten Vorstoß bereit. Vielleicht konnte er den Fremden mit einigen Bemerkungen aus der Reserve locken. »Wissen Sie«, fuhr er deshalb leise und beiläufig erzählend fort, »ich bin vermutlich der Einzige, der in der Nacht vor dem Mord etwas beobachtet hat.« Es hörte sich so an, als sei er stolz darauf.

»So?« Wie beabsichtigt, war damit das Interesse des Besuchers geweckt. »Sie haben den Täter gesehen?« Es klang so, als wolle ihm der Fremde nicht glauben.

»Ha«, tönte der Schmied überheblich, schüttelte Ruß von seiner Kutte und erhöhte die Spannung. »Und wenn schon – was sollte mich veranlassen, es ausgerechnet Ihnen zu erzählen?«

Der Besucher lächelte, runzelte die Stirn und entgegnete: »Vielleicht, weil ich auch ein gewisses Interesse an der Aufklärung des Falles habe?«

»Oh, ein verdeckter Ermittler?« Der Schmied spielte seine begonnene Rolle weiter.

»Nein, kein verdeckter Ermittler, sondern einer, der hilfreiche Informationen sammelt.«

Auf dem Gesicht des Schmieds erschien ein skeptisches Lächeln. Er wischte sich die rußgeschwärzten Hände an der dunkelbraunen Kutte ab und wich ein paar Schritte zurück. Hatte er also doch richtig getippt? »So etwas wie ein Privatdetektiv?«, fragte er, nun doch etwas verunsichert, nach.

Der Mann ging nicht darauf ein, sondern versuchte nun seinerseits, die Neugier des Schmieds zu wecken. »Ich an Ihrer Stelle wäre vorsichtig, denn falls bekannt wird, dass Sie

etwas wissen, das niemand wissen sollte, dann wäre es höchst gefährlich, die Nächte hier drinnen allein zu verbringen.«
Der Schmied fühlte sich ertappt und befürchtete, einen Schritt zu weit gegangen zu sein. »Wieso gehen Sie davon aus, dass ich hier drinnen nächtige?«
Wieder das überhebliche Lächeln des Besuchers. »Das haben Sie mir doch soeben selbst indirekt gesagt. Sie hätten in dieser Nacht etwas gesehen. Das geht doch nur, wenn Sie auch hier genächtigt haben – oder ...«, er legte eine dramaturgische Pause ein, »... was hätte Sie denn sonst in dieser Nacht hierhergetrieben?«
»Soll das ...?« Der Handwerker wurde blass und verlegen.
»Nichts soll das«, erwiderte der Besucher ruhig, holte eine Visitenkarte aus der Tasche und steckte sie ihm zu. »Nur falls Sie mal Hilfe brauchen. Könnte ja sein. Steht aber nur meine Handynummer drauf. Sonst nichts. Das reicht. Einfach anrufen.«
Der Schmied sah irritiert auf das Kärtchen. Tatsächlich – nur eine Handynummer und fünf kursiv gedruckte Worte: *Falls Sie mal Hilfe brauchen.*

Astrid war auf dem direkten Weg wieder heimgefahren. Sie wusste, was jetzt zu tun war. Um das Geschäftliche brauchte sie sich nicht zu kümmern. Das würde hoffentlich Jonas Balluf, wie mit ihm besprochen, erledigen. Sie wollte sich einige ruhige Tage gönnen und sich auf die mehrtägige Info-Veranstaltung für freie Finanz- und Versicherungsmakler vorbereiten, an der sie im Auftrag von Andreas teilnehmen sollte. Zwar verstand sie nicht allzu viel von dieser Materie, aber er hatte ihr einige wichtige Grundkenntnisse beigebracht, sodass sie beim üblichen Small Talk nicht gleich als ahnungslos entlarvt werden würde. Im Übrigen waren bei der Veranstaltung keine großen Diskussionen vorgesehen. Auf der Tagesordnung standen Vorträge, Power-Point-Präsentationen, die Besichtigung einer Großbank und natürlich der Börse. Abends gab es Unterhaltungsprogramme und Ausflüge in die nähere Umgebung Frankfurts. Alles in allem, so hatte Astrid es bei der Durchsicht der Einladung vermutet, war es keine allzu anstrengende Angelegenheit. Die wichtigsten Aussagen der Referenten gab es erfahrungsgemäß ohnehin anschließend schriftlich. Andreas hatte sie beruhigt und erklärt, sie werde jede Menge Papierkram mit nach Hause bringen. Themenschwerpunkt seien neue Anlageformen, wie sie nach der Finanz- und Griechenlandkrise notwendig würden, um der betuchten Kundschaft weiterhin lukrative Möglichkeiten zu bieten, ihr Geld diskret und mithilfe »kreativer Buchführung« und ohne staatliche Einblicke zu vermehren. Astrid hatte deshalb gegrinst, als sie auf der Tagesordnung gleich drei Vertreter aus der Schweiz und jeweils einen von den Bahamas und aus Panama entdeckte. Zugelassen waren nur geladene Gäste, die vor dem Betreten des Konferenzsaales ihre Personalausweise und Einladungen würden vorzeigen müssen. Andreas hatte für Astrid ein spezielles Formular ausfüllen müssen, mit dem sie zusätzlich als seine persönliche Vertreterin akkreditiert war. Man wollte unter allen Umständen vermeiden, dass Außenstehende oder gar Spione des Finanzamts oder Journalisten sich unter die Zuhörer mischen konnten.

Astrid legte ihre verschwitzte Kleidung ab, schlüpfte in kurze Jeans-Hotpants und zog ein eng anliegendes ärmelloses Top an. Gerade als sie sich im Spiegel besah, ihre langen, schweißverklebten Haare auskämmte, ertönte der Türgong.

Sie sah auf die Armbanduhr. Kurz vor 12 Uhr mittags.

Sie legte den Kamm zurück und hob in der Diele den Hörer der Sprechanlage ab. »Ja?«

»Entschuldigen Sie, ich bin auf der Suche nach Herrn Ruckgaber«, hörte sie eine tiefe Männerstimme sagen.

»Tut mir leid«, reagierte sie schnell. »Der ist nicht da.«

»Wo kann ich ihn denn erreichen? Ich war schon in seinem Büro, aber da hab ich ihn nicht angetroffen.«

»Er ist ...«, sie überlegte kurz, »... auf Dienstreise.«

»Es wäre aber sehr wichtig.« Dem Klang der sonoren Stimme nach zu urteilen, war der Mann nicht gewillt, sich einfach abspeisen zu lassen. Sie spürte wieder Angst in sich aufsteigen, sah vor ihrem geistigen Auge den Fremden aus dem Zug. War er es, der da draußen stand?

»Um was geht's denn?«, fragte sie mit trockener Kehle.

»Um mein Geld«, kam es prompt zurück. »Und wer sind Sie?«

»Ich bin ...«, wieder brauchte sie ein paar Sekunden, um zu antworten, »... die Sekretärin.«

»Umso besser. Dann sollten wir uns dringend unterhalten.«

»Unterhalten? Worüber?«

»Wie ich doch bereits sagte: über mein Geld. Und ich sag Ihnen gleich: Es wäre besser, Sie würden mit mir sprechen.« Er räusperte sich. »Besser vor allem für Herrn Ruckgaber.«

Astrid fühlte sich von Sekunde zu Sekunde unwohler. Sie überlegte, wie fest verschlossen wohl die Haustür war. Ihr Herz raste. »Er kommt in zehn Tagen wieder«, war alles, was ihr in diesem Augenblick einfiel.

»Dann kann es schon zu spät sein. Für ihn. Denn wenn ich nicht augenblicklich einen kompetenten Gesprächspartner kriege, lasse ich den ganzen Scheißladen auffliegen.«

»Herr Balluf vertritt ihn.« Astrid hoffte inständig, den Mann möglichst schnell loszuwerden.

»Balluf schickt mich zu Ihnen. Balluf will von nichts was wissen«, bläffte die Stimme in der Türsprechanlage. »Also haben Sie jetzt kurz Zeit für mich oder nicht?«

»Ich bin gar nicht befugt ...«

»Befugt, befugt, befugt – Mädel, das interessiert mich nicht. Sie nehmen jetzt entgegen, was ich Ihnen zu sagen habe, oder Ihr schöner Herr Ruckgaber wird während seiner Dienstreise Bekanntschaft mit dem Staatsanwalt machen.«

Astrid wurde der Ernst der Lage bewusst. Das war eine böse Drohung. Was sollte sie tun? Den Kerl zum Teufel jagen und riskieren, dass Andreas womöglich im Knast landete? Aber weshalb mimte Jonas den Unwissenden? »Was ... was wollen Sie mir denn sagen?« Sie spürte, dass ihre Stimme ängstlich klang.

»Das möchte ich nicht hier an der Haustür tun. Wenn Sie Schiss haben, mich ins Haus zu lassen, dann kommen Sie ins Büro Ihres verehrten Herrn Chefs. Ich gehe wieder zurück und warte auf Sie. In einer Viertelstunde. Ist das okay?«

»Ich weiß nicht, was ich ...«, stotterte Astrid und wurde sofort rüde von der Stimme im Hörer der Sprechanlage unterbrochen: »In einer Viertelstunde drüben im Büro. Ich sage Herrn Balluf Bescheid, dass Sie kommen. Haben wir uns verstanden?«

Weil Astrids Kehle noch trockener geworden war und sie nichts sagte, schnarrte ihr die Männerstimme unsympathisch ins Ohr: »In einer Viertelstunde. Habe ich mich klar und deutlich ausgedrückt?«

Das fing ja schon gut an. Jonas Balluf schaltete den kleinen Tischventilator auf höchste Stufe und schob ihn näher zu sich her. Wenn dieser Typ, den er nur mühsam wieder losgeworden war, erneut hier auftauchte, konnte es unangenehm werden. Ausgerechnet jetzt, wo Andreas, der dies alles eingefädelt hatte, abgetaucht war, drohte es, gefährlich zu werden. Gefährlich? Dieses Wort zuckte wie ein Blitz durch sein Gehirn. Es verpasste ihm einen gewaltigen Adrenalinstoß, sodass er die Zeilen, die er auf dem großen Monitor lesen wollte, nicht mehr in sich aufnehmen konnte. Dabei war das, was er in den vergangenen Stunden entdeckt hatte, äußerst brisant und schien seinen Verdacht zu erhärten. Er würde es noch heute seinem Anwalt mitteilen.

Und mit einem Mal beschlich ihn die böse Vorahnung noch viel heftiger: War Andreas' nervliche Belastung und der daraus resultierende Wunsch nach einer Auszeit gar nicht so plötzlich über seinen Kompagnon hereingebrochen, wie es den Anschein hatte? War dies alles womöglich Teil eines hinterhältigen Plans? Blanker Zorn stieg in ihm auf, als er an die passwortgesicherten Dokumente denken musste, die ihm den Zugang zur finanziellen Situation des Unternehmens versperrten. Eine Frechheit von Andreas.

Wenn jetzt etwas schieflief und dieser Bursche von soeben tatsächlich die Staatsanwaltschaft einschaltete, dann saß er, Jonas Balluf, gewaltig in der Zwickmühle, während Andreas möglicherweise bereits außer Landes war und sich ein schönes Leben machte. Dann geschah dies, was er vor drei Tagen seinem Anwalt geschildert hatte, viel früher, als er dachte.

Aber ihn bei der Polizei ans Messer zu liefern, käme einem juristischen Selbstmord gleich, meldete sich seine innere Stimme.

Balluf hatte in den vergangenen Wochen mehrfach darüber gegrübelt, wie er seinen eigenen Kopf aus der Schlinge ziehen konnte. Vorläufig blieb gar nichts anderes übrig, als sich zurückzuhalten und so zu tun, als wisse er von nichts. Zumindest vorläufig.

Und Astrid? Ja, sie jedenfalls musste doch wissen, wo ihr geliebter Andreas notfalls zu erreichen war. Zwar hatte

Andreas angekündigt, kein Handy mitzunehmen, aber so recht glauben wollte Balluf dies nicht. Ganz sicher gab es zwischen den beiden so etwas wie einen »Notruf«. Es war nicht nur unvorstellbar, sondern schlichtweg auch albern, würde Andreas zehn Tage lang jeglicher Kommunikationsmittel entsagen. Und dies ausgerechnet jetzt.

Oder hatten sich gleich beide aus dem Staub gemacht? Andreas und Astrid. Wieder so ein schockierender Gedanke. Waren sie beide schon weg – und hatten sie ihn sozusagen im Regen stehen lassen?

Seine Finger zitterten, als er Andreas' private Telefonnummer wählte. Ein Rufton ging ab. Drei-, vier-, fünfmal. Nicht einmal der Anrufbeantworter schaltete sich ein.

Balluf warf den Hörer zornig in die Schale, was etwa zeitgleich mit dem Ertönen der elektronischen Türklingel geschah. Er sprang auf, ohne wirklich öffnen zu wollen. War er es schon wieder, dieser Kerl, der vorhin so penetrant sein Geld gefordert hatte? Ihn einfach zu ignorieren, schaffte das Problem aber nicht aus der Welt.

Balluf holte tief Luft, wischte sich den Schweiß von der Stirn und stellte sich mental auf die neuerliche Konfrontation ein. Doch der Versuch, sich als junger, dynamischer Unternehmer zu fühlen, der vor Selbstbewusstsein strotzte und den nichts auf der Welt von seinen Zielen abbringen konnte, wurde von lähmenden Gedanken gebremst. Der elektronische Dreiklang, der erneut den Raum erfüllte, brach geradezu drohend über ihn herein. Balluf kamen die Töne jetzt lauter und hartnäckiger vor, so als transportierten sie die drohende Haltung dieses Mannes da draußen per Schallwellen direkt an seine Ohren.

Noch einmal zögerte Balluf, doch dann gewann die Vernunft die Oberhand: Du wirst den Kerl da draußen nicht dadurch los, dass du jetzt kneifst und den Feigling mimst.

Jag ihn zum Teufel, befahl ihm die Stimme. Sag ihm, dass der Chef nicht da sei und dass man die Angelegenheit in zehn Tagen lösen werde.

Balluf nutzte das aufkeimende Selbstbewusstsein, ging zur Tür und öffnete. »Sie schon wieder!«, fuhr er den Mann an, der ihm dort genauso unfreundlich in die Augen sah wie vor einer Stunde.

»Ja, ich schon wieder«, knurrte der kräftige Mann mit dem gebräunten Gesicht, Ende 50, fülliges, aber kurz geschorenes Haar, unvorteilhaft großes Brillengestell. Alles an ihm wirkte bedrohlich. So wie er vor der Tür stand, aufdringlich und wie ein Fels in der Brandung, schien er zu allem entschlossen zu sein. »Ruckgabers Sekretärin wird kommen«, erklärte er energisch. »Also lassen Sie mich rein, oder wollen wir hier im Flur verhandeln?«

Balluf hatte Mühe, die innere Unruhe zu unterdrücken. Er musste standhaft bleiben, keinen Zentimeter weichen. »Ich glaube nicht, dass Frau Mastrow Ihnen weiterhelfen kann«, sagte er, so ruhig es ihm in dieser Situation möglich war. »Haben Sie denn mit ihr gesprochen?«

»Hab ich mich nicht klar und deutlich ausgedrückt?« Dem Mann stieg die Zornesröte ins Gesicht und ließ keinen Zweifel daran aufkommen, dass er die Geschäftsräume betreten wollte. »Ich verlange mein Geld zurück. Und zwar sofort.« Seine Stimme wurde lauter.

»So einfach wird das nicht möglich sein«, versuchte ihn Balluf zu besänftigen. Es durfte im Treppenhaus kein Aufsehen geben.

»Das ist mir scheißegal!«, bläffte der Mann zurück, der sich vor einer Stunde mit »Helmut Wurster« vorgestellt hatte – ein Name, mit dem Balluf nichts anzufangen wusste. Nirgendwo in den Unterlagen war er ihm bisher begegnet.

»Ich werde dieses Haus nicht verlassen, bevor ich nicht

mein Geld habe«, blieb Wurster hartnäckig, dessen Daumen lässig in den Hosentaschen seiner Jeans steckten – eine Geste, die angriffslustig und bedrohlich wirkte. »Und zwar cash. Haben wir uns verstanden?«

Balluf sah in gefährlich blitzende Augen. »Sie sollten sich beruhigen«, war alles, was ihm einfiel, um die Situation nicht weiter eskalieren zu lassen. Jetzt war Vorsicht geboten. Wurster schien zu allem fähig zu sein. Vermutlich ging es um viel Geld.

So leicht würde sich der Mann also nicht vertrösten lassen. »Dann kommen Sie einen Moment rein«, sagte er schließlich, um die Diskussion aus dem Treppenhaus ins Büro zu verlegen.

Wurster schien damit nicht gerechnet zu haben, zögerte kurz und folgte ihm dann in die Geschäftsräume. Balluf ließ die schwere Tür ins Schloss fallen. »Wir sollten uns in Ruhe unterhalten«, meinte er, so ruhig es ging, auf dem Weg in den großen Besprechungsraum. »Nehmen Sie bitte Platz.«

Cerberus, der Schäferhund, hatte in Ballufs Büro nur kurz den Kopf gehoben.

»Um es klar und deutlich zu sagen«, brauste Wurster wieder auf, ohne sich an den massiven Glastisch zu setzen. »Ich lasse mich nicht vertrösten und nicht einwickeln, falls Sie das versuchen sollten. Ich kenne den Artikel im Master-Magazin. Ihr Geschäftspartner ist ein astreiner Betrüger. Habe ich mich deutlich genug ausgedrückt?«

Balluf, der ebenfalls stehen geblieben war, quälte sich ein Lächeln ab. »Das Master-Magazin«, wiederholte er den Namen dieses Branchenblatts verächtlich, »– reine Verleumdung. Unsere Anwälte sind bereits damit befasst«, behauptete er und deutete mit einer Handbewegung an, dass sich Wurster setzen solle, was dieser aber ignorierte.

»Wollen Sie mich für dumm verkaufen? Sie wollen mir einreden, das seriöse Master-Magazin saugt sich so etwas aus den Fingern? Herr Balluf, für wie blöd halten Sie mich?«

»Ich kann Ihnen nur empfehlen, solche Falschmeldungen nicht weiterzuverbreiten. So etwas kann sehr schnell zu hohen Schadensersatz...«

»Quatschen Sie doch nicht rum!«, fuhr ihm Wurster zornig über den Mund und verschränkte die Arme vor der Brust. »Ich bin selbst Geschäftsmann und weiß einzuschätzen, was es heißt, wenn ein seriöses Magazin das Übel beim Namen nennt. Und dieses Übel heißt schlichtweg ›Andreas Ruckgaber‹.« Dass jetzt Cerberus an der halb offenen Tür erschien, verunsicherte ihn nur kurz.

Balluf sah die Gelegenheit für eine Attacke gekommen: »Auch Sie sind Geschäftsmann und sollten wissen, dass es Situationen gibt, in denen man angreifbar wird.«

Von Schwarzgeld wollte er bewusst nicht reden.

Es hatte wieder geklingelt. Vermutlich Astrid, dachte er, schickte Cerberus wieder ins Büro zurück und eilte zur Tür – und dort stand, kreidebleich und in ihren kurzen Jeans, tatsächlich diese Frau, die er so sehr begehrte. »Ist er da?«, fragte sie leise und voll des bösen Verdachts, der sie während des kurzen Gesprächs an ihrer Türsprechanlage beschlichen hatte.

»Ein übler Typ«, flüsterte er ihr zu, um dann auf dem Weg zurück ins Büro lauter zu werden: »Herr Wurster lässt sich von der Korrektheit unserer Angebote nicht überzeugen.« Nur zögernd näherte sich Astrid dem Besprechungsraum, auf das Schlimmste gefasst. Stand er jetzt gleich vor ihr – der Mann, den sie im Zug vor drei Tagen mehrfach gesehen und der sie im Parkhaus erschreckt hatte?

Als sie um die Ecke bog, drehte er sich schnell zu ihr um. Ein kurzer Blick reichte, und die Spannung wich aus all ihren Gliedern. Er war es nicht. Eindeutig. Viel zu kräftig, viel zu alt, dazu noch Träger einer Brille mit dickem schwarzem Gestell.

»Freut mich, Sie persönlich kennenzulernen«, zeigte sich Wurster unerwartet freundlich und musterte die junge Frau von oben bis unten. »Wir haben vorhin miteinander gesprochen?«

»So ist es«, sagte sie betont kühl und wich zurück, als er ihr die Hand geben wollte. »Ich weiß allerdings nicht, was das hier nun soll.« Sie sah fragend zu Balluf, der etwas verlegen und hilflos in der Mitte des Büros stand.

»Ich habe versucht, Herrn Wurster alles zu sagen, was zu sagen ist – und er weiß auch, dass Herr Ruckgaber nicht hier ist«, erkärte Balluf jetzt eine Spur nervöser und ungeduldiger.

»Aber vielleicht kann uns die charmante junge Dame sagen, wo ihr Chef ist und wie man ihn erreichen kann«, blieb Wurster hartnäckig, während sich Astrid mit dem Gesäß an den Besprechungstisch lehnte und sich in Wursters bewundernden Blicken sonnte. Sie hatte in den vergangenen Monaten als Sekretärin Ruckgabers gelernt, mit ihren weiblichen Reizen manche aufgeladene Stimmung zu entschärfen – wenngleich ihr jetzt, als ihr diese Formulierung in den Sinn kam, das Wort »entschärfen« angesichts ihres sommerlichen Outfits eher fehl am Platze schien.

»Frau Mastrow kann Ihnen nicht mehr und nicht weniger sagen als ich – nämlich dass Herr Ruckgaber verreist ist und nicht gestört werden will«, eilte ihr Balluf wortreich zu Hilfe.

»Wenn ich ihn nicht stören darf, dann wird es wohl oder übel der Staatsanwalt tun«, knurrte Wurster. Seine Augen funkelten gefährlich.

»Dies zu tun, bleibt Ihnen unbenommen«, blieb Balluf freundlich, auch wenn dies nur Fassade war. »Aber der

Staatsanwalt wird dann mit Sicherheit in alle Richtungen ermitteln, wie es im Juristendeutsch immer so schön heißt.«

»Sie wollen mir drohen?«, zischte Wurster, dessen Blicke immer wieder über Astrids nackte Beine glitten.

»Drohen? Aber Herr Wurster, wie sollte ich Ihnen drohen? Ich fühle mich nur in der Pflicht, Sie auf die Folgen Ihres Tuns hinzuweisen. Sie sind schließlich Kunde bei uns.« Die Häme war nicht zu überhören.

Weil Wurster nach Worten rang, ergänzte Balluf: »Wir haben uns verpflichtet, auf Ihr Geld treuhänderisch zu achten. Da wäre es ziemlich leichtsinnig, Sie ins Messer des Staatsanwalts oder gar, noch schlimmer, der Steuerfahndung laufen zu lassen.«

»Wissen Sie, was Sie sind?« Wurster hatte Ballufs Anspielung erkannt und bebte vor Zorn. »Sie sind ein ...« Wieder tauchte Cerberus auf, als habe er die Pflicht, sein Herrchen zu beschützen.

»Sprechen Sie's nicht aus«, fuhr Balluf dem aufgebrachten Mann über den Mund. »Ich schlage vor, wir treffen uns nach Herrn Ruckgabers Rückkehr zu einem sachlichen Gespräch und finden gemeinsam eine Lösung.«

»Ich will mein Geld. Ich glaube, Sie verstehen mich nicht?«

»Ich sagte, wir finden dann eine Lösung.«

»Ich will keine Lösung, ich will mein Geld.«

Astrid verschränkte die Arme vor ihrem engen T-Shirt. »In zehn Tagen ist Herr Ruckgaber wieder da«, mischte sie sich nun selbstbewusster ein. »Ich bin mir sicher, dass er eine Lösung für Sie hat.«

Wurster vergrub die Hände in den Hosentaschen, sah seine beiden Gesprächspartner nacheinander mit hochrotem Gesicht an und fühlte sich in die Enge getrieben. Cerberus zog sich wieder in Richtung Büro zurück. »Eines kann ich Ihnen versprechen. Wenn es mir gelingt, noch andere

ausfindig zu machen, die auf Ihre üblen Tricks hereingefallen sind, dann wird Ihnen Ihr arrogantes Getue vergehen.«
Wurster verließ ohne ein weiteres Wort den Raum und verschwand im Foyer. Gleich darauf fiel die Eingangstür krachend hinter ihm ins Schloss.

»Weißt du, was mir Sorgen macht?« Die attraktive Mittdreißigerin hatte sich den großen Sonnenhut tief ins Gesicht gezogen, während der Mann, der ihr in einem Eiscafé beim Ulmer Münster gegenübersaß, ihrem Monolog aufmerksam lauschte. »Er ist zu allem fähig und mit allen Wassern gewaschen«, sagte sie. »Aber dass er mit diesem jungen Ding davonrennt, damit hab ich nicht gerechnet.«
    Es ging um Andreas. Wieder einmal. Der Mann, ein Endvierziger mit jugendlichem Elan, ließ sie wieder einmal geduldig ihr enttäuschtes Herz ausschütten. Er wusste, dass Karin dies guttat, nachdem Andreas, ihr Ehemann, sie vor einigen Monaten verlassen hatte. Er kannte die Geschichte inzwischen in- und auswendig, denn er selbst war nicht ganz unschuldig daran gewesen: Es ging um Astrid, die mit ihren weiblichen Reizen geschickt umzugehen verstand und es angeblich auf das Geld ihres Chefs abgesehen hatte.
    »Die rennt den ganzen Tag mit Shorts und tiefem Ausschnitt durchs Büro – das ist doch nicht seriös, oder was meinst du?«, empörte sie sich, als erwarte sie gar nichts anderes als dieselbe Einschätzung der Lage. Natürlich hatte sie nicht vergessen, dass Astrid in seiner Begleitung zu der kulturellen Veranstaltung nach Erpfenhausen gekommen war, wo sich Andreas sogleich ihr zugewandt hatte.
    »Na ja, es ist Sommer«, wiegelte der Mann vorsichtig ab. »Schau dich doch hier mal um, wie die Mädels heute angezogen sind.« Er sagte dies bewusst, weil in diesem Moment

einige Teenager vorbeikamen, deren Bekleidung angesichts der hochsommerlichen Temperaturen durchaus angemessen war.

»In der Freizeit ist das doch etwas ganz anderes, Karsten. Aber die hat's doch von Anfang an auf Andreas abgesehen gehabt. Schon gleich, als sie ihn gesehen hat, damals in Erpfenhausen. Du erinnerst dich?«

Er lächelte charmant. »Ich hab sie ja selbst mitgebracht, als Ferienjobberin bei mir, wie du weißt.« Natürlich erinnerte er sich. »Wie das Leben so spielt. Ohne sie hätte sich dein tristes Ehe-Dasein nicht so schnell gewandelt. Wir hätten nie zueinandergefunden.«

Vor ihnen standen die leer gegessenen Eisbecher, und er überlegte, ob er Karin einen Bummel in die Au vorschlagen sollte – jenen beliebten Park, der sich am Stadtrand an der Donau entlangzog, wo es im Schatten altehrwürdiger Bäume viele Bänke gab. Sie brauchten beide Ruhe, um über ihre Zukunft nachzudenken.

»Würdest du dich denn auch von so einem jungen Ding einlullen lassen?«, fragte sie ihn mit großen Augen erwartungsvoll. Seit sie ihn kannte – und das war jetzt schon ein ganzes herrliches Jahr lang –, war er zum Mittelpunkt ihres Lebens geworden.

In dem idyllischen Weiler Erpfenhausen, irgendwo in der Nähe von Heidenheim gelegen, hatte es begonnen. Er war mit Geschäftsfreunden dort gewesen, die zu Andreas' engstem Kreis gehörten. Karin und er hatten sich zwanglos unterhalten, ihre Handynummern ausgetauscht und sich in den folgenden Tagen über WhatsApp Nettigkeiten geschrieben. Wenig später hatte Karsten vorgeschlagen, ihre Plaudereien in einem Weinlokal persönlich fortzuführen.

Während Andreas sich mental immer mehr von ihr entfernte und sich dieser jungen Frau zuwandte, war Karsten so etwas wie ein rettender Anker geworden, der ihre grautriste Stimmung aufheitern konnte. Überhaupt war Karsten der ideale Mensch, um Depressionen zu vertreiben. Er war immer optimistisch gestimmt, sah in nichts ein Problem und verstand es, ihr bei jedem Treffen ein Hochgefühl zu vermitteln.

Sie folgte deshalb gerne seinem Vorschlag, den Sommernachmittag mit ihm in der Au zu verbringen. Sein Wagen – ein größerer Mercedes ohne Typenschild – stand nicht weit entfernt in der Rathaus-Tiefgarage, sodass sie nur den Münsterplatz zu überqueren brauchten, um bei den hoch aufragenden Bauten der sogenannten »Neuen Mitte« mit einem Aufzug in den Untergrund zu gleiten.

Als sie auf dem ledernen Beifahrersitz Platz genommen hatte, genoss Karin Ruckgaber die Nähe dieses Mannes, der sich als selbstständiger Unternehmer im Transport- und Warenhandel die Zeit einteilen konnte. Womit er genau handelte und sein Geld verdiente, wusste sie allerdings nicht so recht. Er hatte viel erzählt, doch war kaum etwas davon in ihrem Gedächtnis haften geblieben. Viel zu sehr hatte sie ihn angehimmelt – ihn, den erfolgreichen, aber ausgeglichenen Managertyp, der es nicht nötig hatte, mit seinem Vermögen zu protzen, wie Andreas dies mit großen Autos, wertvollen Uhren und sündhaft teuren Markenklamotten tat. Karsten Dolnik war hingegen eher ein Anhänger des schwäbischen Understatements: zurückhaltend und stets darauf bedacht, ganz normal zu scheinen. Karin hatte es satt, mit einem »Großkotz« zusammen zu sein, der jeden in seiner Umgebung spüren ließ, dass nur er allein die Weisheit mit Löffeln gefressen hatte. Doch hinter der Fassade gespielter Seriosität lauerte der wilde Instinkt, mit dem solche Typen auf ein Opfer lauerten, das ihnen in der aufreizenden Gestalt einer jungen Frau über den Weg lief.

Nein, Karsten war da ganz anders. Davon war sie felsenfest überzeugt. Hinzu kam, dass ein Zusammenleben mit ihm vermutlich keinen sozialen Abstieg zur Folge haben würde. Sie fächelte ihren Beinen mit dem Saum des knielangen Kleides kühle Luft zu, während der klimatisierte Mercedes aus der Tiefgarage rollte.

Ein paar Minuten später hatten sie den Parkplatz bei der Donauhalle erreicht. »Wir können nachher im ›Lago‹ einen Kaffee trinken«, sagte Dolnik, als er seine Begleiterin über die Straßenbahnschienen hinweg in Richtung des Hotels führte, das diesen italienisch klingenden Namen trug – wohl in Anlehnung an den kleinen See, an dessen Ufer das Gebäude stand.

Auf dem Weg quer durch die Grünanlage, die mit prächtigen alten Bäumen bestanden war, meinte Dolnik: »Im Herbst fahren wir an den Lago Maggiore. Locarno. Bist du da schon mal gewesen?«

»Nein, in Locarno nicht. Nur am italienischen Ufer, in Canobbio.«

»Ein Wochenende Locarno werden wir uns gönnen«, entschied er. Im Ausland, wo die Chance gering war, dass ihn jemand kannte, verlor er seine sparsame schwäbische Zurückhaltung. Insoweit unterschied er sich in nichts von vielen seiner Kollegen, die daheim den verarmten Unternehmer mimten, den Arbeitern Urlaubs- und Weihnachtsgeld strichen – und an sonnigen Ufern ihre Jachten liegen hatten. Für einen Augenblick musste Karin an so etwas denken, rief sich dann aber innerlich wieder selbst zur Ordnung. Niemandem war gedient, wenn sie Skepsis aufkommen ließ. Nein, Karsten war keiner, der die Mitarbeiter ausnutzte. Er hatte doch einmal davon gesprochen, dass er es für menschenverachtend halte, gegen den Mindestlohn anzukämpfen. »Wer sein Unternehmen vernünftig führt, kann trotz des Totschlagarguments der Globalisierung wettbewerbsfähig bleiben«, hatte er damals gesagt. »Wenn du das Betriebsklima vergiftest, deine Mitarbeiter zu Sklaven machst und jeden Tag die Sau rauslässt, hast du schon verloren«, war er überzeugt gewesen. Karin war zutiefst beeindruckt von seiner Einstellung. Wer so sprach, dem konnte man vertrauen.

Sie erreichten die langsam dahinfließende Donau, auf deren Oberfläche sich das Sonnenlicht reflektierte. Einige Enten ließen sich mit der Strömung treiben, ein Schwanenpaar bewachte seinen Nachwuchs. Dolnik deutete auf eine Bank, die zwischen Ufer und Fußweg im Schatten eines mächtigen Baumes stand.

»Es ist unglaublich beruhigend, dem Wasser nachzuschauen«, sagte er, während sie beide Platz nahmen. »Wasser belebt alle Sinne. Eine Stadt, die Wasser hat, ist lebendig«, dozierte er leise. »Das kannst du auf der ganzen Welt verfolgen. Wo es einen Fluss gibt, sind die Menschen ganz anders. Weltoffener, freundlicher, irgendwie lebendiger.«

»Du hast ein Gespür für so was«, schmeichelte sie ihm und lehnte sich an seinen Oberarm. »Glaubst du denn, dass sich so etwas auch auf Erfolg oder Misserfolg im Wirtschaftsleben auswirkt?«

»Ganz sicher, Karin.« Er wandte sich zu ihr, um ihr tief in die Augen sehen zu können. »Die Welt ist voller Geheimnisse, man muss nur offen für sie sein. Wer immer nur dem Materiellen hinterherjagt, wird Schiffbruch erleiden.«

»Wie Andreas«, sagte sie spontan.

Dolnik hob eine Augenbraue. »Hast du was Neues von ihm gehört?«, fragte er unerwartet.

»Andreas?«, fragte sie misstrauisch, als passe dieses Thema jetzt nicht in die sommerliche Atmosphäre. »Nein, bisher nicht. Hast du denn noch Kontakt zu ihm?«

Er lächelte. »So gut wie gar nicht mehr. Ich hab dir doch gesagt, dass wir die geschäftlichen Beziehungen abgebrochen haben. Hat er denn auf das letzte Schreiben deines Anwalts immer noch nicht reagiert?«

»Nein. Aber es gibt noch einige Dinge zu regeln, die ich persönlich mit ihm bereden werde.«

»Du willst ihn treffen?«

»Wird sich nicht vermeiden lassen.« Sie drückte ihm einen Kuss auf den Mund. »Aber auch wenn ihn die kleine Nutte wieder verlassen hat, gibt's kein Zurück mehr.«

»Am besten, ihr trefft euch an einem neutralen Ort«, schlug Dolnik vor.

»Neutraler Ort? Wie soll ich denn das verstehen?«

»Kaffeehaus, Kneipe, Gartenwirtschaft ... Da kann's zu keinen Übergriffen kommen.«

»Wie bitte?« Sie war sichtlich verwundert. »Du meinst, er könnte mich bedrohen?«

»Na ja, Karin. Du weißt sicher Dinge über ihn, die geeignet wären, ihm das Genick zu brechen. Oder etwa nicht?«

»Wie sich das anhört!«

»Ich geb's dir nur zu bedenken. Sei bitte vorsichtig.« Er streichelte ihr übers Haar. »Die meisten Morde sind Beziehungstaten.«

»*Morde?*« Sie hatte kaum gewagt, dieses schreckliche Wort in den Mund zu nehmen.

Ann-Marie Bosch war eine aufgeweckte junge Frau, schlank und groß, kurzum: Linkohrs Traumfrau, zumindest auf den ersten Blick – auch wenn sich dieser natürlich aufs rein Äußere beschränkte. Und der Altersunterschied zu ihm, obwohl er inzwischen auch schon über 30 war, erschien ihm durchaus vertretbar. Dass sie noch keine 20 war, wusste er von ihrer Mutter Ilse Bosch, die er vor einer Stunde aufgesucht hatte, um einige Details zum zweitägigen Besuch ihrer Schwester Elvira Moll zu erfragen. Sehr ergiebig war das Gespräch allerdings nicht verlaufen. Denn die Schwestern und Frau Boschs Ehemann hatten sich am Wochenende verständlicherweise in einem psychischen Ausnahmezustand befunden. Der plötzliche Tod eines nahestehenden Menschen hinterließ immer tiefe Wunden. Linkohr war sich dessen bewusst, hatte er doch während seines bisherigen Berufslebens schon oft genug Hinterbliebene von gewaltsam aus dem Leben Gerissenen aufsuchen müssen. Zwar hatte er von seinem großen Vorbild Häberle sehr viel über das Verhalten in solchen Situationen gelernt – aber noch immer fiel es ihm schwer, sich mit einfühlsamen Worten den ermittlungstaktischen Fragen zu nähern.

Umso erfrischender empfand er Ann-Marie, die der Tod ihres Onkels offenbar nicht in allzu tiefe Trauer gestürzt zu haben schien.

Vielleicht lag es auch an der Umgebung, in der sie sich trafen. Ann-Marie war Aushilfsbedienung in einem Eiscafé am Bad Uracher Marktplatz, der im schönsten Sonnenschein lag. Nach einem kurzen Blick auf die wenigen Gäste, die alle zufrieden dreinschauten, hatte sich die junge Frau zu Linkohr an den Tisch gesetzt. »Sie sind also ein echter Kommissar?«, wiederholte sie die Berufsbezeichnung, unter der er sich vorgestellt hatte, und musterte ihn ungläubig. »Die im Fernsehen sind meist ein bisschen älter ...«

»Fernsehen hat nichts mit der Realität in unserem Job zu tun«, gab Linkohr lächelnd zurück. »Die Frauenhelden im Fernsehen tun so, als könnten sie jeden Fall allein klären.«

»Frauenhelden?« Sie strahlte, als sei sie froh, einen solchen getroffen zu haben. »Ihr Job ist also gar nicht so aufregend, wie's immer gezeigt wird?«

»Aufregend im Film ist nur die Spannung, die der Drehbuch-Autor erfindet. Unser Job ist eher gefährlich. Man darf spannende Unterhaltung nicht mit einer echten Gefährdung verwechseln.«

»Toll, wie Sie das sagen, echt cool.« Sie ließ ihren Blick wieder über die Gäste schweifen, um zu prüfen, ob sie irgendwo gebraucht wurde. Und dann sagte sie etwas, das Linkohr aufhorchen ließ: »Wissen Sie, ich wäre gerne Polizistin geworden – aber leider hat's nicht geklappt.«

»Und wieso hat's nicht geklappt?«

»Na ja, sportlich bin ich nicht so gut drauf. Außerdem hab ich mich von Onkel Lorenz überzeugen lassen, dass mit meinen guten Noten ein Medizinstudium langfristig gesehen lukrativer sein könnte.« Sie lächelte. »Als Polizist verdient man ja im Verhältnis zu der Verantwortung, die man hat, nicht gerade toll, oder?«

»Was das anbelangt, gebe ich Ihnen recht.« Linkohr musste für einen Moment daran denken, dass er als »kleiner Polizist« wohl kaum zu einer Akademikerin passen würde. Er wischte diesen trüben Gedanken beiseite und bemühte sich, dienstlich zu werden: »Ich will Sie nicht lange aufhalten. Es geht um Ihre Tante, Frau Elvira Moll. Die Schwester Ihrer Mutter.«

Ann-Marie sah ihm tief in die Augen. »Das kann ich mir denken, Herr Kommissar.«

Linkohrs Puls begann zu rasen. »Sie ...«, er räusperte sich, »Sie wohnen noch bei Ihren Eltern, hat mir Ihre Mutter gesagt?«

Die junge Frau zögerte. »Ja, das tue ich. ›Hotel Mama‹ sagt man wohl. Ich werde aber noch in diesem Sommer ausziehen. Nach einer Auszeit, die ich mir nach der Fachhochschulreife gegönnt habe, werde ich studieren. In Heidelberg.«

»Oh«, machte Linkohr. »Heidelberg. Schöne Stadt.«

»Ja, denk ich auch.« Auf ihrem Gesicht zeigte sich ein spöttisches Lächeln, während sie verlegen versuchte, wie Linkohr im Augenwinkel bemerkte, den Saum ihres kurzen Bedienungskleidchens über die Knie zu ziehen. »Sogar für einen Kriminalisten könnte Heidelberg eine schöne Stadt sein. Oder sind Sie dazu verdonnert, auf ewig in Göppingen zu versauern?«

Was hatte sie da gerade gesagt?

Nein, er durfte sich nicht ablenken lassen. Er wischte die Bemerkung mit einem Lächeln beiseite und kam wieder zur Sache: »Uns würde interessieren, ob Ihre Tante einen konkreten Grund genannt hat, weshalb sie am späten Samstagabend zu Ihnen nach Bad Urach gefahren ist. Das ist zwar nicht allzu weit, aber annähernd eine Stunde fährt man schon.«

»Tut mir leid, aber ich weiß nicht viel von meiner Tante«, erwiderte sie sachlich. »Und als sie am Samstagabend kam, war ich nicht da.« Wieder das Lächeln. Natürlich, dachte Linkohr, ein Mädchen wie sie saß am Samstagabend nicht bei den Eltern daheim. Allerdings verkniff er sich die Frage, wo sie denn gewesen sei. Das tat nun wirklich nichts zur Sache. Schließlich brauchte Ann-Marie kein Alibi.

»Sie haben sie erst am Sonntag angetroffen?«, wurde Linkohr amtlich.

»Ja, beim Frühstück. Da hab ich dann auch erst erfahren, was mit meinem Onkel Lorenz geschehen ist.«

»Ihr Onkel Lorenz«, griff Linkohr den Namen auf, »war ja so etwas wie ein Prominenter, zumindest im regionalen Bereich. Als Funktionär seiner Innung hat er sich wohl auch politisch engagiert?«

»Ja, das hat er.« Ann-Marie sagte es eher desinteressiert und erhob sich, um ihre Gäste besser im Blickfeld zu haben. Linkohr verdrängte den Gedanken, sie könnte dies nur getan haben, um ihn mit ihrem kurzen Kleidchen abzulenken. Nein, mahnte er sich, das durfte jetzt keine Rolle spielen.

»Ihr Onkel Lorenz«, kam er deshalb zum Thema zurück, nachdem sie sich wieder gesetzt und ihre Beine übereinandergeschlagen hatte, »hatte sicher einen ziemlich großen Bekanntenkreis – über den uns aber Ihre Tante nichts sagen kann.«

»Tante Elvira hat von seinen Funktionärsämtern nicht viel gehalten, müssen Sie wissen«, erklärte die junge Frau. »Andererseits haben ihm diese Ämter auch lukrative Geschäfte eingebracht. So seh ich das jedenfalls. Er hat gut verdient«, sie lächelte vielsagend, »und auch seiner Nichte ab und zu was zukommen lassen.«

»Ist sein Unternehmen denn so groß?«

»Nicht wirklich, nein. Er hat zwar Großaufträge angenommen, dann aber meist mit Aushilfskräften und Subunternehmern zusammengearbeitet.«

»Und da hat's mit seinen Kollegen aus der Elektroinnung keinen Ärger gegeben?« Linkohr hatte einmal davon gehört, dass ein mittelständischer Bauunternehmer auf seine Konkurrenten ziemlich sauer gewesen war, weil diese sich polnischer und rumänischer Subunternehmen bedienten, um mit Dumping-Arbeitslöhnen günstige Angebote abgeben zu können.

»Wieso soll's Ärger gegeben haben«, konterte Ann-Marie, »mein Onkel hat nur gemacht, was gesetzlich erlaubt ist. Es blieb ihm ja nichts anderes übrig. Er musste mitschwimmen, hat er immer gesagt. Wenn er die gesetzlich vorgesehenen Grauzonen-Bereiche nicht ausnütze, täten's die anderen. Im Wirtschaftsleben zählen doch nicht Anstand und Fairness, sondern Cleverness und das Gespür für das richtige Schlupfloch.« Sie sah ihn selbstsicher an. »Ist nicht von mir, sondern von Onkel Lorenz. Sie hätten ihn mal reden hören sollen, wenn er sich in das Thema reingesteigert hat.«

»Wie war denn sein Verhältnis zu den beiden Söhnen, also zu Ihren Cousins? Die beiden sind ja wohl gerade in Neuseeland.«

»Na ja, wenn Sie mich fragen«, ihr Blick wurde ernst, »die beiden, Konrad und Johannes, haben genauso wenig Interesse an seiner Arbeit wie Tante Elvira. Manchmal hatte ich den Eindruck, die Einzige, bei der mein Onkel sein Herz ausschütten konnte, war ich.«

Ann-Marie hatte wieder den Kopf gehoben und bemerkt, dass ein neuer Gast gekommen war, der sich vier Tische weiter niedergelassen hatte. Ein attraktiver Mann, wie Linkohr mit einem Anflug von Eifersucht feststellte. Gleich würde Ann-Marie mit schwingendem Kleidchen zu ihm hinüberschweben. Sie gab dem Mann mit einem Kopfnicken zu verstehen, dass sie ihn gesehen hatte. Doch anstatt gleich aufzustehen, beugte sich Ann-Marie verschwörerisch zu Linkohr hinunter: »Schauen Sie jetzt nicht dort rüber«, sie deutete mit den Augen in Richtung des Gastes und senkte die Stimme, »der war gestern schon einmal hier und hat behauptet, meinen Onkel zu kennen. Allerdings war zu viel los und ich konnte mich nicht mit ihm unterhalten.«

»Mhm«, nickte Linkohr, ohne sich umzusehen. »Was er gewollt hat, hat er aber nicht gesagt?«

»Nein, hat er nicht. Ich werd mich mal um ihn kümmern.« Sie erhob sich. »Soll ich Sie später anrufen und Ihnen berichten, was er gewollt hat?«

Linkohrs Herz begann erneut zu pochen. Anrufen. Ja, natürlich. »Gerne, aber ich kann Sie auch anrufen«, presste er aus seiner trockenen Kehle hervor. Er hatte ganz vergessen, sich von Ann-Marie etwas servieren zu lassen.

»Schreiben Sie meine Handynummer auf«, sagte sie lässig, worauf Linkohr Kugelschreiber und Notizblock hervorkramte und sie notierte.

Dann entschwand die junge Frau. Linkohr blickte ihr nach und musterte dabei unauffällig den Mann, auf den sie zuging. So um die 30, schwarze Stoppelhaare, braun gebranntes Gesicht. Sportliche Erscheinung. Helle Freizeitjacke. Legerer Typ, dachte Linkohr und hätte zu gern gewusst, was er der Bedienung jetzt sagte.

Aber vielleicht würde er es von Ann-Marie schon bald erfahren.

Der Reußenstein war eine markante Ruine, trutzig und mächtig, am Steilhang der Schwäbischen Alb auf einem Felsen thronend. Andreas Ruckgaber war nie zuvor hier gewesen, sondern immer nur auf der Straße vorbeigefahren. Viele Male hatte er sich schon gewünscht, dieses Zeugnis mittelalterlicher Baukunst einmal aus der Nähe betrachten zu können. Der Weg von Wiesensteig hier rauf war nicht sonderlich steil, aber in der sommerlichen Hitze trotzdem anstrengend gewesen. Immer wieder hatte er an den seltsamen Mann denken müssen, der ihm am Filsursprung begegnet war.

Jetzt aber lenkten ihn die Wandergruppen ab, die er von Weitem sah und die sich auf dem Plateau aufhielten, das – aus seiner Perspektive – rechts der Ruine einen atemberaubenden Ausblick bot. Dort allerdings würde er erst morgen vorbeikommen. Jetzt sah er die Burg zunächst von der gegenüberliegenden Talseite aus. Sein Tagesziel lag abseits der Route beim Schopflocher Moor, am Rande des Randecker Maars, das Teil eines längst erodierten Vulkankraters war.

Der Weg führte durch dichten Laubwald, direkt am Steilabbruch der Alb-Nordkante entlang. Das Hinweisschild auf den Heimenstein erweckte sein Interesse. Er folgte dem schmalen Pfad und traf nicht nur auf eine Höhle, sondern auch auf einen imposanten Ausblick hinüber zur Burg.

Ehe er sich auf einem dicken Baumstamm niederließ, vergewisserte er sich, dass die Rinde nicht harzig war. Dann nahm er seinen schweren Rucksack ab, löste die Laschen und griff zum Mineralwasser. Der kühle Schluck tat gut, worauf er die Flasche wieder sorgfältig verschloss und die anderen Utensilien prüfte, die er teilweise in seine Ersatzkleidung und in frische Unterwäsche gewickelt hatte. Nichts davon durfte kaputtgehen. Er hatte schließlich alles in den vergangenen Wochen mühevoll hergerichtet, nach einem genau festgelegten logistischen Plan. Die Flasche Mineralwasser und einige Schokokekse waren allerdings sein einziger Proviant, zumal er die heutige Tagesetappe als kurz eingeschätzt hatte. Er war nicht mehr weit vom Otto-Hoffmeister-Haus entfernt, das direkt an der Torfgrube stand, die nur auf einem Holzbohlenweg zu begehen war. In diesem Gasthof hatte er sein erstes Quartier gebucht.

»Sie haben aber noch einiges vor.« Es war die sonore Stimme eines Mannes, der sich neben ihm auf den Stamm setzte. Ruckgaber hatte ihn nicht kommen sehen: ein zünftiger Wandersmann, wie es ihm erschien, sicher Rentner und der Kleidung und dem dicken Rucksack nach zu urteilen, auch auf eine längere Tour eingestellt.

»So kann man das sagen«, antwortete Ruckgaber, nachdem er sich von seinem Schrecken erholt hatte. »Sie auch?«

»Ja, eigentlich Jakobsweg, nach Santiago de Compostela, aber jetzt hab ich einen kleinen Abstecher gemacht.« Sein Akzent verriet hessische Abstammung. »Zeit spielt bei mir keine Rolle.« Er verzog sein bärtiges, sonnengebräuntes Gesicht zu einem breiten Grinsen. Dünne Haare hingen wild über die schweißnasse Stirn. »Und Sie? Auf Urlaub hier?« Der Mann packte belegte Brötchen aus und stellte eine Plastikflasche neben sich auf den Boden.

»Urlaub«, antwortete Ruckgaber. »Zehn Tage als ›Aussteiger‹, um es genau zu sagen.«

»Ach, ein gestresster Manager«, kommentierte der Wanderer und biss genüsslich in sein Brötchen. »Ist ja heutzutage modern. Weg vom Stress, raus in die Natur. Wenn's einem scheiße geht, entdeckt man plötzlich wieder die Natur. Komisch. Ein Berufsleben lang hetzt man dem Geld hinterher – und auf einen Schlag wird man ausgebremst. Herzinfarkt?«

Ruckgaber betrachtete den Mann neben sich misstrauisch. »Wie kommen Sie denn da drauf?«

»Männer wie Sie lassen sich doch nicht so einfach ausbremsen. Erst wenn's ernst wird, wenn der Körper rebelliert, merken sie, dass sie der verrückten Zeit entkommen müssen.«

»Ich will's gleich gar nicht so weit kommen lassen.«

»Sehr vernünftig, sehr vernünftig«, lobte der Mann, ohne seinen Gesprächspartner anzuschauen. »Haben Sie Ihre Unterkünfte schon gebucht?«

Ruckgaber zögerte. Er musste mit dem, was er von sich preisgab, vorsichtig sein. »Das meiste, ja«, log er. Der neugierige Frager brauchte nicht zu wissen, dass er seine Tagesetappen genau geplant hatte. Womöglich kam der Kerl auf die Idee, ihn begleiten zu wollen.

»Südwestwärts die Alb entlang oder da rüber?« Der Fremde deutete hinter sich in Richtung Osten.

Ruckgaber verschnürte seinen Rucksack wieder. »Heut noch rüber zur Torfgrube, Hoffmeister-Haus, dann Richtung Kaiserberge.«

»Hohenstaufen, Rechberg, Stuifen«, zählte der Mann auf, um zu zeigen, dass er sich in dieser Gegend auskannte.

»So ungefähr, ja«, blieb Ruckgaber zurückhaltend. »Aber Richtung Portugal geht's ja südwestwärts. Zollernalb und so, stimmt's?«

»Richtig. Aber ich mach das in Etappen. Diesen Sommer bis in die Schweiz, nächstes Jahr dann weiter. Sind Sie aus der Gegend hier?«

»Nicht weit von hier weg.« Ruckgaber wollte seinen Wohnort nicht verraten, sondern sich so schnell wie möglich auf den Weg machen. Irgendwie überkam ihn das seltsame Gefühl, der Mann könnte nicht rein zufällig neben ihm Platz genommen haben. Allein schon das Outfit dieses Fremden kam ihm seltsam vor. Es schien wenig getragen, also ziemlich neu zu sein – als sei es erst vor wenigen Tagen gekauft worden.

Ruckgaber mahnte sich selbst, nicht bei jeder Begegnung einen Feind zu vermuten. Natürlich hatte der Mann sich seine Ausrüstung für den Pilgerweg zugelegt. Alles völlig harmlos, redete er sich ein, stand auf, schulterte den Rucksack und wünschte dem Wanderfreund noch viel Spaß bei seiner Tour.

»Wo geht's jetzt hin?« Wieder eine neugierige Frage.

»Sagte ich doch – zum Hoffmeister-Haus da rüber.«

»Na, dann viel Erfolg. Und schöne Tage. Lassen Sie sich von Ihrem Vorhaben nicht abbringen.«

Ruckgaber drehte sich nicht mehr um, hörte den Mann aber noch sagen: »Seinen Plan zu ändern, kann in solchen Fällen der Gesundheit schaden. Denken Sie dran.«

Jonas Balluf war an diesem Abend von Zweifeln geplagt. Wenn sein Kompagnon Andreas nun für zehn Tage nicht erreichbar sein sollte, konnten Typen wie dieser Wurster einiges aus dem Lot bringen. Oder war das alles so geplant? War Andreas tatsächlich so hinterhältig, dass er ihn, seinen angeblich besten Freund, einfach sitzen ließ? Und Astrid? Er musste sie dringend zur Rede stellen. Noch bevor sie zu ihrer Dienstreise nach Frankfurt aufbrach – was immer sie dort auch tun würde. Das war zwar erst am Wochenende, doch irgendetwas trieb ihn, die Spannungen aus dem Weg zu räumen. Ohne sich telefonisch anzukündigen, war er in der tief stehenden Abendsonne zu Ruckgabers Haus an der Südhanglage Heroldstatts gefahren. Dort hatte Andreas zusammen mit seiner Exfrau Karin diesen bungalowähnlichen Klotz gekauft, der auch irgendwo im Süden hätte stehen können, an den Steilhängen des Lago Maggiore beispielsweise. Balluf parkte sein Mercedes-SLK-Cabrio in der breiten Zufahrt zum Grundstück und ging den gekiesten Weg zur Sprechanlage. Gleich nach dem ersten Klingeln hörte er Astrids Stimme: »Ja, bitte?«

»Ich bin's, Jonas.«

»Jonas?«

»Entschuldige, Astrid, aber ich glaube, wir sollten dringend miteinander reden.«

Astrid schien zu überlegen. »Jetzt? Gleich?«

»Ja, bitte, wenn's geht.«

Der Summer des schweren Metalltores ließ das Schloss aufspringen. Balluf betrat den weitläufigen Garten und zog das Tor hinter sich wieder zu. Der Weg führte an prächtig blühenden Sommerstauden vorbei hinauf zu der Haustür, an der Astrid im kurzen Kleidchen erschien und ihn erwartete.

»Ist denn schon wieder was passiert?«, fragte sie irritiert und unterkühlt, als er näher kam.

»Nein, nicht schon wieder. Aber dass was passiert ist, hast du doch gemerkt, oder?«, sagte er und blieb vor ihr in der heißen Sonne stehen. »Mir ist nicht mehr so richtig wohl. Aber das sollten wir am besten drinnen besprechen.« Er sah sich um, doch die Nachbarhäuser waren alle weit genug weg und von hohen Büschen verdeckt, sodass kaum anzunehmen war, dass ihr Gespräch von jemandem hätte belauscht werden können.

»Komm rein«, sagte Astrid hörbar widerwillig und führte ihn in einen klimatisierten weitläufigen Wohnbereich, der aus Küche, Essecke und riesiger Sitzecke bestand. Er war schon oft genug hier gewesen, sodass ihn diese extravagante Architektur nicht mehr beeindruckte.

»Du meinst den Wurster?«, kam Astrid gleich zum Thema und bot ihrem Gast einen Platz auf der Couch an. »Möchtest du was trinken?«

Balluf lehnte ab und lächelte. »Du weißt, ich hab Vertrauen in dich – und du weißt, dass ich dich mag ...«

Sie nickte und hob schweigend eine Augenbraue.

»Deshalb«, er rang nach Worten, »deshalb möchte ich vermeiden, dass du in dein Unglück rennst.«

Ihr Blick verfinsterte sich schlagartig. »Jonas, jetzt mach's mal nicht so dramatisch. Unsere Zeit war kurz, aber schön, das hab ich dir schon oft gesagt. Aber dieses Thema ist für mich abgeschlossen.«

»Es geht nicht um uns zwei, Astrid. Es geht nur um dich.«

Sie schlug ihre nackten Beine übereinander und lehnte sich zurück. »Um mich?«

»Du hast inzwischen viel Einblick in unsere Firma – nehme ich an. Und du kennst die Systematik, die dahintersteckt, um es mal vorsichtig auszudrücken.« Er hielt ihren Blicken stand, ohne sie deuten zu können. »Was dies heißt, hast du beim Auftritt dieses Wurster erlebt.«

»Das ist ein unangenehmer Typ«, sagte sie und tat so, als habe sie das Zusammentreffen gedanklich bereits weggesteckt.

»Du drückst es vornehm aus, Astrid. Was ich dir sagen will, ist dies: Es gibt noch mehrere von der Sorte dieses Wurster.

Und es kann passieren, dass da eine ganze Lawine ins Rollen kommt.«

Astrid zupfte am Saum ihres Kleidchens. »Du siehst dich außerstande, die Geschäfte zu regeln, bis Andreas wieder da ist?« Ihr Tonfall erinnerte Balluf auf fatale Weise an den eines kaltschnäuzigen Managers, der seinem Angestellten Unfähigkeit vorwirft.

»Ich bin zu ganz anderen Dingen imstande«, gab er ihr deshalb ebenso forsch zu verstehen, bemerkte aber, dass es auch wie eine Drohung klingen konnte. »Ich will allerdings nicht ausbaden, was mir Andreas eingebrockt hat.«

»So? Hat er das?«

»Bitte, Astrid«, versuchte es Balluf auf die charmantere Art, »lass uns vernünftig reden. Ich weiß, dass du dich für Andreas entschieden hast. Und ich will da auch gar nichts rückgängig machen. Aber egal, was du vorhast, du solltest auch ein bisschen an dich selbst denken.«

»Was soll ich denn deiner Ansicht nach vorhaben?« Sie wurde hellhörig.

Balluf spürte, dass jetzt diplomatisches Geschick gefragt war. »Liebe macht blind, Astrid.« Er ließ ein paar Sekunden verstreichen, um dann mit gewisser Ironie in der Stimme festzustellen: »Und Geld lähmt bisweilen den Verstand.«

Die junge Frau wandte den Blick von ihm ab und sah zu der großen Fensterfront. »Du traust Andreas nicht? Und mir auch nicht?«

»Das hat mit Vertrauen nichts zu tun, Astrid. Es geht mir nur ums Geschäftliche«, log er. »Bei manchen Dingen muss man klaren Kopf bewahren und nicht Hals über Kopf eine Entscheidung treffen, die weitreichende Folgen haben könnte.« Wenn er ehrlich zu sich war, wusste er nicht, ob es für diese allgemein gehaltene Feststellung einen konkreten Grund gab. Doch an Astrids plötzlichem Schweigen glaubte er ablesen zu können, dass er möglicherweise doch einen wunden Punkt getroffen hatte.

»Astrid«, fuhr er deshalb vorsichtig fort, »du musst verstehen, dass ich mich nicht so einfach ausbooten lasse. Ihr beide könnt tun und lassen, was ihr wollt. Ihr könnt meinetwegen abhauen, wenn ihr wollt, aber vorher müssen klare Verhältnisse geschaffen werden. Dein Andreas muss wissen, dass er sonst aus dieser Nummer nicht rauskommt.«

Astrid war nachdenklich geworden, gerade so, wie Balluf es beabsichtigt hatte. Er entschied, sein Anliegen klar zu formulieren: »Andreas und ich haben das alles angefangen. Und nun müssen wir es auch beide zu Ende bringen. Und zwar sauber.«

»Du hast Schiss vor Wurster, stimmt's?«, unterbrach ihn Astrid unerwartet forsch. »Du willst mir einreden, Andreas habe seinen Urlaub bewusst zum jetzigen Zeitpunkt genommen, weil es Probleme gibt.«

»So deutlich wollte ich es nicht sagen, Astrid. Aber versetz dich mal bitte in meine Lage. Natürlich kann ich zehn Tage lang solche Typen abblocken und vertrösten. Das ist doch nicht das eigentliche Problem. Aber wer gibt mir die Gewissheit, dass Andreas wieder zurückkommt?«

»Jetzt mach mal halblang, Jonas. Warum sollte er denn nicht mehr zurückkommen?«, fragte Astrid, nervös geworden, zurück.

»Weil es entweder so gedacht ist – oder weil er da draußen in den Wäldern auch jemandem über den Weg laufen könnte, der es nicht so gut mit ihm meint wie du.«

Diese Bemerkung hatte ihre Wirkung nicht verfehlt. »Ist das dein Ernst? Weißt du überhaupt, was du da sagst?«

Er ging auf die Fragen nicht ein, sondern legte noch nach: »Es gibt den Straftatbestand der Beihilfe, liebe Astrid – das sei nur mal so dahingestellt.«

»Wie bitte?« Sie schien erst jetzt das Ausmaß dessen, was Balluf ihr zu bedenken geben wollte, erfasst zu haben.

»Na ja«, zeigte er sich selbstbewusst, während draußen die Sonne orangefarben hinterm Horizont verschwand, »so eine Gefängniszelle mit vier, fünf Frauen teilen zu müssen, ist natürlich etwas anderes, als in einer Luxusvilla zu wohnen. Denk mal darüber nach. Es könnte dir schneller blühen, als du glaubst.«

Dieser Sommerabend war viel zu schade, um mit Arbeit ausgefüllt zu werden. Immer häufiger überkam August Häberle das Gefühl, etwas zu verpassen. Wie oft hatte er den Ruhestand herbeigesehnt und seinen Freunden und Bekannten gesagt, dass es doch Wichtigeres gäbe als den Beruf? Und sich dann trotzdem voriges Jahr dazu entschieden, noch »ein bisschen was« draufzusatteln. War das richtig gewesen – oder war es die Angst, plötzlich vor dem Nichts zu stehen?

Nun fuhr er in der tief stehenden Abendsonne mit dem Dienst-Mercedes über die Schwäbische Alb, die hinter Ulm sanft zum Tal der jungen Donau abfiel. Er musste vielen Fahrradfahrern ausweichen, die den Feierabend auf ihre Weise genossen. Andere wiederum schienen es sich auf den Terrassen der zahlreichen Gaststätten gemütlich zu machen. Auf den Ortsdurchfahrten zog der Rauch von Grillfeuern ins Wageninnere, in freier Landschaft war es der Duft von frisch gemähtem Gras.

Häberle hatte Mühe, den Ausführungen seines jungen Kollegen Linkohr zu folgen, der ihm am Telefon in allen Details von den Gesprächen mit Ilse Bosch und deren Tochter Ann-Marie berichtete und dabei auch jenen unbekannten Mann erwähnte, der in dem Eiscafé bereits zum zweiten Mal aufgetaucht war und offenbar den ermordeten Onkel der Bedienung kannte. Mit gewissem Stolz in der Stimme vermeldete Linkohr auch, dass ihm die junge Frau versprochen hatte, ihn über diesen seltsamen Fremden auf dem Laufenden zu halten. »Ich hab sie allerdings bisher nicht erreichen können«, beschloss Linkohr seinen Bericht. »Aber ich bleib dran«, versprach er, worauf Häberle sich eine Bemerkung nicht verkneifen konnte: »Daran hab ich gar keinen Zweifel, lieber Herr Kollege.«

Linkohr ging nicht auf die Spitze ein und wünschte dem Chefermittler mit leicht ironischem Unterton »einen schönen Abend mit Blocher«.

Häberle brummte etwas und trennte die Verbindung. Schönen Abend mit Blocher, hallte es in ihm nach, während er die Abfahrt zum Flugplatz Mengen passierte. Jetzt würde es bald links in Richtung Meßkirch abgehen.

Er hätte sich bei Gott etwas Schöneres an diesem Abend vorstellen können, als sich mit dem ziemlich unsympathischen Chef der Ermittlungsgruppe zu treffen. Dass er überhaupt eingewilligt hatte, außerhalb der offiziellen Dienstzeit einen »sehr wichtigen Termin« wahrzunehmen, der von Göppingen aus eine zweieinhalbstündige Autofahrt erforderlich machte, bedauerte er inzwischen wieder, zumal es ein lauer Sommerabend war, an dem seine Frau Susanne wieder mal allein zu Hause sitzen musste.

Blocher hatte am Telefon sehr geheimnisvoll getan und von einer möglichen »Wende in diesem Fall« gesprochen. Man habe es wohl mit einer »ziemlich merkwürdigen Sache« zu tun. Auf Wunsch der Sonderkommission Friedrichshafen solle dies mit allen federführenden Kollegen vor Ort besprochen werden. Mehr war Blocher nicht zu entlocken gewesen.

Häberle hasste diese Geheimnistuerei. Das bestätigte ihn nur in seinem Vorurteil, es bei Blocher und einigen anderen mit Wichtigtuern zu tun zu haben.

Jetzt versuchte er, die Fahrt zu genießen, führte sie doch durch eine Landschaft, die in den warmen Orangetönen eines Sonnenuntergangs unzählige Fotomotive für die Hochglanzbroschüren der Fremdenverkehrsämter hergeben würde. Obwohl er erst vor vier Tagen den Tatort besucht hatte, fiel ihm die Orientierung schwer. Deshalb kramte er aus der Ablage in der Mittelkonsole jenen Notizzettel hervor, auf den er die beiden Ortsnamen geschrieben hatte, zwischen denen sich der »Campus Galli« befand: Engelwies und Rohrdorf.

Die digitale Uhr im Armaturenbrett zeigte 21.09 Uhr, als er auf den großen Parkplatz einbog, auf dem ein halbes Dutzend Autos stand. Häberle entsann sich des Weges, den er am Freitagabend genommen hatte.

Das Tor am Kassenhäuschen war offen, und einem danebenstehenden uniformierten Beamten streckte Häberle seinen Dienstausweis entgegen. Der Kollege grüßte und ließ den Kriminalisten passieren. Vor ihm warf der Waldrand lange Schatten, die Sonne war endgültig hinter dem Hügel verschwunden.

Im Wald angekommen, ließ Häberle den Wagen vorbei an der Schreinerei wieder bis zum Steinhaufen rollen, um dann links zu den nächsten Werkstatt-Unterständen abzubiegen. Sie alle waren um diese Uhrzeit verwaist.

Ein paar Sekunden später näherte er sich einigen geparkten Zivilfahrzeugen und durch das dichte Grün schimmerte ihm das Rot eines Feuerwehrautos entgegen. Häberle vermochte dies nicht zu deuten. Während er den Mercedes abstellte, schwante ihm Böses: Hatten sie am Tatort wieder etwas gefunden? Aber wenn es eine Leiche gewesen wäre, hätte Blocher es bestimmt am Telefon gesagt.

Obwohl nun ziemlich verwundert, genoss Häberle beim Aussteigen die abendliche Wärme, die mit den würzigen Düften des Waldes gemischt war. Er ging auf die Gruppe diskutierender Männer und Frauen zu, die sich beim Unterstand des Schindelmachers versammelt hatten und sich dort offenbar auf etwas konzentrierten, das sich schräg davor in den Baumwipfeln abspielte.

Blocher, der mit seiner Körpergröße alle überragte, nahm den Ermittler als Erster wahr, löste sich von den anderen und kam ihm entgegen. »Ach, Herr Kollege Häberle, schön, dass Sie den weiten Weg auf sich genommen haben.« Die Gespräche verstummten, das Interesse richtete sich auf den Kriminalisten, den die meisten, vor allem jene aus Friedrichshafen, nur vom Hörensagen kannten. Häberle schüttelte zunächst dem obersten Chef der Kriminalpolizeidirektion Friedrichshafen die Hand und begrüßte dann nacheinander die versammelten Kollegen – zwei Frauen und fünf Männer. Dabei lächelte er und meinte: »Wenn das Präsidium Konstanz und die Direktion Friedrichshafen rufen, ist man als Provinzler zur Stelle.« Seit die Dienststelle Göppingen zum Präsidium Ulm gehörte, kam es immer häufiger vor, dass er mit seiner Herkunft »aus der Provinz« kokettierte.

»Na, na, Herr Kollege«, entgegnete der Kriminaldirektor. »Sie sollten Ihr Licht nicht unter den Scheffel stellen. Einige hier waren gespannt, Sie mal persönlich kennenzulernen.«

»Die Spannung besteht auch meinerseits«, grinste Häberle, auf dessen Stirn Schweißperlen glänzten, »wenn man um diese Zeit zu einer Besprechung an den Tatort gerufen wird, wird's wohl etwas Wichtiges geben. Außerdem haben Sie ziemlich geheimnisvoll getan.«

Die Kollegen sahen Häberle neugierig an. Offenbar traute sich sonst keiner, so leger mit dem Chef umzuspringen.

»Sie dürfen gerne staunen«, gab sich nun Blocher selbstbewusst. Er fühlte sich eindeutig als Platzhirsch. »Aber wenn wir Glück haben, haben wir jetzt ein Bild vom Täter.«

Häberle verengte die Augenbrauen und sah von einem zum anderen, während Blocher zu einer Buche deutete, die sich gegenüber der Werkstattunterkunft mächtig in den Himmel reckte. »Wir dachten, das könnte auch Sie interessieren.« Häberle blickte nun ebenfalls nach oben, wo sich das dichte Geäst vom Hintergrund eines Nadelbaumes und des hellen Abendhimmels abhob. Doch sosehr er sich auch anstrengte, es gab da oben nichts, was ihm merkwürdig erschien.

»Machen Sie sich keine Mühe, Herr Kollege«, hörte er Blochers selbstbewusste Stimme. »Man kann das Ding nicht sehen. Soll man schließlich auch nicht.«

Häberle scannte mit seinen scharfen Augen den dicken Stamm und die weit ausladenden, dicht mit Laub bewachsenen Äste ab. »Sie werden mir aber verraten, was ich nicht sehe«, sagte er leicht verärgert. Ihm war es jetzt nicht nach einem Suchspiel zumute.

Blocher trat näher an ihn heran und deutete mit ausgestrecktem Arm zum Stamm. »Geh'n Sie mal am Stamm dieser Buche entlang und schauen Sie dann hoch zum ersten Ast rechts«, erklärte der Sigmaringer Kripochef, »dann noch ein bisschen höher am Stamm. Was sehen Sie da?«

Häberle brauchte noch drei, vier Sekunden, bis er zwischen den begrünten Zweigen hindurch im Gewirr der vielschichtigen Braunschattierung etwas erkannte, das dort eigentlich nicht hingehörte. Etwas, das gut getarnt zu sein schien. Ein kleines Kästchen. Wer es trotzdem entdeckte, würde einen Nistkasten vermuten. Aber vermutlich schaute ohnehin niemand so genau nach oben.

»Na, was glauben Sie, was das ist?«, fragte Blocher, während die Kollegen um ihn herum inzwischen ihre Gespräche fortgesetzt hatten.

»Um ehrlich zu sein – ich kann es nicht zuordnen«, musste Häberle zerknirscht zugeben.

»Ich sag's Ihnen«, sprang ihm der Kriminaldirektor hilfreich zur Seite. »Wir haben's mithilfe der Feuerwehrleiter aus der Nähe betrachtet: Es ist eine Kamera.«

»Eine Kamera?« Häberle kniff die Augen zusammen, um im Gegenlicht des noch hellen Himmels das Objekt im dunklen Geäst besser erkennen zu können.

»Ja, eine sogenannte Wildkamera«, gab sich Blocher informiert, vermutlich, um dem Direktor zu gefallen. »Können Sie heutzutage fast in jedem Baumarkt kaufen. Wird normalerweise mit Klettverschluss an einen Baum gebunden – hier hat's aber jemand mit einem stabilen Metallband gemacht. Man kann mit dem Gerät Dauervideos machen, sie per Bewegungs- oder Helligkeitsmelder auslösen oder intervallmäßig alle paar Minuten ein Einzelbild knipsen.«

»Unglaublich«, kommentierte Häberle interessiert und musste sich wieder einmal eingestehen, dass ihn die neuen Technologien zu überrollen drohten. »Und das Ding ist auf die Werkstatt hier augerichtet – auf den Tatort?«

»Ja, davon können wir ausgehen«, bestätigte Blocher.

8

Mittwoch, 3. August

Ein sommerlicher Bilderbuchmorgen auf der Schwäbischen Alb. Tau hatte das Gras benetzt, Vögel zwitscherten, wie sie dies nur um diese Jahreszeit taten, und der Himmel war blau, so weit das Auge reichte. Ruckgaber hatte in ländlichem Ambiente genächtigt – in einem Zimmer, das liebevoll mit sehr viel Holz eingerichtet war. Noch vor dem Frühstück trieb es ihn hinaus in die freie Natur, die in dem kleinen Moor so unberührt wie kaum noch irgendwo anders auf der Alb erschien. Eine Infotafel klärte darüber auf, dass es sich um eines der artenreichsten Hochmoore Mitteleuropas handelte. Ruckgaber musste daran denken, wie wenig er doch von der näheren Umgebung wusste. Auch das nahe Randecker Maar, ein halbrunder Einschnitt in die Albkante, war ihm bislang nicht sehr geläufig gewesen. Es war Teil eines Vulkankraters, den die Erosion zur Hälfte »weggefressen« hatte.

Vieltausendfach drang der Morgengesang der Vögel an sein Ohr, als er das Gasthaus verließ und über einen schmalen Pfad zu den Holzbohlen ging, auf denen das kleine, aber biologisch bedeutsame Moor begehbar war. Die Sonne stand noch tief und schickte ihre Strahlen durch die taubenetzten

Sträucher und Stauden. Er war offenbar nicht der Einzige, der diesen traumhaften Morgen genoss. Gestern Abend bereits hatte er beim Abendessen einige Wanderer kennengelernt, die ebenfalls mehrere Tage unterwegs sein wollten, jedoch auf Routen, die weiter südwestlich führten, in Richtung Hohenzollern. Jetzt sah er einen dieser Männer ein Stück weiter vorne am Holzgeländer lehnen und irgendetwas im feuchten Boden des dünnen Waldbestandes beobachten, der überwiegend aus Moorbirken, Waldkiefern und Ebereschen bestand, dazwischen hatten sich Heidelbeersträucher breitgemacht.

Ruckgaber entdeckte links und rechts des hölzernen Wegs Schmetterlinge und flirrende Käfer, winzige Wassertierchen, einen Frosch und Libellen und weiter entfernt mehrere Wasservögel.

Beim Weitergehen schloss er langsam zu dem einsamen Morgenspaziergänger auf, den er als den hünenhaften Mann identifizierte, der am Abend auf geradezu pastorale Weise über seine erholsamen Wanderungen gesprochen hatte, die er meist alleine unternahm. Trotz seines Alters, das er mit »um die 80« angegeben hatte, wirkte er vital und in jeder Beziehung ausgeglichen, konnte sich gewählt ausdrücken und schien noch immer mitten im Leben zu stehen. Ruckgaber hätte allzu gerne gewusst, was dieser Mann beruflich getan hatte. Kaum war er von ihm wahrgenommen worden, schallte ihm ein gedämpftes: »Einen wunderschönen guten Morgen« entgegen. »Bei so einem Wetter muss man einfach raus.«

Ruckgaber grüßte ebenfalls freundlich und kam die paar Schritte vollends auf ihn zu.

»Schau'n Sie«, sagte der Mann, der einen Kopf größer war als Ruckgaber, »das ist ein Refugium für viele Tiere und Pflanzen. Es soll sogar Kreuzottern hier geben.«

»Der richtige Ort zum Abschalten«, war alles, was Ruckgaber in diesem Moment dazu einfiel.

»Sie sind auch alleine unterwegs, hab ich gestern Abend festgestellt«, zeigte sich der Mann interessiert, was bei Ruckgaber die übliche Zurückhaltung auslöste.

»Ja, ich brauch ein paar Tage Abstand zum täglichen Geschäft«, sagte er vorsichtig.

»Darf ich fragen, was Sie tun?« Der Mann lehnte sich wieder an das Holzgeländer und sah auf den feuchten Waldboden.

»Versicherungen, Finanzdienstleistungen«, gab sich Ruckgaber einsilbig und lehnte sich ebenfalls an das Geländer, sah aber die Gelegenheit gekommen, seine Neugier zu befriedigen. »Und Sie? Rentner, nehm ich an.«

»Pensionist, um es genau zu sagen«, grinste der Mann.

»Also Beamter«, zeigte sich Ruckgaber informiert und bemerkte, dass sein Gesprächspartner um Korrektheit bemüht war. Vermutlich Finanzbeamter, schlug sein Gehirn Alarm.

Der Mann musterte ihn von der Seite und zog eine Augenbraue weit nach oben. »Sie sind noch jung. Jung und fit, müsste man meinen. Und trotzdem suchen Sie die Ruhe?«

»Der Beruf stresst. Das geht irgendwann an die Substanz.«

»Stress«, nickte der Mann gelassen. »Ein Wort, das in den letzten Jahrzehnten alle Lebensbereiche durchdrungen hat. Mag es mit den Computern zusammenhängen oder dass es die Menschheit immer zu neuen Höchstleistungen drängt, ohne Rücksicht darauf, dass es Obergrenzen gibt.« Er sprach ruhig und schien jedes einzelne Wort genau abzuwägen. »Wissen Sie, im Alter kommt man auf ganz andere Gedanken. Plötzlich erkennt man, dass vieles an Bedeutung verliert, wenn man es mit Abstand betrachtet. Wenn Sie mittendrin im Berufsleben sind, stürzen so viele Eindrücke auf Sie herein, dass es schwerfällt, den Blick fürs Wichtige zu bewahren.«

Ruckgaber spürte, dass er dem Mann an Lebenserfahrung und Weisheit nicht gewachsen war. Irgendwie kam ihm die Situation hier draußen im morgendlichen Moor geradezu surreal vor: Er traf hier einen Fremden, der unter alten Bäumen über das Leben philosophierte und ihm Ratschläge erteilte. Dazu noch in einem Tonfall, der ihn an die Predigt eines Pfarrers erinnerte.

»Sie sollten sich nicht als Gejagter und Getriebener fühlen«, fuhr der Mann fort, »sondern selbst Ihren Weg finden. Versuchen Sie, sich eine gewisse Gelassenheit anzueignen. Vor allem gegenüber Dingen, die sich nicht ändern lassen.«

Ruckgaber überkam das Gefühl, die Ratschläge, die der Mann erteilte, seien nicht allgemeiner Natur, sondern ganz gezielt auf ihn zugeschnitten. Oder war es wirklich nur Zufall? War es reine Menschenkenntnis, die den Mann dazu bewog, ihm all dies zu sagen?

»Wissen Sie«, begann er wieder, »ich hab ein Berufsleben lang die Schicksale vieler Menschen verfolgt, die am Leben gescheitert sind, weil sie irgendwann den falschen Weg eingeschlagen haben oder falschen Idealen nachgerannt sind.« Wieder dieser kritische Seitenblick, den Ruckgaber im Augenwinkel spürte. »Geld, Geld, Geld – immer nur Geld. Was nützt Ihnen das viele Geld, wenn Sie vor lauter Stress gar nicht mehr die Zeit haben, es auszugeben? Oder wenn Sie es am Ende Ihres Lebens brauchen, um Arztrechnungen zu bezahlen? Die Menschheit verirrt sich in einem Labyrinth aus Wohlstand, Raffgier und dem Streben nach Macht.«

Die Männer schwiegen und lauschten den Stimmen der Natur, die um sie herum nun immer lebendiger zu werden schien.

Ruckgaber fasste den Mut, ihm eine Frage zu stellen: »Was waren Sie denn von Beruf?«

»Lieber Wanderfreund«, erklärte der Mann nun väterlich und zog erneut eine Augenbraue hoch, »der Beruf spielt nicht die entscheidende Rolle. Die Frage ist, wie Sie ihn ausfüllen – und ob er Sie ausfüllt. Heute ist Beruf aber immer gleichbedeutend mit der Frage: Was verdien ich da, wie viel Urlaub kriege ich, wie viel Freizeit? Alles davon ist wichtig – dass wir uns da nicht falsch verstehen. Ich bin auch dagegen, dass Menschen mit Mindestlohn ausgebeutet werden. Aber zu allererst zählt Zufriedenheit. Diese hängt natürlich auch mit dem Verdienst zusammen. Aber wenn Sie ein Leben lang einen Job erledigen müssen, der Ihnen Tag für Tag zuwider ist, werden Sie niemals zufrieden sein. Auch nicht für viel Geld.«

Ruckgaber sog die Worte begierig auf.

»Und noch schlimmer«, fuhr der Mann fort, »wenn jemand wegen des Geldes vom Weg der Rechtschaffenheit abkommt.«

Ruckgaber fühlte sich wie elektrisiert. Kam sie jetzt, die persönliche Botschaft, direkt für ihn?

»Was hat nicht das Geld schon für Unheil in Familien getragen? Mag es das Streben nach immer mehr Wohlstand gewesen sein oder, im umgekehrten Fall, die Verzweiflung, von der Schuldenlast erdrückt zu werden.« Der Mann umklammerte das raue Holz des Geländers, als brauche er etwas Reales, an dem er sich festhalten konnte. »Ich kann Ihnen einen gut gemeinten Rat geben: Befreien Sie sich von den Zwängen, in deren Klammergriff Sie sich fühlen, und lassen Sie sich von niemandem zu etwas überreden, das Ihnen später leidtun könnte. Nichts lässt sich erzwingen. Denn vieles, sehr vieles, lieber Wanderfreund, ist im Leben von Zufälligkeiten abhängig. Von guten Zufällen, wo immer sie auch herkommen mögen, oder von negativen. Egal, welche über uns hereinbrechen, wir brauchen dann die Kraft, uns für den richtigen Weg zu entscheiden.«

Ruckgaber hatte auf eine kleine Kröte gestarrt, die aus dem Morast aufgetaucht war.

»So, jetzt leben Sie wohl, ich gehe heute ohne Frühstück los«, sagte der Mann und klopfte Ruckgaber auf die Schulter, der von den Ausführungen tief beeindruckt war.

»Jetzt würde mich nur noch interessieren, was Sie von Beruf waren«, erwiderte er leise.

»Guter Wanderfreund«, entgegnete der Mann lächelnd, »mein Berufsleben ist schon eine Weile her. Da hat sich seither sehr viel geändert. Sehr viel. Aber alles war gut zu seiner Zeit. Denken Sie daran. Es bringt nichts, wenn wir der Vergangenheit nachweinen. Wir müssen das Beste aus dem Hier und Jetzt machen – auch wenn die, die nach uns kommen, uns nicht verstehen werden. Wichtig ist, dass alles gut war zu seiner Zeit.«

Er sah Ruckgaber fest in die Augen und sagte: »Guter Wanderfreund, bleiben Sie auf dem richtigen Weg.«

»Und was haben Sie nun getan – im Beruf?«, wollte Ruckgaber trotzdem wissen.

»Wenn Sie das unbedingt wissen wollen, sei's Ihnen gesagt: Ich war Polizist. Leiter einer Polizeidirektion, die es inzwischen auch nicht mehr gibt.«

»Polizist«, registrierte Ruckgaber erschrocken, worauf sich sein Gesprächspartner ihm noch einmal verwundert zuwandte. »Was ist daran so furchterregend?«

»Nichts, nein«, wiegelte Ruckgaber ab. »Ich dachte nur... Sie könnten Pfarrer gewesen sein.«

Der Mann verzog sein Gesicht wieder zu einem sympathischen Grinsen. »Als Polizist müssen Sie vieles sein.«

»Und wo waren Sie tätig?« Ruckgabers Interesse war geweckt.

»Ist schon lange her, und kaum jemand wird das noch wissen. Es war in Göppingen.«
»In Göppingen?« Ruckgabers Interesse stieg. »Das ist ja nicht weit von hier.«
»Ist es nicht, nein«, bestätigte der Mann und überlegte kurz. »Vielleicht haben Sie von einem meiner fähigsten Leute, die ich damals gefördert habe, auch schon mal was gehört.«
»Ich hab noch nie was mit der Polizei zu tun gehabt.«
»Aber der Name Häberle sagt Ihnen sicher etwas. August Häberle.«
Ruckgaber konnte sich dunkel erinnern, den Namen schon einmal irgendwo gelesen zu haben.
»Der ist ein Beispiel dafür, wie der Beruf einen Menschen ausfüllen kann«, erklärte der Mann. »Häberle hätte voriges Jahr in den Ruhestand gehen können, hat dann aber verlängert. Das tut man nur, wenn man seinen Job liebt und zufrieden ist.«
Damit beendete der Mann das morgendliche Gespräch und entfernte sich.
Zurück ließ er einen irritierten Ruckgaber, der noch einige Minuten am Geländer lehnen blieb, um das soeben Gehörte auf sich wirken zu lassen. *Häberle.* Der Name hatte sich seltsamerweise in seinem Kopf festgesetzt. Würde er nur um alles in der Welt davon verschont bleiben, es irgendwann mit diesem Kriminalisten zu tun zu bekommen!
Und war dies jetzt ein zufälliges Zusammentreffen gewesen? Waren die Worte, die der ehemalige Polizist gewählt hatte, tatsächlich nur allgemein gehalten? Oder waren es viele versteckte Botschaften?
Der Schrei eines Wasservogels schreckte ihn auf und holte ihn in die Realität zurück.

Balluf hatte die halbe Nacht nicht geschlafen. Immer wieder war ihm das Gespräch mit Astrid durch den Kopf gegangen. Hatte er es mit seinen Andeutungen und Schilderungen zu weit getrieben? Wie schnell würde Andreas davon erfahren? Balluf wollte nicht glauben, dass Andreas keinerlei Kontakte zu seiner Geliebten hielt und nun einfach für zehn Tage gänzlich abtauchen wollte. Nein, Andreas war keiner, der so schnell und bedingungslos dem Rat eines Arztes folgte.

Oder vielleicht doch?, hämmerte es in seinem Kopf. Stand es um Andreas' Gesundheit vielleicht doch schlechter, als es nach außen hin schien? Balluf war nach der unruhigen Nacht früh ins Büro gekommen, um sich der »Problemfälle« anzunehmen, wie sie die kritischen Kunden bezeichneten. Wurster hatte sich natürlich auch in seine schlaflose Nacht geschlichen. *Wurster*. Balluf war gerade dabei, in den Computerdateien dessen finanzielles Engagement nachzuvollziehen, das sich auf eineinhalb Millionen Euro belief, als der Türsummer die Stille des klimatisierten Raumes störte. Cerberus spitzte die Ohren, Balluf sah auf die Uhr. Kurz nach neun erst. Üblicherweise kam um diese Zeit niemand unangemeldet vorbei. Er warf noch einen flüchtigen Blick auf seinen Terminkalender, doch da gab es für heute Vormittag keinen einzigen Eintrag.

Über die Türsprechanlage erkundigte er sich vorsichtig, wer zu dieser ungewöhnlichen Zeit etwas von ihm wollte.

»Herr Ruckgaber?«, fragte die Stimme im Hörer nach.

»Herr Ruckgaber ist momentan nicht da«, betonte Balluf erleichtert. In der jetzigen Situation war es ihm am liebsten, mit niemandem etwas zu tun zu haben.

»Herr Balluf?«, blieb die Männerstimme hartnäckig.

Er überlegte, ob er sich zu erkennen geben sollte. Aber was würde es nützen, sich zu verleugnen? »Worum geht's?«, fragte er deshalb zurück.

»Finanzamt Ulm. Steuerfahndung«, traf es ihn wie ein Donnerschlag.»Wir möchten kurz mit Ihnen reden.« Balluf war für einen Moment wie vor den Kopf gestoßen und außerstande, etwas zu erwidern. *Wurster*, schoss es ihm durch den Kopf. Hatte Wurster bereits Ernst gemacht? Balluf spürte, wie allein das Wort »Steuerfahndung« seinen Puls auf über hundert schießen ließ.»Hallo?«, tönte es aus dem Hörer der Sprechanlage.»Herr Balluf? Machen Sie bitte auf.«

»Ja, okay …«, stammelte er, legte den Hörer zurück, drückte eine halb abgebrannte Zigarette in den Aschenbecher und ging mit weichen Knien zur Tür. Vor ihm standen zwei Männer, einer jünger, der andere älter, beide schlank und sportlich. Der ältere stellte sich als Pohlmann vor, der andere als Schneider. Sie hielten ihm ihre Dienstausweise entgegen, mit denen er nichts anzufangen wusste, weil er so etwas nie zuvor gesehen hatte.»Dürfen wir kurz reinkommen?«, fragte Pohlmann, der der Wortführer zu sein schien, und machte gleich einen Schritt auf Balluf zu, der gar keine andere Möglichkeit sah, als diesem Begehren stattzugeben. Denn es war besser, sie hereinzubitten, als ein längeres Gespräch im Treppenhaus anzufangen.

»Darf ich erfahren, worum es geht?«, fragte er zögernd nach, während er die beiden Besucher in das Besprechungszimmer führte.»Herr Ruckgaber ist unterwegs.«

»Sie betreiben aber doch mit ihm gemeinsam dieses Unternehmen«, stellte Pohlmann fest, während sie an dem ovalen Tisch Platz nahmen, auf dem einige Hochglanzbroschüren von Schweizer Investmentgesellschaften lagen.

»Herr Ruckgaber ist der Geschäftsführer«, erklärte Balluf schnell, obwohl er sich üblicherweise als völlig gleichberechtigten Mitinhaber darstellte. Jetzt erschien es ihm geboten, sich vorsichtig aus der Schusslinie zu nehmen.

»Wann kommt Herr Ruckgaber wieder, und wo können wir ihn erreichen?«, hakte Schneider eine Spur energischer nach, als hätten die beiden Beamten ihr Frage- und Antwortspiel schon viele Male miteinander praktiziert. Der eine mit gemäßigtem Ton, der andere den »scharfen Hund« mimend.

»In neun Tagen. Der Arzt hat ihm eine Auszeit verordnet. Es geht ihm gesundheitlich nicht gut. Was liegt denn vor?«

»Eine Anzeige wegen Beihilfe zur Steuerhinterziehung«, wurde Pohlmann nun konkret.

»Ach, wieder mal«, versuchte Balluf, gelassen zu bleiben, obwohl ihm die Knie zitterten.

»Wieder mal?«, zeigte sich Schneider hellhörig. »Das kommt wohl öfter vor?«

»Was soll ich Ihnen sagen?«, gab sich Balluf unwirsch. »Seit die Finanzmärkte verrücktspielen, sind sich manche nicht mehr der Tatsache bewusst, dass die Behörden inzwischen strengere Maßstäbe anlegen als früher. Wir haben's in unserer Branche mit dem Spiel vieler Kräfte zu tun. Jeder muss eben die Risiken kennen, die er eingeht. Und jeder ist selbst dafür verantwortlich, worauf er sich einlässt. Könnten wir 100-prozentig hohe Gewinne voraussagen und alle Sicherheiten dieser Welt garantieren, würden wir nicht hier sitzen und uns mit der Kundschaft rumärgern.« Er sah von einem Ermittler zum anderen. »Wir sind Dienstleister und weder Wahrsager noch wundersame Geldvermehrer noch Steuerberater oder Juristen.« Balluf war gerade dabei, sein Selbstbewusstsein wiederzufinden.

»Daran haben wir keinerlei Zweifel«, stimmte ihm Pohlmann versöhnlich zu. »Wir sind aber dennoch gezwungen, einer Anzeige nachzugehen.«

»Und worum handelt es sich konkret?« Balluf lehnte sich mit gespielter Selbstsicherheit zurück.

»Es geht um Kurierdienste«, erklärte Schneider. »Ihre Firma soll Geldanlegern behilflich sein, ihr schwarz in der Schweiz angelegtes Geld wieder zurückzuholen, bevor die Schweizer Banken verpflichtet sind, die Konten deutscher Kunden dem hiesigen Finanzamt zu melden.«
»Wer behauptet denn so etwas?« Ballufs Nachfrage klang eher zaghaft und der empörte Unterton nicht sehr überzeugend.
»Es gibt einen gewissen Tatverdacht«, erklärte Schneider. »Selbstverständlich steht es Ihnen frei, Angaben dazu zu machen oder nicht. Oder einen Anwalt beizuziehen.«
Balluf umklammerte die Armlehne seines Stuhles. Das klang bereits, als werde er wie ein Beschuldigter über seine Rechte belehrt. »Ich kann nur wiederholen: Das ist absolut absurd. Schon aus diesem Grund werde ich keine Angaben machen. Da hat wohl jemand kalte Füße gekriegt, und nun sollen wir's ausbaden. Nein, nein, meine Herren. Mit mir nicht. Und mit Herrn Ruckgaber auch nicht. Aber warten Sie, bis er zurück ist.« Irgendwie fühlte er sich plötzlich entlastet und spürte ein bisschen Schadenfreude darüber, dass nun Andreas Schwierigkeiten bekommen würde.

»Dann richten Sie Ihrem Herrn Geschäftsführer aus, dass er sich dringend mit uns in Verbindung setzen soll.« Pohlmann zog aus der Brusttasche seiner Jacke eine Visitenkarte und schob sie Balluf über den Tisch. »Hier steht alles drauf. Aber sagen Sie ihm, dass es wichtig ist. Die Finanzbehörden könnten sonst auch noch zu anderen Mitteln greifen. Auch der Zoll ist informiert.«

»Der Zoll?«, zuckte Balluf zusammen und griff nach der Visitenkarte. »Und was für andere Mittel?«

»Alles nur mal so in den Raum gestellt«, sagte Pohlmann ruhig und legte eine kurze Pause ein, um dann langsam nachzuhaken: »Sagt Ihnen der Name Dolnik etwas?«

Ballufs Augenbrauen verengten sich. »Dolnik?« Er schüttelte langsam den Kopf.

Es war eine anstrengende und vor allem schweißtreibende Etappe gewesen, vorbei an der trutzigen Burgruine Reußenstein und immer am Albtrauf entlang. Andreas Ruckgaber hatte nach seiner morgendlichen Begegnung mit dem pensionierten Polizeichef wieder ein Stück seines gestrigen Weges zurückgehen müssen und dann über die weite, von Mulden und Senken geprägte Hochfläche sein nächstes Ziel anvisiert, nämlich das Boßlerhaus der Naturfreunde. Nur während der Sommerferien, so hatte er in seinen Unterlagen gelesen, war es auch werktags geöffnet. Außerhalb der Urlaubszeit wurde es nur an den Wochenenden bewirtschaftet. Ruckgaber hatte sich vorgenommen, während seiner Auszeit auch ein paar Kilo abzunehmen, was angesichts der spärlichen Verpflegung, die sein Rucksack enthielt, zwangsläufig der Fall sein würde. Vorsorglich hatte er sich im Otto-Hoffmeister-Haus noch eine Flasche Mineralwasser gekauft, denn der sonnige Tag schien auch heute wieder mehr als 25 Grad zu erreichen. Einige Male ließ er sich auf Baumstämmen nieder, die am Wegesrand lagen. Begegnungen mit anderen Wanderern hatte es bis zum frühen Nachmittag erst zwei gegeben.

Der Blick ging weit in das Albvorland hinaus, das sich in der Ferne, zum Neckartal und Stuttgart hin, in sommerlichen bläulichen Dunst gehüllt hatte. An so einer traumhaften Stelle, das entnahm er einem Gedenkstein, war Ende September 2005 ein Hubschrauber abgestürzt. Vier namentlich aufgeführte Menschen hatten dabei ihr Leben verloren. Ruckgaber hielt inne und überlegte, wie das Unglück hier wohl geschehen sein mochte. Hatte es Nebel gegeben? War die Albkante vor dem Flieger wie eine Mauer gestanden?

Tief in Gedanken versunken ging er weiter, während ihm fröhliche Stimmen entgegenschlugen. Auf einer freien Aussichtsfläche hatte sich eine Jugendgruppe niedergelassen, die sich hier um den sogenannten Jahrhundertstein scharte, direkt an dem atemberaubenden Steilabbruch. Die meisten der Jugendlichen, die Ruckgaber auf 14 bis 17 Jahre schätzte, studierten mit großem Interesse die Begriffe, die hier als Symbolworte des vergangenen Jahrhunderts in Stein gemeißelt waren. Ruckgaber lächelte den jungen Leuten zu und ging ebenfalls um dieses moderne Denkmal herum. Jedes einzelne Wort, das da zu lesen war, repräsentierte eine Zeitepoche – ein politisches Ereignis oder eine technische Errungenschaft: Doping, Computer, Energiekrise, D-Mark, Perestroika, Eiserner Vorhang. Hundert Worte insgesamt. Als sei der Zeitgeist der vergangenen hundert Jahre für die Ewigkeit festgehalten und deshalb in Stein gemeißelt worden. Ruckgaber las, was auf einer Tafel eingraviert war: »Kein Jahrhundert davor hat den Menschen so große Errungenschaften und Fortschritte gebracht, aber auch so viel Leid, Elend und Erniedrigungen.« Er verharrte für einen Moment in Gedanken versunken und las den nächsten Satz: »Möge das Kunstwerk dazu beitragen, unser Miteinander menschlich zu gestalten.«

Welch frommer Wunsch, dachte er. Was war denn seit Beginn des neuen Jahrhunderts nicht schon alles wieder an Unmenschlichem geschehen? 16 Jahre war es erst alt – und die Euphorie, die mit dem Fall des Eisernen Vorhangs ausgebrochen war, hatte sich schlagartig wieder aufgelöst. Er musste an Putin und die Halbinsel Krim denken, an die Barbaren des sogenannten »Islamischen Staates«, an die Flüchtlingsströme und an die Kriegsherde, an die Ungerechtigkeiten und daran, dass die Reichen immer reicher und die Armen immer ärmer wurden. Dabei mahnte ihn sein Gewissen: Auch du trägst dazu bei, dass die Reichen immer reicher werden. Und du selbst bist kein bisschen besser als jene, die aus allem nur ihren eigenen Vorteil herausschlagen wollen. Auch du bist skrupellos. Auch du bist menschenverachtend.

Gerade als er, innerlich berührt, den Blick von der Tafel wandte, nahm er im Augenwinkel einen Blondschopf wahr. Eine junge Frau, vermutlich Mitte 20 und eine der Betreuerinnen dieser Jugendgruppe, hatte über seine Schulter hinweg ebenfalls diese nachdenklichen Worte gelesen. »Originelle Idee«, sagte er spontan, worauf sie sich beide ansahen.

»Die Jungs und Mädels haben die Worte da drüben interessiert gelesen«, erklärte sie. »Vieles von dem, was da steht, ist für sie heutzutage eine Selbstverständlichkeit.« Sie lächelte. »Für mich übrigens auch, ich bin ja auch fast schon mit dem Handy aufgewachsen.«

»Und beim Mauerfall in Berlin waren Sie vermutlich noch gar nicht auf der Welt«, stellte er charmant fest, worauf sie zögernd antwortete: »Doch, ganz knapp.«

»Machen Sie hier Ferienlager?«, erkundigte er sich weiter, um das Gespräch in Gang zu halten.

»Nein, nur eine Tageswanderung von Neidlingen aus. Das liegt da drüben im Tal. Und Sie? Wohl mehrere Tage unterwegs?« Sie deutete auf seinen großen Rucksack.

»Eine Art persönliche Auszeit, hier an der Schwäbischen Alb entlang.«

Ein junger Mann, vermutlich ebenfalls Betreuer, näherte sich. »Entschuldige, Heike, aber wir möchten langsam weiterziehen.«

»Okay«, sagte sie, »ich komme gleich.« Sie schien es nicht gerade eilig zu haben. »Und wo geht's bei Ihnen jetzt hin?«, wollte sie von Ruckgaber wissen.

»Boßlerhaus. Nicht mehr weit. Gleich da drüben.«

»Jaja, ich weiß Bescheid. Am Boßler wollen wir nachher absteigen.«

»Dann haben wir ja noch ein Stück des Wegs gemeinsam«, stellte er fest.

»Ja, aber bei uns geht's nicht so schnell. Die Jungs und Mädels verlieren nämlich manchmal das Gefühl für die Zeit.«

Er sah in ihre strahlend blauen Augen und überlegte, ob er sie wohl jemals wiedertreffen würde. Er entschied, dies dem Zufall zu überlassen, und wollte sich verabschieden, doch dann traf ihn erneut ihr wacher Blick. »Was hat Sie denn zu der persönlichen Auszeit bewogen? Stress im Beruf?«

Ruckgaber wurde hellhörig. Sah er denn so gestresst aus? War es wirklich so ungewöhnlich, dass ein Mann seines Alters werktags mit Rucksack unterwegs war? Nein, nein, nein, hämmerte es in seinem Kopf. Die Frau ist absolut ehrlich, die will dich nicht aushorchen. Die interessiert sich wirklich für dich. »So etwas Ähnliches wie Stress, ja«, sagte er, »man nennt es heutezutage auch modern ›Burnout‹.« Er unterdrückte einen leichten Seufzer.

»Dann wünsche ich Ihnen gute Erholung, und passen Sie gut auf sich auf. Wir sehen uns dann vielleicht noch am Boßler drüben.«

Er nickte und sagte: »Ihnen noch einen schönen Tag ...«, nach kurzem Überlegen fügte er an: »Heike.«

Sie lächelte.

Balluf war emotional getroffen. Er saß tief in seinem Bürosessel versunken, während seine wilden Gedanken noch einmal in Erinnerung riefen, was heute Vormittag geschehen war. Seit Stunden war er wie gelähmt, hatte kein Telefonat angenommen und nur gegrübelt, dazwischen einige Dateien aufgerufen und in Erwägung gezogen, Festplatten zu beseitigen und die Daten vorher auf externe Datenträger zu übertragen. Dolnik, durchzuckte es ihn das eine oder andere Mal. Was, verdammt noch mal, hatte Dolnik damit zu tun? Als die Steuerfahnder den Namen genannt hatten, war es ihm wie ein Elektroschock durch den Körper gefahren.

Andreas Ruckgaber hatte den Namen einige Male erwähnt. Es war wohl der neue Geliebte seiner Exfrau, irgendein Unternehmer aus Ulm. Balluf durchsuchte fieberhaft das Rechnersystem nach diesem Namen, doch so wie es aussah, hatte Dolnik mit der Firma »RUBAFI Services GmbH« nichts zu tun – es sei denn, er verbarg sich hinter den Dateien, die Ruckgaber mit einem Passwort gesichert hatte und die er daher nicht öffnen konnte.

Die Typen von der Steuerfahndung würden natürlich wiederkommen. Sobald Andreas zurück war, wollten sie ihn vernehmen, hatten sie angekündigt. Balluf entschied, Astrid anzurufen und sie auf die Gefahr aufmerksam zu machen. Sie wusste mit Sicherheit, wo Andreas zu erreichen war. Zumindest kannte sie ja seine Tagesetappen und konnte bei Bedarf in dem jeweiligen Gasthaus oder der jeweiligen Hütte eine Bitte um Rückruf hinterlassen.

Balluf kramte in einer seiner Schreibtischschubladen nach der Kopie des Wanderplans, die er heimlich angefertigt hatte. Daraus konnte auch er ableiten, wo sich Andreas ungefähr befand. Immerhin waren die möglichen Übernachtungsstationen mit Kugelschreiber eingeringelt. Demnach müsste er die kommende Nacht auf Donnerstag im Boßlerhaus verbringen.

Balluf griff zum Telefon und ließ sich über die Kurzwahlnummer mit Ruckgabers Wohnung verbinden. Drei Rufzeichen später war Astrid in der Leitung. »Ja, hallo«, sagte sie kurz, weil sie die Nummer des Anrufers erkannte.

»Ich bin's schon wieder. Entschuldige, wenn ich dich dau-

ernd belästige, Astrid, aber ich glaube, da braut sich schneller, als uns lieb ist, etwas Unangenehmes zusammen.«
»Verschon mich«, wehrte sie ab. »Eine Hiobsbotschaft nach der anderen – oder was?«
»Die Steuerfahndung war hier«, sagte er knapp.
»Wie bitte?«
»Die haben etwas angedeutet wegen der Kurierdienste.«
»Wegen ... wegen *was*?« Astrid war hörbar entsetzt.
»Genaueres haben sie nicht rausgelassen. Aber sie haben in diesem Zusammenhang den Namen Dolnik erwähnt.«
»Dolnik.« Ihr schien das Wort im Halse stecken geblieben zu sein. »Dolnik«, wiederholte sie schwer atmend, »du weißt, wer das ist?«
»Ja, klar, Karins neuer Lover.«
»Und was hat der damit zu tun? Ich meine, was hat Dolnik mit der Steuerfahndung zu tun?«
»Wollten sie mir nicht sagen, sie wollten mit Andreas persönlich sprechen. Ich dachte, das würde dich interessieren.«
»Haben die auch nach mir gefragt?«
»Nein, nein«, beruhigte er sie betont langsam. »Es geht nur um Andreas.«
»Wieso nur um Andreas? Du bist doch genauso im Geschäft mit drin, oder?«
»Er ist der Geschäftsführer«, meckerte er, als habe er diesen Posten nie angestrebt. Im Vorfeld hatte es freilich einige Differenzen über diese Stellung in der Firma gegeben, doch jetzt war er dem Schicksal dankbar, dass dieser Kelch an ihm vorübergegangen war und er zumindest vorläufig juristisch nicht in die Schusslinie geriet.
»Und jetzt – was glaubst du, was ich tun soll?«, stammelte Astrid erkennbar verunsichert.
»Die haben gesagt, sie wollen möglichst schnell mit Andreas reden.«

»Und die haben wirklich den Namen Dolnik genannt? Bist du dir da ganz sicher?«, hakte Astrid leise nach.
»Dolnik, ja. Eindeutig. Kennst du ihn?«
»Ich?« Astrids Stimme zitterte. »Wie kommst du denn da drauf?«
»Dann sag Andreas wenigstens Bescheid«, drängte Balluf.
»Ich kann ihn doch jetzt nicht einfach so anrufen«, erwiderte sie trotzig. »Außerdem will ich ihn nicht mit so etwas belasten. Du weißt genau, wie's um seine Gesundheit steht. Kein Stress, keine Hektik – nichts, was ihn belasten könnte.« Balluf wischte sich mit dem Handrücken die Schweißperlen von der Stirn. »Vergiss doch endlich das Gedöns um seine Gesundheit. Hier geht's um etwas ganz anderes«, machte er ihr energisch klar. »Aber das überlass ich euch, Astrid. Ich hab es nur als meine Pflicht angesehen, dich zu verständigen.«
»Andreas hat aber ausdrücklich gesagt, du sollst ihn vertreten und alle Entscheidungen treffen«, erklärte sie schnippisch.
»Genau das habe ich getan, Astrid«, stellte er sachlich klar. »Ich habe entschieden, die Steuerfahnder bis zur Rückkehr von Andreas zu vertrösten und dich darüber zu informieren. Damit hab ich das getan, was Andreas von mir verlangt hat.«
Die Leitung blieb stumm.
»Aber falls du in irgendeiner Weise mit Andreas Kontakt hast in den nächsten Tagen«, fuhr er deshalb fort, »dann kannst du entscheiden, ob du ihn vorwarnst oder nicht.«
Er legte grußlos auf.

Linkohr war begeistert. Endlich, so ließ er Häberle wissen, habe er Ann-Marie Bosch erreicht, die überaus kecke und selbstbewusste Bedienung aus dem Bad Uracher Eiscafé. Dass viele seiner vorausgegangenen Anrufversuche vergeblich gewesen waren, hatte sie mit dem leeren Akku ihres Gerätes begründet.»So?«, runzelte Häberle skeptisch die Stirn.»Und was hat sie nun berichten können?« Linkohrs Begeisterung war mit einem Schlag gedämpft. Eigentlich hatte er erwartet, dass sich der Chef interessierter zeigen würde, doch jetzt erweckte Häberle den Eindruck, als ob er die Geschichte vom leeren Akku nicht glauben wollte und Linkohrs Euphorie weniger mit einem Ermittlungserfolg als viel mehr mit persönlichem Interesse an der jungen Frau in Verbindung brachte.

Der Chef lehnte sich in seinem Bürostuhl zurück, während sich Linkohr mit dem Gesäß an die Kante des Besprechungstisches lehnte und einräumen musste:»Na ja – ergiebig war's nicht.« Natürlich hatte Häberle die Lage richtig eingeschätzt. Linkohrs Begeisterung war einzig und allein der Tatsache geschuldet, dass er mit der jungen Frau hatte sprechen können. Inhaltlich gab's nichts, was die Ermittlungen weiterbringen konnte. Linkohr formulierte es vorsichtig:»Sie weiß nicht, wie der Typ heißt, der ihr nachsteigt. Aber ich hab den Eindruck, sie möchte mit uns zusammenarbeiten.«

Häberle grinste spöttisch.»Mit Ihnen wohl eher, oder?«

»Ja, auch«, schwächte Linkohr ab und ließ sich nicht beirren.»Sie will rausfinden, wer der komische Typ ist.«

»Was hat er denn von ihr gewollt? Wenn er schon zweimal aufgetaucht ist, wie Sie sagen, dann muss es einen Grund geben, falls er das Mädel nicht einfach anmachen will.«

Der junge Kriminalist kratzte sich verlegen im Oberlippenbart.»Die beiden haben wohl nur ein bisschen Small Talk gemacht, was ich ja auch noch beobachtet habe, aber mehr war da nicht.«

»Wie? Keine Handynummern ausgetauscht? Für WhatsApp oder irgendwelches Gesimse?«

»Na ja«, gab Linkohr zu bedenken, »so schnell geht's ja dann wohl auch nicht.«

Häberle zuckte mit den Schultern. »Aber er will wiederkommen?«

»Hat sie mir gesagt.« Er rang sich zu einer Bemerkung durch: »Allerdings hab ich das Gefühl, als ob sie mir nicht alles sagen wollte. Noch nicht.«

»Gerade haben Sie mir noch erzählt, Sie hätten den Eindruck, sie würde gerne mit uns zusammenarbeiten. Was jetzt?«, verlangte Häberle eine Klarstellung. Er empfahl ihm: »Bleiben Sie halt einfach an ihr dran.« Der Chefermittler runzelte die Stirn: »Aber nicht übers Ziel hinausschießen. Sie wissen, was ich meine.«

Linkohr hatte gerade überlegt, ob er beichten solle, dass er Ann-Marie am kommenden Wochenende treffen wolle, da tauchte Kollege Philip Mende in Häberles Büro auf. »Die Sigmaringer haben angerufen«, unterbrach er das Gespräch, weil ihm die Nachricht wichtig erschien. »Sie haben diese Wildkamera am ›Campus Galli‹ auseinandergenommen.«

»Und?« Häberle hatte bereits den ganzen Vormittag auf ein Ergebnis der technischen Untersuchung gewartet.

»Aktion Wasserschlag«, zerstörte Mende die große Hoffnung, die sich alle auf ein Foto des Täters gemacht hatten. »In der Kamera war kein Speicherchip drin.«

»Wie?«, stutzte Linkohr. »Dann macht doch das alles gar keinen Sinn.«

»Richtig. Aber wer sagt uns denn, dass auch zum Zeitpunkt der Tat keiner drin war?«

»Sie meinen ...«, hakte Häberle nach und wurde sogleich von Mende bestätigt: »Jemand könnte Interesse daran gehabt haben, den Chip rauszuholen. Immerhin sind seit der Tatnacht vier Tage vergangen.«

9

Ruckgaber hatte sich Zeit gelassen. In der Hoffnung, die Jugendgruppe, allen voran Heike, würde ihn am Boßler wieder einholen, hatten sich seine Schritte verlangsamt. Der Weg führte über offenes Gelände, bisweilen auch durch stark verwachsene Bereiche, hinüber zu dem markanten Aussichtspunkt, von dem aus die Aichelberg-Steilstrecke der Autobahn zu überblicken war, aber auch die große Baustelle für die Schnellbahntrasse von Stuttgart nach Ulm. Augenblicklich fiel ihm ein Verbrechen ein, das sich dort unten ziemlich genau vor einem Jahr ereignet hatte und über das in den Medien groß berichtet worden war. Warum, verdammt noch mal, wurde er gerade jetzt an einen Kriminalfall erinnert? War es das schlechte Gewissen, das ihm diesen Streich spielte, oder einfach Zufall? Mit einem Mal war es nicht mehr die schöne Landschaft, die ihn in den Bann zog, sondern der Ärger und die Ungewissheit, die ihm bevorstanden. Doch daran durfte er jetzt nicht denken. Nicht jetzt, nicht heute – und schon gar nicht die ganze Woche über. Er brauchte Ruhe. Er musste sich auf das Wichtigste konzentrieren. Er durfte sich von nichts ablenken lassen. Er drehte sich um und besah den großen Stein, mit dem der 17 Fliegeropfer gedacht wurde, die hier in den Jahren 1960 bis 1982 ihr Leben verloren. Alles Abstürze. Ein Todesberg für die Flieger. Vermutlich waren viele von ihnen bei schlechtem Wetter der Autobahn gefolgt und hatten nicht bemerkt, wie schroff hier die Schwäbische Alb in die Höhe ragte, die hier oft in Wolken gehüllt war.

Ruckgaber lehnte sich für ein paar Minuten an die Lehne der Ruhebank und versank in tiefe Gedanken – auch natürlich in der Hoffnung, die Jugendgruppe würde langsam zu ihm aufschließen. Doch da waren keine fröhlichen Stimmen. Da waren nur das zaghafte Zwitschern eines Vogels und das unablässige Rauschen der Autobahn, das von unten heraufdrang. Sonst nichts. Er war ganz alleine hier oben.

Aber wie lebendig und großartig konnte diese Welt sein, wenn man mit dem Abstand von ein paar Hundert Metern auf sie herabblickte, wenn alles winzig klein erschien, was den Menschen dort unten so wichtig war. Nirgendwo konnte man die Freiheit so sehr spüren wie in der Höhe.

Freiheit. Ein Wort, das sich aus den Tiefen seines Gehirns meldete. Stell dir vor, du wärst eines Tages nicht mehr frei. Stell dir eine Gefängniszelle vor. Eisentür, Vergitterung, Milchglasscheibe. Allein oder eingepfercht zu viert oder sechst in Etagenbetten. Jahrelang.

Er atmete tief ein und versuchte, sich solcher Gedanken zu entledigen, doch sie hatten ihn im Klammergriff. Natürlich würde es nie so weit kommen. Niemals. Er war doch viel cleverer als all die anderen. Außerdem hatte er zuverlässige Helfer, denen er vertrauen konnte. Wie in Trance ging er weiter, den schmalen Pfad am Steilhang entlang, hinüber zum Boßlerhaus, von wo Stimmen durch den Wald schallten. Beim Näherkommen zeichnete sich das Gebäude zwischen den Bäumen ab, davor einige Bierbänke, spielende Kinder, sommerliche Betriebsamkeit. Er war nie zuvor hier gewesen und deshalb überrascht, wie idyllisch sich das Gebäude oberhalb eines steilen Wiesenhangs an den Waldrand schmiegte. Die Sicht ging über bewaldete Bergrücken zur Alb hinüber, aber auch links hinab ins tiefer gelegene Filstal.

Er wurde von den Menschen, die hier im Schatten saßen, aufmerksam beäugt. Mit einem landesüblichen »Grüß Gott« und einem gezwungenen Lächeln ging er an ihnen vorbei in den dunklen Flur des Gebäudes. In der nur wenig besetzten Gaststube traf er auf einen älteren Mann, den er als den Wirt vermutete. Ruckgaber gab sich freundlich zu erkennen und erklärte, dass er eine Übernachtung gebucht habe.

»Ziemlich heiß heute«, meinte der angegraute Hüttenwirt, kratzte sich im Haar und blätterte in einem Notizbuch. »Kommet Se mit, i zeig Ihne die Zimmer«, sagte er schließlich mit schwäbischem Dialekt und führte seinen Gast über eine Treppe ins Obergeschoss.

Ruckgaber entledigte sich seines schweren Rucksacks und entschied, auf der Terrasse ein zünftiges Vesper und ein Weizenbier zu sich zu nehmen. Er war früher als gedacht hier angekommen und konnte den herrlichen Sommernachmittag ausgiebig genießen. Bei der Suche nach einem freien Sitzplatz auf den Bierbänken ging er an den Reihen der annähernd drei Dutzend Gäste vorbei, darunter offenbar viele Rentner, aber auch junge Familien mit lärmenden Kindern.

»Noch frei?«, fragte er höflich, während er sich bereits neben einer Frau niederließ, die ein kurzes »Ja klar« über die Lippen brachte und dabei näher an ihren Begleiter heranrückte. Ruckgabers Gegenüber war ein schlanker verschwitzter Mittdreißiger in engem Telekom-Trikot, der sich offenbar mit drei Sportskameraden über den steilen Fahrweg von der anderen Seite her mit dem Mountainbike auf den Berg gequält hatte.

Ruckgaber hatte sie alle lächelnd begrüßt und wollte gerade fragen, ob hier Selbstbedienung üblich sei, als er von der Tischreihe hinter ihm seinen Namen hörte. Eine Männerstimme. Er zögerte und drehte sich bewusst langsam um.

»Ja, jetzt leck me no am Arsch, Sie sind au do!« Es war die urschwäbische Art, mit der ihn ein Mann mit hochrotem und schweißnassem Gesicht begrüßte. Nur Einheimische vermochten diese deftigen Worte als besonders innigen und gar herzlichen Ausdruck der Überraschung und Verwunderung zu werten. Wobei es bei dem Gesagten aber nicht nur auf die Worte, sondern ganz entscheidend auch auf deren richtige Betonung ankam, wie sie die Menschen von nördlich der Mainlinie niemals im Leben erlernen konnten.

Ruckgaber fühlte sich ertappt, denn der Mann hatte, wohl leicht alkoholisiert, so laut gesprochen, dass nun viele Augen auf sie beide gerichtet waren.

»Sie hent mir grad noch g'fehlt«, fuhr der andere typisch schwäbisch bruddelnd fort.

Ruckgaber wäre am liebsten im Boden versunken. Er musterte den Mann, dessen Alter er auf Mitte 50 schätzte und der sich im Kreis einiger gleichaltriger Freunde ziemlich wohlzufühlen schien. Vermutlich hatte ihn das zweite oder dritte Weizenbier mutig gemacht.

Ruckgaber versuchte, sich an dieses leicht aufgedunsene Gesicht zu erinnern. Kurze dunkle Haare, randlose Brille...

Ruckgaber entschied, in die Offensive zu gehen. »So trifft man sich wieder«, gab er zurück, ohne zu wissen, wen er vor sich hatte. Er wollte sich nicht die Blöße geben, seine Ahnungslosigkeit zuzugeben.

»Was treibt Sie denn hier rauf?«, blieb der Unbekannte hartnäckig, sodass sich im Umkreis von vier Metern nun jeder für ihr Gespräch interessierte.

»Das Gleiche wie Sie«, gab Ruckgaber zurück. »Wandern und Bier trinken.«

Kurzes Gelächter von den anderen Gästen.

»Wär's net besser, Sie täten sich um Ihre Geschäfte kümmern?«, knurrte der Mann mit leicht verärgertem Unterton, griff zu seinem Weizenbierglas und trank es leer.

Ruckgaber verzichtete auf eine Antwort und drehte sich wieder zu seinem Tisch um.

»Verärgerte Kundschaft?«, grinste der hagere Mountainbiker ihm gegenüber.

»Sie können heutzutage machen, was Sie wollen«, gab sich Ruckgaber lässig, »das Anspruchsdenken in der Bevölkerung ist unglaublich groß geworden.«

»Stimmt«, pflichtete ihm der Sportler bei, »jeder ist sich selbst der Nächste.« Er sah Ruckgaber fest in die Augen. »Wie's dem anderen geht, interessiert nicht. Hauptsache, man selbst macht satte Gewinne, stimmt's?«

Ruckgaber fühlte sich ertappt.

Georg Sander hatte während der vergangenen beiden Tage ausgiebig recherchiert, was insbesondere übers Internet geschah. »Google weiß alles«, pflegte er zu sagen, wenn ihn seine Partnerin wieder mal kritisierte, weil er stundenlang vor dem Computer saß. Natürlich war ihm bewusst, dass vieles, was die beliebte Suchmaschine zu Personen und deren Tätigkeiten auflistete, nur mit allergrößter Vorsicht zu genießen war. Wenn es keine fundierten Quellenhinweise gab, wie etwa auf große Nachrichtenmagazine oder seriöse Zeitungen, musste mit den Informationen sehr sorgfältig umgegangen und weiteres Material dazu beschafft werden. Während seiner Berufslaufbahn war er im Internet oft auf hanebüchenen Unfug gestoßen, ja, selbst auf gefälschte Politiker-Reden. Sander wunderte sich immer wieder aufs Neue, wie leichtgläubig die Menschen heutzutage für bare Münze nahmen, was da irgendjemand irgendwo reingeschrieben hatte. Das Internet war voll von Halbwahrheiten, Verleumdungen und Verschwörungstheorien. Wer da nicht kritisch abwägen und bewerten konnte, wurde auf Irrwege geleitet oder verfiel den cleveren Argumenten irgendwelcher Rattenfänger. Natürlich war das Internet ein ideales Medium, das zur freien Meinungsbildung beitragen konnte und ein umfassendes Nachschlagewerk darstellte – aber ohne die nötige Distanz und das Wissen um absichtlich gestreute Falschmeldungen war es eben auch mit Gefahren verbunden. Ein gedrucktes Medium, das nach dem Presserecht mit einem Impressum und den Namen der Verantwortlichen ausgestattet sein musste, konnte sich so etwas nicht leisten – und außerdem mussten Falschmeldungen auch berichtigt werden. Was aber einmal falsch ins Internet geschrieben wurde und sich bereits durch vielfältige Weitergaben verbreitet hatte, konnte nur schwerlich wieder beseitigt oder gar korrigiert werden.

Sander hatte sich stundenlang mit Lorenz Moll, dem Mordopfer, beschäftigt. Dank dessen Aktivitäten in der Elektroinnung gab es über ihn jede Menge Treffer bei Google. Sein Name tauchte in Pressemitteilungen ebenso auf wie als Redner bei diversen Veranstaltungen. Nirgendwo aber schien er ins Zwielicht geraten zu sein. Moll galt offenbar als angesehener, honoriger Bürger, der sich auch sozial engagierte, Mitglied im Schwäbischen Albverein war und sich hobbymäßig als Kirchenhistoriker beschäftigte. Außerdem fand sich sein Name in einigen Internet-Blogs, die sich um Softwareprobleme bei Überwachungsanlagen drehten. Doch dann war er im Zusammenhang mit dem Namen »Lorenz Moll« noch auf etwas gestoßen, das ihn stutzig machte: Heroldstatt, beziehungsweise dessen Ortsteil Sontheim, nach dem eine Höhle benannt war. Moll hatte sich offenbar vor drei Jahren dort als Mäzen hervorgetan und dem dortigen Höhlenverein 10.000 Euro gespendet. Es gab sogar ein Foto, das ihn zusammen mit dem strahlenden Vorsitzenden zeigte. Sander starrte auf den Text, als sei er soeben auf ein großes Geheimnis gestoßen. Moll – ein Höhlenfreund? Und dies sogar in Heroldstatt, dem Sitz dieser dubiosen Firma »RUBAFI«.

Sander hatte sich Notizen gemacht, einiges ausgedruckt und von mehreren Internet-Seiten einen sogenannten Screenshot angefertigt, also eine komplette Kopie davon abgespeichert. Er war zwar nicht allzu sehr in der Computertechnik bewandert, aber gewisse Grundkenntnisse, die ihm ein einstiger Redaktionskollege noch beigebracht hatte, reichten jetzt im Rentnerdasein aus, darauf aufzubauen. Immerhin hatte er sich inzwischen neueste Geräte zugelegt. Sogar alte Schwarz-Weiß-Negative konnte er einscannen und über einen Videograbber VHS-Filme digitalisieren. Sander wurde im Kreis Gleichaltriger nicht müde, sie zu ermuntern, sich mit diesen Techniken auseinanderzusetzen, die mannigfache Möglichkeiten für eine sinnvolle Freizeitbeschäftigung boten. Wer abseits stand, verlor den Anschluss an diese digitale Welt.

Er wollte gerade seine Recherche am Computer beenden, als Google ihn beim Namen »Lorenz Moll« auch noch auf Facebook verwies. Und tatsächlich: Es gab von Moll einen Facebook-Account, wie Sander sofort erkannte, nachdem er sich mit seinem eigenen in dieses soziale Netzwerk eingeloggt hatte. Moll präsentierte sich als Funktionär der Elektro-Innung, aber auch als IT-Experte. In seiner Chronik gab es allerdings nur wenige Einträge. Unter der Rubrik »Freunde« tauchten 129 Namen auf, von denen Sander allenfalls ein halbes Dutzend flüchtig kannte. Ein paar dieser »Freunde« hatten in den vergangenen Tagen ziemlich belanglose Texte gepostet, dazu sommerliche Landschaftsbildchen und ein verwackeltes Video von einem kleinen, noch ungelenken Kätzchen. Sander scrollte in der kurzen Zeitschiene zurück, ließ Texte und Fotos vorbeiziehen – und stoppte, als er ein Bild entdeckte, das eine Werkstattszene aus dem »Campus Galli« zeigte. Datiert von vor vier Wochen. Es war eindeutig die Schindelwerkstatt, allerdings ohne Personen. Dies brachte Sander auf die Idee, im Textfeld von Facebook den Begriff »Campus Galli« einzugeben – und war sich bewusst, wieder einmal abgelenkt worden zu sein, wie so oft im Internet: Jede noch so konkrete Suche verlor sich irgendwann in Nebensächlichkeiten, die wiederum andere Interessen weckten. Oft schon hatte sich Sander dabei ertappt, letztlich gar nicht mehr gewusst zu haben, was der eigentliche Grund für die Suche gewesen war.

Jetzt bot ihm Google gleich mehrere Seiten zum Thema »Campus Galli« an. Er entschied sich für die offizielle Homepage und entdeckte jede Menge Beiträge und Kommentare zum Baufortschritt. Gerade schien das Dach der Holzkirche gedeckt zu werden.

Sander überflog die Zeilen und Darstellungen, ohne jedoch einen Hinweis auf Moll oder Ruckgaber zu finden – wäre auch zu schön gewesen, dachte er und nahm sich vor, dieses archäologische Projekt eines Tages in aller Ruhe zu besuchen, gemeinsam mit Doris.

Jetzt aber musste er sich auf den Auftrag konzentrieren, den ihm Schulte erteilt hatte: etwas herauszufinden, mit dem Ruckgaber in die Zange genommen werden konnte. Etwas, das so kompromittierend war, dass er sich genötigt sehen würde, den Forderungen Schultes nachzugeben – sprich: das geforderte Geld herauszurücken. Das musste nicht zwangsweise mit Moll zu tun haben – oder ging Schulte gar vom schlimmsten aller Fälle aus? Dass Ruckgaber hinter dem Mord steckte? Sander hatte in den vergangenen Tagen schon viele Mal darüber nachgedacht, diese Gedanken jedoch schnell wieder verworfen. Auch jetzt versuchte er dies wieder. Doch nun war augenblicklich sein Jagdfieber geweckt.

Ihm stach auf Molls Facebookseite ein bebilderter Link ins Auge, der zu einem Online-Artikel des Master-Magazins führte.

Sanders Neugier stieg. Er klickte mit der Maus auf den Link und hatte eine Sekunde später eine Reportage auf dem Monitor. Überschrift: »Die wundersamen Geldvermehrer von der Schwäbischen Alb«. Die Ulmer Staatsanwaltschaft, so las Sander weiter, wolle zwar »zum gegenwärtigen Zeitpunkt« nicht bestätigen, dass gegen zwei Männer, die sogar namentlich als Andreas Ruckgaber und Jonas Balluf genannt wurden, ermittelt werde. Doch nach Darstellung des Magazins mehrten sich inzwischen Stimmen, wonach die Männer »von der Anhöhe der Schwäbischen Alb« mit ihrem »Investment-Unternehmen« den Kunden eine Sicherheit vorgetäuscht hätten, die es »so nicht gebe«. Der Redaktion des Master-Magazins lägen bereits die Aussagen zweier Anleger vor, die den Verdacht geäußert hatten, dass geforderte Rückzahlungen möglicherweise nicht fristgerecht geleistet würden.

Sander verschlang förmlich den Text aus der letztwöchigen Ausgabe des Magazins. Zwei investigative Journalisten hatten offenbar ausgiebig recherchiert. In einem Kommentar wurden sie ungewöhnlich deutlich: »Den beiden Finanzjongleuren scheint zugute zu kommen, dass ihre Kundschaft den Weg zum Staatsanwalt scheut, stünde dann doch die unangenehme Frage im Raum, woher die immensen Summen, die im schlimmsten Fall veruntreut sein könnten, eigentlich stammten. Die Geschädigten werden sich demzufolge mit Anzeigen zurückhalten und zähneknirschend den Verlust hinnehmen. Denn würden sie sich der Gefahr einer Strafverfolgung wegen Steuerhinterziehung, Schwarzgeld-Einnahmen oder Korruptionshonoraren aussetzen, würde ein Großteil des Vermögens ohnehin eingezogen und zusätzlich eine saftige Geldstrafe, wenn nicht sogar eine Freiheitsstrafe drohen.« Für die Kommentatoren stellte sich deshalb die abschließende Frage: »Kommen also die Geldvermehrer von der Alb ungeschoren davon?«

Sander saß wie elektrisiert vor dem Monitor. Also doch. Hatte der Informant, der voriges Jahr auch ihm einen entsprechenden Hinweis auf die beiden Männer gegeben hatte, doch recht gehabt. Für einen kurzen Moment ärgerte er sich, die Sache damals nicht weiterverfolgt zu haben. Aber als kleinem Lokaljournalisten war es ihm nicht möglich gewesen, eine aufwendige, vor allem auch zeitraubende Recherche anzustellen. Außerdem gab es wohl bis zum heutigen Tage keine handfesten Beweise, sondern nur Vermutungen. Denn wenn man den Bericht des Magazins genau las, dann wurde viel spekuliert und das meiste zwischen den Zeilen gesagt. Ganz sicher aber war der Artikel vor der Veröffentlichung von den Hausjuristen des Verlags geprüft worden. Eine kleine Heimatzeitung hätte sich vermutlich mit den wenigen Fakten, die herauszukriegen gewesen wären, ganz schön in die Nesseln setzen können.

»Was ist das denn?« Doris' Stimme im Hintergrund holte ihn wieder in die Realität zurück.

»Bericht im Master-Magazin«, erklärte Sander, ohne sich umzudrehen. »Vermutlich über die, über die ich schon mal recherchiert habe.«

»Wer, ›die‹?«, kam es zurück.

»Das waren die, die angeblich Millionen Euro von Anlagegeldern veruntreut haben sollen.«

»Irgendwo auf der Alb, stimmt's?«, vermutete Doris.

»Ja, Heroldstatt«, nickte Sander, drehte sich um und war von dem Anblick seiner Partnerin überrascht. Sie hatte sich ein kurzes Sommerkleid angezogen, das ihre jugendliche Figur besonders aufregend betonte.

»Seit zwei Stunden sitzt du ununterbrochen an dieser Kiste«, stellte Doris enttäuscht und mahnend fest. Seit er im Ruhestand war, hatte sie Sorge, er würde sich zu wenig bewegen, vor allem aber zu wenig Wasser trinken, weshalb sie ihm mit strenger Miene ein gefülltes Glas neben die Tastatur stellte. »Ich würde mir wünschen, dass wir noch ein bisschen rausgehen. Der Abend ist so schön.« Sie deutete aus dem Fenster, vor dem sich in nur 50 Metern Entfernung der bewaldete Hang der Schwäbischen Alb erhob.

»Jaja, gleich«, wiegelte er ab und tippte auf der Tastatur weiter, denn er hatte gesehen, dass es zu dem Magazin-Artikel eine ganze Latte von Kommentaren gab.

»Endlich haben die Medien den Mut, das Kind beim Namen zu nennen«, hatte ein offenbar Geschädigter geschrieben.

Für einen Moment musste Sander daran denken, wie sich die Medienwelt in den vergangenen 20 Jahren verändert hatte: Wer nicht wusste, wie die digitalen Medien funktionierten, war von dieser Parallelwelt völlig ausgeschlossen und konnte nicht verfolgen, wie hitzig darin diskutiert wurde, bisweilen natürlich auch weit unter der Gürtellinie. Wenn erst ein sogenannter »Shitstorm« losbrach, wie man Neudeutsch das lawinenartige Auftreten negativer Kritik nannte, dann konnten durchaus die Gefühle der Netzbenutzer brodeln. Oft genug hörte Sander Gleichaltrige sagen, sie bräuchten dies alles im Rentenalter nicht und es sei doch alles Teufelswerk, weil man so viel Schlechtes davon höre. Die meisten, die so redeten, hatten sich in der Regel nie damit auseinandergesetzt. Oder sie konnten nicht differenzieren, dass hinter den kritischen Tönen aus den etablierten Medien natürlich auch deren Angst vor der elektronischen Konkurrenz steckte. Das mochte mit der Grund gewesen sein, weshalb sich sogar die regionale Zeitung zu Beginn des

Handy-Zeitalters oftmals über die Besitzer dieser Geräte lustig gemacht und vielfach von einer »Handy-Manie« geschrieben hatte. Gebetsmühlenartig hatte man lesen können, man müsse doch nicht ständig und überall erreichbar sein. Dabei hatten die Jungs und Mädels in den Redaktionsstuben wohl übersehen, dass die wichtigste Funktion eines Handys in die andere Richtung ging: dass man nämlich selbst jederzeit von unterwegs etwas erledigen – oder notfalls Hilfe rufen konnte.

Sander, der sich glücklich schätzte, noch rechtzeitig vor dem Ruhestand auf den Digitalisierungszug aufgesprungen zu sein, las auf Molls Facebook-Seite weitere Kommentare: »Die bewegen sich doch in einer Grauzone, die gewollt ist.« Oder: »An so Große traut sich kein Staatsanwalt ran.« Und: »Den armen Hoeneß haben sie eingelocht, aber die ganz großen Drahtzieher laufen frei rum.«

Sander schob den Scrollbalken nach unten, überflog mehrere Dutzend Kommentare und stoppte schließlich abrupt, als er auf ein »Achtung« stieß. Neben einem Männernamen, den Sander niemandem zuordnen konnte, stand der Hinweis auf eine Internetadresse, die er sofort mit einem Doppelklick öffnete.

Der Rechner brauchte mehrere Sekunden, bis sich die Seite aufbaute und ein sachlich-nüchternes Layout mit einer Frage erschien: »RUBAFI – Wer fühlt sich geschädigt?«

Tatsächlich, durchzuckte es Sander. Da hatte sich also im Hintergrund bereits etwas zusammengebraut. Sanders Begeisterung allerdings wurde gedämpft: Kein einziger dieser Links, die mit »Kontakt«, »Antworten« und »Hier klicken für eigenen Bericht« benannt waren, ließ sich aktivieren. Es schien so, als sei die Homepage erst im Aufbau begriffen – oder inzwischen geschlossen worden.

Gab es einen Zusammenhang mit Moll? Und wenn ja, welchen? Moll hatte zwar auf seiner Facebook-Seite den Artikel des Master-Magazins übernommen – aber das musste noch lange nichts bedeuten, schließlich schien er nichts mit den Kommentaren zu tun zu haben, die auf den Online-Seiten des Magazins standen. Sander fragte sich, inwieweit auch die Polizei bereits diese Spur verfolgte. Aber so wie er die internen Verhältnisse bei der Kripo kannte, lag insbesondere bei den Ermittlungen im Computer-Bereich einiges im Argen, weil man nicht ausreichend Fachpersonal hatte.

Sander überlegte, ob er Häberle darauf hinweisen sollte. Ein gewisses Hochgefühl, etwas herausgefunden zu haben, woran bisher möglicherweise noch niemand gedacht hatte, überkam ihn. Doch dann mahnte ihn seine innere Stimme, an das von Schulte versprochene Honorar zu denken, mit dem die Bedingung verknüpft war, die Polizei vorläufig aus dem Spiel zu lassen. Als Journalist freilich juckte es ihn förmlich in den Fingern, eine Hintergrundstory für eine Zeitung zu schreiben.

Nein, entschied er. Schreiben ja, aber nicht für eine Zeitung. Die Abmachung mit Schulte lautete klar, eine fundierte Reportage zu verfassen – sie dann aber Ruckgaber zu schicken und ihn mit einer angedrohten Veröffentlichung zur Rückzahlung größerer Geldsummen zu bewegen.

Zu erpressen, mahnte ihn sein Gewissen, das ihn seit drei Tagen plagte – seit Sonntagabend, als er bei Sebastian Schulte in Ulm gewesen war. Ließ er sich, geblendet vom hohen Honorar, in etwas hineinmanövrieren, das ihn zu einem Mittäter werden ließ? Aber was war schon dabei, im Sumpf von Betrügereien und Unterschlagungen zu recherchieren, um ans Tageslicht zu fördern, was andere schädigte? Das war doch eine ehrenvolle Aufgabe, redete er sich ein, um sofort darüber nachzudenken, dass die angeblich Geschädigten wiederum andere, zumindest den Staat, geschädigt hatten. Und dass man Unrecht nicht mit einer anderen Straftat aufdecken durfte.

Verdammt – er fühlte sich selbst inzwischen eingeengt und in gewissem Maß als Handlanger. Doris hatte recht. Er brauchte frische Luft. Abwechslung, Natur, andere Gedanken. Aber, so übermannte ihn wieder das Jagdfieber, vielleicht konnten sie ja den gemeinsamen Ausflug mit etwas verbinden: einen Blick auf das Bürogebäude von »RUBAFI« in Heroldstatt werfen.

Er sah auf die Uhr. 16.39 Uhr. In einer Dreiviertelstunde konnten sie dort sein. Er wollte seinem alten journalistischen Grundsatz treu bleiben und sich von allem selbst ein Bild verschaffen. Als er voriges Jahr in dieser Sache recherchiert hatte, war nicht einmal dazu Zeit geblieben. Und jetzt? Er konnte es doch zusammen mit Doris tun, die sich so sehr wünschte, den Abend mit ihm in der Natur zu verbringen. Viel zu oft schon hatte sie geduldig auf ihn gewartet. Und heute war wirklich ein schöner Sommerabend.

Erwartungsgemäß war Doris von der Idee, den Ausflug nach Heroldstatt zu machen, nicht begeistert. »Darf ich fragen, was wir da sollen?« Es klang verärgert.

»Nur mal gucken«, antwortete Sander. »Wirklich nur gucken. Wir können dort oben noch herrlich in der Sonne wandern.«

Doris holte tief Luft. »Mein Gott, kannst du es denn immer noch nicht lassen? Jetzt bist du im Ruhestand, hast dich drauf gefreut – und schon jagst du wieder irgendeiner verrückten Sache hinterher. Das hast du doch nicht nötig.«

Sander kämpfte mit sich, ob er Verständnis zeigen und klein beigeben oder seinem Unmut darüber freien Lauf lassen sollte, dass es halt Situationen gab, die spontanes Handeln erforderten. Dass es um ein fürstliches Honorar ging, wollte er vorläufig verschweigen. Er entschied sich für diplomatisches Vorgehen. »Es kann doch ganz schön sein – ein Sommerabend auf der Alb, wo die Sonne noch viel länger scheint als bei uns im Tal. Sie geht erst kurz vor 21 Uhr unter.«

Doris verschwand stumm aus dem Zimmer. Er wollte ihr hinterhergehen und ihr alles erklären, aber dann hielt ihn der Klingelton des Telefons davon ab. Die Rufnummer, die auf dem Display aufleuchtete, kannte er. Es war die Vorwahl von Meßkirch. Fleiner?, schoss es ihm durch den Kopf. Der Verleger, für den er gerade seinen ersten Krimi schrieb?

Nach kurzer Begrüßung kam Fleiner gleich zur Sache: »Tut mir leid, wenn ich Sie so überfalle, Herr Sander. Aber ich hab ein persönliches Anliegen an Sie.«

Sander sank in seinen Bürosessel. Kam jetzt die Absage für seinen aktuellen Krimi? War seine schriftstellerische Karriere beendet, bevor sie richtig begonnen hatte?

»Es ...«, Fleiner rang hörbar nach Worten, »... es geht nicht um Ihren jetzigen Krimi«, sagte er, weil er an Sanders Schweigen dessen Irritation bemerkt hatte, »sondern um den, der vielleicht danach kommt. Sie scheinen ja bereits zu recherchieren.«

Sander lauschte gespannt, während Doris an der Tür auftauchte und gestikulierend zu verstehen gab, dass sie auf ihn warte. Er hob beschwichtigend eine Hand und deutete auf das kleine Telefon, ohne etwas zu sagen.

Fleiner hatte ebenfalls auf eine Antwort gewartet, doch weil noch immer kein Ton von Sander zu ihm gedrungen war, fuhr er fort: »Ich glaube, es wäre besser, wir würden dieses Verbrechen im ›Campus Galli‹ nicht so hochspielen.«

»So?«, gab sich Sander einsilbig und wartete gespannt auf Fleiners weitere Ausführungen.

»Ja, auch in Ihrem Interesse«, erklärte der Verleger ruhig. »Wir würden uns vielleicht alle dem Vorwurf aussetzen, ein tragisches Tötungsdelikt für Marketingzwecke zu missbrauchen.« Er räusperte sich. »Das kommt nicht gut an.« Sander hatte es die Sprache verschlagen.

»Aus dem Moll werd ich nicht schlau«, konstatierte Häberle, als ihm am frühen Abend sein junger Kollege Linkohr die bisherigen Ermittlungsergebnisse vorlegte. »Der Mensch hat gut gelebt, hat fast Tag und Nacht gearbeitet – aber es sieht nicht danach aus, als ob er Reichtümer angehäuft hätte.«
»Na ja«, seufzte Linkohr, »und falls doch, dann hat er sie jedenfalls gut versteckt. Seine Frau behauptet, nicht einmal zu wissen, wo er seine Kontoauszüge aufbewahrt. Sie will vom Finanziellen nicht die geringste Ahnung haben.« Er strich sich über den Oberlippenbart. »Oder sie spielt uns was vor. Denn ich versteh nicht, wie man beim heutigen Verwaltungskram alles so geheim halten kann, dass die eigene Frau nichts mitkriegt.«
»Ach, Herr Kollege«, grinste Häberle, »ab bestimmten Summen ist es vielleicht besser, wenn die verehrte Gattin nicht alles weiß. Denn falls das traute Zusammensein schiefgeht, könnte die Geschiedene auch Gelüste nach dem Geld kriegen.« Der Chefermittler grinste spöttisch. »Seien Sie also froh, dass Sie in dieser Hinsicht nichts zu verbergen haben.«
Linkohr wusste, worauf der Chef anspielte. Natürlich war es wieder einmal sein Pech mit der Damenwelt. Wäre es irgendwann zu einer Ehe gekommen, hätte er vermutlich bereits eine Scheidung hinter sich, musste sich Linkohr eingestehen. Und dann wäre er womöglich längst in finanzielle Bedrängnis geraten. Er blockte derlei Gedanken jetzt aber ab. »Moll gilt überall, wo sich unsere Kollegen umgehört haben, als integere Persönlichkeit. Keine Frauengeschichten, keine Skandale – nichts. Allerdings fällt auf, dass er in der

Öffentlichkeit meist allein aufgetreten ist. Von seiner Frau ist wenig bekannt.«

»Das könnte dafür sprechen, dass sie tatsächlich von seinen geschäftlichen Dingen nicht viel wusste«, resümierte Häberle. »Allerdings ist es durchaus merkwürdig, dass er wohl meist bar bezahlt hat.« Er hielt einen Schnellhefter mit Protokollauszügen hoch. »Die Kollegen haben die Aussagen mehrerer Geschäftspartner, die sagen, Moll habe auch größere Beträge bar beglichen, was ziemlich unüblich sei. Sogar seinen nagelneuen Mercedes GLC – einen Geländewagen – hat er cash bezahlt, sagt das Autohaus. Man habe ihm ein Leasing-Angebot unterbreitet, doch er habe darauf bestanden, bar bezahlen zu wollen. Ein keinesfalls übliches Vorgehen, das normalerweise auch abgelehnt wird.«

»Ein Fall für die Steuerfahnder?«, warf Linkohr ein. »Das klingt nach Geldwäsche.«

»Wir werden denen auf jeden Fall einen Tipp geben«, meinte Häberle und wechselte das Thema. »Was ist mit den Söhnen Moll? Weiß man inzwischen, wann die aus Neuseeland zurück sind?«

»Wohl erst Ende nächster Woche, soweit mir bekannt ist.«

Häberle hob ein Blatt Papier von der Schreibtischplatte. »Die Telekommunikationsverbindungen weisen übrigens nichts Besonderes aus. Sowohl auf dem Festnetz als auch beim Handy keine Auffälligkeiten. Was die vergangene Woche anbelangt.«

»Die vergangene Woche, ja.« Linkohr griff diese Bemerkung auf und konnte stolz vermelden: »Aber Kollegen in Sigmaringen haben inzwischen Molls Handy sichergestellt.«

»Was haben die?« Häberle war überrascht. Erst jetzt bemerkte er, dass Linkohr eine Plastiktüte mitgebracht hatte, aus der er eine schuhkartongroße Schachtel mit diversen

Abbildungen und Beschriftungen herauszog.« »Wissen Sie, was da drin war?«

Häberle stutzte. »Aber doch wohl nicht das Handy?«

»Nein, das nicht, das werten gerade die IT-Experten in Sigmaringen aus«, betonte Linkohr, während er eine leere Schachtel auf den Schreibtisch legte. Sofort stach dem Chefermittler das Wort »Wildkamera« ins Auge, daneben eine Abbildung, die einen olivgrün getarnten Kasten zeigte. Ziemlich genauso, wie er es gestern Abend im »Campus Galli« gesehen hatte. »Versteckte Kamera«, sagte er spontan. »Oder Videofalle – egal, wie man's nennen will. Mit Nachtsichtfunktion.« Er drehte die leere Verpackung, um einige Daten zu lesen, mit denen er nicht viel anzufangen wusste: 12 Megapixel, 120 Grad Seitenwinkel, wasserdicht. SD-Karte.

Häberle blickte wieder auf und sah in Linkohrs triumphierendes Gesicht. »Wo haben Sie das Ding her?«

»Haben die Kollegen in Sigmaringen heute früh entdeckt – in Molls Wohnwagen.«

Häberle konnte die Begeisterung des Kollegen nicht teilen. »Wieso erst jetzt? Ich denke, die haben den Wohnwagen bereits am Wochenende durchsucht?«

»Ja, aber diesem Karton wurde zunächst keine Bedeutung beigemessen. Erst nachdem gestern diese Kamera beim Tatort entdeckt wurde, hat's den Kollegen wohl gedämmert, dass es diese Kiste hier gibt. Sie haben nun den Wohnwagen nochmals gründlich auf den Kopf gestellt.«

»Wurde auch Zeit«, brummte Häberle verstimmt. »Wieso macht man so was nicht gleich gründlich? Und was gibt es sonst noch, was denen erst jetzt aufgefallen ist?«

»Das Handy. Es lag ausgeschaltet in einem Spalt zwischen Bett und Außenwand. Ein altes Motorola, nichts Besonderes. Es ist noch unklar, ob es überhaupt noch funktionstüchtig ist und ob Molls aktuelle Sim-Karte da drin ist.«

Linkohr holte aus der Plastiktüte eine Liste, die aus Sigmaringen mitgeschickt worden war. Auf ihr waren penibel genau alle Gegenstände aufgeführt, die sich im Wohnwagen befanden – vom Geschirr bis zu Toilettenartikeln. »Viel Krimskrams«, stellte Linkohr fest. »Wenn man das so liest, kann man davon ausgehen, dass die Kollegen der Spurensicherung mächtig Druck gekriegt und nun alles, aber wirklich alles aufgelistet haben. Sogar drei Kugelschreiber ›im oberen Ablagefach links‹, steht hier.« Er hielt Häberle das eng bedruckte Blatt vor die Augen. »Oder hier: Eine Schwäbische Zeitung, Ausgabe Sigmaringen von vorgestern. Außerdem ein Magazin Der Spiegel mit dem knallroten Titelblatt und der Geschichte über ›Diktator Erdogan und den hilflosen Westen‹, ferner eine Zeitschrift der Handwerker-Innung Stuttgart und das Master-Magazin von vorletzter Woche.«

»Okay«, stellte Häberle fest, »nichts Außergewöhnliches. Aber zumindest können wir nun davon ausgehen, dass mit hoher Wahrscheinlichkeit er es war, der die versteckte Kamera montiert hat – vermutlich, um in gewissen Abständen ein Foto von der Schindelwerkstatt zu machen, in der er gearbeitet hat.«

»Die Frage ist dann nur: Hat er's als Erinnerung gewollt – oder zur Sicherheit?«

Häberle ergänzte: »Und wer Interesse daran hatte, das Speichermedium zu entfernen.«

Linkohr nickte nachdenklich: »Oder er hat vergessen, eins reinzutun.«

Doris war nicht sehr begeistert gewesen, den Abendausflug nach Heroldstatt zu unternehmen. Dort auf der Hochfläche, so hatte sie argumentiert, gebe es keine so attraktiven Wanderwege wie an den Hängen der Schwäbischen Alb. Jetzt aber, als sie in dem schmucken Örtchen eintrafen, das Anfang der 70er-Jahre aus den beiden selbstständigen Gemeinden Ennabeuren und Sontheim hervorgegangen war, war Doris' Laune wieder besser geworden. Sander fühlte sich erleichtert, dass allein schon die Fahrt in die sanften Farben der untergehenden Sonne sie aufgeheitert hatte. Unterwegs kreisten seine Gedanken immer wieder um das Telefonat mit Krimi-Verleger Fleiner. Beinahe hätte er deshalb den Abzweig in den Ortsteil Sontheim verpasst, wo er nur mal kurz, wie er Doris versicherte, den Firmensitz von »RUBAFI« anschauen wollte. »Ich bin gleich wieder da«, sagte er, als er auf dem Parkplatz vor der Gemeindebibliothek ausstieg, denn ihr geplanter Spaziergang sollte sie anschließend zur nahen Sontheimer Höhle führen, die nur im Sommerhalbjahr betreten werden durfte, weil sie im Winter Quartier für seltene Fledermausarten bot.

Sander ging am Gebäude der Gemeindebibliothek entlang. Auf Google Earth hatte er sich ein Bild von den Örtlichkeiten verschafft, sodass er nun den größeren Platz, an dem sich die Adresse von »RUBAFI« befand, mühelos fand. Kein Mensch weit und breit, die Geschäfte geschlossen. Irgendwo bellte ein Hund. Die Häuser der gegenüberliegenden Seite warfen lange Schatten.

Sander mimte den abendlichen Spaziergänger, schlenderte an den Gebäudefronten entlang und suchte so unauffällig wie möglich nach der Hausnummer von Ruckgabers Büro. Falls er von irgendwoher beobachtet wurde, musste er den Anschein erwecken, sich für etwas ganz anderes zu interessieren. Dann entdeckte er im Augenwinkel, was er suchte: Die Hausnummer war als schmiedeeiserne Zahl über einer weißen Eingangstür angebracht. Daneben ein Schaufenster, das nicht als solches genutzt wurde, sondern mit blickdichten Vorhängen die Sicht nach innen verwehrte. Nur ein goldumrandetes Schild, das dicht hinter der Scheibe von der

Decke hing, ließ vermuten, worum es in diesen Räumlichkeiten ging: »RUBAFI – Ihr zuverlässiger Partner in allen Vermögens- und Finanzfragen. Diskret, vertraulich und fair. Vereinbaren Sie mit uns einen Termin.« Es folgte eine Handynummer.

Sander blieb für ein paar Sekunden stehen, um sich die zwölfstellige Nummer einzuprägen. Sie zu notieren oder gar abzufotografieren, wäre viel zu verdächtig gewesen. Er drehte sich scheinbar gelangweilt beiseite, ließ die Ziffern noch einmal an seinem geistigen Auge vorbeiziehen und wollte sie erneut mit der Aufschrift vergleichen – da blieb ihm beinahe das Herz stehen. Die Eingangstür wurde aufgerissen und nahezu gleichzeitig bläffte ihn eine Männerstimme an. »Wenn Sie einen Termin wünschen, können wir das auch gleich erledigen.«

Sander fühlte sich ertappt wie ein kleiner Schuljunge, der gerade etwas Verbotenes getan hatte. Unter der halb offenen Tür baute sich ein Mittdreißiger auf, der exakt jenem Klischee entsprach, das Sander schon immer von Finanzjongleuren hatte: weißes Hemd, auch an noch so heißen Tagen eine Krawatte, gegeltes kurzes Haar.

»Oh«, verkrampfte sich Sander und kämpfte gegen die innere Unruhe, doch ausgerechnet jetzt übermannten ihn Schultes Ratschläge, Vorsicht walten zu lassen.

»Nein, danke«, brachte er zaghaft über die Lippen. »Ich … ich hab mich nur interessiert, was es hier für Geschäfte gibt – in dieser kleinen Ortschaft, wo eigentlich nicht allzu viel los ist.« Es klang nicht sehr überzeugend.

Der Mann lächelte überlegen und hielt sich mit einer Hand im Türrahmen und mit der anderen an der Klinke fest. »Die Größe einer Ortschaft hat nichts mit der Qualität ihrer Geschäfte zu tun. Kann ich Ihnen irgendwie weiterhelfen?« Der Ton wurde verbindlicher.

Sander sah die Gelegenheit gekommen, in die Offensive zu gehen, obwohl sein Herz bis zum Halse pochte. »Wenn Sie mir eine super Anlage anbieten, die viel einbringt und absolut sicher ist ...«

»Also doch Interesse?« Die Stimme des Mannes verriet eine Mischung aus Neugier und Misstrauen. Er musterte Sander von oben bis unten, als wolle er abschätzen, um welche Beträge es sich handeln könnte.

»Ich werd's mir überlegen«, entschied sich Sander für einen Rückzug. Er wollte jetzt nicht ins Büro gebeten werden, wenn Doris im Auto wartete.

»Sie können mich ja bei Gelegenheit anrufen.« Der Mann griff mit einer weiten Armbewegung hinter sich, um aus einer Ablage eine Visitenkarte herauszufischen und sie Sander zu überreichen. »Darf ich fragen, mit wem ich's zu tun habe?«

Sander war auf diese Frage nicht gefasst. »Ich melde mich, wenn es spruchreif wird«, wiegelte er mit einem gezwungenen Lächeln ab und wollte gehen.

Der Mann, dessen Namen er bei einem flüchtigen Blick auf die Visitenkarte als »Balluf« gelesen hatte, hob eine Augenbraue, was seinen Gesichtsausdruck noch eine Spur überheblicher erscheinen ließ: »Wir sind absolut diskret und erfahrene Experten, wenn's darum geht, etwas in Sicherheit zu bringen. Völlig legal, versteht sich.«

Sander sah sein Gegenüber konsterniert an.

Balluf ergänzte deshalb: »Und wir verstehen deshalb auch, Angriffe jeglicher Art abzuwehren, wenn Sie verstehen, was ich meine.« Er bekräftigte unüberhörbar: »Angriffe *jeglicher* Art.«

Sander nickte irritiert, sagte: »Okay, danke, wenn's so weit ist, melde ich mich«, und ging schneller, als er wollte, weiter. Um nicht den Eindruck zu erwecken, nur wegen »RUBAFI« hier gewesen zu sein, überquerte er den Platz zur nächsten Straße hinab und nahm zurück zum Auto einen Umweg in Kauf.

»Hat sich's gelohnt?«, fragte Doris, die auf dem Beifahrersitz saß und mit ihrem Smartphone gespielt hatte.

»Ich kann's nicht genau sagen«, antwortete Sander, dessen Pulsschlag noch immer erhöht war. Während er den Motor startete, berichtete er von der seltsamen Begegnung, die er soeben gehabt hatte.

»Meinst du, der hat dich erkannt?«, fragte Doris anschließend und verstaute das Smartphone in ihrem Cityrucksack.

»Keine Ahnung, aber woher sollte er mich denn kennen?« Sander steuerte den Wagen zum Ortsrand, wo er den Wanderweg zur Höhle vermutete, denn er hatte sich bei Google Earth den Gemeindeplan eingeprägt und konnte sich ungefähr vorstellen, wo sich ein günstiger Ausgangspunkt zum Parken befand. Dort führte ein Feldweg in die freie Landschaft hinaus.

»Hat dich der Typ geschockt?«, fragte Doris, nachdem er einige Minuten vor sich hin geschwiegen hatte.

»Nein, nicht, nein. Aber der wollte mir gleich irgendeine Geldanlage andrehen.« Er zwinkerte zu Doris hinüber und stellte das Auto in einer von schmucken Häusern gesäumten Wohnstraße ab. Weil er nicht in den Rückspiegel sah, nahm er auch den schwarzen Mercedes-Sportwagen nicht wahr, der ihnen in einigem Abstand bis hierher gefolgt war.

Nachdem sie ausgestiegen waren, legte Sander einen Arm um Doris' Schulter und führte sie durch das beschauliche Wohngebiet, in dem es, soweit er es überblicken konnte, keinen einzigen Hinweis auf die Sontheimer Höhle gab. Er musste sich deshalb der Navigations-App seines Smartphones bedienen, um den gewünschten Wanderweg aufzuspüren.

»Müssen wir mal wieder Pfadfinder spielen?«, fragte Doris, die seine bisweilen doch ziemlich abenteuerlichen Spazier-

gänge auf schlecht beschilderten Wegen zur Genüge kannte.
»Sind wir denn zurück, bevor es Nacht ist?«

»Kann ich dir nicht versprechen, aber es wird eine sternenklare Nacht. Außerdem haben wir bisher immer wieder zurückgefunden, vergiss das nicht.« Der Weg senkte sich in ein schmales Tal, vorbei an einer Herde grasender Alpakas und einer kleinen Kläranlage, deren herb-säuerliche Gerüche die sommerlichen Düfte verdrängten.

Sander überlegte, ob er noch einmal ansprechen sollte, was ihn seit der Begegnung mit Balluf nicht mehr losließ. Er rang sich durch, es zu tun, anstatt schweigend nebeneinanderher in den Abend hineinzuspazieren. »Dieser Typ heißt Balluf«, sagte er schließlich, »ich gehe mal davon aus, dass er der Kompagnon von diesem Ruckgaber ist. Wahrscheinlich war der genauso verunsichert wie ich.«

Doris lächelte ihn charmant von der Seite an und gab sich besorgt: »Ich würde mir so sehr wünschen, dass du die Finger von solchen Sachen lässt.«

Er schwieg und musste sofort wieder an das dicke Honorar denken, das ihm in Aussicht gestellt worden war. Doris ging inzwischen ein paar schnelle Schritte voraus, drehte sich abrupt um, stellte sich ihm in den Weg und sah ihm fest in die Augen. »Was ist dir nun wichtiger: Ich oder irgendeine Geschichte, von der du weder weißt, worum es geht, noch wie sie endet?«

Er umarmte sie spontan und drückte ihr einen Kuss auf die Wange, doch war dies nicht dazu angetan, ihr die Angst um ihn zu nehmen: »Du hast dich auf den Ruhestand gefreut, und jetzt, jetzt geht es genauso weiter wie vorher. Nimm dir doch Zeit fürs Krimischreiben, aber lass endlich die anderen Sachen.«

Sie wollte noch etwas sagen, aber ihr Blick ging an ihm vorbei – hinter ihn. »Lassen wir das, da kommt jemand«, stellte sie fest, befreite sich aus seiner Umarmung und ging weiter.

Sander drehte sich um und sah in etwa hundert Metern Entfernung einen Mann, der offenbar einen größeren Hund Gassi führte.

Inzwischen war die Sonne nicht nur wegen des Geländeeinschnitts verschwunden, sondern tatsächlich hinterm Horizont versunken. In einer halben Stunde würde es dunkel sein und sich das schmale Trockental hier oben auf der Alb besonders idyllisch präsentieren, dachte Sander. Das Zirpen von Grillen erfüllte die Luft, und Vögel zwitscherten, wie sie es nur im Hochsommer taten.

»Lass uns doch in Ruhe darüber reden«, schlug Sander wieder einmal versöhnlich vor, während er seiner Partnerin hinterherhetzte, die jetzt im Joggingschritt vorauseilte, um verlorene Zeit gutzumachen.

Obwohl sie außer Atem geriet, redete sie weiter. »Du hast doch gesagt, der Journalismus sei nicht mehr deine Welt«, hielt sie ihm entgegen. Natürlich hatte sie recht. Die Vorkommnisse des vergangenen halben Jahres hatten schließlich gezeigt, dass die Kritikfähigkeit der meisten Journalisten gegen null gegangen war, um der verehrten Kanzlerin huldigen zu können. Nie zuvor, so Sanders Eindruck, hatte die Politik einen derartigen Einfluss auf die Öffentlichkeitsarbeit der Polizei genommen wie seit einigen Monaten. Pressemitteilungen wurden landauf, landab derart gesiebt, dass die Bevölkerung den Eindruck haben konnte, es gäbe so gut wie keine Kriminalität mehr. Das Jahr 2016 hatte immerhin gleich mit einem Eklat in Köln begonnen, wo sich die Polizei an diese Vorgaben gehalten hatte, doch als dann alles aus dem Ruder gelaufen war, hatte man schnell den Polizeipräsidenten in die Wüste geschickt.

»Ich geb dir ja recht«, ging Sander auf die Besorgnis seiner Partnerin ein, während jetzt ein Hinweisschild zur Höhle nach links aufwärts in einen steilen Waldweg zeigte.

Doris legte nach: »Wenn dir etwas passiert, wird kein Hahn nach dir krähen. Du bist nirgendwo mehr angestellt, vergiss das nicht. Was willst du dir denn noch beweisen? Lass es doch die Jungen machen, die Wilden.«

Natürlich stimmte alles, was sie sagte. Er brauchte sich nichts zu beweisen, aber das Entscheidende wusste sie halt doch nicht: dass es in diesem Fall um sehr viel Geld ging, um eine Summe, mit der sie ein für alle Mal ausgesorgt hätten. Egal, welche üblen Tricks dem Staat noch einfielen, die Rentner zu schröpfen. Denn der Staat brauchte Geld, sehr viel Geld. Und die Krankenkassen hatten bereits im Vorfeld dessen, was da über das Land hereingebrochen war, ihre Beiträge erhöht. Aber wer zu diesem Themenkomplex öffentlich etwas zu sagen wagte oder auch nur ansatzweise einen Kommentar in irgendwelchen sozialen Netzwerken schrieb, der konnte sich in diesen Zeiten sicher sein, dass er auf eine nie zuvor dagewesene Weise verächtlich gemacht wurde. Wer sich dem Mainstream widersetzte, galt als Dumpfbacke. Sander musste plötzlich an jenen charismatischen jungen Politiker denken, der vor einigen Jahren bei einer Kundgebung auf dem Hohenstaufen für Furore gesorgt hatte, dann aber auf dubiose Weise mundtot gemacht worden war – ein Fall, der auch Häberle damals einiges Kopfzerbrechen beschert hatte.

Inzwischen waren sie im Wald zu einem Asphaltsträßchen hochgestiegen. Sander deutete nach rechts: »Das ist die Zufahrt zur Höhle.«

»Willst du wirklich noch hin?«, warf Doris zaghaft ein und sah zu den Baumwipfeln, die sich vor dem blass gewordenen Himmel abzeichneten. »Die Höhle ist sicher nicht mehr offen. Und werktags hat sogar das Lokal zu – stand da unten an der Tafel dran.« Doris hatte keine Lust, den Spaziergang auszudehnen. Es war inzwischen Viertel nach neun geworden.

»Sind nur noch ein paar Hundert Meter«, blieb Sander hartnäckig und sah im Augenwinkel, dass sich unten in der bewaldeten Talsenke auch der Mann mit dem Hund für den Anstieg entschieden hatte. Doris hatte ihn jetzt ebenfalls bemerkt. »Komm, lass uns auf dieser Straße zum Dorf zurückgehen.« War sie ängstlich geworden, jetzt, da es dämmerte? Sander legte wieder einen Arm um ihre Schultern. »Nur kurz noch, bitte. Ist doch so ein schöner Abend.« Sie sah ihn zerknirscht an und ließ sich endlich überreden. Schon zeichnete sich hinter tief herabhängenden Zweigen das Lokal ab, das als »Rasthaus« beschrieben wurde. Ein flacher Bau mit langer Fensterfront, davor eine größere Freifläche. Die Fensterläden waren verriegelt, der Betrieb seit über zwei Stunden eingestellt. Kein Mensch weit und breit. Sie gingen schweigend an dem Gebäude entlang zum vergitterten Höhleneinstieg. Eine steile Steintreppe führte in den großen schwarzen Schlund, der sich im Steilhang auftat. Es roch modrig und nach feuchter Erde. In den hoch aufragenden Bäumen ringsum verstummte langsam das Zwitschern der Vögel.

Doris wollte sich nicht mehr länger an diesem Ort aufhalten, der mit zunehmender Dunkelheit etwas Schauriges an sich hatte. Sosehr sie auch dagegen ankämpfte, sie konnte das ungute Gefühl nicht abstreifen. »Komm jetzt, bitte!«, drängte sie, während Sander noch grübelnd in den finsteren Höhleneingang hinabstarrte.

Schließlich wandte er sich ab und folgte Doris zurück zum Gebäude und zu der Zufahrtsstraße, die direkt zur Hochfläche hinaufführte. Der Mann mit dem Hund schien bereits beim Verlassen des steilen Waldwegs diese Richtung eingeschlagen zu haben. Auf den Abstecher zur Höhle jedenfalls hatte er offenbar verzichtet.

Hier im Wald beschrieb die schmale Straße eine Rechtskurve, sodass Sander und seine Partnerin nicht sehen konnten, wie viel Vorsprung er hatte. Außerdem war in dem dichten Blätterwald die Dunkelheit weitaus schneller hereingebrochen, als sie gedacht hatten. Während Sander trotz seiner aufgewühlten Gedanken die Abendstimmung genoss und den würzigen Duft des Waldes in sich aufsog, wurden Doris' Schritte immer schneller. Sie mochte die finstere Umgebung nicht – vor allem hier, wo sie sich nicht auskannte. Sander versuchte, sie abzulenken, obwohl er selbst von den Geschehnissen der vergangenen Tage innerlich zerrissen war. Was würde noch alles auf ihn einstürzen? Wie sollte er sich verhalten? Wie lange würde er Doris den wahren Grund seiner Recherche verheimlichen können? Eine Antwort fand er nicht.

Dann zerriss ein Geräusch die friedliche Stille und holte ihn in die Realität zurück. Wie Schritte in dürrem Laub hatte es sich angehört, vermischt mit dem Knacken morschen Holzes. Schritte? Oder doch nur ein Wild?

Sie blieben abrupt stehen. Obwohl erst etwa fünf Minuten verstrichen waren, seit sie den Höhleneingang hinter sich gelassen hatten, waren die sommerlichen Farben ins Gräulich-Schwarze verblasst. Der Asphaltweg verlor sich als finsteres Band in der aufziehenden Nacht. Hohe Stauden und das Unterholz, über dem sich die mächtigen Stämme alter Bäume erhoben, wurden von der Dunkelheit verschluckt. Nur links funkelten die weit entfernten Lichter der Ortschaft durch das Dickicht herüber.

Eine Schrecksekunde später flüsterte Doris: »Hast du das gehört? Da ist doch jemand?« Ihre Stimme zitterte.

Sander lauschte angestrengt in die Nacht hinein. Ja, schon wieder ein Rascheln, diesmal länger und lauter. Aber es entfernte sich nicht. Gänsehaut kroch ihm über den Rücken.

Ein Reh oder ein Fuchs hätten die Flucht ergriffen – oder wären geräuschlos stehen geblieben, durchzuckte es Sander. »Komm, lass uns weitergehen«, flüsterte Doris, nahm seine Hand und zog ihn weiter. Wieder ein Knacken, dann rhythmisches Rascheln, sekundenlang. So strich kein Tier durchs Unterholz, musste sich Sander eingestehen. Das waren menschliche Schritte, maximal zwanzig Meter entfernt. Wieder entstand Gänsehaut. Nur weg hier, hämmerte es plötzlich in seinem Kopf. Schnell weg, aber sich die Angst nicht anmerken lassen. Wie weit der Weg noch durch das Waldgebiet führte, konnte er nicht abschätzen. Aber so, wie er es vom Navi in Erinnerung hatte, musste es auf der Anhöhe ins freie Feld hinausgehen. Doch bis zur rettenden Ortschaft dürften es gut und gerne eineinhalb Kilometer sein.

Das rhythmische Rascheln brach jetzt nicht mehr ab. »Da verfolgt uns jemand«, flüsterte Doris panisch und zog Sander nun immer schneller vorwärts. Er ließ sie gewähren und beschleunigte seine Schritte ebenfalls. Aber es hörte sich so an, als würde sich ihr Verfolger im Dunkel des Unterholzes diesem Tempo anpassen.

Sanders Hemd war inzwischen schweißnass, doch es waren gleichermaßen die pure Angst und die sommerliche Schwüle, die seinen ganzen Körper ergriffen hatten. Was, verdammt noch mal, wurde hier gespielt? Sollten sie eingeschüchtert werden? Wurden sie im nächsten Augenblick bedroht? Oder fiel gar ein Schuss?

Wer hatte denn wissen können, dass sie zu diesem Abendspaziergang aufgebrochen waren? Niemand. Natürlich niemand.

Und Balluf? Plötzlich war er wieder da, dieser Name, der ihn seit einer Stunde beschäftigte. Nein, Balluf hatte nichts von dem Spaziergang ahnen können.

Sander geriet außer Atem. Doris hatte mittlerweile ein Tempo vorgelegt, das ihn ans Joggen erinnerte. Sie waren auf der Flucht – ohne den Trittgeräuschen zu entkommen, die rechts von ihnen aus dem Wald drangen. Es bestand kein Zweifel mehr, dass sie verfolgt wurden.

Minuten dehnten sich zur Ewigkeit, der schmale Asphaltweg schien sich irgendwo im Schwarz zu verlieren – bis sich vor ihnen wie durch einen Tunnel der sanft aufgehellte Sommerhimmel abzeichnete. Noch 400 Meter, schätzte Sander, dann würden sie den drohend einengenden Wald verlassen.

Aber Sicherheit? Bot die Freifläche tatsächlich mehr Sicherheit?

Und wo, so überfiel ihn seine innere Stimme, wo war überhaupt der Mann mit dem Hund geblieben?

10

Donnerstag, 4. August

Der Donnerstag versprach wieder heiß zu werden. Häberle hatte das Fenster seines Büros weit geöffnet und fächerte sich vor dem Computerbildschirm mit einem Schnellhefter frische Luft zu. Was ihm die Sonderkommission aus Friedrichshafen gerade per E-Mail mitteilte, verschlug ihm beinahe die Sprache. Es war die Antwort auf einen Hinweis, den er noch gestern Abend weitergegeben hatte. Die Friedrichshafener schrieben, dass »in Abstimmung mit der zuständigen Staatsanwaltschaft Hechingen zum gegenwärtigen Zeitpunkt weder die Einschaltung des Zolls noch der Steuerfahndung für relevant erachtet werde«. Häberle las die Sätze noch ein zweites Mal und fühlte sich anschließend wie ein Tiger im Käfig. Hatten die eigentlich nicht begriffen, dass ihr Mordfall auch etwas mit Geldwäsche zu tun haben könnte? Bei allem, was sich inzwischen abzeichnete, musste dieser Moll irgendwo Geld gebunkert haben. Und dies wiederum konnte eine Spur zum Täter sein. Oder wurde jetzt nur noch mit angezogener Handbremse ermittelt, bloß weil das Opfer ein Prominenter aus Industrie und Handwerk war und die Spuren womöglich auch in politische Kreise führten? Es wäre ja nicht das erste Mal, dass derlei Verflechtungen zu

Einflussnahmen in die Ermittlungsarbeit der Polizei führten. Häberle sprang auf, sein kurzärmliges Jeanshemd war bereits mit Schweiß getränkt. »Da fordern die uns zu enger Zusammenarbeit auf – und dann bootet man uns auf diese Weise aus«, schimpfte er vor sich hin und ging mit mürrischem Gesicht schräg über den Flur in Linkohrs Büro hinüber. »Haben Sie das auch gelesen?«

Linkohr war gerade dabei, die E-Mail zu überfliegen, und drehte sich um. »Aber sehr viel mehr, als unseren Vorschlag abzulehnen, haben die nicht zu bieten?«, meinte der junge Kriminalist sarkastisch.

»Ich wette, die warten nur drauf, uns den Fall rüberschieben zu können. Das Ganze riecht ohnehin nach einer engen Täter-Opfer-Beziehung. Der Tatort kann bei so einer Sache ganz beliebig sein.«

Linkohr stimmte dem Chef zu, wollte etwas sagen, doch in diesem Moment tauchte ein älterer Beamter auf: »Tut mir leid, wenn ich euch noch weitere Probleme bescheren muss. Aber jetzt hat's wohl den Sander erwischt, unseren rasenden Reporter im Ruhestand.«

Ruckgaber hatte nicht gut geschlafen. Er war noch lange draußen gesessen, hatte die Nacht über dem Albrand aufziehen sehen und sich über das Gegröle einiger betrunkener Gäste geärgert, die auf der Terrasse des Boßlerhauses die Idylle störten. Dem einen, der ihn am Nachmittag beim Kommen angepöbelt hatte, war er bewusst aus dem Weg gegangen. Es schien ein ziemlich unangenehmer Typ zu sein. Aber sosehr Ruckgaber auch überlegte, er konnte dieses aufgedunsene Gesicht nicht zuordnen. War es ein Leser des Master-Magazins gewesen? Oder hatten sie in irgendeiner Weise einmal geschäftlichen Kontakt gehabt? Ruckgaber hatte es für sinnvoll gehalten, nicht nachzuhaken. Gücklicherweise war der Mann gestern Nachmittag bereits kurze Zeit später mit seiner Wandergruppe weitergezogen.

Heute Vormittag ließ sich Ruckgaber das Frühstück in der gemütlichen Hüttenstube schmecken. Die Sonne, die im Osten schon hoch über den Albbergen stand und durch ein Fenster hereinschien, hüllte die Landschaft in ein sanftes bläuliches Weiß, das noch von den Morgennebeln herrührte. Ruckgaber hatte sich zu zwei Ruheständlern aus dem Raum Stuttgart gesetzt, mit denen er am Abend noch lange im Freien geplaudert hatte. Sie waren mit ihm zusammen die Einzigen gewesen, die im »Boßlerhaus« übernachtet hatten. Und noch waren keine neuen Gäste gekommen.

»Dir steht heute ein anstrengendes Stück Weg bevor, Andy«, meinte einer seiner neu gewonnenen Wanderfreunde, denen er ausgiebig von seiner Auszeit vorgeschwärmt hatte. Sie hatten gestern Abend viel Spaß gehabt, über Gott und die Welt diskutiert und ihre jeweiligen Routen ausgetauscht. Die beiden waren in entgegengesetzter Richtung unterwegs und wollten am Nachmittag beim Reußenstein sein. Deshalb verabschiedeten sie sich gleich nach dem Frühstück.

Ruckgaber ließ es hingegen noch ruhiger angehen. Er studierte die Landkarte und die Broschüre zum »Albtraufgänger« und entschied sich, wie mit Astrid abgesprochen, für die darin vorgeschlagene Streckenführung. Vor ihm lagen rund 15 Kilometer bergauf, bergab. In weniger als einer halben Stunde erreichte er am Fuß des Boßlers das »Deutsche Haus«, eine weithin beliebte Ausflugsgaststätte mit Hotel. Er hatte schon viel von der dortigen Aussichtsterrasse gehört, von der aus das gesamte Voralbgebiet überblickt werden konnte, aber bislang war er immer nur an dem Gebäudekomplex vorbeigefahren.

Ruckgaber querte die Straße, ging an einigen Sitzgruppen vorbei, die vor dem Eingangsbereich zum Verweilen einluden, und betrat das rustikal eingerichtete Lokal, das ihm im vorderen Teil wie eine überdachte Gartenwirtschaft erschien. Je weiter er jedoch in die Räumlichkeiten vordrang, desto mehr nahmen sie den Charakter eines gutbürgerlichen schwäbischen Restaurants an. Ruckgaber nahm seinen Rucksack ab, lächelte einem Ober zu und orientierte sich nach der Terrasse, auf der die meisten Plätze noch unbesetzt waren.

Ein milder Luftzug strich von Westen her über die sonnenbeschienene Anhöhe, unter der sich die Autobahn A8 von Stuttgart her der Alb entgegenschlängelte. Ruckgaber setzte sich in den Schatten und bestellte einen Cappuccino. Dann versuchte er, sich in der vor ihm liegenden reichlich bewaldeten Landschaft die Wanderroute vorzustellen, hinab nach Bad Boll und anschließend wieder steil aufwärts zum sogenannten Fuchseck. Hier waren die nördlichen Ausläufer der Alb zerklüftet, teilweise sogar schroff und hoch. Nicht umsonst benutzten die Touristiker den Begriff »Traufgängerweg«, der freilich in einer anderen Albgegend erfunden worden war.

Der Ober servierte den Cappuccino. »Eine Frage«, lächelte Ruckgaber, »wo geht denn hier der Weg nach Bad Boll runter?«

»Oh«, sagte der schwarz gekleidete junge Mann, »da gibt es mehrere. Entweder da rüber«, er deutete nach Westen, »und unter der Maustobelbrücke der Autobahn durch, oder«, er drehte sich in die andere Richtung, »Sie gehen ins Teufelsloch runter.«

Ruckgaber runzelte die Stirn. »Das klingt ziemlich gruselig.«

»Ist es auch«, meinte der Ober ernst, »bei Nacht und Nebel möchte ich da nicht runter. Aber an einem Tag wie heute ist's ja sonnig und hell. Sie sollten aber trotzdem auf sich aufpassen.« Der Ober sah ihn eindringlich an.

Ruckgaber ärgerte sich über seine eigene Dünnhäutigkeit. Warum hörte er denn aus jedem guten Ratschlag eine unterschwellige Drohung oder Warnung heraus?

Häberle war über die Mitteilung des Kollegen erschrocken. »Was heißt das – erwischt?« Er kannte den ehemaligen Lokaljournalisten seit mehr als zehn Jahren, da hatte sich sogar so etwas wie eine Freundschaft entwickelt. »Was ist mit Sander?«

»Er hat heute schon Anzeige erstattet. Gegen Unbekannt«, erklärte der Kriminalist, während Häberle und Linkohr gespannt auf Einzelheiten warteten. »Sachbeschädigung. Reifen zerstochen. Gestern am späten Abend in Heroldstatt.«

»In Heroldstatt. Das ist doch Ulmer Gebiet. Weshalb werden wir davon unterrichtet?«

»Weil ein Kollege beim Revier gemeint hat, es könnte Sie interessieren, da Sie doch schon oft mit Sander zu tun gehabt hätten.«

»Weiß man denn, was Sander dort oben getrieben hat?«, fragte Häberle interessiert und rief sich in Erinnerung, dass Sander dieser Tage bei den Ermittlern im »Campus Galli« unangenehm aufgefallen war. Aber Sander war doch seit einem Jahr im Ruhestand, warum, zum Teufel, mischte er sich jetzt noch ein?

»Er hat angegeben, mit seiner Partnerin dort oben einen Abendspaziergang gemacht zu haben«, fuhr Häberles Kollege fort, zuckte mit den Schultern und verschwand wieder.

Häberle nickte. »Ich hab zunehmend den Eindruck, dass sich um uns herum Dinge tun, von denen wir keine Ahnung haben.«

»Astrid, ich sag dir, da laufen ganz merkwürdige Dinge«, zischte Jonas Balluf ins Telefon. Die junge Frau, die seit

Tagen nicht mehr ruhig schlafen konnte, besah sich nebenbei im Spiegel und war über ihr blasses Aussehen erschrocken. Wie sollte sie die nächsten Tage durchstehen, das Seminar in Frankfurt und all das, was sonst noch auf sie zukommen würde? Seit gestern hatte sie mit sich gerungen, ob sie Andy vom Besuch der Steuerfahnder unterrichten sollte – vor allem aber, dass dabei der Name Dolnik gefallen war. Sie könnte heute im Wasserberghaus anrufen und ihn bitten, sich bei ihr zu melden. Aber das würde gegen ihre Abmachung verstoßen, keinerlei Kontakt aufzunehmen. Andy wollte in Ruhe gelassen werden – und außerdem war es natürlich angeraten, keine nachvollziehbaren Spuren zu hinterlassen. Seit es die sogenannte Vorratsdatenspeicherung für Telekommunikationsdaten wieder gab, konnten Geprächsverbindungen ein halbes Jahr lang zurückverfolgt werden. Astrid hatte es deshalb vorgezogen, Andy nicht zu beunruhigen.

Aber nun kam Jonas wieder daher. »Ich möchte dich nur auf dem Laufenden halten«, sagte er am Telefon, nachdem er allein schon an ihrer Stimme bemerkt hatte, dass sie nicht schon wieder belästigt werden wollte. »Da taucht plötzlich so ein Typ auf, der vor unserem Büro rumschnüffelt. Gestern Abend.«

»Ein Typ?« Astrids Interesse schien geweckt zu sein. Sie ließ sich in einem Ledersessel nieder. »Was denn für ein Typ?«

»Keine Ahnung. Ich hab ihn aber ziemlich eingeschüchtert.«

»Was hast du?« Sie konnte mit seiner Bemerkung nichts anfangen. »Eingeschüchtert?«

»Ja, aber er hat mich nicht gesehen, keine Sorge.«

»Polizei? War das Polizei?« Astrid hatte die Worte so schnell gesagt, dass sie selbst darüber erschrocken war.

»Polizei? Wie kommst du denn darauf? Astrid, was wird hier eigentlich gespielt?« Balluf wurde hörbar energischer.

»Nichts wird gespielt«, gab sie kühl zurück. »Nichts, Jonas. Deine einzige Aufgabe ist es, die Stellung zu halten, bis Andy wieder da ist. Und vor allem, Ruhe zu bewahren.«

»Dann ruf ihn doch, verdammt noch mal, endlich an und sag ihm, dass hier demnächst die Hütte brennt!« Balluf wurde laut.

»Andy muss sich ein paar Tage erholen«, blieb Astrid stur. »Du wirst das doch eine Woche lang ohne ihn hinkriegen.«

»Und wenn er nicht mehr auftaucht?« Wieder war es die Frage, die er schon einige Male gestellt hatte.

»Mensch, Jonas, sei doch kein Weichei. Ihr habt diese Scheiße miteinander eingebrockt, dann halt jetzt auch du die Stange.« Sie nahm das Gerät wütend vom Ohr und tippte energisch auf die Aus-Taste.

Vielleicht war es doch sinnvoll, Andy zu verständigen. Aber nicht per Telefon. Sie musste die Notfall-Prozedur in Gang setzen. Und zwar dringend. Sie eilte barfuß über den gefliesten Boden in Ruckgabers Büro und suchte in einer Ablage nach dem Tagesplan, den er sich für seine Route ausgearbeitet hatte. Heute also »Wasserberghaus«, morgen das Hotel auf der Kuchalb. Ein ziemlich abgelegener Ort und trotzdem mit dem Auto erreichbar. Günstig für ihr Vorhaben.

Das Teufelsloch war wirklich eine finstere Schlucht. Immerhin war es ihr Name gewesen, der Ruckgaber veranlasst hatte, seine Tour kurzfristig zu ändern. Dazu hatte er zwar annähernd zwei Kilometer an der Landstraße entlanggehen müssen, bis er per Navi-App abseits der Straße nach Bad Boll links den Einstieg in den unbeschilderten abwärtsführenden Waldpfad fand. Aber dafür wurde er von dieser wilden und urwüchsigen Baum- und Pflanzenwelt entschädigt, die ihn hier umgab. Die feuchtwarme Luft ließ einen Hauch von Dschungelatmosphäre aufkommen. Zwischen dicht stehenden Nadelbäumen hatte sich ein kleiner Bach einen Weg durch das Dickicht gebahnt, in dem offenbar keine Forstwirtschaft betrieben wurde. Was umgefallen, abgebrochen oder entwurzelt war, blieb liegen. Ruckgaber mochte diese Einsamkeit, diese enge Verbundenheit mit der Natur, aber auch dieses ein bisschen mulmige Gefühl, jeden Augenblick auf etwas Unerwartetes zu stoßen. Der Weg führte stetig bergab, und es war kaum zu erwarten, dass sich an einem normalen Werktag – trotz der Ferienzeit – jemand hierher verirrte. Weshalb ihn ausgerechnet jetzt der Gedanke befiel, ob es wohl in dieser Einsamkeit ein Handynetz gäbe, wunderte ihn selbst. Ganz sicher war es so eine Ecke, in der im Notfall keine Hilfe gerufen werden konnte – so, wie es bis vor rund zwanzig Jahren, in der Vorhandyzeit, auch nicht möglich gewesen wäre.

Teufelsloch. Was mochte die Altvorderen dazu bewogen haben, diese Schlucht so zu benennen? Ruckgaber war tief in solche Gedanken versunken, als er vor sich, zwischen dem wilden Gewirr aus tief hängenden Ästen und dichten Sträuchern, eine Bewegung wahrnahm. Etwas, das sich mit blauer Farbe von den tausendfachen Grünschattierungen des Waldes abhob. Und es bewegte sich, eindeutig. Ruckgabers Sinne waren mit einem Schlag alarmiert. Seine Schritte verlangsamten sich.

Sanders Wut auf den Reifenstecher kannte keine Grenzen. Ein Abschleppwagen des ADAC hatte ihn und Doris samt Auto vergangene Nacht in eine Kfz-Werkstatt nach Geislingen geschleppt, wo gleich mit Betriebsbeginn die Reifen ausgetauscht wurden. Sander hatte unterdessen mit sich gerungen, ob er die Angelegenheit bei der Polizei anzeigen sollte, schließlich war er konspirativ unterwegs gewesen und wollte die wahren Hintergründe seines Aufenthalts in Heroldstatt nicht offenlegen. Doch Doris, die von seinem Auftrag noch immer nichts wusste, drängte ihn, diese hinterhältige Sachbeschädigung bei der Polizei zu Protokoll zu geben. Doris erinnerte ihn an einen Fall aus dem Vorjahr, über den Sander berichtet hatte. Damals war es gelungen, einen ähnlich hinterhältigen Täter auf frischer Tat zu überführen. »*Du* solltest doch am besten wissen, dass es heutzutage jede Menge elektronische Fallen gibt.« Natürlich wusste er das. Doris ließ nicht locker: »So was kann man nicht einfach hinnehmen, oder hast du etwas zu verheimlichen?« Diese Frage hatte ihn elektrisiert. Ahnte Doris etwas? Um einen derartigen Verdacht auszuräumen, entschloss er sich, die Angelegenheit anzuzeigen – schon deshalb, weil solche Täter niemals glauben durften, nicht doch irgendwann im Zusammenhang mit ganz anderen Ermittlungen aufzufliegen.

Dass aber seine Anzeige innerhalb der Polizei gleich so große Wellen schlagen und bis zu Häberle durchdringen würde, damit hatte er nicht gerechnet. Dies bot immerhin die Möglichkeit, mal wieder mit dem »großen« Häberle zusammenzutreffen – und dabei beiläufig auch über den »Fall Moll« zu sprechen.

»Der Sander als Opfer«, spöttelte Häberle, als er ihm einen Platz am Besuchertisch anbot und bei der Sekretärin Kaffee orderte. »Haben Sie's jetzt im Ruhestand zu bunt getrieben?«

Sander war nicht nach Scherzen zumute. »Ich hätt doch nie gedacht, dass da oben auf der Alb so ein Idiot rumläuft.«

»Idioten gibt's überall«, entgegnete Häberle lapidar. »Die Welt ist voller Idioten, Herr Sander. Und in den letzten Monaten hab ich den Eindruck, die Zahl derer, die Idioten sind, vervielfacht sich täglich.«

Sander überlegte, ob er damit die weltpolitische Lage oder die heimischen Bürokraten meinte – oder beides. Oft genug schon hatten sie in den vergangenen Jahren darüber diskutiert und waren einer Meinung gewesen.

»Sie waren tatsächlich nur zum Spazierengehen da oben?«, wurde Häberle direkt.»Mir können Sie's ja sagen.«

Sander kannte Häberles kumpelhaft-charmante Art. Sie beide verband zwar ein langjähriges Vertrauensverhältnis, aber in diesem Fall entschied Sander, sich vorläufig bedeckt zu halten. Wenn er jetzt zu viel sagte, würde er sich ganz sicher seinen eigenen Auftrag vermasseln. Die Lage hatte sich grundlegend verändert: Er war nicht mehr der Journalist, der den Lesern die Hintergründe eines Verbrechens vermitteln wollte, sondern nun hatte er die Interessen eines Auftraggebers zu vertreten.

»Sie dürfen gerne meine Doris fragen«, antwortete Sander, während die Sekretärin den Kaffee auf den Tisch stellte.

»Sie sind also spazieren gegangen«, grinste Häberle, »einfach so.« Er nahm einen Schluck Kaffee. »Genauso, wie Sie am Samstag durch den ›Campus Galli‹ spaziert sind? Natürlich auch rein zufällig.«

Sander hätte sich beinahe am Kaffee verschluckt. Er stellte die Tasse viel zu schnell auf den Untersetzer zurück. »›Campus Galli‹?«

Dass er diesen ungewöhnlich klingenden Namen spontan wiederholen konnte, war für Häberle das Zeichen, dass Sander wusste, worum es sich handelte. »Kann es sein«, blieb der Ermittler gelassen, »dass Sie im Ruhestand weiterhin tun, was Sie nicht lassen können?«

Für Sander klang dies alles sehr nach einer freundlichen Vernehmung. »Müssten Sie mich jetzt nicht belehren, dass ich keine Angaben machen muss, wenn ich mich selbst beschuldigen würde?« Er lächelte provozierend. Natürlich war die Frage ironisch gemeint.

»Dann ziehen Sie halt einen Anwalt zurate«, spielte Häberle das Spiel weiter mit. »Nein«, wurde er wieder ernster, »lassen wir das. Ich hab Ihnen doch gesagt, dass Sie mir alles erzählen können.«

»Weiß ich doch. Deshalb klare Aussage: Ich hab mich aufs Krimischreiben verlegt.«

»Hab ich auch schon gehört. Aber kommen Sie ja nicht auf die Idee, Ihren Kommissar dann Häberle zu nennen. Das verbiete ich Ihnen jetzt schon.« Seinem Gesichtsausdruck war zu entnehmen, dass er dies nicht wirklich so meinte. »Ich will nicht zum Kasper gemacht werden, wie das viele von Ihrer dichtenden Zunft mit ihren Kommissaren tun.«

»Versprochen«, pflichtete Sander ihm bei. »Kein Kasper, dafür wird er aber ›Häberle‹ heißen.«

»Okay«, grinste Häberle. »Und jetzt sagen Sie mir, wer hinter Ihnen her ist – oder soll ich warten, bis wir Sie als Leiche irgendwo rumliegen haben?«

Sander erschrak.

Seine Gedanken fuhren im Bruchteil einer Sekunde Karussell. Das Blau, das er zwischen den herabhängenden Zweigen ins Visier genommen hatte, kam näher. Quatsch, rief Ruckgaber sich energisch zur Ordnung, was sollte dir jetzt hier passieren? Oder doch gerade hier? Vielleicht war es Irrsinn gewesen, ein paar Tage ganz allein durch die Landschaft zu streichen. Natürlich wurde er von vielen Menschen gesehen. Natürlich war immer nachzuvollziehen, wo er sich aufhielt. Aber genauso gefährlich konnte es sein, den falschen Leuten in die Hände zu fallen – vor allem, wenn er sich leichtsinnig und aus reiner Abenteuerlust in eine Falle begab wie dieses verdammte Teufelsloch hier.

Aus dem Blau entwickelte sich beim Näherkommen ein älterer Mann, dessen auffällige Wanderjacke zum Grün des

Waldes kontrastierte. Der Statur nach war der Mann kräftig, leicht untersetzt. Eigentlich durchaus jemand, der an einem Werktag um diese Zeit unterwegs sein kann, beruhigte er sich. Außerdem war Urlaubszeit. Da war nicht zu erwarten, dass hier niemand unterwegs war – auch wenn es sich um keinen offiziellen Wanderweg handelte. Das Gesicht, das sich näherte, war braun gebrannt, von Wind und Wetter gegerbt, hatte aber trotzdem etwas Unfreundliches an sich.

Ruckgaber sah sich nach etwas um, das er als Waffe nutzen konnte. Einen abgebrochenen Ast oder ein anderes Stück Holz. Schwachsinn, urteilte seine innere Stimme. Du hast Angst, sinnlose Angst. Geh weiter, als ob nichts gewesen wäre. Ruckgaber musste sich eingestehen, dass sein Nervenkostüm ziemlich dünn geworden war. Noch trennten ihn zehn Meter von dem Fremden.

Ruckgaber lächelte, doch der Fremde verzog keine Miene. Er hatte einen Rucksack umgeschnallt, die Hände waren um die vorderen Trageriemen geklammert.

Ruckgaber ließ ihn nicht aus den Augen und war auf jegliche Reaktion gefasst. Gerade noch zwei, drei Schritte waren sie voneinander entfernt, als sich die Lippen des Mannes bewegten: »Auch ins Teufelsloch gewagt?« Sie blieben beide stehen.

»Ja, auch«, bestätigte Ruckgaber so leise, als sei ihm sein ganzes Selbstbewusstsein abhandengekommen. Gleichzeitig machte sich Erleichterung breit, aber nur einen Sekundenbruchteil lang. Denn plötzlich befiel ihn eine böse Ahnung, so schlimm und heftig, dass er den Fremden durchdringend anstarrte und dieser seinem Blick auswich. Dieses wettergegerbte Gesicht – er war sicher, es erst vorgestern gesehen zu haben. Am Filsursprung. Der alte Bauer. Allerdings war es nur eine kurze Begegnung gewesen und er hatte sich dessen Gesicht nicht bewusst eingeprägt und ihn für einen knorrigen Landwirt gehalten. Dieser Mann hier war ein Wanderer, zumindest ließ seine Kleidung darauf schließen. Der Mann vorgestern am Filsursprung hatte Schwäbisch gesprochen – dieser hier sprach offenbar Hochdeutsch.

Nein, mach dich nicht verrückt, zähmte Ruckgaber seine aufgewühlten Gefühle und lächelte. Nur zwei, drei Sekunden lang hatte ihn dieser Vergleich gelähmt. Nun versuchte er, sich freizureden, und beantwortete endlich etwas lauter die lapidare Frage des Fremden: »Ja, ich hab mich auch da reingewagt.«

»Man trifft nicht viele Leute in dieser abgelegenen Ecke hier«, sagte der Fremde und wurde auf eine seltsame Art väterlich. »Ja, junger Mann«, er zuckte mit einer Wange, »in solchen von Gott verlassenen Schluchten muss man wirklich auf der Hut sein, dass einen nicht der Teufel holt. Schönen Tag noch.« Damit drehte er sich um und stapfte davon.

Ruckgaber sah ihm nach. Der schwarze Rucksack wippte auf der blauen Wanderjacke mit jedem Schritt, mit dem sich der Mann entfernte.

Was hatte er gesagt? Aufpassen, dass man nicht vom Teufel geholt wurde? Ruckgabers kurze Erleichterung war wie weggefegt. Er fühlte sich von diesen Worten tief im Innersten getroffen.

Noch einmal blieb er kurz stehen, um sich nach dem Mann umzudrehen. Doch da war nichts mehr. Das dichte Grün des Waldes hatte ihn verschlungen.

Gleichzeitig tauchte vor Ruckgabers geistigem Auge die Szenerie von vorgestern auf. Litt er inzwischen unter Verfolgungswahn? War alles ein seltsamer Zufall oder ein böser Albtraum? Oder was ging hier vor?

»Ich bin mir sicher, dass Andreas keinen Cent rausrückt«, meinte Karin, die jetzt schon ein halbes Jahr von Ruckgaber getrennt lebte. »Er hat noch immer auf kein einziges Schreiben meines Anwalts geantwortet.«

»Ich könnte mir vorstellen, dass er gerade an allen Fronten zu kämpfen hat«, entgegnete Karsten Dolnik, der sie in sein feudales Haus am sonnigen Ulmer Kuhberg eingeladen hatte, wo von einer großzügigen Terrasse aus der Blick weit über die Donau hinwegging.

Karin genoss den Espresso, den er ihr serviert hatte. »Es sieht nämlich ganz danach aus, als seist du nicht sein einziges Problem.« Er setzte seine Sonnenbrille auf.

»Wie darf ich das verstehen? Noch eine Frau?« Sie war dünnhäutig geworden, seit Andreas sie in Erpfenhausen beim Anblick von Astrid einfach beiseitegeschoben hatte, wie sie es empfand. Abgeschoben wegen »diesem jungen Ding«. Dabei hatte sie ihm treu zur Seite gestanden, hatte ihn immer unterstützt, damit er seinen Geschäften ungestört nachgehen konnte. Vorbei, alles weggewischt. Ihr Hass auf Männer war in den Tagen und Wochen danach grenzenlos gewesen – außer auf Karsten, der an diesem Abend so charmant und liebenswert gewesen war und der sie in ihrer Enttäuschung und Not aufzurichten vermochte und ihr eine neue Perspektive gab. Auch er war allein, nachdem sich seine Frau von ihm getrennt hatte, um sich »selbst verwirklichen« zu können, wie er es einmal geschildert hatte. Angeblich war nicht einmal ein anderer Mann im Spiel gewesen. Verrückte Welt, dachte sie und lehnte sich in dem bequemen Gartensessel zurück.

»Keine andere Frau«, beruhigte Dolnik, um sogleich zu relativieren: »Das heißt, ich weiß es nicht. Die Probleme, die ich meine, sind jedenfalls anderer Natur.«

Er hatte Karin an diesem Nachmittag zu sich eingeladen, um mit ihr darüber zu reden. Allerdings schien ihm behutsames Vorgehen angebracht.

»Hat er Ärger mit dem Finanzamt?«, sprudelte es aus ihr heraus. Einerseits hätte sie ihm das gegönnt, andererseits konnte dies aber auch dazu führen, dass sie ebenfalls in die Schusslinie geriet. Als Helferin und Mitwisserin. Und es bestand die Gefahr, dass sie von Andreas' angehäuftem Vermögen nichts mehr abbekommen würde. Der Grund, warum er auf die Anwaltsschreiben nicht reagierte, war ihr längst klar: Das Geld, das sie von ihm forderte, konnte, juristisch gesehen, gar nicht eingeklagt werden.

»Es sieht so aus, als ob der Ärger von einer ganz anderen Seite droht«, fuhr Dolnik fort.

»Ach? Kunden? Nervöse Kunden?« Sie spielte mit ihren Fingern.

»Vermutlich. Ich hab gestern mal im Internet rumgeklickt. Bei Google kannst du ›RUBAFI‹ eingeben, dann findest du auch eine Homepage mit der Frage ›RUBAFI – wer fühlt sich geschädigt?‹«

»Und da ist Andreas gemeint?«

»Weiß ich nicht. Die Homepage ist wohl noch im Aufbau. Aber es ist kaum anzunehmen, dass es noch ein zweites ›RUBAFI‹ gibt, von dem sich jemand geschädigt fühlen könnte. Wäre ein viel zu großer Zufall.« Er erhob sich und wandte sich einem gläsernen Beistelltischchen zu, auf dem sich ungeordnet Broschüren und Prospekte stapelten. Karin verfolgte interessiert, wie er von dort zwei bedruckte Blätter nahm, unter denen ein Frankfurter Hotelprospekt zum Vorschein kam. »Hier.« Damit hob er ihr die Ausdrucke entgegen. »Das ist die Homepage, mit der Geschädigte von ›RUBAFI‹ gesucht werden.«

Karin nahm ein Blatt in die Hand, während er sich wieder zu ihr setzte. »Das sieht tatsächlich so aus«, kommentierte sie das Ausgedruckte. »Da will jemand gegen Andreas vorgehen – aber warum gleich so geballt?«

»Um eine Sammelklage einzureichen«, resümierte Dolnik. »Das haben Anfang des Jahres einige Anwaltskanzleien auch gegen Volkswagen versucht, falls du dich erinnerst. Wegen dieser Softwaremanipulationen.«

Sie schätzte diese sachliche Art, wie er ein Thema anging. »Und was schlägst du vor, was ich tun kann, um meinen Anteil zu kriegen?«

»Ich bin dabei, dies zu eruieren. Lass mich dir's erklären.« Er sah sie über die dunklen Gläser der Sonnenbrille hinweg an und zündete sich eine Zigarette an – das Einzige, was sie an ihm nicht mochte. Immerhin hatte er ihr versprochen, das Rauchen bald aufzugeben. »Ich bin, wie du weißt, auch mit Andreas auf gewisse Weise geschäftlich verbunden – sonst hätten wir uns in Erpfenhausen ja auch nicht kennenlernen können.« Er lächelte charmant. »Andreas ist in geschäftlicher Hinsicht ein ziemlich cleverer Kerl, das habe ich dir auch schon gesagt. Deshalb stellt sich die Frage, inwieweit es Sinn macht, über Geld zu streiten, das rechtlich nicht einklagbar sein dürfte.«

Karin nickte. So deutlich hatte es Dolnik bisher nie gesagt, aber vermutlich war es sogar in ihrem eigenen Interesse, die juristischen Schritte nicht weiterzuführen. »Du schlägst mir vor, klein beizugeben?«

»Ich hab mir das gründlich überlegt, Karin«, er stippte die Asche seiner Zigarette in den Aschenbecher, »wenn du eine Zivilklage anstrengst, könnte sehr viel ans Tageslicht gefördert werden, was ziemliches Aufsehen erregen würde.«

»Wie bitte?«, war Karin entrüstet. »Aufsehen? Ich bin doch kein Promi ...«

»So meine ich das auch nicht. Aber um es mal vorsichtig auszudrücken: Dein Ex hat's mit Leuten zu tun, die nicht nur mal schnell ein paar Hunderttausender in die Schweiz verschoben haben. Es steckt ein bisschen mehr dahinter. Vor allen Dingen stecken Leute mit drin, die mit allen Mitteln versuchen könnten, dich daran zu hindern, ein großes Aufsehen anzuzetteln.«

»Mit allen Mitteln?« Karin war erschrocken. »Wie sich das anhört!«

Dolnik nahm seine Zigarette wieder in den Mund: »Das hört sich nicht nur so an, Karin, das ist so. Und du solltest das ernst nehmen. Sehr ernst.«

Der Weg war anstrengend gewesen. Jetzt, in Bad Boll, hätte Ruckgaber gar nicht mehr sagen können, wie er von dem feuchten Teufelsloch hierhergekommen war. Viel zu sehr kreisten seine Gedanken noch um die seltsame Begegnung, die ihn auf fatale Weise an jene vom Filsursprung erinnerte. Er hatte in sengender Hitze das beschauliche Eckwälden passiert und sich nun auf einer schattigen Bank vor dem Eingangsbereich des Kurhauses von Bad Boll niedergelassen. Um ihn herum strahlten die Sommerblumen in herrlichsten Farben, einige gehbehinderte Kurgäste strebten der gepflegten Parkanlage zu, Radler kreuzten den Zugang, Spaziergänger flanierten. Das nahe Thermalbad zog trotz der sommerlichen Hitze einige Besucher an. Ruckgaber genoss dieses pulsierende Leben, das im krassen Gegensatz zu der Einsamkeit in der feuchten Schlucht stand, die ihm auch jetzt im Nachhinein noch einen Schauer über den Rücken jagte. Aber er selbst hatte sich in diese Lage gebracht. Wäre er der offiziellen Route gefolgt, hätte er das Teufelsloch nicht durchqueren müssen. Das war leichtsinnig gewesen.

Er nahm einen Schluck aus seiner Wasserflasche, die er im »Boßlerhaus« noch gefüllt hatte, und beobachtete die Menschen um sich herum. Ein junger Mann, der viel zu lässig links an einem Baum lehnte, erweckte seinen Argwohn. Gewiss kein Kurgast. Oder vielleicht ein Patient, der nur auf seine ambulante Krankengymnastik wartete? Nein, nicht schon wieder dieses Misstrauen, mahnte er sich. Das sind alles ganz normale Menschen. Er wischte sich den Schweiß von der Stirn, erhob sich und schnallte seinen Rucksack wieder um. Die Hitze wurde zunehmend unerträglicher – und der Weg zum »Wasserberghaus« war noch weit. Er orientierte sich an der Broschüre, die zusammengefaltet und griffbereit in seiner Hosentasche steckte. Es ging seitlich an Bad Boll vorbei hinüber nach Dürnau, wo er sich in einem Supermarkt mit Getränken und Wurstbroten eindeckte. Dann, einem Obstlehrpfad folgend, tauchte der Ort mit dem ungewöhnlichen Namen »Gammelshausen« auf. Der Weg führte über die sanft ansteigenden und mit Streuobstwiesen reichlich gesegneten Hänge der Alb. Ruckgaber allerdings konnte sich an der Schönheit dieser Landschaft nicht erfreuen. Alles, was in den vergangenen Tagen über ihn hereingestürzt war, lastete dumpf und bleiern auf seinem Gemüt. Vielleicht war das alles eine Nummer zu groß für ihn.

Der Anstieg zum hoch aufragenden und bewaldeten Fuchseck, einem Eckpunkt am Albtrauf, trieb ihm noch einmal den Schweiß aus allen Poren. Schnell hatte er eine halbe Flasche Mineralwasser in seine trockene Kehle geschüttet. Die Anstrengung schien ihm sämtliche noch verbliebene Energie zu entziehen, sodass er seine wilden Gedanken nicht mehr bändigen konnte. Als er die halbe Höhe erklommen hatte, warf er erneut einen Blick auf seine Broschüre mit der eingezeichneten Route, um zu prüfen, ob er den Weg zum »Wasserberghaus« abkürzen sollte. Nein, entschied er. Der Tag war noch lang, und außerdem wollte er sich nicht unter die Menschenmenge mischen, die sich erfahrungsgemäß bei gutem Wetter an diesem beliebten Ausflugsziel tummelte.

Nachdem der steile, aber glücklicherweise schattige Bergpfad überwunden und die Albhöhe erreicht war, ließ er sich auf einer Ruhebank nieder. Sein Hemd war so nass vom Schweiß, als sei er in einen Regenschauer geraten, und der Rucksack schien immer schwerer zu werden. Eine wohltuende Brise strich über sein Haar. Er trank die Flasche Mineralwasser leer und aß eine Banane. Unter ihm lag die Ortschaft Schlat.

Noch war er im Zeitplan. Aber wär es nicht besser, wenigstens einmal mit Astrid Kontakt aufzunehmen, um zu erfahren, wie sich alles entwickelt hatte? Oder war es sinnvoller, ahnungslos zu bleiben und alles so ablaufen zu lassen wie geplant? Wieder schweiften seine Gedanken ab, die ihn aufwühlten und zwischen Triumph und Angst hin- und herrissen. Nur oberflächlich nahm er die traumhafte Kulisse wahr, die sich von hier oben auftat: Hohenstaufen und Rechberg, unten das weite grüne Land der Voralb, dahinter im bläulichen Dunst das Neckartal. Alles irgendwie irreal, dachte er. Seine innere Welt war eine andere als die äußere.

Dann ein Knacken. Instinktiv und viel zu schnell drehte er sich um. Zwei Frauen mittleren Alters, lachend, positiv gestimmt.

»Jetzt sent Se aber erschrocken«, meinte eine von ihnen. Ihr Gesicht war verschwitzt.

»Ja, um ehrlich zu sein, ja. Man weiß ja nie, wer sich von hinten anschleicht.« Auch er versuchte zu lächeln und stand auf. »Ich wollte sowieso gerade weiter. Bitte nehmen Sie Platz.«

Die beiden Damen musterten ihn von oben bis unten, als sei er ihnen mit seinem Dreitagebart nicht geheuer.

»Danke, das ist lieb von Ihnen«, sagte jetzt die andere in astreinem Hochdeutsch. Ruckgaber war von beiden angetan. Es kam selten vor, dass zwei Frauen allein wandernd unterwegs waren. »Na, dann noch einen schönen Tag«, verabschiedete er sich und folgte dem Pfad.

Zwei Frauen allein? War das Zufall? Seit Gammelshausen war ihm niemand mehr begegnet – und nun ausgerechnet am höchsten Punkt zwei Frauen ganz allein? Er versuchte, sich ihr Aussehen einzuprägen. Um die 40 vielleicht, dachte er, bunte Wanderblusen, eine der Frauen in langer beiger Hose, die andere in einer olivgrünen kurzen. Die Haare halblang oder hinten zusammengebunden. Hatte er die beiden schon einmal irgendwo gesehen? Im Büro? In Heroldstatt? Polizistinnen?

Nein, Quatsch, rief er sich wieder selbst zur Ordnung. Er drehte sich noch einmal um, doch der Wald und das sich absenkende Gelände hatte die beiden bereits verschlungen. Ganz sicher. Diesmal waren die Personen nicht einfach spurlos weg – wie er es am Filsursprung und heute Mittag im Teufelsloch glaubte, erlebt zu haben.

Genauso steil, wie er hochgestiegen war, brachte ihn ein anderer Pfad im Hangwald wieder abwärts. Vor ihm lag ein tiefer Einschnitt, der wie ein überdimensionaler Sattel die unterbrochene Albkante verband. Ruckgaber wusste, dass es sich um den Gairenbuckel handelte, über den hinweg sich eine Straße mit geradezu alpinem Charakter schlängelte. Sie musste er dort unten queren, um wieder steil den nächsten Berg zu erklimmen, sein heutiges Tagesziel. Die vielen Autos, die auf dem Wanderparkplatz standen, ließen erahnen, dass er auf dem Berg nicht allein sein würde. Bereits von Weitem waren Wanderer zu sehen. Einige Höhenmeter entfernt, wo der asphaltierte Weg im Wald verschwand, strebte eine Männergruppe aufwärts. Eine junge Familie mit zwei kleinen Kindern kam ihm entgegen.

Ruckgaber grüßte freundlich mit »Hallo«, was ebenso gut gelaunt erwidert wurde. Dennoch fühlte er sich erneut misstrauisch beäugt. Hatte er nicht mal irgendwo gelesen, dass sich das Spezialeinsatzkommando der Polizei auch mit unkonventionellen Methoden tarnte? Warum nicht als Familie? Nein, nein, wies er solche Gedanken zurück. Sie würden niemals Kinder dafür einsetzen.

Der Anstieg raubte ihm die letzten Kräfte. Es wurde Zeit, dass er ein erfrischendes Getränk zu sich nahm, vor allem aber auch etwas Kalorienreiches zu essen bekam. Das »Wasserberghaus«, das dem Schwäbischen Albverein gehörte, war für die bodenständige Küche der engagierten Pächterfamilie weithin bekannt. Daran musste Ruckgaber denken, als er ziemlich außer Atem die Anhöhe erreichte und dem ebenen Forstweg folgte – bis endlich von Weitem bereits der Giebel und die dunkle Holzfassade des Gebäudes durch das Blätterwerk der Bäume schimmerten. Je näher er kam, desto belebter wurde es. Stimmen schallten durch den Hochwald, Kinder lachten oder schrien, der Duft eines Grillfeuers lag in der Luft.

Vor dem Haus waren mehrere Biertischgarnituren dicht gedrängt besetzt. Ein ähnliches Bild wie gestern auf dem Boßler, dachte Ruckgaber und hoffte, dass ihm unliebsame Begegnungen diesmal erspart blieben.

Auch hier fühlte er sich auf unheimliche Weise beobachtet, als er an den vielen Menschen vorbei zum Haus ging, dessen Tür weit offen stand. Seine Augen gewöhnten sich nur langsam an die Dunkelheit eines Flurs, der ein paar Schritte weiter in die heimelige und rustikal eingerichtete Gaststube mündete. An den Wänden hingen Bilder, darüber reihten sich auf langen Regalen unzählige Bierkrüge aneinander.

Hinter der Theke, die gleich rechts der Tür den Küchenbereich abschloss, zapfte eine junge Frau Bier. »Grüß Gott«, lächelte Ruckgaber ihr zu. Die Blondine sah kurz auf, musste sich aber sofort wieder auf den Schaum konzentrieren, der aus dem Glas quoll.

»Grüß Gott«, sagte auch sie, »ziemlich heiß heute.« Sie hatte bemerkt, dass er völlig nass geschwitzt war.

»Das kann man wohl sagen«, entgegnete er. »Ich komm vom Boßler rüber. Das war eine ziemlich anstrengende Etappe.«

»Ach so, dann sind Sie der, der zum Übernachten ang'meldet ist«, zeigte sich die Frau informiert und sah ihn jetzt genauer an. »Wollet Se Ihren Rucksack gleich rübertun?«

Ruckgaber verstand nicht, was damit gemeint war.

»Rüber in den Schlafraum, im Nebenhaus – drüben an der Terrasse vorbei«, klärte ihn die Frau auf, die inzwischen das zweite Bierglas füllte. »Nummer drei«, sagte sie. »Zimmer drei. Für Sie ganz allein.«

Sie stellte kurz das Glas ab und reichte ihm einen Schlüssel. Er bedankte sich und hatte eine Frage: »Wenn später noch ein Kumpel von mir kommt, mit dem ich was Wichtiges zu besprechen habe, kann er doch eine halbe Stunde mit ins Zimmer kommen?« Nachdem sie nicht sofort antwortete, ergänzte er: »Nicht zum Übernachten, keine Sorge. Er geht wieder runter zum Parkplatz. Aber wir haben etwas miteinander zu bequatschen.«

»Okay«, nickte die Frau. »Des geht klar. Sie müsset sich natürlich auch drauf einstell'n, dass es heut Abend noch a bissel laut wird. Es hat sich noch ne Gruppe ang'meldet, die Geburtstag feiern will.«

»Das stört mich nicht«, sagte er und ließ sich die Speisekarte geben.

»Essen gibt's heut nur auf der Terrasse«, informierte ihn die Frau und entschwand in die Küche.

Ruckgaber drehte sich um und wandte sich der offen stehenden Tür zum dunklen Flur zu – und zuckte zusammen. Er hatte nicht bemerkt, dass dort inzwischen ein groß gewachsener Mann aufgetaucht war. »Oh«, war alles, was Ruckgaber über die Lippen brachte.

»Ja, wenn man aus der Helligkeit hier reinkommt, ist man geblendet«, stellte eine Männerstimme fest. Der Mann, der einen Kopf größer war als Ruckgaber, wirkte bei diesen Lichtverhältnissen wie ein grauer Schatten. »Sie werden sich heut Abend noch auf einiges gefasst machen müssen«, äußerte der Mann ironisch.

Ruckgaber blieb wie angewurzelt stehen. Was hatte der gesagt? Er spürte einen Kloß im Hals und versuchte vergeblich, das Gesicht seines Gegenübers zu erkennen. »So – worauf denn?«, kam es aus Ruckgabers trockener Kehle.

»Die Andrea, die Frau Wirtin, hat's Ihnen doch gerade eben gesagt: Heute gibt's noch Rambazamba hier oben.«

Die drei Männer saßen in Schultes luxuriösem Wohnzimmer, in das die tief stehende Abendsonne hereinschien. Helmut Wurster rückte nachdenklich seine schwarz umrandete Brille zurecht, sein Sohn Kai nickte zufrieden. Schulte hatte zwar die beiden anderen bereits telefonisch über den Besuch der beiden Kriminalisten informiert, doch nun schilderte er das »äußerst unangenehme Gespräch« noch einmal in allen Details. »Ich bin mir im Nachhinein gar nicht so sicher, ob ich mich klug verhalten habe«, resümierte er selbstkritisch. »Aber sobald den Schnüfflern bekannt wird, worum es uns geht, jagen die uns die Steuerfahndung an den Hals. So viel dürfte klar sein.«

Helmut Wurster war sichtlich nervös: »Eine Spur haben die ja schon – bloß, weil du wohl mal Zoff mit dem Moll gehabt hast«, wandte er sich direkt und vorwurfsvoll an Schulte.

»Was kann ich denn dafür, dass der Moll das gleich seiner

ganzen Familie vorplappern muss«, entrüstete sich Schulte. »Das waren rein geschäftliche Probleme, die wir hatten, mehr nicht. Mir war einfach sein Angebot damals zu hoch. Aber zuletzt hat er sich uns gegenüber doch ziemlich kooperativ gezeigt.«

»Die Bullen beißen sich an so etwas natürlich fest«, konterte Kai Wurster, der als Ex-Polizist gelernt hatte, analytisch zu denken. »Kritisch wird's, wenn sie auch noch auf Ruckgaber stoßen. Soweit ich rausgekriegt habe, steckt der tiefer in der Scheiße als nur mit solchen wie mit uns, die ein paar lächerliche Kröten von ihm zurückhaben wollen.«

»Was heißt das?«, hakte Schulte schnell nach.

»Na ja – er hat wohl im vergangenen Jahr weitaus mehr getrieben, als nur Anleger betrogen.« Er zog einige bedruckte Blätter hervor, eines davon zeigte einen kopierten Zeitungsartikel. »Habt ihr nicht gelesen, Mitte Mai? Ehemalige Mitarbeiter eines Waffenherstellers sollen illegale Geschäfte mit Mexiko gemacht haben. Hat die Ulmer Südwest Presse berichtet. Der Prozess vor dem Landgericht Stuttgart ist für Anfang 2017 angekündigt.«

»Und da hat Ruckgaber …?«, staunte Schulte.

»Bei allem, was ich rausgekriegt habe, ja. Natürlich nicht als Mitarbeiter, sondern als Händler«, antwortete Kai Wurster knapp. »Aber er hat mittlerweile auch private Probleme. Trennung von seiner Frau.«

»Trennung?«, wiederholte Kais Vater Helmut. »Wegen dieser Geschäfte?«

»Weiß ich nicht. Sie hat aber schon einen Neuen.« Kai musste auf seinen Datenblättern nachsehen. »Dolnik heißt er. Karsten Dolnik.«

»Dolnik«, entfuhr es Schulte erschrocken. »Sagtest du Dolnik?«

»Ja, warum?«

»Was weißt du über ihn sonst noch?« Schultes Interesse hatte sich gesteigert. Er steckte sich wieder eine Zigarette an. »Auch aus Ulm. Macht auf Großhandel irgendwelcher elektronischer Artikel. Genaues lässt sich nicht rauskriegen. Auf seiner Homepage im Internet ist nur von ›internationalen Beziehungen‹ und ›Ex- und Importservice‹ die Rede. Er hat wohl auch ein kleines Transportunternehmen. Aber keine 50-Tonner, sondern wohl nur Klein-Lkws, 3,5-Tonner und so. Ziemlich undurchsichtig, wenn ihr mich fragt.«

Kai Wurster stutzte und fragte Schulte direkt: »Kennst du ihn?«

Schulte inhalierte einen kräftigen Zug aus seiner Zigarette und zögerte kurz. »Ich war mal sein Kunde«, sagte er schließlich zur Überraschung der anderen. »Er hat für uns eine Zeit lang kleinste elektronische Bauteile transportiert, die wir für die Automobilindustrie herstellen – für Produktionsstätten im Ausland. Überwiegend Osteuropa.«

»Wie?« Helmut Wurster war für einen Moment sprachlos. »Du kennst den tatsächlich?«

»Du etwa nicht?«, fragte Schulte angriffslustig zurück. »Hab ich dir nie davon erzählt? Hat so eine kleine Klitsche draußen im Donautal – aber mit den Terminen stand er ziemlich auf Kriegsfuß, weshalb wir uns wieder von ihm trennen mussten.«

»Hast du denn noch Kontakt zu ihm?«, wollte Kai wissen, der ein Gespür für unerwartete Zusammenhänge hatte. Er und sein Vater bemerkten, dass sich Schulte mit einer Antwort schwertat. »Was heißt ›Kontakt‹?«, griff er die Frage auf. »Entschuldigt, aber ich bin im Moment etwas konsterniert. Der Name Dolnik ...« Er sog den letzten Nikotinrauch aus dem Glimmstängel und zerdrückte ihn im Aschenbecher. »Dolnik«, flüsterte er. »Er hat mich heute früh schon angerufen.«

»Dich? Angerufen?« Helmut Wurster schien das Gehörte nicht glauben zu können.

»Ja. Nach zwei, drei Jahren ruft der mich plötzlich an und will wissen, ob ich auch von Ruckgaber geschädigt sei. Ich kann mich dunkel entsinnen, einmal mit ihm darüber gesprochen zu haben – damals, als wir geschäftlichen Kontakt hatten. Auch er war auf der Suche nach einer lukrativen Geldanlageform.«

»Wie?« Kai Wurster hatte offenbar als Erster die Brisanz dieser jetzt zutage getretenen Konstellation erkannt. »Ist der denn auch geschädigt?«

»Es sieht so aus«, meinte Schulte. »Er hat wohl davon gehört, dass sich Geschädigte zusammentun wollen.«

»Was hast du mit ihm ausgemacht?«, fragte Kai ungeduldig.

»Nichts Konkretes. Nur, dass er sich gerne mal mit uns unterhalten kann.«

»Du hast ihm gesagt, dass es eine Gruppe gibt, die gegen Ruckgaber vorgehen will?«

Schulte winkte ab, ohne zu antworten. »Dass Ruckgaber ein Schwindler ist, hat unser Journalist inzwischen auch rausgefunden.« Er griff zu einem Ausdruck jenes Artikels, der im Master-Magazin vorletzte Woche erschienen war, und erklärte, dass Sander darauf gestoßen sei. »Außerdem gibt es tatsächlich eine Homepage«, fuhr er fort, »mit der Geschädigte von ›RUBAFI‹ gesucht werden. Aber leider ist die Homepage noch nicht fertig und hat noch kein Impressum, keinen Ansprechpartner. Möglich, dass unser Freund Moll dahintersteckt. Vielleicht also ein Fall für dich, Kai.« Er sah zu dem einstigen Polizisten und jetzigen Detektiv hinüber.

Dieser brannte geradezu darauf, weitere Recherchen anstellen zu dürfen. »Es empfiehlt sich also, den Dolnik

mal genauer unter die Lupe zu nehmen – was meint ihr?«
Sein begeisterter Blick wanderte von Schulte zu seinem Vater.

»Vielleicht gewinnen wir einen Mitstreiter«, meinte Schulte und grinste seinem Geschäftsfreund Helmut Wurster zu, der von seinem energischen Auftritt in Ballufs Büro berichet hatte: »Druck von allen Seiten – damit zwingen wir den Ruckgaber in die Knie.«

Sein Sohn nickte: »Möglich ist alles. Vielleicht will Dolnik im Auftrag seiner geliebten ›Ex‹ auch noch ein paar Milliönchen absahnen.«

Helmut Wurster blickte über seine Brille hinweg und mahnte: »Mich würde interessieren, wo sich Ruckgaber derzeit aufhält.«

»Das lass nur meine Sorge sein«, grinste Kai. »Ich werd ihm schon noch Feuer unter dem Hintern machen.«

»Aber Vorsicht, bitte«, riet Schulte, der sich von der plötzlichen Nennung des Namens Dolnik wieder erholt hatte. Und um zu beweisen, dass die Idee, den Journalisten mit an Bord zu holen, sinnvoll gewesen sei, berichtete er seinen beiden Besuchern von dessen jüngster Recherche in Heroldstatt, aber auch von den zerstochenen Autoreifen. »Sander hat zwar wegen Sachbeschädigung die Polizei eingeschaltet, aber den Grund seines Aufenthalts in Heroldstatt verschwiegen.« Schulte berichtete weiter: »Unserem lieben Freund Moll muss dieses Örtchen am Herzen gelegen sein. Sander hat nämlich rausgefunden, dass Moll Kontakte zum ›Sontheimer Höhlenverein‹ hatte. 10.000 Euro hat er vor einiger Zeit gespendet. Dass einer, der 40 oder wie viel Kilometer auch immer von der Höhle entfernt wohnt, so viel Geld spendet, muss etwas zu bedeuten haben, sagt Sander.«

»Oder ihn interessiert eben die Unterwelt«, schmunzelte Kai.

11

Freitag, 5. August

Ein frischer Morgen auf der Schwäbischen Alb. Die Steilhänge warfen noch lange Schatten in die engen Täler. Irgendwann war im Lauf der Nacht die bierselige Stimmung verklungen und idyllische Ruhe eingekehrt. Die Wirtsleute, die dem Treiben vor dem »Wasserberghaus« freien Lauf gelassen, aber noch vor Mitternacht Gastraum und Küche verschlossen hatten, waren längst wieder auf den Beinen. Leere Flaschen wurden scheppernd in Kisten verstaut, Gläser von den Terrassentischen geräumt. Die Besucher, die bis spät in die Nacht gefeiert hatten, waren offensichtlich um Ordnung bemüht gewesen. Nirgendwo lag Müll, auch die Flaschen standen aufgereiht auf einem der Biertische.

Philipp Köpf, der erst vor Kurzem gemeinsam mit seiner Partnerin Andrea als Pächter die Nachfolge seiner Eltern angetreten hatte, war beim Frühstück noch für ein paar Minuten mit dem einzigen Übernachtungsgast zusammengesessen. Sie hatten sich angeregt über die aktuelle Wirtschaftslage und die Situation des Gastgewerbes unterhalten.

Köpf wunderte sich noch jetzt, während er bereits in der Küche die Speisen zubereitete, über das fundierte Wissen des Gastes, dessen Namen er schon wieder vergessen hatte. Beim Abschied hatte der Gast auf die Frage, was denn sein nächstes Ziel sein werde, nichts Konkretes benannt. Er werde erst mal ostwärts weiterziehen, war alles, was ihm zu entlocken gewesen war.

Inzwischen war es halb elf geworden, als Köpf unter dem überdachten Durchgang, der zum Anbau mit den Übernachtungszimmern führte, seine Partnerin Andrea traf. »Nicht gerade anständig von dem Kerl«, schimpfte sie und hielt eine Kutterschaufel hoch, auf der neben dem üblichen Kehricht auch drei Zigarettenkippen lagen. »Der hat im Zimmer geraucht und die Kippen am Waschbeckenrand ausgedrückt.«

»Wie? Der hat geraucht? Im Zimmer?«, stutzte der junge Wirt. Rauchen war streng verboten. Nicht auszudenken, wenn der hölzerne Anbau in Flammen aufgehen würde. »Und jetzt stinkt's nach Rauch?«

»Das tut es seltsamerweise nicht. Ich hab aber gelüftet«, sagte Andrea. »Der hatte wohl noch Besuch«, fiel es ihr ein. »Und ich hatte ihm sogar erlaubt, den Besuch mit aufs Zimmer zu nehmen.«

»Besuch? Im Zimmer?«, wurde Köpf hellhörig, während seine Partnerin zu einer großen blauen Blechtonne ging und den Schmutz hineinschüttete. Was nicht unbedingt in den ohnehin immer vollgestopften Mülleimer musste, deponierten sie auf diese Weise.

»Einen Kumpel hat er erwartet, hat er gesagt«, berichtete sie. »Nicht zum Übernachten, nur zum Reden.«

»Reden auf dem Zimmer? In einer so lauen Nacht?«, wunderte sich der Wirt. »Das hätten die aber doch auch hier draußen tun können.«

»Keine Ahnung.« Sie verschwand, immer noch verärgert, im Haus.

Unterdessen sah Köpf auf dem breiten Weg, der zwischen mächtigen Bäumen direkt auf das Gebäude zuführte, drei Männer näher kommen. Nichts Außergewöhnliches an einem Sommertag wie heute, dachte er und trug einige Getränkekisten in das Haus zurück.

»Ziel erreicht«, meinte einer der Männer, als sie sich auf einer der Bierbänke niederließen, die auf dem Vorplatz standen. »Jetzt ein Weizen«, freute sich der Schnauzbärtige, der als kleinster der Gruppe auf den ersten Blick nicht gerade den Eindruck eines Sportlers erweckte, obwohl er sich bisweilen trotz seines leicht fortgeschrittenen Alters auch mit dem Fahrrad die Steilstrecken hinaufmühte. »Mensch, Herr Watzlaff, Sie kommen aber abgekämpft daher«, grinste der Älteste, der die beiden anderen an Körpergröße deutlich überragte. »Als Sie noch im Dienst waren, waren Sie doch ein agiles Bürschle.«

»Das ist auch schon eine Weile her«, konterte Watzlaff, der pensionierte Leiter des Geislinger Polizeireviers. Sander, der mit ihm und dem früheren Chef der einstigen Polizeidirektion Göppingen, Josef Malzer, die seit Langem geplante Wanderung zum »Wasserberghaus« unternommen hatte, winkte der Wirtin, die am Hauseingang aufgetaucht war, und bestellte eine Runde Weizenbier. »Geht heute auf mich«, sagte Sander, was seine Begleiter mit größtem Erstaunen zur Kenntnis nahmen, galt er doch ansonsten eher als Anhänger der schwäbischen Sparsamkeit. Er jedoch hatte diese Großzügigkeit heute mit Aussicht auf das von Schulte angekündigte Honorar riskiert – obwohl ansonsten seine Devise lautete, kein Geld auszugeben, das man noch nicht hatte. Eigentlich war sein Terminkalender ziemlich voll, aber das heutige Treffen hatte er nicht verschieben wollen – viel zu oft war es geplant gewesen, dann aber wegen schlechten Wetters abgesagt worden.

Schließlich gab es viel zu erzählen. Einen Großteil ihres Berufslebens hatten sie gemeinsam verbracht, wenngleich an unterschiedlichen Stellen. Jetzt aber, nachdem sie alle im Ruhestand waren, konnten sie über vieles offen reden und über manches herzhaft lachen, worüber sie sich einst geärgert hatten. Die Zeit, so kam es Sander in den Sinn, als die Bedienung die großen Gläser brachte, legte eben über alle Widrigkeiten einen sanften Mantel. Genauso war es in seinem Job gewesen: Der Aufreger von heute war am nächsten Tag schon Geschichte.

»Um ehrlich zu sein, Herr Sander«, sagte Malzer nach dem ersten Schluck Weizenbier, »manchmal haben Sie mich mächtig geärgert.« Er hob eine Augenbraue und sah ihn von der Seite an.

»Sie mich auch«, konterte Sander, »und manchmal auch genervt – und zwar mit Ihrer Vorliebe für Statistiken.« Watzlaff grinste und hörte genüsslich zu. »Unfallstatistik, Kriminalstatistik, 1.000 Zahlen, jede Menge Interpretationen – ich bin manchmal beinahe verrückt geworden. Wie soll man so was dem Leser auf 80 Druckzeilen vermitteln?«

»Glaube keiner Statistik, die du nicht selbst gefälscht hast«, spottete Watzlaff, »aber ich weiß ja: Bei der Polizei ist man schnell dabei, mit Statistik etwas zu verharmlosen.«

»Na, na, na«, hob Malzer wieder eine Augenbraue, als müsse er seine Freude an Zahlen verteidigen. »Statistiken können ein wichtiges Hilfsmittel für Entscheidungen sein.« Er verzog sein Gesicht zu einem sanften Lächeln. Ganz gewiss hatte er mit Zahlen umgehen können.

Als die erste Runde Weizenbier in den trockenen Kehlen verschwunden war, orderte Watzlaff eine zweite und erkundigte sich bei Andrea, der Wirtin, ob es heute auch Linsen mit Spätzle gebe. Die Frage wurde bejaht, doch jetzt, kurz vor elf, war es noch zu früh zum Mittagessen. »Ich nehm mir meist ein bisschen Vesper mit«, deutete Malzer auf seinen kleinen Rucksack. »Vorgestern hab ich sogar mal in einer Hütte übernachtet. Drüben im Schopflocher Moor. Wäre nicht nötig gewesen – ich wohn ja hier in der Gegend«, erklärte er. »Aber meine Frau ist derzeit verreist, und deshalb hab ich mir mal was Außergewöhnliches geleistet.«

»Wie?«, zeigte sich Sander interessiert. »Sie haben tatsächlich in der Hütte geschlafen?«

»Ja, natürlich. ›Hütte‹ ist natürlich ein bisschen untertrieben. Es ist schon ein richtiges Gasthaus. Sollten Sie auch einmal machen, mein lieber Herr Sander«, sagte er väterlich, »das bringt Sie auf andere Gedanken. Man trifft auf Gleichgesinnte. Sowohl Einzelgänger als auch Kommunikative. Nette Gespräche.«

Watzlaff winkte ab: »Brauch ich alles nicht. Ich hock mich auf mein Rad und dreh meine Runden über die Alb.« Die beiden anderen wussten, dass er diese Topografie liebte, die den weniger geübten Radlern das Äußerste abverlangte.

Malzer ging auf diese Bemerkung nicht ein, sondern schwärmte weiter von seiner jüngsten Aktivität: »In diesem ›Hoffmeisterhaus‹ hab ich einen jungen Mann getroffen, der sich eine Auszeit genommen hat, um ein paar Tage abschalten zu können. Das find ich einerseits gut, halte es aber andererseits auch für bedenklich, wenn sich schon junge Menschen auf diese Weise dem Stress entziehen müssen.«

Wieder das Anheben einer Augenbraue. »Mein Gott, wenn wir jedes Mal eine Auszeit genommen hätten …«

Sander war plötzlich hellhörig geworden. Als er gestern kurz mit Schulte telefoniert hatte, um ihm von dem Vorfall in Heroldstatt zu berichten, war dieses Wort auch gefallen. Ruckgaber, so hatte Schulte offenbar herausbekommen, schien gerade eine »Auszeit« zu nehmen. Nur wisse er nicht, wo.

»Wissen Sie, wer der junge Mann war?«, hakte er deshalb nach, ohne sich sein gesteigertes Interesse anmerken zu lassen.

»Nein. Ich hab ihn aber auch nicht danach gefragt«, betonte Malzer. »Er wollte allerdings partout wissen, was ich von Beruf gewesen bin. Als ich's ihm gesagt habe, war er auf seltsame Weise berührt.«

»Das kann ich mir vorstellen«, meinte Sander.

»Wieso?«, fragte Malzer zurück. »Vermuten Sie jemanden?«

Sander griff zu seinem Weizenbierglas und trank.

Watzlaff drängte: »Jetzt sagen Sie's doch!«

Sander wischte sich Schaum vom Mund. Er hatte während des Trinkens überlegt, ob er die beiden einweihen sollte, entschied sich dann aber dagegen. Auch pensionierte Polizisten mussten eine Straftat melden, wenn sie davon erfuhren.

Sanders Antwort klang daher wenig überzeugend: »Na ja, mancher erschrickt eben, wenn er ›Polizei‹ hört. Wo wollte der Mann denn hin?«

Malzer zuckte mit den stattlichen Schultern. »Weiß ich nicht«, antwortete er schnell, um kritisch anzumerken: »Aber ich glaube, mein lieber Herr Sander, wenn mich mein Gespür nicht trügt, dann wittern Sie doch eine Geschichte, oder liege ich da falsch?«

Watzlaff unterbrach den Dialog: »Unser Sander kann's nicht lassen. Der hat noch nicht verinnerlicht, dass er Rentner ist.«

Malzer fasste seinen Nebensitzer freundschaftlich am linken Unterarm: »Alles ist gut zu seiner Zeit, Herr Sander. Ich bin jetzt über 20 Jahre im Ruhestand – und Gott sei Dank bei stabiler Gesundheit. Genießen Sie diese Zeit, das ist ein neuer Lebensabschnitt. Und ich kann Ihnen sagen: es ist der beste. Vorausgesetzt, Sie machen was draus.«

Watzlaff stichelte: »Unser Sander macht so lange weiter, bis ihn unsere Kollegen irgendwo als Leiche rumliegen haben.«

Was hatte Watzlaff gesagt? Sander erschrak. Was wusste Watzlaff?

Eine Woche nach dem Mord im »Campus Galli« lastete das Verbrechen noch immer bleischwer auf der Stimmung aller Aufbauhelfer. Die Werkstatt des Schindelmachers war seither verwaist, schien aber trotzdem beliebtes Fotoobjekt vieler Besucher zu sein. Natürlich hatte sich herumgesprochen, wo das aufsehenerregende Verbrechen verübt worden war – und man bekam schließlich nicht alle Tage einen echten Tatort geboten.

Kriminalrat Dennis Blocher hingegen war mit Widerwillen auf das Gelände gefahren. Er hatte schlechte Laune. Dass er und sein Sigmaringer Team seit einer Woche auf der Stelle traten und auf keine einzige heiße Spur gestoßen waren, ärgerte ihn, zumal die SOKO von Friedrichshafen ihn mit immer neuen Aufträgen geradezu bombardierte.

Auch die sogenannten Geodaten der Mobilfunkanbieter hatten nichts Konkretes erbracht. In der Mobilfunkzelle, die den »Campus Galli« versorgte, deutete in der Nacht zum letzten Freitag kein einziges eingeloggtes Handy darauf hin, dass sich jemand längere Zeit auf dem Gelände aufgehalten hatte. Alle registrierten Verbindungsdaten stammten wohl von vorbeifahrenden Autos oder von Bewohnern nahe gelegener Ortschaften. Möglich, dass die Diskussion um die nun wieder erlaubte Vorratsdatenspeicherung auch clevere Straftäter aufgeschreckt und zur Vorsicht gemahnt hatte.

Insgeheim hatte Blocher gehofft, über das Umfeld des Mordopfers Neues zu erfahren. Doch auch »die Göppinger«, wie er oftmals abschätzig zu sagen pflegte, legten seiner Ansicht nach nicht das nötige Engagement an den Tag. Nicht einmal diesem Häberle, der landauf, landab in Kripokreisen einen sagenhaften Ruf genoss, war etwas Vernünftiges eingefallen – abgesehen von dem Hinweis auf einen großen Geldwäschedeal, den aber die Staatsanwaltschaft gestern als völlig absurd abgetan hatte. Vermutlich war Häberle allzu lange mit großen Fällen befasst gewesen und vermutete nun hinter jedem Provinzmord ein globales Verbrechen.

Vielleicht wäre es besser gewesen, Häberle hätte sich in den Ruhestand versetzen lassen, als jetzt die graue Eminenz im Hintergrund zu spielen, dachte Blocher, der vor dem Unterstand des Schindelmachers den Dienstwagen stoppte und ausstieg, um erneut den Baum zu betrachten, von dem die Kollegen die Wildkamera abmontiert hatten. Wildkamera, ja, das war wohl der verharmlosende Ausdruck für Spionagekamera. Wozu brauchte man denn so viele Wildkameras, dass sie schon in Baumärkten oder von Elektronik-Versandhäusern auch den normalen Konsumenten angeboten wurden? So viele Jäger gab es doch gar nicht.

Blocher sah sich um. An sonnigen Tagen wie diesem herrschte in dem Waldgebiet reges Treiben. Allerdings waren heute wohl mehr Bauhelfer da als Besucher. Aber gerade den vielen freiwilligen Hobby-Handwerkern hätte doch auffallen müssen, wenn an diesem Baum hier jemand eine Leiter angelehnt, hinaufgestiegen und dort oben ein olivgrünes Kästchen mit einem Metallmontageband samt Vorhängeschloss an den Stamm gebunden hätte. So etwas ließ sich nicht innerhalb weniger Sekunden montieren. Blocher spielte in Gedanken mehrere Varianten durch, die im Kollegenkreis bereits ausgiebig diskutiert worden waren: Dass Moll die Kamera dort befestigt hatte, schien nach dem Auffinden der Originalverpackung in seinem Wohnwagen ziemlich sicher zu sein – aber wer hatte die Speicherkarte herausgenommen? Oder war gar keine drin gewesen? Hatte Moll schlichtweg vergessen, die Kamera damit zu bestücken? Oder hatte der Täter von dieser Kamera gewusst und den Speicher gleich nach der Tat entnommen – oder bereits vorher? Diese Variante jedenfalls favorisierten Blochers Kollegen. Denn dass nur der Speicher entfernt wurde, nicht aber die ziemlich diebstahlsicher an den Stamm montierte Kamera, ließ auf ein hastiges Vorgehen schließen. Allerdings, so grübelte Blocher, war natürlich nicht nachvollziehbar, wann die Karte entnommen wurde. Schließlich hatten die Kriminalisten die Kamera erst vier Tage nach der Tat entdeckt. Niemand konnte daher mit Sicherheit sagen, wann genau die Kamera montiert und die Speicherkarte entnommen worden war.

Allerdings, so hatte Blocher den Protokollen entnommen, wollte auch Josef Mosbrugger, der gelernte Schindelmacher, von alldem nichts bemerkt haben. Dem Kriminalisten klangen die Worte noch nach, die Mosbrugger bei einer kurzen telefonischen Befragung gewählt hatte: »Ich habe zu keinem Zeitpunkt jemanden gesehen, der auf den Baum hinaufgestiegen ist.«

Mosbrugger hatte nach dem Verbrechen freigenommen und war in seinen oberbayerischen Heimatort Tutzing am Starnberger See gefahren. Er wurde erst wieder kommenden Montag zurückerwartet.

Blocher besah sich nachdenklich noch einmal die Werkstatt, in der praktisch jeder Quadratmillimeter kriminaltechnisch untersucht worden war, und ließ seinen Blick über geschnitzte Hölzer und altertümliche Werkzeuge sowie über historische Arbeitskleidung streifen, die an roh belassenen Pfosten hing oder über Holzklötze gestülpt war.

Es war nahezu unmöglich gewesen, an all diesen Materialien konkrete Spuren zu sichern. Das Holz ging im Lauf des

Tages durch so viele Hände, dass es zwar gewiss jede Menge Hautpartikel und somit Gen-Material gab, aber angesichts dieser Fülle ließ sich wohl kaum etwas herausfiltern, das auf eine bestimmte Person hindeutete. Und selbst am Tatwerkzeug, dieser Schindelspalthacke, waren unterschiedliche Spuren sichergestellt worden. Dies alles nützte natürlich ohnehin nichts, solange es keinen Verdächtigen gab, dessen DNA mit den vorgefundenen verglichen werden konnte. Und einen solchen gab es bislang leider nicht, musste sich Blocher seufzend eingestehen.

Doch da war auch noch diese halb abgebrannte Zigarettenkippe. Vielleicht hatte sie aber ein harmloser Besucher weggeworfen, nachdem er auf das Rauchverbot aufmerksam gemacht worden war. Der Täter hatte ja wohl kaum während seiner brutalen Tat geraucht.

Seit die Kamera entdeckt worden war, konzentrierten sich die Ermittlungen wieder verstärkt auf das Geschehen auf diesem Gelände. Deshalb hatte sich Blocher vorgenommen, noch einmal mit dem Schmied zu sprechen, der zufällig das Mordopfer in der Nacht zuvor getroffen hatte.

Blocher stieg wieder in seinen Wagen und fuhr langsam die rund 500 Meter weiter zur Werkstatt des Schmieds, vorbei an einem Ochsenkarren und mehreren Männern, die in mittelalterlichen Kutten einen Balken über das Gelände schleppten. Auf einem Zettel hatte sich der Kriminalist notiert, wie der Schmied hieß, den er vor einer Woche bereits vernommen hatte: Peter Breitinger.

Blocher parkte den Dienstwagen in einigem Abstand, weil aus dem windschief erscheinenden Unterstand mit dem grasbewachsenen Dach dichter Qualm aufstieg. Breitinger war auf das Auto aufmerksam geworden und kam dem Kriminalisten mit rußgeschwärztem und schweißnassem Gesicht entgegen. »Guten Tag, Herr Kommissar«, sagte er mit einem

Akzent, wie er im Raum Mannheim gesprochen wurde. Blocher berichtigte, wie er dies immer zu tun pflegte: »Kriminalrat, bitte. Wenn schon Titel, dann korrekt.«

Breitinger fror das freundliche Lächeln ein. Er verzichtete auf weiteren Small Talk und beschränkte sich auf eine allgemeine Frage: »Sind Sie weitergekommen?« Er wischte seine rechte Hand an der mittelalterlichen Kutte ab.

»Leider nicht«, gab Blocher schmallippig beim kurzen Händedruck zurück. Seine schlechte Laune war förmlich greifbar. Allein schon die Frage, ob er weitergekommen sei, hatte ihm die Stimmung vollends verhagelt. Er empfand es als persönliche Niederlage, nichts Konkretes vorweisen zu können. Dass heute in einem Artikel des Konstanzer Südkurier eine verheerende Bilanz über die erste Woche seiner Ermittlungen gezogen wurde, hatte er noch immer nicht verkraftet. Entsprechend barsch war er bei Dienstbeginn gegenüber seinen Mitarbeitern aufgetreten. Schließlich brauchte er einen Ermittlungserfolg, um auf der Karriereleiter weiter nach oben zu klettern. Polizeipräsident war das Wenigste, was er anstrebte. Und ein Versagen bei diesem Fall, der angesichts des weithin bekannten »Campus Galli« für großes Aufsehen gesorgt hatte, konnte ihm durchaus solche Pläne vermasseln. Immerhin hielten sich die Pressestellen aller Polizeidienststellen an die neuerdings landesweite Praxis, möglichst wenig an die Öffentlichkeit dringen zu lassen – oder unangenehme Sachverhalte durch Schönreden zu verschleiern. Und die Allerweltsfeststellung, die die Medien gerne nachplapperten, traf auch jetzt wieder zu: »Wir ermitteln in alle Richtungen.« Für einen Moment musste Blocher an die Staatsanwaltschaft denken, die gestern Häberles Idee mit der Geldwäsche so schnell verworfen hatte. Vielleicht, so zuckte es Blocher durch den Kopf, war an diesen Überlegungen ja doch etwas dran. Aber sich mit der Staatsanwaltschaft anzulegen, das gebot sich schon gar nicht. Das konnte sich nur Häberle leisten, nicht aber er, der sich damit selbst Steine in den Weg legen würde. Andererseits wäre ein solcher Fall, sofern er tatsächlich die von Häberle vermuteten Ausmaße annahm, erst recht geeignet, sich Sporen zu verdienen. Vorausgesetzt, es lief alles nach Plan.

Doch für den Moment verdrängte er diese Gedanken. Er musste sich auf Breitinger konzentrieren, der einen erschöpften Eindruck machte. Das unrasierte Gesicht, das Blocher in Erinnerung hatte, wirkte noch eine Spur ungepflegter als vor einer Woche, und die Stirn schien einige zusätzliche Falten bekommen zu haben.

»Sie haben uns schon vieles gesagt«, begann Blocher, während er sich auf einem Holzklotz Breitinger gegenübersetzte und gegen den Hustenreiz ankämpfte, den der Rauch glühender Kohlen in der Esse verbreitete.

»Ich befürchte, dass ich Ihnen nicht mehr sagen kann als vorige Woche«, entgegnete der Schmied.

Blocher schilderte den Fund der Wildkamera. »Auch Sie müssten also in der Nacht, in der Sie Moll getroffen haben, gefilmt oder fotografiert worden sein«, stellte der Kriminalist fest, was Breitinger sichtlich irritiert zur Kenntnis nahm.

»Ich?« Er schluckte. »Und was wollen Sie damit sagen?«

»Gar nichts«, entgegnete Blocher. »Oder beunruhigt Sie das?«

»Beunruhigen?« Breitinger musste husten. »Wieso sollte mich das beunruhigen? Ich hab Ihnen doch schon gesagt, dass ich dort war.« Er wurde eine Spur unsicherer. »Das ist kein Geheimnis. Bin ich denn nicht auf dem Film dieser Kamera zu sehen?«

Blocher ging nicht darauf ein und verschwieg, dass die Speicherkarte fehlte. »Ich hab Sie ja schon mal gefragt«, lenkte er ab, »aber ich tue es nochmals: Hat Herr Moll einmal angedeutet, dass er sich von irgendjemandem bedroht fühlte?«

Breitinger erhob sich und führte dem Feuer mit dem Blasebalg Frischluft zu, worauf eine mächtige Rauchwolke aufstieg. »Nein, kein Wort hat er gesagt. Das wär mir in Erinnerung geblieben, ganz bestimmt.«

»Und wer der andere war, mit dem er ursprünglich hierherkommen wollte, das wissen Sie auch nicht?«

»Nein, hab ich Ihnen doch schon letzte Woche gesagt«, erklärte Breitinger genervt und drückte wieder auf den Blasebalg.

»Herr Mosbrugger, dieser andere Schindelmacher, hat uns berichtet, es sei am Mittwochnachmittag ein Besucher dagewesen, der mit Moll reden wollte.«

»Mittwochnachmittag?«, gab sich Breitinger gereizt. »Ja, glauben Sie denn, ich lauf den ganzen Tag hier übers Gelände und schau, wer da Besuch kriegt und von wem?« Er legte den Blasebalg beiseite und baute sich vor dem sitzenden Blocher auf. »Warum schauen Sie sich die Bilder oder das Video nicht an, wenn's da eine versteckte Kamera gegeben hat?«

Blocher konterte. »Das wird alles erst noch ausgewertet, die Systeme sind nicht kompatibel«, log er und wartete vergeblich auf eine Reaktion Breitingers, der sich wieder seinem Feuer zuwandte. Gleichzeitig gab er damit aus Blochers Perspektive die Sicht frei auf etwas, das den scharfen Blick des Kriminalisten anzog, als seien seine Augen mit einem Zoom ausgerüstet und voll darauf fokussiert: eine Schachtel Zigaretten der Marke »Marlboro«. Sie lag zwischen leeren Mineralwasserflaschen und mehreren unförmigen Metallteilen auf einem grob gehobelten Brett, das an der Rückwand der Werkstatt als Ablagefläche diente. Breitinger, der mit dem Rücken zu Blocher stand, konnte so dessen Verwunderung nicht registrieren. Der Kriminalist erhob sich und trat neben ihn an die qualmende Esse, an der orange glühendes Metall lag. »Nur noch eine Frage, dann bin auch auch schon wieder weg, Herr Breitinger. Wie war das noch mal? Sie haben vorige Woche gesagt, Sie würden nicht rauchen.« Der Schmied drehte sich blitzartig um. »Ich? Jaja, das hab ich gesagt«, versuchte er, seine Verlegenheit zu überspielen. Ihm war sofort klar, dass Blocher die Zigarettenschachtel gesehen hatte. »Ich wurde gefragt, ob ich Raucher sei. Das bin ich nicht – nicht im eigentlichen Sinne. Ich paffe nur gelegentlich eine, alle paar Tage eine, wenn's stressig ist.«

»Stressig? Ich denke, man kommt hierher, um dem Stress zu entrinnen. Gab es denn hier etwas, das für Sie einen Grund zum Rauchen bot?«

»Gab es nicht«, betonte Breitinger und hatte sein Selbstbewusstsein wiedergefunden. Er deutete mit einem Kopfnicken in Richtung des Bretts: »Falls Sie die da meinen – die benutze ich, um Kleinteile darin aufzubewahren.«

Blocher nickte zweifelnd und ließ einen ziemlich verunsicherten Breitinger zurück.

Frank Pohlmann von der Steuerfahndung des Ulmer Finanzamts hatte sich in den vergangenen beiden Tagen mit umfangreichen Akten befassen müssen. Auf seinem Schreibtisch türmten sich mehrere Ordner, und in seinem Computer gab es inzwischen eine Datei, der er die schlichte Bezeichnung »RB« gegeben hatte.

»Kommst du weiter?« Es war die Stimme seines Kollegen Robert Schneider, der ihm gegenübersaß, getrennt durch einen Aktenberg.

»Wie immer halt«, knurrte Pohlmann, der sich vor zehn Jahren, gleich nach dem Studium, um den Job bei der Steuerfahndung beworben hatte. Damals war er noch der Meinung gewesen, die meiste Zeit im Außendienst verbringen zu können. Doch sehr bald hatte er schmerzlich erkennen müssen, dass sich die schwierigsten Fälle nur durch tagelanges Aktenstudium aufklären ließen – wenn überhaupt. Denn der Einfallsreichtum der Steuersünder, vor allem aber jener deren Helfershelfer, kannte keine Grenzen. Und dies im wahrsten Sinne des Wortes: Geld wurde über wundersame und verschleierte Wege in Steuerparadiese transferiert oder teure Waren zum Zweck der Mehrwertsteuerersparnis mehrmals über EU-Grenzen hinweg hin- und hergeschoben oder besser gesagt: virtuell nur per Mausklick bewegt. Handelte es sich dabei meist lediglich um das hinlänglich bekannte »Mehrwertsteuerkarussell«, so schien es bei »RUBAFI« um Fälle größeren Kalibers zu gehen. »Die Jungs haben jedenfalls in den vergangenen Jahren immer eine saubere Steuererklärung abgegeben, wenngleich mit hohen Verlustausweisungen«, antwortete Pohlmann.

»Hast du schon einen gehabt, der Gewinne gemacht hat?«, grinste Robert Schneider über die Akten hinweg und nippte an seiner Kaffeetasse. »Manchmal hab ich den Eindruck, alle machen nur aus Lust und Tollerei ihre Geschäfte, aber niemals, um Gewinne zu erzielen. Nicht mal die großen Konzerne.«

Pohlmann stimmte zu: »Mit Gewinnen prahlt man nur gegenüber den Aktionären – nicht gegenüber uns. Das hab ich längst kapiert.«

Schneider runzelte die Stirn: »Den Dolnik hast du aber auch mal gecheckt, oder?«

Pohlmann lächelte: »Er ist Hinweisgeber, telefonisch. Anonym. Wie das so üblich ist in dieser Branche. Er hat sich mit ›Dolnik‹ gemeldet, wollte aber nicht mehr über sich sagen.«

»Woher er seine Informationen hat, hat er natürlich auch nicht gesagt?«

»Nein – nur, dass wir den Namen ›Dolnik‹ bei Ruckgaber erwähnen sollen, und dass er sich wieder melden werde. Hat er übrigens heute Vormittag getan und weitere Beweise in Aussicht gestellt.«

»Die wir dann auch wohl brauchen werden«, sinnierte Schneider. »Ohne Konkretes ist den Herrschaften von ›RUBAFI‹ nicht beizukommen.«

»Ich bin mir sicher, dass wir bis zur Rückkehr von diesem Ruckgaber Handfestes haben werden.«

»Aber ob der Hinweisgeber wirklich Dolnik heißt, wissen wir nicht«, stellte Schneider fest. »Ich hab übrigens mal im Internet nachgeschaut. Bei Google gibt's zu diesem Namen 357.000 Treffer.«

Pohlmann zuckte gelassen mit den Schultern. »Aber falls du dich erinnerst: Als wir vorgestern den Balluf nach Dolnik gefragt haben, ist der ziemlich erschrocken. Wir werden seinem Kompagnon Ende nächster Woche auf den Zahn fühlen.«

»Vorausgesetzt, seine angebliche Auszeit dient nicht dazu, sich abzusetzen.« Schneider reckte den Hals, um seinen Kollegen über den Aktenberg hinweg besser sehen zu können. »Aus welchen Quellen bezieht dieser Dolnik eigentlich seine Weisheiten? Fühlt er sich von ›RUBAFI‹ geschädigt?«

»Da will er noch nicht so recht raus mit der Sprache. Aber es klingt so, als sei auch ein Privatdetektiv am Werk.«

Schneider machte eine abwertende Handbewegung. »Auch das noch! Sinnvoller wäre es, die Kripo würde sich um die Sache kümmern anstatt irgendein Amateurschnüffler.«

»Warten wir's mal ab«, schlug Pohlmann vor. »Das kann alles noch passieren, wenn wir erst Konkretes vorliegen haben. Noch ist keine Eile angesagt.«

»Sag das nicht!«, gab Schneider zu bedenken. »Wenn du

in ein gewisses Milieu hineinstichst, kann es sehr schnell passieren, dass eine Hauptfigur auf Nimmerwiedersehen von der Bildfläche verschwindet – oder besser gesagt: dass sie aus dem Spiel genommen wird. Wie beim Schach.«
Pohlmann verstummte.

So anstrengend hatte er es sich nicht vorgestellt. Der Weg vom »Wasserberghaus« bis hinüber zum kleinen Weiler Kuchalb war topografisch ebenso anspruchsvoll wie die vorhergehenden Etappen. Im Filstal hatte er die Großbaustelle für den Weiterbau der Bundesstraße 10 queren müssen, um dann auf der anderen Hangseite steil zum Hohenstein hochzusteigen. Natürlich hatte er gewusst, dass es dort ein paar Hundert Meter entfernt auf der Hochfläche ein Hotel gab, aber dort gewesen war er noch nie. Vor dem Gebäude, das sich harmonisch und unauffällig in die bäuerliche Umgebung einfügte, parkten einige Fahrzeuge mit auswärtigen Kennzeichen. Ruckgaber sah sich um, doch schien der kleine Flecken an diesem sonnigen Spätnachmittag wie ausgestorben. Es roch nach Kuhstall, und in einem der Bäume zwitscherten Vögel, vermutlich Spatzen.

Er betrat den rustikal eingerichteten Gastraum, in dem nur ein größerer Tisch besetzt war, und ging auf die Theke zu. Dort stand der Wirt und schenkte Bier ein. »Ich bin Ruckgaber, Andreas«, sagte der Neuankömmling und nahm seinen Rucksack ab.

»Grüß Gott«, erwiderte Wirt und Hotelier Josef Wagenblast und wandte sich zu seinem Terminkalender, um den Namen abzuhaken. »Bis Montag«, stellte er fest. »Zimmer Nummer 13. Haben Sie sonst einen Wunsch?«

13, ausgerechnet 13, durchfuhr es Ruckgaber, er verdrängte aber den Gedanken an diese Unglückszahl und antwortete: »Keinen Wunsch mehr, nein, danke. Es könnte aller-

dings sein, dass noch ein Bekannter von mir kommt. Falls der nach mir fragt, sagen Sie ihm, ich sei schon da.«
»Kein Problem, aber der will nicht übernachten?«
»Nein – nein, nein«, erklärte Ruckgaber schnell, füllte das Anmeldeformular aus, nahm den Schlüssel und seinen Rucksack und ließ sich das Zimmer zeigen. Der Wirt ging voraus und überlegte, ob er mit einer Bemerkung andeuten sollte, dass er seinen Gast aus der Presse kenne. Oftmals fühlten sich solche Personen dann geschmeichelt, doch der Wirt verzichtete darauf, weil der Bericht im Master-Magazin für Ruckgaber nicht gerade schmeichelhaft ausgefallen war. Er entschied, seinen Gast so wie jeden anderen zu behandeln, ohne Vorurteile und ganz diskret.

Ruckgaber zeigte sich von dem Zimmer angetan, worauf der Hotelier mit dem Hinweis auf die Modalitäten des Nachtessens und des Frühstücks wieder verschwand.

Ruckgaber legte den Rucksack auf den Boden, zog Schuhe und Socken aus und freute sich auf die ausgiebige Dusche. Drei Tage lang würde er sich hier in der Abgeschiedenheit, fernab allen hektischen Getriebes, zurückziehen und sich verwöhnen lassen. Außerdem gab es noch viel zu tun, vor allem vorzubereiten. Aber auch jetzt konnte er den Gedanken an Balluf nicht unterdrücken, und immer wieder stellte er sich die Frage, ob die Zeit für oder gegen das Vorhaben arbeitete. Aber wenn sich etwas Tragisches ereignet hätte, hätte ihn Astrid ganz sicher in irgendeiner Weise kontaktiert. Dass dies auf unverdächtige Weise möglich wäre, dafür hatten sie vorgesorgt.

Kaum hatten sich solche Gedanken seiner bemächtigt, da klopfte es an der Tür. Er ging barfuß hin, öffnete sie vorsichtig und sah sich schon wieder dem Hotelier gegenüber. »Entschuldigen Sie«, sagte dieser, »ich hab vergessen, es liegt eine Nachricht für Sie vor.«

Ruckgaber sah ihn für einen Moment verwundert an und nahm das verschlossene Kuvert entgegen. »Ich hab alles aufgeschrieben, wie man mir's gesagt hat. Es hieß, Sie wüssten Bescheid«, sagte der Hotelier und verschwand. Die Tür rastete sanft ins Schloss ein.

Ruckgaber spürte, wie sich seine innere Unruhe steigerte. Er riss das Kuvert so schnell auf, dass es nach allen Richtungen ausfranste. Zum Vorschein kam ein in Druckbuchstaben handschriftlich beschriebenes Blatt: »Anruf einer Frau, die ihren Namen nicht nennen wollte. Nur diese Botschaft: 483940.9 – 0094848.2, 20 UTC tm.« Während des Lesens hatte er sich in den Sessel fallen lassen, um den Text ein zweites Mal zu überfliegen. Es war Astrid gewesen. Sie hatte sich des vereinbarten, in der Schreibweise leicht verschlüsselten Codes bedient: die Uhrzeit in UTC, was die international gebräuchliche Greenwich-Zeit bedeutete, die während des Sommers der hiesigen Zeit um zwei Stunden hinterherhinkte. Und »tm.« bedeutete »tomorrow«, also morgen. Hinter den Zahlenreihen verbargen sich Koordinaten, hierzulande üblicherweise in nördlicher Breite und östlicher Länge. Man musste sie allerdings an der richtigen Stelle zu trennen wissen. Ruckgaber schloss die Augen und spürte plötzlich eisige Kälte, sein Körper zitterte. Es musste etwas schiefgelaufen sein. Mehrere Minuten vergingen, bis er sich in der Lage fühlte, die Koordinaten mit zitternden Finger in das Navi seines Smartphones einzutippen. Nachdem er mit beiden Fingern die Landkarte auf dem Display großgezoomt hatte, markierte ihm der blaue Punkt das Ziel: Es lag nur wenige Hundert Meter entfernt am Feldkreuz der sogenannten Maierhalde, einem markanten Aussichtspunkt. Dort also morgen Abend um 22 Uhr Ortszeit. Zu diesem Zeitpunkt war es längst dunkel.

Linkohr war kurz nach 19 Uhr aus dem Büro gegangen, um sich »mal gründlich auszuschlafen«, wie er den Kollegen erklärte. Keiner allerdings wollte ihm so recht glauben. Schließlich war es ein traumhafter Abend, noch dazu Freitag. Aber nachdem die Kollegen aus Sigmaringen und Friedrichshafen keine neuen Aufgaben übermittelt hatten, stahl er sich mit dem Hinweis davon, am Wochenende natürlich erreichbar zu sein. Knapp eine Stunde später und nach einer beschaulichen Fahrt über die Hochfläche der Schwäbischen Alb hatte er sein wirkliches Ziel erreicht: Ann-Marie Bosch, seine Traumfrau, die ihm seit ihrer ersten Begegnung am Dienstag nicht mehr aus dem Sinn ging. Als er sie vorgestern anrief, um nach dem Mann zu fragen, der ihr offenbar nachspürte, da war sie zunächst ziemlich abweisend gewesen. Dann aber hatte er es trotzdem geschafft, sie zu einem »privaten Gläschen Rotwein in Bad Urach« zu überreden. Das Städtchen, das in die nördlichen Steilhänge des Mittelgebirges eingebettet lag, präsentierte sich im schönsten Abendlicht. Ann-Marie wartete bereits in dem Eiscafé, in dem sie als Aushilfe tätig war – diesmal jedoch war sie dort selbst Gast und saß an einem der kleinen Tische, die vor dem Café standen. Ihr helles Kleidchen war nicht ganz so kurz wie das Bedienungsröckchen am vergangenen Dienstag.

Linkohr kam strahlend auf sie zu und sah in ihre großen Augen. »Super, dass es geklappt hat«, begrüßte er sie und setzte sich ihr gegenüber.

»Na ja« gab sie sich gekünstelt zurückhaltend, »wenn ein Kriminalist ruft, muss man doch folgen, oder?«

Es war diese kecke und geradezu freche Art, die ihm besonders gefiel. Er fasste sich ein Herz und ließ seinen Gefühlen freien Lauf: »Wir könnten auch Du sagen. Ich bin der Mike.«

Sie zögerte kurz und lächelte: »Und ich die Ann-Marie, aber das weißt du ja längst. Wahrscheinlich hast du mich ohnehin schon durchleuchtet. Aber da wirst du enttäuscht gewesen sein: keine Vorstrafen, nicht einmal Punkte in Flensburg.«

Dass sie gleich herumalberte, erleichterte ihm sein Vorhaben, diese junge Frau außerdienstlich kennenzulernen. Er ging geradezu begeistert auf ihre ironischen Bemerkungen ein und genoss ein inneres Gücksgefühl, wie er es schon lange nicht mehr gespürt hatte. Als die Bedienung kam – eine Kollegin von Ann-Marie –, bestellte er zwei Gläser italienischen Rotwein. »Bist du jetzt wirklich nur privat hier?«, fragte die junge Frau spöttisch. »Oder ist das ein geschickter Versuch, mich auszuhorchen?«

Linkohr tat so, als müsse er darüber nachdenken. »Nun ja, wenn es dienstlich wäre, müsste ich jetzt Überstunden machen – aber so ein angenehmes Treffen mit dir als Dienst zu bezeichnen, wäre doch ziemlich unromantisch, oder?«

»Ha«, lächelte sie, »das hast du jetzt aber sehr diplomatisch gesagt. Am Telefon hast du vorgestern so geklungen, als würdest du mir das mit dem leeren Akku nicht abnehmen.«

»So? Hat es das?« Linkohr grinste. »Kriminalisten sind immer misstrauisch. Aber um ehrlich zu sein, Ann-Marie, ich hatte Sorge, dir könnte etwas zugestoßen sein.«

»Du meinst, wegen diesem Typen, der mir nachgestiegen ist? Du würdest allzu gerne wissen, wer das war.«

»Erwartest du jetzt eine dienstliche Antwort von mir?«

»Nein, eine private«, unterbrach sie ihn. »Alle Männer wollen doch wissen, wer der andere ist, der ein Auge auf die Frau wirft, die sie begehren.«

»Begehren?« Linkohr schluckte. Er wollte etwas erwidern, aber die Bedienung, die den Wein brachte, hielt ihn davon ab.

»Na ja«, fuhr Ann-Marie fort, nachdem ihre Kollegin wieder entschwunden war, »nur mal so allgemein gesprochen. Oder hab ich mit meiner Einschätzung nicht recht?« Linkohr prostete ihr zu, und ihre Gläser klangen.

»Ich finde dich einfach super«, gestand er, und Ann-Maries Augen strahlten noch mehr, worauf er einen weiteren Vorstoß riskierte: »Ich würde dir gerne helfen, ganz privat. Falls du Probleme hast.«

»Du meinst, Probleme mit ihm?«

»Zum Beispiel, ja. Du kennst ihn inzwischen?«

Sie zögerte, und ihre Gesichtszüge wurden ernst. »Weißt du, Mike, es ist alles ziemlich kompliziert. Und eigentlich geht mich das auch gar nichts an. Ich will mein eigenes Leben leben und nicht in irgendwas reingezogen werden.«

Linkohr legte eine Hand auf die ihre, die auf der Seitenlehne des Stuhles ruhte. »Lass uns doch einfach drüber reden.«

»Und du schreibst dann kein Protokoll?«

»Ehrenwort«, versprach er, wohl wissend, dass er verpflichtet wäre, tätig zu werden, falls ihm nun eine Straftat gebeichtet wurde.

»Weißt du, Mike«, sie runzelte die Stirn und sah ihn hilfesuchend an, »die Sache mit meinem Onkel Lorenz ist nicht ganz einfach. Er war ziemlich einsam … seine Frau, also meine Tante Elvira, hatte nie Verständnis für das, was er tat. Geschäftlich und so. Aber das hab ich dir am Dienstag bereits gesagt. Auch, dass die beiden Söhne Konrad und Johannes nichts von ihm wissen wollten – obwohl sie recht gut von dem Geld leben konnten, das Onkel Lorenz verdient hat.«

»Seine einzige Bezugsperson …«, Linkohr suchte nach Worten, »warst du? Kann man das so sagen?«

Ann-Marie nippte am Weinglas, während sie ein junges Pärchen beobachtete, das sich an den Nebentisch setzte. »Ich glaube schon, ja«, sagte sie langsam. »Er hat mir alles anvertraut, was ihn beschäftigte.«

Linkohr hatte Mühe, sein gesteigertes Interesse zu verbergen. Ann-Marie durfte unter keinen Umständen den Eindruck gewinnen, er sei nur dienstlich gekommen. »Es ist schön, wenn man einen solchen Menschen hat, dem man etwas anvertrauen kann«, sagte er deshalb.

»Hast du denn keinen?«, fragte sie schnell zurück.

»Nein, leider nicht«, gestand er betrübt. Weiter wollte er dazu nichts sagen, sondern ermunterte Ann-Marie, mehr darüber zu erzählen. »Was hat deinen Onkel denn bedrückt?«

»Dass er wohl geschäftlich irgendwie ausgebootet wurde – oder sagen wir mal: dass ihn jemand übers Ohr gehauen hat. Ein ziemlich guter Freund sei's gewesen. Gerade das war es, was ihn nervlich mitgenommen hat.« Sie atmete tief durch. »Natürlich war auch nicht alles korrekt, was Onkel Lorenz getan hat. Ich hab's dir ja gesagt: Geschäfte mit Subunternehmern und Hilfskräften aus Südosteuropa. Wahrscheinlich auch Schwarzarbeiter.«

Linkohr versuchte, blitzschnell zu kombinieren, konnte aber die Zusammenhänge in keine logische Reihe bringen. Innerlich aufgewühlt, musste er äußerlich den gelassenen Zuhörer mimen, um alles zu vermeiden, was Ann-Maries Vertrauen enttäuschen würde.

»Onkel Lorenz«, erzählte sie weiter, »hatte ursprünglich vorgehabt, mit diesem Freund in dieses Camp zu gehen. Aber dann hat's Krach gegeben, und Onkel Lorenz ist allein hingegangen.«

»Kennst du diesen Freund?«, fragte Linkohr ruhig nach.

Sie zögerte, als müsse sie sich die Antwort genau überlegen. »Nein. Er hat, glaub ich, auch nie einen Namen genannt. Es hat mich auch nicht interessiert. Ich kenn die vielen Leute ja nicht, mit denen er geschäftlich verkehrt hat.«

»Mhm«, brummte Linkohr. »Womit er übers Ohr gehauen wurde, dein Onkel Lorenz, das hat er dir aber erzählt?«

»Direkt nicht, nein. Aber Onkel Lorenz hat immer gut verdient, und meine Mutter – also seine Schwägerin – hat sich oft gewundert, woher das viele Geld kam.«

»Ist er erpressbar geworden?«, fragte Linkohr allzu dienstlich nach, wie er es selbst empfand.

»Erpressbar?« Ann-Marie schien bisher keinen Gedanken daran verschwendet zu haben. »Weiß ich nicht. Aber wenn du viel Geld hast ...« Sie vollendete den Satz nicht.

»Und was hat es nun mit diesem Mann auf sich, der dir nachstellt?«

»Nachstellt – wie das klingt!« Sie hatte das Thema bisher geschickt umgangen. »Er ... nun ja, er hat mir vorgeschlagen, Onkel Lorenz' Geld wiederbeschaffen zu können.«

»Wie bitte?« Linkohr konnte seine Überraschung nicht unterdrücken.

»Ja! Aber bitte, Mike, das sind familiäre Angelegenheiten.« Ihr Lächeln wirkte jetzt gekünstelt.

»Ann-Marie«, er nahm einen Schluck Wein, »du solltest das wirklich nicht auf die leichte Schulter nehmen. Dies alles könnte doch mit der Sache im ›Campus Galli‹ zu tun haben.«

»Bist du jetzt der Kommissar oder der Mike?«

»Entschuldige, Ann-Marie, aber ich hab dir angeboten, dir zu helfen. Und du steckst da in etwas drin, was kein Spiel ist.«

»Das ist es sicher nicht, Mike, ich weiß. Deshalb nehm ich deine Hilfe auch gerne in Anspruch – aber andererseits ...« Sie brach wieder ab.

»Du willst nicht, dass das Ansehen deines Onkels in den Schmutz gezogen wird«, zeigte sich Linkohr verständnisvoll.

Sie nickte erleichtert. »Ich weiß nicht, warum, aber ich hab Vertrauen zu dir.«

Linkohr überkam erneut ein selten gespürtes Glücksgefühl. Doch wie so oft wurden seine tanzenden Hormone durch die Realität ausgebremst: Ann-Marie ist nicht deine Freundin. Wenn du dich jetzt in ihr Vertrauen schleichst und später dann dienstlich tätig werden musst, dann stehst du wieder vor einem Scherbenhaufen, mahnte ihn seine innere Stimme. Du müsstest jetzt deutlich sagen, dass du sie als Ermittler befragst.

Nein, nein. Linkohr wollte sich das kleine Glück nicht zerstören lassen. Immerhin hatte er sich im Büro ins Wochenende verabschiedet. Aber dennoch brannte ihm eine Frage unter den Nägeln: »Und wer ist nun der geheimnisvolle Unbekannte, der sich für dich interessiert und dir das Geld deines Onkels wiederbeschaffen will?«

Wieder ein kurzes Zögern, das für Linkohrs Begriffe allzu lange dauerte: »Ich kenne seinen Namen nicht. Ehrlich nicht.«

»Wie? Der hat sich nicht vorgestellt? Aber was hat er konkret von dir gewollt?«

»Er hat gesagt, dass er über alles Bescheid wisse – vor allem darüber, dass ich Onkel Lorenz' Vertraute sei und dass Lorenz wichtige Dokumente hätte, die benötigt würden, um an viel Geld zu kommen.«

»Dokumente?« Linkohr trank aus seinem Glas. »Das hört sich aber sehr geheimnisvoll an.«

Ann-Marie lehnte sich zurück. Die Häuser warfen inzwischen lange Schatten auf ihren Tisch. »Der Mann hat behauptet, Onkel Lorenz sei irgendwelchen Schwindlern auf der Spur gewesen und habe belastende Dokumente irgendwo versteckt.«

»Woher weiß er das?«

»Keine Ahnung. Vielleicht hat es Onkel Lorenz mal jemandem gesagt. Oder«, sie lächelte, »er ist Detektiv.«

Linkohr nahm das Gesagte als ironische Bemerkung hin und richtete sein Interesse auf etwas anderes: »Diese Dokumente will er von dir?«

»Ja.« Die Antwort fiel unerwartet einsilbig aus.

»Hast du denn welche – ich meine, gibt es diese Dokumente?«

Sie nippte wieder an ihrem Glas. »Weißt du, Mike, versteh mich bitte nicht falsch, aber ich tu mich momentan schwer damit.«

»Es gibt also Dokumente?« Linkohr ließ es so charmant wie möglich klingen.

»Ich weigere mich zu glauben, dass dies in einem direkten Zusammenhang mit Onkel Lorenz' Tod steht. Wer sollte schon davon wissen?«

»Was hättest du denn davon, wenn das angeblich verschwundene Geld wieder da wäre?«

Ann-Marie sah an ihm vorbei. »Lass uns über etwas anderes reden, Mike.« Sie sah ihm wieder in die Augen: »Ich sag's dir, wenn die Zeit reif dazu ist. Okay?«

»Aber dieser Unbekannte will wiederkommen?«, blieb Linkohr jetzt hartnäckig.

»Er will sich wieder melden, ja. Hat er gesagt.«

»Du hast ihm aber noch nichts erzählt – über dich, mein ich?« Linkohr sprach es zögernd aus.

Ihre Augen wurden nervös, sie holte tief Luft. »Nein, nein, aber ... aber vielleicht hab ich doch einen großen Fehler gemacht.«

Peter Breitinger hatte sich in sein Zimmer im Hotel »Adler Alte Post« in Meßkirch zurückgezogen, um ausgiebig zu duschen. Der Ruß und Qualm, dem er täglich ausgesetzt war, saß in allen Poren, vor allem aber in den Haaren. Das warme Wasser perlte über ihn, während wieder die Bilder

der vergangenen Tage, vor allem der Nächte, an ihm vorbeizogen. Immer wieder musste er an Lorenz Moll denken, den er zwar nur wenige Tage gekannt hatte, der ihm aber jetzt rückblickend vorkam wie ein alter Freund. Sie waren auf der gleichen Wellenlänge gewesen, und Moll hatte ihm in langen Gesprächen im wahrsten Sinne des Wortes sein Herz ausgeschüttet. Vor allem aber war es um seine Nichte Ann-Marie gegangen, die offenbar die Einzige in der Familie war, die ihn wirklich verstand. Ihr allein hatte er anscheinend jenes Vermögen vermachen wollen, das ihm auf dubiose Weise abhandengekommen war. Ann-Marie hatte ein Medizinstudium in Planung und angesichts ihres hervorragenden Abi-Abschlusses auch alle Aussicht auf eine steile berufliche Karriere. »Ich muss unter allen Umständen vermeiden, dass dieses Geld verloren ist«, hatte er mehrfach gesagt. Die Worte klangen Breitinger immer wieder in den Ohren. Und dann hatte Lorenz noch etwas gesagt, was jetzt, nach seinem gewaltsamen Tod, wie eine böse Vorahnung klang: »Ich bin ganz dicht dran an diesen Burschen, befürchte aber, dass die alle Hebel in Bewegung setzen, um sich zu wehren.« Er habe genügend Dokumente, mit denen er sie ans Messer liefern könne. Andererseits jedoch, so ließ Breitinger diese Gespräche in Gedanken noch einmal aufleben, könne er sich nicht allzu weit vorwagen, um sich nicht selbst der Gefahr auszusetzen, steuerrechtlich belangt zu werden. »Ein Teufelskreis« habe Moll seine Situation mehrere Male bezeichnet. Allerdings habe er den Namen des Drahtziehers die ganze Zeit über verschwiegen und auch auf mehrfache Nachfrage immer wieder ausweichend geantwortet: »Es ist besser, wenn du den Namen nicht kennst, lieber Peter. Er könnte dich ebenso ins Unglück stürzen wie mich. Aber glaub mir, meine Dokumente beinhalten alles, was zur Aufklärung dient.« Dass wohl eher beiläufig dann doch die Namen zweier Männer gefallen waren – von einem der Vor- und vom anderen der Nachname –, das hatte sich fest in Breitingers Gedächtnis eingebrannt. Vorläufig wollte er sie aber für sich behalten, denn Lorenz hätte sie niemals bewusst ausgesprochen.

Breitinger legte den Duschhebel um und trocknete sich ab. Wieder musste er auch an den merkwürdigen Mann denken, der am Dienstag plötzlich im »Campus Galli« aufgetaucht war und der ihm sogleich ziemlich suspekt erschienen war. Das war auch der Grund gewesen, weshalb er ihn in ein Gespräch verwickelt und ihn neugierig gemacht hatte. Es bestand kein Zweifel, dass mit diesem Kerl irgendetwas nicht stimmte. Vollends davon überzeugt war er gewesen, als er diese namenlose Visitenkarte überreicht bekam – für den Fall, »dass Hilfe benötigt werde«. Natürlich hatte dieser Mann bewusst Kontakt zu jemandem auf dem Campus-Gelände gesucht.

Seit dieser Begegnung fühlte Breitinger einen inneren Zwiespalt. Offenbar gab es jemanden, der über die Kontakte zwischen ihm und Moll informiert war. Konnte es nicht sehr gefährlich sein, sich weiterhin an das Versprechen gegenüber dem Getöteten zu halten, alles zu unterlassen, was zum endgültigen Verlust des Geldes für Ann-Marie führen könnte?

Verdammt noch mal, welche Interessen verfolgte dieser Unbekannte? Bedeutete sein Hilfsangebot auch Hilfe für Ann-Marie? Oder war auch sie in Gefahr?

War es sinnvoll, dafür zu sorgen, dass Ann-Marie in den Besitz der versteckten Dokumente kam? Ihm allein nämlich hatte Lorenz eine Schlüsselfunktion zugedacht – nach einem System, das er von seinem einst besten Freund kannte und mit dem dafür gesorgt war, dass ein Versteck niemals von einer einzelnen Person gefunden werden konnte. Es war so etwas wie das Vier-Augen-Prinzip beim Öffnen eines Tresors.

»Aber geh vorsichtig damit um«, hatte Lorenz ihn gebeten. »Falls mir was zustoßen sollte, dann lass erst ein bisschen Gras darüber wachsen, damit Ann-Marie nicht auch in die Schusslinie gerät.«

Gras darüber wachsen lassen, hallte es in Breitingers Kopf nach, während er sich wieder anzog. Unter der heißen Dusche waren ihm zwar viele Gedanken gekommen, aber eine Lösung hatten sie ihm nicht beschert. Eine Lösung? Was denn für eine Lösung? Der aufdringliche Kriminalrat hatte ihn schon genug durcheinandergebracht. Und falls jemals das enge Verhältnis zu Lorenz herauskommen sollte, konnte es ziemlich unbequem werden. Aber wodurch sollte es denn aufkommen? Niemand hatte sie gehört oder gesehen, wenn sie sich mitten in der Nacht unterhielten. Und Moll, davon war er 100-prozentig überzeugt, hatte auch niemandem davon erzählt. Aus dieser Richtung drohte also keine Gefahr.

Und die Kamera?, meldete sich sein Gewissen. Sie würden nicht ruhen, bis sie nicht im Besitz des Speicherchips waren. Zwar hatte der Kriminalrat behauptet, ihre Geräte seien nicht kompatibel, sodass sie die Fotos oder das Video noch nicht hätten auslesen können. Aber Breitinger wusste: Das war eine astreine Lüge.

»Ich sag euch, wir sitzen ganz schön in der Scheiße. Bald können wir uns nur noch retten, wenn wir uns selbst ans Messer liefern«, meckerte Schulte, der völlig entnervt seine Freunde Helmut und Kai Wurster innerhalb zweier Tage erneut zu sich eingeladen hatte, diesmal in das Untergeschoss seiner Villa. »Ich hab mich heut früh mit meinem Anwalt beraten und werde zu der ganzen Angelegenheit überhaupt nichts mehr sagen«, erklärte er, während sie sich in der Couchgarnitur niederließen.

»Meinst du, das kommt gut an?«, warf Kai Wurster ein.

»Ich seh das aus der Sicht des ehemaligen Polizisten. Da denkt man immer gleich, ui, wenn der nix sagt, hat der Dreck am Stecken.«

»Ich vertraue auf meinen Juristen. Schließlich hab ich einen guten Ruf als Unternehmer in dieser Stadt zu verlieren. Und dein Vater im Übrigen auch, vergiss das nicht.

»Nein, nein«, blieb Schulte hart, »sollten die Kriminalisten wieder bei mir auftauchen, werde ich mit Anwalt dasitzen. Und wenn die mich vorladen, dann wird erst mein Anwalt den Grund dafür hören wollen.«

Kai Wurster schwieg. Es machte keinen Sinn, Schulte von irgendwas zu überzeugen, wenn er sich längst eine Meinung gebildet hatte.

»Dann lass doch mal Kai berichten, was er uns zu sagen hat«, schlug dessen Vater Helmut vor.

»Ja, wie ich euch schon sagte, ich hab mir gestern Mittag diese süße Maus vorgenommen mit dem hübschen Namen Ann-Marie. Unser Freund Moll hat uns ja davon erzählt, wie sehr er in seine Nichte verknallt ist.«

»Na, na, na«, mahnte sein Vater, »das darfst du so nicht sagen. Unter ›verknallt‹ versteht man was anderes. Er hat sie einfach als Nichte gemocht und ihr eine gute Ausbildung angedeihen lassen wollen. Weil seine beiden Söhne ja wohl eher meinen, dank Vaters Geld sich ein schönes Leben machen und das Geld verjubeln zu können.«

»Jaja, ich weiß schon«, zeigte sich Kai über diese Maßregelung verschnupft, »jedenfalls ist sie ein nettes Mädel. Aber leider ist sie unglaublich misstrauisch.«

»Du musst ihr halt deutlich sagen, dass wir ihr das Erbe wiederbeschaffen können, damit sie kapiert, worum es geht«, brauste Schulte auf.

»Na, ganz so deutlich war ich natürlich nicht. Ich will sie ja nicht gleich erschrecken.«

»Was hast du ihr dann gesagt?«, wollte Vater Helmut wissen.

»Dass ich Privatdetektiv bin und einen Auftraggeber habe, der mit meiner Hilfe versuchen will, zumindest an einen Teil des Geldes zu gelangen.«

»Und das glaubt sie dir nicht?«, warf Schulte ein und fingerte nach einer Zigarette, die er gleich anzündete.

»Ich sag doch, sie ist unglaublich misstrauisch und ganz sicher auch raffiniert, denke ich, sodass vorsichtiges Vorgehen ratsam erscheint. Sie hat allerdings bestätigt, was wir von Moll bereits wussten – und das muss uns nun hellhörig machen.«

»Und das wäre?«, unterbrach ihn Schulte gereizt.

»Es gibt sie wohl tatsächlich, diese Dokumente, die für alle Seiten – so hat sie sich ausgedrückt – angeblich sehr unangenehm werden können.«

»Dokumente?«, erkundigte sich Helmut Wurster, ebenfalls gereizt. »Das hat sie einfach so zugegeben?«

»Ja, hat mich auch gewundert.«

»Ist sie denn glaubwürdig?«, hakte Schulte schnell nach.

Kai zuckte mit den Schultern. »Ich geh mal davon aus. Sie hat behauptet, die Dokumente seien an einem sicheren Versteck, in einer Höhle.«

»In einer Höhle?« fuhr Schulte erneut aufgeregt dazwischen. »In der Sontheimer etwa?«

»Weiß ich nicht, verdammt noch mal. Sie will's nicht sagen. Und ich kann's doch nicht aus ihr rausprügeln«, wurde Kai zornig.

»Natürlich in der Sontheimer Höhle«, wurde sein Vater plötzlich laut. »Dieser Sander hat doch herausgefunden, dass Moll diesem Club dort 10.000 Eier spendiert hat. Das muss die Sontheimer Höhle sein.«

»Und jetzt? Wie geht es jetzt weiter?«, drängte Schulte.

»Sie ist bereit, wieder mit mir zu reden. In ein paar Tagen. Ich ruf sie dann an.«

»In ein paar Tagen, in ein paar Tagen!«, äffte Schulte die Worte mit verächtlichem Unterton nach. »In ein paar Tagen taucht hier womöglich die Kripo wieder auf. Ich will nicht, dass das auf die lange Bank geschoben wird. Was glaubt ihr, was da bei der Polizei abgeht? Hier und in diesem Meßkirch. Die werden doch den Fall nicht zu den Akten legen und sagen: Na ja, Moll tot, Akte zu. Keine Spur, keine Täter.« Er nahm einen kräftigen Zug von seiner Zigarette. »So einfach geht das nicht. Die werden wiederkommen. Die haben schon Blut geleckt. Die haben eine Spur zu mir. Zu mir. Nicht zu euch. Aber wenn sie eine Spur zu mir haben, ist es nur noch eine Frage der Zeit, bis sie auch zu euch kommen. Und dann? Dann gerät jeder von uns in den Verdacht, den Moll umgebracht zu haben. Jeder! Ich rate euch, euch für die Nacht zum letzten Freitag ein Alibi zurechtzulegen.«

Helmut Wurster wagte einen Einwand: »Dann du aber bitte auch.«

»Natürlich ich auch!«, bläffte Schulte zurück. »Und die Sache mit diesem Mädel und der Höhle – ich glaube, das nehm ich in die Hand.«

Sein Sohn Kai versuchte, die erhitzten Gemüter wieder zu besänftigen: »Am besten ist, wir halten uns jetzt zurück. Unauffällig bleiben. Unauffällig sein, ist in solchen Fällen immer das Beste. Je mehr du darin rumrührst, umso höher die Wogen.«

Schulte ließ sich nicht so leicht beruhigen: »Und was hast du über diesen Dolnik rausgekriegt?«

»Nichts weiter. Ich kann mich doch nicht um alles gleichzeitig kümmern.«

Schulte war nahe an einem Tobsuchtsanfall. »Aber ich

sitz in der Scheiße, oder was? Dieser Dolnik hat sich nämlich gestern Nachmittag wieder bei mir gemeldet.«

»Ach«, fuhr Wurster bei der Nennung des Namens zusammen. »Und das erzählst du so nebenbei?« Sein Sohn Kai schwieg.

»Er hat gesagt, dass er stark daran interessiert sei, sich uns anzuschließen – beim Kampf gegen Ruckgaber.«

»Und jetzt?«, fragte Kai vorsichtig nach.

»Er will mit uns reden«, erklärte Schulte, wieder in gemäßigter Lautstärke.

»Was hast du ihm von uns erzählt?«, wollte Helmut Wurster wissen. »Ist der okay?«

»Ich hab euch doch gestern schon gesagt, dass ich mal geschäftlich mit ihm zu tun hatte. Ich hab ihm gesagt, dass wir mittlerweile schon viel belastendes Material gesammelt haben. Er will uns noch weiteres überlassen.«

»Hast du gesagt, dass wir die Astrid observieren?«, fragte Kai nach.

Schulte sah die beiden Männer nachdenklich an. »Ja, hab ich.«

»Idiot!«, schimpfte Kai wütend. »Bist du denn vollends von Sinnen?«

12

Samstag, 6. August

Es war wieder ein strahlender Morgen. Häberle frühstückte mit Susanne im Sonnenlicht, das durch das offene Fenster auf den Esszimmertisch fiel.

»In der Zeitung steht gar nichts von deinem Fall«, stellte Susanne enttäuscht fest, während sie ihrem Mann Kaffee eingoss.

»Ja, seit der Sander nicht mehr da ist …«, brummte Häberle vor sich hin. »Ich denk aber, dass die Schwäbische Zeitung in Sigmaringen oder der Konstanzer Südkurier schon etwas berichten. Ich kann mir ja den Artikel, falls es einen gibt, von den Kollegen mailen lassen.«

»Und du? Wirst du noch mal hinfahren?«

»Wahrscheinlich nicht. Ich überlass das den aufstrebenden Kollegen aus Sigmaringen. Aber hier bei uns gibt's auch was zu tun.« Er strich Marmelade auf sein Brot.

»Es würde dir auch guttun, August, wenn du dir ein ruhiges Wochenende gönnen könntest. Denk dran: Eigentlich wärst du jetzt schon im Ruhestand.«

»Jaja, aber denk bitte auch daran, dass du es warst, die befürchtet hat, ich könnte mit meiner Freizeit nichts anfangen.«

»Bereust du es denn, verlängert zu haben?« Sie sah ihn mit großen Augen an.

»Um ehrlich zu sein, Susanne, ich bin hin- und hergerissen. Aber natürlich macht's mir auch noch ein bisschen Spaß.«

»Ein bisschen?« zweifelte sie grinsend.

»Na ja, schon.« Er wollte das Thema jetzt nicht vertiefen. Er musste sich auf ein Gespräch vorbereiten, das möglicherweise nicht so angenehm sein würde. Noch einmal gab es nämlich Fragen an Frau Moll.

Eine halbe Stunde später saß er bei ihr im Esszimmer, von wo aus er auch die aufgebrochene Wohnzimmertür sehen konnte. Er hatte sich noch gestern Abend telefonisch angekündigt, sodass Frau Moll auf seinen Besuch vorbereitet gewesen war.

Häberle hatte den Eindruck, dass sie sich psychisch wieder einigermaßen gefangen hatte. Offenbar hatte ihr der Besuch bei ihrer Schwester in Bad Urach gutgetan.

»Haben Sie etwas Neues von Ihren Söhnen gehört?«, versuchte er, sie abzulenken.

»Nein, nicht mehr. Die Jungs werden erst am Donnerstag zurück sein. Das sind noch fünf Tage.«

»Bis dahin hoffen wir, ein Stück weitergekommen zu sein. Jetzt kann ich Ihnen aber leider ein paar Fragen nicht ersparen. Ich hab Sie zwar schon einmal gefragt, aber ich muss das noch mal vertiefen: Ihr Mann war kein Raucher?«

»Nein, wieso fragen Sie mich das denn dauernd?« Sie zupfte an der dunkelblauen Tischdecke herum. »Er hat nicht geraucht. Zumindest nicht, seit ich ihn kenne. Und das ist ja schon eine Weile her.«

Häberle entschied, den Hintergrund seiner Frage zu erläutern: »Wir haben nämlich vor Ihrer Haustür Zigarettenkippen gefunden, die dieselbe DNA aufweisen wie eine, die vor der Werkstatt Ihres Mannes im ›Campus Galli‹ lag.«

»Und was schließen Sie daraus?«, fragte Frau Moll tonlos und wie abwesend.

»Dass wir es mit ein und derselben Person zu tun haben, die an der Werkstatt Ihres Mannes war und hier vor dem Haus.«

»Sie meinen den Einbrecher hier?«

»Man muss es wohl so deuten, ja.« Häberle ließ ihr Zeit zum Nachdenken. »Jetzt muss ich Sie aber ganz direkt fragen, Frau Moll: Fühlen Sie sich bedroht? Denken Sie bitte ganz genau nach.«

Sie sah ihn zögernd an. »Natürlich fühl ich mich bedroht. Würden Sie sich nicht bedroht fühlen, wenn in Ihre Wohnung eingebrochen wird?«

»Doch, natürlich. Es ist für den Betroffenen immer eine sehr schwierige Situation, damit zurechtzukommen«, zeigte sich der Chefermittler verständnisvoll und fügte an: »Vor allem, wenn es solche ungewöhnlichen Umstände sind.«

»Sie haben Zweifel, dass es so war?« Frau Moll sprach leise und vorsichtig.

»Oh nein«, Häberle hob wieder beschwichtigend seine Hände. »Sie dürfen mir glauben, wir haben schon die seltsamsten Einbrüche erlebt.«

»Ich kann Ihnen nicht mehr sagen, als ich Ihnen bereits gesagt habe. Als ich das Haus verlassen habe, war alles noch in Ordnung. Und dass ich die Haustür nicht wirklich verriegelt habe, ist meine Schuld.«

Häberle nickte. »Nun hatte es der Einbrecher ja auf die Unterlagen Ihres Mannes abgesehen, Computer und so weiter. Es muss also jemand einen Grund haben, irgendetwas verschwinden zu lassen. Und dieser Grund hängt natürlich – daran haben wir gar keinen Zweifel – mit dem Mord zusammen. Das heißt, Ihr Mann hat etwas gewusst oder etwas unternommen, was jemandem gefährlich werden könnte. Deshalb noch einmal die Frage an Sie, Frau Moll: Gibt es da etwas, das wir wissen sollten? Möglicherweise haben Sie bei unserem ersten Gespräch etwas vergessen.«

»Soll das heißen, dass Sie mir nicht glauben, Herr Kommissar?«

»Das soll es nicht heißen. Ganz bestimmt nicht. Auch kein Misstrauen. Aber vielleicht hat Ihr Mann in letzter Zeit einmal eine Bemerkung gemacht, dass er sich bedroht fühlt, dass er erpresst wird oder dass es sonst jemanden gibt, mit dem er, sagen wir mal, heftigen Streit hatte?«

Die zierliche Frau spielte nervös mit einer dicken abgebrannten Kerze, die in einem Metallhalter auf dem Tisch stand. »Was soll ich Ihnen denn sagen? Ich weiß nichts. Außerdem bin ich mit den Nerven ziemlich runter, wie Sie sich vorstellen können. Alles stürzt inzwischen über mich herein. Wenn nur die Jungs schon da wären.«

»Ich lasse Sie auch gleich wieder in Ruhe«, erklärte Häberle. »Nur noch eines beschäftigt mich: Ihr Mann hat in diesem ›Campus Galli‹ eine Überwachungskamera installiert gehabt.«

»Eine was?«, fragte Frau Moll ungewöhnlich schnell zurück.

»Eine Überwachungskamera an einem Baum schräg gegenüber seiner Werkstatt.«

Die Frau schien ehrlich überrascht zu sein. »Was hat er denn damit gewollt?«

»Das ist die Frage, die uns alle beschäftigt. Sie war in etwa drei bis vier Metern Höhe angebracht und sollte wohl jede

Minute ein Bild machen. 60 in der Stunde, 1.440 am Tag, also auch nachts.«

»Und was sieht man da? Ich meine, dann müsste doch auch das schreckliche Verbrechen zu sehen sein.«

»Das wissen wir noch nicht«, erklärte Häberle. »Wir haben den Speicherchip noch nicht ausgelesen.« Dass dieser verschwunden war, wollte er nicht preisgeben. So hatte er es auch mit der SOKO in Friedrichshafen und den Sigmaringer Kollegen abgesprochen.

»Noch eine letzte Frage«, machte Häberle ruhig weiter. »Frau Ann-Marie Bosch, Ihre Nichte ...«

Frau Moll unterbrach ihn spontan: »Was hat die denn damit zu tun?«

»Vermutlich gar nichts. Aber wir müssen uns leider mit allen Personen befassen, die zum Umfeld Ihres Mannes gehören.«

»Die können Sie gerne vergessen«, sagte sie mit abschätzigem Tonfall. »Er hat sich von ihr um den Finger wickeln lassen. Ganz schön raffiniert, die Kleine. Das war sie schon als Kind. Lorenz hat ihr immer mal wieder Geld zugesteckt. Manchmal hatte ich den Eindruck, er hat sich mehr um sie gekümmert als um seine eigenen Söhne.«

»War es denn ein schwieriges Verhältnis zwischen ihm und den Söhnen?«

»So könnte man es sagen, ja. Lorenz hat immer versucht, die fehlende Zeit und Zuneigung, die er ihnen wegen seiner vielen Funktionärsämter nicht geben konnte, durch Geld auszugleichen. Immer Geld, nur Geld. Deshalb hat er ihnen ja den Neuseeland-Aufenthalt finanziert.«

»Und Ann-Marie hat sich ebenso über den spendablen Onkel freuen dürfen«, meinte Häberle.

Er erntete eine deutliche Antwort: »Ann-Marie ist eine Erbschleicherin, wenn Sie mich fragen. Ein ziemlich raffiniertes Luder. Dabei hat sie Polizistin werden wollen. Aber Lorenz hat ihr das ausgeredet und ihr versprochen, ihr das Medizinstudium zu finanzieren.«

Astrid sortierte gerade einige Broschüren, die sie zur bevorstehenden Tagung in Frankfurt benötigte, als das Telefon summte. Sie warf die Papiere auf den Tisch und griff zum Gerät, dessen Display keine Nummer anzeigte. »Ja«, meldete sie sich deshalb kühl.

»Frau Mastrow?« Es war eine Männerstimme, die ebenfalls ziemlich kühl klang. »Astrid Mastrow, Sekretärin und Geliebte von Herrn Ruckgaber?«

Als sei sie vom Blitz getroffen, zuckte sie zusammen und sank in einen Sessel. Augenblicklich tauchten vor ihr die Bilder jenes Mannes auf, den sie am Freitag vergangener Woche im Zug, in Basel und anschließend im Ulmer Parkhaus gesehen hatte. War er es? An den Klang seiner Stimme konnte sie sich nicht mehr erinnern, zumal es nur wenige Worte waren, die er ihr im Parkhaus zugerufen hatte. Aber sie hatten einen ähnlich hämischen Unterton gehabt wie die soeben gehörten.

»Wer sind Sie?«, war alles, was sie nun über die Lippen brachte.

»Wir kennen uns«, kam es überheblich zurück. »Aber nur flüchtig.«

Er ist es, schoss es ihr durch den Kopf. Sie sah ihn förmlich vor sich: schwarze kurze Haare, Anfang 30, ein Gehabe wie ein aufstrebender Manager.

»Ich wüsste nicht ...« Astrid rang verzweifelt nach Worten.

»Ich hoffe, Sie haben Herrn Ruckgaber meine Grüße ausgerichtet. Und ich hoffe, ihm ist klar geworden, was er zu erwarten hat.«

Er ist es tatsächlich, kein Zweifel, fühlte sie sich nun bestätigt. Der Unbekannte hatte im Ulmer Parkhaus diese Formulierung gebraucht.

»Sind Sie noch dran?«, erkundigte er sich forsch, nachdem sie nichts erwidert hatte.

»Jaja. Aber ...«

»Nichts ›aber‹. Richten Sie jetzt bitte Herrn Ruckgaber aus, dass wir demnächst im Besitz von Dokumenten sein werden, sodass die Zeit, in der er etwas zu erwarten hat, mit Riesenschritten näher rückt. Haben Sie mich verstanden?«

»Jaja.« Astrid spürte einen Kloß in der Kehle. Ihr ganzer Körper zitterte.

»Mit Riesenschritten«, bekräftigte der Anrufer. »Noch hat er eine Chance, dies abzuwenden. Noch!« Der Unbekannte ließ zwei Sekunden verstreichen und legte dann nach: »Dann grüßen Sie ihn auch noch von Herrn Moll, von Lorenz Moll.« Klick. Die Leitung war tot.

Astrid nahm den Hörer vom Ohr und starrte auf das Display, auf dem »Unbekannter Anrufer« stand.

Ruckgaber war lange im Bett geblieben, hatte aber sehr unruhig geschlafen. Denn die Botschaft von Astrid hatte ihn aufgewühlt. Am liebsten hätte er sie angerufen, doch dies schien nicht angeraten zu sein. Es war schon leichtsinnig genug gewesen, dass sie eine telefonische Nachricht hinterlassen hatte. Aber wenn sie seine Anweisungen befolgt hatte, dann war sie in eine Telefonzelle gegangen. Hoffentlich war sie vorsichtig genug, um heute Abend unbeobachtet zum Treffpunkt zu kommen. Was war geschehen?, hämmerte es in seinem Kopf. War Balluf durchgeknallt – oder war noch Schlimmeres passiert? Nein, mit der Polizei konnte es nichts zu tun haben. Die hätte ihn ausfindig gemacht und wäre längst hier aufgetaucht. Es war gewiss etwas ganz Persönliches, was Astrid beunruhigte. Hatte sich seine Ex, Karin, gemeldet? War Karin über ihren Anwalt tätig geworden? Wie sehr war überhaupt auf Astrid Verlass?

Ihm hatte das liebevoll hergerichtete Frühstück nicht geschmeckt. Sein Magen rebellierte, seine Nerven lagen blank – und er durfte es nicht zeigen. Er war wieder ins Zimmer gegangen, hatte sich seine Wanderkleidung angezogen und beschlossen, die Hochfläche zu erkunden, die er von seinem Fenster aus überblicken konnte. Zu seinem Leidwesen wimmelte es an diesem sommerlichen Samstagnachmittag nur so von Ausflüglern. Auch der nahe Flugplatz Messelberg, jenseits eines Waldgebiets, schien viele Wanderer magisch anzuziehen.

Ruckgaber hatte beim Verlassen des Hotels Schwierigkeiten, sich auf die Umgebung zu konzentrieren. Er nahm die vielen Windkrafträder ebenso nur am Rande zur Kenntnis wie einen ziemlich groß dimensionierten Schweinestall oder den Funkturm, der am höchsten Punkt in den strahlend blauen Himmel ragte.

Er ging immer weiter, grübelte vor sich hin und malte sich seine Zukunft einmal rosig und traumhaft aus, dann wieder in den dunkelsten Farben. War alles eine fatale Fehlentscheidung gewesen? Lief alles aus dem Ruder? Und welchen teuflischen Plan hatte sich inzwischen diese wild gewordene Horde ausgedacht, die hinter diesem Wurster stand – vor allem aber hinter dessen gefährlichem Sohn Kai, der Astrid bis nach Basel gefolgt war. Natürlich hatte er gegenüber Astrid verschweigen müssen, wer sie da beschattet hatte, als sie nach Basel gefahren war. Aber dass sich etwas zusammenbraute, war nicht zu übersehen. Wie in Trance ging er weiter, erreichte den Ort Schnittlingen und dann Treffelhausen, wo er sich mithilfe des Navis auf seinem Smartphone orientierte. Er wollte in weitem Bogen zurückkehren, kam erneut an Schnittlingen vorbei und war froh, schließlich auf eine bewirtschaftete Albvereinshütte zu stoßen, an deren sonniger Seite zwei Biertische besetzt waren. Er ließ ein kurzes »Grüß Gott« vernehmen und setzte sich an einen freien Tisch. Kaum hatte er sich niedergelassen, rief ihm eine Männerstimme vom Nebentisch zu: »Hier isch Selbstbedienung.« Er bedankte sich für den Hinweis und betrat das schmucke Wanderheim, das, wie er erfuhr, die Albvereinsortsgruppe Eybach bewirtschaftete. Mit wenigen Schritten stand er vor der Theke, wo er sich von einem jungen Mann eine Apfelsaftschorle geben ließ. Er bezahlte und wollte den Gastraum gleich wieder verlassen. Noch bevor er aber die paar Schritte zur Tür getan hatte, elektrisierte ihn die leise Nennung seines Namens. Für den Bruchteil einer Sekunde war er unschlüssig, ob er darauf reagieren sollte, entschied jedoch, es nicht zu tun.

Dies änderte aber nichts daran, dass man ihn erkannt hatte. Vermutlich war es die gedämpfte Stimme eines älteren Mannes gewesen, den er soeben nur beiläufig hinter der Theke wahrgenommen hatte.

Natürlich hatte ihn dieser eine Mann erkannt und dem jüngeren Kollegen wohl zugeflüstert, wer soeben da gewesen war.

Nein, er drehte sich jetzt nicht um, sondern setzte seinen Weg hinaus ins Freie fort. Der Tisch, für den er sich bereits entschieden hatte, war noch immer leer. Er trank dort das Glas Apfelschorle in einem Zug bis zur Hälfte leer und versuchte nachzuvollziehen, wer hinter dem jungen Mann an der Theke gestanden sein könnte. Jemand, der das Master-Magazin gelesen hatte? Oder jemand, der ihn anderweitig in Erinnerung hatte? Lautes Gelächter an den Nebentischen riss ihn aus diesen finsteren Gedanken. Er quälte sich auch ein Lächeln ab, um nicht als krasser Außenseiter abgestempelt zu werden. Einer aus der Gruppe, der vermutlich die

Fröhlichkeit in Person war, prostete ihm mit einem Bierglas zu: »He, Kamerad, bisch ganz allein unterwegs?« Ein anderer fühlte sich ebenfalls zu einer Bemerkung hingerissen: »Mensch, trink doch was G'scheit's.« Er hob seinen Bierkrug, worauf Ruckgaber sein Schorleglas in die Höhe hielt und meinte: »Ich muss leider heut noch fahren.«

Ein Dritter kommentierte dies so: »Hast kein Weib, die dich fährt? Armer Sack!«

Ruckgaber wollte nicht anworten. Außerdem war an der Ecke des Gebäudes jener junge Mann erschienen, der hinter der Theke seinen Dienst versah. Ruckgaber kniff die Augen zusammen, um besser sehen zu können. Der junge Kerl blickte scheinbar gelangweilt in die Runde, als wolle er prüfen, ob jemand einen Wunsch hätte, was aber angesichts der Selbstbedienung völlig überflüssig war. Für zwei, drei Sekunden trafen sich ihre Blicke, und Ruckgaber hatte Gelegenheit, sich das Gesicht einzuprägen: blass, blonde Haare, Brillenträger, Anfang zwanzig, ziemlich schlank. Nichts davon erinnerte ihn an irgendjemanden, den er kannte – und dies wäre auch ziemlich unwahrscheinlich gewesen. Kein Mensch wusste, wo er sich heute Nachmittag aufhielt. Und der Besuch in dieser Albvereinshütte war rein zufällig gewählt gewesen.

Aber dennoch hast du deinen Namen gehört, mahnte ihn sein Inneres. Wahrscheinlich wird sofort über dich gesprochen, wenn du weg bist. Aber vielleicht war es gar nicht mal so schlecht, wenn er hier gesehen wurde. Möglicherweise konnte das sogar hilfreich sein. Später einmal.

Peter Breitinger hatte lange mit sich gerungen. Jetzt aber war er davon überzeugt, dass der richtige Zeitunkt gekommen war, Ann-Marie in alles einzuweihen. Er kramte ihre Handynummer hervor, die ihm Moll während der nächtlichen

Gespräche auf ein Stück Papier geschrieben hatte. Natürlich musste er diplomatisch vorgehen. Deshalb hatte er sich alles, was er ihr sagen wollte, stichwortartig notiert. Bereits nach dem dritten Rufzeichen meldete sie sich mit einem kurzen »Ja?«

»Hier spricht Peter Breitinger«, stellte er sich vor, während er angespannt in einem Sessel saß. »Störe ich Sie gerade?«

»Nein, nein«, kam es verwundert zurück. »Wer sind Sie denn?«

»Ich war ein guter Freund Ihres Onkels – und es tut mir unendlich leid, was mit ihm geschehen ist.« Breitinger wollte seine ehrliche Anteilnahme zum Ausdruck bringen.

»Wie heißen Sie? Ich hab Ihren Namen nicht richtig verstanden«, kam es unterkühlt zurück.

»Breitinger, Peter Breitinger. Ich war zusammen mit Ihrem Onkel im ›Campus Galli‹. Da haben wir uns kennengelernt, einige Tage, bevor es geschehen ist.«

»Sie waren mit ihm im ›Campus Galli‹? Ich dachte, er sei alleine dort – ich meine: Das hatte sich doch zerschlagen.« Ann-Maries Verwunderung war nicht zu überhören. Breitinger wusste sofort, dass die junge Frau ihn offenbar mit jenem Mann verwechselte, mit dem ihr Onkel ursprünglich hatte an diesem Kloster-Projekt mitarbeiten wollen.

»Das hatte sich auch tatsächlich zerschlagen. Ich bin nicht der, den Sie vermuten«, erklärte er deshalb. »Aber Ihr Onkel scheint in etwas hineingezogen worden zu sein, das ihm große Sorgen bereitet hat.«

Ann-Marie schwieg, weshalb Breitinger fortfuhr: »Er hat mir anvertraut, dass Sie seine einzige Bezugsperson seien, mit der ich mich in Verbindung setzen solle, falls ihm etwas zustößt.«

»So? Und wozu soll das gut sein? Ich kenne Sie ja gar nicht.« Ann-Marie war misstrauisch. Sie musste an den angeblichen Detektiv denken, der ähnlich geheimnisvoll getan hatte. Was ging hier eigentlich vor? Saß sie mittlerweile zwischen allen Stühlen?

»Vielleicht sollten wir uns mal treffen. Ich hab nämlich etwas für Sie.«

Sie glaubte, etwas Drohendes aus diesen Worten herauszuhören. »Was wollen Sie damit sagen? Wo sind Sie überhaupt?«

»Ich bin in Meßkirch – dort, wo der ›Campus Galli‹ ist. Könnten Sie übers Wochenende herkommen? Ich bin hier der Schmied. Sie finden mich ganz einfach. Immer dem Qualm nach.«

»Entschuldigen Sie, ich fahr doch nicht kilometerweit über Land zu jemandem, den ich gar nicht kenne.«

»Es würde sich aber lohnen«, entgegnete Breitinger. »Ihr Onkel hat mir gesagt, Sie sollten in den Besitz von Dokumenten kommen, die bei der Beschaffung irgendwelcher Gelder dienlich wären.«

»Wie bitte?« Ihr Interesse war schlagartig geweckt.

»Und ich bin vermutlich im Besitz einiger Fotos, die das alles untermauern könnten.«

Ann-Marie brauchte ein paar Sekunden, bis sie aussprach, was sie befürchtete: »Wollen Sie mich jetzt erpressen, oder was?«

Die Koordinaten, die Astrid am Telefon hinterlassen hatte, führten Ruckgaber zu einem großen hölzernen Kreuz, das einen markanten Aussichtspunkt auf der sogenannten Maierhalde kennzeichnete, abseits des Weilers Kuchalb. Jetzt, kurz vor 22 Uhr, Anfang August, zeichnete sich nur noch am westlichen Himmel ein heller orangefarbener Schimmer ab. Das sommerliche Blau des Tages war der Dunkelheit gewichen. Ruckgaber hatte jedoch trotz der ersten Sterne, die über ihm leuchteten, keinen Blick für die Schönheiten der Natur, die sich hier oben in ihrer ganzen Vielfalt präsentierte. Wie aus der Vogelperspektive lag das Voralbgebiet zu seinen Füßen. Stuifen, Rechberg und Hohenstaufen hoben sich tiefschwarz aus den flachen Ausläufern des Mittelgebirges. Straßenlampen und Autoscheinwerfer funkelten von überallher durch die Landschaft.

In Ruckgabers sorgenschwerem Kopf gab es keinen Platz für all das Wunderbare, das man an einem solchen Sommerabend hier oben auf sich wirken lassen konnte. Dass die Luft nach Heu roch, nahm er nur beiläufig wahr. Die Wiese, über die er bei den letzten Häusern der Kuchalb hatte gehen müssen, war erst vor Kurzem gemäht worden. Ein Hinweisschild wies das Gelände als Start- und Landebahn eines Modellflugvereins aus. Begrenzt wurde es seitlich von einem Heckenstreifen, der bereits die Schwärze der Nacht angenommen hatte.

Für einen kurzen Moment fühlte sich Ruckgaber beobachtet. War dort, wo die Wiese steil abfiel, eine Bewegung gewesen? Ein Nachtvogel kreischte, dazwischen ertönte das Zirpen der Grillen. Autoscheinwerfer erhellten das schmale Sträßchen, das sich in weit ausholenden Kurven über die vielen Höhenrücken hinweg zur Hochfläche schlängelte.

Ruckgaber war inzwischen nur noch zwanzig Meter von dem Feldkreuz entfernt, das sich dunkel und beinahe drohend vom Himmel abzeichnete. Ein paar Schritte links davon hatte sich wildes Sträucherwerk zu einem schwarzen Klumpen geformt, in dem keine Details mehr zu erkennen waren. Ruckgaber blieb kurz stehen, überblickte die weite Hochfläche, die sich links von ihm auftat, wo die Felder, Hecken und Obstbäume nur noch schemenhaft zu erkennen waren. Weit hinter ihm, über den Dächern der kleinen

Ansiedlung, blinkten die roten Positionslichter der Windkrafträder und des Funkturms.

Astrid war ziemlich unvorsichtig gewesen, dachte er. In einer solch lauen Sommernacht konnten an diesem Aussichtspunkt auch andere Personen sein. Er musste also aufpassen. Von Ferne hörte er die 22-Uhr-Glockenschläge einiger Kirchen heraufdringen. Das Ziel hatte er also pünktlich erreicht – aber wo war Astrid? Natürlich konnte man mit den angegebenen Koordinaten nicht zentimetergenau navigieren, aber es bestand kein Zweifel, dass dieses Feldkreuz gemeint war, an dem – aus seiner Blickrichtung gesehen – links zwei Bänke standen. Aber da war niemand.

Ruckgaber blieb kurz stehen, lauschte und näherte sich dann vorsichtig dem Aussichtspunkt, an dem eine metallene Orientierungstafel matt schimmerte.

Plötzlich überkam ihn das Gefühl, beobachtet zu werden. Aber woher? Gänsehaut kroch ihm über den Rücken. Nur ein paar Schritte weiter links erhob sich dichtes Gestrüpp. Er ging, lauernd wie ein Wildtier, das sich vor Feinden und Jägern in Acht nehmen musste, darauf zu – und blieb augenblicklich wie erstarrt stehen: In einer Nische, die in das Gehölz geschlagen worden war, hob sich eine Sitzgruppe mit Tisch aus dem Dunkel ab.

All seine Muskeln waren angespannt, als er beim Näherkommen dort die Silhouette einer Person zu sehen glaubte. Tatsächlich: Da saß jemand auf einer der beiden Bänke – offenbar in Blickrichtung zu ihm.

War es Astrid? Hatte sie ihn gar nicht kommen sehen? Wieso sagte sie nichts? Warum kein vertrautes »Hallo«? Warum das Schweigen, das er in dieser Schrecksekunde auch nicht zu stören wagte.

Ruckgaber schätzte die Entfernung noch auf vier, fünf Meter. Keine Bewegung, keine Stimme. Nur Krähen und

Nachtvögel. Die Person auf der Bank rührte sich noch immer nicht. Sie schien leblos zu sein, durchzuckte es ihn. Aber es war doch Astrid, oder? Dann plötzlich eine Stimme. Klar und deutlich, voller Häme. »Komm ruhig näher – auch wenn du jemand anderen erwartet hast.« Es war ein Mann. Aber woher genau die Stimme kam, die noch ein Stück weit entfernt zu sein schien, konnte Ruckgaber nicht lokalisieren. Er war bis ins Innerste erschrocken, fühlte sich wie gelähmt, erstarrt und augenblicklich in einen Schockzustand versetzt. War das eine Falle gewesen? Er war gar nicht in der Lage, das sekundenschnelle Geschehen geistig zu erfassen. Da hatten sich plötzlich vor ihm die grau-schwarzen Silhouetten zweier Personen aus dem Pechschwarz der Sträucher gelöst.

Dann ein gedämpfter Schuss. Aufblitzendes Mündungsfeuer. Schreie einer Frau. Astrid?

※

Sonntagvormittag, 7. August

Häberle war unzufrieden. Die Kommunikation mit Sigmaringen und Friedrichshafen verlief alles andere als reibungslos. Inzwischen erschien es ihm ziemlich sinnlos, den Sonntag zu opfern, um diesem selbstgefälligen Kriminalrat zuzuarbeiten. Seit zwei Tagen hatte die für Meßkirch zuständige Kriminalpolizeidirektion Friedrichshafen keine erfolgversprechenden Berichte und Protokolle mehr geschickt. Seit auch die Staatsanwaltschaft Hechingen Häberles Hinweis auf ein mögliches Finanz- und Steuerdelikt nicht ernst genommen hatte, fühlte er sich aufs Abstellgleis geschoben. Die heutigen Absolventen der Polizeihochschule ließen sich weniger von ihrem »Bauchgefühl«, als vielmehr von der trockenen Aktenlage leiten – vor allem aber von den streng hierarchischen Prinzipien, von denen die Polizei durchdrungen war. Damit dieser Apparat funktionierte, gab es ein probates Druckmittel: die Beförderung. Wer nicht spurte und systemkonform arbeitete, blieb ewig in seiner Besoldungsgruppe hängen. Die Querdenker von früher konnte es so nicht mehr geben.

Auch Linkohr war an diesem sonnigen Sonntagvormittag zur Dienststelle gekommen. »Mir geht die Ann-Marie nicht mehr aus dem Sinn«, sagte er im Chefbüro und war sich sogleich der Tragweite dieser Aussage bewusst.

»Das kann ich mir vorstellen«, grinste Häberle hinterm Schreibtisch.

»Nein, nicht so, wie Sie denken. Ich hab Ihnen ja gestern bereits von diesen angeblichen Dokumenten erzählt ...«

»... die dieser dubiose Typ angeblich von ihr will«, erinnerte sich Häberle. »Haben Sie inzwischen wieder mit ihr Kontakt gehabt?«

»Nein«, betonte Linkohr. »Ich will nicht den Eindruck erwecken, ich hätt sie dienstlich ausgehorcht.«

»Haben Sie aber«, stellte der Chefermittler süffisant fest. »Sie sollten nicht schon wieder damit anfangen, Privates und Dienstliches zu vermischen. Das kann mal ganz übel enden. Denken Sie dran, was schon alles vorgefallen ist – in den letzten Jahren.«

»Weiß ich doch. Und ich bin Ihnen auch unendlich dankbar, dass Sie mich jedes Mal rausgehauen haben.«

»Das war reiner Eigennutz«, grinste Häberle. »Ich wollte keinen so fähigen Mitarbeiter wie Sie verlieren.«

Linkohr nickte und gab seine Überlegungen preis: »Wenn's da wirklich um viel Geld geht – und daran dürften auch Sie nach Ihrem gestrigen Gespräch mit Frau Moll keinen Zweifel haben –, dann müssen doch auch endlich die ›höheren Herrschaften‹ kapieren, dass sich die Steuerfahndung darum kümmern muss. Ich hab nämlich den Eindruck, wir fahren seit Tagen auf der falschen Schiene.«

Häberle krempelte die Ärmel seines viel zu engen Jeanshemds hoch, also wolle er damit andeuten, dass es Zeit wurde, mit schwäbischer Gründlichkeit durchzufegen. Er hatte nämlich in dieselbe Richtung gedacht wie der junge Kollege. Denn dass größere Summen im Raum standen, hatte Frau Moll ja allein schon mit dem Hinweis durchblicken lassen, ihre Nichte Ann-Marie sei eine »Erbschleicherin« und ein »raffiniertes Luder«.

Häberle wollte dazu auch die Einschätzung Linkohrs hören: »Sie sind ein bisschen in diese Ann-Marie verknallt, hab ich das richtig rausgehört?«

»Na ja – was heißt ›verknallt‹?«, wich er aus. »Sie ist nett, ja, man kann sich gut mit ihr unterhalten. Aber vielleicht ist sie auch ein bisschen abgedreht.«

»Haben Sie den Eindruck, sie will sich wichtigmachen – oder dass sie raffiniert ist?«, wurde Häberle deutlich.

»Raffiniert?« Linkohr schien es die Sprache zu verschlagen. Dass ausgerechnet jetzt auf Häberles Schreibtisch das Telefon anschlug, empfand er als willkommene Unterbrechung.

Der Chefermittler nahm ab und meldete sich. Nach kurzem Lauschen hakte er erschrocken nach: »Wie bitte? Wo ist das?« Kurze Pause. »Ja, Maierhalde kenn ich. Bei der Kuchalb.«

13

Rückblick auf die Nacht

Astrid hatte die ganze Nacht kein Auge zugetan. Nie in ihrem Leben war sie so aufgewühlt gewesen wie an diesem Morgen. Sie hatte Whisky getrunken und Wein – und immer mehr davon in sich hineingeschüttet. Jetzt fühlte sie sich schlecht und verkatert, hatte dröhnendes Schädelweh und würgte überm Waschbecken hustend einen Teil des Alkohols aus dem brennenden Hals. Die ganze Nacht über hatten sich die Bilder in ihrem Kopf gedreht und geradezu überschlagen. Anstatt die entsetzlichen Eindrücke zu dämpfen, schien der Alkohol alles noch dramatischer zu machen. Und jetzt, als der neue Tag gegraut hatte, waren die Bilder noch viel schlimmer geworden. Obwohl sie gleich nach der Rückkehr geduscht und all ihre Kleider in die Waschmaschine gestopft hatte, um sie so gründlich wie möglich zu reinigen, stand sie jetzt erneut fröstelnd unter der heißen Dusche. Sie durfte keinen Zusammenbruch erleiden. Nicht heute, nicht jetzt. Denn das Wichtigste stand ihr erst noch bevor. Sofern es keine Komplikationen gab. Ja, Komplikationen. Das Wort dröhnte durch all ihre Gedanken.

Sie musste stark sein – und dabei war sie so schwach und zerbrechlich, als würde sie jeden Moment kollabieren. Sie hatte panische Angst gehabt, bei der Heimfahrt in eine Polizeikontrolle zu geraten. Dies wäre das Ende gewesen. Verheult, kreidebleich, zitternd und verstört. Wie sie heimgekommen war, hätte sie jetzt auch nicht mehr sagen können. Auch nicht, wie spät es gewesen war. Die Schuhe, durchzuckte sie ein elektrisierender Gedanke – du musst die Schuhe putzen. Und natürlich auch den Wagen. Gab es irgendwo eine Waschanlage, die sonntags geöffnet hatte? Ihr Handy war abgeschaltet gewesen, Gott sei Dank, stellte sie fest, nachdem sie die Dusche verlassen und das Gerät kontrolliert hatte. Zum Glück hatte sie auch Andys Ratschlag befolgt und den Anruf in diesem Hotel von einer Telefonzelle aus getätigt. Sie war dazu eigens ins 15 Kilometer entfernte Blaubeuren gefahren. Trotz aller Vorsicht, so hatte sie das Gewissen die ganze Nacht über geplagt, gab es natürlich Unwägbarkeiten: Der dicke BMW, mit dem sie unterwegs gewesen war, könnte in dieser ziemlich verlassenen Gegend jemandem aufgefallen sein. Einem Jäger vielleicht oder einem Liebespaar, das diese laue Sommernacht dort verbracht hatte. Wenn sie jetzt die Nerven verlor, wenn ihr nur der geringste Fehler unterlief, war alles umsonst gewesen.

Sie nahm eine Schmerztablette, fönte die gewaschenen Haare und besah sich dabei kritisch im Spiegel. So blass, wie sie war, und mit den dunklen Augenrändern konnte sie unter keinen Umständen unter die Leute gehen. Sie würde alles daransetzen müssen, bis heute Abend in Frankfurt diese Spuren aus ihrem Gesicht beseitigt zu haben. Dreieinhalb Stunden Autofahrt standen ihr außerdem bevor. Im Hotel heute Abend würde sie endlich fernab dieser schrecklichen Geschehnisse sein und hoffentlich wieder einen halbwegs klaren Gedanken fassen können. Aber die räumliche Entfernung war natürlich keine Gewähr dafür, dass sie nicht von dem Horror der vergangenen Nacht eingeholt wurde. Keine Sekunde lang konnte sie davor sicher sein. In ihrem Kopf vermischten sich schreckliche Szenarien mit der Vorstellung, ein Flugzeug würde gerade abheben und sie in Sicherheit bringen. So, wie dies schon bald der Fall sein könnte. Doch da war er wieder, dieser furchtbare Gedanke: Sie schnappen dich beim Check-in. In letzter Sekunde. Statt Südseeparadies ab in eine dieser grau-tristen und engen Gefängniszellen, die sie vom Fernsehen her kannte.

Sie wurde die Bilder von gestern Abend nicht los. Nie mehr würde sie sich davon befreien können. Alles war so schnell über sie hereingebrochen. Eine einzige Sekunde hatte alles verändert. Sie war doch einfach nur dagesessen, versuchte sie, sich zu beruhigen. Nur dagesessen, ganz so, wie geplant, hämmerte es in ihrem Kopf. Dann war sie in Panik davongerannt, zu ihrem Auto. Irgendetwas hatte sie noch gesagt, doch an die Worte konnte sie sich nicht mehr erinnern. Sie war einfach weggefahren, ziellos – bis sie irgendwann völlig geschockt daheim in Heroldstatt ankam.

Sie hatte Angst gehabt, verfolgt zu werden.

Und jetzt war sie wieder da, diese Panik, beschattet zu werden. Ihre Gedanken formten sich zu einem wilden Szenario. In der Nacht konnte ein Verfolger auch einen respektablen Abstand halten und, ohne bemerkt zu werden, vielleicht sogar ohne Licht, ein Auto beobachten, das einen oder zwei Kilometer vorausfuhr. Außerdem gab es elektronische Geräte, die man mit einem Magneten unterm Kotflügel befestigen konnte und die per GPS-Ortung die jeweilige Fahrstrecke aufs Display eines Smartphones sendeten. Wenn so ein unauffälliges Gerät an einem Auto angebracht war, war die Verfolgung auch ohne Sichtkontakt möglich.

Wahrscheinlich war sie schon lange das »Zielobjekt« dieses Kerls gewesen. Über Monate hinweg.

Ob »er« es tatsächlich war? Sie hatte ihn zwar nur als vage grauschwarze Silhouette wahrgenommen, aber je mehr sie darüber nachdachte – jetzt, da ihr Geist wieder klarer wurde –, desto größer wurde ihr Verdacht, es könnte jener Mann gewesen sein, der ihr am Freitag letzter Woche bis nach Basel gefolgt war. Und der sie gestern Mittag noch am Telefon bedroht hatte.

Auch Ruckgaber hatte nicht geschlafen. Er war noch vor Mitternacht in die kleine Ansiedlung zurückgeschlichen und beim Betreten des Hotels froh gewesen, dass dort nach wie vor reger Betrieb herrschte. Auf diese Weise hatte er sich unauffällig durch das Gedränge mogeln können, das gerade am Eingangsbereich herrschte. Wie es schien, war niemand auf ihn aufmerksam geworden – nicht einmal der Hotelier, der als Wirt selbst vielbeschäftigt hinter der Theke stand. Bei so vielen Gästen konnte gewiss hinterher keiner mehr sagen, wer zu welcher Gruppe gehörte – oder wer gar allein unterwegs, wann gegangen und wann gekommen war.

Er hatte allerdings Mühe, seine Nervosität zu verbergen. Weil er sich von allen Seiten beobachtet fühlte, wirkte möglicherweise allein schon sein betont lässiges Auftreten auffällig. Er empfand es als eine Art Spießrutenlauf, an den gut gelaunten Gästen vorbeizugehen und sich das fröstelnde Zittern des ganzen Körpers nicht anmerken zu lassen. Er strebte dem Hoteltrakt zu und war bei jedem Schritt darauf bedacht, keinen hastigen und gehetzten Eindruck zu hinterlassen. Erst als er sein Zimmer erreicht und die Tür hinter sich geschlossen hatte, fiel diese riesige Anspannung für einen kurzen Moment von ihm ab. Aber nur kurz – um sogleich mit aller Macht wieder von ihm Besitz zu ergreifen.

Doch dann war es ein einziger Gedanke, der ihm einen Adrenalinstoß versetzte – der ihm neuen Antrieb gab. Wie ein Geistesblitz. Die Chance war günstig. Drunten die vielen Leute, das Chaos, das Durcheinander. Irgendwie musste es ihm gelingen, noch einmal wegzugehen. Raus, als wolle er eine rauchen. Und sich dann unauffällig entfernen. Die kleine Straße durch den Weiler – das hatte er bei Tag bereits erkundet – bot viele Möglichkeiten, seitlich in die nächtliche Schwärze der Felder und Wiesen abzubiegen. Außerdem hatte er vorhin bemerkt, dass auch bei »Mutter Franzl«, diesem urig-schwäbischen Lokal, noch Licht brannte und Autos davorstanden. Es war also trotz der Einöde, in der er sich hier befand, durchaus üblich, dass an einem späten sommerlichen Samstagabend noch Menschen unterwegs waren. Er würde vermutlich nicht auffallen.

Und ein gewisses Risiko musste er jetzt eingehen, um seinen Plan auszuführen. Ja, damit würde sein Vorhaben sogar noch perfektioniert. Vielleicht war alles sogar eine wundersame Fügung des Himmels. Quatsch, mahnte er sich. Das hat mit Himmel nichts zu tun. Eher mit dem Gegenteil.

Eine Viertelstunde später war er wieder zurück. Aus knapp hundert Metern Entfernung nahm er erleichtert zur Kenntnis, dass sich vor dem Lokal der »Mutter Franzl« einige rauchende Gäste fröhlich unterhielten und ihn überhaupt nicht zur Kenntnis nahmen – und auch die paar Schritte weiter vor dem Hotel auf der anderen Straßenseite stand ein halbes Dutzend Personen, während sich eine andere Gruppe auf dem Parkplatz lautstark verabschiedete.

Ruckgaber verzog sich unauffällig in den Innenraum und ging mit etwas mehr Selbstbewusstsein als beim ersten Mal zum Hoteltrakt in sein Zimmer. Erst jetzt schien die Aufregung allmählich abzuebben. Es war eine geniale Idee gewesen, beruhigte er sich selbst. Dann sank er erschöpft auf das Bett, streifte die Schuhe ab und blieb eine Weile regungslos liegen. Erst jetzt begann er zu realisieren, was in der vergangenen Stunde geschehen war. Doch Vorsicht, mahnte ihn die innere Stimme. Du musst noch etwas erledigen: den Zettel mit den Koordinaten. Er sprang auf, durchsuchte hastig Taschen und Rucksack, fand ihn endlich, zerriss ihn und spülte ihn in der Toilette hinunter.

Zurück auf dem Bett, empfand er die Stille des Hotelzimmers plötzlich als bedrohlich und unheilvoll, obwohl von der Straße her Stimmen drangen. Er hörte seinen eigenen Herzschlag, der ein rasendes Tempo vorlegte, so als sei ein Zeitraffer ausgelöst worden. Ein unaufhaltsamer Countdown ins Verderben. Nein, natürlich nicht, versuchte er, die Gedanken ins Positive zu wenden. Er war noch immer Herr der Lage, hatte alles im Griff. Oder doch nicht? Wieder übermannten ihn Zweifel.

Was hätte er dafür gegeben, jetzt aufzuwachen, schweißgebadet, und erleichtert festzustellen, dass alles nur ein böser Traum war und das Leben ganz normal weiterging. Doch er konnte nicht schlafen und somit auch nicht träumen – wenngleich seine Gedanken horrormäßig die schlimmsten Bildsequenzen formten. Was von alldem war eigentlich Realität und was war einfach so über ihn hereingebrochen? War er von Sinnen gewesen? Besessen? Womöglich besessen von bösen Mächten, die ihn in diesen Vorhof der Hölle hineingeführt hatten?

Er hatte die Augen geschlossen, doch alles in ihm war auf diesen einen Augenblick ausgerichtet, für den es keine vernünftige Erklärung gab. Es war viel zu schnell gegangen. Rasend schnell. Wie ein Phantom war jemand aus der Finsternis aufgetaucht – und dann dieser Schuss! Nur gedämpft, beinahe harmlos. Aber Mündungsfeuer und schwefliger Geruch. Gleichzeitig Astrids Aufschrei und eine grauschwarze menschliche Silhouette, die dumpf zu Boden stürzte. Panik. Rennende Schritte auf Wiesenboden, die sich schnell entfernten. Stimmen, ja, da waren auch noch Stimmen gewesen. Beide hatten irgendwie vertraut geklungen. Eine männliche und eine weibliche, die Astrid gehörte und die ihm etwas zurief. Aber plötzlich war er allein dagestanden. Allein in der Nacht und in der Stille. Direkt neben dem großen Kreuz.

Hatte Astrid geschossen? Nein, sie war doch auf der Bank gesessen, regungslos, wie er es empfunden hatte. Als habe sie gar nicht ihn, sondern jemand anderen erwartet. Schüttelfrost bemächtigte sich seines ganzen Körpers.

Wer aber war der Tote? Ruckgaber rief sich den ganzen Wahnsinn dieser paar Sekunden in Erinnerung, doch je öfter er darüber nachdachte, desto schwieriger wurde es, Realität und Fantasie zu unterscheiden. Ihn musste der Teufel geritten haben, als er später noch einmal zurückgekehrt war und dem Toten ins Gesicht geleuchtet hatte. Doch er erinnerte ihn an niemanden.

Warum waren die beiden auch so schnell abgehauen? Astrid hatte noch versucht, etwas mit gedämpfter Stimme zu rufen. Es hatte sich so angehört, als sei jetzt alles erledigt – und alles laufe nach Plan. Sosehr er sich auch anstrengte, er konnte sich an den genauen Wortlaut nicht erinnern.

Die ganze Nacht über hatte er versucht, sich dieses Gesicht wieder in Erinnerung zu rufen. Aber er hätte nicht einmal das ungefähre Alter des Toten benennen können.

Als irgendwann vor dem Haus ein Motor aufheulte, sprang Ruckgaber auf, um seitlich der dicken Vorhänge einen vorsichtigen Blick aus dem Fenster zu riskieren. Nein, das war kein Polizeiauto gewesen, sondern vermutlich irgendein Verrückter, der jemandem hatte imponieren wollen. Wieso hätte auch die Polizei ausgerechnet hier aufkreuzen sollen? Hier, wo heute Nacht im Lokal gefeiert wurde, wo es nichts Verdächtiges gab. Es war 2.12 Uhr.

Ruckgaber ging auf die Toilette. Sein Bauch rebellierte, er spürte unerträgliche Blähungen und kämpfte mit aufkommendem Brechreiz. Seine Hände zitterten, als er die Zahncreme aus der Tube drückte und sich dabei im Spiegel besah. Das kalte weiße Licht der LED-Leuchte offenbarte ihm das ganze Entsetzen, das sich in sein Gesicht gegraben hatte.

Er bürstete drei-, viermal über die Zähne, spuckte die Creme schnell wieder aus und warf sich eine Handvoll kaltes Wasser ins Gesicht.

Die Schuhe!, zuckte es durch seinen Kopf. Es war zwar trocken gewesen, aber in der Sohle steckten mit Sicherheit verräterische Erdkrümel und Steinchen. Er holte sie ins Badezimmer und besah sich deren Unterseite. Tatsächlich: Die Sohle war leicht verschmutzt. Allerdings konnte er nicht feststellen, ob die anhaftenden Erdpartikel von heute Abend stammten. Mit feuchtem Toilettenpapier versuchte er so gut wie möglich, sie abzuwischen und den Schmutz aus dem Profil zu kratzen. Dann reinigte er auch noch den Boden und spülte das Papier sorgfältig in den Abfluss.

Er zog sich aus und stieg unter die Dusche, doch das warme Wasser verfehlte die erhoffte Wirkung der Entspannung. Auch als er sich wieder abtrocknete, war das innerliche Zittern nicht verflogen. Er schlüpfte in Boxershorts und suchte in der Minibar nach Alkohol, den er in Form eines kleinen Fläschchens Rotwein entdeckte. Er goss den Inhalt in ein Glas und trank es mit einem Zug leer. Natürlich wusste er, dass Alkohol keine Probleme löste – aber jetzt brauchte er ihn, um die wilden Gedanken zu dämpfen. Dann kroch er unter die Bettdecke und musste erkennen, dass der Alkohol diesen Horror nur noch verschlimmerte.

Wann und ob er eingeschlafen war, vor allem aber wie lange, und ob sich die realen Ängste mit wirren Träumen verbunden hatten, hätte er jetzt, an diesem hellen Morgen, nicht mehr sagen können. Der Sommertag graute, sein Schädel brummte, noch immer brannte das Licht im Zimmer. Mit dem Erwachen hatten ihn die Bilder des gestrigen Abends wieder eingeholt.

Ruckgaber zog die Vorhänge auf, sah über die sanft ansteigende Landschaft hinauf zu den Windkrafträdern und dem Funkturm. Dorthin führte das schmale Asphaltband einer schnurgeraden, aber offensichtlich unbedeutenden Straße. Kein Auto weit und breit. In dieser Ansiedlung herrschte friedliche Stille.

Immer wenn er wach geworden war, hatte sich ein Gedanke in den Vordergrund gedrängt, der ihn mahnte, seinen weiteren Plan zu überdenken.

Ändern – das war überhaupt nicht möglich. Alles war zeitlich genau festgelegt. Sein Kopf schien wieder klarer zu sein. Es gab nichts zu ändern, nur weil etwas geschehen war, mit dem ihn doch niemand in Zusammenhang bringen konnte. Und dass er sich hier in diesem Hotel aufhielt, war seit Wochen geplant. Würde er jetzt Hals über Kopf abbrechen, wären den Spekulationen Tür und Tor geöffnet. Nein, er blieb hier, noch eine weitere Nacht, ganz nach Plan.

14

Sonntag, immer noch 7. August

Ruckgaber duschte an diesem Sonntagmorgen erneut, machte 20 Kniebeugen, um sich Farbe ins Gesicht zu pumpen, und zog seine Jogginghose an, um noch vor dem Frühstück ein paar Kilometer zu laufen. Nicht aber hinüber zu dem Aussichtspunkt Maierhalde, sondern in die entgegengesetzte Richtung. Bis hinauf zum Funkturm.

Beim Verlassen des ländlichen Hotels grüßte ihn Wirt Wagenblast freundlich. »Und? Hoffentlich gut geschlafen, Herr Ruckgaber?«

Ruckgaber setzte ein gezwungenes Lächeln auf. »Oh danke, bestens.«

»Es war halt ein bisschen laut, aber ich habe einige Familienfeiern hier gehabt.«

»Das hat mich überhaupt nicht gestört«, log Ruckgaber.

»Dann haben Sie diese herrliche Sommernacht bei uns hier oben genießen können«, stellte der Wirt fest, der eine Getränkekiste in den Händen hielt und in Richtung Gastraum strebte.

»Jaja«, sagte Ruckgaber, »ist traumhaft hier oben. Deshalb will ich auch gleich die Frische des Morgens auskosten. Schönen Tag noch!«

Er wollte gerade die Tür ins Freie öffnen, als der Wirt noch etwas sagte: »Dann haben Sie auch nicht mitgekriegt, was da drüben bei der Maierhalde passiert ist?«

Ruckgaber zuckte zusammen. Er ließ den Griff, mit dem er die Tür hatte aufziehen wollen, wieder los.

»Passiert?«, fragte er verunsichert nach. »Was ist denn passiert?«

»Na ja«, zuckte der Wirt mit der Schulter, »es ist ziemlich viel Polizei dort. Jemand hat gesagt, man habe einen Toten gefunden.«

»Ach? Ein Verbrechen?« Ruckgaber schluckte.

»Keine Ahnung. Genaueres weiß man nicht. Ich hatte schon Sorge, es könnte ein Gast sein, aber bisher ist die Kripo hier nicht aufgetaucht.«

»Das ist ja entsetzlich«, war alles, was Ruckgaber dazu einfiel. »Dann laufe ich mal lieber in die andere Richtung«, fügte er hinzu und verließ das Haus.

Häberle hatte den Dienst-Mercedes über ein enges und kurvenreiches Gemeindeverbindungsträßchen auf die Albhochfläche hinaufgejagt. Linkohr hielt sich an allem fest, was sich in dem Wagen dafür eignete. »Das ist aber eine ziemlich abenteuerliche Strecke«, kommentierte er Häberles Route zur Kuchalb. Sie hatten das Talstädtchen Donzdorf irgendwo in einem Gewerbegebiet durchquert und waren zu dieser Straße gelangt, die durch einen Hangwald immer höher führte, schließlich bei dem Gehöft »Scharfenhof« eine steile Wiesenfläche erreichte, die Linkohr an eine Alm erinnerte, und wo sich links von ihnen auf einer bewaldeten Kuppe das privat bewohnte Scharfenschloss erhob. In der Morgensonne, der sie entgegengefahren waren, warfen die Bäume noch lange Schatten.

»Noch nie hier gewesen?«, fragte Häberle seinen jungen

Kollegen und deutete rechts auf die geradezu atemberaubende Aussicht auf das in bläulichem Morgendunst liegende Albvorland.

»Nein, hier war ich noch nie«, räumte Linkohr ein und malte sich in Gedanken aus, wie es hier in einer lauen Sommernacht mit Ann-Marie sein könnte.

Der Dienstwagen erreichte wieder ein kurzes Waldstück und musste anschließend an einer steilen Wiesenfläche mehrere Haarnadelkurven bewältigen. Die enge Straße war von kunstvoll hergerichteten Bildstöcken eines Kreuzwegs gesäumt.

»In solchen Fällen zahlt es sich aus, sein Zuständigkeitsgebiet zu kennen«, brummte Häberle. »Schleichwege, kürzeste Verbindungen, abgelegene Orte – das alles sollte man im Ernstfall sofort finden.« Er verzichtete darauf, wieder einmal zu bemängeln, dass »die studierten Herrschaften von der Polizeihochschule zwar jeden Paragrafen auswendig aufsagen können, aber von der Praxis meist keine Ahnung hatten«. So oder so ähnlich konnte sich Häberle ausdrücken, wenn er spürte, dass »die Front« bei der Polizei zu kurz kam. Aber was zählte heutzutage schon Erfahrung, wenn es »ums Globale« ging, das der »kleine Beamte« natürlich nicht verstand. Es war halt wie überall: Wenn der Bürger sich anmaßte, etwas zu bemängeln, dann wurde dies mit dem Totschlagargument »Stammtischgeschwätz« abgetan. Dass es aber ganz so einfach doch nicht war, den Bürger zu übergehen, hatte sich ja vor einigen Monaten gerade bei den Baden-Württembergischen Landtagswahlen gezeigt, wo ein gewaltiges Erdbeben die Parteienlandschaft nachhaltig erschüttert hatte.

»So, hier sind wir«, holte sich Häberle selbst aus seinen Gedanken zurück. Die Steilstrecke mündete direkt in den kleinen Weiler Kuchalb, wo sich Häberle nach den ersten Häusern nach rechts wandte, um noch etwa hundert

Meter über einen Feldweg dorthin zu fahren, wo sich ihr Ziel befand. »Beim Kreuz da vorne«, erklärte Häberle. Dort parkten bereits auf einer abgemähten Wiese zwei blau-weiße Streifenwagen sowie mehrere weiße Pkws und ein Kastenwagen. Gut ein Dutzend Personen schien abseits des großen Feldkreuzes an einem Heckenstreifen beschäftigt zu sein. Ein Polizeihubschrauber flog in geringer Höhe über den nahen Waldrand.

»Die Jungs aus Ulm werden sich freuen«, meinte Häberle ironisch. »Die zweite Leiche innerhalb von knapp eineinhalb Wochen.«

Schon als sie in Göppingen losgefahren waren, hatten Häberle und Linkohr darüber gerätselt, ob der neuerliche Mord mit dem Verbrechen im »Campus Galli« zusammenhängen könnte. »Eher nicht«, hatte Häberle gemeint. »Alles andere würde mich wundern. Aber dieser Fall hier dürfte uns wesentlich mehr beschäftigen als die Sache in Meßkirch.«

Häberle stellte den Wagen vor dem rot-weißen Band ab, das bereits um den Tatort herumgespannt worden war. Als er die beiden Kriminalisten kommen sah, löste sich ein jüngerer Kollege aus der Personengruppe und kam ihnen entgegen.

»Oh, der Kollege Thomas Keller«, zeigte sich Häberle erfreut und schüttelte ihm die Hand, was Linkohr anschließend ebenfalls tat.

»Mich hat's erwischt, hab Wochenenddienst«, brummte der Ermittler aus Ulm, der seit Langem auf die Beförderung zum Oberkommissar wartete.

»Weiß man schon, wer es ist?«, kam Häberle sogleich zur Sache, während sie zu dritt über die unebene Wiese zu den Kollegen gingen. Güllegeruch lag in der Luft.

»Leider nein. Der Mann ist vermutlich um die 30, vom Aussehen her ein Mitteleuropäer, vermutlich Deutscher. Schwarze Haare, sehr gepflegtes Äußeres. Er hat keine

Papiere bei sich«, erklärte Keller. Sie hatten schon die anderen Beamten erreicht, die nacheinander die Neuankömmlinge begrüßten und sie zu der Leiche führten, die abseits einer hölzernen Sitzgruppe im dornenreichen Gebüsch auf dem Rücken lag, den Mund weit geöffnet, das Gesicht braun gebrannt, eine deutlich mit Blut verschmierte Schusswunde in der linken Brust. »War wohl sofort tot, sagt der Medizinmann«, meinte einer aus der Runde.

»Todeszeitpunkt?«, fragte Häberle nach. Er musste lauter sprechen, um den Helikopter-Lärm zu übertönen.

»Irgendwann im Lauf der Nacht, möglicherweise gegen Mitternacht.«

»Spuren?« Häberle prägte sich die Kleidung des Toten ein: Jeans, kurzärmliges Hemd. »Wo ist die Waffe?«

»Keine Waffe auffindbar«, bekam er zur Antwort. »Gefunden hat den Toten ein Spaziergänger, vor zwei Stunden, noch im Morgengrauen.«

Häberle nickte betroffen, wandte sich ab und ließ die Umgebung auf sich wirken: die ein paar Meter entfernten Ruhebänke, das Kreuz mit dem geschundenen Jesus, der ins Tal blickte, und eine Aufschrift, die die Donzdorfer Ortsgruppe des Schwäbischen Albvereins anlässlich ihres hundertjährigen Bestehens zur Kreuzweihe vor ziemlich genau 28 Jahren angebracht hatte: »Wo die Natur leidet, leidet auch der Mensch.«

Der Ton eines Funkgeräts riss den Chefermittler aus seinen Gedanken. Einer der Kriminalisten, der ihm zum Kreuz gefolgt war, meldete sich, worauf aus dem Handgerät eine Stimme krächzte: »Wir haben ein Fahrzeug entdeckt.« Es war ein Kollege aus dem Hubschrauber. »Etwa 300 Meter von euch entfernt – wo der Feldweg in den Wald mündet. Vermutlich ein VW Touareg, Farbe beige, Geländewagen. Wir können aber das Kennzeichen von hier oben nicht ablesen.«

Häberle entschied: »Dann fahren wir doch mal hin.« Linkohr und Keller folgten ihm quer über die Wiese zum Mercedes, mit dem Häberle sie zu besagter Stelle chauffierte. Der Hubschrauber schwebte nur knapp über den Bäumen, deren Äste sich im Luftwirbel der Rotoren so wild wie bei einem Orkan gebärdeten. Der geschotterte Feldweg führte direkt in den Hochwald hinüber und beschrieb dann einen Bogen nach links. Häberle nahm das Gas weg und machte sich darauf gefasst, das beschriebene Auto gleich zu sehen. Sekunden später tauchte es vor ihnen auf. Es stand entgegen ihrer Fahrtrichtung in einer kleinen Ausbuchtung des Weges. Sozusagen abfahrtbereit, wie Häberle dachte. Er stoppte den Mercedes, worauf sie zu dritt ausstiegen und den Touareg zunächst aus einigen Metern Entfernung betrachteten, während über ihnen noch immer die Rotoren des Helikopters tobten und das Geäst in Wallung versetzten. Keller griff zu seinem Funkgerät und meldete den fliegenden Kollegen: »Wir sind da, okay. Danke.« Sofort drehte der Hubschrauber ab, um seinen Erkundungsflug fortzusetzen. Das ohrenbetäubende Geräusch wurde erträglicher, die Luft beruhigte sich wieder.

Häberle hielt die beiden Kriminalisten zurück und deutete auf Fuß- und Reifenspuren, die im Erdreich erkennbar waren. »Vorsicht, auch wenn es unwahrscheinlich ist, dass diese Spuren von Bedeutung sind – es hat ja seit Tagen nicht mehr geregnet.« Häberle prägte sich das Kennzeichen ein, das mit »UL« auf eine Zulassung im Alb-Donau-Kreis oder in der Stadt Ulm schließen ließ. Keller funkte die Datenstation an, um den Halter dieses Fahrzeugs abfragen zu lassen. Unterdessen versuchten Häberle und Linkohr aus zwei, drei Metern Distanz, einen Blick ins Innere des Touaregs zu werfen. Doch aus ihrer Perspektive konnten sie nichts Außergewöhnliches erkennen. Keine Kleidungsstücke, keine Akten.

Auch fand sich nirgendwo ein Hinweisschild, das auf einen Förster oder Jäger hätte hindeuten können. Dass jemand, der nichts mit Land- oder Forstwirtschaft zu tun hatte, über den verbotenen Weg in den Wald fuhr, um hier zu parken, erschien Häberle eher unwahrscheinlich, zumal die »Streifengänger« der Naturschutzbehörden solche Verstöße mit Bußgeldern ahndeten.

Schon meldete sich eine Frauenstimme im Funkgerät: »Halter ist ein Kai Wurster, wohnhaft in Ulm.« Es folgten die Adresse und das Geburtsdatum. Demzufolge, so rechnete Häberle schnell, war der Mann 32 Jahre alt.

Häberle wiederholte: »Kai Wurster.« Er wandte sich an Linkohr: »Sagt Ihnen das was?«

»Nein. Aber dass er in Ulm wohnt ...« Linkohr sprach nicht aus, was er dachte, sondern meinte: »Schon wieder eine auswärtige Leiche.«

»Sofern das Auto etwas mit unserem Toten zu tun hat«, relativierte Häberle.

Es war eine nervenaufreibende Fahrt gewesen. Astrid Mastrow hatte bei ihren Überholvorgängen einige brenzlige Situationen heraufbeschworen. Die Autobahn nach Frankfurt war zwar an diesem Sonntagnachmittag ziemlich frei gewesen, aber ihre Konzentration hatte nach der schlaflosen Nacht erheblich gelitten. Sie trat deshalb das Gaspedal ihres silbernen BMW-Cabrios nie ganz durch, auch dann nicht, wenn vor ihr die Strecke frei war. Außerdem hatte sie ja genügend Zeit. Das Seminar fing schließlich erst am morgigen Montag an, und heute Abend würde sie sich in dem vornehmen Hotel zurückziehen. Natürlich hätte die Möglichkeit zu einem »Welcome-Drink« bestanden, wie es auf der Einladungskarte geheißen hatte, aber jetzt brauchte sie Ruhe. Ihr war nicht nach Small Talk, zumal sie ohnehin darauf achten musste, sich nicht selbst als Finanzlaien zu entlarven.

Nach dem Einchecken rollte ein aufmerksamer Hoteldiener ihren Koffer zum Zimmer. Sie drückte ihm ein Trinkgeld in die Hand und atmete tief durch. Das Zimmer war modern, in sanften Farbtönen gehalten und überaus geräumig. Sie zog die Vorhänge auf und staunte über die prächtige Aussicht, die sich aus dem siebten Stock des Hotels auf die Finanzmetropole bot.

Dann packte sie ihren Koffer aus und verstaute einige Kleider im Schrank. Doch egal, was sie auch tat, sie wurde diese nächtlichen Bilder nicht los. Sie würde bis ans Ende des Universums flüchten können – aber dies alles würde an ihr kleben bleiben. Es war tief in ihre Seele gebrannt. Wie ein teuflisches Tattoo, das sich nie wieder entfernen ließ. Und Andy? Sie hatten nichts mehr miteinander reden können.

Aber von hier aus konnte sie ihn wenigstens anrufen, sofern er planmäßig seine Tour fortsetzte und sich in einem Gasthaus aufhielt. Denn sein Handy blieb abgeschaltet.

Heute war Sonntag, und er befand sich demnach noch immer in dem Hotel auf der Kuchalb. Erst morgen wollte er weiterziehen.

Auch sie musste sich strikt an die Vorgaben halten. Deshalb entschied sie, vom Hoteltelefon aus Balluf anzurufen. Sie setzte sich an den Tisch und studierte die Aufschriften der Telefontasten. Demnach brauchte sie nur eine Null zu drücken und war damit im öffentlichen Netz. Ganz sicher aber würde die Nummer, die sie wählte, im Hotelcomputer für die spätere Abrechnung registriert. Sie versuchte es zunächst auf Ballufs Festnetznummer – und hatte sofort Glück. Balluf war tatsächlich zu Hause und meldete sich.

»Grüß dich, Jonas«, sagte sie weitaus freundlicher, als sie in den vergangenen Tagen mit ihm umgegangen war.

»Ja, was verschafft mir denn diese Ehre?«, antwortete Balluf erstaunt. »Bist du schon in Frankfurt?«

»Bin ich, ja. Ich hab dich gestern nicht mehr anrufen können. Alles okay bei dir?«

»Ja, natürlich. Was soll denn nicht okay sein. Solange nicht wieder irgendwelche Typen bei mir auftauchen, ist alles in Ordnung«, sagte er vorwurfsvoll.

»Falls es Probleme geben sollte, kannst du mich auf dem Handy anrufen. Falls ich es abgestellt habe, ruf ich zurück.«

»Ich werde dich nicht belästigen, Astrid, keine Sorge.« Er konnte nicht so richtig beurteilen, wie diese unerwartete Fürsorge zu deuten war. »Ich vertrete deinen Andy ganz in eurem Sinne. Und wofür ich nicht verantwortlich bin, das vertage ich, bis er wieder hier ist.«

»Ich gebe dir aber gerne auch die Festnetznummer, also die Durchwahlnummer in mein Hotelzimmer.« Bin ich jetzt zu aufdringlich gewesen, überlegte sie, nachdem Balluf zögerte und dann sagte: »Wozu das denn? Astrid, ich hab doch deine Handynummer. Jetzt übertreib mal nicht.«

»Okay«, murmelte sie kleinlaut. »Dann pass also auf dich auf. Tschüss.« Sie legte auf.

Hatte sie jetzt ungeschickt gehandelt? Sie musste sich eingestehen, viel zu nervös und aufgewühlt zu sein, um all dem gewachsen zu sein, in das sie geraten war ...

Seit dem kurzen Telefonat mit Ann-Marie war Breitinger verunsichert. Er hatte ihr zwar vorgeschlagen, an diesem Wochenende in den »Campus Galli« zu kommen und sich dort beim Schmied zu melden. Doch sie war ziemlich reserviert gewesen. Zu einer klaren Aussage, ob sie kommen werde, hatte sie sich nicht durchringen können. Vielleicht war sein Anruf ein Fehler gewesen. Womöglich ritt er sich selbst jetzt in etwas hinein, falls sie die Polizei verständigte. Jetzt galt es, schnell zu handeln. Denn schließlich war er im Besitz eines wichtigen Beweismittels, das ihm jedoch auch gefährlich werden konnte. Ohnehin hatte er bereits nach dem Besuch dieses forschen Kriminalrats mit sich gerungen, ob er mit der Sprache herausrücken sollte. Aber bisher fühlte er sich noch immer an das Versprechen gebunden, nichts zu unternehmen, was das Geld für Ann-Marie gefährden könnte. Deshalb hatte er in der Freitagnacht, als Lorenz Moll schon tot war, den Speicherchip aus der Kamera geholt. Ganz so, wie dieser es als Vermächtnis ihm auferlegt hatte: »Falls mir etwas zustoßen sollte, dann versuchst du, den Chip aus der Kamera zu holen, und überleg gut, wem du ihn geben willst. Auf jeden Fall nicht gleich der Polizei.« Als Breitinger in jener Nacht, weil er nicht hatte schlafen können, wieder zu seinem neu gewonnenen Freund hinüberging, hatte er sich, wie üblich, eine Stirnlampe aufgesetzt, sie aber nicht eingeschaltet. Das Gelände war ihm schnell vertraut geworden, sodass er sich auch im Dunkeln gut orientieren konnte.

Jetzt, da er sich in seinem Hotelzimmer seit zwei Stunden an seinem Laptop abmühte, überkamen ihn all die Gefühle dieser Nacht wieder. Inzwischen hatte er sich in einem Elektronikmarkt ein Chip-Lesegerät besorgt, das mit seinem Computer kompatibel war. Allerdings war das Auslesen gar nicht so einfach und verlangte einige Spezialkenntnisse, mit denen er sich schwertat. Immer wieder behauptete der Rechner, das angeschlossene Gerät nicht zu erkennen oder dass das Format falsch sei. Breitinger schwitzte. Das einzig Positive war, dass es hier im Hotel ein WLAN-Netz gab, das ihm den Zugang ins Internet ermöglichte und über das er einige Programme herunterladen konnte. Denn die Hoffnung, den Chip doch noch auslesen zu können, wollte er so schnell nicht aufgeben. Und außerdem musste er wissen, in welcher Situation er selbst darauf zu sehen war. Weitere eineinhalb Stunden und zwei Bierdosen später hatte er es endlich geschafft: Eine Fotosoftware lud die Datei auf seinen Laptop, worauf unzählige kleine Vorschaubilder auftauchten, die sich beim Anklicken tatsächlich vergrößern ließen. Jedes Einzelne war mit Datum und sekundengenauer Uhrzeit versehen. Schon der erste Blick zeigte ihm, dass exakt jede Minute ein Foto abgespeichert worden war und die Kamera ein sehr gutes Ergebnis geliefert hatte. Sie war ganz genau auf den Schindelmacher-Unterstand ausgerichtet, um den herum sogar noch Hecken und die Stämme einiger Bäume mit im Bild waren. Breitinger riss eine weitere Bierdose auf und scrollte die Vorschaubilder bis zum Anfang zurück. Sie erschienen bei diesem flüchtigen Durchblättern alle gleich und unterschieden sich nur durch den Verlauf der Tageshelle und der Dunkelheit. Aber selbst bei Nacht lieferte die Kamera erkennbare Bilder, jedoch nur in Schwarz-Weiß. Breitinger spürte den Herzschlag bis in den Hals, denn gleich würde er sehen, wann mit den Aufzeichnungen begonnen worden war: am späten Montagabend, also in der ersten Nacht, die Moll im »Campus Galli« verbracht hatte. Das erste Bild datierte vom 25.07., 21.37 Uhr. Auf ihm war Molls unscharfes Gesicht in Großaufnahme zu sehen. Offenbar war er dem Objektiv bei der Montage der Kamera ganz nah gewesen. Weitere Bilder zeigten die Situation, wie Moll bereits die Leiter vom Baum genommen und sie zur Werkstatt des Schindelmachers hinübergetragen hatte. Eine halbe Stunde lang saß er anschließend in dem Unterstand zwischen den mannshohen Stapeln von Schindeln und trank etwas.

Breitinger sah auf den Kalender, um sich das Datum des vergangenen Donnerstags herauszusuchen – den 28. Juli. Dann blätterte er die Foto-Ansicht hastig auf den entsprechenden Tag und schob ab der Marke 22 Uhr den Scrollbalken langsamer weiter. Mehrere Dutzend Bilder zeigten dieselbe Situation, nur drei Tage später: nichts weiter als die dunkle, nach vorne hin offene Werkstatt, vor der Lorenz Moll, seitlich geschützt von gestapeltem Holz und von zwei geschlagenen Birkenbäumchen, auf seinem provisorischen Nachtlager schlief oder in den Wald hineinschaute.

Stutzig wurde Breitinger ab 23.57 Uhr: Auf diesem Bild hatte sich rechts der Werkstatt etwas verändert. Zwischen den Baumstämmen zeichnete sich die Silhouette einer Person ab – und eine Minute später, auf dem nächsten Bild, stand sie in geduckter Haltung vor Molls Liege. Das Gesicht war undeutlich und in den Grau-Schwarz-Tönen schwer erkennbar. Breitinger versuchte es mit der Vergrößerungsfunktion, um noch mehr herauszuheben, doch führte dies zu keiner Verbesserung, sondern nur zu einer groben Verpixelung und größerer Unschärfe.

Er klickte zum nächsten Bild. Zwei Minuten nach dem Erscheinen der Person stand sie nun – leicht verdeckt von den Holzstapeln – hinter Molls Schlafstätte, der offenbar noch nichts bemerkt hatte. Das änderte sich in der dritten Minute, als sich Moll in halb erhobener Stellung vor dieser Person abzeichnete. Das heißt: Breitinger nahm an, dass es Moll sein musste. Eindeutig zu identifizieren war er auf den kontrastarmen Schwarz-Weiß-Aufnahmen nämlich nicht. Aber wer sonst außer Moll hätte dort die Nacht verbracht, dachte Breitinger und klickte auf das vierte Bild, auf dem die beiden Personen miteinander verschmolzen waren, was durchaus ein Gerangel oder ein tödlicher Kampf sein konnte.

Breitinger zoomte erneut näher heran, aber auch dieses Bild erbrachte nicht die erhofften Details: weder ein Gesicht noch eine Waffe. Jedenfalls musste alles sehr schnell gegangen sein, denn auf Bild 5 hatte der Täter den Erfassungswinkel der Kamera schon wieder verlassen. Moll lag neben seiner Schlafstätte.

Breitinger klickte schnell die nachfolgenden Bilder durch – doch da gab es keine Veränderungen mehr. Erst um 1.39 Uhr war er selbst ins Bild gekommen, ebenfalls grauschwarz und ohne dass man sein Gesicht erkennen konnte. Bereits auf dem nächsten Bild sah er sich mit eingeschalteter Stirnlampe vor der Liege stehen. Es war jener Moment gewesen, der ihn auch bei neuerlicher Betrachtung emotional zutiefst traf. Wieder sah er alles vor sich: das viele frische Blut, den Toten, den er nicht anzufassen wagte, und die selbst gezimmerte Liege.

Was hätte er denn tun sollen? Natürlich wäre es besser gewesen, sofort die Polizei zu alarmieren. Um Hilfe zu rufen, hätte bestimmt nichts genutzt. Keiner außer ihnen beiden hielt sich nachts auf dem Baugelände auf. Niemand war in der Nähe gewesen. Niemand – außer der Täter. Möglicherweise. Wieder überkam Breitinger dieses grausige Gefühl, von dem Täter womöglich beobachtet worden zu sein.

Er hatte in diesem Augenblick panische Angst gehabt. Und trotzdem hatte ihn sein Gewissen alarmiert und ihm die Worte seines neuen, jetzt toten Freundes ins Gehirn gehämmert: »Wenn mir was passiert, besorg dir den Chip aus der Kamera. Es geht um Ann-Marie.« Deshalb hatte er nach der ersten Schockstarre geistesgegenwärtig die Leiter geschnappt, die in der Werkstatt lag, und hatte sie zu dem Baum hinübergetragen, an dem die Kamera hing. Exakt acht Minuten, nachdem er auf den Toten gestoßen war. Um 1.47 Uhr dokumentierte dies die Kamera mit einem entsprechenden Foto – und wiederum eine Minute später traf der Strahl seiner Stirnlampe direkt in das Objektiv. Das war jener Moment, als er der Kamera ganz nah gewesen war und vergeblich versucht hatte, das Metallband mit bloßen Fingern zu lösen.

Doch Moll hatte es so fest an den Stamm gezurrt, dass es sich ohne Werkzeug nicht lösen ließ. Breitinger hatte deshalb aufgeregt nach dem Einschubfach für den Speicherchip gesucht und ihn schließlich gefunden. Drei Minuten hatte dies gedauert, wie die letzten von der Stirnlampe überstrahlten Bilder bewiesen.

Und jetzt? Er nahm einen kräftigen Schluck aus der Bierdose. Die stundenlange Arbeit am Computer und jetzt diese Fotos – all dies hatte ihn psychisch stark belastet. Er brauchte Ruhe. Er musste die weiteren Schritte genau überdenken, zumal diese unbekannte Person nicht zu identifizieren war. Die Aufnahmen würden nur hilfreich sein, wenn es bereits einen Verdacht gegen jemanden gab, dessen Statur zu dem Unbekannten passte. Oder war es womöglich sogar eine Frau?, schoss es Breitinger durch den Kopf. Ann-Marie? Konnte das Ann-Marie sein? Wie konnte er sich so sicher sein, dass sie es nicht war? Er hatte sie noch nie gesehen. Nicht einmal auf einem Bild. Vielleicht war sie auch groß und kräftig.

Er beschloss, von jenem Foto, auf dem der oder die Unbekannte vor Molls Liege stand, einen sogenannten Screenshot anzufertigen – ein Abbild der Bildschirm-Darstellung, die er sich auf sein Smartphone laden konnte. Damit würde er das Foto jederzeit griffbereit haben, um es gegebenenfalls jemandem zeigen zu können. Man konnte nicht wissen, was in den nächsten Tagen noch geschah ...

Karsten Dolnik und Karin Ruckgaber waren an diesem lauen Sonntagnachmittag mit dem luxuriösen Mercedes über die Albhochfläche nach Tübingen gefahren, stets abseits der stark frequentierten Hauptstraßen. Sie hatten einen Spaziergang am Neckar unternommen, dabei in sommerlicher Schwüle über eine gemeinsame Zukunft geplaudert und sich immer wieder gefragt, wie Karins Scheidung von Andreas vonstattengehen würde. »Vielleicht löst sich ja manches von selbst«, hatte Dolnik gesagt, als sie auf einer Ruhebank am Flussufer saßen.

Karin legte einen Arm um seine Schulter. »Du bist so herrlich gelassen, das mag ich an dir.« Er ging nicht darauf ein, und Karin glaubte zu spüren, dass er mit seinen Gedanken ganz woanders weilte.

»Vergiss heut mal den ganzen Ärger«, sagte er, »und wenn Andreas nicht reagiert, dann soll dir das auch egal sein. Natürlich hättest du ein Anrecht auf eine entsprechende Summe. Aber wie ich dir schon sagte, es macht wenig Sinn, sich daran festzubeißen.«

»Das weiß ich doch, aber ich will ihn nicht einfach so aus allem rauslassen. Er wäre das nicht geworden, was er heute ist, wenn ich nicht auch meinen Teil dazu beigetragen hätte.«

»Eben deshalb solltest du dich in Acht nehmen«, empfahl Dolnik schnell und sah an ihr vorbei. »Mit dem, was du soeben gesagt hast, bezichtigst du dich selbst der Beihilfe.«

»Wie bitte?« Karin war erschrocken. Dolnik war gerade dabei, die idyllische Atmosphäre zu zerstören.

»Na klar doch. Beihilfe zur Steuerhinterziehung«, meinte er ungewöhnlich kühl. »Du hast mir doch selbst erzählt, dass du mitgekriegt hast, wie er Astrid als Geldkurier missbraucht hat.«

»Dieses verdammte Luder, ja!«, keifte Karin.

Er ging nicht auf diese Bemerkung ein, die er in den vergangenen Monaten so oft schon gehört hatte. Karin reagierte jedesmal dünnhäutig, wenn's um junge Frauen ging. Deshalb zog er es vor, das Thema nicht zu vertiefen.

Sie versuchte auch gleich, versöhnlich zu wirken: »Vielleicht löst sich manches ja wirklich von selbst«, griff sie seine Worte auf.

Dann ließ sie sich von der sommerlichen Stimmung am beschaulich dahinfließenden Neckar gefangen nehmen und schlenderte mit Karsten am Ufer entlang weiter bis in die heimelige Altstadt, wo Dolnik das rustikale Lokal mit dem lustigen Namen »Wurstküche« fand. Sie hatten beide Lust auf ein urschwäbisches Essen in dem entsprechenden Ambiente und entschieden sich für das »Schwäbische Sonntagsessen«, womit ein pikantes Fleischmenü mit Salaten und Spätzle gemeint war. Nachdem der schwäbische Ober die Bestellung aufgenommen und diese mit humorvollen Bemerkungen kommentiert hatte, amüsierten sich Dolnik und Karin über die schwäbischen Ausdrücke, mit denen auf der Speisekarte die Gerichte beschrieben waren. Karin schien es, als genieße Karsten ihre Sympathie und Zuneigung.

Als sie nach dem gemütlichen Essen in der lauen frühabendlichen Luft zum Auto zurückgekehrt waren, steuerte Dolnik den angenehm klimatisierten Wagen aus Tübingen hinaus in Richtung Reutlingen, um über Bad Urach wieder die Schwäbische Alb zu erklimmen, deren bewaldete Höhenzüge sich im bläulichen Sommerdunst pastellfarben vom tiefblauen Himmel abhoben.

Kurz vor der sogenannten Outlet-City Metzingen wurde die sanfte klassische Musik aus dem Radio von einem Anruf unterbrochen. Dolnik sah verwundert auf die Uhr im großen Monitor, der in der Mitte des Armaturenbretts elegant hochragte und den Straßenverlauf anzeigte. 20.37 Uhr. Er drückte am Lenkrad eine Taste und meldete sich. Karin sah ihn von der Seite verwundert an.

Über die Freisprechanlage erfüllte eine ernste Männerstimme das Wageninnere. »Karsten, bist du das?«

Dolnik erkannte sofort Schultes Stimme. Sie hatte jedoch einen ganz anderen Unterton als bei ihrem gestrigen ausführlichen Gespräch.

»Ja, klar. Ist was passiert?« Dolnik sagte dies instinktiv.
»Können wir reden?«, tönte es zurück, und Dolnik verlangsamte die Fahrt, um sich auf das Gespräch besser konzentrieren zu können.
»Ja, natürlich, was ist passiert?«, fragte Dolnik aufgewühlt.
»Etwas Furchtbares, Karsten. Etwas ganz Furchtbares ist passiert.« Der Mann kämpfte hörbar mit den Tränen. »Der Kai Wurster, unser Detektiv, von dem ich dir erzählt habe – er ist tot.«
Karin nahm mit einer Geste des Entsetzens die Hand vor den Mund. Dolnik setzte den Blinker nach rechts, um an einer Einfahrt anzuhalten. »Wie bitte?«, presste er aus trockener Kehle hervor und stoppte den Wagen. »Tot?« Natürlich war die Frage überflüssig, aber irgendetwas musste er sagen.
»Sie haben ihn vergangene Nacht erschossen. Bei der Kuchalb. Ist irgend so ein kleines Nest auf der Alb.«
Zwei Sekunden Schweigen.
Karin sah ihren Begleiter ratlos und geschockt an.
»Was genau ist da passiert, Sebastian?«, unterbrach Dolnik die eingetretene Stille.
»Ich weiß gar nichts, Karsten«, kam die belegte Stimme ins Wageninnere zurück. »Erschossen aus allernächster Nähe, sagt die Polizei.« Schulte atmete hörbar. »Vielleicht kannst du …«, er rang offenbar nach Worten, »… kurz noch bei uns vorbeikommen. Denn das hat alles mit Ruckgaber zu tun, daran besteht gar kein Zweifel.«
»Vorbeikommen?« Dolnik war irritiert. »Ich soll … ich soll … kommen – zu wem?«
»Zu Helmut Wurster, Kais Vater. Eselsberg in Ulm?« Schulte wandte sich offenbar an Wurster und ließ sich die genaue Adresse nennen, die er Dolnik nun laut und deutlich durchgab.

»Ich soll kommen?«, hakte Dolnik noch einmal ungläubig nach und sah in Karins ernstes Gesicht. »Ich versteh nicht ...«

»Bitte, Karsten. Du hast mir geschildert, wie du von Ruckgaber betrogen worden bist. Du könntest uns in dieser Situation helfen. Bitte.«

Dolniks Miene hatte sich verfinstert. »Okay«, sagte er schließlich und bestätigte die genannte Adresse.

Als das Gespräch beendet war, klang wieder klassische Musik aus dem Radiolautsprecher. Karin saß wie benommen auf dem Beifahrersitz. »Wer war das? Was hat das zu bedeuten?«, flüsterte sie völlig konsterniert.

»Ein ehemaliger Geschäftsfreund«, versuchte Dolnik, ruhig zu bleiben. »Ich hab gestern mit ihm telefoniert.« Er trat kräftig aufs Gaspedal, sodass der Mercedes seine volle Beschleunigung spüren ließ. »Sebastian Schulte ist auch einer der Geschädigten deines Ex.«

Karin sah ihn hilfesuchend von der Seite an. »Und du auch?« Karin vermochte das Gehörte nicht nachzuvollziehen. »Du bist auch ein Geschädigter? Das hör ich zum ersten Mal. Wieso hast du mir das nicht gesagt? Was geht da vor? Was verschweigst du mir?«

»Beruhige dich, Karin«, gab er sich wieder gelassen. »Ich hab mich da nur dir zuliebe eingemischt, um rauszukriegen, was dein Ex mit dem vielen Geld getan und wo er überall seine Finger drin hat.«

»Du willst mir sagen, dass du heimlich Kontakt zu diesen Geschädigten aufgenommen hast?« Karin versuchte, das Gehörte logisch zu ordnen.

»Um dir zu helfen«, ergänzte Dolnik. »Ich kenn den Schulte von früheren Geschäftsbeziehungen her – und da hat er mir von den sagenhaften Anlageformen vorgeschwärmt. Wir haben uns damals einige Male getroffen – auch dieser Lorenz Moll war dabei gewesen.«

»Der Mann, der bei diesem Klosteraufbau umgekommen ist?«, fragte Karin flüsternd nach.

»Ja. Als ich das gehört hab, hab ich dies mit dem Geschäftsgebaren deines Ex in Verbindung gebracht und mal wieder den Schulte angerufen.«

»Und das machst du, ohne mit mir darüber zu reden? Ohne mir zu sagen, dass du gegen Andreas recherchierst?« Karins Stimme bebte. Sie fühlte sich mit einem Schlag betrogen und hintergangen. »Was geht hier eigentlich vor? Was wird hier gespielt, Karsten? Ich verlange, dass du mir augenblicklich sagst, wie du zu Andreas stehst und ob du alles ehrlich gemeint hast, was du mir in den vergangenen Monaten erzählt hast.«

»Bitte«, versuchte Dolnik, sie zu beruhigen, »lass uns den schönen Tag nicht so zerstören.« Der Mercedes preschte um eine enge Kurve, während Insekten und Nachtfalter gegen die Windschutzscheibe klatschten.

Karin lehnte sich seitlich mit dem Rücken gegen die Beifahrertür, um Dolniks Gesicht sehen zu können. »Aber das bedeutet doch nicht, dass Andreas da …« Sie wollte das Schreckliche nicht aussprechen.

»Du brauchst dich nicht zu sorgen, Karin. Ich fahr dich jetzt nach Hause und dann schau ich bei Wurster vorbei.«

»Dieser Kai«, erkundigte sich Karin vorsichtig, »das war ein Detektiv?«

»Ja, war er«, bestätigte Dolnik kurz. »Hat mir Schulte erklärt.«

»Karsten, ich hab Angst«, brach es aus Karin heraus. »Angst um dich. Was hast du damit zu tun? Steckst du da auch mit drin? Wenn ja, dann sag mir das bitte. Wenn da einer umgeht und derart kaltblütig jemanden erschießt, dann kann das euch alle treffen.«

Dolnik versuchte, seine Gelassenheit nach außen weiterzuspielen, obwohl er allergrößte Mühe hatte, sich auf den Straßenverlauf zu konzentrieren. Er ertappte sich bereits dabei, die nachfolgenden Autos im Auge zu behalten.

»Wo ist eigentlich diese Kuchalb?«, fragte Karin und riss ihn damit aus seinen Gedanken.

»Kuchalb?« Dolnik wollte nicht länger darüber reden. »Kann ich dir im Moment auch nicht sagen.«

Häberle war müde. Die sommerliche Hitze, die Ermittlungen der vergangenen Woche zum Mordfall im »Campus Galli« und die wenig erfreuliche Zusammenarbeit mit den Kollegen in Sigmaringen und Friedrichshafen – all dies war ihm an die Substanz gegangen. Früher, so überlegte er immer häufiger, hatte er solche Stresstage noch locker weggesteckt, doch jetzt, nachdem er sich für eine Verlängerung seiner Dienstzeit entschieden hatte, wurde ihm bewusst, dass der Mensch eben nicht darauf ausgelegt war, derlei Hektik über Jahrzehnte hinweg unbeschadet zu überstehen. Sollten doch jene Herrschaften, die fernab der praktischen Arbeit in ihren Politiker-Residenzen über die Anhebung der Renten- und Pensionsgrenzen zu entscheiden hatten, selbst mal im echten Berufsleben stehen, dann kämen sie nicht auf die absonderliche Idee, nur des völlig veralteten Versicherungssystems wegen die Menschen bis 67 oder 70 schuften zu lassen. Irgendwann waren dem biologischen System »Mensch« ganz natürliche Grenzen gesetzt. Vor allen Dingen dann, wenn man sein Geld nicht per Mausklick in Glaspalästen verdiente, sondern beispielsweise in Werkstätten, riesigen Fabrikhallen oder gar am Fließband. Wer die biologische Grenze der Leistungsfähigkeit aus politisch-ideologisch-kapitalistischen Blickwinkeln heraus nicht akzeptierte, war in Häberles Augen ein »menschenverachtender Sesselfurzer«, wie er immer häufiger wetterte. Er selbst habe zwar freiwillig die Dienstzeit verlängert, könne nun aber umso besser ermessen, dass es diese sinkende Leistungsfähigkeit ab 55 oder 60 tatsächlich gab. Selbstverständlich würde er es keinem verbieten, freiwillig »bis zum tot Umfallen« zu arbeiten. Schießlich hatte sogar er selbst Zweifel gehabt, ob er etwas mit der Pensionärszeit würde anfangen können.

Dieser Sonntag hatte ihm viele Momente mit derlei Gedanken beschert. Denn wieder war seine Susanne einen Sommertag allein daheim gesessen. War das nicht fahrlässig vertane Zeit?

Er dachte darüber nach, wie seine Kollegen und er eine Woche lang lediglich die Handlanger für die Sonderkommission in Friedrichshafen gewesen waren und wie sich nun mit einem Schlag eine neue Situation ergeben hatte. Friedrichshafen musste warten. Sie hatten hier in Göppingen jetzt ihren eigenen Fall. »Kai Wurster«, murmelte er, nachdem Linkohr an diesem schwülen Sommerabend in sein Büro gekommen war. »Was wissen wir inzwischen von ihm?«

»Es ist nun 100-prozentig sicher, dass ihm nicht nur dieser VW Touareg gehört, sondern dass er auch unser Opfer ist«, erklärte der deutlich jüngere Kriminalist und zog sich einen Stuhl an Häberles Schreibtisch heran. »Ledig, Sohn eines erfolgreichen Geschäftsmannes in Ulm namens Helmut Wurster. Elektronische Bauteile für internetbasierte Systeme, was immer sich dahinter verbirgt. Aber wohl auch Zulieferer für die Rüstungsindustrie.«

»Könnte das eine Rolle spielen?«, hakte Häberle sofort nach und nahm einen Schluck Mineralwasser.

»Könnte durchaus möglich sein, denn – und jetzt kommt's – unser Opfer hat mit Schnüffeleien sein Geld verdient. Privatdetektiv.«

»Ach Gott«, seufzte Häberle. »Untreue Ehemänner beschatten, Seitensprünge oder Ladendiebe schnappen?«

»Wahrscheinlich, ja. Aber vielleicht auch in brisanteren Bereichen. Also möglicherweise in der Rüstungsindustrie.«
»Waffengeschäfte?«, warf Häberle ein. »Das ist doch das florierendste Geschäft überhaupt. Waffen braucht die Welt.« Er wurde zynisch: »Nicht ›Brot für die Welt‹, sondern ›Waffen für die Welt‹. Für die ideologisch verblendeten Verrückten, für die Diktatoren dieser Welt, für all jene, die diesen Planeten vollends zerstören werden und satte Gewinne dabei einstreichen, um sich vor dem Untergang noch ein schönes Leben zu machen.« Er musste sich zügeln, um nicht noch emotionaler zu werden. »Ein Privatdetektiv also«, kam er seufzend wieder zum Thema, um sogleich etwas auszusprechen, was ihm blitzartig eingefallen war. »Der Vater ein Unternehmer in Ulm. Mensch, Kollege, das hatten wir doch diese Woche schon mal. Wie hieß der Unternehmer in Ulm, bei dem Sie vor einigen Tagen waren?«

»Genau diesen Gedanken hatte ich auch schon«, eiferte sich Linkohr. »Schulte hieß der. Sebastian Schulte. Einer von Molls Söhnen hat ihn am Telefon ins Spiel gebracht. Es soll geschäftliche Probleme ...«

»Schon gut, weiß ich«, unterbrach ihn Häberle. »Welcher Art ist das Unternehmen von Schulte?«

»Ex- und Import irgendwelcher Steckverbindungen für Computer und die Elektronik von High-Tech-Autos, vermutlich Daimler und BMW. Aber andererseits auch für chinesische Hersteller.«

»Ähnliche Branche wie Wurster«, konstatierte Häberle. »Die Herrschaften könnten in geschäftlichen Beziehungen zueinander stehen.«

»Aber es gibt noch etwas Interessantes«, trumpfte Linkohr auf. »Auf dem Hemd des Toten haben die Kollegen der Spurensicherung eine Zigarettenkippe gefunden.«

»Sagen Sie jetzt bloß nicht, es sei dieselbe wie im ›Campus Galli‹ und vor Molls Haustür!«
»Dieselbe nicht«, grinste Linkohr, »aber gleiche Marke. Camel.«
»Das ist der Hammer«, meinte Häberle verblüfft. »Auf diese DNA-Analyse bin ich mal gespannt.«
»Sie vermuten also auch, was ich vermute?«
Häberle nickte und überlegte, was dies für die beiden Mordfälle bedeutete.
Linkohr hingegen überkam plötzlich ein Gedanke, der ihn elektrisierte: Privatdetektiv. Natürlich. Ann-Marie hatte doch so etwas angedeutet. Ihm entfuhr jener Satz, den er immer im Zustand allerhöchsten Erstaunens nicht unterdrücken konnte: »Da haut's dir 's Blech weg.«
Häberle war irritiert. Worauf hatte sein Kollege dies jetzt bezogen?

Dolnik war erleichtert gewesen, als er Karin nach heftigem Wortwechsel vor ihrer Wohnung abgesetzt hatte. Einige Minuten später stand er im dunklen Vorgarten von Wursters villenartigem Einfamilienhaus. Bereits nach dem ersten Klingeln öffneten zwei Männer, von denen er einen als seinen ehemaligen Geschäftsfreund Schulte erkannte, der ihm den anderen vorstellte: »Das ist Herr Wurster, der Vater des Getöteten.« Dolnik sah ein aschfahles Gesicht und gerötete Augen, sprach ihm das Beileid aus, worauf sie schweigend in das rustikal eingerichtete Wohnzimmer gingen und sich auf der gepolsterten Sitzgruppe niederließen. Auf einem Glastisch standen zwei benutzte Cognacgläser.
Wurster versank tief in seinen Sessel, während Schulte die Rolle des Gastgebers übernahm. »Auch einen Cognac?«
»Ja, bitte«, sagte Dolnik, zündete sich, da ein Aschenbecher auf dem Tisch stand, eine Zigarette an und hoffte, mit

einem Schluck Alkohol sein Unbehagen loszuwerden. Nach dem ausführlichen Telefongespräch, das er mit Schulte am Donnerstagvormittag geführt hatte, bedurfte es keiner weiteren Erklärungen zu den Vorfällen der jüngsten Vergangenheit mehr.

Wurster räusperte sich und holte tief Luft. »Sebastian hat berichtet, dass Sie uns weiterhelfen könnten«, wandte er sich schließlich an Dolnik.

»Ich bin natürlich gerne zu Ihnen gekommen. Aber ich denke, dass die Dinge, deretwegen ich mit Sebastian gesprochen habe, nun in den Hintergrund treten«, formulierte Dolnik seine Antwort vorsichtig.

»Soll ich euch mal was sagen?«, reagierte Wurster unerwartet zornig. »Mir ist das jetzt alles scheißegal. Könnt ihr euch denn vorstellen, wie es ist, den einzigen Sohn zu verlieren? Er ist alles, was von meiner Ehe übrig geblieben ist, nachdem Heidrun vor zwei Jahren gestorben ist.« Seine Augen waren wässrig, seine Stimme schwankte. Nichts an ihm erinnerte mehr an den mächtigen, durchsetzungsstarken Geschäftsmann, der er bisher immer gewesen war. »Und jetzt hocken wir da und haben Schiss«, wurde er weinerlich.

»Wir sind nicht minder gefährdet als Kai«, warf Schulte ein und fingerte ebenfalls eine Zigarette aus einer Schachtel Camel. »Wir müssen jetzt zusammenstehen und stark sein.«

»Zusammenstehen«, flüsterte Wurster mit verächtlichem Unterton, wurde aber sofort wieder lauter: »Wollt ihr noch mehr Tote? Nur wegen dem scheiß Geld. Ich werde damit Schluss machen und der Kripo alles erzählen.«

»Das wirst du nicht!«, herrschte ihn Schulte an und wurde sofort wieder sanfter. »Morgen sieht die Welt schon wieder anders aus. Was hat dich die Kripo denn gefragt?« Er blies Rauchkringel in die Luft.

»Gefragt haben die nicht viel. Es hat ja wohl gereicht, dass man mir die Todesnachricht überbracht hat.« Er trank sein Glas leer. »Ich soll morgen ins Polizeipräsidium kommen.«

Dolnik hatte die emotional geführte Diskussion ruhig verfolgt: »Ich schlage vor, Sie nehmen einen Anwalt mit.«

»Was bringt denn das jetzt noch?«, resignierte Wurster. »Mein Gott, geben wir's doch auf. Was sind schon ein paar Millionen gegen ein Menschenleben, das nie wieder, nie wieder, niemals wieder zu ersetzen ist?«

»Wenn wir jetzt aufgeben«, schaltete sich Schulte wieder ein, »dann sind wir alle am Arsch, um es mal drastisch auszudrücken. Wir und unsere Unternehmen. Helmut, das kannst auch du nicht wollen.«

Helmut Wurster schenkte sich noch einen Cognac ein.

Dolnik suchte kurz Blickkontakt zu Schulte, wandte sich dann an Wurster: »Wenn ich Ihnen helfen kann, dann werde ich das nach Kräften tun. Ich geh mal davon aus, dass Sie den Ruckgaber hinter allem vermuten.«

»Natürlich«, bekräftigte Schulte. »Ich bin davon überzeugt, dass Kai Dinge in Erfahrung gebracht hat, die den Ruckgaber ganz schön in Bedrängnis gebracht hätten. Und der Tatort dort auf dieser Kuchalb ...«

»Ihr meint, der Ruckgaber hat sich dort aufgehalten und das Verbrechen verübt«, resümierte Dolnik. »Dann wär's doch ein Leichtes, der Polizei den Tipp zu geben.«

Schulte reagierte schnell: »Mensch, Karsten. Wir wollen den Ruckgaber nicht in den Knast bringen, bevor wir nicht unsere Knete haben.«

»Knete, Knete, Knete«, unterbrach ihn Wurster. »Ich will das verdammte Geld nicht mehr haben.«

Dolnik tippte überm Aschenbecher die weiße Asche seiner Zigarette ab, lehnte sich zurück und signalisierte Gelassenheit: »Sie sollten trotz der Tragik jetzt einen kühlen Kopf bewahren. Wenn ihr recht habt, und Kai hat etwas Belastendes herausgefunden, dann stellt sich nun die Frage, wo diese Unterlagen sind.«

Auf Wursters blasser Stirn hatten sich Schweißperlen gebildet. Er atmete schwer, trank einen Schluck und sagte: »Ich hab sie sichergestellt.«

»Du hast *was*?«, zweifelte Schulte an dem Gehörten.

»Sichergestellt«, flüsterte Wurster und schloss die Augen. »Ich hab was aus seiner Wohnung geholt.«

»Computer?«, fragte Dolnik schnell.

»Nein, Akten. Kai hat nichts in den Computer getippt. War ihm viel zu unsicher.«

»Und wo hast du das Zeug hingetan?«, wollte Schulte wissen.

»Hier in den Keller, in meinen Tresor.«

Die beiden anderen sahen sich fragend an. Sie verstanden sich stumm: Wurster war offenbar doch bereit, weiterzukämpfen.

15

Montag, 8. August

Journalist Georg Sander hatte erst an diesem Montagmorgen durch die Zeitung von dem Mord auf der Kuchalb erfahren. Beim Frühstück mit Doris war ihm beinahe das Marmeladenbrot im Hals stecken geblieben. »Schau dir das an«, sagte er und deutete auf die erste Lokalseite jenes Heimatblatts, bei dem er beschäftigt gewesen war. »Das ist eine tolle Story.« Groß aufgemacht, berichteten seine Ex-Kollegen über den Leichenfund am gestrigen Sonntagmorgen. Ein Foto zeigte den Tatort, im Hintergrund das große Feldkreuz und verschwommen in der Ferne einige Häuser des Weilers Kuchalb. »Mord am Feldkreuz«, titelte die Zeitung.

»Ärgerst du dich jetzt, dass du nicht drüber schreiben konntest?«, fragte seine Partnerin, während er den Text geradezu gierig in sich aufsog. Natürlich hätte er manches etwas anders formuliert und vielleicht kritischer nachrecherchiert. Einige Passagen des Textes klangen ihm viel zu sehr nach dem Bürokratendeutsch des offiziellen Polizeiberichts. »Ein Detektiv soll's gewesen sein – das Opfer«, erklärte er seiner Partnerin. »Und aus Ulm ist er.«

»Komm jetzt bitte nicht auch noch auf die Idee, zur Kuchalb hochzufahren«, mahnte Doris und ließ mit ihrem

Tonfall erkennen, dass sie dies nicht gutheißen würde. Viel zu sehr saß ihr noch der Schrecken vom vergangenen Mittwoch in den Gliedern, als ihr Spaziergang in Heroldstatt ein ziemlich schauriges und mit den zerstochenen Reifen auch kostspieliges Ende genommen hatte.

»Leider steht der Name des Opfers nicht drin«, meinte Sander nach der Lektüre des viel zu knappen Artikels, wie er es empfand.

»Kennst du denn einen Detektiv aus Ulm?«

Er musste kurz nachdenken. Und dann traf es ihn wie ein Donnerschlag: Hatte Schulte nicht davon gesprochen, er wolle sich keiner »offiziellen Ermittler« bedienen gegen diesen Ruckgaber? Doch, natürlich! So hatte es Schulte formuliert. Wenn also keines »offiziellen Ermittlers«, dann vielleicht eines privaten.

»Kennst du denn einen?«, hörte er Doris nachhaken.

»Nein, nein«, beeilte er sich zu sagen. Er wollte nicht weiter darauf eingehen, sondern faltete die Zeitung zusammen und versuchte abzulenken. Aber Doris blieb hartnäckig. Sie wollte wieder einmal wissen, was seine tagelangen Recherchen »zu der Geschichte in Ulm« erbracht hätten.

Er köpfte ein Frühstücksei und gab sich einsilbig: »Na ja, ziemlich zähe Sache.« Die ganze letzte Woche über hatte er viele Stunden am Computer verbracht und unzählige Telefonate geführt. Einige alte Schulfreunde, die bis zu ihrem Ruhestand bei Banken und beim Finanzamt gearbeitet hatten, hatten ihm einige wichtige Tipps und Hinweise gegeben und weitere Kontakte vermittelt – wie etwa zu einem ehemaligen Steuerberater und sogar zu einem Rechtsanwalt. Der Jurist vertrat eine ältere Dame, die ihr ganzes Vermögen in Ruckgabers angeblich sensationelle Anlageformen gesteckt hatte. Allerdings war es äußerst schwierig, Ruckgabers Firma »RUBAFI« betrügerische Absichten nachzuweisen. Denn tatsächlich war mit der weltweiten Finanzkrise einiges ins Wanken geraten. Die Finanzjongleure schienen mit allem gehandelt zu haben, was das Vorstellungsvermögen eines Laien bei Weitem überstieg: Anlagen in Container und Schiffsladungen, in Flugzeuge und Kreuzfahrtschiffe. Sander hatte den Artikel eines Fachmagazins gelesen, in dem von einem »wahren grauen Kapitalmarkt« die Rede gewesen war. Es gebe auf diesem Sektor wohl »potenzielle Sonderbarkeiten«, wurde darin ein Fachmann zitiert.

Mittlerweile hatte Sander aber noch weitaus mehr herausgefunden: »RUBAFI« organisierte offenbar in ganz großem Stil Geldtransfers in Steuerparadiese – und war sogar Kleinanlegern dabei behilflich, ihr einst in die Schweiz verschobenes Schwarzgeld wieder heimlich zurückzuholen. »Da steckt organisierte Geldwäsche dahinter«, hatte der Jurist behauptet, der natürlich nirgendwo namentlich in Erscheinung treten wollte. Vorläufig jedenfalls nicht, solange Ruckgaber nicht mit hieb- und stichfesten Beweisen aus dem Verkehr gezogen werden konnte. Aber all dies war derart undurchsichtig und verworren, dass es äußerst schwierig sein würde, juristisch wasserdichte Fakten zu liefern. Sander bemerkte, dass er da als Einzelkämpfer an seine Grenzen stieß, zumal es vermutlich die Lobbyisten geschafft hatten, den Gesetzgeber von der Notwendigkeit solcher Grauzonen zu überzeugen. Der altgediente Journalist wusste aus Erfahrung: Es gab jede Menge politisch gewollte Schlupflöcher – und zwar in allen Bereichen. Denn würden die Verantwortlichen ihrer zur Schau gestellten Empörung nach handeln, wäre es ein Leichtes, per Gesetz einen Riegel davorzuschieben. Deshalb war es ganz praktisch, wenn es Dinge gab, die der Normalbürger nicht verstand, die jedoch gerissenen Geschäftemachern den Weg dazu frei machten, Millionen zu scheffeln.

Diese Ergebnisse seiner einwöchigen Recherche hatten Sander beflügelt. Er fühlte sich in vielem bestätigt, was er seit Jahren bemängelte. Nur: Sollte er sich wirklich mit diesen Erkenntnissen in den Dienst jener stellen, die ebenfalls in dieser Grauzone reich geworden waren oder es zumindest werden wollten? Sie bei ihrem Versuch zu unterstützen, Ruckgaber und seinen Kompagnon zu erpressen und auf diese Weise wieder an verloren geglaubtes Geld zu kommen, empfand er zunehmend als beschämend. Und ob Schulte jemals das in Aussicht gestellte Honorar herausrücken würde, war ohnehin höchst fraglich. Eine schriftliche Abmachung gab es nicht. Konnte man solchen Leuten überhaupt trauen? Sander hätte am liebsten mit Doris darüber gesprochen, doch dann wäre sie maßlos über seine bisherige Heimlichtuerei enttäuscht gewesen. Andererseits schöpfte sie natürlich längst Verdacht, dass sich hinter seiner derzeitigen Geschäftigkeit mehr verbarg als die wiederentdeckte Freude am Journalismus.

Seit er herausbekommen hatte, dass der ermordete Lorenz Moll nicht nur ein geprellter Anleger war, der seine einstige Freundschaft zu Ruckgaber abrupt abgebrochen hatte, wuchsen seine Zweifel beinahe stündlich. Aus Kreisen der Elektro-Innung hatte man ihm geflüstert, dass Moll niemals mit seinem mittelständischen Unternehmen den luxuriösen und ausschweifenden Lebensstil hätte finanzieren können, den er aus gutem Grunde jedoch nach außen hin nie zur Schau getragen hatte. Dass ausgerechnet er als Funktionär seiner Innung es meisterhaft verstand, Schwarzarbeiter zu beschäftigen, und sie sogar unzähligen anderen Unternehmen zwischen Stuttgart und München vermittelte, sei bereits seit geraumer Zeit hinter vorgehaltener Hand kritisiert worden, hatte Sander erfahren. Niemand jedoch habe es gewagt, dem unbestrittenen »King« seiner Branche an den Karren zu fahren, hatte es einer von Sanders Informanten formuliert. Nur Molls Frau sei zunehmend auf Distanz zu ihm gegangen. Und selbst seine Söhne hätten sich schon einmal kritisch über sein Doppelleben geäußert: hier der politisch engagierte Funktionär seines Berufsstandes, da der gerissene Geschäftsmann, der in jedem Grauzonenbereich und darüber hinaus raffgierig sein Kapital vermehrte. Sander war auch darüber informiert, dass Moll seine Vorliebe für Alkohol mit allen Tricks zu vertuschen versucht hatte. Und nur wenige wussten offenbar von seiner Spielsucht, die ihn nicht nur in die Spielbanken der näheren und weiteren Umgebung trieb, sondern auch nach Bregenz und Liechtenstein.

»Worüber grübelst du jetzt schon wieder?«, holte ihn die Stimme von Doris in die Realität zurück. Sander erschrak über sich selbst. Wie lange er gerade vor sich hin geschwiegen hatte, hätte er nicht sagen können. Sein Frühstücksei war jedenfalls bereits leer gelöffelt.

»Hast du vor etwas Angst?«, wollte Doris wissen, weil er keine Antwort gegeben hatte.

»Ich?« Es war nichts weiter als eine verlegene Rückfrage.

»Wie kommst du denn da drauf?«

»Georg«, mahnte sie besorgt, »wenn du da in Ulm in etwas reingeraten könntest, dann lass es bitte sein. Denk dran: Ulm ist in diesen Monaten ein heißes Pflaster des Terrors.«

»Terror?« Sander hatte an diese Dimension noch gar nicht gedacht. Aber Doris hatte natürlich recht: Mitte März war bekannt geworden, dass Europas größter Terrorist, der im November 2015 angeblich den Pariser Terroranschlag mit angezettelt hatte, kurz zuvor in Ulm gewesen war, um am Bahnhof möglicherweise drei Komplizen abzuholen. Fatales Versagen der Sicherheitsbehörden hatte dazu geführt, dass er damals nicht schon bei einer Polizeikontrolle festgenommen worden war. Viel Elend und Leid hätte vermieden werden können. Wieder einmal hatte Sander erfahren müssen, wie behäbig, schwerfällig, ja, sogar dilettantisch die Behörden im Umgang mit terroristischen Bedrohungen vorgingen. Sander hatte auch gelesen, dass die Polizei nach den Pariser Anschlägen eine verdächtige Wohnung in Brüssel hatte durchsuchen wollen, dann jedoch an juristischen Hindernissen gescheitert war. Denn in Belgien – wie übrigens in ähnlicher Weise auch in Deutschland – galt nachts eine Sperrzeit für Wohnungsdurchsuchungen. Die durften in der Regel erst ab fünf Uhr morgens vorgenommen werden.

Sander hatte geglaubt, während seines langen Berufslebens nahezu alle Facetten des Schwachsinns kennengelernt zu haben. Weit gefehlt. Es kamen noch immer täglich neue dazu. Wieso ihm gerade jetzt etwas einfiel, was ihm bisher nicht in den Sinn gekommen war, brachte ihn erneut ins Grübeln: Eigentlich wurde es Zeit, dass Schulte ihm für die recherchierten Fakten einen Vorschuss auf das versprochene Honorar zahlte. Sander beschloss, seine bisherigen Recherchen nur herauszurücken, wenn jetzt »ein paar Scheinchen rübergeschoben würden«. Und schon mahnte ihn sein Gewissen wieder: Wäre es nicht besser, dies alles Kommissar Häberle anzuvertrauen? Denn falls Doris recht hatte und dies alles hing mit einer möglichen Terrorzelle in Ulm zusammen, dann würde ihn sein Schweigen zum Handlanger dieser verblendeten Idioten machen.

Ruckgaber hatte das reichhaltige Hotel-Frühstück nicht wirklich genießen können. Er verspürte Magenschmerzen und war in der Nacht immer wieder schweißgebadet erwacht. Immer wenn er draußen auf der Straße Schritte gehört oder sich eingebildet hatte, welche zu vernehmen, hatte er in die Dunkelheit gelauscht. Einmal war er sogar aufgestanden und ans Fenster gegangen, um im fahlen Schein der Straßenlampen irgendetwas Verdächtiges entdecken zu können. Doch da hatte es nichts gegeben, was auf die Anwesenheit einer Person hindeutete. Allerdings würde er vermutlich kaum etwas wahrnehmen, falls man ihn von Profis observieren ließ. Gegen 4 Uhr hatte ihn ein seltsames Geräusch aus dem Flur aufgeschreckt. Oder war es nur im Traum gewesen? Ihn plagte aber ein lähmender Gedanke: Was würde geschehen, wenn sie die Gästeliste des Hotels durchgingen? Lag es nicht nahe, all jene Personen zu durchleuchten, die sich an diesem Wochenende in der Nähe des Tatorts aufgehalten hatten? Und dieser Hotelier Wagenblast – wusste der etwas über ihn?, dröhnte es in Ruckgabers Kopf immer wieder.

Jetzt, als er nach dem Frühstück die Hotelrechnung bezahlte, lächelte ihm Wagenblast freundlich zu. »Wo geht's heute hin?«, wollte er gut gelaunt wissen.

Ruckgaber war auf eine solche Frage gefasst. »Irgendwie Richtung Heidenheim«, log er vorsorglich, um eine falsche Fährte zu legen. »Notfalls kann ich auch mal draußen pennen. Jetzt hab ich ja drei Tage lang den Luxus hier bei Ihnen genossen.«

»Das freut mich«, entgegnete Hotelchef Josef Wagenblast, der sein Gegenüber unauffällig musterte. Auch jetzt entschied er, sich nicht anmerken zu lassen, dass ihm Ruckgabers geschäftliche Tätigkeit aus dem Master-Magazin geläufig war. Als Hotelier schickte es sich aber nicht, allzu neugierig zu sein.

Ruckgaber schulterte seinen Rucksack und trat in die sommerliche Morgenluft hinaus, die mit den Düften der Landwirtschaft vermengt war. Aus einem Garten mit freilaufenden Hühnern krähte ein Hahn. Drüben bei »Mutter Franzl«, dem urigen schwäbischen Lokal, strahlten im Sonnenschein die bunten Blumen auf den Fensterbänken. Die Biertisch-Garnituren vor dem Gebäude waren im Gegensatz zum

Wochenende, als der Andrang groß gewesen war, jetzt verwaist. Das Gasthaus hatte sich in seinen Ruhetags-Modus versetzt, erst ab Donnerstag war wieder geöffnet, las Ruckgaber. Donnerstag. Das brauchte er sich gar nicht mehr einzuprägen. Bis dahin würde alles ganz anders sein. Ein paar Schritte weiter orientierte er sich an den Hinweisschildchen des Schwäbischen Albvereins. Seine Route führte in Richtung Tegelberg mit Ziel Campingplatz Geislingen an der Steige. Sollte er es wirklich riskieren, die kommende Nacht dort im Freien zu verbringen? Lau würde sie ja sein, und ein Zelt hatte er nicht dabei. Aber es war jetzt wichtig, dass er als einsamer Camper zur Kenntnis genommen wurde.

Mosbruggers Urlaubswoche war wieder vorbei. Daheim in Tutzing, am Starnberger See, hatte er die herrlichen Sommertage mit Paddelboot-Fahren verbracht. Einmal war er sogar von der Kripo angerufen worden – doch was hätte er schon mehr sagen können als bei der ersten Vernehmung? Mosbrugger kam mit gemischten Gefühlen in den »Campus Galli« zurück. Seine Schindelmacher-Werkstatt war seit dem entsetzlichen Geschehen verwaist gewesen. Er stellte zufrieden fest, dass sich seit vorletztem Wochenende nicht viel verändert hatte. Seine mittelalterlich anmutenden Arbeitsklamotten waren noch da, die halbfertigen Schindeln ebenso. Den Blutfleck am Boden hatte entweder die Kripo beseitigt oder er war vertrocknet und von den Organismen im Erdreich längst verarbeitet worden. Er warf einen schnellen Blick hinter die aus dünnen Hölzern geflochtene Wand, wo er einige leere Flaschen vermutete, die Lorenz Moll dort deponiert hatte. Sie waren weg. Hatte jemand aufgeräumt – oder spielten sie inzwischen für die Ermittler eine Rolle?

Kaum hatte er sich in der schattigen Frische des Hochwaldes wieder zurechtgefunden, tauchte auch schon Peter

Breitinger auf, der ihm mit einem breiten Grinsen die rußgeschwärzten Arme entgegenstreckte und ihn freundschaftlich umarmte. »Mensch, alter Knabe«, entgegnete Breitinger, als seien sie bereits seit Jugendzeiten befreundet, »ich hab schon gedacht, die Kripo hätte dich eingelocht.«

»Na ja, so komisch find ich das nicht«, ging Mosbrugger auf Distanz und kratzte sich im grauen Bart, der ein paar Zentimeter unters Kinn hing. »Hat's denn Ärger gegeben, weil ihr hier gepennt habt?«

Breitinger war kurz verunsichert. Aber dann wurde ihm klar, dass Mosbrugger natürlich von ihren nächtlichen Aufenthalten im »Campus Galli« erfahren hatte.

»Nein, nein«, beruhigte Breitinger deshalb lässig, »niemand hat sich mokiert. Mir scheint, die sind darauf bedacht, die Sache so klein wie möglich zu halten. Jetzt, mitten in der Saison, könnte sich so ein Mord nachteilig auf die Besucherzahlen auswirken.«

Breitinger lehnte sich an einen der roh belassenen Pfosten, die das Schindeldach trugen.

»Seid ihr eigentlich jede Nacht zusammengehockt und habt gequatscht?«, zeigte sich Mosbrugger interessiert.

»Gequatscht und ein paar Viertele getrunken«, räumte Breitinger ein. »Lorenz hat immer für Nachschub gesorgt.«

»Das kann ich mir vorstellen. Ich hab ziemlich schnell bemerkt, dass er's mit dem Alkohol hatte. Glaubst du, das spielt in der Sache eine Rolle?«

»Glaub ich nicht. Eher vielleicht ein Typ, der am vorletzten Mittwochnachmittag hier gewesen sein soll.«

»Oh ja«, nickte Mosbrugger wenig erfreut. »Die Kripo hat mich auch schon ausgequetscht. Aber ich hab da wirklich nicht drauf geachtet. Du weißt ja selbst: Wenn auf dem Gelände viel Betrieb ist, fragen dir die Leute Löcher in den Bauch. Da kannst du dich nicht um alles kümmern. Ich weiß nur, dass er mal mit einem Mann hinter die Werkstatt ist.«

»Hm«, machte Breitinger. »Wie der ausgesehen hat, weißt du auch nicht?«

»Sag mal, Peter«, wurde Mosbrugger misstrauisch und hielt beim Umsortieren seiner Werkzeuge inne. »Bist du jetzt bei der Kripo, oder was? Hast du dich als V-Mann anwerben lassen? Du fragst, als hättest du ein gesteigertes Interesse an der Geschichte.«

»Hat doch jeder hier. Du warst jetzt eine Woche weg, aber glaubst du, hier hätte jemand diesen Mord vergessen? Sogar die Besucher fragen dauernd, wo es denn passiert ist.« Breitinger musste an den seltsamen Typen denken, der ihm die Visitenkarte in die Hand gedrückt hatte.

Mosbrugger wischte sich mit dem Handrücken einen Tropfen von der Nase. »Dann weißt du sicher auch, dass es eine Kamera gegeben hat – da droben am Baum wohl.« Er deutete auf die schräg gegenüberstehende Buche. Breitinger überlegte, woher Mosbrugger von der Kamera wissen konnte. Aber wahrscheinlich hatte ihn die Kripo dazu befragt. »Jaja«, bestätigte er vorsichtig. »Aber offenbar können die mit ihrer veralteten Technik den Speicherchip nicht auslesen.«

»Blamabel«, kommentierte Mosbrugger abwesend, weil er gerade festgestellt hatte, dass die Spurensicherer doch nicht ganz so sorgfältig mit seinen Materialien umgegangen waren. »Unser Staat kann in diesen Monaten gerade locker Millionen und Milliarden ausgeb'n – unsere ›Bundes-Mutti‹ Angi in Berlin behauptet ja, wir schaffen das alles – aber drunten an der Basis, wo die Leute die Ärmel aufkrempeln und zupacken müssen, da klemmt's hinten und vorne. Hast du mitgekriegt, Peter, als die Jungs an der Grenze die Flüchtlinge registrieren sollten, war'n die Computer der Behörden nicht mal miteinander vernetzt. Kannst du dir so viel Schwachsinn vorstell'n? Da wundert es mich nicht, dass die nicht mal so einen simplen Speicherchip auslesen können, die es heutzutag in jedem Elektronikmarkt gibt.« Er versuchte, seinen oberbayerischen Dialekt, so gut es ging, zu unterdrücken.

Breitinger wollte sich auf keine politische Debatte einlassen, obwohl er es gerne getan hätte, zumal Mosbrugger ja aus jenem Bundesland kam, dessen verbal nicht gerade zimperlicher Ministerpräsident seit einem halben Jahr die Keule Richtung Berlin schwang.

Mosbrugger hatte auch gar keine Antwort erwartet, sondern bohrte weiter: »Und ihr beiden, der Lorenz und du, ihr habt in diesen drei Nächten, in denen ihr hier zusammengesessen seid, nur über Politik geschwätzt? Mensch, Peter, das nehm ich dir nicht ab. Da hast du sicher jede Menge Privates von dem Lorenz erfahren. Der hat doch gerne geschwätzt. Überhaupt, wenn er Alkohol getrunken hatte.« Er wartete vergeblich auf eine Antwort und fuhr deshalb fort: »Ich hab das während der Arbeit abgebogen. Um ehrlich zu sein, mich haben dem seine Beziehungsprobleme nicht interessiert.« Mosbrugger wandte sich jetzt einem Stück Fichtenholz zu, das er mit einem jener Werkzeuge spaltete, das der Täter benutzt hatte. »Hätte ich natürlich geahnt, dass hinter dem Lorenz einer her ist, hätt ich genauer hing'hört und ihn red'n lassen.«

»Hinterher tut's einem leid, jaja«, nickte Breitinger, »dann lass ich dich jetzt auch wieder allein.«

Mosbrugger legte seine Spalthacke weg und sah sein Gegenüber eindringlich an. »Du hast doch hoffentlich alles der Polizei gesagt, was du weißt.«

»Wie bitte?« Breitinger war auf diesen Hinweis nicht gefasst gewesen. »Wie kommst du denn drauf, dass ich etwas verschwiegen haben könnte.«

»Unter Männern wird manchmal viel geredet«, grinste Mosbrugger, doch es klang so, als sei diese Bemerkung seiner Menschenkenntnis entsprungen. »Aber bei einem Mord darf man sich auf keine gefährlichen Spielchen einlassen, lieber Peter. Sonst kann das sehr schnell tödlich enden.« Weil er damit Breitinger mundtot gemacht hatte, fügte er noch an: »Du warst in der Nacht zum vorletzten Freitag ziemlich dicht dran, vergiss das nicht. Und wenn's dumm gelaufen wäre, wärst du morgens tot vor deiner Esse gelegen. Oder man hätte dich reingeworfen und du wärst jämmerlich verbrannt.«

Breitinger fand das nicht komisch – obwohl er hoffte, dass Mosbrugger alles nur ironisch gemeint hatte.

Allzu weit würde die heutige Etappe nicht sein, dachte Ruckgaber, als er das nahezu ebene Wegstück durch Getreidefelder und ein größeres Waldgebiet bereits passiert hatte und am »Kuhfelsen« vorbeikam, einem traumhaften Aussichtspunkt, hoch über dem westlichen Stadtrand von Geislingen. Von einer Feuerstelle stieg ihm Brandgeruch in die Nase. Vermutlich hatte man hier gestern Abend gefeiert. Leere Wodkaflaschen und Dosen mit Alkopops waren die sichtbaren Beweise.

Einige Schritte weiter fand sich der Hinweis auf ein einsames Gasthaus – den »Tegelhof«. Ruckgaber war nie zuvor dort gewesen, weshalb er sich für den kurzen Abstecher über die Wiesen entschied.

Hinter Bäumen und Sträuchern erhoben sich die steilen Dächer einer kleinen landwirtschaftlichen Hofstelle. Im Erdgeschoss eines größeren Gebäudes war die angekündigte Gaststätte eingerichtet, vor der ein Auto parkte.

Ruckgaber warf einen Blick in den Schaukasten mit der Speisekarte. Wäre es schon Mittagszeit, hätte er dort einkehren können. Es war sicher gemütlich, vor allem aber ländlich-rustikal, überlegte er und bestaunte auf der anderen Seite des asphaltierten Weges ein geradezu verwunschenes altes Bauernhaus, das von mächtigen Bäumen umstanden war. Hühner gackerten, Spatzen erfüllten die Luft mit ihrem aufgeregten Zwitschern, das zu dieser Atmosphäre wunderbar passte.

Ruckgaber orientierte sich wieder hinüber zu der bewaldeten Hangkante, wo dieser Ausläufer der Schwäbischen Alb steil ins mittlere Filstal abbrach. Durch das dichte Blätterdach der Bäume sah er hinüber zur anderen Talseite, über deren Höhenzüge er am Freitag gekommen war.

Nun aber galt es, den Zeitplan einzuhalten und sich weder von den jüngsten Schreckensbildern noch von den Ereignissen der vergangenen beiden Wochen beeindrucken zu lassen. Immerhin hatte ihm Astrid in panischer Angst noch schnell zugeflüstert: »Alles okay, du kannst dich auf mich verlassen.« Trotzdem musste er wieder an all die seltsamen Typen denken, die ihm inzwischen begegnet waren. Aber auch an Heike, diese Jugendgruppenleiterin beim Jahrhundertstein kurz vor dem Boßler.

Ruckgaber hielt sich in dem spärlichen Schatten, denn die Sonne schien ihm von links vorne ins Gesicht, sodass der Waldrand, an dem er entlangging, so gut wie keine Kühlung vor der vormittäglichen Schwüle bescherte.

Zwar war das hektische Flirren und Flattern, wie es die lebendige Natur im Frühsommer an den Tag legte, bereits abgeebbt und einer hochsommerlichen Beruhigung gewichen – dennoch verspürte Ruckgaber diese allgegenwärtigen Kräfte, die ihrem Jahreszenit entgegenstrebten. In sechs Wochen schon, so überkam ihn eine Brise Melancholie, wurde mit der Tag-und-Nacht-Gleiche wieder die dunkle Zeit eingeläutet. Dunkle Zeit?, durchzuckte es ihn. Gerade war er doch dabei, diese Vorstellung zu verdrängen. Ruckgaber folgte dem Pfad, tief in Gedanken an das versunken, was nun unaufhaltsam näher rückte.

Nach einigen Hundert Metern tauchte eine Schutzhütte auf, die sich im Heckenbewuchs direkt am Steilhang versteckte. Ein schattiges Plätzchen mit Sitzgelegenheit, erkannte Ruckgaber. Die Hütte war nach allen Seiten offen und eigentlich nur ein Unterstand bei Regen. Ruckgaber betrat diesen kleinen Rastplatz, schnallte den Rucksack ab und warf ihn auf die verschmutzte Holzbank, die ebenso wie die gesamte Holzbalkenkonstruktion reichlich mit eingeritzten Buchstaben verunstaltet war. Dann stützte er sich mit den Armen am Querbalken einer angedeuteten Fensteröffnung ab und ließ seinen unruhigen Blick auf die Stadt Geislingen hinabschweifen, die in grelles Sonnenlicht gehüllt war. Straßenlärm drang herauf, jetzt auch das metallene Scheppern und Rattern alter Güterwaggons der Eisenbahn, die unterhalb des Steilhangs vorbeiführte.

Ruckgaber konnte in diesem Moment nicht wahrnehmen, was hinter ihm geschah. Auch der Schatten, den ein heranschleichender Mann im Sonnenlicht warf, war nicht auf ihn gefallen. Erst die drohende Stimme erschreckte ihn: »Na, eine Pause eingelegt?« Er drehte sich blitzartig um und sah in ein bekanntes Gesicht. Der Schock lähmte für einen Moment Körper und Geist, sodass er nichts erwidern konnte. Doch der Mann vor ihm fragte hämisch: »Hast du denn überhaupt noch Zeit für so was?«

Helmut Wurster war tief in den Sessel versunken. Wie ein gebrochener Mann, dachte Häberle, als er ihm in dessen Wohnung gegenübersaß. Keine Spur von dem knallharten Geschäftsmann, der es tagtäglich mit mitleidloser Konkurrenz zu tun hatte. Häberle wusste aus Erfahrung, wie sich angeblich hartgesottene Menschen wandelten, wenn sie ein Schicksalsschlag getroffen hatte. »Mein einziger Sohn«, flüsterte Wurster mit feuchten Augen, nachdem Häberle es bedauert hatte, ihn zusätzlich mit Fragen zu Kai belasten zu müssen.

»Er hat sich als Privatdetektiv betätigt«, begann der Ermittler einfühlsam. »Eine nicht ganz ungefährliche Sache.«

»Das habe ich ihm auch immer gesagt«, erklärte Wurster und bot seinem Besucher ein Glas Wasser an, was Häberle jedoch ablehnte, um das Gespräch so kurz wie möglich zu halten. »Wissen Sie denn, woran Ihr Sohn gearbeitet hat – ich meine: Kennen Sie seine Auftraggeber?«

»Nein«, erklärte Wurster schnell. »Wir haben selten darüber gesprochen. Er hatte auch nur wenig Zeit – und ich auch. Seit meine Frau tot ist, haben wir beide uns in die Arbeit gestürzt.«

»Ihr Sohn hat allein gelebt?«

»Ja, von gelegentlichen Freundinnen mal abgesehen. Aber nach der Affäre bei der Polizei – Sie wissen das sicher – hat er sich ziemlich zurückgezogen.«

Häberle wurde hellhörig. »Affäre bei der Polizei?«, hakte er ruhig nach.

»Sagen Sie bloß, Sie wüssten das nicht!« Es klang ärgerlich. »Kai war Polizist – bis ihn vor vier, fünf Jahren so eine Nutte in etwas reingezogen hat.«

»Ganz ehrlich, Herr Wurster, ich weiß nichts davon.«

»Er war auf Streife mit einem Kollegen und war so leichtsinnig, kurz eine Verkehrssünderin aufzusuchen, um noch etwas fürs Protokoll zu klären, ist allein zu ihr in die Wohnung, und da soll er sie nach ihren Angaben vergewaltigt haben.«

»Wie?« Häberle konnte sich den zeitlichen Ablauf nicht vorstellen. »Während draußen im Streifenwagen der Kollege seelenruhig wartete?«

»Ja, so soll es gewesen sein – und so haben das die Richter in zwei Instanzen sogar geglaubt. Völlig lebensfremd.« Er sagte es mit hörbarem Abscheu. »Zwei Jahre ohne Bewährung hat er gekriegt. Eines davon abgesessen, Job verloren, alles weg. Deshalb war er auch nicht offiziell Privatdetektiv.«

»Zeugen für den Vorfall gab es aber nicht?«

»Nein. Nur dieses Weib, eine Nutte, wie wir später erfahren haben. Hat's daheim gemacht. Und hat behauptet, Kai habe gesagt, er werde das Bußgeldverfahren gegen sie abbiegen, wenn sie mitmache. Dann soll er sie mit Handschellen an den Heizkörper gefesselt haben. Eine völlig absurde Geschichte.«

»Aber die Richter haben der Frau geglaubt?«

»Ja, weil sie wie ein Unschuldsengel und heulend aufgetreten ist. Ich sag Ihnen, Herr Häberle, da stehen Sie als Mann auf verlorenem Posten.«

Vielleicht, so durchzuckte es den Chefermittler, sollte sich dies auch sein junger Kollege Linkohr zu Herzen nehmen.

»Ihr Sohn«, so wechselte Häberle das Thema, »hat der auch mal für Sie gearbeitet?«

»Für mich?« Wurster nahm eine aufrechtere Sitzposition ein. »Sie meinen, für meine Firma?«

»Zum Beispiel.« Häberle dachte nach. »Säumige Zahler mahnen oder Konkurrenten abwehren. Ich könnte mir da vielerlei Dinge vorstellen.«

»Da liegen Sie völlig falsch, Herr Häberle. Soweit ich weiß, hat er sich auf die üblichen kleinen Observationen beschränkt.«

»Ehemänner und Ehefrauen, die fremdgehen«, zeigte sich Häberle informiert.

»Ja, so diskrete Dinge. Wie gesagt, als Vorbestrafter ist das ziemlich schwierig. Wenn Sie offiziell ein solches Gewerbe anmelden, brauchen Sie nämlich ein Führungszeugnis.«

»Es war also nicht so richtig offiziell?«

»Da dürfen Sie mich nicht fragen.« Wurster zuckte mit den Schultern.

Häberle blieb gelassen: »Das will ich Sie auch nicht, zumal Sie bei Fragen zu Ihrem Sohn ein Aussageverweigerungsrecht hätten.«

»Er hat mir erst vor einigen Wochen gesagt, dass es in Deutschland knapp über 3.000 ›detektivisch tätige Personen‹ gebe – was immer man darunter versteht. Nur ein Drittel davon sei Mitglied eines Berufsverbandes.«

Häberle nickte, obwohl er sich damit nicht auskannte. Er riskierte eine Bemerkung: »Sie produzieren elektronische Bauteile – nur für zivile Anwendungen?«

»Ach so, daher weht der Wind«, fiel Wurster wieder in seine distanzierte Haltung zurück. »Kriegsindustrie, denken Sie jetzt.«

»Was ich denke, ist völlig unwichtig, Herr Wurster. Wir sind verpflichtet, das Umfeld eines Getöteten genauer zu durchleuchten, mehr nicht.«

»Alles, was das zivile Leben erleichtert, können Sie auch für militärische Zwecke einsetzen«, erklärte Wurster. »Oftmals ist es sogar umgekehrt: Das Militär forciert eine Entwicklung, und letztlich profitiert die Zivilgesellschaft davon.«

»Ja, weil der Staat eher Geld fürs Militär ausgibt als für die zivile Forschung.«

»Leider ja. Aber das ändern wir beide nicht. Deshalb gehen Teile unserer Produktion – und das ist kein Geheimnis – auch in die Rüstung. Airbus zum Beispiel ist ein Kunde von uns. Aber was dort mit unseren elektronischen Bauteilen letztlich geschieht, entzieht sich meiner Kenntnis.«

»Eine Frage dazu«, hakte Häberle nach, »High-Tech gibt es in Ulm jede Menge. Wahrscheinlich kennt man sich in der Branche.« Er verschränkte seine Arme vor der Brust.

»Sagt Ihnen der Name Schulte etwas? Sebastian Schulte?« Häberle behielt sein Gegenüber fest im Auge. Wurster ließ keine Regung erkennen, sein Gesicht wirkte wie versteinert. »Schulte?«, quälte er sich den Namen von den Lippen. »Ja, Schulte. Ex- und Import von Steckverbindungen. Könnte ja auch zu Ihrer Branche passen.«

Wurster rückte sich seine viel zu große, schwarz umrandete Brille zurecht. Sein schwarzes Haar glänzte schweißnass. »Den Schulte? Wie kommen Sie denn gerade auf den?« Die Rückfrage klang hilflos.

»Sie kennen ihn also?« Der Ermittler ließ sich die Überraschung nicht anmerken.

»Kennen? Nun – kennen ist vielleicht zu viel gesagt«, schwächte Wurster ab. »Wie Sie sagen. Man ist eine Art Berufskollege.«

»Also keinen Kontakt?«

»So kann man das nicht ausdrücken. Man sieht sich gelegentlich bei Veranstaltungen.«

»In der Elektrobranche?«

»Elektrobranche?« Wurster lächelte abschätzig. »Elektro und Elektronik sind zwar eng verwandte Dinge, aber trotzdem zwei Paar Stiefel.«

Häberle bemerkte, dass Wurster eine klare Antwort vermied. »Wann haben Sie sich denn zuletzt gesehen?«

»Wie bitte?« Wurster gab sich entrüstet. »Was wollen Sie mit diesen Fragen bezwecken, Herr Häberle? Wenn das jetzt zu einem Verhör ausartet, würde ich gerne einen juristischen Beistand hinzuziehen. Sie haben wohl vergessen, dass ich meinen Sohn verloren habe.« Er hielt inne und holte tief Luft. »Entschuldigen Sie – es tut mir leid. Ich bin völlig mit den Nerven fertig.« Er schien die Tragweite seines emotionalen Ausbruchs erkannt zu haben. »Ich kenne Herrn Schulte auf rein geschäftlicher Basis. Aber wenn Sie uns Geschäfte mit der Rüstungsindustrie andichten wollen, dann bedenken Sie bitte, dass wir da ein ganz kleines Licht sind und dass alles völlig legal ist. Im Gegensatz vielleicht zu jenen, die Waffen verschieben.« Er räusperte sich.»Außerdem sollten Sie nicht vergessen, dass an einer solchen Produktion auch Arbeitsplätze hängen.«

Klar, dachte Häberle. Wieder war es da – dieses Totschlagargument, das zu allem und jedem passte: Alles ist gut, was der Wirtschaft dient und Arbeitsplätze schafft.

»Nichts also, womit auch Ihr Sohn beschäftigt gewesen sein könnte?«, vergewisserte sich Häberle nochmals.

»Nichts davon.«

»Ihr Sohn wohnte auch hier in Ulm«, stellte der Ermittler beiläufig fest.»Wir sollten uns in seiner Wohnung mal umsehen. Computer, Speichersticks, Handys ...«

»Sie wollen etwas beschlagnahmen?« Wurster schien empört.»Ich weiß nicht, ob Sie das dürfen. Da sind sicher persönliche Daten von Mandanten drin.«

»Keine Sorge, das geht alles seinen geordneten Weg: Staatsanwaltschaft, Richter und so weiter. Und keiner der Menschen, die Ihr Sohn observiert hat, wird jemals etwas davon erfahren – sofern er nichts mit unserer Sache zu tun hat.«

Wurster zögerte.»Soll ich Ihnen den Hausschlüssel geben?«

»Ich bitte darum«, sagte Häberle und war von Wursters plötzlich kooperativem Verhalten überrascht.»Okay, das war's vorläufig«, sagte er, während sich der Hausherr erhob, um von einer Ablage ein Schlüsselmäppchen zu nehmen und es dem Ermittler zu geben.

»Ach, noch etwas«, bemerkte Häberle dabei und erhob sich ebenfalls,»darf ich fragen, ob Sie rauchen?« Ihm war bereits beim Betreten der Wohnung kalter Zigarettenrauch in die Nase gestiegen.

»Ob ich was?« Wurster schien die Frage nicht verstanden zu haben.

»Ob Sie rauchen.«

»Spielt das denn eine Rolle?« Die beiden Männer sahen sich in die Augen.

»Weiß ich noch nicht«, anwortete Häberle und blieb hartnäckig: »Rauchen Sie?«

Wurster lächelte verlegen. »Sie haben eine feine Nase. Aber sehen Sie hier einen Aschenbecher?«, wich er zunächst aus, um dann mit fester Stimme zu betonen: »Manchmal kann man halt Rauchern nicht verbieten, in der Wohnung eines Nichtrauchers zu rauchen. Ich weiß, das ist unangenehm.«

Häberle überlegte, ob er nachhaken sollte, wer denn zuletzt hier geraucht hatte, entschied dann aber, dies vorläufig nicht zu tun.

»Bist du wahnsinnig, herzukommen?« Ruckgaber hatte sich vom ersten Schock erholt. »Wie kommst du überhaupt hierher?«

Er sah in das verschwitzte Gesicht seines Kompagnons Jonas Balluf, der ihn angrinste: »Beruhig dich, hier sieht und hört uns keiner. Garantiert keine Überwachungsanlagen.«

Balluf setzte sich lässig auf die Bank, die u-förmig das Innere der Hütte umgab. »Glaub bloß nicht, du könntest dich allem Unangenehmen entziehen«, bemerkte er bissig.

Ruckgaber lehnte mit dem Rücken an dem angedeuteten Fensterbalken. »Jetzt pass mal auf, mein lieber Freund: Ich hab mir vorgenommen, mir zehn Tage Ruhe zu gönnen. Und du kommst jetzt daher und jammerst mir was vor.«

»Ich hab doch gar nicht gejammert. Ich will nur ein paar Dinge mit dir bereden.«

»Ich aber nicht«, gab Ruckgaber verärgert zurück. »Ich hab dir schon tausendmal gesagt, wir werden alles regeln, wenn ich zurück bin. Aber ich brauch diese Auszeit, um über alles nachzudenken. Ich brauch einen klaren Kopf, verstehst du? Natürlich weiß ich, dass die Kacke am Dampfen ist. Meinst du, ich bin blöd? Oder hast du Angst, dass ich abhaue? Hier in der tiefsten Provinz?« Er deutete in Richtung der Stadt. »Dann hätt ich mich wohl eher in einen Flieger gesetzt und wär schon längst über alle Berge.«

»Mit Astrid«, wagte Balluf einzuwerfen.

»Ja, mit Astrid«, äffte Ruckgaber ihn nach. »Da magst du noch so eifersüchtig sein, aber das Kapitel ist für dich abgeschlossen. Kapier das doch endlich.«

»Jetzt hör mir mal gut zu, Andy«, fuhr Balluf wütend auf. »Wenn uns nicht bald etwas einfällt, geht die ganze Scheiße hops, verstehst du?« Weil Ruckgaber schwieg, setzte Balluf seinen Redefluss fort: »Ich weiß ja nicht, ob ihr in Kontakt seid, aber ich geh mal davon aus. Du wirst ja nicht so bescheuert sein und ausgerechnet jetzt ahnungslos durch die Gegend ziehen. Glaubst du, ich hätt nicht bemerkt, dass du so beiläufig deinen Wanderplan beim Kopierer hast liegen lassen? Das war doch kein Versehen! Du hast zwar so geheimnisvoll getan, als ob niemand so genau wissen dürfe, wo du nächtigst und auf welcher Route du gehst.«

»Das ist doch absurd, was du da verzapfst«, unterbrach ihn Ruckgaber mit hochrotem Kopf.

»Natürlich wolltest du, dass ich weiß, wo du bist. Warum auch immer. Jedenfalls hab ich dich auf diese Weise bequem hier erwarten können. Aber vielleicht erwarten dich unterwegs auch noch andere. Oder sie sind dir bereits begegnet, wer weiß?«

Ruckgaber jagten die Bilder aller Personen durch den Kopf, die ihm in den vergangenen Tagen merkwürdig erschienen waren. Sogar an Heike musste er wieder denken. »Und was soll das Theater jetzt?«, entgegnete er angriffslustig.

»Falls Astrid es dir nicht gesagt hat, sag ich's dir: Jemand hat sie am Samstag angerufen, ein Mann, von dem sie meint, er habe sie vorletzten Freitag bis nach Basel observiert. Und wahrscheinlich hat sie recht. Denn er hat ihr einen Gruß von Lorenz Moll ausgerichtet.«

»Was hat der?«, zuckte Ruckgaber zusammen und bewies mit dieser spontanen Reaktion, dass er davon tatsächlich nichts wusste. Zu einem Gespräch mit Astrid war vorgestern Abend keine Zeit mehr geblieben.

»Ja, es mag zynisch geklungen haben, aber der Anrufer scheint über Molls Verbindungen zu uns bestens informiert zu sein«, sprudelte es aus Balluf heraus, der jetzt aufstand und das weite Gelände hinter sich prüfend überblickte.

»Und jetzt kommt erst der Hammer: Gestern Nachmittag, ja, am Sonntag, hat mich ein Typ angerufen, der ziemlich alternativlos geklungen hat – um es mal vorsichtig zu sagen. Er fordert bis spätestens Freitag die Rückzahlung ›im Zusammenhang mit Moll‹, wie er sich ausgedrückt hat.« Balluf wurde deutlicher: »›Im Zusammenhang mit Moll.‹ Weißt du, was das bedeutet? Moll und Konsorten. Moll ist zwar über den Jordan, aber da sind noch einige andere, die nicht lockerlassen.«

Ruckgaber schwieg, drehte sich aber um und blickte auf die Stadt hinab, um welche eine Eisenbahn zur Erklimmung der Albhochfläche einen weiten Bogen beschrieb. An der östlichen Talseite erkannte er einen ICE, der Richtung Ulm fuhr.

»Der Typ heißt Wurster«, ließ Balluf nicht locker und lehnte sich an die Seitenkonstruktion der Hütte. »Wurster. Hat dir Astrid nichts davon erzählt? Der Typ ist letzten Dienstag, gleich nachdem du weg warst, aufgetaucht und hat rumgetobt. Hat mit dem Staatsanwalt gedroht, falls er seine Knete nicht kriegt.« Er sah seinen Kompagnon erbost von der Seite an. »Hörst du mir überhaupt zu? Der Name Wurster müsste dich doch umhauen, oder?«

Ruckgaber drehte sich zu ihm um und mimte den Gelassenen: »Wie oft soll ich dir noch sagen, dass wir das Problem lösen, wenn ich wieder zurück bin. In drei Tagen ist dies der Fall, das weißt du. Kannst du mir bis dahin noch Ruhe zum Nachdenken gönnen?«

»Verdammt noch mal, ich scheiß auf deine Ruhe! Ich hab dich gefragt, ob du diesen Wurster kennst. Helmut Wurster.« Weil er nur auf eisiges Schweigen stieß, machte Balluf weiter: »Weißt du, was ich als besonders hinterhältig empfinde: Du hast einige Dateien mit Passwörtern gesichert. Wir haben zusammen diese Scheiße angefangen – und du treibst darüber hinaus noch ein weiteres Scheißspiel. Ich komme an manche Daten gar nicht ran. Ich weiß überhaupt nicht, was mit diesem Wurster los ist. Ich weiß nur so viel, dass er uns ganz schön in die Scheiße reinreiten kann. Dich und mich. Warum willst du das nicht kapieren?«

»Mensch, Jonas«, versuchte Ruckgaber, versöhnlicher zu wirken. »Wir beide sitzen im selben Boot. Das ist doch klar. Und wir werden das regeln.« Dass er um einiges älter war als Jonas, konnte er in solchen Fällen auf geradezu väterliche Weise zur Glättung der Wogen nutzen.

»Deine Ruhe möchte ich haben, Andy.« Der Jüngere ließ sich nicht beirren und schob noch etwas nach: »Tust du nur so oder ist dir tatsächlich nicht bewusst, was am Samstagabend auf der Kuchalb passiert ist? Dort, wo du drei Tage lang übernachtet hast? Ist dir entgangen, dass da ein riesiger Polizeieinsatz war?«

Ruckgaber hatte sich abgewandt und schloss die Augen.

»Bist du noch gar nicht auf die Idee gekommen, das könnte mit dir in Verbindung gebracht werden? Ein Mord, nur fünfhundert Meter von deinem Hotelzimmer entfernt? Glaubst du, die Bullen durchleuchten nicht jeden, der sich am Samstagabend in diesem winzigen Kaff da drüben aufgehalten hat?«

Ruckgaber zeigte keine Reaktion. Er wollte seinem Kompagnon nicht ins Gesicht sehen. Nicht jetzt.

Balluf war ohnehin nicht zu bremsen: »Ein Detektiv wurde erschossen, falls du es noch nicht gehört hast.« Er zischte gefährlich: »Ein Detektiv! Was, wenn das einer war, der dir nachspioniert hat?«

Ruckgaber drehte sich blitzschnell um: »Weißt du überhaupt, was du vor dich hin laberst? Du leidest unter Verfolgungswahn. Du bist völlig durchgeknallt. Was soll ich denn mit dieser Sache zu tun haben?«

Balluf ließ sich nicht beirren: »Inzwischen schleichen überall dubiose Typen rum. Sogar vor unserem Büro. Mittwochabend hab ich einen vorm Schaufenster aufgescheucht. Keine Ahnung, wer das war. Womöglich V-Mann der Polizei. Oder dieser Detektiv – womöglich ...«

»Ein V-Mann? Vor dem Büro? Wie kommst du denn da drauf?« Ruckgaber zeigte sich interessiert, wirkte aber plötzlich verunsichert.

»Rein gefühlsmäßig. Er war mit einer Frau da. Ist in sein Auto gestiegen, ein Golf mit Göppinger Nummernschild, und ist zum Ortsrand gefahren. Ich hab ihn unauffällig verfolgt und ...« Balluf überlegte, ob er es sagen sollte.

»Was und?« Ruckgabers Augenlider zuckten nervös.

»Zwei Reifen zerstochen.« Balluf musste sich insgeheim eingestehen, dass er wie ein kleiner, heimtückischer Krimineller gehandelt hatte.

»*Was* hast du gemacht?« Ruckgaber wollte es noch einmal hören.

»Reifen zerstochen.«

»Du hast ...« Ruckgaber wurde wieder wütend. »Sag mal, hast du sie nicht mehr alle? Was macht das für einen Sinn?

Außer, dass dich jemand gesehen hat und wir noch größeren Ärger kriegen? Das ist, als ob du in ein Wespennest stechen würdest.«

»Ich wollte ihn abschrecken. Ja, okay, war wohl blöd. Ich bin den beiden dann auch noch hinterher, zu Fuß, mit Cerberus.«

Ruckgaber wusste, wer gemeint war: Ballufs Hund, der meist in der Abstellkammer des Büros teilnahmslos pennte. »Du hast den Typen und die Frau verfolgt?«

»Ja, die sind zur Höhle raus. Keine Ahnung, warum. Und als sie über das kleine Sträßchen zurück sind und es schon dunkel war, hab ich ihnen mächtig Angst eingejagt.«

»Sag mal, spinnst du? Das ist doch kein Räuber-und-Gendarm-Spiel! Was heißt da ›Angst eingejagt‹?«

»Ich bin ein Stück weit von ihnen weg durch den Wald gegangen und hab sie mit meinen Schritten erschreckt. Es war ja fast schon stockfinster.«

»Und dann?«

»Nichts ›und dann‹. Ich hab sie zurückgehen lassen und bin über den unteren Weg wieder ins Dorf.«

»Weißt du, was du bist?« Ruckgaber hätte ihn am liebsten am Kragen gepackt. »Ein ziemlicher Trottel bist du. Ein Depp, verstehst du? Da glotzt einer das Schaufenster an, und du drehst gleich durch!« Ruckgaber zischte gefährlich: »*Ein V-Mann der Polizei!* Du bist ja völlig durchgedreht. Und dann zerstichst du ihm auch noch die Reifen. Wenn's denn ein V-Mann gewesen wäre, dann werden die das nicht so locker nehmen und sagen: Oh weh, da geh'n wir jetzt aber nicht mehr hin.«

Balluf schwieg. Natürlich hatte Ruckgaber recht. Aber wie sollte er jetzt gestehen, dass ihm am Mittwochabend einfach die Nerven durchgegangen waren? Er hatte sich wehren müssen. Vielleicht war es auch einer dieser wild gewordenen Kunden. Dann hatte er den »Denkzettel« doch völlig zurecht erteilt, hämmerte es in seinem Kopf, während Ruckgaber sich wieder beruhigte: »Geh zurück und mach den Laden dicht, bis ich wieder da bin«, riet er und versuchte, seinem Kompagnon auf die Schulter zu klopfen.

Balluf wich aus: »Hör auf, das zieht bei mir nicht mehr.«

»Was schlägst du vor?« Ruckgaber konnte zwar wütend und bisweilen zornig werden, aber sich genauso schnell wieder versöhnlich zeigen.

»Ich steig aus«, gab sich Balluf trotzdem bockig.

»Aber Jonas!«, entgegnete ihm Ruckgaber. »So einfach wird das nicht sein. Gerade eben hast du gesagt, wir hätten uns die Scheiße selbst eingebrockt. Da wird uns nichts anderes übrig bleiben, als sie auch gemeinsam auszulöffeln. Ein Alleingang würde jeden von uns nur noch weiter reinreiten.« Er kam einen Schritt näher und lächelte, um die Situation zu entschärfen. »Jetzt vertrau auf mich. Ich hab schon eine Idee, glaub mir.«

»Die solltest du auch haben«, Balluf sah an ihm vorbei, »oder hat dir Astrid auch nichts von der Steuerfahndung gesagt, die am Mittwoch aufgetaucht ist?«

»Wie bitte?«, flüsterte Ruckgaber, jetzt sichtlich erschrocken. »*Was* sagst du da?«

»Ja, vielleicht kapierst du jetzt, wie ernst die Lage ist. Zwei Typen wollten dich sprechen. Ich hab sie vertröstet und gesagt, du kämst erst am Donnerstag wieder.«

Ruckgaber erbleichte. »Und was haben sie darauf gesagt?«

»Dass sie dann wiederkommen werden. Aber jetzt halt dich fest, mein Lieber: Was glaubst du, wer uns diese Burschen auf den Hals gehetzt hat?«

Ruckgaber schüttelte zaghaft den Kopf und schien aufs Schlimmste gefasst zu sein.

»Dolnik.«

»Dolnik?« Ruckgaber erblasste. »Du sagst Dolnik?« Er schien es nicht fassen zu können.

»Ja, Karins Neuer.«

»Das gibt es nicht!«, zischte Ruckgaber fassungslos.

»Wieso denn Dolnik?«

»Woher soll ich das wissen? Warum bist du so schockiert?«

»Dolnik«, wiederholte Ruckgaber völlig entgeistert. »Oh Gott.« Auf seiner Stirn glitzerten Schweißperlen, seine Mundwinkel zitterten.

»Sag mal, hast du das gelesen?«, fragte Frank Pohlmann und warf seinem Kollegen Robert Schneider im Büro der Steuerfahnder den umgefalteten Lokalteil der Ulmer Südwest-Presse über den Schreibtisch. »Manches erfahren wir eher aus der Zeitung als auf dem Dienstweg.«

Schneider griff nach dem Blatt und las die Überschrift: »Detektiv aus Ulm erschossen«.

Zwischen einem großformatigen Tatortfoto mit Feldkreuz wurde über das Verbrechen auf der Kuchalb berichtet. Schneider überflog den Text, der allerdings nur wenige Details enthielt. »Was willst du mir damit sagen?«, fragte er schließlich seinen Kollegen.

Pohlmann grinste: »Hast du dich nicht erst am Freitag darüber echauffiert, dass mein Informant Dolnik einen Detektiv eingesetzt hat? Dann doch sicher einen aus Ulm, oder?«

»Ach!«, entsann sich Schneider seiner damals ablehnenden Haltung. »Na klar.« Er richtete seinen Blick noch einmal auf den Artikel. »Aber was glaubst du, wie viele solche privaten Schnüffler es in Ulm gibt?«

»Keine Ahnung, sicher aber eine überschaubare Menge.« Pohlmann spielte mit einem Kugelschreiber. »Fast kommt es mir so vor, Robert, als hättest du am Freitagnachmittag eine Vorahnung gehabt. Weißt du noch, was du kurz vor Feierabend gesagt hast?«

Schneider versuchte sich zu erinnern, konnte aber seinem Kollegen nicht folgen. Pohlmann half nach: »Du hast diesen Fall mit einem Schachspiel verglichen und gesagt, es könne sehr schnell passieren, dass eine Hauptfigur auf Nimmerwiedersehen aus dem Spiel genommen werde – oder so ähnlich.«

»Stimmt«, bestätigte Schneider und faltete die Zeitung wieder zusammen. »Das hast du dir aber gut gemerkt.«

»Ich hör immer genau zu, wenn ein Kollege was sagt«, meinte Pohlmann süffisant. »Vielleicht sollten wir uns mal nach dem Namen des gekillten Detektivs erkundigen.«

Schneider nickte. »Dolnik hat ihn dir nicht genannt?«

»Nein. Aber er hat uns weiteres Material angekündigt. Für heute.«

Schneider hatte neue Begeisterung an dem Fall gefunden. »Ich schlag vor, wir setzen uns mal mit dem Chef der Ermittlungsgruppe in Göppingen in Verbindung.«

»Mit diesem Häberle?«, wunderte sich Pohlmann. »Du willst Häberle anrufen? Ein sehr populärer und angesehener Kriminalist.«

»Weiß ich doch. Allerdings hatte ich nie das Vergnügen, ihn mal persönlich kennenzulernen. Das wär doch jetzt eine Gelegenheit.«

»Wie du willst. Aber glaub mir, Robert, wenn Häberle einen Verdacht hätte, dass die Geschichte in unser Ressort fallen könnte, hätte er sich längst gemeldet.«

Schneider grinste: »Aber vielleicht sind ihm die Hände gebunden. Ich bin inzwischen auch schon lang genug in dem Job, um zu wissen, dass bei viel Geld manches ein bisschen anders läuft.«

Pohlmann runzelte die Stirn. »Ich mag gar nicht dran denken.«

16

Ann-Marie hatte das ganze Wochenende mit sich gerungen, wie sie mit dem Anruf von diesem Peter Breitinger umgehen sollte. Von Dokumenten hatte der gesprochen und von angeblichen Fotos, die er habe. Eine Telefonnummer hatte sie von ihm nicht, doch der Hinweis, sie finde ihn auf dem »Campus Galli« beim Qualm, sollte ausreichen, um ihn zu finden. Die junge Frau hatte sich unter dem Vorwand, es gehe ihr heute nicht gut, bei ihrer Arbeitsstelle im Bad Uracher Eiscafé abgemeldet und war mit ihrem roten Polo über die Alb nach Sigmaringen und von dort Richtung Meßkirch gefahren, rund 80 Kilometer weit. Wo genau sich der Wald befand, in dem die Klosterstadt aufgebaut wurde, hatte sie dem Internet entnommen.

Der Parkplatz war gut belegt. Der Saum ihres kurzen bunten Sommerkleides hüpfte aufgeregt, als sie schnellen Schrittes dem Weg zum Kassenhäuschen folgte und Eintritt bezahlte. Außer einigen Hinweis- und Bildtafeln mit Skizzen deutete weit und breit noch nichts auf den »Campus Galli« hin. Die freundliche Kassiererin drückte ihr das Faltblatt mit dem Lageplan in die Hände und beschrieb ihr die weitere Strecke hinauf zum Laubwald, wo sie dann auf Beschilderungen stoßen werde. Ein paar Minuten später war Ann-Marie dort angelangt und beim Anblick des Schreinerunterstands sofort von der mittelalterlichen Atmosphäre angetan.

Ein Blick auf das Faltblatt genügte und sie erkannte, dass die Werkstatt des Schmieds mit Nummer 6 gekennzeichnet war. Sie bräuchte nur dem ausgewiesenen Rundgang zu folgen und hätte ihn auf dem kürzesten Weg erreicht. Doch jetzt entschied sie, zuvor das Gelände erkunden zu wollen, weshalb sie an einem Steinhaufen entgegen der beschilderten Route nach links abbog, um an den Nummern 17, 16 und 15 vobeizukommen: Scheune, Färberei und Weberei. Dort zeigten sich mehrere Dutzend Besucher an den jeweiligen Tätigkeiten interessiert.

Ann-Marie warf nur einige flüchtige Blicke auf die Arbeitsplätze und setzte ihren Weg fort, bis sich links vor ihr, an einer Abzweigung, der Werkstattunterstand des Schindelmachers an die Stämme des Hochwaldes schmiegte.

Plötzlich wurde es ihr bewusst: *Schindelmacher*. Das war es doch, wovon Onkel Lorenz gesprochen hatte. War es hier geschehen? Ein bärtiger älterer Herr lächelte ihr von Weitem zu, ließ sich aber vom Abspalten eines Stückes Holz nicht abbringen. Um ihn herum hatten sich keine Besucher versammelt.

Ann-Marie verzögerte ihren Schritt. Nein, hier wollte sie nicht verweilen. Doch der Mann – es war Josef Mosbrugger – schaute nun doch genauer auf. Er hatte bemerkt, dass die attraktive junge Frau nicht so recht wusste, wie sie sich verhalten sollte.

»Treten S' ruhig näher, junge Frau«, rief er ihr aus seinem verschwitzten Gesicht grinsend entgegen. »Ich kann Ihnen zeigen, wie man Schindeln macht. Das sehen S' heut nirgendwo mehr.«

Ann-Marie kam zögernd einen Schritt näher. »Ich komm nachher hier noch mal vorbei«, sagte sie selbstbewusst. »Ich wollte nur mal schnell zur Schmiede schauen.«

»Zur Schmiede?« Mosbruggers Neugier stieg. Er legte seine Schindelspalthacke weg, wischte sich die Hände am

Umhang ab und kam auf sie zu. »Sie wollen zur Schmiede? Zum Breitinger?«

»Ja«, antwortete Ann-Marie zögernd. »Können Sie mir sagen, wo ich ihn finde?«

»Immer dem Weg folgen bis zur Rechtskurve, und dann noch ein Stück, vorbei an der Kirche. Ist nicht zu übersehen. Qualm, Rauch, Ruß und Gestank.« Er hatte den Wegeverlauf mit dem Zeigefinger angedeutet. »Was wollen S' denn vom Peter? Eine so schick gekleidete junge Frau passt nicht in eine Schmiede. Und schon gar nicht ins Mittelalter.« Wieder grinste er.

Ann-Marie ging auf Distanz. »Nur mal so vorbeischauen«, lächelte sie charmant, bedankte sich für den Hinweis und entfernte sich schnell.

»Und 's Schindelmachen interessiert Sie nicht?«, rief er ihr noch hinterher, doch sie drehte sich nicht mehr um.

Vorbei an einer Besuchergruppe, die sich für die Seilerei und die mittelalterliche Schweine- und Ziegenhaltung interessierte, gelangte sie zu einem größeren Platz, an dem eine rustikal hergerichtete Verpflegungsstation köstliche Gerüche verbreitete. Die Biertischgarnituren davor waren gut besetzt. Ann-Marie nahm die vielen Menschen nur flüchtig zur Kenntnis. Einige Schritte weiter entdeckte sie die Holzkonstruktion für die Kirche, die gerade mit Schindeln bedeckt wurde. Rechts davon stieg bläulicher Rauch durch den Hochwald. Bereits beim Näherkommen sah sie den Mann, von dem sie vermutete, dass es der Anrufer vom Samstag war. Schwarzbrauner Umhang, schütteres Haar, um die 60. Neben ihm loderten Flammen, mit dicken Handschuhen umfasste er ein Eisenteil, dessen vorderes Ende über dem Feuer glühte. Als er die junge Frau erspähte, legte er es beiseite, zog die Handschuhe aus und kam auf sie zu. Vermutlich ging er davon aus, dass es die erhoffte Besucherin war.

Denn so, wie Lorenz seine Nichte beschrieben hatte, musste es Ann-Marie sein.

Er sprach sie deshalb gleich mit ihrem Namen an, worauf sie sich die Hände schüttelten. »Schön, dass Sie gekommen sind«, begrüßte Breitinger sie charmant und bot ihr an der schrägen, steil abfallenden Rückwand seines Unterstandes einen Platz auf einer selbstgezimmerten Bank an. »Passen Sie auf, dass Sie nicht schmutzig werden«, sagte er. »Es ist alles ein bisschen rußig hier.«

»Ich hab's mir lange überlegt«, begann Ann-Marie ohne Umschweife. »Ich kenn Sie ja gar nicht.«

»Ich hab Ihnen doch gesagt, dass sich Ihr Onkel und ich innerhalb weniger Tage angefreundet haben. Hier, auf diesem Gelände. Hier gehen die Uhren anders. Man hat Zeit, miteinander zu reden, und findet sehr schnell zusammen.« Dass er dies nach dem ersten Blick auf Ann-Marie auch gerne mit ihr erlebt hätte, behielt er lieber für sich.

»Sie haben geheimnisvoll von Dokumenten und Fotos gesprochen.« Sie wollte sich auf kein langes Gespräch einlassen. »Wie darf ich das verstehen?«

»Zunächst mal«, blieb Breitinger zurückhaltend, »muss ich ausdrücklich betonen, dass ich Sie nicht erpressen möchte, wie Sie das befürchtet haben. Ich will weder Geld noch sonst was, sondern nur – sagen wir mal – das Vermächtnis Ihres Onkels erfüllen. Mehr nicht. Was da im Hintergrund gelaufen ist, woher das Geld gekommen ist und wer es möglicherweise verjubelt, unterschlagen oder erschwindelt hat, das geht mich nichts an.«

»Sondern?« Ann-Marie blieb weiterhin misstrauisch.

»Ich will nur, dass das Geld Ihres Onkels in die richtigen Hände gerät – und dass jene, die es veruntreut haben, es wieder herausrücken. Mehr nicht. Keine Provision, keinen Anteil, nichts.«

Ann-Marie musste an den angeblichen Detektiv denken, der sich auf ähnliche Weise in ihr Vertrauen geschlichen hatte.
»Und um welche Dokumente geht es?«, wollte sie kühl und zurückhaltend wissen.
»Mit denen könnte man die Betrüger und Schwindler ans Messer liefern.«
»Sie also erpressen?«, resümierte Ann-Marie. »Sie meinen, damit könnte man sie zur Herausgabe des Geldes zwingen?«
»Ihr Onkel hat es so gemeint. Er hatte sich mit einer Gruppe anderer Geschädigter zusammengetan und sogar übers Internet noch weitere Geprellte suchen wollen. Aber dazu ist es jetzt wohl nicht mehr gekommen.«
»Eine Gruppe anderer Geschädigter?«
»Ja, nur mit den Namen ist er nie so richtig rausgerückt. Er war aber über vieles gut informiert.«
»Wie? Er hat Ihnen sonst alles anvertraut, nur keine Namen?«
»Ja, so war es. Nur einmal ist ein Vorname gefallen: Andreas – daran kann ich mich erinnern, weil ein Nachbar von mir genauso heißt. Und dann war da noch ein osteuropäisch klingender Nachname von einem anderen Mann. Dolnik oder so ähnlich. Ihr Onkel hat nur gesagt, dass die Dokumente alles beinhalten würden.« Er sah in ihre großen Augen.
»Und er hat erwähnt, dass er mit Ihnen dazu etwas ausgemacht hätte. Gleich an dem Montag, als er hier eingetroffen ist. Er hat Sie wohl angerufen und Ihnen etwas mitgeteilt.«
»Sie wissen …?« Mehr wollte sie nicht verraten.
»Ich weiß es«, entgegnete Breitinger. »Ihr Onkel hat sich eines Code-Systems bedient, das er von seinem einstigen Kumpel gelernt hat. Von dem, der ihm das Geld abgeluchst hat. Und mit dem er ursprünglich hierher in den Campus hat kommen wollen. Als es wegen des Geldes zum Zerwürfnis kam, hat sich das zerschlagen.«

»War dies der Andreas?« Sie sah ihn zweifelnd an.

Breitinger schwieg ein paar Sekunden. Er spürte, dass ihm die junge Frau nicht glaubte und immer noch misstrauisch war. Durfte er jetzt sein Schweigen brechen? Natürlich konnte ihm niemand einen Vorwurf machen. Doch sein Innerstes mahnte ihn zu bedenken, dass er sich großer Gefahr aussetzen würde, wenn die falschen Leute davon erfuhren. Wie skrupellos sie sein konnten, hatte sich mit dem Mord an Lorenz gezeigt.

Trotzdem rang er sich durch: »Ich geh mal davon aus, dass er den Andreas gemeint hat. Aber einen Nachnamen hat er nicht gesagt.«

»Und wer soll das sein?«

»Ein Finanzjongleur, ein ziemlich windiger Bursche, wie mir Ihr Onkel berichtet hat. Betreibt wohl ein recht unscheinbares Investment-Büro irgendwo auf der Schwäbischen Alb. Bei Laichingen.«

Ann-Marie zog den hochgerutschten Saum ihres Kleides wieder tiefer. »Mein Onkel hat Ihnen also gesagt, dass es Dokumente gebe ...«

»Dokumente, von denen Sie auch wissen«, bestätigte Breitinger. »Nur den Ort, an dem er sie verborgen hat, hat er Ihnen nicht genannt. Oder eben nur teilweise. Damit nicht Sie allein ihn finden können. Zu Ihrem Schutz sollte noch eine zweite Person seines Vertrauens eingeweiht sein – aber keiner von den anderen Geschädigten, mit denen er sich zusammengetan hat und denen er wohl nicht 100-prozentig traute.«

Ann-Marie fächerte sich mit der Hand Frischluft ins Gesicht. Noch wollte sie nichts preisgeben.

»Er hat wohl gespürt, dass er in Gefahr war«, fuhr Breitinger fort, »und hat in mir diese Vertrauensperson gefunden. Damit das Geld, das er für Sie und Ihre Ausbildung vorgesehen hat, nicht in falsche Hände gerät, sofern es noch gerettet werden kann, hat er mir strikt verboten, die Polizei einzuschalten.« Und er hat sogar ausdrücklich gewollt, dass ich gegebenenfalls die Aufnahmen sicherstelle, die eine Überwachungskamera von seiner Werkstatt aufgenommen hat.« Ann-Marie staunte: »Wie bitte? Er hat da drüben eine Kamera installiert?«

»Er muss bereits panische Angst gehabt haben. Na ja, als Elektro- oder Elektronikexperte war das ja kein Problem für ihn.«

»Und diese Bilder haben jetzt Sie?«, kombinierte die junge Frau.

»Ja, unter Einsatz allen Mutes habe ich den Speicherchip rausgeholt. Noch in der Nacht, als ich Ihren Onkel tot aufgefunden habe. Was glauben Sie, welchen Ärger ich gekriegt hätte, wenn das jemand gesehen hätte! Dass mich auch der Täter noch hätte beobachten können, ist mir erst hinterher aufgegangen.« Sein Gesicht zeigte ein gezwungenes Lächeln. »Da war ich echt in Lebensgefahr.«

»Sie haben also Fotos mit dem Täter drauf?« Ann-Marie war vom Jagdfieber ergriffen.

»Das habe ich, ja«, räumte Breitinger ein.

»Und wer ist drauf? Dieser Andreas – oder?«

Breitinger zuckte mit den kräftigen Schultern. »Ich kenn den ja nicht. Und Sie ihn ja wohl auch nicht. Wir sollten von irgendwoher ein Vergleichsfoto von ihm beschaffen.« Dass auch dies sinnlos sein würde, da die Qualität der Bilder aus der Überwachungskamera viel zu schlecht war, wollte er vorläufig für sich behalten.

»Vielleicht im Internet mal googeln«, schlug Ann-Marie mit jugendlichem Elan schnell vor. »In und um Laichingen wird's ja nicht allzu viele Investmentbüros geben, deren Chef Andreas mit Vornamen heißt.«

»Ich denke, die versteckten Dokumente würden uns weiterhelfen«, gab Breitinger vorsichtig und zurückhaltend zu bedenken.

»Sie haben den restlichen Code?«, fragte Ann-Marie flüsternd, als habe sie Angst, jemand könnte sie im Gebüsch nebenan belauschen. »Ich habe bei Google Earth recherchiert. Das muss hier ganz in der Nähe sein.«

»Ich hab dazu die restlichen Zahlen, ja.« Auch er sah sich prüfend um. »Aber ich hab sie nicht hier.« Dass er sich den Code eingeprägt hatte und somit auswendig kannte, wollte er vorläufig verschweigen.

»Wir sollten keine Zeit mehr verlieren«, sagte sie leise. »Ich hab vielleicht einen großen Fehler gemacht.« Seit einigen Minuten schon quälte sie das schlechte Gewissen. Wieder kreisten ihre Gedanken um den Detektiv.

Aber vielleicht war es doch sinnvoll, Breitinger in alles einzuweihen. Schließlich hatte ihm Onkel Lorenz vertraut und offenbar eine ganze Menge erzählt.

»Sie haben einen Fehler gemacht?«, ging Breitinger auf ihre Bemerkung ruhig ein.

»Ja.« Sie sah auf die roh belassene Arbeitsplatte und fuhr mit dem Daumennagel durch einige Ritzen. »Sie sind nicht der Einzige, der mir angeblich helfen will.«

»Ach? Hat sich jemand an Sie herangemacht?« Breitinger war alarmiert.

»Ein Typ, der mich im Eiscafé, wo ich gelegentlich arbeite, angesprochen hat. Er hat behauptet, meinen Onkel zu kennen.« Sie starrte auf den Boden. »Genau, wie Sie das tun. Und auch er hat von Dokumenten gesprochen, die es angeblich gibt.«

»Wie? Auch der wusste Bescheid?« Breitinger war sichtlich irritiert.

»Eine Art Detektiv, der aufseiten meines Onkels gestanden sein will.«

»Ein Detektiv«, murmelte Breitinger, dem sofort jener Mann einfiel, der ihm jene ominöse Visitenkarte ohne Anschrift hinterlassen hatte. »Haben Sie seine Telefonnummer?«

»Nein – wieso fragen Sie?«, zeigte sich Ann-Marie verwundert.

»Nur so«, wiegelte Breitinger ab. »Was haben Sie dem Mann erzählt?«

Ann-Marie wich aus. »Er hat behauptet zu wissen, dass ich Dokumente hätte, mit denen man das Geld meines Onkels wiederbeschaffen könne. Mein Onkel muss ihm etwas davon erzählt haben, ihm oder einigen anderen, die sich ebenfalls geschädigt fühlen.«

»Von wem geschädigt?«

»Hat er nicht gesagt. Aber jetzt, nachdem Sie den Namen genannt haben, wird's ja wohl dieser Andreas sein, oder?«

Breitinger brauchte ein paar Sekunden, um die Zusammenhänge ordnen zu können. »Und nun haben Sie sich entschieden, nicht ihm, sondern mir zu vertrauen?«

Sie schwieg und sah ihn an, wie dies Töchter tun, wenn sie ihrem Vater etwas beichten müssen. »Ich weiß nicht, ob Sie's heute schon in der Zeitung gelesen haben.«

Breitinger hob eine Augenbraue. »Keine Ahnung, was Sie meinen.«

»Die Sache bei uns daheim – mit dem Detektiv.«

»Ich weiß nicht, wovon Sie sprechen.«

»Ein Detektiv aus Ulm wurde am Samstagabend in unserer Gegend erschossen.«

Breitinger brauchte zwei Sekunden, um sich bewusst zu werden, was dies bedeutete. »Dieser Mann, mit dem Sie Kontakt hatten?« Er versuchte, sich an das Gesicht des Besuchers mit der Visitenkarte zu erinnern.

»Das weiß ich nicht, ob es der ist. In der Zeitung steht

kein Name. Nur ›Detektiv aus Ulm‹. Aber um ehrlich zu sein, mir kommt das sehr komisch vor: mein toter Onkel, das Auftauchen des Detektivs bei mir und die Kontakte meines Onkels nach Ulm. Ich weiß nicht, ob das Zufall ist.«
Breitinger schwieg, worauf Ann-Marie flüsterte: »Ich hab Angst, Herr Breitinger. Ich hab furchtbare Angst.«
»Was haben Sie ihm denn erzählt?«
»Wahrscheinlich zu viel.«

Dolnik. Der Name hatte ihn wie ein Donnerschlag getroffen. Dolnik. Was verdammt noch mal hatte der plötzlich für ein Interesse, ihn anzuschwärzen? Oder war es eine Verschwörung, hinter der Karin steckte? Seit Balluf wieder verschwunden war und sich in Richtung des Tegelhofs davongemacht hatte, fühlte sich Ruckgaber in einem wilden Gedankenkarussell gefangen. Er hatte Mühe, sich auf den bergabwärts führenden Pfaden nach Geislingen zu orientieren. War es nicht besser, möglichst schnell zu verschwinden? Warum sollte er denn jetzt noch auf Teufel komm raus alles zu Ende führen? Von wegen Stress abbauen! Von wegen Ruhe! Damit war es spätestens seit vorgestern Abend vorbei. Er könnte Astrid anrufen und alles mit ihr besprechen. Sollte die doch den Dolnik direkt darauf ansprechen. Aber sie war inzwischen in Frankfurt, und es wäre möglicherweise nicht gut, sie noch stärker zu beunruhigen, als sie es ohnehin schon war. Oder wie viel wusste sie wirklich?

Je länger er darüber nachdachte und je mehr er versuchte, wieder einen klaren Kopf zu bekommen, desto wichtiger erschien es ihm, alles wie geplant durchzuziehen. Als der Pfad am Abhang in einen Forstweg mündete, musste er sich anhand seines Navis orientieren, um sein heutiges Tagesziel, den Campingplatz im Geislinger Längental, zu finden. Nach einem weiten Bogen, der dem bewaldeten Taleinschnitt folgte, sah er bereits von Weitem im sonnigen Wiesengrund einige weiße Wohnwagen stehen, an denen feste Vorzelte auf Dauercamper schließen ließen. Beim Näherkommen zeigte sich, dass der Platz zwar in einer idyllischen Umgebung und unweit des Stadtrands angelegt war, jedoch dem Anschein nach nicht gerade der gehobenen Kategorie zugeordnet werden konnte. Vieles deutete darauf hin, dass man offenbar redlich bemüht war, den Camping-Charme der 50er-Jahre abzulegen. Vor allem das Sanitärgebäude erschien Ruckgaber viel zu klein zu sein. Trotz der Ferienzeit gab es genügend freie Flächen. Allerdings drängte sich ihm die Frage auf, wie sein Ansinnen, unter freiem Himmel nächtigen zu wollen, hier aufgenommen würde. Immerhin kam es heutzutage sogar auf einfachen Plätzen eher selten vor, dass jemand ganz ohne Wohnwagen oder Zelt hier logierte. Aber genau dies würde dazu führen, dass er in Erinnerung blieb.

Ein Rentner, der sich an dem Eingangskiosk als Verantwortlicher zu erkennen gab, musterte ihn von oben bis unten. Offenbar schwankte er in seiner Einschätzung, ob er es mit einem Landstreicher oder einem Aussteiger zu tun hatte. Ruckgaber lächelte. »Kann ich für eine Nacht bleiben?«, fragte er. »Ich brauch nicht viel Platz für meine Isomatte.«

»Wie? Kein Zelt, nix?«, zweifelte der Rentner erwartungsgemäß und legte die hohe Stirn in Falten. »Sie wollen auf dem Boden pennen?«

»Ja, klar. Wird doch wieder eine laue Nacht. Nichts ist schöner, als zu den Sternen raufzuschauen.«

Der Platzwart kratzte sich im spärlichen Haarwuchs. »Suchen Sie sich ein Plätzle aus«, schwäbelte er. »Halten Se halt Abstand zu den andern.« Er sah in Ruckgabers verschwitztes Gesicht. »Auf wen darf ich es aufschreiben?«

Ruckgaber gab seinen korrekten Namen und seine Wohnadresse in Heroldstatt an. Beides notierte der Mann auf einem kleinen Notizblock, den er aus der Arbeitslatzhose gezogen hatte. »Zahlen können Sie morgen.«

Ruckgaber erkundigte sich nach einem Gasthaus in der Nähe und wurde auf ein solches jenseits eines vorbeiführenden Bachlaufs verwiesen. »Das ›Schießhaus‹. Ein Grieche. Hat aber leider montags zu.«

»Das hilft mir dann wenig«, brummte Ruckgaber, der an diesem frühen Nachmittag trotz des nervösen Magens Hunger verspürte. »Und sonst?«, fragte er gereizt.

»Zu Fuß ist das ein bisschen schwierig. Eine Pizzeria gibt's zweihundert Meter weiter vorne, macht aber auch erst um fünf auf.«

Ruckgaber sah auf die Armbanduhr. Kurz nach 14 Uhr. »Sonst fällt Ihnen keine Kneipe in der Nähe ein?«

Der Platzwart zuckte mit den Schultern. »Wenn Sie's gutbürgerlich woll'n – in Altenstadt die ›Krone‹ oder das ›Rad‹. Oder in Eybach draußen der ›Ochsen‹.«

»Ochsen?«, vergewisserte sich Ruckgaber. Ein ländlicher Betrieb erschien ihm angebrachter zu sein – und außerdem tat sich eine andere Lösung auf: »Kann man dort auch nächtigen?«

»Ich denke, ja.«

Ruckgaber wusste, dass es bis dorthin nur etwa drei Kilometer sein würden – und außerdem führte seine morgige Etappe ohnehin am Rande dieses idyllisch in die Albtäler gebetteten Örtchens vorbei. »Dann verzichte ich auf Ihre Gastfreundschaft«, erklärte er dem Platzwart. »Vielleicht komme ich mal wieder vorbei, wenn Sie mit Ihrer Renovierung fertig sind.«

»Gefällt es Ihnen hier nicht?« Es klang unfreundlich.

»Gefallen schon. Schöne Ecke, sehr idyllisch, wirklich«, räumte Ruckgaber ein, schulterte wieder seinen Rucksack und wollte das Areal verlassen, als er im rechten Augenwinkel unter dem verwitterten Vorzelt eines Wohnwagens zwei Männer sitzen sah, die er bis dahin gar nicht bemerkt hatte. Sie waren mittleren Alters, einer trug ein weißes Unterhemd, der andere ein Poloshirt mit einer englischen Aufschrift. Vor ihnen auf einem windschiefen Campingtisch standen Bierflaschen. »He, Kumpel«, hörte Ruckgaber eine raue Männerstimme. »Geht's schon wieder weiter?«

Ruckgaber reagierte nicht, worauf der andere nachlegte: »Fühl'sch dich zu fein für unsern Platz?«

Ruckgaber beschleunigte seine Schritte zur vorbeiführenden Straße hin und überlegte, wie die Männer ihn als »feinen Pinkel« einschätzen konnten, wo er doch völlig verschwitzt, müde und unrasiert daherkam. Er hatte bereits die Brücke über den Bach erreicht, als er von hinten die Stimme noch einmal hörte: »Könntest ruhig bleiben – bei uns passiert dir nix.«

Was hatte der gesagt? Ruckgaber war zusammengezuckt. Wieder einmal. War er inzwischen so sensibel und entnervt, dass er selbst gut gemeinte Ratschläge falsch deutete?

Sanders Ansinnen, von Schulte einen ersten Teil seines Honorars einzufordern, war auf kein Verständnis gestoßen. Er hatte am Telefon mit seinen ersten Recherche-Ergebnissen argumentiert, die doch immerhin über Lorenz Moll, aber auch über die Firma RUBAFI einiges zutage gefördert hätten. Schulte jedoch war darüber alles andere als erfreut: »Sie werden zugeben, dass wir über Zahlungsmodalitäten keinerlei Abmachungen getätigt haben.«

Sander war von dem arroganten Ton seines Auftraggebers brüskiert. Das Gespräch, das gestern vor einer Woche bei ihm stattgefunden hatte, war ihm weitaus lockerer in Erinnerung.

»Entschuldigen Sie«, wurde nun auch er deutlich, »aber wenn so eine hohe Summe im Raum steht, wäre es angebracht, wenigstens mal ein paar Prozent davon zu bezahlen.«

»Herr Sander«, kam es zurück, »ich weiß nicht, inwieweit Sie informiert sind, aber finden Sie nicht auch, dass gerade am heutigen Tag Gespräche dieser Art völlig unpassend sind? Ist Ihnen entgangen, was da Samstagnacht auf der Kuchalb geschehen ist?«

Sander spürte einen Kloß im Hals. Hatte er heute früh beim Zeitunglesen doch richtig vermutet? War es also wirklich besser, sofort auszusteigen?

Dass es schwierig werden würde, sich mit Schulte anzulegen, war allein schon dessen heutigem Tonfall zu entnehmen. Sander kämpfte mit aufkeimendem Zorn einerseits und vorsichtiger Zurückhaltung andererseits. Plötzlich wurde ihm bewusst, dass dies keine übliche Recherche war, bei der er nur kritischer Beobachter und Berichterstatter war. Nein, hier hatte er sich zu einem Teil des Geschehens machen lassen, das alles andere als journalistisch einwandfrei war. Ihn überkam ein Gefühl, sich möglicherweise übernommen zu haben. Alles erschien ihm eine Nummer zu groß. Wenn Honorare dieser Größenordnung im Raum standen, dann war der Auftrag weitaus umfangreicher, als es sich ein Ruhestands-Lokaljournalist zutrauen durfte.

Sanders anfängliche Euphorie war bereits seit dem morgendlichen Gespräch mit Doris gesunken, doch nun war sie mit einem Mal gänzlich verflogen. Er wollte aussteigen und entschied, dies Schulte auch ohne Umschweife mitzuteilen: »Unter diesen Bedingungen sehe ich unsere Arbeit für beendet an.« Er war selbst überrascht, dass ihm spontan diese bürokratisch klingende Formulierung über die Lippen gegangen war.

Schulte schien damit nicht gerechnet zu haben. »Sie wollen *was*?«

»Aufhören. Fertig. Aus.« Sander wurde noch deutlicher: »Und falls Sie versuchen sollten, mich in etwas reinzuziehen, sollten Sie nicht vergessen, dass auch ich Ihre Vorgehensweise kenne.«

»Was soll das heißen?«, bläffte Schulte.

»Dass wir unsere Geschäftsbeziehung sozusagen im gegenseitigen Einvernehmen beenden«, erklärte Sander.

»Ich brauche ja wohl nicht extra zu erwähnen, welche Folgen es hätte, wenn der Inhalt unserer Gepräche anderweitig bekannt würde.«

Anderweitig bekannt würde, dröhnte es in Sanders Kopf nach. So elegant kann man es also ausdrücken, wenn man dem anderen verbieten will, zur Polizei zu gehen.

Schulte hatte vergeblich auf eine verbale Reaktion seines Gesprächspartners gewartet und ergänzte deshalb mit gedämpfter Stimme: »Und wenn's ganz schlimm kommt, endet es so wie bei Lorenz Moll oder Kai Wurster. Ich hoffe, wir haben uns verstanden.«

Sander spürte Blutleere im ganzen Körper. Grußlos drückte er das Gespräch weg.

Dolnik stand in Gedanken versunken am Fenster und sah auf die Dächer Ulms. Er war an diesem Montagnachmittag in Karins Wohnung gekommen, um die Wogen von gestern Abend wieder zu glätten. Allerdings hatte er mit seinen eigenen wilden Gedanken zu kämpfen, sodass er sich zusammenreißen musste, nicht gleich gereizt zu reagieren. Immer wieder musste er an Wurster denken, der davon gesprochen hatte, die Datensammlung seines Sohnes noch rechtzeitig vor der Kripo in Sicherheit gebracht zu haben. Wie konnte ein Vater in einer solchen Situation gleich an so etwas denken? Wurster musste verdammt viel daran gelegen sein, die mühsam von seinem Sohn zusammengetragenen Erkenntnisse für sich zu behalten. Doch ob dies ein wirklich kluger Schachzug war, erschien Dolnik im Nachhinein fragwürdig. Die Ermittler würden selbstverständlich feststellen, dass in Kais Wohnung etwas fehlte.

»Dich lässt das nicht los?«, hörte er Karins Stimme.

Dolnik zündete eine Zigarette an, um Zeit zu gewinnen. Überhaupt war er den bohrenden Fragen Karins bisher ausgewichen. »So einfach steckt man das nicht weg«, sagte er.

»Zieh dich da zurück«, mahnte Karin und legte einen Arm um seine Schulter. »Auch wenn ich mir nichts sehnlicher wünsche, als dass Andreas endlich das Handwerk gelegt wird. Aber wenn es jetzt einen Toten gegeben hat, Karsten, dann möchte ich nicht, dass du in irgendeiner Weise mit reingezogen wirst. Das ist es nicht wert.« Sie drückte ihm einen Kuss auf die Wange. »Setz unser Glück nicht aufs Spiel.«

Er schwieg, erwiderte ihre Zärtlichkeit nicht, sondern überlegte, ob sie vermutete, ihr Ex-Mann könnte hinter allem stecken. Hatte sie Angst, dass der Mann, den sie einmal geliebt hatte, zum Mörder geworden war? Und dass er, falls es so sein sollte, auch an ihr Rache üben wollte, weil er vielleicht sie hinter den Ermittlungen vermutete?

Welche Rolle spielte überhaupt Ruckgabers Kompagnon Balluf?

»Vielleicht hast du recht«, entgegnete er. »Aber Schulte und Wurster werden weitermachen. Jetzt erst recht. Wurster hat zwar gesagt, er werde sich zurückziehen, aber er wird alles daransetzen, den Mörder seines Sohnes zu finden.«

»Dann soll er doch alles der Polizei übergeben. Mein Gott«, wurde Karin bestimmend, »was sind schon die Millionen, wenn Menschen sterben? Lass uns glücklich sein und diesen Sumpf vergessen.« Sie strahlte ihn an, als habe sie die kurzen Differenzen schon vergessen und sich gerade erst in ihn verliebt. Er führte sie langsam zu dem großen Rundsofa, wo sie sich niederließen. Er hatte seit gestern mit sich gerungen, wie viel er Karin erzählen sollte. »Weißt du«, sprach er bedächtig weiter. »Dieser Wurster hat uns berichtet, dass sich sein Sohn Kai in das Vertrauen der Nichte des Toten vom ›Campus Galli‹ geschlichen hat. Ann-Marie heißt sie, glaube ich. Demnach hat ihr Onkel, der Tote also, irgendwelche Unterlagen an einem sicheren Ort verwahrt.«

»Was denn für Unterlagen?« Karin sah ihn entgeistert an.

»Irgendetwas, mit denen die Schwindler – also dein Ex und Balluf – gezwungen werden könnten, das ergaunerte Geld herauszugeben.«

»Das klingt nach Erpressung, Karsten«, gab Karin zu bedenken. »Und glaubst du wirklich, diese Nichte hat sie ihm gegeben?«

»Nein, noch nicht. Dazu ist es jetzt leider nicht mehr gekommen. Aber Kais Vater will versuchen, die Dokumente zu beschaffen. Nicht nur des Geldes wegen, sondern weil die Dokumente auch das Finanzamt interessieren könnten.«

»Weil sie alle Dreck am Stecken haben, Karsten. Deshalb wollen sie keine Polizei und nehmen lieber noch weitere Tote in Kauf. Bitte, Karsten, hör damit auf. Woher weißt du denn, dass diese Nichte«, sie sprach den Begriff mit derselben Verachtung aus, wie sie dies beim Namen von Andreas' neuer Freundin tat, »nicht auch ein falsches Spiel spielt? Den jungen Dingern ist doch heutzutage alles zuzutrauen: Geld, Drogen, Sex und Faulenzen ist alles, was sie interessiert.« Ihr Hass auf junge Frauen kannte keine Grenzen mehr. »Hüte dich vor solchem Gesocks.« Ihr Blick wurde ernst. »Auch Frauen können morden – das solltest du nicht vergessen.«

Peter Breitinger war an diesem Sommerabend nach Meßkirch an eine Telefonzelle gefahren, um etwas zu testen. Seit ihm am vergangenen Dienstag ein Unbekannter diese Visitenkarte in die Hand gedrückt hatte, war er brennend daran interessiert zu erfahren, wer sich dahinter verbarg. Denn außer einer Handy-Nummer und dem Hinweis »Falls Sie mal Hilfe brauchen« war nichts darauf gedruckt. Während des Gesprächs mit Ann-Marie hatte ihn ein seltsamer Gedanke befallen. Von einem Detektiv war die Rede gewesen, der mit ihr Kontakt gesucht hatte – und von einem Detektiv, der am Wochenende umgebracht worden war. Um keine verräterischen Spuren im Telefonnetz zu hinterlassen, tippte er die Handy-Nummer in den Apparat einer öffentlichen Sprechstelle. Würde sich jemand melden, wollte er einen falschen Namen nennen und fragen, ob er mit einer Detektei verbunden sei. Doch die Leitung blieb sekundenlang tot – bis ihm eine Automatenstimme ins Ohr drang: »Der Anruf kann nicht wie gewählt ausgeführt werden.« Breitinger hängte den Hörer wieder ein. Wahrscheinlich war der Teilnehmer für immer und ewig nicht mehr erreichbar. Zumindest nicht auf Erden.

Ruckgaber war seit der Begegnung mit Balluf total von der Rolle. Sollte er Dolnik anrufen? Nein, entschied er schon zum wiederholten Male. Vielleicht war das alles nur eine Inszenierung – und jemand bediente sich dessen Namen. Vielleicht verbarg sich sogar Karin dahinter. Ihr traute er inzwischen so ziemlich alles zu.

Es gab nun ohnehin kein Zurück. Jetzt schon gar nicht mehr.

Er hatte im »Ochsen« in Eybach angerufen und erfahren, dass ein Gästezimmer frei war, man aber erst wieder ab 17 Uhr geöffnet habe. Deshalb ließ er sich auf dem Weg dorthin Zeit, machte einen Umweg zu den Sportanlagen und entschied sich für den dahinterliegenden Waldweg, der an einem Flüsschen entlang – er vermutete es als die Eyb – taleinwärts führte. Auf einer Ruhebank ließ er sich nieder, ohne Ruhe zu finden. Denn was würde geschehen, wenn er bereits ins Visier der Kripo geraten war? Natürlich würden sich die Fahnder auch dafür interessieren, wer in der Nacht des Verbrechens in dem Hotel auf der Kuchalb übernachtet hatte. Und ganz sicher würden sie hellhörig, wenn sie auf seinen Namen stießen.

Quatsch, redete er sich ein. Mach dich nicht verrückt. Nicht jetzt. Überall, wo er in den vergangenen Tagen genächtigt hatte, würde man bestätigen können, dass er auf Wandertour war. Würde er jetzt flüchten und seinen Plan abbrechen, wäre er erst recht verdächtig, etwas mit der Sache zu tun zu haben.

Er ging langsam weiter und fand in dem beschaulichen Örtchen den Landgasthof »Ochsen«, direkt unter der Kulisse des mächtigen Himmelsfelsens. Wirt Karl Irtenkauf, ein kräftiger Mann Mitte 60 mit grau meliertem Dreitagebart und weißer Kochschürze, begrüßte ihn an der Theke. Ruckgaber erklärte, er habe angerufen und sich nach einem Zimmer erkundigt. Nachdem die Formalitäten erledigt waren, führte ihn die Wirtin zum Gästehaus auf der anderen Straßenseite. »Machen Sie eine mehrtägige Wanderung?«, zeigte sie sich interessiert.

»Ja, ein paar Tage Auszeit,« erwiderte er wortkarg und ließ sich in dem Zimmer nieder, nachdem die Wirtin wieder verschwunden war. Dann genoss er eine heiße Dusche und entschied, Astrid nun doch von seinem Handy aus anzurufen.

»Hi«, meldete sie sich kurz.

»Kannst du reden?«

»Ja, das Seminar ist heute schon aus.« Ihre Stimme klang seltsam verändert.

»Ist was passiert?«, fragte er deshalb erschrocken nach.

»Nein, wie kommst du denn darauf? Ich bin nur ziemlich mit den Nerven fertig, Andy. Hier sind ganz schön viele Leute – und alle tun so, als seien sie die Größten.«

»Lass dich nicht beirren. Das ist bei solchen Veranstaltungen immer so. Es sind ja nur ein paar Tage.«

»Zum Glück. Aber das Schwierigste steht mir noch bevor.«

Ihm war klar, was sie meinte: »Aber sonst ist alles okay bei dir?«

Sie atmete tief durch. »Wie besprochen, alles klar.« Es klang wenig überzeugend. Er entschied, sie in ihrem Zustand auf nichts anzusprechen, was Balluf behauptet hatte.

Stattdessen wünschte er ihr noch einen schönen Abend und beendete das Gespräch. Auch wenn er nicht viel gesagt hatte, so war dieser Anruf natürlich sinnvoll gewesen.

Jetzt brauchte er zunächst aber etwas zu essen. Etwas bodenständig Schwäbisches. Obwohl sein Magen rebellierte.

Linkohr hatte den ganzen Tag über versucht, Ann-Marie zu erreichen. »Vermutlich ist wieder ihr Akku leer«, meinte er sarkastisch, um dem sichtlich erschöpften Häberle zu erklären, weshalb bislang nicht hatte geklärt werden können, ob es tatsächlich Kai Wurster gewesen war, der Kontakt zu der jungen Frau aufgenommen hatte. »Langsam mach ich mir Sorgen«, fügte er an. »In dem Eiscafé, in dem sie arbeitet, hat sie sich für heute krankgemeldet. Und bei ihren Eltern erreiche ich auch niemanden.«

Häberle nahm aus dem Glas, das auf seinem Schreibtisch stand, einen Schluck lauwarmes Mineralwasser. »Wer hockt schon bei diesem Wetter daheim?«, kommentierte er und musste wieder einmal den Gedanken an Camping, Hausboot und Segeltörn verdrängen.»Dafür haben wir ein paar nette Neuigkeiten.« Der Chefermittler streckte seinem Kollegen eine ausgedruckte E-Mail entgegen.»Wir kennen inzwischen die Tatwaffe. Es handelt sich vermutlich um eine österreichische halbautomatische Glock 29, Kaliber zehn Millimeter, sagen unsere Techniker. Aber gefunden wurde sie noch nicht.«

»Wenn der Täter sie mitgenommen und irgendwo einen Steilhang hinabgeworfen hat, haben wir keine Chance, sie jemals zu finden«, murrte Linkohr resigniert.

»Dafür gibt's noch was Erfreulicheres«, munterte ihn Häberle auf und blätterte in seinen Unterlagen.»Sie können gleich wieder Ihren Lieblingsspruch loswerden.« Häberle schien trotz der Müdigkeit wieder die alte Begeisterungsfähigkeit gefunden zu haben.»Erste Analysen haben ergeben: Alle Zigarettenkippen stammen mit hoher Wahrscheinlichkeit von ein und derselben Person. Männlich.«

Linkohr zog sich einen Stuhl her.»Alle vier? Im ›Campus Galli‹ eine, zwei vor Molls Haustür und jetzt eine auf der Kuchalb?«

»So ist es.«

»Da haut's dir 's Blech weg«, kommentierte es Linkohr wie erwartet.

Häberle grinste.»Im Übrigen sind es nicht nur vier Kippen, sondern fünf.«

»Fünf?«

Häberle lehnte sich zufrieden zurück.»Unsere Kollegen haben sich auch in diesem Hotel dort oben auf der Kuchalb umgesehen und sich nach den Gästen der Tatnacht erkundigt. War ziemlich schwierig, da war am Samstagabend volles Haus. Irgendwelche Festivitäten. Beiläufig hat der Hotelier aber einen Gast erwähnt, den er erstens aus einer Veröffentlichung im Master-Magazin kannte und der zweitens offenbar noch einen Bekannten erwartet hat.«

»So? Und wer sind die beiden?«

Häberle machte es wie üblich spannend. »Ob dieser Bekannte gekommen ist und wer dies hätte sein sollen, weiß der Hotelier nicht. Aber jetzt kommt's, Herr Kollege: Den Hotelier hat tierisch geärgert, dass in dem Zimmer des Gastes wohl geraucht worden sein muss. Am Waschbeckenrand lag nämlich eine ausgedrückte Kippe.«

»Mit derselben DNA wie unsere vier anderen?«

»So sieht es aus. Und auch Marke ›Camel‹ wie die anderen.«

Linkohr unterdrückte, was er ansonsten zu sagen pflegte, und hakte verblüfft nach: »Ist sie von dem Gast oder seinem Besucher?«

»Wohl eher von dem Besucher«, meinte Häberle, »denn es ist die einzige Zigarette, die gefunden wurde, und nach Rauch hat's auch nicht gestunken, hat der Hotelier gemeint. Hätte der Gast geraucht, hätte er sich wohl mehrere angesteckt und einen entsprechenden Geruch hinterlassen.«

Linkohr wollte schnell wissen: »Und wer war nun der Gast?«

Häberle blätterte wieder in den Unterlagen. »Ein Andreas Ruckgaber aus Heroldstatt. Laut Aussage des Hoteliers ein zweifelhafter Finanzmensch, über den das Master-Magazin vor einigen Wochen berichtet haben soll.«

Master-Magazin, schnappte Linkohr den Titel auf. »Das hatten wir doch schon mal. Die in Sigmaringen hatten dies aufgelistet. Bei den Utensilien, die man in Molls Wohnwagen sichergestellt hat, zusammen mit dem leeren Karton dieser Kamera …«

»Es kommt noch besser«, fuhr Häberle fort. »Der Hotelier erinnert sich, dass irgendwann am Freitag eine Frau angerufen hat, um dem Ruckgaber eine Nachricht zu hinterlassen.«

»Ach!« Linkohr war gespannt.

»Eine seltsame Zahlenkombination. Der Hotelier dachte zunächst an eine Lotterie oder Ähnliches. Er hat keine Ahnung, worum es sich dabei gehandelt hat.«

»Hat er die Zahlen noch?«

»Im Prinzip nicht«, schwächte Häberle die Euphorie kurz ab. »Aber er hat sie mit Kugelschreiber auf einem Notizblock notiert, von dem bisher kein weiteres Blatt abgerissen wurde.« Er grinste wieder. »Seine Schrift hat auf dem nächsten Blatt Abdrücke hinterlassen, die unsere Kollegen sichtbar gemacht haben.«

»Jetzt wird's aber richtig aufregend«, meinte Linkohr. »Lottozahlen, oder was?«

»Nein, zwei Zahlenreihen.« Häberle las ab: »483940.9 – 0094848.2, 20 UTC, tm.«

»Hm ...«, machte Linkohr ratlos.

»Die Kollegen hatten den richtigen Riecher. Wissen Sie, was das ist?«

»Nein, keine Ahnung.«

»Das sind Koordinaten – und zwar jene von der Maierhalde. Unserem Tatort. Man muss die Zahl nur richtig schreiben und in Grad, Minuten und Sekunden aufteilen.« Häberle hatte noch mehr notiert und konnte deshalb augenzwinkernd mit seinem Wissen prahlen: »Es handelt sich um das am weitesten verbreitete Koordinatensystem, genannt WGS 84. Auf das hat man sich übrigens erst vor 17 Jahren geeinigt. Bis dahin hat's, so sagen die schlauen Kollegen, unglaubliche 123 Koordinatensysteme gegeben.«

Linkohr staunte: »Und ich hab immer gedacht, es gibt nur ein einziges ...« Er überlegte kurz und kam dann wieder zum eigentlichen Thema: »Dafür weiß ich was anderes. Dieses UTC heißt ›Universal Time Coordinadet‹, früher auch ›Greenwich Mean Time‹ genannt, stimmt's? Und mit 20 ist

20 Uhr gemeint – was bei unserer Sommerzeit zwei Stunden später ist. Und ›tm‹ könnte ›tomorrow‹ heißen. Also ›morgen‹ – gemeint war dann der Samstag.«

Häberle grinste spöttisch: »Gut kombiniert, Herr Kollege. Sie haben das Zeug für meine Nachfolge.«

Ann-Marie war nach dem Besuch bei Breitinger im »Campus Galli« noch durch Meßkirch gebummelt und hatte in einem Straßencafé einen Cappuccino getrunken. Ob sie richtig gehandelt oder einen neuerlichen Fehler gemacht hatte, vermochte sie nicht abzuschätzen. Jedenfalls erschien es ihr im Nachhinein sinnvoll, nicht auf den Vorschlag Breitingers eingegangen zu sein, die beiden Code-Fragmente sofort zusammenzuführen. Sie wollte zuerst noch in Ruhe darüber nachdenken. Niemand brauchte zu wissen, dass es zwei Verstecke gab: eines, das Onkel Lorenz schon vor längerer Zeit angelegt hatte und für das sie einen Schlüssel besaß, und ein zweites, das offenbar erst in jüngster Zeit entstanden war. In ihm, so hatte es Onkel Lorenz ihr anvertraut, befanden sich die brisanteren Dokumente, die weitaus mehr enthielten als nur Hinweise auf Steuerhinterziehung. Deshalb hatte er für deren Versteck sicherheitshalber eine spezielle Codierung ersonnen. Dass er diese Papiere nicht in einem Banksafe verwahrte, lag gewiss an seinem grenzenlosen Misstrauen gegenüber jeglichem Geldinstitut. Außerdem hatte er Angst, dass dort möglicherweise Ermittlungsbehörden Zugriff bekämen.

Während sie zwei Tauben beobachtete, die auf dem Pflaster dicht neben ihr vorbeitrippelten, rief sie sich das Gespräch mit dem angeblichen Detektiv in Erinnerung. Sie hatte ihn in dem Glauben gelassen, man könne mithilfe angeblicher Dokumente, von denen er zu wissen glaubte, an das Geld ihres Onkels gelangen. Ohne ein zweites Versteck zu erwähnen, hatte sie sich durchgerungen, einige Andeutungen zu machen. Vielleicht war es ein Spiel mit dem Feuer, auf das sie sich eingelassen hatte, aber in gewisser Weise machte es ihr sogar Spaß, selbst zu recherchieren. Schließlich hatte sie ja einmal Polizistin werden wollen.

Dass inzwischen am Nebentisch zwei junge Männer mit seltsam abgehackt klingendem Tonfall ungehemmt über sie sprachen und plumpe Annäherungsversuche unternahmen, ließ sie an sich abprallen. Sie würdigte sie keines Blickes und grübelte über ihr weiteres Vorgehen nach.

Seit ihr klar geworden war, dass an dem vielen Geld, das ihr Onkel irgendwo gehortet und dann verloren hatte, offenbar Blut klebte, konnte sie nachvollziehen, dass ihre beiden Cousins Konrad und Johannes zu ihrem Vater auf Distanz gegangen waren. Längst war ihr auch klar geworden, dass der Weg, den sie nun seit über einer Woche verfolgte, ein äußerst gefährlicher war.

Und natürlich gab es da noch diesen jungen Kriminalbeamten, dessen Name ihr entfallen war. Mike hieß er mit Vornamen. Aber dafür hatte sie irgendwo seine Telefonnummer notiert. Für alle Fälle, wie er ihr gesagt hatte. Gerade als sie der etwas behäbigen Bedienung signalisierte, zahlen zu wollen, spielte ihr Handy die Anrufmelodie. Ann-Marie kramte es aus ihrer kleinen Handtasche, las auf dem Display »Anonym« und meldete sich mit: »Hallo?«

»Frau Bosch? Ann-Marie Bosch?«, drang ihr eine Männerstimme ins Ohr.

»Ja«, gab sie einsilbig zurück und drehte sich von den beiden grinsenden Jungs am Nebentisch weg.

»Wir sollten dringend miteinander reden«, sagte der Anrufer. »Stichwort Lorenz Moll. Ein Kollege von mir hat vorige Woche mit Ihnen gesprochen.«

»Ja – und?« Sie spürte, wie sich ihr Pulsschlag beschleunigte.

»Es geht um die Dokumente – und auch um Ihr Geld.«

»Ich …«

»Wir helfen Ihnen, Frau Bosch. Sie wollen doch auch, dass der Anteil Ihres Onkels im Familienbesitz bleibt, oder nicht?« Die Häme in der Stimme war nicht zu überhören.

»Ja, aber …«

»Wir sollten uns treffen und die Modalitäten bereden. Ich schlage vor, noch heute Abend.«

»Wer sind Sie?«

»Ein guter Freund von Kai, dem Detektiv, der Ihnen vor einigen Tagen behilflich sein wollte.«

»Was ist mit ihm?«, fragte Ann-Marie so schnell, dass die unheilvollen Gedanken deutlich herauszuhören waren.

»Er ist leider verhindert.«

»Ist er …?« Sie wagte es nicht auszusprechen.

Der Anrufer ging nicht darauf ein. »Morgen Abend, 23 Uhr an der Höhle. Und vergessen Sie den Schlüssel nicht. Haben wir uns verstanden?«

»23 Uhr?«, flüsterte sie entsetzt. »Da ist es schon dunkel.«

»Eben. Dann sieht uns keiner. Schlüssel nicht vergessen! Und keine Dummheiten. Haben wir uns verstanden?« Die Stimme war drohender geworden. »Sie haben die einmalige Chance, uns und Ihnen zu helfen. Ihr Onkel hat uns wissen lassen, dass Sie den Schlüssel haben. Okay?«

Ann-Marie zitterte. »Okay«, sagte sie mit zaghafter Stimme.

17

Dienstag, 9. August

Ruckgaber hatte unruhig geschlafen – und dies keinesfalls wegen der Stundenschläge des nahen Kirchturms. Ihn plagten die Probleme und zunehmend auch die Angst, sein wohldurchdachter Plan könnte noch in allerletzter Sekunde zunichtegemacht werden. Nach dem Frühstück im Gästehaus des »Ochsen« machte er sich so schnell wie möglich auf den Weg. Beim Abschied hatte ihn die Wirtin noch von oben bis unten gemustert und gefragt: »Wo geht's jetzt hin?«

Ruckgaber war darauf gefasst gewesen und legte eine falsche Spur: »Das Roggental rauf, vorbei an der ›Oberen Roggenmühle‹ und dann über Treffelhausen zur Lützelalb, wo gerade im Wald die vielen Windkrafträder aufgestellt wurden.« Natürlich wäre er gerne an der rustikal-gemütlichen Ausflugsgaststätte »Obere Roggenmühle« vorbeigekommen, aber seine Route führte in die entgegengesetzte Richtung.

»Dann passet Se nur auf, denn da kommet Se am Mordloch vorbei«, bemerkte die Wirtin beinahe drohend. Ruckgaber kannte diese mysteriöse Höhle von einer Spazierfahrt, die er mal mit Karin unternommen hatte. Jetzt jagte ihm allein die Erwähnung des Höhlennamens einen Schrecken ein. Er rang sich ein Lächeln ab und erklärte: »Da mach ich dann lieber einen großen Bogen drumrum.«

Draußen auf der Straße rief er sich in Erinnerung, was er noch vor dem Frühstück auf der Landkarte studiert hatte: Sein Weg führte ganz woanders hin, an der Kirche vorbei zu einem Quelltopf, der hier Mühlbach genannt wurde. Sollte ihn jetzt die Wirtin hinter einem Fenster beobachten, würde sie schnell feststellen, dass die eingeschlagene Richtung ganz und gar nicht seinen Erklärungen entsprach.

Wenig später folgte er den Zeichen des Schwäbischen Albvereins, die ihm am zuverlässigsten erschienen. Sein Ziel war das Felsental, das sich tief in die Nordausläufer der Schwäbischen Alb eingegraben hatte. Gleich nach einem Bildstock wurde es immer schmaler, die bewaldeten Hänge ragten beidseits bedrohlich in die Höhe und gaben der Morgensonne keine Chance, die feucht-kühle Luft zu erwärmen. Seine Schritte, die im vertrockneten Laub des Vorjahres raschelten oder auf kleinen Steinen knirschten, empfand er in der Stille, die ihn hier umgab, als viel zu laut. Er blieb für einen Moment stehen und lauschte. Selten hatte er in den letzten Tagen einen solchen Ort der Ruhe gefunden. Nur in diesem Teufelsloch bei Bad Boll war es ähnlich still gewesen. Jetzt sorgte das Zwitschern einzelner Vögel dafür, dass die bedrückende Atmosphäre ein bisschen mit Lebendigkeit gefüllt wurde. Schaurig wirkte hingegen das Krächzen zweier Raben, die er an dem Stückchen Himmel zwischen den Bäumen erkennen konnte.

Ruckgaber fühlte sich unbehaglich. Fast noch schlimmer als am Donnerstagnachmittag im Teufelsloch. Auch jetzt gab es kein Entrinnen. Dieser Eindruck verstärkte sich, als er hinter der nächsten Biegung eine etwa sechs Meter hohe Felsbarriere sah, die auf den ersten Blick als unüberwindbar erschien. Als sei hier die enge Schlucht verschlossen. Doch dann schob sich eine steile Eisengittertreppe in sein Blickfeld, die auf eine Zwischenstufe führte, ab der es noch eine zweite Treppenkonstruktion gab. Richtig alpin, dachte Ruckgaber. Dieser Nordrand der Schwäbischen Alb war tatsächlich voller Überraschungen. Einige quer liegende dahinfaulende Baumstämme, die vermutlich der Jahrhundert-Orkan »Lothar« an Weihnachten 1999 gefällt hatte, hingen verkantet im felsigen Steilhang. Ruckgaber stieg über einige Gesteinsbrocken, die hier offenbar erst in jüngster Zeit herabgebrochen waren. Die Ablenkung dauerte nur ein paar Sekunden, bis wieder die Ereignisse der vergangenen Tage die Oberhand in seinen Gedanken gewannen. Deshalb nahm er in dieser schattigen Umgebung, in der vermooste Felswände und tief hängende Äste sich zu einem urwaldmäßigen Bild vereinten, auch nicht wahr, dass sich auf dem Zwischenabsatz der beiden Treppen etwas bewegt hatte, das sich kaum von den Farben der Umgebung abhob.

Ruckgaber blieb vor der ersten Metallstufe kurz stehen, drehte sich um, sodass er die kurze Wegstrecke, die er gekommen war, bis zur Biegung überblicken konnte. Es sah wirklich aus, als sei er fernab jeglicher Zivilisation. Dann umfasste er mit der rechten Hand das kalte, kantige Metallgeländer und stieg langsam hoch. Nachdem er etwa zwei Drittel der 17 Stufen bewältigt hatte, hob er den Kopf, um zu dem schmalen Zwischenplateau aufzublicken. Im Bruchteil einer Sekunde traf ihn der Schock. Sein ganzer Körper schien wie gelähmt, das Herz raste, er war außerstande, sich zu bewegen.

Sein Blick war beim Hochsteigen auf feste Bergschuhe gefallen, dann auf eine moosgrüne Hose – auf eine Person, die in der rechten Ecke dieses Felsabsatzes stand.

Ruckgabers Bewegungen waren wie eingefroren. Es dauerte nur den Bruchteil einer Sekunde, bis er realisiert hatte, dass es sich um einen Mann handelte. Dunkelgrün gekleidet, wie getarnt. Mittleres Alter, schlank.

Und ein Gewehr geschultert.

Ruckgaber konnte die Bedeutung all dessen nicht abschätzen. Sein Instinkt schlug Alarm. Eine Falle? Hier, in dieser gottverlassenen Schlucht?

Kriminalrat Dennis Blocher strich mit der Hand energisch über seinen Bürstenhaarschnitt. »Wieso haben wir dieser Sache bisher keine Bedeutung beigemessen?« Er wollte bei der heutigen Dienstbesprechung in den Räumen der Sigmaringer Kripo besonders forsch wirken, weil auch Kollegen der SOKO aus Friedrichshafen anwesend waren. Dabei deutete er auf eine Mail aus Göppingen, in der Häberle den Hinweis des Kuchalb-Hoteliers auf das Master-Magazin weitergegeben hatte.

»Entschuldigen Sie, Herr Blocher«, warf ein älterer Kollege ein, »wie hätte uns der Artikel auffallen sollen, nachdem der Name ›Ruckgaber‹ bisher nirgendwo aufgetaucht ist?«

»Vielleicht hätte man das Magazin mal genauer überprüfen sollen«, gab Blocher unbeirrt zurück. »Schließlich lag es im Wohnwagen des Opfers. Wo das Ding – ich muss es leider feststellen – auch erst Tage später sichergestellt wurde.«

Betretenes Schweigen. Sogar keiner der Kriminalisten aus Friedrichshafen wollte etwas sagen.

Blocher war heute noch dünnhäutiger als an den Tagen zuvor. Ihn wurmte gewaltig, dass Häberle mit seinem Verdacht, es könnte ein groß angelegtes Betrugsdelikt samt Geldwäsche dahinterstecken, nun möglicherweise doch recht behalten sollte. Inzwischen hatte sich auch die anfangs skeptische Staatsanwaltschaft davon überzeugen lassen. Blocher sah die Chance schwinden, sich mit einem Fall profilie-

ren zu können, der möglicherweise sogar irgendwo in den »Panama-Papers« dokumentiert sein würde. »Ich erwarte, dass wir alles daransetzen, die Verbindungen dieses Ruckgabers zum ›Campus Galli‹ auszuloten.« Er klang gereizt.
»Sie wollen damit sagen, dass er auch hier irgendwie die Finger im Spiel hatte?«, fragte eine junge Beamtin zweifelnd nach.
»Was weiß ich!«, bläffte Blocher. »Überall, wo viel investiert wird, kann so ein Kerl die Finger drinstecken haben.«
Einer aus der Sigmaringer Gruppe sprach aus, was alle dachten, sich aber nicht zu sagen trauten: »Sie denken an Geschäfte mit Briefkastenfirmen? Panama und so?«
Blocher ging nicht darauf ein. Wäre er früher drauf gekommen, hätte ihn dies gewiss auf der Karriereleiter ein Stück weitergebracht.
Er lenkte ab: »Jedenfalls wird jetzt dieser Ruckgaber gesucht.«
Einer der Kriminalisten wagte einen Vorstoß: »Sie meinen aber nicht, dass es im ›Campus Galli‹ so etwas wie eine Briefkastenfirma gibt?«
Die Kollegen lachten, worauf einer aus Friedrichshafen ironisch anmerkte: »Womöglich die Schindelmacher GmbH & Co KG.«
Ein anderer ergänzte ebenso ironisch: »Mit dem Krimiverleger als Geschäftsführer. Super ausgedacht. Genial.«

Georg Sander hatte schlecht geschlafen und in den frühen Morgenstunden einen Entschluss gefasst. So interessant und spannend die Recherchen in den vergangenen Tagen auch gewesen waren, so gefährlich erschien ihm der Fall inzwischen. Wahrscheinlich hatte Doris mit ihrer weiblichen Intuition recht – und außerdem war er ein Berufsleben lang Journalist gewesen, der sich stets von einseitiger

Berichterstattung ferngehalten hatte. Nein, auch jetzt wollte er sich trotz des hohen Honorarversprechens nicht vor den Karren von möglichen Ganoven spannen lassen. Abgesehen davon, dass das Honorar vermutlich gar nicht fließen würde. Er entschied deshalb, sich Häberle anzuvertrauen. Ohnehin hatte er bereits am Donnerstag den Eindruck gehabt, dass ihm der Kriminalist den Vorfall mit den zerstochenen Reifen nicht so recht glauben wollte. Und spätestens, wenn Häberle irgendwann auf Ruckgaber und dessen Finanzbüro in Heroldstatt stieß, würde der erfahrene Ermittler natürlich entsprechend kombinieren und sich Sanders dortigen Malheurs entsinnen.

Der Journalist wählte Häberles Durchwahlnummer, doch erreichen konnte er ihn nicht. Eine freundliche Frauenstimme beschied ihn, dass »der Chef« unterwegs sei, und wollte wissen, ob es sich denn um »etwas Wichtiges« handle. Sander verneinte und beschloss, später wieder anzurufen.

Ruckgabers entsetzte Augen hingen an dem Gewehr. Der Mann auf dem Felsabsatz trug es über der Schulter und der Lauf war deshalb zum Himmel gerichtet – aber bedrohlich wirkte die Szenerie allemal.

»So schreckhaft?«, grinste der Unbekannte und trat einen Schritt näher an das Geländer heran, das dieses kleine Felsenplateau zur steil abfallenden Metalltreppe hin begrenzte.

»Oh ... nein«, stammelte Ruckgaber mit einer Mischung aus Anspannung und Erleichterung. »Nicht schreckhaft, nein«, log er, »aber irritiert ja, um ehrlich zu sein.« Er versuchte, sein Selbstbewusstsein wiederzuerlangen. Doch das Misstrauen überwog. War es wirklich nur ein Jäger, wie es den Anschein hatte? Er stieg die restlichen Stufen hinauf.

»Keine Sorge«, beruhigte ihn der Mann, dessen blasses Gesicht ein paar Falten aufwies. »Ich bin hier der Jagdpächter. Tut mir leid, wenn ich Sie erschreckt habe. Aber um diese Zeit kommen hier selten Wanderer vorbei.«

Ruckgaber war außer Atem – nicht der steilen Treppe, sondern der Aufregung wegen. »Darf man denn um diese Jahreszeit jagen?«, war alles, was ihm einfiel, um sich selbst zu beruhigen.

»Nicht alles, nein, aber wir haben viel Schwarzwild in diesen Wäldern hier«, erklärte der Mann.

»Und die Wildschweine kommen auch tagsüber raus?«

»Eher selten. Sie bleiben in Deckung. Sind auch ziemlich clever. Nachtaktiv. Aber deswegen bin ich auch gar nicht hier.«

Ruckgaber zögerte wieder. »Nicht? Sondern?« Tausend Gedanken rasten durch seinen Kopf. Ein V-Mann, ein Polizeispitzel – oder was sonst?

»Wir haben hier Wanderfalken.« Er zeigte zur anderen Hangseite zu einem Felsen hinauf. »Normalerweise sind sie drüben am Himmelsfelsen, manchmal kommen sie aber auch hierher.«

Ruckgaber drehte sich um, doch die Laubbäume gewährten nur einen undeutlichen Blick auf einen Felsen. Sein ungeübtes Auge konnte keinen großen Vogel ausfindig machen.

»Und Sie?«, hörte er die Stimme neben sich. »Als einsamer Wandersmann unterwegs?« Der Jäger beäugte ihn kritisch von oben bis unten.

»Heute ja«, meinte Ruckgaber knapp und wandte sich der zweiten, noch etwas steileren Treppenkonstruktion zu.

»Dann passen Sie nur auf sich auf – in dieser einsamen Gegend«, riet der Jäger und griff zu einem Fernglas, das er um den Hals hängen hatte. »Und seien Sie nicht so schreckhaft«, schob er mit ironischem Unterton nach.

Ruckgaber stieg hastig die Metallstufen hinauf. Er wollte weg. So schnell wie möglich. Es wurde Zeit, dass er seinen Plan zu Ende führte. Oder war es dazu womöglich schon zu spät?

Häberle war zufrieden. Sein Gefühl hatte ihn nicht getrogen. Es ging also doch irgendwie ums große Geld. Seit der Hotelier von der Kuchalb den entscheidenden Tipp auf Ruckgaber und den Artikel im Master-Magazin gegeben hatte, liefen die Ermittlungen auf Hochtouren. Allerdings war unklar, wo sich der Gesuchte derzeit aufhielt. Und einen konkreten Grund, ihn zur Festnahme auszuschreiben, sehe die Staatsanwaltschaft nicht, erklärte Häberle leicht zerknirscht seinen Kollegen. Allein die Tatsache, dass er in der Tatnacht auf der Kuchalb genächtigt habe und in dubiose Finanzgeschäfte verwickelt sei, das musste der Chefermittler einräumen, reichte natürlich nicht aus – da mochte Ruckgaber noch so sehr im Grauzonenbereich der globalen Märkte fischen.

»Wir dürfen nicht vergessen: Das Einzige, was wir von unserem möglichen Täter haben, sind vermutlich Zigarettenkippen. Erst wenn wir eine Vergleichs-DNA von Ruckgaber haben, können wir definitiv sagen, dass sie ihm zuzuordnen sind.«

»Raucht er denn?«, fragte jemand.

»Keine Ahnung«, antwortete Linkohr. »Aber spontan fällt mir einer ein, der wie ein Schlot raucht: der Schulte.«

Sein Kollege Mende ergänzte: »Ich bin davon überzeugt, dass die Clique um Wurster und Schulte mehr weiß, als sie uns weismachen wollen.« Er deutete auf einen Stapel Papier: »Ihr könnt's ja in den Protokollen nachlesen. Aber als Mike und ich vergangene Woche bei dem Schulte waren, hat der sich ziemlich gedreht und gewunden. Er müsse zuerst in seinen Unterlagen nachschauen, ob er geschäftliche Beziehungen zu Lorenz Moll gehabt habe. Bis jetzt haben wir nichts mehr von ihm gehört.«

Linkohr ergänzte: »Schulte will ohnehin nur noch in Gegenwart eines Anwalts mit uns reden.«

Häberle nickte. Er hatte davon gelesen. »Und der Wurster hat beim Namen ›Schulte‹ auch seltsam zurückhaltend reagiert, als ich am Montag bei ihm war.« Er überlegte. »In seiner Wohnung hat's im Übrigen penetrant nach Zigarettenqualm gerochen, obwohl er selbst angeblich gar nicht raucht.«

»Na, das sind ja schon mal Ansatzpunkte«, überlegte Mende, dämpfte jedoch eventuell aufkommende Euphorie gleich selbst: »Natürlich gibt's noch immer jede Menge Qualmer.«

»Wir dürfen uns jetzt nicht von den Zigarettenkippen ablenken lassen«, gab Häberle zu bedenken. »Der Wurster ist zwar nach dem Tod seines Sohnes durch den Wind, aber er hat uns immerhin den Zutritt zu dessen Wohnung ermöglicht. Allerdings Fehlanzeige, wie es scheint.« Er deutete mit dem Kopf in Richtung des Computerexperten, der sich sofort angesprochen fühlte: »Nichts. Was in der Wohnung auffiel, ist, dass es keine externen Speichermedien gibt. Ziemlich ungewöhnlich für einen Mann, der Privatdetektiv sein will. Auf der Festplatte seines Laptops finden sich auf den ersten Blick – ich brauch natürlich noch ein bisschen Zeit dazu – auch keine Protokolle oder Schriftsätze, die auf seine Arbeit hindeuten.«

»Wie?«, vergewisserte sich Mende. »Keine Daten von Mandanten? Gar nichts?«

»Doch, doch. Observationen von irgendwelchen Personen, deren Namen aber nach jetzigem Erkenntnisstand in keinem Zusammenhang mit unserem Fall stehen.«

»Auch nicht in Richtung Rüstungsindustrie, Geldwäsche oder Drogen?«, hakte Häberle nach und erntete nur Kopfschütteln. Der IT-Experte blieb gelassen: »Wie gesagt,

Namen jede Menge. Aber solange die anderswo nicht auftauchen, kann ich sie nicht zuordnen.« Er grinste. »Wartet halt ab, bis die Panama-Papers vollständig vorliegen, vielleicht landen wir dann ein paar Volltreffer.«

Ein Kollege aus dem Hintergrund zielte auf etwas anderes ab: »Wir haben Ruckgabers Adresse gecheckt. Sein Haus, in dem er in Heroldstatt wohnt – so ein Albdorf bei Laichingen –, ist wohl ziemlich verwaist. Keiner daheim, keiner geht ans Telefon. Wir haben aber in Heroldstatt erfahren, dass er sich von seiner Frau getrennt hat und nun mit einer wesentlich jüngeren zusammenlebt.«

Linkohr schaltete sich ein: »Der Hotelier auf der Kuchalb kann sich entsinnen, dass Ruckgaber gesagt hat, er gehe Richtung Heidenheim weiter, also in die entgegengesetzte Richtung.«

Häberle hatte aufmerksam zugehört und war plötzlich von einem aufregenden Gedanken ergriffen. »Sagtet ihr Heroldstatt?« Natürlich war der Ortsname schon einmal genannt worden, aber jetzt erst fiel ihm etwas auf.

»Ja, dort betreibt Ruckgaber sein Finanzbüro«, erklärte Linkohr. »Wieso?«

»Oh, nichts«, wehrte Häberle schnell ab und ließ sich nicht anmerken, womit er diesen Ortsnamen gerade eben spontan verbunden hatte. Ohnehin unterbrach gerade der elektronische Ton des Telefons die Konversation. Er meldete sich, sagte »danke« und legte wieder auf.

»Ich muss weg. Sie haben Ruckgabers Kompagnon erreicht. Balluf heißt der. Ich fahr zu ihm. Nach Heroldstatt.«

Für Astrid waren die Tage in Frankfurt eine Qual. Zwar genoss sie es, von den männlichen Seminarteilnehmern mehr oder weniger charmant umgarnt zu werden, doch bei den Gesprächen während der Pausen tat sie sich zunehmend schwer, sobald es um fachliche Themen ging. Einige Male hatte sie bereits den Eindruck gehabt, man wolle sie mit Fachbegriffen auf die Probe stellen. Sie war auch eindeutig die Jüngste. Von den wesentlich älteren Damen fühlte sie sich meist abschätzig beobachtet. Es war tatsächlich so, wie Andreas es angekündigt hatte: eine sehr diskrete geschlossene Gesellschaft, die den Seminarraum des Hotels sogar von Security-Leuten bewachen ließ, die strikt darauf achteten, dass nur Personen mit Teilnehmerausweis ein und aus gingen. An diesem Nachmittag sah Astrid öfter als bisher auf ihre Armbanduhr – obwohl das Thema, das behandelt wurde, sie durchaus interessierte. Es ging zwar um die Weiterführung der sogenannten Offshore-Fimen in Panama, diesmal jedoch erläutert von einem Vermögensverwalter dieses mittelamerikanischen Landes. Weil er sein Referat in Englisch hielt, tat sie sich allerdings schwer damit, es zu verstehen. Trotz des spannenden Themas schweiften ihre Gedanken ab – so, wie sie dies die ganzen Tage über schon getan hatten. Hätte sie, wie zu Schulzeiten, ein Lehrer zwischendurch aufgefordert, das soeben Gehörte zu wiederholen, wäre sie jedes Mal in Verlegenheit gekommen. Wie jetzt, als ihr der junge Mann, der sich an den Nebentisch gesetzt hatte, wieder eine Bemerkung zuflüsterte. Vermutlich wieder eine bissig-ironische wie gestern bereits. Verstanden hatte sie seine Worte nicht, weshalb sie nachfragte: »Bitte?«

Doch auch, nachdem er das Gesagte wiederholt hatte, konnte sie damit nichts anfangen, weil sie keine Ahnung hatte, worauf es sich bezog. Denn an ihr waren die vorhergehenden Sätze des Referenten nicht haften geblieben.

»Wir könnten das ja mal ausprobieren, heute Abend«, flüsterte der Mann neben ihr.

Astrid tat, als habe sie es wieder nicht gehört, spürte jedoch ein ziemliches Unbehagen.

Balluf wirkte nervös und übernächtigt. Häberle war praktisch mit der Tür ins Haus gefallen. Ohne sich telefonisch anzukündigen, hatte er ihn überrumpelt. Balluf war derart erschrocken, dass er gleich gar nicht in Abwehrstellung ging, seinen Schäferhund Cerberus in einen Nebenraum sperrte und den Kriminalisten in das luxuriöse Besprechungszimmer führte.

»Wenn Sie Herrn Ruckgaber suchen, müssen Sie übermorgen wiederkommen«, erklärte er mit belegter Stimme, nachdem Häberle gleich bei der Begrüßung als Grund für sein Kommen »ein paar kurze Fragen zum Geschäftsgebaren Ihres Unternehmens« genannt hatte.

Ballufs Haltung – die Hände an die Armlehnen des Stuhles geklammert, der Blick starr auf den Besucher gerichtet – verriet Anspannung. »Wir haben nichts zu verbergen«, sagte er schnell. »Aber in diesen Zeiten, in denen die Medien über alles herfallen, was ihnen auf irgendwelchen dubiosen Wegen zugespielt wird, glauben manche in der Finanzbranche, sich ebenfalls profilieren zu müssen.«

»Um dies zu sondieren, bin ich hier«, lächelte Häberle und spürte kalten Zigarettenrauch in der Nase – ein Umstand, der ihn aber nur kurz ablenkte, auch wenn es heutzutage verpönt war, in Geschäftsräumen zu rauchen.

»Worum geht es konkret, wenn ich fragen darf?«

»Um Ihren Geschäftspartner«, sagte Häberle direkt. »Wir sollten wissen, wo er sich aufhält.«

»Verraten Sie mir, was gegen ihn vorliegt?«

»Reine Routine«, log der Chefermittler. »Nach dem Artikel im Master-Magazin, den Sie auch kennen dürften, hätten wir nur ein paar Fragen an ihn, ganz dringend.«

»Andreas, ich meine Herr Ruckgaber, hat Urlaub«, gab sich Balluf geschäftlich zurückhaltend. »Er nimmt sich eine Auszeit. Er wandert irgendwo an der Schwäbischen Alb entlang.«

»An der Schwäbischen Alb«, wiederholte Häberle überrascht. Er hatte nicht damit gerechnet, dass ein global tätiger Investment-Manager einer solch bodenständigen Freizeitbeschäftigung nachging. Er hätte ihn eher mit Golfen, Segeln, Surfen oder Drachenfliegen verbunden – oder Heli-Skiing in Kanada. Dann stimmte also doch, was der Hotelier der Kuchalb berichtet hatte. »Er wandert über die Alb?«, vergewisserte er sich deshalb.

»Ja, aber fragen Sie mich nicht, wo er sich gerade aufhält. Er wollte ungestört sein. Hat ihm wohl der Arzt empfohlen. Die Ereignisse auf dem Finanzmarkt haben ihn ziemlich ...«

»Ich verstehe«, unterbrach Häberle, um das Gespräch abzukürzen. »Er ist auch nicht per Handy zu erreichen?«

»Nein, hat er bewusst ausgeschaltet.«

»Und Angehörige?«

»Er hat sich vor einigen Monaten von seiner Frau getrennt.«

»Freundin?« Häberle hob eine Augenbraue.

»Freundin«, bestätigte Balluf abschätzig, »ja, so könnte man das nennen. Sie ist gleichzeitig seine Sekretärin hier.«

»Ist die denn erreichbar?«

Balluf runzelte die Stirn. »Zeitweilig ja, sie besucht gerade ein mehrtägiges Seminar in Frankfurt und kommt ebenfalls übermorgen wieder zurück. Ich kann Ihnen gerne ihre Handynummer geben, wenn Sie wollen.«

Häberle nahm eine Visitenkarte mit den Kontaktdaten von Astrid Mastrow entgegen und steckte sie ein. Gleichzeitig drang von nebenan der aufdringliche Rufton eines Telefons herüber. »Entschuldigen Sie«, sagte Balluf und verschwand in einem angrenzenden Büro. Häberle lehnte sich zurück und ließ die moderne Einrichtung auf sich wirken: ein großer Monitor, umrahmt von weiß lackierten Regalen, auf denen diverse Fachliteratur zur Finanzwelt stand, das frische Grün einer palmenartigen Pflanze und, direkt hinter ihm, ein schlichtes Sideboard mit gestapelten Schnellheftern und einem Plastikbecher, aus dem offenbar erst vor Kurzem Kaffee getrunken worden war. Häberle überlegte. Er lauschte und stellte zufrieden fest, dass Balluf hinter der eingerasteten Tür noch immer telefonierte.

Der Kommissar griff deshalb nach dem Becher, der am Rande eingetrocknete Trinkspuren aufwies, und ließ ihn blitzschnell in einer Tasche seiner Freizeitjacke verschwinden. Es dauerte weitere drei, vier Minuten, bis Balluf wieder zurückkam und sich setzte. »Tut mir leid, aber die Zeiten sind etwas turbulent. Weil sich auf dem Anlage-Sektor viele Haie tummeln«, er lächelte abschätzig, »häufen sich Anrufe, bei denen ich die Kundschaft beruhigen muss, dass bei uns alles seriös und legal abläuft.«

»Der Artikel im Master-Magazin ...«, wandte Häberle ein.

»Oh, verschonen Sie mich damit. Mein Kollege hat bereits rechtliche Schritte eingeleitet. Verleumdung, Geschäftsschädigung. Da wurden Gerüchte aufgebauscht, die völlig haltlos sind.«

»Ich kann Ihnen einige Fragen nicht ersparen, Herr Balluf«, wurde Häberle nun amtlich. »Wo waren Sie am vergangenen Samstagabend?«

»Samstagabend? Ich?« Sein Gesicht versteinerte sich. »Daheim. Ja, ich war daheim. Heißes Bad, Fertigpizza, Musik gehört.«

»Allein?«

»Ja, allein. Wie gesagt, die Tage sind turbulent. Aber«, er beäugte den Kriminalisten kritisch, »darf ich erfahren, warum ich ein – ein Alibi brauche?«

»Kein Alibi«, wiegelte Häberle ruhig ab. »Reine Routinefrage, die wir derzeit vielen stellen.«

»Samstagabend, sagen Sie«, überlegte Balluf, »das war doch der Tag, als auf dieser Kuchalb dieser Mord ...«

»Ja, das war er«, half ihm Häberle sofort auf die Sprünge, ohne auf Details einzugehen.

»Und wieso kommen Sie zu mir?« Ballufs Nervosität stieg.

»Nicht nur zu Ihnen«, entgegnete Häberle, um das Gespräch abzubrechen. »Ich möchte Sie nicht länger behelligen. Ich kann nachvollziehen, dass Sie in diesen Zeiten stark beansprucht sind.« Er erhob sich und fragte eher beiläufig: »Kommen denn auch verängstigte Kunden hierher? Werden Sie hier täglich direkt mit den Leuten konfrontiert?«

»Zum Glück nicht. Vorige Woche war mal einer hier, aber seitdem Gott sei Dank keiner mehr.«

»Hm«, macht Häberle. Er wollte jetzt nicht fragen, um wen es sich dabei gehandelt hatte. Er hatte das Ziel seines Besuchs erreicht.

Noch immer plagten Ruckgaber Zweifel, ob der Mann an den Felsentreppen tatsächlich ein Jäger gewesen war. Viel zu oft schon waren ihm in den vergangenen Tagen dubiose Typen aufgefallen. Oder war er ganz einfach überreizt? Seine Nerven lagen blank, keine Frage. Und dass auf so einer Wandertour auch echte Naturburschen anzutreffen waren, musste nichts Außergewöhnliches sein. Er war nach dem schockierenden Zusammentreffen im Felsental weiter den Berg hochgestiegen, durch das Örtchen Weiler gekommen, von wo aus er Hofstett am Steig ansteuerte, wo die Welt zu Ende zu sein schien. Er geriet auf einen schmalen Pfad, von dem aus der bewaldete Hang steil auf die Geislinger Eisenbahnsteige hinabfiel, deren Bedeutung und Entstehung nun auf Hinweistafeln erläutert wurde. Den Abstecher hinab zum Knolldenkmal, mit dem an den Erbauer dieser ersten Gebirgsüberquerung einer Eisenbahnstrecke erinnert wurde, ersparte er sich, weil ihm jetzt nicht nach Historischem war und auch der abwärtsführende Pfad seine ganze Konzentration erfordert hätte. Als er nach einer Viertelstunde direkt an der Bahnlinie die »Ziegelhütte« erreichte, eine urschwäbische Vesperwirtschaft, die das Ambiente vergangener Zeiten erhalten hatte, ließ sich Ruckgaber an einem der im Freien stehenden Biertische nieder. Ein paar Männer, mutmaßlich Rentner, erwiderten sein »Grüß Gott« nur knapp und beäugten ihn kritisch. Auch der Wirtin, einer Frau mittleren Alters, war er offenbar nicht ganz geheuer. Zumindest ihr Blick ließ darauf schließen. Er hatte die Speisekarte kurz studiert und bestellte Schinkenwurst, Brot und Senf und eine Radler-Halbe. Tief in Gedanken versunken, nahm er nur am Rande wahr, dass sich die Männer nebenan über die zurückliegende Fußball-Europameisterschaft und die 0:2-Niederlage der Deutschen gegen Frankreich im Halbfinale unterhielten. Hinterm Haus krähte ein Hahn, eine Katze schlich vorbei. Dann aber zerstörte ein vorbeiratternder Güterzug, an den zur Überwindung der Steige eine Schublok gekoppelt war, die ländliche Ruhe.

Obwohl nach den Ereignissen der vergangenen Tage sein Magen rebellierte, hatte Ruckgaber das Vesper mit Genuss verzehrt und sich danach gleich wieder auf den Weg gemacht. Noch drei Kilometer, so schätzte er, dann hatte er sein letztes Ziel erreicht: Amstetten-Dorf. Um das kleine Örtchen zu erreichen, musste er die Bahnlinie auf einer großen Straßenbrücke überqueren und sich ihm in der nachmittäglichen Hitze auf heißem Asphalt nähern. Das Gasthaus »Adler« präsentierte sich als mächtiges Gebäude, dem offenbar einmal eine Landwirtschaft angegliedert gewesen war. Jetzt gehörte ein »Pferdehof« dazu. Wirt Christian Uhland, ein kräftiger Mann mittleren Alters, hieß ihn in der mit viel Holz gestalteten Gaststube willkommen. »Sie bleiben nur eine Nacht?«, vergewisserte er sich.

»Ja, dann geht's weiter«, erklärte Ruckgaber, gab seine Personalien an und ließ sich das Zimmer Nummer 2 zeigen. »Wollen Sie heute Abend hier essen?«, fragte Uhland.

»Nein, danke«, sagte Ruckgaber schnell. »Ich ruh mich nur kurz aus und will später noch auf die Anhöhe da drüben raufgehen. Da hat man sicher in der Dämmerung einen schönen Ausblick.« Er war zwar noch nie dort gewesen, aber die Höhenlinien der Wanderkarte ließen südwestlich des Ortes ansteigendes Gelände vermuten.

»Okay«, gab sich der Wirt damit zufrieden. »Verlaufen Sie sich halt nicht in der Dunkelheit.« Er grinste und verschwand.

Ruckgaber legte seinen Rucksack ab, um den Inhalt zu sortieren. In einigen der kleinen Plastikschüsselchen, die er dabei hatte, war Proviant verstaut gewesen. Jetzt, kurz vor dem Ende seiner Tour, war es an der Zeit, für Ordnung zu sorgen.

Ann-Marie hatte lange mit sich gekämpft, ob sie den jungen Kriminalisten einweihen sollte. Doch letztlich war sie mutig und selbstbewusst genug, die Angelegenheit allein zu regeln. Sie brauchte auch keine Angst zu haben, der Anrufer könnte sich das Geld unter den Nagel reißen. Denn dass nichts davon in der Höhle lagerte, das hatte ihr Onkel Lorenz erklärt und lediglich von Dokumenten gesprochen, mit denen man »die Gauner wegen der Steuer« erpressen könne. Und dass er anderen Geschädigten auch davon erzählt habe. Demzufolge, so hatte Ann-Marie überlegt, würde sie mit diesen »anderen« jetzt wohl problemlos gemeinsame Sache machen können – zumal sie allen Grund hatte, sich in sicheren Händen zu fühlen. Aber das durfte niemand wissen. Auch dieser nette Kriminalist nicht. Noch nicht.

Aber ganz ungefährlich war dies keinesfalls.

Wie Onkel Lorenz an den Schlüssel zum Höhleneingang gekommen war, blieb ihr zwar ein Rätsel. Aber wahrscheinlich hatte er dank seiner vielen geschäftlichen Beziehungen Kontakte auch dorthin geknüpft.

Obwohl sie einmal mit ihm dort gewesen war, hatte sie sich nun auf Google Earth schnell orientieren müssen und die Zufahrt aus Richtung Heroldstatt auf einem Blatt skizziert. Vorsorglich steckte sie eine starke LED-Lampe und ein Döschen Pfefferspray in die Handtasche, dazu den Schlüssel, den sie seit Monaten in der untersten Schublade ihres Schreibtisches in einer Schatulle zusammen mit Batterien verwahrt hatte.

Als sie an diesem Abend über die Alb fuhr, war die Dämmerung bereits weit vorangeschritten. Weil sie nicht wusste, ob sie bis zur Höhle würde fahren dürfen oder bereits etwa eineinhalb Kilometer zuvor von einem Parkplatz aus zu Fuß weitergehen musste, hatte sie sich zeitig auf den Weg gemacht.

Der Abend war lau, Insekten flogen gegen die Windschutzscheibe, als sie im Zentrum des beschaulichen Stadtteils Sontheim im Scheinwerferlicht das abzweigende Sträßchen fand, das durch eine weite Senke zu dem Wanderparkplatz führte, ab dem tatsächlich nur noch Anlieger bis zur Höhle weiterfahren durften.

Hier draußen, ganz allein und an diesem Waldrand von der Finsternis der Sommernacht umgeben, blieb sie für einen Moment in ihrem roten Polo sitzen. Ein Schauer befiel ihr Gemüt. Angst vor der eigenen Courage. Niemand zu sehen, alles ruhig. Doch diese Ruhe war trügerisch. Zumindest ging sie davon aus.

Sie entschied, ihre Handtasche zurückzulassen und alles Wichtige in die Taschen ihrer Jeans zu stecken. Das Pfefferspray hätte sie auf diese Weise schnell zur Hand. Außerdem gab ihr der Selbstverteidigungskurs, den sie vor noch gar nicht allzu langer Zeit absolviert hatte, ungeheures Selbstvertrauen. Sie musste für einen Moment an jenen Polizisten denken, der den Kurs geleitet und den sie als Vorbild angehimmelt hatte. Damals, als sie noch Polizistin hatte werden wollen. Auch wenn dieser Berufswunsch nicht in Erfüllung gegangen war, so hatte ihr wenigstens der Kontakt zu diesem sportlichen Beamten einige spannende Abenteuer beschert. Und gerade war sie dabei, sich wieder auf eines einzulassen.

Sie stieg aus, verriegelte den Wagen und richtete den Strahl ihrer kleinen Taschenlampe auf das reflektierende Verkehrszeichen »Anlieger frei«. Aus dem Wald drang ein seltsames Rascheln. Ein Tier, redete sie sich ein. Um diese Jahreszeit gab es vieltausendfaches Leben in der Natur.

Es war 22.35 Uhr, als sie dem Asphaltweg abwärts folgte, während von rechts, durch das schwarze Blätterdickicht, die Lichter von Heroldstatts Teilort Sontheim herüberfunkelten.

Warum, so jagte ein Gedanke durch ihren Kopf, hatte der Anrufer auf ein Treffen an der Höhle bestanden? Warum nicht auf dem Parkplatz hier oben? War es eine Falle? Vergewaltigung? Quatsch. Hier ging es um Geld, nicht um Sex. Oder beides? Außerdem gab es in der Höhle kein Geld, sondern nur Dokumente. Und das waren nicht einmal sonderlich wichtige.

Je weiter sie abwärts ging, umso finsterer wurde es um sie herum. Ihre wilden Gedanken verdrängten sogar die Angst, die aufzukommen drohte, wenn es links oder rechts des Wegs raschelte. Endlich fiel das Licht ihrer Lampe auf den Weg, der auf der Satelliten-Aufnahme von Google Earth eingezeichnet war: Er kam von rechts aus der Talsenke heraus.

Nun würden es nur noch etwa zweihundert Meter bis zum Ziel sein. Ein paar Schritte weiter richtete sie den Strahl geradeaus und glaubte, durch den tief hängenden Laubbewuchs hindurch eine Reflexion zu erkennen. Die Rückstrahler eines Autos. Da war also jemand bis zur Höhle gefahren.

Gleich nach der Rückkehr von Balluf hatte Häberle den Trinkbecher per Kurier zu den Experten des Landeskriminalamts bringen lassen.

»Sie sind sich sicher, dass Balluf daraus getrunken hat?«, dämpfte Linkohr die Euphorie des Chefermittlers, als er sich nun spätabends mit Mende im Chefbüro traf.

»Mit hoher Wahrscheinlichkeit«, gab sich Häberle siegessicher. »Warten wir's ab. Jedenfalls hat jemand daraus getrunken – und somit werden unsere Jungs in Stuttgart DNA dran finden. Und wenn das so ist, werden wir sehen, ob sie mit den Zigarettenkippen identisch ist.«

»Sie schießen sich ja gewaltig auf den Balluf ein«, meinte Mende, der mit Linkohr an Häberles Besprechungstisch Platz genommen hatte.

»Nicht nur. Aber wenn wir an dem Becher eine uns bekannte DNA finden, dann kommen wir einen riesigen Schritt voran. Auch wenn sie nicht zu Balluf gehört. Er liegt mir in dieser Sache aber tatsächlich näher als dieser Wurster. Der würde doch nie im Leben seinen eigenen Sohn erschießen.«

»Und Schulte?«, hakte Linkohr nach. »Der raucht immerhin wie ein Schlot.«

»Lasst uns mal abwarten, ob es die Kollegen schaffen, bis morgen wenigstens einen schnellen DNA-Abgleich hinzukriegen«, blieb Häberle gelassen. Wieder wurde er vom Telefon unterbrochen. Er meldete sich und fragte schnell nach: »Wer?« Was ihm gesagt wurde, löste nicht gerade Begeisterungsstürme aus.»Jetzt noch? Na, dann schicken Sie ihn rauf.«

Häberle legte auf.»Sander kommt.«

»Ich denke, der ist im Ruhestand«, stellte Linkohr fest.

»Einer von denen, die's nicht lassen können.« Schlagartig waren Häberle wieder Sanders zerstochene Reifen eingefallen. An sie hatte er bereits bei der ersten Erwähnung des Ortsnamens Heroldstatt denken müssen.

Eine Minute später saß Häberle im nüchtern eingerichteten Besprechungsraum dem Journalisten gegenüber.»Kommen Sie jetzt reumütig daher?«, frotzelte er.»Wie war das mit Ihren Reifen? Rein zufällig in Heroldstatt gewesen, oder was?«

Sander hatte mit dieser Reaktion gerechnet.»Auch Journalisten unterliegen einer Verschwiegenheitspflicht.« Er wollte das Thema nicht vertiefen.»Aber jetzt ist es an der Zeit, dass wir uns unterhalten.«

Häberle sah leicht gereizt auf die Uhr.»Reichlich spät – nicht, weil es jetzt fast elf Uhr in der Nacht ist, sondern weil inzwischen ziemlich viel passiert ist. Zwei Tote reichen ja wohl, oder?«

Sander nahm die Verstimmung des Kriminalisten zur Kenntnis, weshalb er sofort damit begann, seine Recherche-Ergebnisse offenzulegen. Häberles Miene wurde freundlicher, nachdem ihm klar wurde, dass Sander tatsächlich Interessantes zutage gefördert hatte. Plötzlich erschienen die Verbindungen zwischen Wurster und Schulte in einem logischen Licht. Und auch, wie der im »Campus Galli« getötete Lorenz Moll ins Bild passte.

Sander berichtete auch von der Homepage des Ermordeten, der offenbar selbst damit begonnen hatte, die Machenschaften von »RUBAFI« aufzudecken.»Die Herrschaften scheuen aber den Weg zur Polizei«, fuhr er fort,»denn das

Geld, das da irgendwie steuerflüchtig verschoben und von Ruckgaber veruntreut wurde, stammt natürlich nicht aus offiziellen Quellen.«

»Ab nach Panama«, warf Häberle süffisant ein und wollte wissen: »Was hat Sie eigentlich bewogen, diese Recherchen zu betreiben?«

Sander war kurz irritiert. »Mich? Bewogen? Na ja, Herr Häberle, das ist doch eine spannende Story, nach all dem, was zugleich mit den Panama-Papers aufgeflogen ist.«

Häberle wollte nicht weiterbohren. Ihm reichte, was er gehört hatte. Es war wirklich allerhöchste Zeit, einigen Herrschaften auf den Zahn zu fühlen. Und den Ruckgaber zur Fahndung auszuschreiben.

Ann-Marie zögerte. Sollte sie wirklich weitergehen? Jetzt, in der Dunkelheit? An der Gaststätte, die von dem Höhlenverein betrieben wurde, waren die Fensterläden fest verschlossen. Nirgendwo brannte ein Licht.

Hier ist niemand, durchzuckte es Ann-Marie. Doch etwas trieb sie an weiterzugehen, etwas, das ihr auch den Mut und die Kraft gab, dies alles durchzustehen. Sie tastete nach dem Schlüssel, den sie in die enge Tasche ihrer Jeans gestopft hatte. Schließlich ging sie mit energischen Schritten weiter, hinunter zu dem geparkten Auto, das sich als ein dicker BMW mit Ulmer Kennzeichen entpuppte. Ihre Augen hatten sich längst an die Dunkelheit gewöhnt, sodass sie bereits aus zehn Metern Entfernung erkannte, dass die Fahrertür langsam geöffnet wurde. Eine relativ große Person zeichnete sich vor dem Hintergrund ab. Der Statur nach ein Mann.

»Schön, dass Sie den Mut gehabt haben, zu kommen«, hörte sie seine Stimme, die einen sanften Klang hatte. Nichts Hämisches, nichts Überhebliches.

Ann-Marie näherte sich vorsichtig. Sie konnte sein Gesicht nicht erkennen. »Wer sind Sie?«, fragte sie so selbstbewusst, wie es ihr in dieser Situation möglich war.

»Ich war ein guter Freund von Ihrem Onkel Lorenz«, kam es zurück. Er reichte ihr die Hand zur Begrüßung und sie schlug zögernd ein.

»Er hat sich mit mir und einigen anderen zusammengetan – alles Leute, die sehr viel verloren haben«, erklärte der Mann und drehte sich nach allen Seiten um. Er schien sichergehen zu wollen, dass sie von niemandem beobachtet wurden.

»Woher wissen Sie, dass ich ...«

»Dass Sie den Schlüssel haben?«, ergänzte der Mann schnell. »Er hat es gesagt. Lorenz hat uns gesagt, mit Ihrer Hilfe kämen wir an Dokumente, mit denen man die Gangster zur Strecke bringen könnte. Ohne Polizei.«

»Er hat Ihnen aber nicht gesagt, wo die Dokumente in der Höhle versteckt sind?«

Sie kämpfte gegen aufsteigendes Misstrauen. Konnte sie es riskieren, mit diesem Mann in die Höhle zu gehen? Jetzt, mitten in der Nacht?

»Nein, hat er nicht. Sonst hätten wir's ja bei einer offiziellen Höhlenbesichtigung mitnehmen können.« Er wartete vergeblich auf eine Reaktion der jungen Frau. »Wollen wir?«, fragte er deshalb leise und knipste eine Taschenlampe an, die so stark war, dass sie im Streulicht nun endlich auch sein Gesicht sehen konnte. Bürstenhaarschnitt. Blond, prägte sie sich ein. Mittleres Alter, eher Mitte 50.

»Darf ich fragen, wie Sie heißen?«

»Schulte. Sebastian Schulte ist mein Name«, sagte er schnell und freundlich. »Ich hab eine kleine Firma in Ulm, falls Sie das auch interessiert.«

In ihren Ohren klang das sogar glaubhaft, weshalb sie ihm auf dem Weg zum Höhleneingang jetzt weniger misstrauisch folgte. Vorbei an dem langgezogenen einstöckigen Gasthausgebäude gelangten sie zu jenem pechschwarzen Schlund, der sich im bewaldeten Hang wie ein Trichter auftat, davor ein paar Steinstufen, die hinab zu einem Eisengitter führten, aus dem der kühl-modrige Höhlengeruch in die laue Sommernacht aufstieg. Ann-Marie kannte sich hier aus. Onkel Lorenz hatte ihr voriges Jahr einmal das Versteck gezeigt, ziemlich am Ende des 192 Meter langen unterirdischen Wegs, der immerhin bis in eine Tiefe von 34 Metern führte.

Ihre Hände zitterten, als sie den Schlüssel in das stabile Metallschloss steckte und die Tür mit einem quietschenden Geräusch aufschwenkte. Schulte ging an der jungen Frau vorbei, um mit seiner Taschenlampe die weiteren Stufen in die Tiefe auszuleuchten. »Machen Sie die Tür bitte zu«, sagte er. »Falls jemand vorbeikommt, sollte man nicht sehen, dass hier jemand ist.«

Sie kam dieser freundlich ausgesprochenen Bitte nach und stieg dem Mann hinterher. Mit jeder Stufe wurde es kühler. Das Licht fiel über rohes Gestein, bis weiter unten die ersten Tropfsteine und Sinterbildungen glitzerten.

Die Schritte knirschten auf Schiefersplittern und Kalksteinbröseln, die von Decke und Wänden abgefallen waren. Kanten und Ecken warfen scharfe Schatten, die mit jeder Bewegung der Lampe neue gespenstische Formen annahmen.

»Wie weit ist es noch?«, fragte Schulte mit einer Mischung aus Nervosität und Unbehagen.

»Ziemlich am Ende, bei der ›Glocke‹«, erwiderte Ann-Marie. Der Mann konnte damit nichts anfangen. Erst als sie dort waren, wurde ihm klar, dass damit ein riesiger Stalagmit in der Schlusshalle gemeint war.

Ann-Marie hatte sich alles genau eingeprägt, als sie mit ihrem Onkel hier gewesen war. Damals hatten in der Höhle moderne LED-Strahler gebrannt. Jetzt aber sah alles irgendwie anders aus.

Plötzlich ein metallisches Geräusch. Ein kurzes Klicken. Die beiden schreckten auf. Schultes Lichtstrahl schnellte nach hinten, traf aber nur auf feuchtes Gestein und feine Wassertropfen.

»War da was?«, flüsterte Ann-Marie. Sie fröstelte.

»Moment«, sagte Schulte entschlossen, »bleiben Sie hier.« Während er sich Richtung Einstieg entfernte, tanzte der Lichtkegel über den gekiesten Boden. Die junge Frau hielt schreckensstarr den Atem an. War jetzt etwas schiefgelaufen?

18

Mittwoch, 10. August

Der Mittwochmorgen war kühl und bewölkt. Häberle nahm mit Wehmut zur Kenntnis, dass der Hochsommer wohl langsam in den Frühherbst überging. Er hatte unruhig geschlafen und sich stundenlang gedanklich mit den Personen befasst, die in den Fall verwickelt waren. Nach allem, was Sander ihnen berichtet hatte, war eines klar: Es ging nicht nur um riesige Vermögen, die vor der Steuer in Sicherheit gebracht wurden, sondern auch um ausgewachsenen Betrug und Unterschlagung. »Was macht eigentlich Ihre schöne Ann-Marie?«, fragte er den jungen Kollegen, als sie mit Plastikbechern voller Kaffee beieinanderstanden.

Linkohr lächelte verlegen. »Sie hat sich nicht mehr gemeldet.« Er wirkte enttäuscht und resigniert. »Sie geht auch nicht ans Handy.«

»Wohl der Akku mal wieder leer«, warf Mende ironisch ein. Linkohr tat so, als habe er die Bemerkung überhört.

Häberle trank seinen Becher aus, stellte ihn auf den Schreibtisch und erklärte, dass er einen Termin bei der Steuerfahndung beim Finanzamt in Ulm habe.

Eine Dreiviertelstunde später saß er bereits mit Frank Pohlmann und Robert Schneider in einem kargen Besprechungszimmer beisammen. Häberle nippte an einem Wasserglas und hatte beschlossen, seinen Unmut über die mangelnde Zusammenarbeit zwischen den Steuerbehörden und der Kripo nicht zu thematisieren. Die Kollegen konnten schließlich nichts dafür, wenn innerhalb der Dienststellen die Kommunikation auf bürokratische Hemmnisse stieß.

»Ihr habt uns Neuigkeiten angekündigt«, kam Häberle schnell auf den Grund seines Hierseins zu sprechen.

»Hätten wir früher gewusst, welche Rolle diesem dubiosen Unternehmen ›RUBAFI‹ zukommt, hätten wir uns natürlich kräftiger reingekniet«, erklärte Pohlmann zerknirscht und sah Hilfe suchend zu seinem Kollegen Schneider, der ihn unterstützte: »Na ja, man denkt ja nicht gleich daran, dass so was Großes wie die ›Panama-Papiere‹ direkten Einfluss auf unsere schöne heile Welt haben.«

»Wenn's um Geld geht, müssen Sie immer mit dem Schlimmsten rechnen«, brummte Häberle. »Je größer das Vermögen, desto größer die Sauerei.« Er konnte auf einen üppigen Erfahrungsschatz zurückgreifen. »Aber was wissen Sie nun über ›RUBAFI‹?«

Pohlmann hatte jede Menge Notizen vor sich auf dem Tisch liegen. »Angefangen hat's mit einem simplen Hinweis, telefonisch. Von einem Mann, der sich als Karsten Dolnik ausgab. Er scheint ziemlich genau über die Vorgänge Bescheid zu wissen.«

»Dolnik?« Häberle konnte nichts damit anfangen. Der Name war, soweit er sich entsinnen konnte, bisher nirgendwo aufgetaucht.

»Ja, Dolnik. Unter diesem Namen gibt's einen Unternehmer aus Ulm. Angeblich. Es ist aber durchaus möglich, dass sich ein Anonymus unter seinem Namen gemeldet hat. Wir werden das noch dezent checken«, erklärte Pohlmann weiter. »Ruckgaber und sein Kompagnon Balluf geben sich hier als biedere Anlageberater aus. Sie kommen aus der Branche. Ruckgaber war viele Jahre bei einer Bank in Augsburg beschäftigt und hat sich 2008 selbstständig gemacht, zusammen mit diesem deutlich jüngeren Jonas Balluf, der in Augsburg Steuerberater gewesen ist.« Pohlmann grinste. »Beruflich also ein richtiges Dream-Team. Es scheint so, dass sie sich in Richtung Schweiz orientiert haben, als man dort noch ziemlich anonym Geld verstecken konnte. Jedenfalls haben sie wohl lukrative Geschäfte gemacht und atemberaubende Anlageformen versprochen.«

»Für Leute mit Schwarzgeld, nehme ich an«, unterbrach Häberle.

»So wird man vermuten dürfen. Es wird ziemlich komplexe Ermittlungen geben, um ihnen das nachzuweisen.«

»Aber«, schaltete sich Schneider ein, »die beiden haben offenbar kräftig in die eigene Tasche gewirtschaftet und wohl nie wirklich im Sinn gehabt, das ihnen anvertraute Geld wieder zurückzuzahlen.«

»Gelaufen aber ist ihr Geschäft wie geschmiert«, erklärte Pohlmann. »So wie es momentan aussieht, haben sie beste Kontakte zu einigen Schweizer Geldwäschern, wenn man das mal so nennen darf. Sogar eine eigene kleine Flugzeugflotte soll es dort geben, mit der Bargeld kofferweise außer Landes gebracht wurde. Sozusagen im Privat-Jet von kleineren Flughäfen aus.«

»Nach Panama?«, hakte Häberle nach.

»Wissen wir noch nicht. Aber ob der ›analoge Geldtransfer‹, also per Koffer, im digitalen Zeitalter noch zeitgemäß ist, dürfte fraglich sein. Per Mausklick über Briefkastenfirmen, deren Besitzverhältnisse verschleiert und verdeckt sind, geht das problemloser.«

»Trotzdem soll es Geldtransporte in die Schweiz gegeben haben«, ergänzte Schneider. »Zuletzt übrigens sogar in die Gegenrichtung.«

»Wie?«, unterbrach ihn Häberle. »Zurück nach Deutschland?«

»Kleinanleger haben sich wohl ziemlich in die Hose gemacht, als für Ende dieses Jahres angekündigt wurde, die Schweiz werde die Kontodaten ausländischer Anleger an die deutschen Behörden weitergeben.« Er lächelte. »Na ja, für die Großen hat man sicher ganz schnell wieder einen Ausweg gefunden. Aber die Kleinen wollte man loswerden, auch in der Schweiz.«

»Und deshalb hat Ruckgaber den Kleinen ihr Geld zurückgeholt?« Häberle runzelte die Stirn.

»Ja. Warum das geschehen ist, darüber können wir nur mutmaßen«, stellte Pohlmann klar. »Vielleicht wollte sich Ruckgaber mit den Kleinen nicht anlegen. Von denen hatte er mehr zu befürchten als von den Großen. Denn die Kleinen wollten mit ihrer Anlage in der Schweiz vermutlich nur die Kapitalertragssteuer umgehen – oder wie dieser ganze Schwachsinn sonst noch heißt –, während die Großen möglicherweise Schwarzgeld fortgeschafft haben oder anderweitige Gründe hatten, es verschwinden zu lassen. Da will man natürlich, wenn das Geld futsch ist, nicht gleich den Staatsanwalt bemühen.«

»Ein schlauer Schachzug von dem Ruckgaber«, resümierte Häberle. »Aber solange keiner von denen Strafanzeige erstattet, bleibt vorläufig allenfalls ›Beihilfe zur Steuerhinterziehung‹, wenn ich das richtig sehe.«

»Das müssen die Juristen entscheiden. Aber wir stehen auch erst ganz am Anfang unserer Ermittlungen. Und da scheint noch vieles auf uns zuzukommen. Unseren jetzigen Erkenntnissen nach ist nicht auszuschließen, dass auch Waffenhandel, möglicherweise Drogen oder gar finanzielle

Unterstützung islamistischer Terroristen im Raum Ulm zur Debatte stehen«, betonte Pohlmann und ergänzte mit ernster Miene: »Wir hoffen jetzt natürlich auf gute Zusammenarbeit mit dem LKA und dem Staatsschutz.«

Häberle nickte stirnrunzelnd und meinte süffisant: »Dann viel Spaß mit den Staatsschützern.« Nicht selten hatte er während seiner Berufslaufbahn erfahren müssen, dass die Ermittlungsergebnisse von Verfassungs- und Staatsschutz geheim geblieben waren, obwohl die Kripo ein und denselben Fall bearbeitet hatte. Und wurden V-Leute eingesetzt, unterlag dies ohnehin allergrößter Geheimhaltung. Häberle war kurz in solche Gedanken versunken, bis ihn sein Handy in die Realität zurückholte: »Ja?« Nach einem kurzen Lauschen kommentierte er das Gehörte: »Und da sind Sie sich absolut sicher?« Wieder eine kurze Pause, dann eine ungläubige Feststellung: »Spurlos verschwunden? Einfach weg?«

Die beiden Steuerfahnder sahen ihn irritiert an.

Astrid Mastrow kämpfte an diesem Mittwochvormittag mit dem Einschlafen. Das Thema des Referats, das heute geboten wurde, klang zwar spannend – es ging um die Zukunft von Briefkastenfirmen in Steuer-Oasen –, aber es gelang ihr nicht, den Ausführungen zu folgen. Sie malte Kringel auf den Wust schriftlicher Unterlagen und wurde dabei kritisch von einem jungen Mann schräg gegenüber beobachtet. Er hatte während der letzten Tage auffälliges Interesse an ihr bekundet, und ihr war unklar, ob es sich um persönliche Zuneigung handelte oder ob er etwas anderes im Schilde führte. Nach der gestrigen Vortragsreihe hatte er sie unbedingt zum Abendessen einladen wollen, und es war schwierig gewesen, ihn abzuwimmeln.

Heute Abend würde er es sicher erneut versuchen – dann mit dem Argument, den Abschluss des dreitägigen Seminars noch zu »begießen«. Sie war sich allerdings unschlüssig, ob sie tatsächlich erst morgen Vormittag abreisen sollte oder doch schon lieber heute Abend. Ihre Gedanken schweiften wieder einmal ab, obwohl der Redner, ein rhetorisch hervorragend geschulter Jungmanager, markige Sprüche von sich gab und behauptete, die Staaten hätten doch gar kein Interesse, Briefkastenfirmen zu unterbinden – »weil doch viele Politiker korrupt sind und sich selbst solcher Organisationsformen bedienen«, schmetterte er gerade ins Mikrofon. »Und dies nicht nur Politiker und Despoten von abschätzig als ›Bananenrepubliken‹ bezeichneten Staaten, sondern auch und insbesondere von Industriestaaten, meine Damen und Herren. So sieht es nämlich aus.«

Astrid beschloss, doch erst, wie geplant, am nächsten Tag abzureisen. Sie war viel zu müde, um am heutigen Abend noch heimzufahren. Möglicherweise wäre sie am Steuer eingeschlafen. Außerdem würde sie noch früh genug mit dem ängstlichen Balluf und all dem Unerfreulichen konfrontiert werden, das auf sie zukam. Dass sie in den vergangenen Tagen keine weiteren Hiobsbotschaften erhalten hatte, wertete sie jedoch als positives Zeichen. Wäre sie in irgendeiner Weise in etwas verwickelt worden, hätte man sie gewiss nicht in Ruhe gelassen. Demnach lief alles bestens.

Häberle hatte die Steuerfahnder fluchtartig verlassen und war mit seinem Dienstwagen über die B 10 nordwärts gerast – unter Missachtung aller Tempolimits und bisweilen mit riskanten Überholmanövern. Bis Amstetten-Dorf brauchte er nur 20 Minuten. Den Landgasthof »Adler« kannte er von den ausgedehnten Wanderungen, die er mit Susanne regelmäßig auf der Albhochfläche unternahm. Vor dem Gebäude parkten ein Streifenwagen und Zivilautos der Kripo. Linkohr hatte ihn kommen sehen und schilderte noch unter der

Eingangstür, was geschehen war: »Ruckgaber war hier. Gestern Abend angekommen und jetzt spurlos verschwunden.«
»Langsam, Herr Kollege«, beruhigte Häberle. »Ruckgaber hat hier übernachtet?«
»Wollte er, ist aber gestern Abend noch da drüben am Ortsrand zu dem Hügel gegangen, um die Dämmerung zu erleben. Als er heute früh beim Frühstück nicht aufgetaucht ist, hat der Wirt im Zimmer nachgeschaut, doch das Bett war unberührt. Und dann ist er zum Hügel rübergefahren, wo es eine Gabelung nach Oppingen und Nellingen gibt. Da fand er Ruckgabers Rucksack.«
»Wie? Einfach so auf der Straße?«
»Neben der Straße im Gras. An so einem historischen Wegweiser. Aber von Ruckgaber fehlt jede Spur.« Von der Ferne drang Hubschrauberlärm zu ihnen. »Sie suchen das Gelände jetzt weiträumig ab. Auch die Hundestaffel rückt an.«
»Und was ist im Rucksack drin?«
»Proviant. Altes Brot, angetrunkene Flasche Mineralwasser ...«, zählte Linkohr auf, während ein Beamter der Spurensicherung in weißer Schutzkleidung aus dem Lokal kam und einen Plastikbeutel präsentierte. »Entschuldigen Sie«, wandte er sich an Häberle, »aber das da haben wir in der Toilettenschüssel von Ruckgabers Zimmer gefunden.«
Häberle nahm den durchsichtigen Beutel und hielt ihn dicht vor die Augen. »Eine Zigarettenkippe?«
»Sollte wohl runtergespült werden, ist aber im Syphon hängen geblieben.«
Linkohr konnte sich jetzt nicht mehr zurückhalten: »Da haut's dir 's Blech weg.«

»Und jetzt?«, fragte Dolnik nervös in die Runde. Helmut Wurster und Sebastian Schulte starrten auf einen Schnellhefter, der aus einigen in Plastikhüllen steckenden Blättern bestand. »Ich glaube, dieser Moll hat ziemlich übertrieben«, stellte er fest. »Das sind doch nur Kopien von Verträgen, die er mit Ruckgaber geschlossen hat. Was soll das beweisen? Doch nur, dass er ihm 1,5 Millionen zur Anlage in eine Briefkastenfirma mit dem Fantasienamen ›Electronic Surprise‹ überlassen hat. Hier geht nicht mal daraus hervor, welche Ziele dieses natürlich nicht existente Unternehmen verfolgt.«

»Na ja«, warf Schulte ein, »Beteiligungen natürlich an weiteren solchen Pseudofirmen, alles zwecks Verschleierung von Vermögenswerten.«

»Was hat dieses Mädel dazu gesagt?«, wollte Wurster müde wissen, den der Tod seines Sohnes von Tag zu Tag stärker mitgenommen hatte. Die Energie, mit der er noch vergangene Woche hinter den Nachforschungen gestanden war, hatte sich verflüchtigt.

»Die hat zunächst mächtig Schiss gehabt«, grinste Schulte und zündete sich eine Zigarette an. »Als wir in dem finsteren Loch unten waren, hat's mal oben ›klick‹ gemacht – um ehrlich zu sein, auch mir war's kurz mulmig –, aber es war wohl nur das Eisentor, das sich selbstständig gemacht hat.«

»Selbstständig gemacht? Bist du dir da ganz sicher?«, hakte Dolnik misstrauisch nach. »Da war sonst niemand?«

»Ganz sicher. Wir haben dann die Höhle aber trotzdem Hals über Kopf verlassen und das Zeug im Auto durchgeblättert.«

»Aber genau genommen«, konstatierte Wurster, »würden wir uns doch selbst ans Messer liefern, wenn wir die Dinge hier publik machen. Davon kriegt das Mädel sein Erbe auch nicht – oder wie seht Ihr das?«

»Das Einzige, was wir tun können, ist, dem Ruckgaber deutlich zu machen, dass es Beweise für sein dubioses

Geschäftsgebaren gibt«, erklärte Schulte. »Wir lassen ihm Kopien von einem Teil der Dokumente zukommen und tun so, als hätten wir noch mehr.«

»Erpressung«, brachte es Wurster leise auf den Punkt.

»Vielleicht wär's besser, das Zeug zu vernichten«, entgegnete Dolnik und blies genüsslich bläulichen Rauch in die Luft von Schultes Wohnzimmer. »Oder hat das Mädel Kopien?«

»Keine Ahnung. Woher soll ich das wissen?«, entgegnete Schulte.

»Sie hat dir das Zeug einfach so überlassen?«, wurde Dolnik misstrauisch. »Bist du dir sicher, dass dieses Mädel clean ist? Ich meine: Ist es nicht ein bisschen seltsam, dass sie mit dir so einfach mir nichts, dir nichts in das Höhlenloch runter ist?«

Schulte sog den Zigarettenrauch in sich hinein und überlegte. »Misstrauisch? Diese Ann-Marie ist Molls Nichte, vergiss das nicht. Die hat genauso viel Interesse, an das Geld zu kommen, wie wir.«

»Und wenn nicht?«, fragte Dolnik zurück, ohne eine Antwort zu erwarten.

Ann-Marie war wie gerädert. Das Abenteuer in der Sontheimer Höhle hatte sie nicht schlafen lassen. Die Papiere – das hatte sie gemeinsam mit Schulte beim schnellen Durchlesen im Auto erkennen müssen – waren weitaus weniger brisant, als sie sich erhofft hatten. »Ich halte Sie auf dem Laufenden«, hatte Schulte versprochen und sie zu ihrem Polo zum Parkplatz zurückgebracht. Er war durchaus charmant zu ihr gewesen. Außerdem hatte sie noch in der Nacht im Internet recherchiert: Schulte war in Ulm ein angesehener Geschäftsmann, über den es keine negativen Kommentare gab. Während der durchwachten Nacht waren ihr die

Geschehnisse der vergangenen eineinhalb Wochen durch den Kopf gegangen. Und wie schon einige Male zuvor, hatte sie an den Einbruch bei Tante Elvira denken müssen. Wer konnte Interesse daran gehabt haben, dort Daten zu beseitigen? Überhaupt war ihr das anschließende Verhalten ihrer Tante seltsam vorgekommen. Auch die Art und Weise, wie eingebrochen worden war, erschien ihr nach allem, was inzwischen passiert war, ziemlich dubios. Die Tür zum Wohnzimmer sei vermutlich nur deshalb aufgebrochen worden, weil sie immer geklemmt habe, hatte Tante Elvira sogar den Kriminalisten gesagt.

Ann-Marie beschloss, alle Fragen, die sich nicht nur ihr aufdrängten, jetzt sofort zu stellen. Sie rief ihre Tante in Salach an und erklärte, dass sie mit ihr einiges zu bereden habe und gleich zu ihr losfahre. Noch bevor Elvira Moll etwas sagen konnte, legte die junge Frau wieder auf. Von Bad Urach bis Salach brauchte sie mehr als eine Stunde. Das Voralbgebiet zwischen Kirchheim und Göppingen lag heute unter einer grauen Wolkenschicht.

Kaum hatte sie ihren Polo vor dem kleinen Haus der Molls geparkt, tauchte bereits ihre Tante an der Eingangstür auf. »Was ist denn los mit dir?«, fragte die zierliche Frau verwundert.

»Ich muss mit dir reden«, erklärte Ann-Marie energisch und ging an ihr vorbei in das Haus. Ihre Tante ließ die Tür ins Schloss fallen und folgte ihr ins Wohnzimmer, dessen ramponierte Tür an einer Wand des Flurs lehnte.

»Ich hab's noch nicht reparieren lassen«, sagte Frau Moll, nachdem sie den Blick ihrer Nichte wahrgenommen hatte.

»Genau deswegen bin ich hier«, griff die junge Frau die Bemerkung auf und setzte sich an den Tisch. »Es ist inzwischen so viel geschehen, dass wenigstens wir beide uns einig sein sollten.«

»Einig – worüber denn?«, reagierte Elvira Moll unsicher und setzte sich ebenfalls. »Ich versteh nicht, was du damit meinst.«

»Das kann ich dir sagen. Wegen Onkel Lorenz ist viel durcheinandergeraten. Wegen ihm und ...«, sie zögerte, »... seinem Geld.«

»Das musst gerade du sagen«, konterte Elvira. »Ausgerechnet du. Dir hat er doch sein halbes Vermögen vermachen wollen. Dir. Warum auch immer. Den eigenen Söhnen hätte nur ein Teil davon zugestanden.«

»Entschuldige«, murmelte Ann-Marie kleinlaut, »dafür kann ich doch nichts. Er hat mir halt mein Studium finanzieren wollen.«

»Und was ist mit Konrad und Johannes, seinen eigenen Söhnen?«

»Na ja«, Ann-Marie deutete ein Lächeln an, »immerhin konnten sie nach Neuseeland ... Ich hatte nie den Eindruck, dass er sie wegen mir vernachlässigt.«

»Jetzt hör bitte auf!«, herrschte die Tante sie an. »Und was willst du jetzt?«

»Ich will nicht das Geld«, sagte das Mädchen, »sondern nur meine Ruhe, verstehst du? Da gibt es jede Menge Leute, mit denen Onkel Lorenz irgendwie gemeinsame Sache gemacht hat und die nun versuchen, ebenfalls Geld zu retten.«

»Woher weißt denn du das?«

»Weil die auch bei mir waren. Weil er ihnen von mir erzählt hat, haben sie mich bespitzelt.« Sie rang nach einer Formulierung. »Und ...« Sie entschied, nicht weiterzureden. Sie wollte nicht zugeben, dass sie die Sache mit den Dokumenten in der Höhle ganz bewusst ausgeplaudert hatte.

»Und was?«, wollte Elvira nun neugierig wissen.

»Ach, nichts. Aber ich möchte dich bitten, mir die Wahrheit über den Einbruch zu sagen.«

»Die Wahrheit? Ja, glaubst du denn, ich lüge die Polizei und dich hier an? Dass hier eingebrochen wurde, siehst du doch, oder?«

»Tante Elvira«, betonte die junge Frau einfühlsam, »ich will dir doch nur helfen. Irgendwann wird dir auch die Kripo sagen, dass sie dir die Geschichte nicht glaubt. Soll ich dir sagen, was ich vermute?«

Elvira sah ihr nicht mehr in die Augen, sondern wie ein trotziges Schulmädchen an ihr vorbei.

Ann-Marie entschied, ihre Theorie aufzudecken: »Da war jemand da, der die Akten und Daten von Onkel Lorenz beseitigen wollte, jemand, der dir versprochen hat, sein verlorenes Geld zurückzuzahlen, wenn du niemandem sagst, wem er es einmal anvertraut hat.«

»Du spinnst ja komplett.« Diese prompte Reaktion verriet pure Hilflosigkeit. Ann-Marie ließ sich davon nicht beirren. Sie hatte endgültig beschlossen, reinen Tisch zu machen: »Ich kann dir auch sagen, wer dich eingeschüchtert hat.«

Elvira reagierte nicht.

»Es war Andreas Ruckgaber«, sagte Ann-Marie energisch. »Und ich bin felsenfest davon überzeugt, es war auch Ruckgaber, mit dem Onkel Lorenz ursprünglich in den ›Campus Galli‹ gehen wollte. Dann haben sie sich aber wegen des Geldes zerstritten, und ab sofort ist jeder seiner eigenen Wege gegangen. Also, wie war das am vorletzten Samstagabend hier?«

Frau Moll zitterte. Sie schloss die Augen und kämpfte mit den Tränen. Ann-Marie spürte eine Mischung aus Triumph und Mitleid. Offenbar lag sie mit ihrer Theorie richtig. Schon tat es ihr fast leid, ihre Tante auf diese Weise überrumpelt zu haben. Deshalb schwieg sie nun und gab ihr Zeit, die Situation mit eigenen Worten zu schildern. »Ich …«, Elvira wischte sich mit dem Handrücken eine Träne von der Wange, »ich hab es auch für dich getan. Für uns. Für uns alle.« Sie konnte die Tränen nicht mehr zurückhalten. »Ich weiß doch nicht, was Lorenz alles angestellt hat.« Ihre Stimme versagte. Nur flüsternd und mit geschlossenen Augen fuhr sie fort: »Es ist schon schlimm genug, dass sie ihn umgebracht haben. Plötzlich war da ein Mann in der Wohnung, Samstagabend. Ja. Er hat die Haustür aufmachen können und war dann im Haus. Im Flur. Wahrscheinlich hat er gemeint, es sei niemand hier. Ich hatte Angst, verstehst du? Weißt du, wie das ist, wenn plötzlich ein Fremder in der Wohnung ist? Ich hab die Tür hier verschlossen.« Sie schnäuzte in ein Papiertaschentuch.

»Ich wollte hinten raus, durch die Terrassentür – da hat er die Wohnzimmertür eingetreten und mich zurück ins Zimmer gezogen.«

Ann-Marie nickte verständnisvoll. »Das muss ja grausam gewesen sein«, kommentierte sie das Gehörte.

»War es auch. Er hat gesagt, er wolle Lorenz' Computer und diese Speicher-Dinger. Nur dann könne er mir das verlorene Geld wiederbesorgen.«

»Und dann?«, fragte die junge Frau ruhig nach.

»Er hat gesagt, ich solle zu Freunden oder Verwandten gehen und morgen sagen, bei mir sei eingebrochen worden.«

»Was beinahe so geklappt hätte, wenn die Kripo nicht vorher gekommen wäre.«

Elvira nickte schluchzend. »Ich schäme mich so.«

Ann-Marie rückte mit dem Stuhl nah an sie heran und legte einen Arm um ihre schmalen Schultern. »Das brauchst du nicht. Du hast doch sehr tapfer reagiert. Und du weißt wirklich nicht, wer der Mann war?«

»Ich weiß es nicht. Wirklich nicht. Ich kenn ja diesen – wie hast du gesagt? – Ruckgaber nicht.«

»Er wollte sich aber wieder bei dir melden?«
»Ja, hat er gesagt.« Sie lehnte sich Hilfe suchend an ihre Nichte. »Was meinst du? Werde ich jetzt eingesperrt, weil ich bei der Polizei gelogen habe?«
»Nein, ganz sicher nicht«, beruhigte Ann-Marie sie, ohne es wirklich zu wissen.

Elvira sah sie mit tränennassen Augen entgeistert an: »Was hast du eigentlich für ein Interesse daran, dies alles aufzudecken, wo doch Lorenz dir alles vermachen wollte?«

Ann-Marie spürte wieder das schale Gefühl, als Verräterin zu gelten.

Ihre Tante blieb standhaft: »Für wen arbeitest du eigentlich, Ann-Marie?«

»Wieso nimmt der abends noch seinen Rucksack mit, obwohl er im Gasthaus ein Zimmer gebucht hat?«, grübelte Häberle vor sich hin, während sich ein Teil seiner Mannschaft im großen Besprechungsraum versammelt hatte. »Irgendwie macht das doch keinen Sinn. Und dann verschwindet er in der freien Landschaft, und dieser Rucksack bleibt zurück.«

»Nicht ganz freie Landschaft«, widersprach Linkohr. »Es ist eine Straßenkreuzung.«

»Na ja, ein Abzweig zweier kleiner Ortsverbindungsstraßen, wo sich Fuchs und Hase gute Nacht sagen.«

»Ich finde auch, Chef, Sie haben recht«, pflichtete ein gutmütig dreinblickender älterer Kollege Häberle bei. »Allerdings wissen wir natürlich nicht, was sonst noch im Rucksack gewesen ist.«

»Sie meinen, irgendjemand hat etwas rausgenommen?«, fragte Häberle zurück. »Mir sieht das eher nach was anderem aus: Man wollte deutlich machen, dass Ruckgaber genau dort verschwunden ist.«

»Sie gehen von einer Entführung aus?«, fragte Philip Mende, der sich über eine Portion Pommes frites hergemacht hatte und sich nun Ketchup von der Wange wischte.

»So sieht's zumindest aus«, brummte Häberle.

»Aber warum gerade dort? Wenn wir davon ausgehen, dass Ruckgaber seit Tagen unterwegs war, dann hätte dies doch unauffälliger in einem abgelegenen Winkel geschehen können«, meinte Linkohr.

»Vielleicht war gerade das nicht gewollt«, überlegte Häberle und alle, die ihn kannten, ahnten bereits, dass sich der gewiefte Ermittler eine Theorie zurechtgelegt hatte, die er aber noch nicht preisgeben wollte. Seit Jahr und Tag verfolgte er seine eigene Strategie: die Mannschaft frei von jeglichen Vorurteilen ermitteln zu lassen. Denn sobald ein Chef eine Theorie äußerte, bestand die Gefahr, dass ihm zuliebe nur noch in diese eine Richtung ermittelt wurde und derartiges Scheuklappendenken gar keinen Platz mehr für andere Spuren ließ. Ein erfolgreicher Chef baute auch auf Querdenker, die verkrustete Strukturen aufbrechen konnten. »Um ehrlich zu sein«, fuhr er fort, »mir kommt einiges viel zu logisch vor, viel zu einfach.« Er sah in überraschte Gesichter. »Meine größten Fälle waren anfangs nie logisch.« Häberle erklärte, was er meinte: »Da liegen überall Zigarettenkippen rum – bis hin zur Toilettenschüssel in diesem Landgasthof in Amstetten. Und jetzt wird uns ein Rucksack präsentiert, als ob damit die Stelle des Verschwindens unseres Hauptverdächtigen markiert werden soll. Ist das nicht alles ein bisschen merkwürdig?«

Ein allgemeines Durcheinander bestätigte ihm, dass er den richtigen Denkanstoß gegeben hatte. »Diese Clique um Wurster und Schulte erscheint mir ziemlich dubios zu sein. Und jetzt ist auch noch von einem …«, er musste auf seinem Notizblock nachsehen, »Dolnik die Rede. Karsten Dolnik. Der hat angeblich bei der Steuerfahndung die Ermittlung gegen ›RUBAFI‹ ins Rollen gebracht – wie wir mit dem Abstand von einer Woche nun auch erfahren haben. Ich werde mir diesen Typen auf jeden Fall mal genauer anschauen.« Mende hatte seine Pommes verschlungen und warf den Pappteller in den Papierkorb. »Was die Sekretärin von Ruckgaber anbelangt, bisher Fehlanzeige. Die Handynummer, die Sie von Balluf gekriegt haben, funktioniert nicht. Vorübergehend nicht erreichbar. Vielleicht der Akku leer«, grinste er in Richtung Linkohr in Anspielung auf dessen ebenfalls schwierige Kontaktaufnahme zu Ann-Marie. Häberle nahm es zur Kenntnis. »Weiter dranbleiben. Der Balluf muss doch wissen, in welchem Hotel die Tagung dort stattfindet. Vielleicht kriegen Sie den ans Telefon. Aber sagen Sie ihm nicht, dass sein Kompagnon verschwunden ist.«

Mende hatte verstanden, während Häberle den Kollegen bekanntgab, dass es ihm vorhin gelungen sei, die Staatsanwaltschaft von einer öffentlichen Vermisstenmeldung nach Ruckgaber zu überzeugen. Allerdings sollte nach außen hin unter allen Umständen der Eindruck vermieden werden, der Mann sei zur Festnahme ausgeschrieben. Eine Vermisstenmeldung werde mit dem Hinweis begründet, ihm könnte »etwas zugestoßen« sein. Damit war die Maßnahme juristisch hieb- und stichfest, denn normalerweise durften Erwachsene, die im Vollbesitz ihrer geistigen und körperlichen Kräfte waren, auch mal spurlos von der Bildfläche verschwinden, ohne dass gleich polizeilich nach ihnen gefahndet wurde. Häberle erklärte: »Wir wollen wissen, ob jemand gestern Abend am Auffindeort des Rucksacks etwas Verdächtiges gesehen hat und wo sich Ruckgaber in den vergangenen Tagen aufgehalten hat. Konkret wissen wir nur, dass er in diesem Hotel auf der Kuchalb genächtigt hat.«

»Und ich«, schaltete sich Linkohr ein, »ich werde mir noch mal die Ann-Marie vornehmen. Ihr Akku ist nämlich gar nicht leer, wie Kollege Mende meint.« Er zwinkerte ihm zu.

Auch Häberle hatte Mühe, ernst zu bleiben, erteilte Linkohr jedoch einen gut gemeinten Rat: »Aber bitte mit der nötigen Distanz – in jeder Hinsicht.« Alle im Raum wussten, worauf der Chef anspielte: auf Linkohrs allgemein bekannte Schwäche, im Dienst attraktive Frauen anzubaggern. Mehrfach schon war er damit haarscharf an einem Disziplinarverfahren vorbeigeschrammt.

Ann-Marie war am Telefon sehr aufgeregt gewesen. Linkohr hatte deshalb dem Ende der Besprechung entgegengefiebert, um endlich zum vereinbarten Treffpunkt mit ihr fahren zu können. Die junge Frau war nach ihrem Besuch bei Elvira Moll ins nahe Eislingen gefahren, wo sie ein italienisches Restaurant kannte, das sich am Rande eines Gewerbegebiets befand. »Cavallino«, hatte sie ihm gesagt, »gegenüber dem Media Markt.« Linkohr fand es auf Anhieb und entdeckte Ann-Marie an einem der Tische im Freien. Das Wetter hatte sich inzwischen wieder gebessert, sodass sie an diesem Mittag über ein schattiges Plätzchen froh waren. »Schön, dass du so schnell gekommen bist«, begrüßte sie ihn mit ernstem Blick. Ihr Gesicht war blass, es hatte die positive Ausstrahlung vom letzten Freitag verloren. Aber seither waren auch fünf Tage vergangen. Offenbar hatte sich in Ann-Maries Leben viel verändert. Sie bestellten italienischen Rotwein und Farfalle alla Primavera, und Linkohr fühlte sich nach langer Zeit wieder einmal locker und stressfrei. Er ertappte sich dabei, fast vergessen zu haben, dass sie ihn wohl eigentlich dienstlich sprechen wollte. »Du hast ein Problem«, stellte er schließlich fest, nachdem sie beide ihre

Freude über das spontan zustande gekommene Treffen zum Ausdruck gebracht hatten. Linkohr spürte, dass ihr Vertrauen zu ihm gewachsen war.

»Ich hab ein paar ganz verrückte Dinge gemacht«, begann sie zaghaft, nachdem der Wein serviert war und sie sich zugeprostet hatten. »Aber jetzt bin ich an einem Punkt angelangt, an dem ich dir was anvertrauen muss.« Sie schaute sich prüfend um, ob jemand von den Nebentischen ihr Gespräch belauschen konnte. Dann begann sie zu erzählen, wie sich Kai Wurster in ihr Vertrauen geschlichen und was sie ihm von den Dokumenten erzählt hatte, die ihr Onkel Lorenz versteckt hatte. Als die Schmetterlingsnudeln mit gebratenen Zwiebeln in Pesto-Sahnesoße serviert wurden, unterbrach sie ihre Schilderungen.

»Um ehrlich zu sein: Am Freitag hatte ich noch gewisse Zweifel, ob du mir wirklich vertraust«, meinte Linkohr. »Aber ich verspreche, dir zu helfen.«

»Ich weiß nicht, wie weit du in alles eingeweiht bist, Mike«, begann sie vorsichtig.

Linkohrs Puls begann zu rasen. Wieder einmal. Aber nicht allein der aufregenden Frau wegen, sondern wegen der Wortwahl. Worin sollte er eingeweiht sein?

»Es kommt aber noch schlimmer«, sah sie ihn mit großen Augen verunsichert an – und dann berichtete sie von dem gestrigen Erlebnis in der Sontheimer Höhle. Linkohr hätte sich am liebsten alles notiert, aber er wollte nicht den Eindruck einer offiziellen Vernehmung erwecken. Aber was war es denn sonst? Bewegte er sich schon wieder auf dünnem Eis? Wäre es nicht besser gewesen, die junge Frau vorzuladen, anstatt mit ihr freundschaftlich essen zu gehen?

»Worin sollte ich eingeweiht sein? Dass du einfach mit einem wildfremden Mann mitten in der Nacht da runtergehst?«

Sie lachte zum ersten Mal aus vollem Herzen. »Ja, da staunst du, was? Ich bin gar nicht so ängstlich, wie du vielleicht denkst, Mike. Außerdem«, sie strich ihm sanft über die linke Hand, »hab ich mal einen Kurs in Selbstverteidigung absolviert und trage auch immer mein Pfefferspray bei mir. Also leg dich bloß nicht mit mir an. Ich könnte dich schneller, als dir lieb ist, aufs Kreuz legen. Das hat mir übrigens ein Kollege von dir beigebracht. Ein Polizist, der ... na ja, sagen wir mal: an allem schuld ist.«

Linkohr horchte auf. Beinahe wäre ihm der Bissen im Halse stecken geblieben. »Wie ... wie muss ich das verstehen?« Er mochte zwar Frauen, die rätselhaft daherreden konnten, auch wenn diese dann meist ein gesteigertes Selbstbewusstsein an den Tag legten, das ihm häufig als viel zu emanzenhaft erschienen war – aber jetzt konnte er Ann-Maries Schilderungen nicht folgen.

»Wenn du's nicht weißt, musst du es auch nicht verstehen«, antwortete sie auf seine Frage mit einem unterdrückten Grinsen. »Ich wollte dir doch nur sagen, dass ich diesem Schulte die Dokumente überlassen habe.«

»Aber die Dokumente, sagst du, haben nichts gebracht?«, versuchte Linkohr, wieder den roten Faden aufzunehmen.

»Nein. Außer dass ich jetzt weiß, dass dieser Schulte mit dem Vater des toten Detektivs, diesem Kai Wurster, und einem weiteren Mann namens Dolnik oder so ähnlich gegen den Ruckgaber ankämpft – und dabei von meinem Onkel Lorenz offenbar unterstützt wurde«, sagte Ann-Marie und schob ihren leer gegessenen Teller zur Seite. Die Erwähnung des Namens »Dolnik« ließ Linkohr erneut aufhorchen. Diesen Namen hatte Häberle im Zusammenhang mit den Ermittlungen der Steuerfahnder erwähnt.

»Aber ich weiß noch etwas, Mike«, holte sie ihn aus seiner kurzen gedanklichen Abwesenheit zurück. »Was in der

Nacht in diesem ›Campus Galli‹ passiert ist, wurde von einer Überwachungskamera festgehalten.«

Linkohr stutzte. Woher wusste Ann-Marie das? Er überlegte, ob er bestätigen durfte, dass es so eine Kamera gegeben hatte. Doch die junge Frau fuhr von sich aus fort: »Mein Onkel Lorenz hat sie an einem Baum montiert gehabt.« Weil Linkohr nicht reagierte, zögerte sie: »Sag jetzt bloß nicht, ihr wüsstet das nicht.« Sie grinste wieder: »Hey, in welcher Welt lebt ihr denn? Tragt ihr Scheuklappen – bei der Kripo?«

Linkohr mahnte sich selbst zur Vorsicht. Als offizielle Version galt schließlich, die Kripo könne den Speicherchip nicht auslesen. Dass es gar keinen gab, hatte man bisher in Absprache mit Sigmaringen verschwiegen.

Ann-Marie rückte nun mit der Sprache heraus und erklärte, was sie von Breitinger erfahren hatte: dass er den Speicherchip noch in der Tatnacht herausgenommen habe und ihn wohl noch immer besitze. Linkohr, der ebenfalls mit dem Essen fertig war, konnte sich nicht mehr zurückhalten: »Da haut's dir 's Blech weg.«

Ann-Marie hörte den Spruch zum ersten Mal und grinste.

»Wie kommst ausgerechnet du an den Breitinger?« Der Name war ihm aus den Akten geläufig. Er wusste, dass es sich um den Schmied dieses archäologischen Projekts handelte.

»Ihm hat sich mein Onkel Lorenz ganz schnell anvertraut, als er in den Campus kam«, berichtete sie. »Onkel Lorenz muss sich ziemlich unwohl gefühlt haben. Vielleicht hat er sogar gehofft, dort Ruhe zu finden. Gleich am ersten Tag hat er mich angerufen und gesagt, er habe ›äußert brisantes und belastendes Material‹ vorsorglich mitgenommen und es an einem sicheren Ort verwahrt.«

»Wie? Noch weitere Dokumente? Noch ein Ort?« Linkohr hatte Mühe, der chronologischen Reihenfolge ihrer Schilderungen zu folgen.

»Er hat nur ›äußerst brisantes und belastendes Material‹ gesagt. Es sei für mich wichtig, falls ihm etwas zustoße. Er muss panische Angst gehabt haben. Noch am Montagabend hat er mich angerufen – nicht mal vom Handy, sondern von einer Telefonzelle in Meßkirch aus. Er wollte keine Spuren hinterlassen, auch nicht für die Polizei, hat er gesagt.«

»Und was hat er dir sonst noch gesagt?«, bohrte Linkohr ungeduldig nach.

»Dass lediglich ich und dieser Breitinger – er hat ihn nur Peter genannt – wissen dürften, wo das Material ist.«

»Wieso ihr beide?«

»Er wollte sichergehen, dass keiner allein da rankommt.«

»Und wie hat er das bewerkstelligt?«

»Durch einen Code. Onkel Lorenz hat das wohl früher mal gelernt – ich glaube, von diesem Ruckgaber, als sie noch dicke Freunde waren. Es geht da um Koordinaten. Wie beim Navi fürs Auto.«

Linkohr fielen mit einem Schlag die Koordinaten ein, die dem Hotelier auf der Kuchalb telefonisch zur Weitergabe an Ruckgaber mitgeteilt worden waren – und die exakt zum Tatort auf der Maierhalde geführt hatten.

»Und die Koordinaten habt ihr beide – der Breitinger und du?«

»Jeder einen Teil davon. Aus Sicherheitsgründen, hat Onkel Lorenz gesagt.«

»Hat denn Breitinger schon versucht, an sie ranzukommen?«

»Nicht direkt.« Ann-Marie stockte und flehte Linkohr an: »Hilf mir, Mike, bitte. Ich hätte das alles viel früher sagen sollen, aber …« Sie biss sich auf die Unterlippe und versprach ihm dann: »Ich werde dir alles erzählen. Ganz bestimmt.«

»Ich helfe dir«, wiederholte Linkohr sein Versprechen und hätte die junge Frau am liebsten mit einer innigen Umarmung beruhigt, hielt sich aber zurück und erklärte: »Nur eines kann ich dir nicht versprechen: dass du jemals etwas vom Vermögen deines Onkels kriegst.«

Häberle war wild entschlossen, jetzt klare Verhältnisse zu schaffen. Noch während der Fahrt nach Ulm, wo er sich bei Schulte angemeldet hatte, informierte ihn Linkohr telefonisch über sein Gespräch mit Ann-Marie und die Folgen daraus. Er sparte auch nicht an Lob über das Vorgehen seines jungen Kollegen, zog es aber vor, lieber keine Details zu erfragen, unter welchen Umständen die Vernehmung erfolgt war.

Nachdem Häberle dem Ulmer Unternehmer bereits telefonisch dargelegt hatte, worum es gehe, war auch Dolnik herbeigeeilt. Der Chefermittler nahm's zufrieden zur Kenntnis und ließ sich von dem sichtlich gereizten Schulte durch die luxuriöse Wohnung ins Untergeschoss führen, wo ein kräftiger Mann mittleren Alters seine brennende Zigarette in einen Aschenbecher legte und aufsprang. »Das ist Herr Dolnik. Nachdem Sie seinen Namen genannt haben, hab ich ihn hergebeten«, stellte Schulte ihn vor. Häberle schüttelte auch ihm die Hand und versuchte, die angespannte Atmosphäre zu lockern: »Dass wir uns alle hier treffen, freut mich.« Er wandte sich an Schulte: »Meine Kollegen Linkohr und Mende haben Sie ja bereits am vorletzten Dienstag kennengelernt.«

»Denen ich gesagt habe, dass ich ohne anwaltlichen Beistand keine Auskünfte mehr gebe«, stellte Schulte unmissverständlich klar. »Ich habe jetzt zwar darauf verzichtet, dafür aber Herrn Dolnik gebeten, bei dem Gespräch zugegen zu sein. Und auch Herr Wurster wird trotz der schweren Zeit, die er nach dem Tode seines Sohnes durchlitten hat, ebenfalls kommen. Ihn haben Sie ja bereits persönlich aufgesucht.«

Kaum hatte er es gesagt, ertönte ein sanfter Gong. »Das wird er sein«, begründete Schulte sein Weggehen.

Häberle nahm die Gelegenheit wahr, bei Dolnik vorsichtig vorzufühlen: »Sind Ihre Kollegen hier über Ihren Kontakt zur Steuerfahndung informiert?«

Dolnik zog an seiner Zigarette und antwortete mit versteinerter Miene: »Wie bitte?«

»Sie haben doch das Finanzamt kontaktiert, oder sehe ich das falsch?«, blieb Häberle ruhig und ließ sich auf einen Sessel nieder.

»Ich?« entrüstete sich Dolnik. »Soll das ein schlechter Witz sein – oder was wollen Sie damit bezwecken?«

Häberle wollte nachhaken, aber da tauchte auch schon Schulte wieder auf und bot dem sichtlich mitgenommenen Wurster ebenfalls einen Platz an.

»Sie ersparen mir viel Zeit«, sagte Häberle freundlich in die Runde. »Und Sie zeigen mir mit Ihrer Anwesenheit, dass Sie wohl ein gemeinsames Ziel verfolgen.«

Dolnik drückte seine Zigarette nervös in den Aschenbecher. »Es ist an der Zeit, klare Verhältnisse zu schaffen. Wir haben uns juristisch beraten lassen«, machte er sich zum Sprecher. »Ich persönlich bin zwar nur am Rande in die Sache involviert, aber den Herren Schulte und Wurster ist auch daran gelegen, die steuerrechtliche Seite möglichst rasch und schmerzlos zu beenden.«

Aha, dachte Häberle, daher weht der Wind. Die Herrschaften hatten also kalte Füße gekriegt, nachdem die Steuerfahndung angefangen hatte zu recherchieren. Er ignorierte das Thema und kam auf den wichtigsten Grund seines Besuchs zu sprechen, indem er gelassen feststellte: »Zu dieser Erkenntnis sind Sie wohl vergangene Nacht gekommen, Herr Schulte?«

Schulte zuckte zusammen, holte tief Luft und hatte

Mühe, seine innere Unruhe zu verbergen: »Vergangene Nacht.«

Häberles Gesicht ließ ein spöttisches Lächeln erkennen: »Den ›Panama-Papers‹ sind wohl ›Sontheimer Höhlen-Papers‹ gefolgt.« Die drei Männer sahen sich gegenseitig Hilfe suchend an.

»Woher …?«, durchbrach Schulte die eingetretene Stille, ohne aber noch ein weiteres Wort hervorzubringen.

»Ich kann Ihre Aufregung verstehen«, blieb Häberle weiterhin ruhig. »Sie hatten ja wohl alle gemeint, mithilfe von Herrn Wursters Sohn Kai genügend belastendes Material gegen Ruckgaber zu finden. Dass Sie dabei ins Visier von Mordermittlungen gelangen könnten …« Häberle versuchte, Wursters Gemütszustand nicht noch weiter zu verschlechtern, weshalb er einschränkte: »… ich meine da zunächst das Verbrechen an Herrn Lorenz Moll – das war für Sie natürlich nicht vorhersehbar.« Er sah einen nach dem anderen an: »Oder doch?«

»Mord?«, flüsterte Dolnik erschrocken und fingerte zitternd eine neue Zigarette aus der Schachtel Camel. »Wieso sollten wir in Ihre Mordermittlungen verwickelt werden?«

»Man braucht nur eins und eins zusammenzuzählen«, entgegnete Häberle, während Dolnik seine Zigarette anzündete und ihm den Rauch ins Gesicht blies. »Lorenz Moll, den Sie bestens kennen dürften«, er blickte zu Wurster und Schulte, »wurde vor beinahe zwei Wochen im ›Campus Galli‹ umgebracht. Wir wissen, dass er bei ›RUBAFI‹, dem Unternehmen von Ruckgaber, ebenso Geld verloren hat wie vermutlich Sie alle. Moll war ursprünglich ein guter Freund von Ruckgaber, doch dann kam's zum Zerwürfnis. Wie immer: Bei Geld hört die Freundschaft auf«, erklärte Häberle und lehnte sich zufrieden zurück, um in die ratlosen Gesichter zu blicken. »Dann aber hat Moll als Computerfreak etwas herausgefunden, was irgendjemandem«, er sah streng in die Runde, »hätte gefährlich werden können.«

»Dem Ruckgaber?«, hakte Dolnik zögernd nach.

»Möglicherweise dem Ruckgaber, ja«, bestätigte Häberle, um vielsagend hinzuzufügen: »Aber vielleicht auch anderen.«

»Anderen?« Schulte war nervös. »Und deswegen kommen Sie zu uns?«

»Auch, ja. Deshalb die direkte Frage an Sie, Herr Dolnik«, er sah ihn über den Couchtisch hinweg an, »welcher Art ist nun Ihr besonderes Interesse an diesem, ja, nennen wir's mal etwas eigenartigen Steuerkonstrukt?«

»Meines?« Dolnik sicherte sich ein paar Sekunden Bedenkzeit, während derer er konzentriert an seiner Zigarette zog. »Herr Schulte und ich sind alte Geschäftsfreunde, und wir haben vor Jahren mal über Ruckgabers Finanzangebote gesprochen. Als ich jetzt im Master-Magazin gelesen habe, dass Ruckgaber ins Zwielicht geraten ist, hab ich mich bei Herrn Schulte erkundigt, wie das alles so gelaufen ist.«

Häberle riskierte einen Frontalangriff gegen Dolnik: »Und gleichzeitig haben Sie Ruckgaber bei den Finanzbehörden angeschwärzt?«

Wurster und Schulte sahen sich geschockt an. Sie schienen aus allen Wolken zu fallen. »Wie bitte?«, brauste Schulte auf, während Wurster nach Luft rang.

»Quatsch. Alles Unsinn!«, wetterte Dolnik los. »Der Herr Kommissar bezichtigt mich, die Steuerfahndung verständigt zu haben. Das ist doch purer Unsinn.«

»Aber die Steuerfahndung hatte Kontakt zu einer Person namens Dolnik, die ziemlich viel Insiderwissen preisgeben konnte«, warf Häberle ein.

»Karsten«, giftete Schulte, »stimmt das? Ist das wahr, was der Kommissar behauptet?«

Dolnik bemühte sich, Gelassenheit an den Tag zu legen. »Ob das wahr ist, vermag ich nicht zu beurteilen. Da kann sich leicht jemand als Dolnik ausgegeben und irgendwelche Storys erzählt haben. Ich jedenfalls war es nicht.« Er wandte sich an Häberle: »Oder hat dieser geheimnisvolle Herr Dolnik persönlich vorgesprochen?«

Häberle verzichtete auf eine Antwort. Er entschied sich für eine neuerliche Attacke: »Kann es denn sein, dass Frau Karin Ruckgaber in dieser Angelegenheit eine Rolle spielt?«

»Ich bitte Sie«, schmetterte Dolnik diese Frage ab. »Dass ich mit Frau Ruckgaber befreundet bin, ist kein Geheimnis. Natürlich stehe ich ihr bei finanziellen Fragen zur Seite – aber es wäre doch ziemlich töricht, ihren Exmann bei der Steuerbehörde anzuzeigen, wo sie noch selbst Forderungen an Herrn Ruckgaber hat.«

Häberle nickte verständnisvoll, ließ ein paar Sekunden verstreichen und holte dann eine Plastiktüte aus seiner Jackentasche. »Wenn Sie gestatten, Herr Dolnik«, sagte er dabei und zog unter den verdutzten Blicken der anderen den Aschenbecher zu sich herüber. »Nur zur Abklärung.«

»Bitte?«, gab sich Dolnik fassungslos, doch da hatte Häberle bereits eine der Zigarettenkippen eingesteckt. »Was soll das denn?«, ereiferte sich Dolnik. »Jetzt reicht's aber. Ich verlange sofort einen Anwalt.«

»Bitte, das steht Ihnen frei«, sagte Häberle, ließ den Plastikbeutel mit der Kippe in der Jackentasche verschwinden und stand auf. »Danke, meine Herren. Das genügt.« Er suchte sich selbst den Weg hinauf ins Foyer und zum Ausgang. Zurück blieben drei sprachlose Männer.

Die privaten Radio- und Fernsehstationen, aber auch einige öffentlich-rechtliche Sender hatten die Vermisstenmeldung nach Andreas Ruckgaber im Lauf des Tages mehrfach ausgestrahlt. Ebenso war sie in den online-Ausgaben der Tageszeitungen veröffentlicht worden. Dass die Bevölkerung offenbar an dem Fall große Anteilnahme zeigte, bewiesen E-Mails und Anrufe, die beim Ulmer Polizeipräsidium eingingen. »Selten so schnell so viele Hinweise erhalten«, konstatierte Mike Linkohr, bei dem die Mails und die protokollierten Inhalte diverser Telefonate zusammenliefen, solange Häberle unterwegs war. Mende half beim Sortieren der Papiere. »Sogar der frühere Polizeidirektor von Göppingen hat sich gemeldet«, stellte er fest. »Malzer, Josef – sagt mir aber nichts mehr. Muss schon länger her sein.«

»Was hat er denn mitgeteilt?«, wollte Linkohr wissen.

»Ganz interessante Sache. Er glaubt, den Ruckgaber beim Schopflocher Moor gesehen zu haben – als einsamer Wanderer habe der dort von Dienstag auf Mittwoch vorige Woche übernachtet. Malzer sagt auch, der Mann habe sich seltsam benommen und unbedingt wissen wollen, was er von Beruf sei.«

Linkohr hatte zwei ziemlich zerknitterte Albvereins-Wanderkarten von den Gebieten Geislingen und Bad Urach auf dem Tisch ausgebreitet und auf einer die »Torfgrube« bei Schopfloch mit gelbem Leuchtstift markiert. »Wenn man jetzt einen weiteren Hinweis vom ›Wasserberghaus‹ hinzunimmt«, sortierte Linkohr ein anderes Kurzprotokoll, »dann war wohl dieses Albvereinshaus das nächste Ziel.« Er markierte es ebenfalls.

»Und danach käme das Hotel auf der Kuchalb, wo er nach den Angaben des Wirts drei Nächte geblieben ist – von Freitag bis Montag«, ergänzte Mende und tippte mit dem Kugelschreiber auf die entsprechende Stelle.

»Interessant ist aber noch etwas anderes«, machte Linkohr weiter. »Am vergangenen Montag, etwa später Vormittag, hat ein Jagdpächter auf dem Tegelberg – das ist etwa drei Kilometer von dieser Kuchalb entfernt – auf dem asphaltierten Feldweg einen Mercedes-Sportwagen gesehen. So einen Zweisitzer. Dunkle Farbe. Kennzeichen aus dem Alb-Donau-Kreis – mehr weiß er aber nicht mehr. Der Weg ist zwar nur für landwirtschaftliche Fahrzeuge frei, aber der Jagdpächter hat gedacht, das Auto gehöre vielleicht zu den Gleitschirmfliegern, die dort oben gelegentlich starten.«

»Ulmer Kennzeichen«, überlegte Mende, markierte den ungefähren Standort des Autos mit oranger Farbe und stellte fest: »Ein Auto aus dem Alb-Donau-Kreis im näheren Umkreis dieser Maierhalde, wo zwei Tage zuvor ein Detektiv aus Ulm erschossen wurde.«

Linkohr blätterte weiter: »Auch der ›Ochsen‹-Wirt in Eybach hat sich gemeldet. Bei ihm war Ruckgaber in der Nacht zum vergangenen Dienstag.« Mende setzte auch dort einen Leuchtpunkt auf die Landkarte.

»Aber jetzt kommt's«, fasste Linkohr das Gelesene aus den Protokollen zusammen. »Sowohl auf dem Wasserberg als auch auf der Kuchalb soll Ruckgaber gesagt haben, er warte noch auf einen Bekannten, mit dem er sich treffen wolle. Sogar auf dem Zimmer. Wenn man das hier so liest, hat es den Anschein, als sei er gar nicht allein unterwegs gewesen.«

»Aber die zweite Person hat nie jemand gesehen?«, vergewisserte sich Mende, dem dies bei der Durchsicht der Aufzeichnungen auch schon aufgefallen war.

»Nein, bisher gibt es dazu keine Hinweise.«

»Umso auffälliger ist wieder die Sache mit den Zigaretten«, stellte Linkohr fest. »Der Wirt vom ›Wasserberghaus‹ war darüber empört, dass Ruckgaber trotz des strikten Rauchverbots im Zimmer geraucht hat. Drei Kippen wurden dort entdeckt.«

»Ich hab bereits nachgehakt«, betonte Mende, »das Ganze ist einigermaßen seltsam. Die Kippen waren am Waschbeckenrand ausgedrückt worden – aber es hat angeblich nicht nach Rauch gerochen. Wenn in einem Zimmer auch nur eine einzige Zigarette geraucht wird, stinkt das normalerweise anderntags immer noch.«

»Schön wär's, wenn wir die Kippe hätten. Aber das liegt ja inzwischen über eine Woche zurück.«

Mende grinste: »Kriegen wir. Hoffe ich jedenfalls. Der Wirt sagt, der Abfall aus den Zimmern werde in einem separaten Container gesammelt, der seither noch nicht geleert worden ist. Ein paar Kollegen von uns sind schon hochgefahren und sortieren den Müll.«

»Viel Spaß dabei«, kommentierte Linkohr ironisch und meinte: »Die Frage ist aber, wieso raucht da einer immer nur eine oder zwei, drei Zigaretten und hinterlässt keinen Rauchgeruch?«

»Und ob es immer ein und derselbe Raucher ist …«, gab Mende zu bedenken, wurde aber mitten im Satz vom Telefon unterbrochen. Linkohr meldete sich, lauschte und fragte interessiert nach: »Und wann kommt sie zurück?« Kurze Pause. »Okay. Danke.« Er legte auf und berichtete, was er soeben erfahren hatte: »Die Kollegen haben Ruckgabers Sekretärin, oder besser gesagt seine Freundin erreicht. Sie kommt morgen Vormittag zurück, hat aber angeblich keine Ahnung, wo Ruckgaber ist.«

Noch während die beiden Kriminalisten über das Telefonat nachdachten, tauchte Häberle auf. Stolz zog er ein neues Beweismittel heraus, über das er besonders erfreut zu sein schien. »Der Dolnik raucht wie ein Schlot«, konstatierte er und hob den kleinen Plastikbeutel mit der Zigarettenkippe hoch. »Hab ich mitgebracht. Als Souvenir.« Er berichtete von seinem Gespräch mit Dolnik, Wurster und Schulte. »Ich sag euch, das mit dem Dolnik scheint eine ziemlich undurchsichtige Sache zu sein. Er behauptet, niemals Kontakt mit der Steuerfahndung gehabt zu haben. Es müsse jemand unter seinem Namen die Anzeige erstattet haben.« Häberle zuckte mit den Schultern. »Angeblich unterstützt er die Ruckgaber-Geschädigten, damit sie an ihr Geld kommen, andererseits spielt er den ›Rächer der Enterbten‹, weil er der neue Freund von Ruckgabers Ex ist und für sie den Ruckgaber noch kräftig ›melken‹ will.«

Linkohr wurde hellhörig: »Und er deshalb den Lorenz Moll und den Kai Wurster beseitigt hat, weil sie beide zu viel wussten?«

Häberle zuckte mit den Schultern und ließ sich auf einem unbequemen Holzstuhl nieder. »Wenn uns die Zigarettenkippe recht gibt, stimme ich Ihnen zu«, er deutete auf den Plastikbeutel. »Sie muss so schnell wie möglich ins Labor nach Stuttgart.«

Dennis Blocher war ziemlich erbost gewesen, als er von »den Göppingern« erfahren hatte, dass Breitinger, der Schmied vom »Campus Galli«, bewusst gelogen hatte. Mit mürrischem Gesicht winkte er nur kurz der Dame am Eingang des Baugeländes zu und preschte mit dem Dienstwagen zum Waldgelände hinauf. Eine kleine Besuchergruppe sprang erschrocken beiseite und sah ihm kopfschüttelnd hinterher. Diese Herrschaften konnten natürlich nicht ahnen, dass er es eilig hatte, den Lügner zu entlarven. Nachdem ihn auf dem Rundgang noch ein Zuggespann ausgebremst hatte, das einen roh behauenen Stamm ein kurzes Wegstück hinter sich herzog, beschleunigte Blocher noch einmal kurz und stoppte mit blockierenden Reifen vor dem Werkstatt-Unterstand des Schmiedes. Ein älteres Ehepaar, das sich gerade das Bearbeiten eines glühenden Eisenteils zeigen ließ, machte respektvoll Platz, worauf Blocher energisch auf Breitinger zuschritt, der das Stück Eisen ablegte und seinen dicken Handschuh auszog.

Doch die erwartete Begrüßung fiel aus, denn Blocher herrschte ihn an: »Wir haben etwas miteinander zu bereden.« Qualm stieg ihm in die Nase, sodass er husten musste, während er dem Angesprochenen andeutete, mit ihm hinter das steil herabgezogene Dach des Unterstands zu gehen. Breitinger wischte seine Hände am braunen Umhang ab und folgte dem Kriminalisten verunsichert.

»Wie war das mit der Kamera, von der Sie angeblich nichts wussten?«, kam Blocher sofort zur Sache, als sie außer Sichtweite der Besucher waren.

Breitinger schluckte. Ihm war mit einem Schlag klar, dass es jetzt Ärger geben würde. »Die Kamera?«, stotterte er und vergrub seine Hände unter dem Lederschurz.

»Quatschen Sie jetzt nicht rum, Herr Breitinger. Ich will von Ihnen Folgendes wissen: Erstens, wann haben Sie den Speicherchip beseitigt, zweitens, wo ist er und drittens, weshalb haben Sie Beweismittel verschwinden lassen? Muss ich mich noch klarer ausdrücken?« Seine Augen blitzten gefährlich.

»Woher ... ich meine, wie kommen Sie denn ... Sie haben doch selbst gesagt, dass ...«

»Sie sollen nicht rumquatschen, oder muss ich Sie zur Vernehmung vorladen? Oder bei der Staatsanwaltschaft einen Haftbefehl erwirken?«

»Haftbefehl?« Breitinger ging einen Schritt zurück und stieß dabei mit dem Kopf an einen Balken.

»Ich wiederhole mich ungern«, bläffte Blocher. »Oder soll ich Ihnen sagen, dass Sie allen Grund gehabt haben, die Fotos zu beseitigen? Herr Moll hatte Ihnen ein Geheimnis anvertraut, mit dem Sie und seine Nichte an ein größeres Vermögen hätten herankommen können. Also hatten Sie doch allen Grund, Moll in jener Nacht zu erschlagen.« Blocher hatte sich für einen Direktangriff entschieden. Er war ohnehin kein Mann der langen und diplomatischen Worte. Er war schließlich Kriminalrat und ein aufstrebender noch dazu. Klare Worte, klare Ansage – diesen Stil verfolgte er seit Beginn seiner beruflichen Karriere.

Aus Breitingers Gesicht war sämtliche Farbe gewichen, sein Kinn bebte. Er war nicht in der Lage, Worte zu formen. Blocher sah sich kritisch um. Zwei junge Frauen waren seitlich der Schmiedewerkstatt stehen geblieben und hatten offenbar das Gespräch verfolgt. »Gehen Sie bitte weiter!«, herrschte er sie an. »Hier gibt es im Moment nichts zu sehen.« Sie kamen seinem Befehl eingeschüchtert nach.

Eine Nuance leiser wandte er sich wieder Breitinger zu: »Was ist eigentlich aus der Marlboro-Schachtel geworden?« Er deutete mit dem Kopf in Richtung des Regals, auf der er sie vorletzten Freitag gesehen hatte.

»Aus was?« Breitinger stand wie erstarrt.

»Stellen Sie sich nicht so an!«, fuhr ihn Blocher giftig an. »Die Schachtel Zigaretten, die ›Marlboro‹, in der Sie angeblich Kleinteile aufbewahren, weil Sie selbst nur hin und wieder eine paffen.«

»Die hab ich weggeworfen«, stotterte Breitinger.

»Das hätte ich an Ihrer Stelle wahrscheinlich auch getan«, erwiderte Blocher süffisant, um dann wieder zur Sache zu kommen: »Der Speicherchip – wo ist er?«

Breitinger sah nicht die geringste Chance, der Forderung auszuweichen: »Im Hotel. In meinem Zimmer.« Er entschied sich, die Wahrheit zu sagen. Sonst konnte die Sache noch ziemlich gefährlich für ihn werden.

»Wir werden diese Astrid Mastrow durch die Mangel drehen«, entschied Häberle. »Die kann mir nicht erzählen, dass sie nicht weiß, wo sich Ruckgaber aufhält. Das nehm ich ihr nicht ab.« Wieder unterbrach ihn ein Telefonanruf. Seinem kurzen »Ja?« folgte ein halbminütiges Schweigen, dann sagte er überrascht: »Und Sie haben keinerlei Zweifel?« Er bedankte sich, legte auf und grinste die beiden Kollegen Linkohr und Mende an: »Jetzt geht's los. Ein erstes Ergebnis der DNA-Untersuchung des Kaffeebechers von Balluf.« Er blickte triumphierend von einem gespannten Gesicht ins andere. »Volltreffer.«

»Volltreffer?«, Linkohr lauschte gespannt.

»Gleiche DNA wie an den Zigaretten. Es ist Balluf.«

»Da haut's dir 's Blech weg«, ließ der Jungkriminalist seiner Begeisterung freien Lauf, während Mende zurückhaltender blieb: »Sofern es überhaupt Ballufs Kaffeebecher war.«

»Wem seiner denn sonst?«, fragte Häberle ruhig nach. »Er hat mir selbst gesagt, er habe in letzter Zeit keine Besucher gehabt. Außerdem wird in den Geschäftsräumen geraucht. Das hab ich eindeutig gerochen.« Er entschied, die Staatsanwaltschaft zu informieren und einen Haftbefehl gegen Balluf zu erwirken.

»Motiv?«, hakte Mende nach.

»Lorenz Moll und der Detektiv Kai Wurster haben zu viel von Ballufs Mittäterschaft bei Ruckgaber gewusst«, resümierte Häberle schnell.

»Und dann bricht der Balluf bei der Witwe Moll ein, wird dabei ertappt und kann die Frau dazu überreden, nicht zur Polizei zu gehen – um das Geld ihres Mannes wiederzukriegen? Das klingt nicht sehr logisch«, zweifelte Mende.

»Es gibt eben noch jede Menge Arbeit für uns«, blieb Häberle hartnäckig. »Und wenn's nicht so war, wird Balluf spätestens im Knast auspacken. Ein paar Tage U-Haft haben manchmal schon Wunder bewirkt.« Allerdings hatte der Chefermittler insgeheim Bedenken, ob die bisherigen

Indizien ausreichten, einen Richter für einen Haftbefehl zu gewinnen. Je nachdem, an welchen Rechtsvertreter die Staatsanwaltschaft geriet, konnte diese Strategie auch voll danebengehen. Häberle kannte Richter, die fernab der Praxis entschieden und oft schon für ungläubiges Kopfschütteln gesorgt hatten, wenn ein überführt geglaubter Täter wieder als freier Mann aus dem Amtszimmer marschierte.

19

Donnerstag, 11. August

Wider Erwarten hatte der diensthabende Amtsrichter noch am Abend Haftbefehl gegen Balluf erlassen. Der jedoch hatte bei der Festnahme heftig bestritten, etwas mit den beiden Morden zu tun zu haben. Dann war er zu keinen weiteren Äußerungen mehr bereit gewesen. Dies wollte er erst im Beisein eines Anwalts tun.

»Bist du jetzt zufrieden?«, fragte Häberles Frau Susanne beim Frühstück, nachdem er die Suchmeldung nach Ruckgaber in der Tageszeitung gelesen hatte.

»Zufrieden über die Zeitung schon«, entgegnete er und köpfte ein Frühstücksei, auf das ein Sonnenstrahl durchs Fenster fiel. »Zufrieden auch, dass Balluf in U-Haft ist, aber um ehrlich zu sein: mein Gefühl sagt mir was anderes«, brummte er.

Susanne hatte bemerkt, dass er noch nicht an die Aufklärung des Falles glaubte. »Du meinst wahrscheinlich, dass alles zu einfach wäre?«

»Ja, obwohl ich da vermutlich bei uns ziemlich alleine dastehe. Heut wird's noch mal richtig stressig.« Er seufzte. »Die Geliebte von Ruckgaber kommt aus Frankfurt zurück – und gleichzeitig sollte ich mir den Balluf im Knast vorknöpfen.«

»Übernimm dich bitte nicht, August«, mahnte seine Frau mal wieder. »Denk dran, dass du eigentlich schon im Ruhestand sein könntest.«

Sie hat natürlich recht, räumte er gedanklich ein, aber nun hatte er sich voriges Jahr zum Weitermachen entschieden – und dabei blieb's auch. Vorläufig jedenfalls. Immerhin hatte er inzwischen auch wieder Freude an seiner Arbeit gefunden. »Im Übrigen führt mein junger Kollege noch etwas im Schilde.«

»Doch nicht wieder eine Frauengeschichte?«, befürchtete Susanne.

»Das auch.« Häberle grinste. Manches war so geheim, dass er es auch seiner Frau nicht anvertrauen wollte.

Linkohr wäre gerne mit zu der Vernehmung Ballufs ins Ulmer Untersuchungsgefängnis gefahren. Aber Ann-Marie lag ihm weitaus näher. Die junge Frau hatte bei ihrer Tante im nahen Salach genächtigt, um mit Linkohr gleich am Vormittag etwas Wichtiges besprechen zu können. Sie trafen sich zum Frühstück in einem Straßencafé in der Göppinger Fußgängerzone, direkt am Marktplatz. »Du hast uns ganz entscheidend weitergeholfen«, strahlte er sie an, als sie sich zu ihm an einen der kleinen Tische gesellte, die bereits in der Sonne standen. »Einer sitzt schon hinter Gittern«, berichtete Linkohr weiter, während Ann-Marie die Speisekarte studierte.

»Darf ich fragen, wer?«, fragte sie neugierig.

»Ruckgabers Komplize«, sagte Linkohr und schilderte kurz die Ereignisse des gestrigen Tages.

»Willst du damit sagen, dass der Fall jetzt geklärt ist?«, zeigte sie sich enttäuscht und reichte Linkohr die Karte.

»Bei Weitem nicht, meine liebe Ann-Marie«, sagte er charmant. »Wir sind noch immer stark auf dich angewiesen.«

Sie bestellten bei der Bedienung ein kleines Frühstück. »Du musst heute ganz stark sein«, sagte Linkohr anschließend und legte einen Arm um Ann-Maries schmale Schulter. Sie schien sich dabei wohlzufühlen.

»Machst du deine Ermittlungsarbeit immer so?«

Linkohr wusste nicht gleich eine Antwort. War es ein Vorwurf oder wollte sie wissen, ob sie eine Ausnahme war? Linkohrs Puls begann zu rasen. »Ich treffe nicht alle Tage eine so aufregende und hübsche Frau wie dich«, fiel ihm plötzlich ein. »Außerdem darf man Dienstliches und Privates nicht so einfach verquicken.«

»Verquicken?«, spöttelte sie. »Wie das klingt! Du tust es aber trotzdem, stimmt's?«

»Bei dir mache ich die ganz große Ausnahme. Ehrenwort«, log er und hoffte inständig, dass sie nicht mehr dazu wissen wollte.

»Woher weißt du denn, dass du mir vertrauen kannst?«, fragte sie unvermittelt.

»Bauchgefühl. Reines Bauchgefühl.«

»Ist das nicht ein bisschen wenig für einen Kriminalisten – vor allem für das, was du vorhast?«

Linkohr überkamen erhebliche Zweifel. Hatte er sich wieder mal in etwas verrannt? Zum einen privat, aber nun auch dienstlich?

Das Gebäude der Untersuchungshaftanstalt in Ulm war an Schmucklosigkeit nicht zu übertreffen. Ein Backsteinbau mit mehreren Betonanbauten, vergitterte Fenster, Stacheldraht auf den Mauern. Nur eine schmale Straße trennte es vom altehrwürdigen Landgerichtsgebäude, an dessen Haupteingang zwei mächtige steinerne Löwen Wache hielten. Häberle war in die Tiefgarage »Salzstadel« gefahren und ließ bereits fünf Minuten später die Zugangsprozedur zum Gefängnis über sich ergehen. Zwar war er dem Wachpersonal bekannt, aber ohne Kontrollen wurde auch er nicht durchgewunken. Erst nachdem er den Ausweis abgegeben sowie Handy, Geldbeutel und Schlüssel in ein Fach eingeschlossen hatte, konnte er, wie am Flughafen, die Metalldetektor-Schleuse passieren. Anschließend führte ihn ein Vollzugsbediensteter zu einem der Besprechungsräume, die sich links des stark gesicherten Zugangsbereichs an einen Gang reihten.

Rechtsanwalt Roland Blank saß dort bereits mit seinem blassen Mandanten. Nach der kurzen Begrüßung, die äußerst unterkühlt ausfiel, rückte sich Häberle einen Stuhl an den schmucklosen Holztisch. »Mein Mandant weist alle Anschuldigungen zurück«, begann Blank, der eine Kopie des Haftbefehls vor sich auf der Tischplatte liegen hatte. »Mehr möchte er nicht dazu sagen. Ich meinerseits kann im Übrigen nicht nachvollziehen, wie der Richter die angeblichen Beweise für so eindeutig halten kann, um Herrn Balluf einzusperren.«

Häberle wies auf die genetischen Spuren an den Zigarettenkippen und dem Kaffeebecher hin. »Stopp«, mahnte der Anwalt erwartungsgemäß. »Woher nehmen Sie die Gewissheit, dass der Kaffeebecher von Herrn Balluf stammt?«

»Sollten Zweifel daran bestehen, wird dies schnell geklärt sein – sobald wir von Herrn Balluf eine Vergleichsprobe haben. Sollte auch diese positiv sein – und das werden wir bis morgen wissen –, dann hab ich nicht mehr den geringsten Zweifel.«

Balluf fingerte nervös in einer halb leeren Camel-Packung nach einer Zigarette, Blank gab ihm Feuer.

»Wir werden natürlich gegen den Haftbefehl Beschwerde einlegen«, kündigte der Anwalt dabei an. »Wir hegen den berechtigten Verdacht, dass geschäftliche Unregelmäßigkeiten, die es möglicherweise gegeben haben könnte, nun allein meinem Mandanten angelastet werden sollen, während der Hauptschuldige, Herr Ruckgaber, spurlos verschwunden ist. So zu entnehmen Ihrer Vermisstenmeldung in der Tagespresse.«

»Dies zu beurteilen, wird Sache des Gerichts sein, und zwar der Schwurgerichtskammer«, betonte Häberle, um seinen Worten mehr Nachdruck zu verleihen.

»Bis dahin ist aber noch sehr viel Ermittlungsbedarf vonnöten«, entgegnete Blank mit der Gelassenheit eines erfahrenen Anwalts. »Warum sollte mein Mandant diesen Lorenz Moll in Meßkirch umgebracht haben? Warum diesen Kai Wurster? Was sollte das alles für einen Sinn machen?«

»Ihr Mandant hat Herrn Ruckgaber nachspioniert, beziehungsweise hat er ihn überall auf der Wanderroute getroffen. Sei es in einer Gaststätte oder auch«, Häberle riskierte eine Mutmaßung, »bei der ›Tegelberghütte‹, wo Zeugen am Tag, als Herr Ruckgaber dort vorbeikam, seinen auffälligen Mercedes gesehen haben. Wie wir inzwischen wissen, fährt Herr Balluf einen SLK mit Ulmer Kennzeichen.«

Balluf zog gierig an seiner Zigarette und schüttelte langsam den Kopf – ob aus Verzweiflung oder aus Ungläubigkeit, vermochte Häberle nicht zu deuten. »Und Sie, Herr Balluf«, wurde der Chefermittler lauter, »Sie wussten natürlich ganz genau über Ruckgabers Wanderroute Bescheid. Es ist doch völlig unglaubwürdig, dass er nicht mit Ihnen, seinem Geschäftspartner, darüber geredet hat. Sie konnten ihn treffen, ihm auflauern, dann bei einem zufälligen Zusammentreffen den Detektiv erschießen und Ruckgaber vorgestern Abend in Amstetten-Dorf auch beseitigen. Genial gemacht.«

»Viel zu genial«, schnitt ihm Blank das Wort ab und ätzte: »Weil mein Mandant so nervös war, hat er überall geraucht und so ganz beiläufig eine Zigarettenkippe zurückgelassen – sogar im Waschbecken und in einer Toilette, wie ich

den mir kurzfristig zur Verfügung gestellten Akten entnehmen konnte. Nach Lage der Dinge sieht sich mein Mandant außerstande, Erklärungen abzugeben. Und auch ich muss mich zuerst in die Schriftsätze einlesen. Ich bitte deshalb, die Vernehmung auf morgen oder übermorgen zu verschieben.«
»Das liegt in Ihrem Ermessen«, stellte Häberle fest. »Ich hatte nur gedacht, Sie wollten das Verfahren abkürzen. Im Sinne Ihres Mandanten. Fragen wir ihn doch, ob er nicht etwas zu sagen hat, was uns weiterhilft.«
Balluf sah Hilfe suchend zu seinem Anwalt, als wolle er etwas dazu beitragen, doch Blank wehrte ab: »Herr Balluf hat sich entschieden, vorläufig nichts zu sagen.«
Häberle nickte verständnisvoll: »Vielleicht entscheidet er sich morgen anders, wenn das Ergebnis des DNA-Vergleichsgutachtens vorliegt.« Er stand auf und drehte sich auf dem kurzen Weg zur Metalltür nochmals um: »Wie ich sehe, bevorzugt Herr Balluf die Zigarettenmarke ›Camel‹. Oder sehe ich das falsch?«
Blank und Balluf verzogen keine Miene.

Astrid Mastrow hatte das Frühstück im Frankfurter Hotel kaum angerührt und war bereits um 9 Uhr heimwärts gefahren. Gestern Abend hatte sie sich von der allgemeinen Verabschiedung der Seminarteilnehmer ferngehalten, war allen Einladungen an die Bar ausgewichen und bald in ihr Zimmer verschwunden. Dort hatte sie allerdings kein Auge zugetan, sich nur unruhig im Bett hin und her gewälzt.
Der Anruf der Kriminalpolizei war ein Schock gewesen. Man hatte sie ganz offiziell vorgeladen. So bald wie möglich solle sie kommen. Auch jetzt, auf der Fahrt in Richtung Mannheim-Karlsruhe, kreisten ihre Gedanken nur um das Gespräch, das auf sie zukommen würde. Sie versuchte sich zu beruhigen, denn es war doch schließlich ganz normal,

dass nach dem Verschwinden Ruckgabers sie zu den Ersten gehörte, die vernommen wurden. Das war nichts Außergewöhnliches. Und doch war sie so aufgeregt wie selten. Ein falsches Wort, so hämmerte es in ihrem Kopf, und du gerätst in etwas hinein, aus dem du nie wieder rauskommst.

Sie hatte es so schnell wie möglich hinter sich bringen wollen und dem Kriminalisten erklärt, bei der Rückfahrt die Autobahn A8 bei Kirchheim/Teck zu verlassen und auf dem direkten Weg zur Dienststelle nach Göppingen zu kommen.

Sie fand keinen Parkplatz und stellte ihr silbernes BMW 3er Cabrio beim »Schlosswäldle« ins eingeschränkte Halteverbot. Von dort aus erreichte sie innerhalb einer halben Minute den Polizeigebäudekomplex mit dem mächtigen Eisentor. An der Sprechanlage beschied ihr eine Frauenstimme, dass sie abgeholt werde. Wenig später wurde sie von einem jugendlich wirkenden Beamten gemustert, der sich als Linkohr vorstellte, sie höflich begrüßte und sichtlich Mühe hatte, sich auf seinen dienstlichen Auftrag zu konzentrieren. Gerade erst hatte er sich von Ann-Marie verabschiedet – und nun raubte ihm erneut eine junge Frau den Atem.

Mit ein paar verlegenen Worten wie »Gut, dass Sie so schnell kommen konnten« und »Haben Sie auch gleich hergefunden?« führte er sie über den Hof zum Gebäude und dort die Holztreppen nach oben.

Auch Häberle zeigte sich erfreut, ließ Kaffee im kleinen Besprechungszimmer servieren und bot Astrid Mastrow einen Platz an. Häberle und Linkohr ließen sich ihr gegenüber nieder. »Dass Ihr Partner Andreas Ruckgaber seit gestern früh vermisst wird, dürfte Ihnen bekannt sein«, begann der Chefermittler und bemerkte, dass sie seinen Blicken auswich.

»Ja, ich bin seither völlig durch den Wind«, sagte sie leise und nippte an ihrem Kaffee.

Häberle ging nicht darauf ein. »Sie waren, soweit Sie bereits unseren Kollegen gesagt haben, seit vergangenen Sonntag bei einem Seminar in Frankfurt. Hatten Sie denn seither Kontakt mit Herrn Ruckgaber?«

»Ja, wir haben ein paarmal telefoniert. Nur so. Nichts Besonderes. Er hat sich auf unser Wiedersehen heute gefreut.« Sie tupfte sich den Mund mit der Serviette ab. »Und wie ist das passiert …? In Amstetten wohl, hat man mir am Telefon gesagt.«

»Amstetten-Dorf«, präzisierte Linkohr und schilderte den Fundort des Rucksacks.

»Um wie viel Uhr ist er dort …?«

»Wissen wir nicht«, antwortete Häberle. »Irgendwann vermutlich vorgestern Abend. Er hat dem Wirt des Landgasthofs gesagt, er wolle zur Dämmerung noch weggehen.«

»Mit Rucksack?«, wollte Astrid wissen.

»Ja, obwohl er in dem Gasthof schon eingecheckt hatte«, gab Häberle zu bedenken und fragte: »Sie kannten aber seine Wanderroute?«

»Ja, natürlich. Dieser Traufgängerweg oder so ähnlich. Andreas hat das irgendwie witzig gefunden. ›Ich bin ein Traufgänger‹, hat er mal gesagt …« Sie ließ erstmals ein Lächeln erkennen. »Traufgänger mit ›T‹ vom Albtrauf – aber genauso gut könnte man es bei ihm auch mit ›D‹ schreiben wie Draufgänger.«

»Ist er denn ein Draufgänger?«, griff Linkohr diese Bemerkung auf.

»Na ja, nicht wirklich. Aber er ist richtig süß«, säuselte sie verlegen. »Er hat sich gleich in mich verknallt …« Stolz klang in ihrer Stimme mit. »Ich hab mich bei ihm als Sekretärin beworben und da war's halt passiert.«

»Er hat sich dann von seiner Frau getrennt«, zeigte sich Häberle informiert.

»Ja«, antwortete sie knapp, um zögernd anzufügen: »Und sein Kompagnon Balluf war rasend eifersüchtig.«

»Wie?«, entfuhr es Häberle. »Es hat ein Zerwürfnis gegeben?«

»Zerwürfnis?«, echote Astrid. »Wie das halt so ist, wenn sich zwei Freunde um eine Frau streiten.«

»Die Sie waren«, stellte Linkohr klar und konnte sich durchaus vorstellen, dass so eine junge Frau auch die beste Männerfreundschaft durcheinanderbringen konnte.

»Wieso fragen Sie? Ist was ... mit Jonas ... mit Balluf?« Ihre Stimmungslage schien zu kippen.

»Herr Balluf«, erklärte Häberle ernst, »wurde gestern Abend festgenommen.«

»Bitte was?« Es hörte sich erschrocken an. »Festgenommen? Hat er Andy ...?« Sie wollte nicht weiterreden.

Häberle entschied, keinen Zweifel aufkommen zu lassen: »Nach jetzigem Stand der Ermittlungen müssen wir davon ausgehen, dass er am Verschwinden von Herrn Ruckgaber beteiligt war.«

»Beteiligt? Wie darf ich das verstehen?«

»So, wie ich es sage. Einige Indizien sprechen dafür.«

»Indizien?«

Astrid zeigte Interesse, genau wie Häberle es erhofft hatte.

»Staatsanwaltschaft und Richter haben keinen Zweifel, dass er auch für die anderen Verbrechen als Täter infrage kommt.«

»Andere Verbrechen?« Astrid zögerte.

»Ich gehe mal davon aus, dass Sie informiert sind, oder?« Häberle beobachtete sie scharf.

»Ich weiß nicht ... was heißt das? Andere Verbrechen?« Ihr Gesichtsausdruck verriet Unsicherheit.

»Na ja«, machte Häberle ruhig weiter. »Im Umfeld von

Herrn Ruckgaber hat es in den vergangenen zwei Wochen immerhin zwei Todesfälle gegeben.« Er bemerkte, wie ihre Nervosität stieg. Ihre Lidschläge nahmen zu, sie spielte nervös mit den Riemen ihrer Handtasche, die sie auf dem Tisch liegen hatte.

»Todesfälle, sagen Sie?«

»Ja, ein Herr Lorenz Moll, der offenkundig ein enger Freund von Ruckgaber war, sich dann aber wegen Geldangelegenheiten mit ihm zerstritten hat, und ein Mann namens Kai Wurster, ein Privatdetektiv aus Ulm.«

»Wurster?«

»Sie kennen ihn?«, hakte Häberle ein.

»Nur dem Namen nach. Ob der, den ich meine, Kai mit Vornamen heißt, weiß ich nicht.«

»Und was macht der Wurster, den Sie meinen?«

»Er war wohl mal Kunde bei Andreas, also Herrn Ruckgaber. Irgendwie war er aber unzufrieden. Mehr kann ich Ihnen leider nicht sagen. Nur, dass er vor zwei Wochen ziemlich ungehalten war und Andreas sprechen wollte. Aber der war zu diesem Zeitpunkt schon unterwegs.«

»Sie haben also keine Ahnung, was mit Herrn Ruckgaber geschehen sein könnte?«, griff Häberle das eigentliche Thema wieder auf.

»Nein, ich bin genauso ratlos wie Sie«, fand sie zu ihrem kurz abhandengekommenen Selbstvertrauen zurück.

Häberle nickte. »Verzeihen Sie, wenn es jetzt so klingt, als frage ich Sie nach einem Alibi. Aber Sie waren seit Sonntag in Frankfurt?«

»Ja, das lässt sich nachkontrollieren«, entgegnete sie für Häberles Empfinden eine Spur zu schnell. »Hotelrechnungen, Telefonrechnungen – sogar meine Handydaten können Sie gerne checken. Ich war die ganze Zeit über in Frankfurt-Mitte.«

»So genau wollte ich das gar nicht hören«, lächelte Häberle geradezu väterlich.

Konrad und Johannes Moll waren müde. Mehr als 35 Stunden hatten sie in Flugzeugen und auf Flughäfen verbracht, zuletzt auch noch in der Eisenbahn von Frankfurt nach Stuttgart und schließlich in der Regionalbahn bis Salach. Die Nachricht vom Tod ihres Vaters hatten sie inzwischen verkraftet, obwohl sie seither immer wieder über die Ursachen diskutiert hatten. Jetzt, da sie bei ihrer Mutter im Esszimmer saßen, lagen die traumhaften Wochen ihres Neuseeland-Aufenthalts gedanklich schon weit hinter ihnen. Bei Kaffee und Kuchen ließen sie sich die Ereignisse rund um den Tod ihres Vaters schildern. Immer wieder unterbrachen sie die Schilderungen, um nachzuhaken. Insbesondere der merkwürdige Einbruch hatte es ihnen angetan. »Warum lässt du dich denn auf so etwas ein?«, wollte Konrad, der Ältere der beiden, sofort wissen.

»Ich hab gehofft, wenigstens ein bisschen von dem, was eurem Vater zustand, noch retten zu können.« Sie schluchzte leise. »Ich hab's nur für euch getan. Damit nicht alles an die Ann-Marie geht.«

»Ann-Marie?«, Johannes sprach den Namen mit verächtlichem Unterton aus. »Welche Rolle spielt die denn dabei?«

»Sie hat von Lorenz irgendwelche Dokumente gekriegt, mit denen man die Schwindler hätte erpressen können«, berichtete Frau Moll und erzählte, was ihr Ann-Marie anvertraut hatte.

»Erpressen?«, zischte Konrad. »Sag mal, was wird hier eigentlich gespielt? Ich hab's doch gewusst! Mir waren Vaters Geschäfte schon immer suspekt. Aber er hat unsere Warnungen – von Johannes und mir – weggewischt und uns nur ›dumme Kerle‹ genannt.«

Ihre Mutter schloss die Augen. Sie musste jetzt eine Frage loswerden, die sie seit Ann-Maries gestrigem Besuch plagte: »Jetzt frag ich euch was, und ich erwarte von euch eine ehrliche Antwort: Ihr seid doch wirklich bis gestern in Neuseeland gewesen?«

Die beiden Söhne fuhren wie elektrisiert auf und starrten sich gegenseitig verblüfft an. »Wie bitte?«, empörte sich Konrad. »Was fragst du denn da? Wir haben doch mehrfach miteinander telefoniert.«

»Übers Handy«, erwiderte Frau Moll mit weinerlicher Stimme. »Woher soll ich wissen, wo ihr da gerade gewesen seid?«

Dennis Blocher hatte angerufen und nach Häberle verlangt. Als Linkohr und Mende, die gerade im Büro des Chefermittlers waren, dies mitbekamen, machten sie sich davon. Häberle verzog das Gesicht. Er hatte jetzt nicht die geringste Lust, dem Kollegen aus Sigmaringen einen Lagebericht zu geben.

»Gratulation zum Erfolg«, drang Blochers Stimme an sein Ohr. »Fall geklärt. Sie hatten also recht, dass eine groß angelegte Geldschwindelei dahintersteckt. Hat er denn inzwischen gestanden, dieser Balluf?«

»Hat er nicht«, gab Häberle kurz angebunden zurück. »Er sagt überhaupt nichts. Aber die Indizien scheinen erdrückend zu sein. Morgen kriegen wir das Ergebnis vom Abgleich seiner DNA mit den vorgefundenen Spuren, dann sehen wir klarer.«

»Auf die Fotos aus der Überwachungskamera können Sie nicht bauen«, entgegnete Blocher, »da ist zwar eine Person drauf, ist aber so gut wie nicht zu erkennen.«

Für Häberle hatte es sich so angehört, als sei der Kollege darüber ein bisschen schadenfroh. »Und was sagt Breitinger, weshalb er den Speicherchip rausgenommen hat?«

»Vermächtnis von Lorenz Moll, behauptet er. Seine Aussage deckt sich mit dem, was ihr von seiner Nichte erfahren habt. Breitinger wollte wohl sozusagen in eigener Regie den Täter überführen und ihn mit den Fotos erpressen.«
»Idioten!«, ließ Häberle seinen Emotionen freien Lauf. »Geld, Geld, Geld. Was müssen da für Summen im Raum gestanden sein! Vermutlich werden wir das aber nie erfahren.«
»Sie hatten wahrscheinlich von Anfang an recht«, versuchte sich Blocher bei Häberle einzuschmeicheln. »Vermutlich Steuerbetrug, Waffenhandel, Prostitution, Schlepperei – alles, womit man schmutziges Geld irgendwie waschen kann. Vielleicht sollten wir uns mal bei einem Gläschen Wein darüber unterhalten.«
Häberle brauchte einen Augenblick, um zu realisieren, dass Blocher seine Nähe suchte. »Leider komm ich nicht so oft in Ihre Gegend«, sagte er schnell und täuschte Bedauern vor, um sogleich noch eins draufzusetzen: »Außerdem fehlt uns hier in Göppingen momentan noch die Zeit für Privates. Denn der Fall ist noch lange nicht geklärt.«

Astrid hatte sich nach der Ankunft in Ruckgabers Haus zunächst unter die heiße Dusche gestellt und die Ereignisse der vergangenen Tage vor ihrem geistigen Auge Revue passieren lassen. Vor allem das Gespräch mit der Göppinger Kriminalpolizei war aufregend gewesen. Die ständigen bohrenden Fragen, ob sie wisse, wo Andreas sein könnte, hatten sich so angehört, als ob sie davon ausgingen, dass sie seinen Aufenthaltsort kennen müsste. Woher denn aber?, wurde sie von ihrer inneren Stimme beruhigt, du warst in Frankfurt, die ganze Zeit über. Wo denn auch sonst?
Als sie aus der Dusche kam, fröstelte sie, obwohl die ganze Wohnung von der sommerlichen Hitze aufgeheizt war. Wäh-

rend sie sich trocken rieb, versuchte sie, an die nächsten Tage und Wochen zu denken, sich auf alles zu konzentrieren, was jetzt auf sie einstürzen könnte. Doch egal, wie sie in Gedanken alles durchspielte, immer wieder hämmerte ihr jene Unsicherheit im Gehirn, die mit den Ermittlungen der Kripo zusammenhing. Gerade als sie in ihre Bermudas schlüpfte, schreckte sie das Telefon auf. Andreas?, fuhr es ihr durch den Kopf. Nein, das konnte nicht sein. Die Polizei? Nein, nein, nein, rief sie sich innerlich zur Ruhe. Sie ging mit nacktem Oberkörper zur Diele, wo sie das Mobilteil des Telefons vorsichtig in die Hände nahm, als habe sie Angst, jemand könnte allein davon schon ihre Anwesenheit bemerken. Am Display war keine Nummer zu erkennen. Sie zögerte ein paar Sekunden, ließ drei, vier Anruftöne verstreichen, entschied sich dann aber, das Gespräch anzunehmen.

»Ja?«

»Spreche ich mit Frau Astrid Mastrow?« Es war eine ihr unbekannte Frauenstimme.

»Wer ist da, bitte?«, gab sie sich selbstbewusst.

»Ich habe Ihnen etwas Wichtiges mitzuteilen«, kam es ebenso forsch zurück. »Bitte bestätigen Sie, ob Sie Astrid Mastrow sind. Es ist sehr, sehr wichtig. Für Sie und wahrscheinlich auch für Herrn Ruckgaber.«

Für Astrid war diese Bemerkung wie ein Stich ins Herz. Sie fühlte, wie ihr das Blut scheinbar aus dem Körper wich, stapfte traumwandlerisch ins Wohnzimmer und sank in einen Sessel.

»Hallo, hallo?«, hörte sie die Frauenstimme im Hörer nun lauter werden. »Sind Sie noch dran? Es ist wichtig, es ist sehr wichtig!«

»Wichtig ... ich verstehe nicht ...«

»Sie sind Astrid Mastrow, ja?« Die Anruferin blieb hartnäckig.

Astrid hatte einfach Angst, ihre Identität zuzugeben. »Was ist mit Herrn Ruckgaber?«, fragte sie, um einer Antwort auszuweichen.

»Es geht um Dokumente, die ihn ziemlich reinreiten könnten.«

»Dokumente?« Astrid musste an die Baselfahrten denken, die sie für Ruckgaber in den vergangenen Monaten unternommen hatte und deren Dokumente stets sorgfältig beseitigt worden waren. Ein Gedankenkarussell begann, Fahrt aufzunehmen. Wer wusste, dass sie sich in Ruckgabers Wohnung aufhielt? Wer wusste, dass es möglicherweise belastende Dokumente gab? Sie versuchte es mit einer Gegenfrage: »Wissen Sie, wo Herr Ruckgaber ist?«

»Was soll diese dumme Frage?«, schallte es aus dem Hörer. »Wenn jemand weiß, wo Ruckgaber ist, dann doch am ehesten Sie. Jetzt passen Sie auf: Wenn Ihnen daran gelegen ist, Herrn Ruckgaber zu helfen, dann müssen wir zusammenarbeiten. Morgen Abend, 22 Uhr, am Eingang zum ›Campus Galli‹ bei Meßkirch.«

»Campus Galli?«, fragte sie entsetzt zurück.

»Jetzt tun Sie doch nicht so, als ob Sie nicht wüssten, was damit gemeint ist!« Und dann sagte die Stimme etwas, das Astrid den Atem raubte: »Ruckgaber hat doch mit Lorenz Moll dort hingewollt. Oder wollen Sie mir weismachen, dass es nicht so war?«

Astrid schloss die Augen. Es war der zweite emotionale Tiefschlag innerhalb weniger Minuten gewesen. Spätestens jetzt war klar, dass es sich um keine »Trittbrettfahrerin« handelte, die aus dem Verschwinden Ruckgabers Kapital schlagen wollte. Die Frau, die da anrief, wusste verdammt viel. »Ich habe keine Ahnung, wo dieser ›Campus Galli‹ ist«, gab Astrid vor.

»Dann schauen Sie bei Google Earth nach. Soll ich Ihnen die Koordinaten geben?«

Astrid zitterte am ganzen Körper. Sie war tief in den Sessel gerutscht und starrte zur Decke. Der Hinweis auf Koordinaten hatte ihr einen inneren Stich versetzt. Noch bevor sie etwas sagen konnte, krächzte die Stimme der Anruferin: »Sie haben gar keine andere Wahl. Ich wiederhole: Morgen um 22 Uhr am Eingang zum ›Campus Galli‹. Sie kommen allein – und wir werden gemeinsam die Dokumente holen, damit sie nicht in falsche Hände geraten. Sie wollen doch Herrn Ruckgaber wiedersehen, oder?«

Es verstrichen ein paar Sekunden, dann legte die Stimme nach: »Denken Sie erst gar nicht dran, vorher unterzutauchen, das wäre sehr ungünstig für Sie. Also: Morgen, 22 Uhr, am Eingang zum ›Campus Galli‹.«

Astrid spürte einen Kloß im Hals, sodass die Anruferin unbehelligt fortfahren konnte: »Und falls Sie immer noch Zweifel haben, ob Sie kommen sollen oder nicht, dann denken Sie dran: Mit Zigarettenkippen allein kann man keine Probleme lösen.«

Klick, die Leitung war tot. Astrid ließ den Hörer sinken. Sämtliche Energie war aus ihrem Körper gewichen. Sie hatte nicht einmal mehr die Kraft, die rote Aus-Taste zu drücken.

Häberle war mit den Telekommunikationsanbietern zufrieden. Nach der Festnahme von Balluf war das Büro von »RUBAFI« durchsucht worden, worauf die Spurensicherung auch auf Visitenkarten stieß, auf denen Ruckgabers Handynummer verzeichnet war. Er hatte nach einer mehrtägigen Pause erst ab vergangenem Montag offenbar wieder Mobilfunkgespräche geführt. »Nach all dem politischen Affentheater um die Vorratsdatenspeicherung hat wohl auch der Letzte vollends kapiert, wie man elektronische Spuren vermeidet«, brummte Häberle ärgerlich.

»Ab Montag haben sie aber öfter miteinander telefoniert«,

interpretierte Linkohr die Ausdrucke der Telekom, »Ruckgaber und Astrid Mastrow. Da hat's dann wohl plötzlich viel zu erzählen gegeben.«

»Ja, das Mädel war zu diesem Zeitpunkt in Frankfurt.«

»Und vorher war fünf Tage Funkstille?«

»Ruckgaber hat sich erst ab vergangenem Montag sporadisch ins Netz eingeloggt – so wie es aussieht, erst in den Nachmittagsstunden, wenn er sein Etappenziel erreicht hatte. In diesem Fall waren das Funkzellen in Geislingen, Eybach, Weiler ob Helfenstein und dann noch in Amstetten«, studierte Häberle die Datenaufstellungen. »Dort hat er sich aber kurz nach der Ankunft in diesem Landgasthof offenbar wieder abgemeldet.«

»Also noch bevor er zu seinem Spaziergang in die Abenddämmerung aufgebrochen ist«, fasste Linkohr zusammen.

»Ja, so sieht es aus.«

»Und das Handy von Astrid Mastrow war die ganze Zeit in Frankfurt eingeloggt?«

»Ja, von Sonntag bis heute – kann man hier alles nachvollziehen. Sogar die Fahrt nach Frankfurt und heute Vormittag von dort zurück ist lückenlos den Geodaten zu entnehmen. Das Gerät war pausenlos eingeloggt.«

»Und wo war sie am Samstagabend?«, wollte Linkohr wissen.

»Sie meinen, ob Sie auf der Kuchalb war?«

»Zum Beispiel, ja«

»Ich muss Sie leider enttäuschen. Das Handy war zum möglichen Zeitpunkt der dortigen Tat in Heroldstatt eingeloggt.«

»Na ja, sie wird's ja auch nicht immer mit sich herumgetragen haben.«

Häberle grinste. »Sofern man dies für möglich hält. Aber Sie sollten doch wissen, dass junge Damen heutzutage auf allen Kanälen erreichbar sein wollen: Facebook, SMS, WhatsApp, Instagram und wie dieses Zeug so heißt.« Er fügte augenzwinkernd an: »Sofern der Akku nicht leer ist.«

In diesem Moment machte sich eine junge Kollegin mit einem symbolischen Klopfen an die halb offen stehende Tür bemerkbar, womit sie sogleich die Aufmerksamkeit der beiden Männer auf sich zog. »Ich hab etwas, das wird euch interessieren.« Sie hielt ein Papier in der Hand, auf das sie etwas geschrieben hatte.

»Dann lassen Sie mal hören, falls es unsere Stimmung aufheitert«, ermunterte Häberle sie.

»Auch bei der Verkehrspolizei gibt's aufmerksame Kollegen, die manchmal verfolgen, was sich andernorts abspielt. Die Verkehrspolizeidirektion Freiburg teilt uns gerade mit, dass sie in der Nacht zu gestern um 3.17 Uhr auf der A5 Fahrtrichtung Basel–Karlsruhe einen BMW gestoppt haben, der mit weit überhöhter Geschwindigkeit durch einen 120 km/h-Bereich gedonnert ist. Mit stolzen 193 Sachen.« Die Beamtin holte tief Luft und wartete auf eine Reaktion. Häberle drängte sie zur Eile: »Also los, manchen Sie's nicht so spannend.«

»Die Kollegen, die mit einem Laserhandmessgerät zugange waren, haben den Raser an der Tank- und Rastanlage Breisgau rausgezogen. Am Steuer war eine junge Frau, 22 Jahre alt – und jetzt kommt's: Sie wohnt in Heroldstatt.«

»Ach«, war Häberle verblüfft und Linkohr stieß ein »Ui« aus.

»Einem Sachbearbeiter in Freiburg ist der nicht gerade alltägliche Ortsname aufgefallen, und er hat sich erinnert, dass das Präsidium Ulm einen Mann aus diesem Ort als vermisst gemeldet hat. Es müsse zwar nichts bedeuten, hat er gemeint, er wolle uns dies aber vorsorglich mitteilen.«

»Und wie heißt diese junge Teufelsfahrerin?«, wollte Häberle schnell wissen.

»Astrid Mastrow«, erklärte die Beamtin. Linkohr konnte seinen Lieblingsspruch nicht länger unterdrücken: »Da haut's dir 's Blech weg.«

Karin Ruckgaber hatte den Tag in Dolniks Wohnung verbracht und sich von ihm über die Begegnung mit Wurster, Schulte und dem Kommissar informieren lassen. »Damit ist die Sache aufgeflogen«, meinte sie kühl und trank aus ihrem Rotweinglas, während ihr Blick hinaus über die unten vorbeifließende Donau glitt.

»Ich glaube, dass es für uns alle besser ist«, erklärte Dolnik ebenso sachlich. Seit Tagen schon spürte sie eine Veränderung bei ihm – als sei etwas geschehen, das er vor ihr verheimlichte. Seine positive Stimmung, die sie bis dahin so sehr an ihm geschätzt hatte, schien in Pessimismus, bisweilen sogar in Depression umgeschlagen zu sein.

»Jedenfalls können wir uns keinen Vorwurf machen, Karin«, seufzte er mit einem Anflug von Resignation und steckte sich eine Zigarette an. »Ich habe dir helfen wollen und meine ganze Kraft darangesetzt.« Rauchkringel stiegen aus seinem Mund. »Aber ich konnte im Vorfeld ja nicht ahnen, wie tief Wurster und Schulte in der Sache drinstecken.«

»Ja, und ich?«, fragte Karin in einem Anflug von Irritation. »Willst du damit sagen, dass sich Andreas mit all dem Geld aus dem Staub gemacht hat – und dass ich für all das, was ich für ihn getan habe, worauf ich verzichtet habe, dass ich dafür keinen Cent von ihm kriege?«

»Weißt du«, sagte er, »manchmal ist es besser, man hört irgendwann auf, in etwas zu rühren, weil doch nicht zu verhindern ist, dass die Suppe überkocht.«

»Wie bitte?« Es war das erste Mal, dass sie den Eindruck hatte, Karsten würde den Rückzug antreten oder ihre Sorgen nicht ernst nehmen.

»Mir ist in den vergangenen Tagen so viel klar geworden, und ich möchte nicht, dass du unglücklich wirst. Es kann noch sehr viel passieren, glaub mir, Karin.«
»Unglücklich – ich?« Karin war für einen Augenblick sprachlos geworden. »Karsten, was hat das alles zu bedeuten?« Ihr schwante Böses.

Er nahm auch einen Schluck Wein, lauschte einer Amsel, die auf einem Holzbalken den Abendgesang angestimmt hatte, und wich Karins Blicken aus. »Du weißt, ich kann mir keine Skandale oder Affären erlauben – als Geschäftsmann hier in Ulm. Außerdem – wie soll ich es dir erklären – machen mich meine Geschäfte angreifbar, und ohne Unterstützung von Freunden aus der Politik wäre manches mit Ländern – ja ...«, er holte tief Luft, um Zeit zum Überlegen zu gewinnen, »mit Ländern, die nicht unbedingt den demokratischen Vorstellungen entsprechen, wie wir sie im Westen haben, gar nicht möglich.«

Karin hatte Mühe, seinen Worten zu folgen, und kämpfte mit aufkommendem Unbehagen – und mit etwas, dem sie aus dem Wege gehen wollte, weil jetzt ein einziges Wort alles zerstören konnte.

Dolnik rang mit den Worten, die er sich den ganzen Tag über zurechtgelegt hatte. »Du bist wunderschön und es ist traumhaft mit dir. Aber ...«

»Du willst mich verlassen«, fuhr es aus ihr heraus. Irgendwie automatisch und nicht wirklich gewollt, wie sie sich sofort insgeheim eingestehen musste. Aber ihr Inneres wollte ihm mit der Zerstörung ihres Traumes zuvorkommen. Wenn, dann wollte sie es selbst sagen und es sich nicht sagen lassen. So viel Stolz musste bei allem Schmerz übrig sein.

Sie war kreidebleich geworden, obwohl die untergehende Sonne das Land und die Donau in warme, orangebraune Töne hüllte. Sonnenuntergang, zuckte es durch ihren Kopf.

Es war wirklich ein Untergang, den sie soeben durchlebte, ein ausgehendes Licht. Ein Weltuntergang, der Untergang ihres ganzen Universums.

»Du willst mich verlassen«, stieß sie leise und mit gebrochener Stimme hervor, ohne es als Frage klingen zu lassen, sondern als Feststellung, deren ganzes Ausmaß sie in diesem Augenblick noch nicht realisieren konnte.

20

Freitag, 12. August

»Nach Lage der Dinge kommt Balluf aus dieser Nummer nicht mehr raus«, resümierte Häberle, als er wie gerädert nach einer Nacht mit wenig Schlaf an diesem Freitagmorgen wieder im Büro erschien und in sich hineinseufzte: »Zwei Wochen sind jetzt vergangen, und wir haben zwar eine heiße Spur, doch kann ich nicht so recht glauben, dass alles wirklich so simpel ist.«

Linkohr war mit zwei Tassen heißem Kaffee in das Büro gekommen und stellte eine davon dem Chef auf den Schreibtisch. »Ich bin mir sicher, wir drehen die Sache um«, sagte er mit einem gewissen Stolz in der Stimme.

»Für die Ulmer ist die Angelegenheit doch längst abgeschlossen«, brummte Häberle. »Schauen Sie sich das an!« Er schob ihm einen Mail-Ausdruck über den Tisch: »Nur Volltreffer. Balluf war wohl überall dort, wo Ruckgaber auch war. Und er war dort, wo Kai Wurster erschossen wurde – auf dieser Kuchalb –, und auch dort, wo Ruckgaber spurlos verschwunden ist. Überall die Zigarettenkippe. Marke ›Camel‹, gleiche DNA. Eindeutiger geht's nicht.«

»Aber doch nur, wenn man davon ausgeht, dass er jedes Mal dort auch eine Zigarette geraucht hat, ohne aber beispielsweise in den Räumlichkeiten Rauchgeruch hinterlassen zu haben – und ohne auch nur irgendwo gesehen worden zu sein«, gab Linkohr zu bedenken.

»Ganz so ist es nicht. Bei dieser ›Tegelberghütte‹ hat einer seinen auffälligen SLK-Mercedes gesehen.«

»Aber was wäre dann das Motiv für alles?« Linkohr hatte sich mit einem Schluck heißen Kaffee den Mund verbrannt.

»Die beiden hatten einfach Streit«, entgegnete Häberle und folgte damit der Argumentation seines Vorgesetzten in Ulm, der sich inzwischen auch sein Sigmaringer Kollege Dennis Blocher angeschlossen hatte. »Ruckgaber und Balluf hatten Streit über den weiteren Fortgang der dubiosen Finanzgeschäfte. Ruckgaber hat sich vor etwa zehn Tagen ausgeklinkt – vielleicht aus Feigheit – und Balluf hat ihn unterwegs immer wieder aufgesucht. Es gab Streitereien, und dann kam just am Samstagabend auch noch dieser Schnüffler, dieser Kai Wurster, dazwischen. Und – peng – er wurde erschossen. Und letztendlich hat Balluf dann den Ruckgaber in Amstetten beseitigt. Klingt doch alles ganz logisch, oder? Nur dass wir halt seine Leiche nicht haben, okay, aber das ist nur ein kleiner Schönheitsfehler.« Häberle verzog sein Gesicht zu einem zynischen Lächeln.

Linkohr hatte sich inzwischen an den Besprechungstisch gesetzt. »Wer war dann die Frau, die den Ruckgaber mithilfe dieser Koordinaten zur Maierhalde gelockt hat?«

Häberle grinste: »Es wird doch nicht Ihre Ann-Marie gewesen sein ...?«

Linkohr konnte darüber nicht lachen. »Wenn man genau drüber nachdenkt, passt da einiges nicht zusammen«, erklärte er. »Und Balluf müsste es dann auch gewesen sein, der Frau Moll, also die Tante von Ann-Marie, aufgesucht hat, um bei diesem dubiosen Einbruch an die Computerdaten ihres Mannes zu gelangen. Natürlich hat da die eingeschüchterte Frau

Moll mitgespielt, weil er ihr vorgemacht hat, sie könne auf diese Art und Weise wieder an das von Ruckgaber erschwindelte Vermögen ihres Mannes kommen«, spöttelte Linkohr. »Sie hatte allerdings auch nicht ahnen können, dass Balluf kräftig mitgeholfen hat, das Geld vrschwinden zu lassen.« Häberle nickte. Linkohr hatte den Schwachpunkt erkannt und die Sichtweise der Ulmer Kollegen auf diese Weise deutlich infrage gestellt.

»Ja«, setzte der Chefermittler deshalb deren Argumentationskette fort, »und so hat Balluf auch den Lorenz Moll in diesem ›Campus Galli‹ beseitigt, weil er natürlich wusste, dass dieser zusammen mit Ruckgaber dort einige Wochen hatte verbringen wollen. Ihm ist natürlich auch der Zoff zwischen den beiden nicht entgangen, und deshalb wusste Balluf, dass Moll alleine im ›Campus Galli‹ sein würde.« Häberle grinste erneut: »Das ist doch so was von logisch! Balluf kommt aus dieser Nummer wirklich nicht mehr raus.« Er nahm einen Schluck Kaffee und fügte an: »So weit der Stand von heute früh. Aber denken Sie dran, lieber Herr Kollege: Machmal sieht die Welt ein paar Stunden später schon wieder ganz anders aus. Denn eines wird bei der Euphorie über die Zigarettenkippen übersehen: die letzte. Jene aus der Toilettenschüssel in Ruckgabers Zimmer in dem Landgasthof in Amstetten. Dort hat Balluf in der Kürze der Zeit, die ihm zwischen der Ankunft Ruckgabers und dessen abendlichem Weggang geblieben wäre, nicht sein können. Außerdem wäre es dem Wirt aufgefallen, wenn da eine fremde Person hochgegangen wäre. Wir haben also eindeutig eine Zigarettenkippe zu viel«, gab sich Häberle siegessicher und teilte beiläufig ein weiteres Ergebnis mit: »Der Dolnik ist natürlich aus der Schusslinie. Die DNA an der Zigarette, die ich ihm abgeluchst habe, passt nicht zu den anderen.«

Linkohr nickte. »Wie Sie soeben gesagt haben, Chef: Manches sieht nach ein paar Stunden schon anders aus. Das erinnert mich fatal an einen unserer ersten großen Fälle – wissen Sie's noch: damals, vor zehn Jahren, war auch mal die Beweislast erdrückend und dann gab's noch während des Prozesses eine Wende.« Linkohr wurde in seinem Redefluss durch Häberles Telefon unterbrochen.

Der Chefermittler nahm ab, lauschte und lobte: »Sehr gut gemacht, wirklich sehr gut.« Er legte wieder auf und informierte Linkohr: »Mende hat vor Ruckgabers Haus in Heroldstatt den BMW unserer Teufelsfahrerin aufgespürt und ihn rein vorsorglich äußerlich mal unter die Lupe genommen.«

»Unfallschaden?«, wollte Linkohr spontan wissen.

»Nein, aber an der Windschutzscheibe Überreste eines violetten Aufklebers, der wohl unsauber abgekratzt wurde.«

Weil Linkohr nichts damit anfangen konnte, kam Häberle gleich zur Sache: »Könnte von einer aktuellen Autobahn-Vignette der Schweiz sein, meint Mende.«

Linkohr gab sich informiert: »Die hat jedes Jahr eine andere Farbe, stimmt's?«

»Nicht jedes Jahr«, stellte Häberle klar. »Der Kollege Mende hat recherchiert. Zuletzt hat sie 2009 und 2013 ähnlich ausgesehen. Aber der BMW ist Baujahr 2015.«

»Dann war das Mädel vorvorletzte Nacht in der Schweiz, als sie bei der Rückfahrt auf der A5 gestoppt wurde«, konstatierte Linkohr und schlussfolgerte: »Eine Kurierfahrt?«

Häberle sah ihn durchdringend an: »Kurier- oder Taxifahrt.«

Karin Ruckgaber hatte gestern Abend Haltung bewahrt. Zuerst war sie wütend gewesen, dann maßlos enttäuscht und weinend in sich zusammengesunken. Dolnik hatte sie nicht einmal in den Arm genommen und zu trösten versucht. Er war ihr von einer Minute auf die andere wie ein Fremder erschienen. Oder besser gesagt: wie ein kühl berechnender Manager, der seine Beziehungen genauso behandelte wie geschäftliche Vorgänge. Nie, niemals hätte sie dies von ihm gedacht – von ihm, der stets seine soziale Einstellung gegenüber den Mitarbeitern betont hatte. Alles nur Heuchelei. Nachdem sie sich einige Minuten angeschwiegen hatten und sie sich die Tränen der Enttäuschung aus den Augen gewischt hatte, waren Wut und Zorn in ihr aufgekommen. Hatte er eine andere? War genauso wie bei ihrem Ex-Mann Andreas eine Jüngere wichtiger geworden? Wurde sie schon wieder beiseitegeschoben wie ein altes Möbelstück?

Dieser Gedanke hatte in ihr neue Energie freigesetzt, die eine unbändige Kraft an Emotionen auszulösen vermochte. Sie war aufgesprungen, hatte das Tischchen umgeworfen, das mitsamt den Weingläsern polternd auf die Holzdielen der Terrasse kippte – und hatte ihre Handtasche geschnappt, um zielstrebig durch das Wohnzimmer zur Ausgangstür zu hasten. Im Vorbeigehen stach ihr geradezu hämisch auf einer Ablage jene dicke Reise-Information ins Auge, die ihr bereits vor einigen Tagen aufgefallen war: »Kuschelwochenende in Frankfurt«, darauf abgebildet ein junges verliebtes Pärchen. Wutentbrannt griff sie sich diesen Katalog und schleuderte ihn im hohen Bogen gegen die gegenüberliegende Schrankwand, wo einige teure Vasen getroffen wurden, aus dem Regal fielen und auf dem Steinboden in tausend Stücke zerbrachen.

Jetzt, eine schlaflose Nacht später, war es ihr, als sei alles ein Albtraum gewesen. Doch die Realität war gnadenlos. Wie konnte Karsten so gefühlskalt sein? Hatte er ihr monatelang etwas vorgespielt, um sie auszunutzen? Oder, wie es in ihrem Kopf hämmerte, sie zu benutzen? War sie nur eine »Übergangslösung« gewesen, bis er etwas Jüngeres fand? Die ganze Nacht über hatte sie darüber nachgegrübelt, was im Verhalten Karstens schon frühzeitig Aufschluss über sein mögliches Motiv für die jetzige Trennung hätte geben können. Nichts, aber auch gar nichts war ihr aufgefallen. Natürlich, sie selbst war eifersüchtig, vielleicht sogar krankhaft – aber wer konnte ihr dies nach der leidvollen Erfahrung mit Andreas verdenken? Deshalb war sie bei allem sensibilisiert, das auf eine andere Frau hindeuten konnte. Wie etwa dieser Reisekatalog. Oder hätte es eine Überraschung für sie werden sollen? Dann jedoch fiel ihr ein, dass Karsten neulich davon gesprochen hatte, sie würden gemeinsam an den Lago Maggiore fahren. Mit dem Tessin verband sich doch auch eher eine romantische Reise als mit Frankfurt.

Häberles euphorische Stimmung war wieder gedämpft worden. Der Polizeipräsident hatte ihm soeben am Telefon vorgeworfen, ihn nicht über den neuesten Stand der Ermittlungen informiert zu haben. »Die Presse hat Wind von der Festnahme Ballufs gekriegt«, wetterte der oberste Chef. »Ich erwarte jetzt, dass ich auf dem Laufenden gehalten werde.«

Häberle räusperte sich. »Entschuldigen Sie, aber verweisen Sie die Medien doch an die Staatsanwaltschaft.« Häberle hatte sich die Worte wohl überlegt, denn er wusste aus Erfahrung, dass der Präsident natürlich am liebsten selbst Erfolgsmeldungen verbreiten wollte.

»Das müssen Sie schon mir überlassen«, kam es ziemlich verärgert zurück. »Gibt es einen Grund, weshalb ich nichts über die neuerliche Vernehmung dieser jungen Frau finden kann ... dieser ...« Er hatte wohl den Namen vergessen.

»Mastrow, Astrid Mastrow«, half ihm Häberle auf die Sprünge und ergänzte ruhig: »Es gab noch keine neuerliche Vernehmung.«

»Wie bitte? Ich erfahre, dass das Alibi der Frau geplatzt ist wie eine Seifenblase, und Sie erklären mir seelenruhig, Sie hätten sie noch gar nicht vernommen!« Der Präsident schäumte hörbar vor Wut.

Häberle gab ihm einige Sekunden Zeit zum Beruhigen. »Ermittlungstaktik«, sagte er dann, wohl wissend, dass der Präsident jetzt sofort eine detaillierte Schilderung der Vorgehensweise verlangte, am besten noch schriftlich. »Tut mir leid«, fuhr Häberle gelassen fort, »aber ich bin gerade mitten in einer wichtigen ...«

»Wichtig, wichtig, wichtig!«, unterbrach ihn ein entnervter Präsident. »Bis spätestens 14 Uhr erwarte ich einen schriftlichen Bericht. Haben wir uns verstanden?« Er gab Häberle keine Chance auf eine Antwort, sondern legte auf.

Der Chefermittler atmete tief durch. Wieder einmal plagte ihn die Frage: Warum tue ich mir das an? Aber dann ermahnte ihn seine innere Stimme, dass er in seinem Alter die einmalige Chance hatte, den »Oberen« die Stirn zu bieten und auszusprechen, was er dachte. Dies konnten sich die jungen Kollegen heutzutage nicht mehr leisten. Er hatte also in gewissem Sinne auch eine soziale Verantwortung, die er wahrnehmen musste.

»Wieder Ärger mit Ulm?«, fragte Linkohr, der gerade am offen stehenden Büro vorbeikam.

»Was auch sonst?«, brummte Häberle verstimmt. »Wenn's nach denen ginge, würden wir nur Protokolle schreiben. Wir könnten uns tagelang mit uns selbst beschäftigen und würden gar nicht merken, dass draußen das Verbrechen tobt.« Er grinste wieder. »Aber das ist in der freien Wirtschaft nicht anders. Die ›Mausklicker‹ können noch jahrelang verwalten,

verwalten und verwalten, obwohl der Betrieb schon längst pleite ist. Die würden's nicht mal merken.« Linkohr gefiel es, wenn der Chef solche flotten Sprüche losließ. »Aber die Ulmer wollen uns unseren Plan nicht durchkreuzen?«, fragte er zweifelnd.

Häberle setzte wieder sein überlegenes Grinsen auf: »Dazu müssten sie ihn ja zuerst mal kennen.« Er sah den jungen Kriminalisten spitzbübisch an: »Bei Ihnen auch alles klar?«

Linkohr nickte stumm und ging weiter.

Balluf hatte auf der unbequemen Liege in der Untersuchungshaftanstalt nur minutenweise geschlafen. Es war bereits die zweite Nacht gewesen, die er schweißgebadet in dieser Enge verbringen musste. Sein Anwalt Roland Blank hatte ihm das Ergebnis der Genanalyse zukommen lassen. Für die Juristen, so dröhnte es immer wieder in Ballufs Kopf, war damit der Fall glasklar: Nur er konnte der Täter sein, der Kai Wurster und Lorenz Moll umgebracht hatte. Klarer konnte die Indizienkette gar nicht sein. Wahrscheinlich hatte auch Astrid den Kriminalisten längst von seiner Eifersucht berichtet, sodass zum möglichen Motiv eines Streits über veruntreutes Geld auch noch eine Beziehungstat hinzukam.

Balluf hatte inzwischen eine ganze Schachtel Zigaretten geraucht, die ihm sein Anwalt besorgt hatte. Dessen Empfehlung, nach den erdrückenden DNA-Analysen das Schweigen zu brechen und hinsichtlich der Betrugsfälle reinen Tisch zu machen, quälte ihn wie eine seelische Folter. Aber wer würde ihm denn jetzt noch glauben? Natürlich konnte es doch nur er gewesen sein, der Andreas während dessen Wandertour immer wieder aufgesucht und ihn – so würde die Staatsanwaltschaft argumentieren – dabei wohl gedrängt, erpresst oder bedroht hatte. Da gab es doch für die Juristen keinerlei Zweifel, dass er den Lorenz Moll und den Kai Wurster umgebracht hatte. Und weil Andreas letztlich angekündigt habe, die geschäftlichen Betrügereien auffliegen zu lassen und die Hauptschuld ihm in die Schuhe zu schieben, sei er auf die Idee gekommen, auch noch Ruckgaber zu beseitigen – so die Worte des Staatsanwalts, die sich schon jetzt in Ballufs Gehirn formten. Und weiter: »Der Angeklagte ist im Sinne der Anklage des Mordes in mindestens zwei Fällen schuldig. Die Staatsanwaltschaft beantragt eine lebenslange Freiheitsstrafe.«

Die Vorbereitungen für den Prozess liefen bestimmt bereits. Seitenlange Protokolle wurden verfasst – und er war eingesperrt und musste tatenlos abwarten, was sie mit ihm vorhatten.

Balluf hatte sich deshalb durchgerungen, seinen Anwalt herzubitten. Es vergingen jedoch sechs qualvolle Stunden, bis er endlich in der Ulmer Haftanstalt eintraf und ihm mit Genehmigung des Wachpersonals zwei Schachteln Zigaretten übergab. Nachdem die Justizangestellten den Besprechungsraum verlassen und die Tür geschlossen hatten, setzte sich Blank auf den harten Holzstuhl und stellte erleichtert fest: »Du willst dich also dazu äußern. Ich hab dir ja bereits gesagt, die Spurenlage ist viel zu eindeutig, als dass sie wahr sein könnte.«

»Das sagst du so einfach«, seufzte Balluf, während ihm Blank eine Zigarette ansteckte. »Roland, die reiten mich rein. Wenn erst das ganze Ausmaß dessen, was Ruckgaber getan hat, einmal auffliegt, glaubt auch mir kein Mensch mehr.«

»Das ist die eine Sache«, hakte Blank ein und sortierte seine mitgebrachten Akten, »die Morde eine ganz andere. Und auf die müssen wir uns konzentrieren. Wie erklärst du dir denn die Zigarettenkippen an den verschiedenen Orten?«

Balluf stieß den inhalierten Rauch aus. »Ganz einfach, Roland. Und ich bin sicher, du wirst mir zustimmen: Das sind vorsätzlich gelegte Spuren. Natürlich wird man sagen, ich sei Kettenraucher, und deshalb sei es überaus wahrscheinlich, dass ich überall paffe. Stimmt ja auch. Aber gerade, weil es so ist, hat man diese Spuren gelegt.«

»Du sagst, ›man‹ hat sie gelegt«, unterbrach Blank. »Du meinst damit Andreas Ruckgaber, nicht wahr?«

Balluf nickte. »Es war für ihn ein Leichtes, meine Zigarettenkippen im Büro einzusammeln und sie mit auf seine dubiose Wanderung zu nehmen. Die hat er dann überall ›rein zufällig‹ hinterlassen, um das von ihm selbst geplante Verschwinden mir anzulasten. Um Beweise zu legen, dass ich ihn immer wieder getroffen habe. Mir war von vornherein klar, dass er abhauen will.« Balluf zog nervös an seiner Zigarette. »Das war generalstabsmäßig geplant, glaub mir. Zusammen mit Astrid. Erkundige dich mal, ob die überhaupt noch im Land ist oder ob sie nicht schon mit Andreas abgehauen ist.«

»Und die Sache mit dem Detektiv Kai Wurster?«, wollte Blank wissen.

»Ein Kollateralschaden, wenn du mich fragst, Roland. Der Schnüffler, der auch hinter mir her war, hat zu viel von Andreas gewusst. Er hat ihn zu dieser Kuchalb gelockt oder locken lassen und kaltblütig beseitigt.«

Blank nickte. Er kannte inzwischen die Akten, wonach eine Frauenstimme dem Hotelier die Koordinaten des Tatorts zur Weiterleitung an Ruckgaber durchgegeben hatte.

»Du meinst, Astrid hat den Detektiv dort hingelockt?«

»Wer denn sonst?«

»Und dann hat Ruckgaber aus seiner Zigarettenkippen-Sammlung auch dort eine Spur zu dir gelegt«, resümierte Blank, überlegte kurz und versuchte, die Namen aus den

Protokollen zuzuordnen.« »Welche Rollen spielen der Vater von dem Detektiv, dieser Helmut Wurster, und Sebastian Schulte?«

»Wurster hat bei ›RUBAFI‹ viel Geld verloren. Schwarzgeld. Der Schulte ebenso. Beide sind Unternehmer, die indirekt mit der Rüstungsbranche verbandelt sind, wenn dir das was sagt.«

»Rüstungsbranche«, nickte Blank. »Wo manches nicht ganz hasenrein ist. Dunkle Geschäfte mit Schurkenstaaten und so.«

»Ja, Andreas hatte Beziehungen in die Politik und in die Diplomatie. Wir haben einiges möglich gemacht, was man nur schwerlich nachvollziehen kann.« Balluf ließ ein verschämtes Grinsen erkennen.

»Geldwäsche«, meinte Blank emotionslos. »Also auch Panama?«

»Natürlich auch Panama. Was glaubst du denn, weshalb Andreas im März plötzlich so kalte Füße gekriegt hat, als die Süddeutsche Zeitung diese ›Panama Papers‹ präsentiert hat? Er ist beinahe Amok gelaufen.«

Blank wollte dies nicht vertiefen, sondern bohrte weiter: »Wer hat alles die Route seiner Wanderung gekannt?«

»Niemand. Außer Astrid.«

»Du nicht?«

»Na ja«, musste Balluf einräumen und inhalierte wieder tief den Rauch. »Ich hab's rein zufällig mitgekriegt. Oder auch nicht zufällig. Mir erschien es schon damals ziemlich ungewöhnlich, dass Andreas den Wanderplan nach dem Kopieren versehentlich hat liegen lassen.«

»Dort hast du den Plan dann gesehen?«

»Ja – und mir auch eine Kopie gemacht.«

»Wieso das denn?«

»Weil ich informiert sein wollte, wo er sich täglich aufhält. Denn schon vor seinem Urlaub sind immer mal wieder unzufriedene Kunden aufgetaucht, die ziemlich rabiat wurden und mit Anzeige drohten. Da wollte ich, falls es noch schlimmer kommen würde, notfalls Andreas' Aufenthaltsort kennen.«

»Aber Astrid hätte doch in solchen Fällen sicher gewusst, wo sie ihn erreichen kann«, wandte Blank ein, um damit gleich den Schwachpunkt seiner Argumentation aufzuzeigen.

»Ich wollte mir gegenüber Astrid keine Blöße geben. Schließlich waren Andreas und ich, wie du ja weißt, in der Firma theoretisch gleichberechtigt.«

»Hm«, machte Blank. »Noch ein weiterer Name ist mir aufgefallen: Dolnik. Karsten Dolnik. Der hat ja angeblich gegen euch Anzeige erstattet.«

»Dolnik ist kein Kunde von ›RUBAFI‹, jedenfalls soweit ich das überblicken kann, sondern der neue Liebhaber von Andreas' Exfrau.«

»Und wie muss ich mir seine Rolle vorstellen? Hat er, falls er's wirklich war, Ruckgaber mit einer Anzeige unter Druck setzen wollen?«

»Frag mich nicht!«, stieß Balluf schwer atmend hervor. »Ich hab über den Dolnik in unseren Unterlagen nichts gefunden – sofern sie nicht passwortgeschützt sind, wie dies Andreas mit einigen Dateien getan hat. Ist es denn sicher, dass es tatsächlich Dolnik persönlich war, der Anzeige erstattet hat? Dahinter könnte sich doch auch ein Anonymling verbergen, oder?«

»Mag sein, keine Ahnung. Wird man klären müssen. Du meinst aber, dass Ruckgaber Daten vor dir verheimlicht hat?«

»Ja, ganz sicher hat er das.«

»Mit dem Namen ›Dolnik‹ verbindest du also überhaupt nichts?«

»Nein, wieso fragst du mich? Muss man den kennen? Auch ein Unternehmer?«

»Ich hab mich mal kundig gemacht. Viel lässt sich nicht finden. Er macht auch auf Ex- und Import kleiner elektronischer Assistent-Systeme, für Autos vermutlich. Kann man natürlich auch für andere Dinge einsetzen, denk ich mal. Und dann hat er auch noch so ein kleines Transportunternehmen mit diesen ›Sprintern‹, Kastenwagen und so. Aber wohl auch für ›diskrete Transporte‹ mit Pkw. Alles etwas dubios.«

»Ja und?«

Blank senkte seine Stimme. »Der Raum Ulm ist in jüngster Zeit immer wieder mit dem islamistischen Terror in Verbindung gebracht worden.«

»Wie bitte?« Balluf fingerte nach der nächsten Zigarette.

»Am 5. November vorigen Jahres – das ist gerade mal neun Monate her –, da wurde auf der A8 bei Rosenheim ein VW Golf gestoppt.« Blank gab seinem Freund und Mandanten Feuer und blätterte anschließend in einer Akte. »In diesem Golf entdeckten die Fahnder 200 Gramm TNT, acht Kalaschnikows samt Munition, zwei Handgranaten, zwei Pistolen und einen Revolver.«

»Und was hat das mit diesem Dolnik zu tun?«

»Für solche Transporte bedarf es einer gewissen Logistik und Organisation. Ziel wäre offenbar Paris gewesen«, berichtete Blank, ohne direkt auf die Frage einzugehen. »Ein Kollege aus einer Münchner Anwaltskanzlei will in diesem Zusammenhang auf den Namen Dolnik gestoßen sein.«

»Ich werd verrückt«, gab sich Balluf mit einem Lungenvolumen voll Rauch überrascht. »Und wie kommst ausgerechnet du da drauf?«

»Ich hab mich halt mal schlaugemacht – bei den Kollegen, die sich im näheren und weiteren Umkreis mit organisierter Kriminalität und Geldwäsche befassen«, antwortete Blank mit gewissem Stolz in der Stimme und fuhr fort: »Bereits einen Monat zuvor, in der Nacht zum Staatsfeiertag, dem 3. Oktober, hat es in Ulm ein bis heute mysteriöses Treffen gegeben. Ein aus Brüssel angereister islamistischer Terrorist hat drei Männer abgeholt, angeblich Syrer, denen der verheerende Anschlag vom 13. November in Paris zugerechnet wird.«

»Und Dolnik?« Ballufs Finger mit der Zigarette zitterten.

Blank überlegte, wie er antworten konnte, ohne allzu viele vertrauliche Informationen eines Anwaltskollegen preiszugeben. »Na ja, sagen wir es mal so«, gab er sich diplomatisch. »Auf der Autobahn sind viele Fahrzeuge unterwegs. Auffällig wird es, wenn manchmal ein und dieselben gerade dort sind, wo sich etwas Merkwürdiges abspielt.«

»Wie? Der Dolnik in Terroristenkreisen?« Balluf zog gierig an der Zigarette.

»Nein, nein«, wehrte der Anwalt ab. »Das darf man so nicht sagen. Aber wenn in großem Stil ermittelt wird, geraten auch viele Randfiguren ins Visier, die möglicherweise gar nichts mit der eigentlichen Sache zu tun haben.«

»Aber du hast den Namen Dolnik schon mal gehört?«, wollte Balluf wissen.

»Lassen wir's dabei«, entschied Blank. »Aber eines steht fest: Ulm und Neu-Ulm galten schon mal als ein internationales Zentrum des radikalen Islamismus. 2005 wurde in Neu-Ulm eine Moschee geschlossen, weil dort Hassprediger ein und aus gingen und sogar mal einer der New Yorker Attentäter vom 11. September 2001 zu Besuch war.«

Balluf hatte gespannt zugehört und wurde immer nervöser. »Du willst jetzt aber nicht behaupten, dass Andreas und ich in so was reingezogen werden?«

»Natürlich nicht, Jonas. Es geht nur darum, dass eure Kundschaft bei ›RUBAFI‹ nicht nur aus den kleinen Fischen bestand, deren Geld ihr mithilfe von Astrid wieder diskret aus der Schweiz zurückgeholt habt. Das waren für deinen Kumpel Andreas nur Nebenkriegsschauplätze, die er auf möglichst diskrete Weise loswerden wollte. Letztlich wird zu prüfen sein, inwieweit du von den ›großen Dingen‹ gewusst hast.«

»Du meinst, woher das Geld kam und wohin es geflossen ist?« Balluf wurde hellhörig: »Zur Unterstützung des Islamischen Staates womöglich?«

»Ganz genau. Und falls es diese Beziehungen gibt, die mir bei der Nennung von Dolniks Namen sauer aufgestoßen sind, dann wird auch deutlich, dass gewisse darin involvierte Kreise nicht davor zurückschrecken, jemanden zu beseitigen.«

»Andreas? Du meinst, Andreas hat mit seinem Verschwinden einen Mord an sich selbst vorgetäuscht, um abtauchen und mir alles in die Schuhe schieben zu können, damit ich der Sündenbock bin und für den Rest meines Lebens im Knast sitze, und er sich in einem Steuerparadies mit Astrid oder anderen Weibern vergnügt …?« Balluf schwieg erschöpft.

Blank zuckte mit den Schultern. »Wir konzentrieren uns jetzt auf das, was nur dich angeht: Die insgesamt drei Morde, die dir die Staatsanwaltschaft zur Last legen wird. An Lorenz Moll, Kai Wurster und aller Wahrscheinlichkeit nach auch an Ruckgaber – auch wenn dessen Leiche vielleicht nie gefunden wird.«

Die Nervosität stieg von Minute zu Minute. Häberle war sich bewusst, dass sein Vorhaben ziemlich gewagt war. Wenn etwas schiefging, nahm seine Karriere ein dramatisches Ende. Dass ausgerechnet jetzt der Kollege aus Sigmaringen anrief, brachte seinen zeitlichen Ablauf durcheinander. Entsprechend mürrisch meldete er sich und nahm Blochers überheblichen Tonfall mit Unbehagen zur Kenntnis. »Das wird Sie interessieren«, hörte er die Stimme, die keinerlei Sympathie in ihm weckte. Er reagierte deshalb auch nicht, sondern wartete auf Blochers Ausführungen: »Die Kollegen in Friedrichshafen haben mal recherchiert, wo diese Astrid Mastrow in der Nacht zum Mittwoch gewesen sein könnte. Wenn ihr tatsächlich auf der Windschutzscheibe ihres Autos den Rest einer Schweizer Vignette gefunden habt, dann ist sie auf der A 5, als man sie gestoppt hat, gerade aus der Schweiz gekommen.«

Keiner hätt's gedacht, hätte Häberle beinahe gesagt, ließ aber nur ein desinteressiertes »Mhm« vernehmen.

»Da sie abends noch in Frankfurt war, hat sie also in der Nacht in der Schweiz etwas erledigen müssen«, fuhr der Sigmaringer Kriminalist fort.

»So weit, so gut«, kommentierte Häberle gereizt. »Das ist auch uns schon eingefallen.«

»Von Basel aus gehen morgens ab 6 Uhr nicht nur Linienflieger, sondern auch Privatjets.«

»Kann ich mir vorstellen«, gab Häberle zurück und nahm einen Schluck Wasser. »Aber sie kann genauso gut nach Zürich gefahren sein.«

»Wir werden mit den Schweizer Behörden checken, ob auch ein Andreas Ruckgaber auf irgendwelchen Passagierlisten auftaucht.«

»Tun Sie das«, kommentierte Häberle und stellte sich im Geist bereits den bürokratischen Aufwand vor, vor allem die Schwierigkeiten mit Datenschutz und den Weg über Staatsanwaltschaften und Richter. Und selbst wenn Ruckgaber auf diese Weise Europa verlassen hatte, dann war er clever genug, durch mehrmaliges Umsteigen in Steueroasen sein tatsächliches Ziel zu verschleiern. Immerhin waren jetzt schon drei Tage vergangen.

»Das scheint Sie nicht sonderlich zu interessieren«, drang Blochers Stimme vorwurfsvoll an sein Ohr.

»Oh doch, Herr Kollege, bleiben Sie dran. Halten Sie uns auf dem Laufenden. Ich bin leider in Eile«, er schielte auf die Armbanduhr, »vielleicht sehen wir heute Nacht klarer.« Dann legte er grußlos auf.

Als Ann-Marie in Bad Urach losgefahren war, war die Sonne bereits hinter den Steilhängen versunken. Und auf der Hochfläche, die sie überqueren musste, warfen die Bäume lange Schatten. Eineinhalb Monate nach der Sommersonnenwende waren die Tage schon wieder merklich kürzer geworden.

Sie kannte inzwischen die Route nach Meßkirch. Es waren zwar nur etwas mehr als 100 Kilometer, aber die Strecke über Engstingen, Trochtelfingen und Sigmaringen führte bisweilen über kurvenreiche Straßen. Sie war sich dessen bewusst, dass sie das Ziel erst in der Dunkelheit erreichen und sich dann schwertun würde, den »Campus Galli« zu finden, der abseits der B313 zwischen Engelswies und Rohrdorf versteckt im Wald lag.

Ann-Marie war aufgeregt wie selten zuvor. Immer wieder musste sie unterwegs ihr Selbstbewusstsein stärken, sich einreden, dass sie es schaffen würde – genauso, wie es ihr einst bei dem Selbstverteidigungskurs und später immer wieder eingebläut worden war. Allerdings nagten auch wieder Zweifel an ihr, ob das, worauf sie sich jetzt einließ, im Sinne ihres Onkels Lorenz war. Oder ob sie sein Vermächtnis, das er ihr anvertraut hatte, nicht doch missbrauchte. Denn ihm war es letztlich auch um Gerechtigkeit gegangen – und nun war sie selbst in etwas hineingeraten, das sie anfangs nicht hatte überblicken können. Stück für Stück hatte sie sich mitreißen lassen. Zuerst aus Neugier, dann aus Abenteuerlust – und nun aus der Erkenntnis heraus, dass es kein Zurück mehr gab. Sie musste an Linkohr denken, dessen mehr oder weniger vorsichtige Annäherungsversuche sie ebenso vorsichtig von sich fernhielt. Er war ja ein netter Kerl und er meinte es sicher ehrlich, aber unter den momentanen Bedingungen konnte sie sich nicht auf ihn einlassen. Vielleicht später einmal. Aber wahrscheinlich würde sich Linkohr bis dahin wieder einer anderen Frau zuwenden.

Ann-Marie wischte diese Gedanken beiseite, obwohl es ihr schwerfiel, Ordnung in das wilde Durcheinander ihres Unterbewusstseins zu bringen. Sie musste sich auf Astrid Mastrow konzentrieren, auf das Zusammentreffen mit einer Frau, die sie gar nicht kannte. Sie wusste nur so viel von ihr, dass sie vermutlich beide etwa gleich alt sein mussten. Noch allerdings war unklar, ob diese wirklich um 22 Uhr zum Eingang des »Campus Galli« kam. Ann-Marie hatte ihr dies zwar gestern bei dem Telefonat ziemlich deutlich angeraten, doch eine Bestätigung war ihr Astrid Mastrow schuldig geblieben. Aber nach allem, was sich in den vergangenen Tagen ereignet hatte, musste sie kommen. Es war Astrids letzte Chance, in den Besitz wichtiger Dokumente zu gelangen.

Dass sich Peter Breitinger bereit erklärt hatte, an seiner Schmiede auf die beiden Frauen zu warten, beruhigte sie. Natürlich war sie bisher schon über sich hinausgewachsen, als sie mit Sebastian Schulte zur Sontheimer Höhle gegangen war, dagegen war ein Treffen mit einer gleichaltrigen Frau vergleichsweise ungefährlich. Aber dass sie heute notfalls auf einen direkten männlichen Beschützer bauen konnte, empfand sie als beruhigend. Breitinger hatte darauf bestanden, dass das Versteck der Dokumente nur gemeinsam mit ihm aufgesucht wurde – genauso, wie Lorenz Moll es angewiesen hatte. Damit war zumindest sichergestellt, dass es einen neutralen Zeugen gab.

Oder was sonst hätte Onkel Lorenz damit bezwecken wollen, überlegte Ann-Marie schon zum tausendsten Mal, als in der längst hereingebrochenen Dunkelheit nun die Scheinwerfer rechts der Straße auf das Hinweisschild zum »Campus Galli« trafen. Die digitale Uhr im Armaturenbrett zeigte 21.46 Uhr.

Ann-Marie setzte auf der einsamen Straße den Blinker und ließ ihren roten Polo auf den leeren Parkplatz rollen. War Astrid noch nicht eingetroffen? Hatte sie ihren Wagen woanders abgestellt – oder kam sie womöglich doch nicht?

Ann-Marie betrachtete sich im Innenspiegel, zupfte ihren hochgeschlossenen Pullover sorgfältig zurecht, stieg langsam aus und steckte eine kleine Taschenlampe und ihr Pfefferspray in die Taschen ihrer Jeans. Sanfte sommerliche Luft strich durch ihr Haar, und als die Autotür geschlossen und verriegelt war, umgab sie friedliche Stille. Die Nacht war sternenklar, und nachdem sich die Augen an die Dunkelheit gewöhnt hatten, zeichnete sich der breite Weg hinüber zu den Erdwällen ab, hinter denen sich die Holzhäuschen des Eingangs abzeichneten. Rechts erhob sich pechschwarz der dichte Hochwald.

Nirgendwo deutete etwas auf die Anwesenheit von anderen Menschen hin.

Trotz ihrer inneren Unruhe steckte in ihren Schritten energische Entschlusskraft. Erst als sie die großen Infotafeln erreicht hatte, deren Aufschrift sich in diesem Nachtgrau nur erahnen ließ, wurde sie langsamer. Die Holzhäuschen, in denen sich Ausstellungsraum und Kasse befanden, hoben sich als große kantige Kästen in der Dunkelheit ab. Ann-Marie zwängte sich durch ein Tor, dessen Konstruktion sie sich bereits während ihres ersten Besuchs bei Breitinger eingeprägt hatte.

Die Geräusche, die es von sich gab, waren verräterisch, weshalb sie kurz innehielt und in die Nacht lauschte. Nichts. Nur der schaurige Ruf einer Eule oder eines anderen Vogels tönte aus den Wäldern zu ihr herüber. Auf der Straße rauschte ein Auto vorbei. Ann-Marie holte ihr Smartphone aus der Jackentasche, um die Uhrzeit abzulesen. 21.53 Uhr. Weil das grüne Symbol für »WhatsApp« eine Nachricht anzeigte, tippte sie darauf und bekam eine Meldung angezeigt, deren Absender die »Galli-Group« war: »Alles okay.«

Karin Ruckgaber hatte den ganzen Tag über nichts gegessen. Sie war rastlos durch ihre kleine Wohnung in Ulm getigert, dann wieder in ihren gepolsterten Lehnstuhl auf dem winzigen Balkon gesunken und hatte versucht, ihre rasenden Kopfschmerzen mit Tabletten und Mineralwasser zu bekämpfen. Sie versuchte zu schlafen, verfiel aber nur in einen schlafähnlichen Zustand, der sie zwischen Zorn, Bitternis und Wunschträumen hin und her riss. Die unendliche Liebe und Zuneigung zu Karsten hatte sich in Wut und Rachegefühle verwandelt. Jeden einzelnen Tag, jede Nacht, die sie mit ihm verbracht hatte, alles durchlief in ihrem Kopf jetzt einen Scanner, der das Gesagte nach verdächtigen Äußerungen absuchte. Karsten hatte sehr viel über seine geschäftlichen Erfolge geredet, aber auch hervorgehoben, wie sozial er gegenüber seinen Mitarbeitern eingestellt war. Als sie ihn kennengelernt hatte, voriges Jahr bei diesem kulturellen Event in Erpfenhausen, da war er im Kreise einiger Geschäftsfreunde gestanden, aus deren Gesprächen sie herausgehört hatte, dass sie alle wohl elektronische Teile exportierten. Bevor Karsten dann mit ihr zu einem nahen Natursee gegangen war, zu dem ein idyllischer Weg hinführte, hatte sie noch einen Satz aufgeschnappt, den einer seiner Kollegen ihm zugeflüstert hatte: »Das vom November darf sich nicht wiederholen. Denk dran: Die Grenzen sind dicht.«

Sie hatte von Dolnik anschließend wissen wollen, was dieser Rat bedeutet habe, doch die Antwort, an die sie sich noch genau erinnern konnte, war ziemlich ausweichend gewesen: »Irgendwas mit Papieren an der Grenze. Er wollte nur sagen, dass die Grenzkontrollen wegen der Flüchtlingskrise ziemlich zeitaufwendig sind.«

In ihrem Glücksgefühl, das ihr Karsten an diesem Abend beschert hatte, war ihr diese kurze Antwort unbedeutend erschienen. Doch nach allem, womit Karsten gestern die plötzliche Trennung begründet hatte, erschien ihr diese Bemerkung in einem ganz anderen Licht. Karsten war gar nicht der seriöse Geschäftsmann, als der er sich nach außen hin gab, hämmerte es nun in ihrem Kopf. Wahrscheinlich war alles, was er ihr erzählt hatte, nur Lug und Trug, vor allem aber eiskalt berechnend gewesen. Vielleicht war es ihm wie ein Geschenk des Himmels erschienen, dass sie damals mit Andreas zu dieser Kulturveranstaltung in dem einsamen Gehöft gekommen war. Karsten hatte zwar später behauptet, Andreas über einen Unternehmenskollegen und eine Augsburger Steuerberatungskanzlei kennengelernt zu haben – aber auch dies konnte natürlich erlogen gewesen sein.

Karins Zorn stieg ins Unermessliche. Wie konnte sie sich nur für so dumm verkaufen lassen? War sie so verblendet gewesen? Ihr Stolz war zutiefst verletzt, zumal jetzt auch wieder der Gedanke an Astrid die Oberhand gewann. Astrid, das Flittchen, die kleine Nutte – wie es ihr die innere Stimme mit abgrundtiefem Hass zuflüsterte.

Nein, sie wollte keine Sekunde mehr zögern. Es war Zeit für einen Befreiungsschlag. Sie verließ den Balkon, ging ins

Wohnzimmer zurück und griff zum schnurlosen Telefon, überlegte dann aber, dass es besser war, zunächst die Telefonnummer der Ulmer Polizei herauszusuchen. Sie wollte schließlich nicht über 110 einen Notfall melden, sondern nur ein paar interessante Hinweise geben. Trotz der späten Stunde.

21

Ann-Marie traf es wie ein Donnerschlag – obwohl die weibliche Stimme leise geklungen hatte. »Suchst du mich?« Die schwachen Laute drangen aus der Schwärze hinter dem Kassenhäuschen hervor.
Ann-Marie erstarrte in der Bewegung und sah in besagte Richtung. »Astrid?«, fragte sie vorsichtig zurück. »Astrid Mastrow?«
»Wer bist du?«, kam es zurück, während Ann-Marie Gänsehaut über den Rücken kriechen spürte.
»Ich hab dich angerufen«, presste sie hervor. »Zeig dich. Wo bist du?«
»Bist du allein?«, fragte die Stimme.
»Natürlich – du auch?«
»Ja«, schallte es Ann-Marie entgegen. »Also, wo ist das Zeug?« Astrid Mastrow schien ihre Scheu bereits überwunden zu haben. Aus der Nachtschwärze hinter dem Kassenhäuschen löste sich die Silhouette einer Person, die näher kam. Ann-Marie entschied blitzschnell, die Mini-Stablampe aus den Jeans zu ziehen und der Person ins Gesicht zu leuchten. »Lass den Quatsch!«, fauchte Astrid sie zornig an. Ann-Marie löschte das Licht wieder. Sie hatte genug gesehen. Ein junges Frauengesicht, Haare zum Pferdeschwanz gebunden.
»Wer bist du?«, bläffte Astrid.
»Uns verbinden gemeinsame Interessen«, versuchte Ann-

Marie mit fester Stimme zu sagen, doch sie konnte ihre Angst und Unsicherheit nicht verbergen. »Lorenz Moll, der vor zwei Wochen hier umgebracht wurde, hat dort oben im Wald, in diesem Campus, etwas versteckt, das sowohl dir als auch deinem Ruckgaber ...«

»Ruckgaber?«, brach es aus Astrid heraus. Sie kam einen Schritt näher. »Ruckgaber. Du kennst Ruckgaber?«

»Natürlich kenn ich ihn«, log sie. »Und das, was wir da oben finden werden, könnte ihn und noch einige andere ganz schön in Bedrängnis bringen.«

»Und was soll ich da?«, fragte Astrid irritiert. »Wieso gehst du nicht einfach hin, holst das Zeug, und wir reden dann darüber? Soll das jetzt eine Falle sein, oder was? Was glaubst du eigentlich, damit erreichen zu können?«

»Red keinen Unsinn! Du sollst mit eigenen Augen sehen, dass das Zeug aus einem sicheren Versteck stammt. Sonst würdest du hinterher behaupten, ich hätt's aus dubiosen Quellen. Außerdem«, Ann-Marie war sich bewusst, jetzt einen unerwarteten Trumpf auszuspielen, »sind wir nicht allein.«

»Wie bitte?« Astrids Silhouette drehte sich nach allen Seiten um. »Bist du jetzt völlig wahnsinnig? Was willst du damit sagen?«

In diesem Moment rief der Nachtkauz wieder.

Ulms Polizeipräsident schnaubte vor Wut, ja, er schien geradezu zu schäumen. Er war spätabends wieder ins Büro zurückgekehrt, nachdem ihn der Polizeiführer vom Dienst pflichtgemäß von einer größeren Aktion informiert hatte, die Häberle über das Landeskriminalamt präsidiumsübergreifend angeordnet habe. »Ist der denn von Sinnen?«, brach es aus Ulms oberstem Polizeichef heraus. »Seit wann wird so etwas von einem kleinen Hauptkommissar ohne Einverständnis des Präsidiums eingeleitet?«

Die Uniformierten um ihn herum ließen keine Regung erkennen. Nur der Leiter des Führungsstabes wagte einen Einwand: »Gefahr im Verzug. Schnelles Handeln war gefragt.«
»Ach, hören Sie mir doch auf mit so etwas. Bei diesem Häberle ist immer Gefahr im Verzug. Ein Wichtigtuer. Glaubt wohl, noch immer so weiterwurschteln zu können wie vor 40 Jahren.«

Die Umstehenden mussten unweigerlich daran denken, wie der Präsident vor ziemlich genau einem Jahr den weithin bekannten Kommissar in den höchsten Tönen gelobt hatte und hocherfreut gewesen war, dass Häberle den Ruhestand noch einmal verschoben hatte. Ihn jetzt an diese Worte zu erinnern, wäre aber gleichbedeutend mit einem Streichholz an Nitroglycerin gewesen.

»Wo ist er jetzt?«, brauste er erneut auf. »Für 14 Uhr hab ich einen Bericht von ihm erwartet, und jetzt ist's 22 Uhr. Acht Stunden später und noch immer kein Bericht.« Er kurvte wild fuchtelnd durch das Büro, wozu ihm ein halbes Dutzend Männer den Weg freimachte. »Morgen früh erwarten die Medien, dass ich mich zur Aufklärung dieser Mordserie äußere – und bis jetzt«, er zeigte mit einer fahrigen Bewegung zu der großen Uhr, »… bis jetzt hab ich weder Fakten noch Daten. Ich denke, der Fall ist längst geklärt«, wetterte er weiter. »Dieser Balluf, oder wie der heißt, sitzt in U-Haft, da gibt es ja bei Gott keinen Anlass mehr, das LKA loszuhetzen.« Der Leiter des Führungsstabes, ein forscher Polizeioberrat mit militärischem Auftreten, sah sich zu einer weiteren Erklärung veranlasst: »Herr Häberle hat sich mit dem LKA abgestimmt.«

»LKA, LKA«, wiederholte der Präsident schnell und verächtlich, als sei ihm das Landeskriminalamt höchst zuwider. »Wer hat jetzt hier das Sagen? Stuttgart oder ich?«

»Vielleicht auch noch ganz andere...«, wagte der Angesprochene zu erwidern.
»Wie bitte?«, polterte der Präsident. Ihm schwante bereits, was um ihn herum vorging. »Ich verlange sofort eine Antwort.«
Der forsche Polizeioberrat erwiderte, ohne zu überlegen: »Das sollten Sie vielleicht auf allerhöchster Ebene bereden.«

Astrid hatte inzwischen Vertrauen gefasst und folgte nun Ann-Marie hinüber zum Wald. »Und du bist sicher, dass dich dieser Breitinger nicht reinlegen will?«, zweifelte sie trotzdem.

»Er war ein Vertrauter meines Onkels«, erklärte Ann-Marie, nachdem sie vorhin am Eingang ihr persönliches Verhältnis zu Lorenz Moll dargelegt hatte. »Sonst hätte er nicht ihm die restlichen Koordinaten gegeben.«

»Eine ziemlich verrückte Idee, findest du nicht?« Sie gingen nebeneinanderher auf das pechschwarze Waldstück zu.

Astrid hielt ihre Begleiterin ruckartig zurück. »Da ist etwas«, zischte sie mit gedämpfter Stimme. »Da hat etwas aufgeblitzt, da vorne.« Sie deutete in Richtung des nur schemenhaft erkennbaren Weges.

Die beiden Frauen blieben stehen, Astrid wagte kaum zu atmen.

»Wo?«, flüsterte Ann-Marie mit gespieltem Entsetzen und versuchte, an dem etwa 50 Meter entfernten Waldrand etwas zu erkennen.

»Rechts vom Weg«, erklärte Astrid. »Nur kurz. Kann das der Breitinger sein?«

»Nein, er erwartet uns an seinem Unterstand«, flüsterte Ann-Marie zurück und ging zügig weiter. »Vielleicht hast du dich getäuscht.«

Astrid folgte ihr zögernd. »Wieso bist du dir so sicher, dass sich das Versteck hier irgendwo befindet?«

»Weil die groben Koordinaten, die ich habe, auf dieses Gelände hindeuten. Was mir fehlt, sind die Koordinaten hinter den Kommastellen, mit denen sich der gesuchte Ort auf den halben Meter genau oder noch näher eingrenzen lässt. Minuten und Sekunden, falls du von Koordinaten etwas verstehst.«

»Dazu brauchst du aber ein teures Navi.«

»Breitinger hat sich eines besorgt«, erklärte Ann-Marie, während sie sich nun dem Waldrand näherten und von einem mulmigen Gefühl beschlichen wurden.

Wieder griff Astrid nach Ann-Maries Arm und hielt sie zurück. »Da war was.« Ihre Stimme zitterte. Rechts von ihnen hatte etwas im trockenen Laub geraschelt.

»Tiere«, beruhigte Ann-Marie, ohne sich etwas anmerken zu lassen. »Um die Jahreszeit wimmelt es hier von Tieren.«

»Warum hat uns dieser Breitinger nicht beim Eingang abgeholt?«, wollte Astrid flüsternd und misstrauisch wissen, während sie mit Ann-Marie weiter in den Wald hineinging, dessen Blätterdach das ohnehin spärliche Licht des Sternenhimmels schluckte.

»Er wollte nicht gesehen werden. Nicht schon wieder«, sagte Ann-Marie. »Er hat sich nämlich ganz schön mit der Polizei angelegt.«

»Angelegt? Mit der Polizei? Wie das denn?«

»Erzähl ich dir vielleicht später«, wiegelte Ann-Marie ab und wurde nun selbst von einem heftigen Schreck ergriffen, den sie aber sofort abzuschütteln versuchte: Rechts von ihnen, im Werkstattunterstand des Schreiners, hatte sich etwas bewegt. Oder doch nicht? Vermutlich war es nur Einbildung gewesen. Sie ging einfach weiter, knipste ihre kleine LED-Taschenlampe an und leuchtete den breiten Weg aus, um an einem Steinhaufen scharf links abzubiegen – so, wie sie es schon einmal getan hatte. So nämlich würde sie sich in der Dunkelheit am besten zurechtfinden.

Bald tauchte dort auch die Werkstatt des Schindelmachers auf. Ein leichter Schauer überkam sie, als sie in das Pechschwarz der offenen Vorderseite blickte. Hier war »es« geschehen. Sie verschwieg, was sie dachte, und beschleunigte ihre Schritte. »Wie weit ist es denn noch?«, wollte Astrid gereizt wissen. »Ich hab keine Lust, die ganze Nacht hier zu verbringen.«

»Diese halbe Nacht wirst du überstehen«, beruhigte Ann-Marie. »Danach wirst du dich dorthin absetzen, wo Ruckgaber schon ist, stimmt's?«

Astrid blieb abrupt stehen. »Was soll das? Was willst du damit sagen?«

»Nicht mehr als das, was ich gesagt habe«, keifte Ann-Marie zurück. »Komm, jetzt ist Gelegenheit, alles abzuschließen.« Sie ging energisch weiter, vorbei an dem Platz mit den Biertischen in Richtung der Holzkirche, deren hohe Konstruktion sich vor dem Schwarzgrau des Nachthimmels abhob. Nach einer kurzen Wegstrecke, die sie schweigend zurücklegten, schimmerte das flackernde Licht einer Kerze durch die Büsche. Es roch nach kalter Asche. Breitinger hatte das Feuer in seiner Schmiedewerkstatt gelöscht.

Während sie sich näherten, griff Ann-Marie noch einmal zu ihrem Smartphone, um eine neue Nachricht über WhatsApp abzurufen: »Weitere P – aber Ok«, stand da mit der Übermittlungszeit von vor zwei Minuten auf dem Display. Ann-Marie war erschrocken, ihr Puls begann zu rasen, doch sie durfte sich nichts anmerken lassen. Was immer auch geschah. Oder war etwas schiefgelaufen?

»Musst du ausgerechnet jetzt am Handy spielen?«, schimpfte Astrid, aber Ann-Marie hörte nicht auf sie. Viel zu sehr hatte sie das Gelesene durcheinandergebracht.« »Wie?«, war alles, was ihr als Antwort einfiel. »Ich dachte, es sei eine Nachricht gekommen.« Sie steckte das Gerät wieder ein.

Im Kerzenlicht erkannten sie jetzt schemenhaft den Mann, der auf sie gewartet hatte und sich nun erhob. »Ich grüße die Damen«, sagte er leise und schüttelte beiden die Hand. Er trug trotz der sommerlichen Wärme einen Rollkragenpullover. Ann-Marie nahm's beiläufig zur Kenntnis, ihre Begleiterin war ungeduldig und nervös: »Dann kann's ja losgehen.«

Breitinger war offenbar auch nicht an einem Vorgeplänkel interessiert. »Ich hab das Gerät schon mal angemacht«, kam er gleich zur Sache und deutete auf den Tisch, auf dem die Kerze in einem Glas flackerte. Daneben lag ein Navigationsgerät, das seiner Form und Farbe nach für Expeditionen gedacht war. »Wenn der Laubwald die Satellitensignale nicht allzu sehr beeinträchtigt, können wir fast zentimetergenau navigieren.« Er nahm das Gerät in die Hand und schaltete die Display-Beleuchtung ein, während Ann-Marie aus einer Innentasche ihrer Lederjacke einen zerknüllten Zettel herausfischte und in das fahle Kerzenlicht hielt. Es war eine Zahlenkombination mit Längen- und Breitengraden, wobei jedoch die letzten vier Ziffern mit »xxxx« und dem Hinweis auf »hat Peter Breitinger« ersetzt waren.

Ann-Marie, die schon vor Wochen mit ihrem Teil der Koordinaten am Computer den gesuchten Standort grob hatte einkreisen können, erklärte: »Das muss hier im Umkreis von maximal 500 Metern sein.«

Astrid unterbrach erschrocken: »Was ist das?« Wieder hatte sie ein Knacken vernommen, als trete jemand auf trockene, am Boden liegende Äste. Breitinger, der mit der Programmierung des Geräts beschäftigt war, täuschte mit badischem Dialekt Gelassenheit vor: »Nichts weiter, meine

Damen. Hier hat's jede Menge Viecher. Das geht die ganze Nacht so. Nichts für schwache Nerven.«

Ann-Marie und Astrid, die ihm beidseits zuschauten, verfolgten das Eingeben der Koordinaten. »So, jetzt noch die letzten vier – mein großes Geheimnis, das mir Ihr Onkel anvertraut hat«, sagte er und schielte zu Ann-Marie. Augenblicklich tauchte auf dem farbigen Display ein blauer Punkt auf, der den programmierten Standort auf einem Landkarten-Ausschnitt markierte. Entfernung: 292 Meter. »Das ist ja gleich da drüben«, flüsterte Breitinger. »Aber wir können nicht quer durchs Gebüsch. Ich schlage vor, wir nehmen zuerst mal den Weg und orten das Ziel von da aus. Gehen wir.« Er drückte Astrid einen Spaten in die Hand: »Den nehmen Sie. Falls wir graben müssen.«

Ann-Marie knipste ihre Taschenlampe an und folgte Breitinger, der den Weg nahm, den sie gerade erst gekommen waren. Astrid fragte nervös: »Sie sind sich sicher, dass sich heut Nacht niemand anderes auf dem Gelände aufhält?«

»Sicher kann man nie sein, liebe Frau«, brummte er. »Sie wissen ja, was vor zwei Wochen hier passiert ist. Irgendjemand kann immer hier rumschleichen.«

»Und wenn uns jemand sieht?«, flüsterte sie, während sie an dem zentralen Platz vorbeikamen, an dem ihnen seitlich die Verpflegungsstation tiefschwarz entgegengähnte.

»Wer hat nun hierhergewollt – Sie oder ich?«, gab Breitinger vorwurfsvoll zur Antwort und folgte den digitalen Befehlen seines Navis.

»Ist das außerhalb?«, fragte Astrid und deutete auf das Display.

»Nein, gleich da drüben«, erklärte Breitinger. »Wir hätten auch direkt durch den Wald gehen können – so wie's das Navi anzeigt, aber ich denke, wir gehen außen rum und können's einkreisen.« Kaum hatte er es gesagt, umklammerte Astrid erschrocken und reflexartig seinen linken Arm. »Haben Sie das gehört?« Von links aus dem Wald war ein metallisches Klicken zu hören gewesen. Keine Tritte im Laub, sondern etwas, das nicht in diese Umgebung passte. Auch Breitinger und Ann-Marie hatten es vernommen und waren stehen geblieben. Ann-Marie löschte ihre Lampe.

»Seien Sie doch nicht so nervös«, versuchte Breitinger, das Geräusch zu verharmlosen, »wenn Tiere gegen etwas stoßen, hört sich das manchmal so an.« Er deutete in die Finsternis und beruhigte: »Da drüben sind unsere Schweine und Ziegen.« Doch das wenige Sternenlicht, das zwischen den hohen, weit ausladenden Bäumen zur Erde drang, hüllte die Umgebung in grau-schwarze Schattierungen. Büsche und Sträucher verschwammen zu gespensterhaften Klumpen.

Breitinger ging weiter. Ihre Augen hatten sich jetzt an die Dunkelheit gewöhnt, sodass sie auch ohne Taschenlampe dem Weg folgen konnten. »Es muss da drüben links sein«, kommentierte der Mann die Daten seines Navis.

Ann-Marie flüsterte: »Das ist fast wie Geocaching.«

»Ist es auch, nichts weiter. Dein Onkel hat sich sogar sehr dafür interessiert«, sagte Breitinger, dem derlei Suchspiele nach versteckten Schätzen in freier Natur geläufig waren. Die nächtlichen Gespräche mit Lorenz Moll hatten sich auch um dieses Hobby gedreht, mit dem sogar der Schwäbische Albverein Kindern und Jugendlichen das Wandern schmackhaft machte. »Da vorne ist es!«, stieß er hervor. Er deutete mit einer Kopfbewegung, die in der Dunkelheit aber keine der beiden Frauen sehen konnte, nach rechts.

»Das ist doch ...«, begann Ann-Marie, ohne den Satz fertig zu sprechen.

»Ja, Sie haben recht: die Werkstatt, in der Ihr Onkel gearbeitet hat.«

»Da sind wir doch vorhin erst vorbeigekommen«, staunte Astrid. »Wieso hast du das nicht gesagt?«

»Wieso sollte ich? Ich konnte doch nicht ahnen, dass es hier ist.« Sie versuchte, überzeugend zu klingen, und knipste wieder ihre Lampe an, um den Strahl ins Innere des Unterstands zu richten, wo Rundhölzer gestapelt waren und fertig gespaltene Schindeln lagerten. Für einen Moment stockte der jungen Frau der Atem. Hier war Onkel Lorenz erschlagen worden.

Breitinger hielt sein Gerät jetzt sorgfältig in beiden Händen und näherte sich der rustikalen Behausung. »Es muss irgendwo dahinter sein«, sagte er, worauf ihm Ann-Marie leuchtete und Astrid mit dem Spaten folgte. »Es wird vermutlich vergraben sein«, mutmaßte er, als sie sich durch die Zweige einiger widerspenstiger Sträucher zwängten.

Breitinger ging einige Schritte vor und zurück, dann wieder in engen Bögen, bis er auf eine Stelle im Erdreich zeigte, wohin Ann-Marie den Lichtstrahl bereits gerichtet hatte. »Hier wurde frisch gegraben, das sieht man deutlich«, sagte er. Vor ihm war das dürre Laub des vergangenen Herbstes erst vor Kurzem leicht aufgehäuft worden.

Er ließ sich von Astrid den Spaten geben und rammte ihn mit festen Stößen in den weichen Boden, schaufelte das lockere Erdreich beiseite und stieß bereits beim dritten Spatenstich auf etwas Metallisches. »Wir haben's«, stellte er fest und legte einen Metallbehälter von der Größe eines Schuhkartons frei. »Eine Kassette oder so was Ähnliches«, kommentierte er den Fund, über den sich die beiden Frauen sofort beugten. Breitinger kniete sich auf den weichen Boden, zog Handschuhe über und bückte sich in die kleine Grube, um weiteres Erdreich herauszukratzen und den Metallbehälter greifen zu können.

Der Lampenstrahl reflektierte auf der verschmutzten

Oberfläche, als Breitinger den kleinen Kasten aus dem Loch hob und ins Laub stellte. Astrid und Ann-Marie waren in die Hocke gegangen, um aus allernächster Nähe sehen zu können, was sich ihnen gleich offenbaren würde. Breitinger streifte die Handschuhe ab, strich mit den Fingern über die Kanten des Metalls und ertastete den Deckel.

»Seid ihr bereit?«, fragte er grinsend und sah die beiden Frauen an, die stumm nickten. Er griff mit den Fingernägeln in den Metallfalz des Deckels, hob ihn ohne größere Kraftanstrengung ab und legte ihn nebenan auf den Boden.

Ann-Maries Lampenstrahl erfasste eine Klarsichthülle, in die ein Aktenordner gewickelt zu sein schien, vermutlich, um ihn vor Nässe zu schützen. Breitinger wischte sich an seiner Kutte den Schmutz von den Fingern und nahm ihn heraus. Er faltete die Hülle auseinander und hielt den ungeschützten Ordner in Händen. Beim Aufklappen des kartonierten Einbands war zu erkennen, dass er eine drei Zentimeter dicke Sammlung von abgehefteten Schriftstücken enthielt. Das erste Blatt trug einen handschriftlichen Hinweis: »Streng geheim. Nur zu öffnen, wenn mir etwas zustoßen sollte. Empfängerin: Ann-Marie Bosch, Bad Urach. Geschrieben am 25. Juli 2016, Campus Galli.« Dann die eindeutige Unterschrift von Lorenz Moll.

Breitinger nahm die abgeheftete Akte in die linke Hand und ließ die Blätter mit dem Daumen vorbeirauschen. »Ziemlich viel zu lesen«, konstatierte er. Flüchtig hatte er sehen können, dass es sich um Kopien von Verträgen handelte, aber auch um Kontoauszüge und viele ausgedruckte Textseiten, einige sogar mit arabischen Schriftzeichen.

»Und was sagt uns das nun?«, fragte Astrid irritiert und ratlos.

Breitinger blätterte auf Seite zwei, die einige gedruckte Zeilen aufwies: »Mein Vermächtnis ist es, mein ganzes Vermögen, das mir die Firma ›RUBAFI‹ in Heroldstatt (Andreas Ruckgaber und Jonas Balluf) abgeknöpft und verjubelt hat, für meine Nachkommen, insbesondere meine Nichte Ann-Marie Bosch, wiederzuerlangen.«

Ann-Marie las mit und spürte, wie sich ein schlechtes Gewissen ihres ganzen Körpers bemächtigte. Hatte sie nicht doch einen großen Fehler begangen? Hatte sie mit dem, worauf sie sich eingelassen hatte, nicht nur Onkel Lorenz' Vermächtnis und Vertrauen zerstört, sondern sich selbst nun auch um ein Vermögen gebracht?

Wie würde Astrid, die bisher kein Wort gesagt hatte, darauf reagieren?

Der Text ging weiter: »In vielen Monaten der Recherche bin ich – mit Unterstützung eines Privatdetektivs – auf Beweise und Tatsachen gestoßen, die mich um mein Leben fürchten lassen. Liebe Ann-Marie, verzeih mir, aber ich konnte nicht zur Polizei gehen, weil ich im Vertrauen auf meinen alten Freund Andreas Ruckgaber inzwischen selbst viel zu weit in die vielen schlimmen Sachen hineingezogen wurde. Wie du am Datum ersehen kannst, habe ich dies alles vor meiner Abreise in den Campus Galli zusammengestellt. Ich verspreche mir von den Tagen dort ein bisschen Ruhe und Erholung. Ich werde diese Akten an einem sicheren Ort, den ich dir noch mitteilen werde, verwahren. Ich vertraue dir.«

Ann-Marie lief eine Träne über die Wange. Ihr kam das letzte Telefonat mit Onkel Lorenz in Erinnerung. Er hatte ihr kurz vor seinem Tod einen Teil der Koordinaten anvertraut und gesagt, dass zum Auffinden des Behältnisses eine zweite Person gebraucht werde – eben jener Schmied Peter Breitinger, dem er die noch fehlenden Ziffern der Koordinaten anvertraut habe. »Dann wirst du bei der Suche nicht allein sein«, hatte Onkel Lorenz gesagt und angefügt: »Glaub mir, es ist besser für dich.«

Doch jetzt war sie nicht nur mit Breitinger hier, sondern in Gegenwart von dieser Astrid. Breitinger sah sie deshalb fragend an: »Und jetzt?«

Weil Ann-Marie zögerte, resümierte er: »Das, was hier drinsteht, geht niemanden außer dich etwas an, wenn ich das richtig deute. Ich schlage deshalb vor, das ganze Zeug der Polizei zu übergeben.«

»Polizei?«, entfuhr es Astrid entsetzt. »Ich dachte, wir beide«, sie sah zu Ann-Marie, was diese aber in der Dunkelheit nicht wahrnehmen konnte, »ich dachte, wir beide könnten dies gemeinsam aus der Welt schaffen.« Sie sprang auf und sah auf die immer noch Knienden herab. »Dann kriegt sie ihren Anteil – und Ruckgaber kann in Frieden weiterleben. Denn wer weiß, was in diesem Ordner sonst noch drinsteht.«

Auch Ann-Marie erhob sich wieder und nahm ihre ganze Energie zusammen: »Glaubst du, ich möchte mit schmutzigem Geld glücklich werden? Dir ist doch hoffentlich klar, dass es nicht nur um Steuerhinterziehung und das erschwindelte Vermögen von armen Rentnern geht, sondern um viel mehr.«

Breitinger stand ebenfalls auf, schnappte sich aber vorsorglich den Spaten, weil er befürchten musste, eine der beiden Frauen könnte ihn als Waffe benutzen.

»Sag mal, wer bist du überhaupt?«, schrie Astrid unerwartet zornig ihrer Kontrahentin entgegen, sodass ihre Stimme durch das Waldgebiet schallte.

Ann-Marie wich einen Schritt zurück und wäre beinahe über eine Wurzel gestolpert. »Es geht um Menschenhandel, Waffenschmuggel, Unterstützung einer kriminellen Vereinigung. Aber wahrscheinlich ist das nur die Spitze des ...«

Sie brach abrupt ab, denn im Streulicht ihrer Lampe, deren Strahl sie in Astrids wütendes Gesicht gerichtet hatte, war eine Bewegung gewesen. Links, wo sich dichtes Gestrüpp in der Finsternis des Waldes verlor, zitterten einige Äste, etwas Großes, Schwarzes brachte Unruhe. Kaum waren die Schreie der beiden Frauen verstummt, erfüllten eilige Schritte auf Laub und knackendem Holz die Stille.

Ann-Marie zielte mit dem Lichtstrahl in Richtung dieser Geräusche. Breitinger stand regungslos, den Spaten jetzt mit beiden Händen fest umklammert.

Astrid ging ein paar Schritte zurück. Diese eine Sekunde lähmenden Entsetzens fühlte sich für alle wie eine Ewigkeit an. Dann flammte eine blendend helle LED-Lampe auf. Ihr Strahl schoss wie ein Laser aus dem Gebüsch und hüllte die drei Personen, die wie erstarrt standen und überhaupt nicht erkennen konnten, womit sie es zu tun hatten, in grelles Licht.

»Die Schatzsuche ist beendet!«, zischte eine Männerstimme durch die Nacht. »Her mit dem Ding!« Allein der Tonfall ließ keinen Zweifel daran aufkommen, dass eine Diskussion zwecklos war.

Breitinger wollte etwas sagen, doch die Worte blieben ihm im trockenen Hals stecken. Denn der Strahl der Lampe, die der Angreifer hielt, beleuchtete auch einen schwarzen Gegenstand in dessen rechter Hand. Breitinger war wie elektrisiert. Was er sah, jagte ihm Todesangst ein. Es war eindeutig eine Pistole – und die war direkt auf ihn gerichtet.

»Was glotzt ihr mich so an?«, schallte es ihm entgegen. »Ich sagte: Her mit dem Ding!« Niemand wagte sich zu bewegen und den Metallbehälter aufzuheben, der neben dem gegrabenen Loch lag.

»Vielleicht bemüht sich der Herr hier«, bläffte der Unbekannte und richtete den blendenden Strahl direkt in Breitingers vor Angst verzerrtes Gesicht. Gleichzeitig ließ ein metallisches Klicken vermuten, dass der Angreifer seine Waffe entsichert hatte. »Die Lage ist ernst, sehr ernst«, gab er emotionslos zu verstehen. »Und dieser schöne Ort hier wird sein Geheimnis bewahren.« Es klang zynisch. »Wer sich zu weit ins Feuer wagt, kann leicht darin umkommen.«

Ann-Marie klammerte sich an Breitinger, der noch immer den Spaten hielt, jedoch angesichts der bedrohlichen Situation keine Chance sah, ihn als Schlagwaffe zu benutzen. Der Angreifer stand außer Reichweite. Außerdem blendete ihn der grelle Lichtstrahl.

»Tröstet euch damit: Anderswo nennt man solch angebliche Retter der Menschheit ›Gotteskrieger‹.« Der Mann schien die Ängste seiner Opfer zu genießen. »Und ihr habt euch als die Retter der Entrechteten aufspielen wollen. Damit wird's nun nichts werden.«

Im Lichtstrahl war deutlich zu erkennen, dass er die Waffe hob, um auf sein erstes Opfer zu zielen – auf Breitinger.

»Nein, tun Sie das nicht!«, schrie Ann-Marie hysterisch, worauf die Waffe auf sie schwenkte. »Nein, bitte nicht. Nehmen Sie das Zeug und hauen Sie ab.«

»Ich werde mir das Zeug nehmen, aber ohne Zeugen, damit wir uns richtig verstehen.«

Er nahm Ann-Marie ins Visier. Sie klammerte sich entsetzt an Breitinger und schrie panisch: »Ja, hilft mir denn niemand?«

Ihr Schrei war noch nicht verhallt – da fiel ein Schuss.

Häberle war zu Tode erschrocken. Er saß mit Linkohr in einem Kombi des Kriminalkommissariats Sigmaringen. Im Fahrzeug war es totenstill geworden. Der Lautsprecher verstummte, die beiden Kriminalisten waren in Schockstarre verfallen. Drei, vier Sekunden verstrichen, bis das Gerät wieder Geräusche von sich gab. Eine Frau schrie Unverständliches, sie weinte und schluchzte, eine Männerstimme flüsterte etwas, das in schwerem Atmen unterging.

Dann Hektik. Stimmengewirr, schnelle Schritte. Gleichzeitig schnarrte es aus einem Funkgerät:»Notarzt, bitte!« Häberle sah stumm zu Linkohr und drückte die Taste eines anderen Geräts:»Kurzer Lagebericht, bitte.« Eine Männerstimme funkte, übertönt von lauten Umgebungsgeräuschen, knapp zurück:»Vermutlich eine Person tot. Lage bereinigt.«
Linkohr war kreidebleich geworden. Häberle schnürte die Nachricht den Hals zu. Er sprang aus dem Kombi.»Los, wir fahren hin!«, forderte er seinen jungen Kollegen auf und spurtete zum bereitstehenden Dienst-Mercedes. Wenn jetzt etwas schiefgegangen war, brauchst du morgen gleich gar nicht mehr im Büro zu erscheinen, hämmerte es in Häberles Kopf. Du hast das zu verantworten, du hast das eingefädelt. Er musste an Ann-Marie denken. Häberle jagte den Mercedes über Feld- und Wiesenwege hinüber zu dem Waldstück. Grasbüschel und Ähren klatschten gegen die Karosserie, Insekten zerbarsten an der Windschutzscheibe. Die beiden Kriminalisten schwiegen. Linkohr verspürte eine Angst, die er noch nie zuvor gekannt hatte. Panik. Zitternde Unruhe. Er hatte Ann-Marie zu diesem Abenteuer überredet. *Er* würde schuld sein an ihrem Tod. Nur er. War es schon wieder eine schicksalhafte, diesmal sogar besonders grausame Fügung, dass er niemals Glück haben würde mit Frauen? Er hoffte, flehte, ja, betete sogar, es möge ihr nichts passiert sein. Er versuchte sich einzureden, dass es bei dem gemeldeten Opfer immerhin vier Möglichkeiten gab: nicht nur Ann-Marie, sondern auch diese Astrid und Peter Breitinger. Und natürlich eine weitere Person, die vor einer halben Stunde plötzlich aufgetaucht war und die sie bisher nicht hatten identifizieren können.

Warum sollte es also ausgerechnet Ann-Marie getroffen haben? Ausgerechnet sie?

Die Fahrt dauerte nur wenige Minuten. Von Weitem sahen sie unzählige Blaulichter zucken, Martinshörner heulten. Das Spezialeinsatzkommando und Einheiten der Bereitschaftspolizei waren aus ihren Verstecken gekommen, in denen sie alle auf ihren Einsatz gewartet hatten.

Häberle musste den Mercedes gleich zu Beginn des Waldes abstellen, weil vor ihm der Weg inzwischen mit Einsatzfahrzeugen zugeparkt war. Nur der Notarzt und ein Rotkreuz-Rettungswagen hatten sich ganz nach vorne gequetscht. An den meisten Autos brannten Scheinwerfer, die die Umgebung erhellten.

Häberle und Linkohr näherten sich im Laufschritt jener Stelle, die inzwischen von Halogenstrahlern ausgeleuchtet wurde. Am Werkstattunterstand des Schindelmachers war schon von Weitem hektisches Treiben erkennbar.

Häberle war außer Atem geraten, als er sich und Linkohr einem jungen Uniformierten der Sigmaringer Polizei zu erkennen gab, der hier offenbar für die Absperrung zuständig war.

Linkohr folgte seinem Chef in die jetzt grell ausgeleuchtete Werkstatt, hinter der Notarzt und Rettungssanitäter im Einsatz waren und sich um eine am Boden liegende Person kümmerten. Um sie herum in respektablem Abstand standen mehrere Uniformierte und Männer in Zivil, von denen Häberle nur einige Gesichter bekannt vorkamen. Vermutlich Kriminalbeamte aus Friedrichshafen.

Linkohr hielt verzweifelt Ausschau nach Ann-Marie. Er drängte sich deshalb vor, um hoffentlich nicht das Entsetzliche bestätigt zu finden, das ihn nach der Meldung aus dem Funkgerät ergriffen hatte.

Einige der Kollegen, die ihn nicht kannten, machten nur widerwillig Platz, damit er erkennen konnte, um wen sich der Notarzt kümmerte. Er sah Schuhe und eine Hose – mehr nicht, weil Notarzt und Rettungssanitäter über Oberkörper und Kopf gebeugt waren. Trotzdem empfand er grenzenlose Erleichterung: Das war bestimmt nicht Ann-Marie. Ganz sicher nicht. Aber wo war sie dann? Und wo war die andere Frau? Diese Astrid?

Linkohr entfernte sich zur Vorderseite des Unterstands, wo Häberle inzwischen auf einen Mann getroffen war, den er ihm als Dennis Blocher, den »Chef hier in Sigmaringen« vorstellte. Dieser jedoch schien nur am Rande zur Kenntnis zu nehmen, wer Häberles Begleiter war. Linkohr nahm's gelassen hin, schließlich hatte er im Moment ganz andere Sorgen und außerdem von Häberle bereits erfahren, dass es unter der Würde eines Kriminalrats war, sich mit niederen Dienststrängen abzugeben.

»Da ist dann plötzlich ein Mann aufgetaucht«, fuhr Blocher in seinem Bericht fort, der durch Linkohrs Vorstellung unterbrochen worden war. »Damit war ja Ihren Angaben zufolge nicht zu rechnen. Es war nur von zwei Frauen und diesem Schmied hier die Rede gewesen. Aber nachdem dieser Mann eindeutig gedroht hatte, die anderen zu erschießen, und die Waffe bereits entsichert hatte, blieb den Kollegen vom SEK nichts anderes übrig, als das Schlimmste zu verhindern.« Blocher nickte nachdenklich und resümierte zufrieden: »Das ist ihnen auch gelungen.«

Linkohr konnte sich nicht länger zurückhalten: »Das heißt, den anderen ist nichts passiert?«

»Außer einem Schock nichts, nein.«

Linkohr hätte die ganze Welt umarmen können. Auch Häberle atmete auf, ohne es sich anmerken zu lassen. Ihn drängte eine wichtige Frage: »Weiß man denn schon, wer dieser Mann ist?«

»Dolnik heißt er. Karsten Dolnik. Der Notarzt hat gemeint, dass er wohl nicht mehr zu retten ist.«

22

Samstag, 13. August

Häberle war noch in der Nacht heimgefahren. Bereits von unterwegs hatte er Susanne telefonisch vom Ausgang des Einsatzes berichtet. Sie war in solchen Fällen genauso angespannt wie er und konnte kein Auge zutun, wenn brenzlige Situationen anstanden. Es war halb drei, als er endlich eintraf und bei einer Tasse Tee, die sie ihm zubereitet hatte, den Sachverhalt schilderte.

»Den Dolnik haben sie nicht mehr reanimieren können«, sagte er betroffen, obwohl ihm natürlich das Leben Ann-Maries und des Schmiedes mehr am Herzen gelegen war. Denn er musste sich eingestehen, dass er verdammt viel riskiert hatte. Aber sein Vertrauen in das SEK, wie das Spezialeinsatzkommando abgekürzt hieß, war nahezu grenzenlos. Die Frauen und Männer galten als hoch motiviert und genossen eine gründliche Ausbildung. Kein Wunder, dass schon mancher Täter allein beim Anblick des SEKs freiwillig aufgab. Diese Kräfte verfügten nicht nur über moderne technische Raffinessen, sondern waren auch in der Lage, lautlos und unsichtbar aufzuziehen und in Stellung zu gehen. Der Einsatz am gestrigen Abend war wieder ein Musterbeispiel dafür gewesen. Häberle beschloss,

jedem Einzelnen, der daran beteiligt gewesen war, persönlich zu danken.
»Und dieser Dolnik war bisher ganz unscheinbar, sagst du?«, hakte Susanne nach, die in Jogginghose und Pullover geschlüpft war und ebenfalls Tee trank.
»Für uns war er unscheinbar, für uns«, räumte Häberle zerknirscht ein und nahm einen Schluck. »Verfassungsschutz und LKA haben ihn offenbar schon längere Zeit im Visier gehabt. Kontakte zu Schleusern einerseits und dem Islamischen Staat andererseits. Einer, der skrupellos Geschäfte machte, mit beiden Seiten. Mit den Terroristen und mit denen, die mit dem daraus resultierenden Flüchtlingsstrom Geld machen.«
»Und warum hat man dem nicht längst das Handwerk gelegt?«
»Weil man ihm nichts nachweisen konnte. Wie immer bei solchen Herrschaften!«
»Ich verstehe aber noch immer nicht, wie das mit diesem Lorenz Moll und dem Detektiv zusammenhängt«, blieb Susanne hartnäckig.
»Entschuldige, aber das wird erst die Vernehmung dieser Astrid Mastrow ergeben. Sie kam mit dieser Ann-Marie«, er grinste, »übrigens Linkohrs großer Schwarm, in eine Klinik. Beide standen unter Schock.«
»Aber Ann-Marie hat richtig ›mitgespielt‹?«, wollte Susanne wissen.
»Mitgespielt ist gut. Ich hab dir ja erzählt, sie ist seit einhalb Jahren V-Frau des Landeskriminalamts. Wie schon so oft, erfahren wir so etwas als Letzte.«
»Und wie ist sie das geworden?«
»Mehr oder weniger durch Zufall. Sie hat Polizistin werden wollen und schon mal vorsorglich einen Selbstverteidigungskurs besucht, den ein Polizeibeamter des Landeskriminalamts geleitet hat, der mal beim Verfassungsschutz

tätig war. Die beiden waren sich wohl sympathisch, und sie hat ihm beiläufig etwas von ihrem Onkel erzählt, der den Machenschaften von ›RUBAFI‹ nicht getraut hat. Bei der Nennung dieses Namens hat's bei dem Kollegen dann geklingelt, denn er war damals bereits mit Ruckgaber befasst. Und Dolnik stand zu diesem Zeitpunkt – wie wir jetzt auch erfahren haben – längst im Fokus des Staatsschutzes.«

»Aber das habt ihr bisher alles nicht gewusst?«, war Susanne perplex.

»Wie so oft schon in solchen Fällen«, knurrte Häberle. »Wenn die Geheimdienste an etwas dran sind, wird uns manches vorenthalten.«

»Und euer großer Präsident?«

»Na ja«, zuckte Häberle mit den Schultern. »Da bin ich mir nicht so sicher. Jedenfalls hat die Zusammenarbeit mit dem Landeskriminalamt und dem SEK erstaunlich unbürokratisch funktioniert. Allerdings erst, nachdem das Mädel dem Linkohr verraten hat, dass sie eine V-Frau ist.«

»Das hat sie gedurft?«

»Wohl auch erst nach Rücksprache mit ihrem Führungsbeamten beim Verfassungsschutz, wie man so schön sagt. Aber ich geh mal davon aus, dass ihr das Spielchen langsam zu gefährlich wurde.«

»Hätte auch ganz schön danebengehen können«, meinte Susanne. »Wenn die SEK-Leute zu spät reagiert hätten, wäre sie tot.«

Häberle wollte nichts dazu sagen.

»Jedenfalls«, so ergänzte Susanne, »ist sie ein ziemlich cleveres und unerschrockenes Mädel. Das wär doch was für Linkohr, oder?« Sie lächelte.

Häberle runzelte die Stirn: »Wahrscheinlich ist sie ihm viel zu emanzipiert.«

Linkohr hatte an diesem Samstagmorgen schon mehrfach versucht, Ann-Marie auf ihrem Handy zu erreichen. Natürlich war es sinnlos, beruhigte er sich. Ann-Marie hatte entweder ihr Gerät abgeschaltet oder es gar nicht mit in diese Klinik nehmen können. Die Kollegen in Sigmaringen würden sie bestimmt im Laufe des Vormittags aufsuchen und vernehmen wollen. Als offizielle Informantin und somit V-Frau der Polizei genoss sie, was Aussagen anbelangte, persönlichen Schutz.

Noch während er tief in Gedanken am Schreibtisch saß, schaute Häberle ins offen stehende Büro herein. Dunkle Ränder unter den Augen des Chefermittlers zeugten von einer kurzen Nacht. Er bat die Sekretärin für sich und Linkohr um starken Kaffee. »Na, die Ann-Marie schon an die Strippe gekriegt?«, frotzelte er, als habe er Linkohrs Gedanken erraten.

»Sie muss sicher ihren Schock erst mal verdauen«, bemerkte der junge Kriminalist kleinlaut. Er dachte an die Begegnungen mit ihr. Zuletzt hatten sie aber weniger das Private als viel mehr das Dienstliche besprochen. Ann-Marie war angesichts der sich zuspitzenden Lage dankbar gewesen, sich ihm anvertrauen zu können. Er hatte ihr empfohlen, den Job als V-Frau aufzugeben.

Noch einmal kamen Linkohr die entscheidenden Worte Ann-Maries ins Gedächtnis: Zwar hatte ihr der Onkel ein großes Vermögen in Aussicht gestellt, was ihr anfangs verlockend erschienen war. Aber nachdem sie erkannt hatte, dass da nicht nur Steuerhinterziehung und Schwarzgeld dahintersteckten, sondern Waffendeals und Schleuserbanden, hatte sie es nicht mehr mit ihrem Gewissen verantworten können, selbst Nutznießerin dieser unsauberen Geschäfte zu werden. Onkel Lorenz hatte ihr von den anderen berichtet, die im ganz großen Stil mitmischten. Gemeint waren Wurster und Schulte gewesen, die offenbar am Leid anderer Menschen Millionen verdient hatten. Als »größte Geldwäscher aller Zeiten«, so Ann-Maries Formulierung, hatten Andreas Ruckgaber und Jonas Balluf fungiert, die vordergründig den Kleinanlegern fantastische Renditen versprachen und sie kräftig übers Ohr hauten, doch war der Geschäftszweck ihres Unternehmens ein ganz anderer: »schmutziges« Geld in Steueroasen zu transferieren. Das lief offenbar bestens, bis die beiden mehr Geld abzwackten als ausgemacht – und es zu einem großen Krach kam, in dessen Folge sich Schulte, Wurster und Lorenz Moll gegen sie stellten.

Linkohr hatte bereits gesprächsweise mit Häberle aus den bisher bekannten Fakten eine Theorie entwickelt: Um wenigstens die gleichfalls geprellten Kleinanleger bei Laune zu halten, waren Ruckgaber und Balluf bereits seit Anfang 2015, also seit Beginn des vorigen Jahres, bemüht gewesen, ihnen ihre in der Schweiz gebunkerte »Kohle« wieder zurückzuholen – wobei schließlich Astrid als Geldbotin eingespannt wurde. Die Schweiz hatte damals gedroht, bis Ende 2016 ausländische Bankkonten den jeweiligen Steuerbehörden offenzulegen.

All diese Gedanken schossen Linkohr durch den Kopf. Ohne Ann-Maries ehrliches Bemühen, vor allem ihren Mut, ihm alles, was sie in Erfahrung gebracht hatte, zu berichten, wären sie möglicherweise dem Glauben erlegen, Ruckgaber sei von seinem Kompagnon heimlich, still und leise in Amstetten-Dorf aus dem Verkehr gezogen worden. In Wirklichkeit, davon war Linkohr jetzt felsenfest überzeugt, diente die angebliche Auszeit Ruckgabers und die zehntägige Wanderung nur dazu, falsche Spuren zu legen, die in ein vorgetäuschtes Kidnapping münden sollten.

»Sehr mutig von dem Mädel«, riss ihn plötzlich Häberles Bemerkung aus diesen Gedanken. »Das haben Sie wirklich genial eingefädelt. So haben wir Astrid Mastrow auch gleich als Mittäterin überführen können«, lobte Häberle.

»Und der Breitinger, dieser Schmied, hat eine Art Wiedergutmachung geleistet – dafür, dass er den Speicherchip der Kamera unterschlagen hat.«

»Kann man wohl sagen«, bekräftigte Linkohr. »Der war wirklich äußerst kooperativ und ist gleich auf das Ansinnen von Ann-Marie eingegangen. Er hat sofort eingewilligt und die restlichen Koordinaten dem SEK übergeben. Somit war klar, wo sich die Kollegen postieren mussten.«

»Nur dass da eine weitere Person durch den ›Campus Galli‹ schleichen würde, damit konnten wir anfangs ja nicht rechnen«, räumte Häberle kleinlaut ein. »Den hat sich die Astrid Mastrow als persönlichen Beschützer hinzugeholt.«

»Dolnik, ja«, nickte Linkohr und nahm auch einen Schluck Kaffee. »Der ›große Boss‹ im Hintergrund. Er hat sicher vorgehabt, mit Ruckgaber zu verschwinden – wenn hier alles geregelt gewesen wäre. Leider werden wir nun über seine Hintermänner nicht mehr viel rauskriegen.«

»Immerhin nimmt er eines seiner Geheimnisse nicht mit ins Grab: Er war es wirklich nicht, der seinen Komplizen die Steuerfahndung auf den Hals gejagt hat, sondern Breitinger.«

»Breitinger?«, wiederholte Linkohr den Namen. »Da haut's dir 's Blech weg. Wieso der denn?«

»Hat er selbst dem Blocher berichtet. Breitinger sagt, Moll habe ihm von Dolnik erzählt und dass dieser bei ›RUBAFI‹ im Hintergrund eine ziemlich dubiose Rolle spiele. Da sei er, Breitinger, auf die Idee gekommen, sich unter diesem Namen beim Finanzamt zu melden, um Ruckgaber unter Druck zu setzen und ihn zu verunsichern. Angeblich im Interesse seines ermordeten Freundes Lorenz Moll.«

»Na ja«, meinte Linkohr grinsend. »Ob das im Interesse

Molls gewesen wäre, möchte ich mal bezweifeln. Aber vielleicht spielt ein Schmied halt gern mit dem Feuer.«
Dann fiel dem jungen Kriminalisten ein, was er längst hätte Häberle sagen sollen: »Balluf will Sie übrigens sprechen. Rechtsanwalt Roland Blank hat darum gebeten. Sein Mandant möchte ein Geständnis ablegen.«
»Geständnis worüber?«, wurde Häberle hellhörig. »Dass er mit Ruckgaber all die Sauereien mit dem Geld angestellt hat?«
»Keine Ahnung«, erwiderte Linkohr.

Es war um die Mittagszeit, als Häberle den längst befürchteten Anruf aus Ulm erhielt. Der Präsident wollte ihn sprechen. »Ich tue es, weil es meine Pflicht ist«, begann dieser ruhig. »Sie haben das mal wieder auf die Ihnen eigene Art hingekriegt.«

Häberle verstand sehr wohl, was sich hinter dieser Formulierung verbarg: Sie sind zwar weit übers Ziel hinausgeschossen, hatten aber unglaubliches Glück, dass nichts Schlimmes dabei passiert ist.

»Manchmal muss man halt seinem Bauchgefühl nachgeben«, brummte Häberle zurück, um sogleich Kritik am System anzubringen: »Hätte man uns rechtzeitig informiert, dass Ann-Marie Bosch eine V-Frau ist, wäre uns manche Aufregung erspart geblieben.«

Der Präsident wich aus: »Ihr reicher Erfahrungsschatz müsste Ihnen aber sagen, dass der Verfassungsschutz manchmal sehr verschwiegen ist.« Er schob schnell einen loyalen Satz nach: »Und muss es auch sein. V-Leute genießen einen besonderen Schutz, wie Sie wissen.«

Häberle wollte nicht schon wieder an das endlose Hickhack um einen V-Mann im Zusammenhang mit dem weithin bekannten Heilbronner Polizistenmord und die damit verbundenen sogenannten NSU-Verbrechen erinnern. Ganz so sauber, wie es immer dargestellt wurde, war die V-Leute-Szene wohl doch nicht. Aber Ann-Marie war gewiss ein positives Exemplar.

»Ich will ja nicht zu viel sagen, Herr Häberle«, machte der Präsident weiter. »Aber vielleicht nehmen Sie endlich mal zur Kenntnis, dass auch Sie einen besonderen Vertrauensvorschuss genießen. Sonst wären Sie bei all Ihren Eskapaden der letzten Jahre Ihren Job längst los.«

Häberle überlegte, ob das ein verstecktes Lob oder eine Drohung war. »Ich weiß es zu würdigen«, gab er einsilbig zurück. Und dann folgte noch eine Anmerkung des Präsidenten, mit der er nicht gerechnet hatte: »Wir können das ja mal bei einem guten Gläschen Wein vertiefen.«

Häberle brummte etwas, was sich wie »Ja, bei Gelegenheit« anhörte und stutzte – galt auch für den Präsidenten: harte Schale, weicher Kern?

Oder sollte es eine Geste der Versöhnung sein? Oder gar ein klärendes Gespräch unter vier Augen? Zum Thema V-Leute?

Dennis Blocher hatte dem Großteil seiner Mannschaft ein freies Wochenende gegönnt. Dass Häberle mit seinem Alleingang so großen Erfolg hatte, war für den Kripo-Chef in Sigmaringen schwer zu verdauen. Schließlich war alles genauso eingetroffen, wie Häberle es vermutet hatte: nicht nur Steuerbetrug, sondern insbesondere Geldwäsche im großen Stil – zugunsten jener, die mit Waffen handelten und sich sogar mit dem sogenannten »Islamischen Staat« verbündeten. Wieder einmal zeigte dieser Fall, dass heutzutage auch die äußerste Provinz nicht von den großen Kriminellen und Terroristen dieser Welt verschont blieb. Weshalb sich dies im süddeutschen Raum ausgerechnet auf Ulm und

Neu-Ulm konzentrierte, blieb ein Rätsel. Oder es lag einfach daran, dass die Terroristen es gnadenlos ausnutzten, dass die zwischen den Städten fließende Donau eine Landesgrenze war – zwischen Baden-Württemberg und Bayern –, die noch immer die polizeilichen Zuständigkeiten vor bürokratische Hindernisse stellte.

Einige Ermittler hatten inzwischen mit Astrid Mastrow reden können. Blocher ließ sich von einem seiner übernächtigten Mitarbeiter informieren: »Sie will ein Geständnis ablegen«, sagte der altgediente Beamte und setzte sich auf einen Stuhl vor Blochers Schreibtisch. »Sie will mit all dem nichts mehr zu tun haben – und das klingt sogar glaubhaft.«

»Hat sie nun mit diesem Dolnik gemeinsame Sache gemacht oder nicht?«, drängte Blocher auf eine schnelle Erklärung.

»Sie wohl nicht – aber Ruckgaber. Beiden war daran gelegen, die Mitwisser auszuschalten. Dolnik hat sich deshalb auf geschickte Weise ins Vertrauen von Wurster und Schulte geschlichen, um herauszufinden, was dieser Detektiv und Lorenz Moll recherchiert hatten.«

»Und welche Rolle spielt nun Astrid Mastrow wirklich?« Blochers Fragen klangen militärisch knapp.

»Sie ist die Gespielin von diesem Ruckgaber, das willfährige Dummchen, wenn Sie mich fragen. Wegen ihr hat er übrigens voriges Jahr seine Frau verlassen. Und dreimal dürfen Sie raten, wen die Karin Ruckgaber danach als ›Betthupferl‹ hatte?«

Blocher schüttelte stumm den Kopf.

»Den Dolnik. Man mag's nicht glauben – aber es ist so. Allerdings«, der Beamte wischte sich Schweiß von der Stirn, »wir haben sie angerufen und erfahren, dass sie sich jüngst erst wieder getrennt hatten.«

»Haben Sie ihr gesagt, dass er tot ist?«

»Nachdem sie über ihn hergezogen ist und behauptet hat, er verkehre in der Terroristen-Szene, habe ich's riskiert, es zu tun.«

»Und? Wie hat sie reagiert?«

»Kleinlaut.«

»Sollten wir da nicht besser jemanden hinschicken?«

»Hab ich veranlasst. Die Ulmer kümmern sich um sie.«

»Okay«, gab sich Blocher zufrieden und hakte nach: »Wie kam diese Liebschaft denn zustande?«

»Das hat sich wohl bei einer kulturellen Veranstaltung so angebahnt, möglicherweise eingefädelt durch Dolnik, mit dem Astrid dort aufgetaucht ist und dem Ruckgaber den Kopf verdreht hat.«

»Und wo ist dieser Ruckgaber geblieben?«

Der Beamte holte tief Luft. »Astrid räumt ein, ihn in der Nacht zum Mittwoch in diesem Ort, wo er angeblich verschwunden ist – in Amstetten – abgeholt und nach Basel zum Airport gefahren zu haben. Genau, wie wir vermutet haben.«

»Er ist also außer Landes?«

»So sieht es aus. Astrid sagt, er sei mit einem Privatjet über Island und die Cayman Islands nach Panama geflogen.«

»Privatjet?« Blochers Einwand klang skeptisch.

»Ruckgaber ist an einer Schweizer Privat-Airline beteiligt. Vermutlich zum Zwecke des Geldtransfers.«

»Mein Gott, was es doch alles gibt«, meinte Blocher kopfschüttelnd. »Ich dachte, man bewegt Geld heutzutage per Mausklick.«

»Wenn man die Scheinchen cash auf den Tisch kriegt, müssen sie ja irgendwohin verschwinden, oder? Wenn Sie heute mehr als 10.000 Euro auf Ihr Konto einzahlen wollen, müssen Sie bohrende Fragen beantworten.«

»Das heißt mit anderen Worten: Ruckgaber ist uns entwischt.«

»Salopp formuliert, ja.«
»Und mit den beiden Morden hat er nichts zu tun?«
»So stellt sich der Sachverhalt dar. Ich geh mal davon aus, dass mit Dolniks Waffe – auch wenn wir sie nicht haben – der Mord bei den Göppingern auf dieser Kuchalb begangen wurde.«
»Dahin wurde der Ruckgaber doch gelockt, wenn ich mich richtig an die Protokolle entsinne«, fuhr Blocher fort.
»Stimmt. Astrid räumt ein, das Zusammentreffen arrangiert zu haben – gemeinsam mit Dolnik. Sie hätten gewusst, dass sie von dem Detektiv beschattet wurden, und deshalb eine günstige Gelegenheit gesucht, ihn zu beseitigen und die Tat Balluf in die Schuhe zu schieben.«
»Unglaublich raffiniert«, kommentierte Blocher und meinte: »Allerdings hätte das auch danebengehen können, falls wir von Balluf ein hieb- und stichfestes Alibi gefordert hätten. Aber die kriminelle Energie, die da an den Tag gelegt wurde, muss man sich erst einmal vorstellen.«
»Na ja«, relativierte Blochers Kollege die Vorgehensweise, »die Astrid Mastrow hat das nicht ganz so einfach weggesteckt. Sie hat wohl nicht damit gerechnet, dass Dolnik so kaltblütig sein würde. Sie sagt, sie sei panisch davongerannt, ohne noch viel mit Ruckgaber oder Dolnik gesprochen zu haben.«
»Aber dieser Detektiv hatte dann wohl sehr viel Belastendes über Ruckgaber und Dolnik herausgefunden?«, wollte Blocher wissen.
»Hat er, ja. Das wird bei der flüchtigen Durchsicht der Akten klar, die Lorenz Moll im ›Campus‹ deponiert hat.« Der Beamte nahm einen Notizblock zu Hilfe: »Kontakte nach Syrien ebenso wie zu türkischen Schleuserbanden, illegale Waffengeschäfte – Lorenz Moll hat alles akribisch aufgeschrieben, was er erfahren hat und was dieser Detektiv recherchieren konnte.«

»Und dies alles zu dem Zweck, Ruckgaber erpressen zu können, damit er das einbehaltene gewaschene Geld zurückzahlt?«

»So vermutet es Astrid.«

»Und das Theater mit den Zigarettenkippen?«

»Es war tatsächlich so, dass sie Ruckgaber ›ausgelegt‹ hat, um Balluf auf elegante Weise loszuwerden. Gedacht war, ihm das spurlose Verschwinden Ruckgabers in die Schuhe zu schieben. Das erklärt auch, weshalb es in keinem der Zimmer nach Rauch gestunken hat.«

»Aber wenn ich mich richtig erinnere, fand man auch bei dem Toten auf dieser Kuchalb eine Kippe«, wandte Blocher ein.

»Da soll Ruckgaber ganz kühn und kaltblütig gewesen sein, behauptet Astrid. Er habe ihr am Telefon erzählt, er sei zurück ins Hotel, habe eine dieser Kippen geholt und sie bei der Leiche abgelegt – sozusagen, um Balluf sogar diesen Mord anzuhängen.«

»Wie ich schon sagte: Unglaubliche kriminelle Energie. Aber ...«, Blocher war dafür bekannt, dass er sich in Akten festbeißen konnte, »... die Kippe bei uns hier im ›Campus‹ beim Schindelmacher, wie kommt die dorthin?«

»Natürlich auch durch Ruckgaber. Wie wir wissen, hatte Lorenz Moll noch einen Tag vor dem Mord Besuch von einem Mann, mit dem er hinter die Werkstatt gegangen ist, um sich über etwas auszusprechen. Astrid sagt, das sei Ruckgaber gewesen, um die Situation dort auszuspähen und den Dolnik instruieren zu können. Der kam dann zwei Nächte später, hat den Moll getötet und dort auch eine Zigarettenkippe hinterlassen – um die Spur zu Balluf zu legen. Im Übrigen hatte Dolnik Glück, dass er nicht dem schlaflosen Schmied begegnet ist.«

»Oder der Schmied ihm«, gab Blocher zu bedenken. »Ein

Zusammentreffen wäre dem Schmied wohl zum Verhängnis geworden.«

»Und Ruckgaber hat dies alles eingefädelt«, konstatierte der Ermittler und wurde von seinem Vorgesetzten unterbrochen: »Bis ihm dann ein Fehler unterlaufen ist – und er wohl den letzten Vorrat an Kippen in diesem Landgasthof in Amstetten-Dorf noch schnell vor seinem Verschwinden in die Toilette gespült, aber übersehen hat, dass zumindest eine im Syphon schwimmend zurückgeblieben ist.«

Ann-Marie war um die Mittagszeit wieder aus der Klinik entlassen worden. Ihr psychischer Zustand war gefestigt, sie hatte den Schock relativ gut überstanden. Sie hatte auf dem Display ihres Smartphones den verpassten Anruf von Linkohr gesehen und zurückgerufen. Linkohr war hocherfreut gewesen und hatte ihr vorgeschlagen, ihre Vernehmung nicht im Kripo-Gebäude in Göppingen vorzunehmen, sondern »in beschaulicherer Umgebung«. Immerhin war sie V-Frau, und somit konnte er von der üblichen Vorgehensweise etwas abweichen, ohne gleich wieder in den Verdacht zu geraten, dienstlich eine Frau anbaggern zu wollen.

»Dann komm doch einfach zu mir nach Bad Urach«, hatte sie unerwarteterweise entgegnet. »Ich koch uns Spaghetti.«

Linkohr war sprachlos und verlegen. Ging das nicht zu weit? Nein, nein, redete ihm seine innere Stimme ein. Sie ist ja quasi eine Kollegin.

Er konnte nicht widerstehen. Kurz vor 17 Uhr hatte er die Adresse am sonnigen Südhang des beschaulichen Kurortes gefunden. Ann-Marie hatte im Haus ihrer Eltern eine kleine Einliegerwohnung und sie in geschmackvollen Farben und mit einfachen Möbeln eingerichtet. Sie begrüßte ihn herzlich, während es von der Küchenzeile her bereits lecker roch. Linkohr überreichte ihr einen Blumenstrauß, den er unterwegs gekauft hatte.

»Du bist einfach klasse«, strahlte Linkohr und ließ sich auf eine kleine Terrasse führen, die mit blühenden Sommerpflanzen prunkte. Den Tisch hatte sie bereits gedeckt, die Stühle mit farbenfrohen Polstern versehen.

»Rot- oder Weißwein?«, fragte sie.

»Oh, du brauchtest dich doch nicht in solche Ausgaben zu stürzen«, gab sich Linkohr bescheiden. »Aber rot, wenn ich's mir aussuchen darf.«

»Darfst du.«

Er folgte ihr zurück in die Wohnung, entkorkte für sie die Flasche und schenkte ein.

»Was bin ich froh, dass dir nichts zugestoßen ist«, seufzte Linkohr, als sie auf die vergangene Nacht anstießen und die Gläser klingen ließen.

»Hast du schon mal in den Lauf einer Pistole geblickt – mitten in der Nacht?«, fragte sie, und Linkohr überlegte, ob sie das nun witzig meinte oder eher prüfend.

»Gott sei Dank nicht«, sagte Linkohr und trank.

»Um ehrlich zu sein, ich hab wirklich für einen Moment geglaubt, der Kerl schießt uns nieder.« Sie wandte sich dem Herd zu und schaltete eine Platte ab. »Ich bin sogar hysterisch geworden, was mir im Nachhinein richtig peinlich ist.«

»Das muss dir nicht peinlich sein. Das war für die SEK-Kollegen auch das Zeichen, keine Sekunde länger abzuwarten.«

»Ihr habt uns die ganze Zeit reden hören?«

»Ja, bester Empfang. Schließlich haben wir für euch die allerfeinste Funktechnik aus der Trickkiste geholt. Du hast das Ding unter deiner hochgeschlossenen Bluse super versteckt«, grinste Linkohr. »Aber bei Breitingers Rollkragen-

pullover hatte ich kurz Bedenken, ob dies an einem lauen Sommerabend nicht für Misstrauen sorgen würde.«
»Und das mit WhatsApp, über das ich vom Auftauchen einer Person gewarnt wurde, war ebenso genial. Obwohl mir das ganz schön Angst eingejagt hat,« gestand Ann-Marie und meinte, während sie die Spaghetti Bolognese auf die Teller verteilte: »Die Jungs vom SEK sind ja wirklich spitzenmäßig.«
»Nicht nur Jungs«, korrigierte Linkohr, »beim SEK sind auch Mädels dabei.«
»Ich wäre so gern Polizistin geworden«, sagte sie wieder einmal nachdenklich. »Aber jetzt konzentriere ich mich auf mein Medizinstudium, das demnächst beginnt. Ohne Onkel Lorenz' Geld wird das zwar finanziell ein bisschen eng. Aber ich hätte mir ein Leben lang Vorwürfe gemacht, das Studium mit schmutzigem Geld finanziert zu haben. So gern ich meinen Onkel auch hatte und ihm dankbar bin, dass er alles mir vermachen wollte ...«
»Den beiden Söhnen wohl deshalb nicht, weil die von vornherein durchschaut hatten, woher das Geld kam«, resümierte Linkohr.
»Ja, natürlich, den beiden war das alles suspekt. Und seiner Frau, also meiner Tante, auch.«
»Aber die hat sich dann wohl von Dolnik einschüchtern und dazu überreden lassen, den Einbruch in ihre Wohnung nicht anzuzeigen.«
»Ja, hat sie. Aus Angst. Wahrscheinlich hat er sie bedroht. Stell dir doch mal vor, da bricht einer ein und du sitzt im Wohnzimmer. Sie hatte Todesangst und war heilfroh, dass Dolnik nur die Daten von Onkel Lorenz wollte und ihr dann sogar zugesichert hat, das viele verlorene Geld wiederzubeschaffen.« Ann-Marie schilderte die Ereignisse, als habe sie diese Fakten für die Kripo recherchiert.

Linkohr hatte aufmerksam zugehört. Dann trugen sie ihre Teller und die Weingläser auf die sonnige Terrasse, setzten sich an den runden Tisch und wünschten sich einen guten Appetit.

»Sag mal, du hattest auch keine Angst, als du mit diesem anderen Typen, diesem Schulte, zu der Höhle gegangen bist?«, wollte Linkohr wissen.

»Ich war doch gut aufgehoben – durch das SEK, oder?« Sie strahlte ihn an. »Deine Kollegen vom LKA haben das alles wunderbar eingefädelt. Aber als ich mit dem Schulte dann in der Höhle war und oben jemand gegen die Tür gestoßen ist, da hatte ich schon ein bisschen Angst. Für einen Moment dachte ich, das SEK gehe ziemlich dilettantisch vor.«

»Hätte ich das alles früher gewusst, hätte ich dich keine Sekunde aus den Augen gelassen.«

Sie lächelte ihn mit großen Augen an. »Als mein persönlicher Beschützer?«

Linkohr strahlte und prostete ihr wieder zu. »Auf uns«, sagte er, doch die erhoffte freudige Reaktion von ihr blieb aus.

»Es war spannend und schön«, erwiderte sie leicht distanziert, wie Linkohr es plötzlich empfand. Hatte er sich wieder einmal allzu große Hoffnungen gemacht? Er spürte, wie seine Euphorie langsam von einem Gefühl tiefer Enttäuschung verdrängt wurde, und versuchte sich abzulenken: »Die Idee mit den unbedeutenden Akten in der Höhle war genial – nur um zu schauen, ob der Kerl anbeißt. Aber den Schlüssel zur Höhle hat dir dein Onkel tatsächlich einmal gegeben?«

»Ja, sonst hätt ich ihn doch nicht gehabt«, konterte Ann-Marie sachlich. »Onkel Lorenz hat ihn als Sponsor der Höhlenfreunde bekommen und ihn im Herbst, als er mir die Höhle mal gezeigt hat, in meinem Auto liegen gelassen.«

Sie sah Linkohr fest in die Augen. »Ohne Schlüssel kommt

man übrigens derzeit überhaupt nicht in die Höhle rein. Das Bergamt, oder wie diese Behörde heißt, hat Anfang des Sommers den Zutritt verboten, weil am Eingang der Fels brüchig geworden ist. Aber das wollen sie möglichst schnell wieder herrichten.«

»Aber Höhlenforscherin bist du nicht auch noch?«, knüpfte Linkohr an ihre Schilderungen an.

»Nein, das ist mir zu gruselig. Ich nehm's lieber mit Gangstern auf«, grinste sie. »Wie du ja bemerkt hast.«

»Dann solltest du dich vielleicht doch für einen Job entscheiden, bei dem du dauerhaft mit so etwas konfrontiert wirst.«

Sie sah ihn mit einer hochgezogenen Augenbraue an: »Meinst du jetzt beruflich oder privat?«

»Wie du willst«, grinste er und riskierte eine gewagte Bemerkung: »Auch als Frau eines Polizisten ist man eng mit spannenden Kriminalfällen verbunden.«

Ann-Marie nahm schnell eine Gabel voll Spaghetti, um nicht gleich antworten zu müssen. »Och, Mike«, sagte sie dann, »weißt du, alles ist schön zu seiner Zeit. Diese Nacht wird mir ewig in Erinnerung bleiben – und sie verbindet sich mit dir.«

Linkohr schluckte und spürte, wie sein Puls rebellierte. »Du meinst die vergangene Nacht?«

Ann-Marie hob ihr Glas und verzog keine Miene: »Welche denn sonst?«

HERZLICHEN DANK

Meinem journalistischen Anspruch, einen Kriminalroman so realitätsnah wie möglich zu schreiben, kann ich nur dank vieler Informanten und Hinweisgebern gerecht werden, die mir mit ihrem fachlichen Rat beiseitestehen. Dazu zählten diesmal Polizeihauptkommissar Friedrich Bezikofer vom Polizeipräsidium Konstanz sowie seine Kollegen Hans-Joachim Ahlers vom Polizeipräsidium Freiburg und Rudi Bauer vom Polizeipräsidium Ulm, der Pressesprecher der Deutschen Bahn in Stuttgart, Reinhold Willing, der Bahn-Experte und Mobilitätspädagoge Korbinian Fleischer, Hagen Kohlmann als Pressesprecher des Hauptzollamts Ulm sowie Reinhard Weschenfelder von der Oberfinanzdirektion Karlsruhe. Wertvolle Tipps gaben mir auch Manfred Malchow, Elisabeth und Ottomar Herlinger, Rechtsanwalt Jürgen Rechenberger, Forstamtsleiter Martin Geisel, Vogelkundler Dieter Rockenbauch sowie Heimatkundler Helmut Poloczek. Fürs Korrekturlesen gilt mein Dank meinem Nachbarn Erwin Schmidt und in besonderer Weise auch Alexander Ilg, der mit geradezu detektivischem Spürsinn dem Häberle Konkurrenz machen könnte. Dank auch an meinen Ex-Kollegen Michael Rahnefeld, ohne dessen Apple-Kenntnisse ich bisweilen computertechnisch schwer auf dem Schlauch stünde.

Die wichtigste Person sei aber besonders hervorgehoben: Claudia Senghaas, meine geduldige und einfühlsame Lektorin, ohne die es die inzwischen 17 Häberle-Krimis nicht geben würde. Und letztlich sei auch Verleger Armin Gmeiner gewürdigt, der mich bei einem gemeinsamen Besuch des »Campus Galli« auf die Idee gebracht hat, dort den Häberle ermitteln zu lassen.

*Weitere Titel finden Sie auf den
folgenden Seiten und im Internet:*
WWW.GMEINER-VERLAG.DE

August Häberle ermittelt:

1. **Fall: Himmelsfelsen**
ISBN 978-3-89977-612-6
2. **Fall: Irrflug**
ISBN 978-3-89977-621-8
3. **Fall: Trugschluss**
ISBN 978-3-89977-632-4
4. **Fall: Mordloch**
ISBN 978-3-89977-646-1
5. **Fall: Schusslinie**
ISBN 978-3-89977-664-5
6. **Fall: Beweislast**
ISBN 978-3-89977-705-5
7. **Fall: Schattennetz**
ISBN 978-3-89977-731-4
8. **Fall: Notbremse**
ISBN 978-3-89977-755-0
9. **Fall: Glasklar**
ISBN 978-3-89977-795-6
10. **Fall: Kurzschluss**
ISBN 978-3-8392-1049-9
11. **Fall: Blutsauger**
ISBN 978-3-8392-1114-4
12. **Fall: Mundtot**
ISBN 978-3-8392-1247-9
13. **Fall: Grauzone**
ISBN 978-3-8392-1385-8
14. **Fall: Machtkampf**
ISBN 978-3-8392-1515-9
15. **Fall: Lauschkommando**
ISBN 978-3-8392-1663-7
16. **Fall: Todesstollen**
ISBN 978-3-8392-1858-7
17. **Fall: Traufgänger**
ISBN 978-3-8392-2020-7
18. **Fall: Nebelbrücke**
ISBN 978-3-8392-2239-3
19. **Fall: Blumenrausch**
ISBN 978-3-8392-2364-2
20. **Fall: Schlusswort**
ISBN 978-3-8392-2590-5
21. **Fall: Die Gentlemen-Gangster**
ISBN 978-3-8392-2815-9
22. **Fall: Albtraumhof**
ISBN 978-3-8392-0450-4

weitere:
Eine Minute nach zwölf
ISBN 978-3-8392-0118-3

WWW.GMEINER-VERLAG.DE
Wir machen's spannend

50 JAHRE LUISEN-PARK

Claudia Schmid
Blumenlust
Kriminalroman
336 Seiten, 13,5 x 21 cm,
Premiumklappenbroschur
ISBN 978-3-8392-0754-3

Edelgards Buchhandlung »Bücherhimmel« wird anlässlich des Mannheimer Luisenpark-Jubiläums erneut zum beliebten Treffpunkt. Dort macht sie die Bekanntschaft eines charmanten Herrn. Wenn nur ihr Ehemann Norbert nicht wäre … Als eine Mordserie die Stadt erschüttert, ist Edelgard tief getroffen, denn sie kannte eines der Opfer persönlich. Kurzerhand widmet die Miss Marple von Mannheim den »Bücherhimmel« zur Schaltzentrale ihrer Ermittlungen um. Denn auch ihre kräuterkundige Freundin Luisa bittet sie um Nachforschungen, wittert sie doch erbitterte Konkurrenz von der pfiffigen Kräuterhexe Chloé.

GMEINER SPANNUNG

WWW.GMEINER-VERLAG.DE
Wir machen's spannend